中外语言文学学术文库

英国小说艺术史

A History of the Artistic Development of the English Novel

李维屏　著

East China Normal University Press

图书在版编目（CIP）数据

英国小说艺术史/李维屏著.—上海：华东师范大学出版社，2017
（中外语言文学学术文库）
ISBN 978-7-5675-6601-9

Ⅰ.①英… Ⅱ.①李… Ⅲ.①小说史—英国 Ⅳ.①I561.074

中国版本图书馆CIP数据核字（2017）第154949号

英国小说艺术史

著　者	李维屏
策划编辑	王　焰
项目编辑	曾　睿
特约审读	汪　燕　徐曙蕾　王　婷
封面设计	王如意　蔡丝雨
责任印制	张久荣

出版发行	华东师范大学出版社
社　　址	上海市中山北路3663号 邮编 200062
网　　址	www.ecnupress.com.cn
电　　话	021-52713799 行政传真 021-52663760
客服电话	021-52717891 门市（邮购）电话 021-52663760
地　　址	上海市中山北路3663号华东师范大学校内先锋路口
网　　店	http://hdsdcbs.tmall.com

印 刷 者	上海商务联西印刷有限公司
开　　本	710×1000 16开
印　　张	25.5
字　　数	422千字
版　　次	2018年1月第1版
印　　次	2018年1月第1次
书　　号	ISBN 978-7-5675-6601-9/I.1704
定　　价	68.00 元

出版人　王　焰

（如发现本版图书有印订质量问题，请寄回本社客服中心调换或电话021-52717891联系）

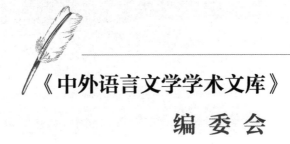

《中外语言文学学术文库》编委会

成员：（按姓氏音序）

辜正坤　何云波　胡壮麟　黄忠廉

蒋承勇　李维屏　李宇明　梁　工

刘建军　刘宓庆　潘文国　钱冠连

沈　弘　谭慧敏　王秉钦　吴岳添

杨晓荣　杨　忠　俞理明　张德明

张绍杰

总 序
GENERAL PREFACE

  改革开放以来，国内中外语言文学在学术研究领域取得了很多突破性的成果。特别是近二十年来，国内中外语言文学研究领域出版的学术著作大量涌现，既有对中外语言文学宏观的理论阐释和具体的个案解读，也有对研究现状的深度分析以及对中外语言文学研究的长远展望，代表国家水平、具有学术标杆性的优秀学术精品呈现出百花齐放、百家争鸣的可喜局面。

  为打造代表国家水平的优秀出版项目，推动中国学术研究的创新发展，华东师范大学出版社依托中国图书评论学会和南京大学中国社会科学研究评价中心合作开发的"中文学术图书引文索引"（CBKCI）最新项目成果，以中外语言文学学术研究为基础，以引用因子（频次）作为遴选标准，汇聚国内该领域最具影响力的专家学者的专著精品，打造了一套开放型的《中外语言文学学术文库》。

  本文库是一套创新性与继承性兼容、权威性与学术性并重的中外语言文学原创高端学术精品丛书。该文库作者队伍以国内中外语言文学学科领域的顶尖学者、权威专家、学术中坚力量为主，所收专著是他们的代表作或代表作的最新增订版，是当前学术研究成果的佳作精华，在专业领域具有学术标杆地位。

  本文库首次遴选了语言学卷、文学卷、翻译学卷共二十册。其中，语言学卷包括《新编语篇的衔接与连贯》、《中西对比语言学——历史与哲学思考》、《语言学习与教育》、《教育语言学研究在中国》、《美学语言学——语言美和言语美》和《语言的跨面研究》；文学卷主要包括《西方文学"人"的母题研究》、《西方文学与现代性叙事的展开》、《西方长篇小说结构模式研究》、

《英国小说艺术史》、《弥尔顿的撒旦与英国文学传统》、《法国现当代左翼文学》等；翻译学卷包括《翻译理论与技巧研究》、《翻译批评导论》、《翻译方法论》、《近现代中国翻译思想史》等。

  本文库收录的这二十册图书，均为四十多年来在中国语言学、文学和翻译学学科领域内知名度高、学术含金量大的原创学术著作。丛书的出版力求在引导学术规范、推动学科建设、提升优秀学术成果的学科影响力等方面为我国人文社会科学研究的规范化以及国内学术图书出版的精品化树立标准，为我国的人文社会科学的繁荣发展、精品学术图书规模的建设做出贡献。同时，我们将积极推动这套学术文库参与中国学术出版"走出去"战略，将代表国家水平的中外语言文学学术原创图书推介到国外，构建对外话语体系，提高国际话语权，在学术研究领域传播具有中国特色、中国高度的语言文学学术思想，提升国内优秀学术成果在国际上的影响力。

《中外语言文学学术文库》编委会
2017年10月

前 言
FOREWORD

英国小说典籍浩瀚，其艺术之精湛、题材之丰富、样式之齐全在世界文学史上实属罕见。文艺复兴时期形成的英国小说，经过了作家的千锤百炼和不同时期文学浪潮的洗礼，其艺术一再得到了升华。也许，新千年的历史交响曲激发了我们梳理史料、撰写史评的热情；也许，英国小说艺术的确为我们提供了丰富的学术资源，十五年前我萌生了写一部《英国小说艺术史》的念头，如今得知这部著作即将再版，我颇感欣慰。

点击文学遗产，英国小说艺术的辉煌成就赫然在目。记得18世纪英国大文豪塞缪尔·约翰逊在他的《英语词典》中将"小说"仅仅解释为"一种通常描写爱情的小故事"。而两百年之后，英国著名批评家沃尔特·艾伦已经将小说称为"一种富有艺术性并出于某种美学目的，有意识地创作与加工而成的文学形式"。显然，他们两人对小说的不同定义不仅客观地体现了时代的烙印，而且也充分反映了英国小说艺术在历史进程中的巨大变化。作为世界文学之林中的一大景观，英国小说自诞生之日起便建立了自己的艺术准则和美学体系。它虽东学一点，西借一点，却始终以坚定、自信的步伐体现了它的单独走向，并充分展示了其英国特色、英语特点、时代特征和作家特长。《英国小说艺术史》以历史进程为线索，以小说艺术演变为核心，着重探讨了为英国小说艺术作出重要贡献的30余位作家的艺术风格，使灿烂辉煌的英国小说艺术尽收眼底。《英国小说艺术史》的写作历时三年，在本书再版之际，我感慨良多。

我认为英国小说艺术首先反映了一种高尚的人文精神。有道是，文学即人学。小说既是社会生活的缩影，也是作家反映人的话语权利、社会角色和主体意识的重要场所。历代英国小说家以精湛纯熟的艺术手法塑造了无数有血有肉的人物形象，如理查逊笔下的帕梅拉，勃朗特笔下的简·爱，狄更斯笔下的大卫·科波菲尔，哈代笔下的苔丝和伍尔夫笔下的达罗卫夫人。他们一个个，或一群群，带着历史的印记，散发着浓郁的文化气息，踏着时代的节奏迎面走来。这些人物不但反映了某种道德观念和价值取向，而且还承载着小说家对芸芸众生的人文关怀。尽管作家的艺术手法和叙事策略千差万别，但他们似乎都"以人为本"，凭借其精心塑造的文学形象来反映普通人的境遇和命运。生花妙笔之间表露出作家对世道人心的深刻思考，鬼斧神工之下洋溢着诚挚的人间情怀。作家的喜怒哀乐和悲天悯人之心尽显其中。毋庸置疑，正是这种高尚的人文精神才赋予英国小说艺术极强的生命力和感染力，才使作家名垂青史。

此外，英国小说艺术还体现了一种伟大的创新精神。在英国小说艺术史上，恪守传统与改革创新是一个永恒的主题。自英国小说问世以来，其艺术始终处于变化之中。历代小说家都面临着是墨守成规还是革故鼎新的问题。早在18世纪，菲尔丁和理查逊曾互相嘲笑对方的小说艺术，而他俩又同时遭到斯特恩的贬斥。20世纪初，崇尚革新的詹姆斯和伍尔夫也分别与同时代因循守旧的小说家进行过激烈的论战。就小说艺术的创新而言，最值得称道的也许是乔伊斯。他的艺术成就几乎像爱因斯坦的科学成就一样辉煌。当传统的小说艺术变得僵化时，乔伊斯毅然打破常规，别树一帜，成功地推出现代主义杰作《尤利西斯》。他创造性地将时间、意识和技巧作为小说实验的突破口，并有效地借鉴音乐、绘画和电影等表现手法，从而为小说艺术注入了新的活力。今天，英国文学大师们的创新精神无疑对我们具有一定的启示作用。我认为，只有创新才会使人独步一时，自名一家。小说家如此，学者又何尝不是如此。

《英国小说艺术史》自出版以来引起了国内不少学者的关注，不但有观点中肯、见解独到的书评，而且还有较高的引用率。本书曾获得上海外国语大学科研成果一等奖，其主要内容已被"教育部跨世纪优秀人才成果汇编"收录。尽管本书即将再版，但难免还有疏漏之处，敬请广大学者谅解和指教。

李维屏

2017年8月

于上海外国语大学

目录
CONTENTS

导论　英国小说艺术的发展与演变 /1

第一章　英国小说的历史与文化背景 /17
    第一节　英国小说形成前的社会与历史概况　/17
    第二节　西方神话典故和欧洲传奇文学的影响　/21
    第三节　英国叙事文学的起源和发展　/25

第二章　英国早期小说的艺术特征 /32
    第一节　文艺复兴时期的罗曼司　/33
    第二节　早期现实主义小说　/41
    第三节　班扬的寓言小说　/50

第三章　18世纪的小说样式及艺术特征 /57
    第一节　笛福的个人传记小说　/61
    第二节　《格列佛游记》：英国讽刺小说的先河　/70
    第三节　理查逊的书信体小说艺术　/76
    第四节　菲尔丁的史诗型喜剧小说　/88
    第五节　英国第一部实验小说《项狄传》　/98

第四章　19世纪的小说艺术 /108
    第一节　奥斯丁、勃朗特和艾略特的小说艺术　/111
    第二节　狄更斯的小说艺术　/125

第三节　萨克雷的艺术风格　/142

　　第四节　哈代的悲剧性叙事艺术　/151

第五章　现代主义小说：实验与创新　/165

　　第一节　詹姆斯：小说艺术的新方向　/171

　　第二节　康拉德：叙述形式的革新　/183

　　第三节　劳伦斯：小说题材和语体的双重变化　/191

　　第四节　乔伊斯：小说艺术的巨大变革　/208

　　第五节　伍尔夫：小说形式的历史性突破　/243

第六章　后现代主义小说艺术　/268

　　第一节　贝克特的"荒诞小说"　/273

　　第二节　达雷尔的"重奏"小说　/283

　　第三节　福尔斯的"超小说"　/286

　　第四节　B·S·约翰逊的"极端形式主义"小说　/293

第七章　当代英国小说艺术概观　/301

　　第一节　后现代主义之后的英国小说　/302

　　第二节　20世纪末重要作家的艺术风格　/310

第八章　英国小说文本的演变　/320

　　第一节　书名、人名及其他辅助形式　/321

　　第二节　开局与结局　/327

　　第三节　情节与结构　/334

　　第四节　叙述与描写　/341

第九章　英国小说批评与小说艺术　/352

　　第一节　英国小说批评的起源与形成　/353

　　第二节　19世纪小说批评对小说艺术的影响　/361

　　第三节　现代英国小说批评理论与小说艺术　/368

附录　英国小说大事年表　/387

参考书目　/393

导论
英国小说艺术的发展与演变

英国18世纪大文豪塞缪尔·约翰逊（Samuel Johnson，1709—1784）在他1755年出版的《英语词典》中将"小说"解释为"一种通常描写爱情的小故事"（a small tale, generally of love）。而两百年之后，英国著名批评家沃尔特·艾伦（Walter Allen，1911—1995）在他1954年发表的《英国小说》一书中则将"小说"称为"一种富有艺术性并出于某种美学目的有意识地创作与加工而成的文学形式"。[1] 显然，他们两人对小说的不同解释不仅客观地体现了时代的烙印，而且也充分地反映了英国小说艺术在历史进程中的巨大演变。时至今日，英国小说艺术在无数作家千锤百炼之下经历了几乎是脱胎换骨式的改造，并且达到了相当成熟和完善的境地。

毋庸置疑，英国小说是世界文学之林中的一大景观。它如同促使其滋生与进化的社会土壤一样，在历史的洪流中不断改弦易辙，急剧演变。自文艺复兴时期以来，英国小说已经发展成为一种充满活力与魅力的艺术工具，对社会生活和历史变迁进行了生动的描述。像英语一样，自它形成的那一天起，英国小说便建立了自己的规则和体系，虽东学一点，西借一点，却以坚定的步伐向前发展。引人注目的是，尽管英国小说起步较晚，其历史比诗歌和戏剧短得多，但它却发展迅猛，变化巨大，流传甚广，其影响和作用早已大大地超过了诗歌和戏剧。究其原因，英国小说不仅具有内容丰富、情节曲折和人物形象生动等特征，而且还因其篇幅灵活、形式多样、语言通俗和艺术精湛而备受广大读者的青睐。经过无数作家的认真探索和反复实践，当代英国小说在艺术形式和创作技巧上与它早期的雏形已不可同日而语。如果说，英国小说的崛起完全符合

---

[1] Allen Walter. *The English Novel, A Short Critical History*. London: Phoenix House, 1954, p.16.

文学发展的客观规律，那么，其小说艺术的发展既是社会进化的一个显著标志，也是文学现代化的必然结果。

应当指出，英国小说艺术，像其他艺术形式一样，不可避免地经历了一个从原始到成熟的发展过程。事实上，它的每一个发展阶段都同英国当时的社会、历史、政治、文化和经济状况息息相关。就此而论，英国小说艺术的发展不是一种孤立或自发的文学现象，而是与英国的社会变化以及异域（尤其是欧洲各国）文化的繁荣昌盛彼此交融的。当然，英国小说艺术的发展与演变有其自身的规律和秩序。这种规律和秩序不能通过抽象的、主观的或形而上学的方法来解释，而只能通过对历代小说文本的考察与研究来加以揭示和验证。然而，在深入探讨英国小说艺术的具体特征与美学价值之前，很有必要对其历史概貌和演化过程作一番简要的概述。

作为一种公认的叙事性散文文学体裁，英国小说已经具有四百多年的历史。从理论上讲，英国小说形成之日，便是其艺术问世之时。当然，小说艺术被作家接受并得到读者的理解和评论家的认可需要一个过程。但迄今为止，西方评论家对英国的第一部小说究竟始于何年及出于何人之手众说纷纭，莫衷一是。有人说是塞缪尔·理查逊（Samuel Richardson, 1689—1761）的书信体小说《帕梅拉》（*Pamela*, 1740），有人说是丹尼尔·笛福（Daniel Defoe, 1660—1731）的冒险小说《鲁滨逊漂流记》（*Robinson Crusoe*, 1719），也有人说是约翰·班扬（John Bunyan, 1628—1688）的宗教寓言小说《天路历程》（*The Pilgrim's Progress*, 上集1678, 下集1685）。其实，早在16世纪末的文艺复兴时期，英国小说已端倪可察。当时，约翰·黎里（John Lyly, 1554?—1606）、菲利普·锡德尼（Philip Sidney, 1554—1586）、罗伯特·格林（Robert Greene, 1558—1592）和托马斯·纳什尔（Thomas Nashe, 1567—1601）等一群毕业于牛津和剑桥的才华横溢的"大学才子"（University Wits）对诗歌一统天下的局面进行反拨。在文艺复兴运动的鼓舞下，他们对小说这种新的文学体裁进行了大胆的实践和探索，并开始采用风格典雅和雕琢华丽的散文语言创作叙事性作品，从而翻开了英国小说历史的第一页。黎里的《尤弗伊斯》（*Euphues:The Anatomy of Wit*, 1579）、锡德尼的《阿卡狄亚》（*Arcadia*, 1590）、格林的《潘朵斯托》（*Pandosto: The Triumph of Time*, 1588）、纳什尔的《不幸的旅行者》（*The Unfortunate Traveler*, 1594）和托马斯·迪罗尼的《纽伯雷的杰克》（*Jack of Newbury, The Famous and Worthy Clothier of England*，1597）等作品都体现了小说的艺术特征。它们不仅在题材上变化显著，而且在形式、结构和语言上同当时的诗歌和戏剧大相径庭，已经成为一种新兴的、颇有发展潜力和备受读者青睐的文学体裁。这些作品大致可分为罗曼司与现实小说两大类，从各个侧面反映了伊丽莎白时代的社会生活。当时英国的散文叙事作品似乎获得了一种崭新而又绚丽的文体，尽管它作为叙事文学还显得不够成熟。然而，"这类作品在当时与那些适应飘忽不定的语言的读者见面时肯定具有近似于魔术般的效果，因为它不受音步的限制"。[1]显然，16世纪末的"大学才子"是英国小说的开拓者和创始人。尽管16世纪末在英国文坛勃然兴起的"小说热"只延续了大约二十年时间，但"大学才子"们的创作实践为英国小说艺术的发展奠定了重要的基础。

17世纪是英国多事之秋，政局动荡，社会混乱，民不聊生。英国小说的发展势头受到了极大的遏制。随着"大学才子"们的相继去世，曾经风行一时的英国小说开始峰回路转，步履维艰。那些不喜欢或不擅长写散文故事的作家便热衷于撰写具有说教意义或喻世内容的散文。"他们放弃叙事文学并随后转向撰写一系列具有说教性质的文章，这表明了他们的自我封闭和缺乏传递任何戏剧效果的能力。"[2]在沉寂了半个多世纪之后，英国小说在约翰·班扬的努力下东山再起。然而，班扬似乎是17世纪英国文坛的一位孤独的长跑者。他的《天路历程》虽然在当时颇有影响，但这并没有造就一批新的小说家，也没有使小说取代诗歌的地位。尽管如此，班扬对小说艺术进行了有益的尝试，巧妙地采用梦境来反映现实，并使一个看来纯属虚构的宗教寓言折射出广泛的象征意义。显然，在英国小说尚未告别雏形期之际，班扬的艺术构思及其对小说篇章结构的驾驭能力体现了一定的前瞻性，并且对英国小说的全面崛起产生了积极的影响。此外，17世纪的英国文坛上还出现了不少所谓的"性格特写"。这些用散文写成的作品不仅生动地描绘了当时社会上形形色色的人物形象，而且还详细地剖析了各种人物的性格特征。"性格特写"是17世纪英国小说艺术的发展处于低潮时期的一种独特的文学体裁，其描写手法十分巧妙，且入木三

---

1 Donald Cheney. *The Cambridge Companion to English Literature, 1500—1600*, edited by Arthur E. Kinney. Cambridge: Cambridge University Press, 2000, p.209.
2 Ibid., p.210.

分，常常令读者回味无穷。尽管"性格特写"还不能被归在小说之列，但它们对英国小说艺术的发展曾产生过一定的影响。毫无疑问，班扬的小说创作及其同时代作家的"性格特写"使步履维艰的英国小说面临了新的挑战和机遇。

18世纪是英国小说全面崛起的时代，也是小说艺术取得长足进步的时代。享有"英国现实主义小说之父"称号的丹尼尔·笛福在他的长篇小说《鲁滨逊漂流记》中生动地表现了英国资本主义原始积累时期的创业意识和冒险精神，并成功地塑造了一个当时中小资产阶级理想中的英雄人物的形象。"笛福的哲学观念与17世纪的英国经验主义者们十分吻合，他比以往的作家更加完整地表现了各种个人主义的东西。他的作品独特地展示了各种形式的个人主义同小说的兴起之间的联系。这种联系在他的第一部小说《鲁滨逊漂流记》中得到了明显而又完全的显示。"[1]笛福的其他几部小说不仅涉及一系列现实问题，而且也展示了现实主义的艺术特征，他笔下的人物大都是处于资本主义原始积累时期的英国小资产阶级的化身。引人注目的是，笛福在《鲁滨逊漂流记》中成功地采用了"自传性回忆"（autobiographical memoir）的手法来表现主人公的冒险经历。这种创作手法不仅是对当时在英国较为流行的忏悔性自传的一种挑战，而且也超越了以往的小说形式，因而对英国小说艺术的发展具有一定的积极意义。

在18世纪的英国文坛上，"第二种建立在'老式栎木柜子'上的小说是书信小说或书信体小说（the epistolary novel），其作者仿佛是一位不知怎么被他弄到手的一大堆书信的编辑"。[2]早在1683年，英国女作家阿弗拉·班恩（Aphra Behn，1640—1689）便创作了第一部英语书信体小说《一名贵族与他妹妹之间的情书》（Love-letters Between a Nobleman and His Sister）。然而，真正使书信体小说发展成为一种文学样式并使其广为流传的无疑是塞缪尔·理查逊。他的三部书信体小说《帕梅拉》（Pamela，1740）、《克拉丽莎》（Clarissa，1748）和《格兰狄森》（History of Sir Charles Grandison，1754）在当时几乎家喻户晓。书信体小说的问世对英国小说艺术的发展起到了推波助澜的作用。它不但进一步丰富了小说的叙述形式，而且也使作者的角色发生了变化。不仅如此，书信体小说使人物更加贴近读者，真实地展示人物的心理活

1　Ian Watt. *The Rise of the Novel*. London: Chatto & Windus, 1967, p.62.
2　George Watson. *The Story of the Novel*. London: The Macmillan Press, 1979, p.30.

动与情感变化，给人一种前所未有的即时感与现实感。正如一位英国批评家指出："人们觉得这种小说形式具有两个潜在的作用，即令人印象深刻的即时性和对心理现实乃至意识流的探索。"[1]毫无疑问，理查逊的创作实践在英国小说艺术史上具有重要的意义，它给后来那些致力于小说实验与革新的作家留下了极大的想象空间。

18世纪，英国现实主义小说发展迅猛。当时，英国的"大多数图书馆收藏各种文学作品，但小说通常被认为是主要收藏对象。毫无疑问，这便导致了阅读该世纪中出版的小说的人数显著增加"。[2]英国文坛相继涌现了乔纳森·斯威夫特（Jonathan Swift，1667—1745）、亨利·菲尔丁（Henry Fielding，1707—1745）、劳伦斯·斯特恩（Laurence Sterne，1713—1768）和简·奥斯丁（Jane Austen，1775—1817）等优秀作家。作为一种生动、全面反映社会生活的文学样式，小说在英国人民的日常生活中发挥了积极的作用，其地位和影响首次超过了诗歌和戏剧。与此同时，英国的小说艺术也日趋成熟。"我们对'小说'这个术语的使用直到18世纪末才算真正确立。"[3]斯威夫特别出心裁地创作了一部令人捧腹却又引人深思的《格列佛游记》（*Gulliver's Travels*，1726）来针砭时事，嘲讽现实，开创了英国小说讽刺艺术的先例。菲尔丁所创作的一系列反映社会生活的长篇小说不仅体现了较为熟练的谋篇布局的能力，而且还反映出他对传统史诗艺术的巧妙运用。菲尔丁既模仿古典史诗的叙事手法，又刻意改变史诗通常具有的严肃性和悲剧色彩，在其小说中不时掺入富于喜剧色彩的成分，从而使其小说成为他所谓的"散文式喜剧史诗"（comic epic in prose）。难怪"理查逊和菲尔丁两人都认为自己是一种新的文学样式的倡导者，他们都将自己的作品看作是对陈旧的传奇小说的一种决裂"。[4]通常被称为感伤主义作家的劳伦斯·斯特恩无疑是18世纪英国小说最杰出的革新家。当英国小说还只是像一棵嫩绿的幼苗企盼呵护的时候，斯特恩似乎已经对小说的现存模式感到不满。他义无反顾地对小说形式进行了重大的改革。在《项狄传》（*Tristram Shandy*，1759—1767）中，他首次打破了传统小说的框

---

1 George Watson. *The Story of the Novel*. London: The Macmillan Press, 1979, pp.31—32.
2 Ian Watt. *The Rise of the Novel*. London: Chatto & Windus, 1967, p.43.
3 Ibid., p.10.
4 Ibid., pp.10—11.

架结构，摒弃以钟表时间为顺序的创作方法，以一种全新的小说文本来描述主人公的内心世界。不言而喻，斯特恩的文学实验为英国小说艺术增添了新的活力，并且使小说形式进一步朝着多样性与灵活性的方向发展。值得一提的是，在18世纪的英国文坛上还涌现了一位出类拔萃的女作家简·奥斯丁。她的小说在质量上与同时代的任何男性作家相比都毫不逊色。她不仅善于运用讽刺手法和机智的对话来表现主题，而且还能巧妙地利用少量的人物和有限的地域背景来展示广阔的生活图景。"在简·奥斯丁的艺术中有些东西是具有永恒价值的。"[1]就总体而言，18世纪的小说家大都从英国的现实社会中摄取创作素材，展示了一幅幅生动逼真的生活画面，塑造了一个个有血有肉的人物形象。通过他们的大胆探索与实践，英国小说不仅更加生机勃勃，而且在艺术上也日趋成熟。

19世纪，英国小说步入了繁荣昌盛的时代，其艺术形式和创作手法也得到了进一步的巩固与发展。19世纪初，随着浪漫主义文学思潮席卷整个欧洲大陆，英国文坛出现了一批优秀的历史小说和冒险小说，其代表人物是沃尔特·司各特（Walter Scott，1771—1832）。他一生创作了三十多部长篇小说，塑造了形形色色的人物，展示了波澜壮阔的历史画卷。尽管司各特对小说艺术革新的贡献十分有限，且被当今不少学者视为一名过时的"历史人物"，但他洋洋洒洒的历史小说和传奇作品已经成为英国文坛一个不可忽略的文学景观，并且在一定程度上提高了英国小说的地位，使之变得更加体面，更加可敬。

自19世纪中叶起，英国小说在查尔斯·狄更斯（Charles Dickens，1812—1870）等优秀作家的共同努力下，呈现出空前繁荣的景象。据史料记载，从1837年到1900年，大约有六万部供成人或青少年阅读的小说在英国各地出版。也许有七千个维多利亚时代的人有理由自称为小说家。当然，在艺术上取得成就并且载入史册的人为数不多。狄更斯和萨克雷（William M. Thackeray，1811—1863）在小说的情节安排和语言艺术方面均体现出很高的造诣，使长篇小说更具可读性和趣味性。勃朗特姐妹（Charlotte Brontë，1816—1855；Emily Brontë，1819—1848）对人物形象的刻画有独到之处，而乔治·艾略特（George Eliot，1819—1880）则将人物的心理现实描绘得淋漓尽致。19世纪下半叶是英国殖民主义统治由盛转衰的时期，也是英国社会矛盾重重、政局

---

[1] Pelhan Edgar. *The Art of the Novel*. New York: Russell & Russell, 1966.

动荡、道德沉沦、贫富冲突严重以及劳资纠纷加剧的时期。所有这些自然在小说中得到了充分的反映。狄更斯与其同时代的作家以及后来的托马斯·哈代（Thomas Hardy，1840—1928）怀着强烈的社会责任感，以现实主义为创作原则，对英国社会的种种弊端和邪恶进行了无情的暴露。这便是长达半个世纪之久的批判现实主义。应当指出，19世纪的现实主义小说不仅在题材上具有极强的现实性，而且在人物塑造方面也体现了平民化的倾向。通常，19世纪的现实主义小说在时间与空间上遵循唯理主义的原则，在故事情节上注重趣味性与可读性，并且在形式结构上讲究精裁密缝，严谨合理。就此而言，19世纪的现实主义小说不仅代表了16世纪末以来英国小说艺术的精华，而且也是历代小说家集体智慧的结晶。马克思曾对狄更斯等现实主义作家给予高度的评价："他们以明白晓畅和极为动人的描写向世界揭示了政治的和社会的真理，比起所有的政治家、理论家和道德家合起来所做的还要多。"[1]

20世纪是英国小说艺术变化最大、创作技巧发展最快的时期。随着世界经济、科技与文化的飞速发展和资本主义社会各种矛盾的进一步激化，整个西方文坛发生了一场惊世骇俗的文学大地震。20世纪初，由于威尔斯（Herbert George Wells，1866—1946）、高尔斯华绥（John Galsworthy，1867—1933）和贝内特（Arnold Bennett，1867—1931）等现实主义小说家在历史转型期和新的现实面前依然竭力效仿传统小说的模式，因此他们对表现日趋复杂的现代经验和急剧变化的社会现实已经力不从心。显然，当时的英国小说步履维艰，其形式的改革和艺术的更新已经势在必行。一些思想前卫、崇尚革新的青年作家似乎意识到了英国小说所面临的困境与考验，并试图捕捉能导致英国小说实现重大突破的良机。亨利·詹姆斯（Henry James，1843—1916）和约瑟夫·康拉德（Joseph Conrad，1857—1924）等早期现代主义作家在追求小说艺术革新的过程中取得了可喜的成就。他们向世人推出了一系列令维多利亚时期的艺术前辈刮目相看的新型小说，这使一部分崇尚现代主义精神的青年作家备受鼓舞。第一次世界大战前夕，现代主义思潮席卷英国，几乎颠覆了其固有的文化基础，并使整个文学传统受到了前所未有的怀疑和冲击。当时，英国民众随时都能听到"立方主义"、"非洲雕塑"、"新戏剧"、"后印象主

---

[1] Karl Marx. *Literature and Art*. New York: International Publishers, 1947, p.133.

义绘画"和"维也纳心理学"等时新名词。著名意识流小说家弗吉尼亚·伍尔夫（Virginia Woolf，1882—1941）曾撰文指出："1910年12月左右，人性变了……人的一切关系都在变化——主仆关系、夫妻关系、父母同子女的关系。当人际关系发生变化时，宗教、行为、政治和文学也同时发生了变化。"[1]毫无疑问，正当现代主义旋律响彻整个爱德华时代之际，英国小说也对现代经验和现代意识作出了积极的反应与相应的自我调整。正当不少恪守传统的现实主义作家在纷乱复杂的现实面前显得无所适从时，詹姆斯·乔伊斯（James Joyce，1882—1941）、D·H·劳伦斯（David Herbert Lawrence，1885—1930）和弗吉尼亚·伍尔夫等一批主张走文学改革道路的青年作家则看到了未来小说文本不断走向开放与多元的发展趋势。他们勇敢地面对挑战，及时抓住机遇，积极投身于小说形式的革新和艺术的改造，从而使英国小说发生了质的变化。

第一次世界大战之后，英国小说在现代化的道路上急速地跑了一阵子，其艺术形式也显得琳琅满目，精彩纷呈。1922年，乔伊斯的意识流小说《尤利西斯》（*Ulysses*）问世，从而将英国小说的革新运动推向了高潮。西方不少评论家认为，《尤利西斯》不仅包含了几乎所有的新潮手法，而且代表了英国现代主义小说艺术的最高成就。像乔伊斯一样，伍尔夫也致力于小说形式的实验与革新，对如何处理现代小说的框架结构和时间问题以及如何表现人物意识均作了大胆的尝试，成为英语意识流小说的另一位重要代表。劳伦斯是自亨利·詹姆斯之后的又一位重要的心理小说家。尽管他的创作风格同乔伊斯和伍尔夫之间存在着极大的差别，但他独特的审美意识、对人类的性经验和心灵的黑暗王国的探索以及他那充满肉体感的语体使其成为一名与众不同的现代主义小说家。不言而喻，英国现代主义小说的全面崛起不仅为世界文学历史增添了极其辉煌的一页，而且也极大地丰富了英国小说的艺术表现力，并有力地促进了小说艺术的发展。

现代主义小说艺术充分展示了现代派作家强烈的改革意识和巨大的创作潜力，同时也体现了小说现代化和多元化的特征。它代表了一种新的审美意识和价值观念，反映了一种逆传统而动的求变心理。在题材上，现代主义小说注重揭示人物的精神世界，反映人物的孤独感、异化感乃至病态心理。在形式

---

1 Virginia Woolf. *Collected Essays*. London: Hogarth Press, 1966, Vol. 1, p.321.

上，现代主义小说充分体现了多样性和灵活性的特点。现代派作家淡化小说的情节，不再试图叙述一个引人入胜的故事，而是在作品中追求一种艺术上完美和谐的"图式"和耐人寻味的深层结构。在这种"图式"里，有序的时间、空间、因果关系和逻辑原理已不复存在，取而代之的是飘忽不定的意识、纷繁复杂的形象和支离破碎的生活镜头。在技巧上，现代主义小说追求标新立异。现代派作家热衷于采用离经叛道的艺术手法来表现瞬息万变的精神世界和混乱无序的现实生活，如视角转换、内心独白、自由联想、时空跳跃、蒙太奇、梦境与幻觉以及看上去杂乱无章的表层结构和朦胧晦涩的叙述笔法等等。所有这些都构成了现代主义小说艺术革新的重要标志。总之，现代主义小说艺术既是离经叛道的艺术，又是生机勃勃的艺术，同时也是富于极强表现力的艺术。这种艺术在英国小说艺术史上不但是前所未有的，而且也是无与伦比的。它拓宽了英国小说的发展空间，促进了小说文本现代化和多元化的进程，并且使这一文学样式达到了更加成熟与完美的境地。

  引人注目的是，英国现代主义小说在20世纪20年代达到巅峰期之后由盛转衰，开始退潮，而被冷落了多年的现实主义小说则卷土重来，并再次成为英国文坛的主流。20世纪30年代至50年代是现实主义小说全面回潮的时期。显然，这次回潮有其深刻的社会原因和特殊的历史背景。20世纪30年代至50年代是一个危机四伏、动荡不安的时期。20世纪30年代的经济危机和社会动乱、40年代的二次大战和兵荒马乱以及50年代的社会矛盾和精神危机不仅是现实主义小说东山再起的外部原因，而且也在这些小说中得到了充分的展示。就总体而言，这一时期的现实主义小说中有两类作品较为引人注目：一是社会讽刺小说，二是由多卷组成的系列小说或"长河小说"（river novel）。应当指出，20世纪30年代至50年代的现实主义小说与20世纪初高尔斯华绥等作家的小说相比，在艺术上更加成熟，在形式上也更加完善。尽管这一时期的现实主义作家不像现代派作家那样关注小说艺术的改革和创作技巧的翻新，但他们却十分乐意借助某些富有生命力的现代主义手法来反映主题。此举不仅取得了良好的艺术效果，而且也为现实主义与现代主义小说在艺术上取长补短、相得益彰找到了一条途径，从而使小说艺术更加丰富与完善。引人注目的是，赫胥黎（Aldous Huxley, 1894—1963）等讽刺作家不约而同地继承和发扬了由18世纪大文豪乔纳森·斯威夫特开创的讽刺文学的传统。他们的小说以冷嘲热讽乃至黑色幽默般的笔触描绘了两次大战期间英国社会的动荡不安和知识分子的精神危机。20世纪30年代至50年代在英国文坛较为流行的另一种小说样式便是安东尼·鲍威尔（Anthony Powell，1905—2000）等作家创作的"长河小说"。它与传统的长篇历史小说或高尔斯华绥的世系小说具有很大的区别。它虽然由多部小说组成，但往往描写一个故事而不是多个故事；它揭示的不是一个家庭或地区的变化，而是一个中心人物的经历与情感生活。就总体而言，20世纪30年代至50年代的现实主义小说不仅是这个时代的必然产物，而且也在英国小说艺术史上拥有一席之地。

自20世纪下半叶起，英国小说在艺术形式上呈现出兼容并蓄和多元发展的趋势。在英国文坛上，现实主义和现代主义（包括后现代主义）两股文学潮流分庭抗礼，此起彼伏，但又不时互相融合，交错重叠。正当格雷厄姆·格林（Graham Green，1904—1991）等现实主义作家在新的历史条件下努力反映当代英国社会的种种矛盾与弊端时，塞缪尔·贝克特（Samuel Beckett，1906—1989）继承了乔伊斯等作家开创的现代主义事业，对小说艺术作了进一步的探索与实验。贝克特成功地推出了一系列具有"反小说"（anti-novel）特征的"荒诞小说"，为后现代主义小说艺术的发展作出了重要的贡献。自20世纪60年代起，具有后现代主义艺术倾向的小说在英国文坛竞相问世，其代表作家有劳伦斯·达雷尔（Lawrence Durell，1912—1990）、约翰·福尔斯（John Fowles，1926—2005）和B·S·约翰逊（Bryan Stanley William Johnson，1933—1973）等。这些作家大都试图采用新的语言体系来创造一个小说世界，并使自己的小说成为一个独立的反身文本。他们往往藐视因果关系，反对逻辑原则和艺术形式的统一，而是强调文本结构的无序性和混沌性以及意义的不确定性。从某种意义上来说，他们的小说体现的不是认识论或反映论而是本体论的哲学观念，同时也反映了当代一部分作家用于质疑并试图解释包括文学在内的人类本体状况的一种文化观和艺术观。

引人注目的是，当代英国文坛上涌现了一批才华横溢而又精力充沛的年轻作家。他们乐于进取、博采众长、不落俗套、推陈出新，显得异常活跃。他们虽然还未能被载入史册，但已经锋芒毕露，令人刮目相看。在英国小说艺术不断走向现代化和多元化的时代，当代英国作家正在努力探索，大胆实践，决心为21世纪英国小说艺术的可持续发展添砖加瓦。然而，在当代英国文坛上，不少文化人正在对后现代主义之后的小说艺术和文本模式争论不休。他们急切地想知道新世纪的英国小说究竟何去何从。与此同时，不少"无纸传播"时代的写手们在网上信笔涂鸦，随心所欲乃至胡闹式地制作新兴文学快餐来满足成千上万衣着新潮、充满活力的"新人类"的胃口。当然，其中也有一些思想前卫的作家试图在信息时代尚未消失之前创作具有长久和稳定价值的"网络小说"。显然，这种多极联动和多元并存的现象为21世纪英国小说艺术发展的基本态势。

纵观英国小说艺术的发展历程，我们不难发现，它始终处于变化之中，并对各个历史时期的社会现实和读者趣味作出了及时的反应。四百年来，随着科学技术和社会生活的不断发展，英国小说从内部结构到外部形式均发生了显著的变化，其艺术也一再得到优化与升华。英国小说艺术体现了极强的生命力。它从文艺复兴时期的襁褓中发育成长，经过了各个历史时期的文学浪潮的洗礼或冲击，以坚定自信的步伐跨入了新世纪和新千年。时至今日，英国的小说艺术已经发展到了高度成熟和相当完美的阶段，与其四百年前的雏形相比有着天壤之别。从某种意义上说，英国小说艺术的变化与发展同诗歌或戏剧艺术相比更加引人注目，更加令人赞叹。它虽起步较晚，但它不仅能与历史和社会的发展同步，而且还体现出强烈的时代气息，并生动地反映了英国社会的动荡与变迁。纵观英国小说艺术的发展历史，我们不难发现以下四个特点：

第一，英国小说艺术在其四百多年的发展道路上体现了一种自信而又自得的单独走向。自16世纪末以来，它不但经历了从雏形、崛起、成熟、繁荣、革新到多元的演变过程，而且还充分展示了它的英国特色、英语特点、时代特征和作家特长。尽管文学艺术没有国界，且难免要受到邻国和异域文化思潮的影响，但随着英国殖民统治的不断强化和英语国际化进程的不断加快，英国小说家们逐渐变得更加自信与自得。自18世纪起，英国小说已经摆脱了欧洲邻国各种文学样式的影响，呈现出独善其身、独领风骚且又加剧进化与演变的发展态势。正如一位西方评论家所说："法国征服者在一件事情上完全失败了，他们在中世纪未能成功地使在法国已经十分流行的短篇散文故事根植于英国的土壤。"[1] 不言而喻，英国小说既是本国社会演变的必然产物，又体现了自身的

1　Carl Holliday. *English Fiction*. New York: The Century Co., 1912, p.138.

发展规律和艺术特征。而这种规律与特征在别国小说史上是难以寻觅的。平心而论，在别国的小说史上既很难找到像笛福、理查逊、斯特恩、斯威夫特、狄更斯、詹姆斯、劳伦斯、乔伊斯、伍尔夫和贝克特这样独具一格的小说家，也难以见到像《鲁滨逊漂流记》、《帕梅拉》、《项狄传》、《格列佛游记》、《荒凉山庄》、《淑女画像》、《虹》、《尤利西斯》、《达罗卫夫人》和《莫洛伊》（三部曲）那样的小说。这些作家和作品不仅具有明显的英国特色，而且体现了与众不同的小说艺术。显然，英国各个历史时期的社会现实、生活气息、文化氛围和语言特征对其小说艺术的单独走向产生了重要的影响。

第二，英国的小说样式精彩纷呈，艺术门类丰富齐全。作为一种反映生活的艺术工具，小说在英国经历了一个从低级到高级，从原始到成熟的发展过程，其作品样式也随之日益增多、层出不穷。一位英国学者指出："如果亚里士多德也曾经读过小说的话，那么他所需要的画布比他用来描绘悲剧的画布宽广得多。"[1]英国精彩纷呈的小说样式无疑令其诗歌和戏剧黯然失色。从雏形期到成熟期，英国小说已经繁衍出二十余种样式，其中包括早期的叙事性散文作品、罗曼司、骑士小说、寓言小说、冒险小说、书信体小说、讽刺小说、感伤主义小说、哥特式小说、历史小说、批判现实主义小说、印象主义小说、心理小说、意识流小说、反小说、荒诞小说、超小说、校园小说，以及侦探小说、科幻小说和网络小说等等，真可谓琳琅满目，美不胜收。显然，英国小说的品种之丰富、艺术门类之齐全，在世界文学史上是十分罕见的。

第三，在英国小说艺术史上，现实主义不但历时最长，而且具有不可动摇的垄断地位。自它诞生的那一刻起，英国小说便与现实主义结下了不解之缘。作为文学上的一个专门术语，"现实主义"一词的出现和流行比现实主义小说本身要晚得多。尽管现实主义曾经受到包括浪漫主义、现代主义及后现代主义在内的诸多文学思潮的冲击，但它却贯穿了英国小说艺术发展的全过程。对于现实主义小说，著名批评家及《小说的兴起》的作者瓦特曾经作过这样的解释："小说的现实主义不是取决于它所表现的那种生活，而是取决于用以表现生活的方式。"[2]英国的现实主义小说以历史为经、现实为纬，忠实地反映了社会的动荡与变迁。现实主义作家大都从现实生活中摄取创作素材，注重描绘

1　George Watson. *The Story of the Novel*. London: The Macmillan Press, 1979, p.xii.
2　Ian Watt. *The Rise of the Novel*. London: Chatto & Windus, 1967, p.11.

典型环境中的典型人物，并热衷于揭示社会矛盾和生活本质。毫无疑问，这种小说艺术不但遵循了广大读者公认的道德准则，而且也符合他们的审美意识、心理需要和文学趣味。当然，"英国小说并没有因为喜欢现实主义而摒弃虚构艺术。恰恰相反，两者相辅而行，并且经常交错重叠。"[1]事实上，小说的现实性和虚构性的相辅相成是它产生巨大艺术感染力的重要原因。在英国小说史上，主题深刻、技巧纯熟和风格完美的现实主义经典力作不计其数。读者不难发现，即便在那些被认为最彻底的现代派小说中也顽强地流动着不少现实主义的细胞。应当指出，经过了数百年的演化与沿革，英国的现实主义小说在题材、结构、技巧和语言方面均发生了深刻的变化，其艺术质量和艺术价值早已今非昔比。可以毫不夸张地说，只要现实主义不断地改造、优化和完善自己，那么，它在英国小说中的垄断地位是不会轻易改变的。

第四，恪守传统与改革创新是英国小说艺术史上永恒的主题。自它问世的那一刻起，英国小说始终处于变化之中。历代小说家都面临着是墨守成规还是革故鼎新的问题。这种矛盾在英国小说的初级阶段表现得并不尖锐，那是因为当时的小说尚处于襁褓之中，没有多少"传统"可言，但这并不妨碍早期的小说家热衷于追求作品的"现代性"和新鲜感。然而，随着小说的不断发展与演变，传统与反传统、改革与反改革之间的矛盾也日趋尖锐。例如，菲尔丁曾嘲弄过理查逊，而他俩又同时遭到斯特恩的嘲弄。又如詹姆斯和伍尔夫均与同时代因循守旧的小说家进行过激烈的论战。然而，正是传统势力与革新力量之间的矛盾与冲突才是英国小说艺术得以长足发展的巨大动力。有趣的是，经过改革之后的小说艺术很快又成为传统，从而面临了新一轮的改革，如此这般，不一而足。从某种意义上来说，理查逊的书信体小说显然是对笛福"自传性回忆"式的冒险小说的一种反拨，而斯特恩形式新颖、结构奇特的《项狄传》无疑是对昔日小说的一种否定。同样，20世纪初勃然兴起的现代主义小说也是对整个传统小说的全面反击。显然，每次革新都为小说带来了可喜的成果。毫无疑问，恪守传统与追求革新不仅是英国小说艺术史上的主旋律，而且也为小说艺术的良性循环和健康发展起到了积极的促进作用。

自16世纪末以来，英国小说文本发生了深刻的演变，其艺术也得到了快速

---

[1] George Watson. *The Story of the Novel*. London: The Macmillan Press, 1979, p.2.

的发展。这种演变与发展不但与英国的社会、政治、经济和文化的发展密切相关，而且也客观地体现出其自身的发展规律。纵观英国小说艺术的发展历史，我们不难发现以下三个过程：

一、英国小说的叙述形式大致经历了"我、你、他"的发展过程，即从第一人称的"回忆式小说"到面向第二人称的"书信体小说"继而转向第三人称的"全知叙述"。"回忆式小说"（the memoir-novel）采用第一人称叙述，最典型的是笛福的《鲁滨逊漂流记》。"回忆式小说"体现了一种自传形式，小说家本人往往会在前言中声称自己所写的是一个真实的故事。显然，"回忆式小说"的问世同当时英国民众喜欢撰写和传阅日记的习惯密切相关。18世纪中叶，英国文坛出现了以面向第二人称叙述的"书信体小说"（the epistolary novel），理查逊的《帕梅拉》、《克拉丽莎》和《格兰狄森》是最杰出的范例。毫无疑问，当时英国邮政事业的发展和人际之间书信交往的日趋频繁是导致"书信体小说"流行的重要原因。自18世纪下半叶起，第三人称的"全知叙述"（the third person omniscient narration）在英国小说中占有主导地位，这无疑使小说家不仅在艺术上享有更大的空间，而且在创作中也显得更加自由和灵活。正因为如此，现代小说家大都乐意采用第三人称叙述，即便是遐迩闻名的意识流小说《尤利西斯》也在一定程度上采用了第三人称的全知叙述。不言而喻，英国小说在叙述形式上这种"我、你、他"的发展过程具有错综复杂的外因和内因，然而，这一变化过程为我们深入研究英国小说艺术的发展规律提供了重要的依据。

二、英国小说文本经历了从短到长继而又从长到短的演变过程。就总体而言，早期的小说因受到诗歌的影响而篇幅较短。此外，年轻的散文体也在一定程度上限制了小说家的叙述能力。因此，出自伊丽莎白时期那些"大学才子"之手的小说大都不到一百页。然而，自18世纪中叶起，英国小说的篇幅变得越来越长，理查逊的"书信体小说"《克拉丽莎》和《格兰狄森》便是范例。这种现象一直延续到20世纪初。而大多数现代小说与维多利亚时代以前的传统小说相比则更加简短，即便是由多卷组成的"长河小说"，其每一部作品的篇幅也大都比较适中。随着现代生活节奏的不断加快，人们能够用于阅读小说的时间越来越少，加之小说的印刷成本和销售价格的不断上升，因此，如今在英国书店、超市或机场候机厅出售的小说大都才一两百页。显然，小说篇幅的变化与各个时期的生活方式、作家的审美意识和读者的阅读习惯均有密切的关系。

三、英国小说经历了一个"以价值描绘生活"到"以时间描绘生活"的转变过程。早期的散文叙事作品或最初的小说大都试图通过讲述一个不受历史和环境限制而又具有广泛意义的故事来揭示某种永恒的价值观念或道德原则。例如，班扬的《天路历程》所关注的与其说是同时代的日常生活，倒不如说是永恒的宗教价值问题。这种创作倾向在古希腊和古罗马的史诗中已经显而易见，而英国文艺复兴时期较为流行的长篇叙事诗也大致如此。例如，英国浪漫主义诗人柯勒律治（Samuel Taylor Coleridge，1772—1834）当时已经意识到，在斯宾塞（Edmund Spenser，1552?—1599）的长篇诗歌《仙后》（*Faerie Queene*，1589—1596）中，具体的时间和空间几乎毫无踪影。然而，随着小说的发展，作家越来越关注时间问题，从而使作品不断体现出时代感与现实感。英国现代小说家福斯特（E. M. Forster，1879—1970）曾经认为"以时间描绘生活"（the portrayal of life by time）是现代小说的最基本特征，它与过去"以价值描绘生活"（the portrayal of life by values）的作品之间具有本质的区别。随着小说艺术的日趋成熟，作家大都乐意采用过去时来描写故事情节，并按时间的进程来描写人物的发展。尽管现代主义者成功地突破了这种时间界限，对以钟表时间为顺序的小说结构进行了改造，但他们在创作中运用的是另一种时间法则——"心理时间"。应当指出，用"以价值描绘生活"和"以时间描绘生活"来区分英国小说艺术的两个基本阶段既不排斥两者之间的融会与结合，也不否认现代小说所反映的价值观念。这仅仅是对英国小说两种艺术倾向的大致描绘和基本划分。

综上所述，英国小说在过去的四百年走过了一条坎坷不平却又充满惊喜的道路。如今，它又以有条不紊、坚定自信的步伐跨入了新世纪、新千年。在当今的英国文坛上，新秀新作依然层出不穷。它既没有受到电影、电视或其他诸多娱乐形式的遏制，也没有被浩如烟海的网络信息所吞没。然而，英国小说艺术的日新月异对21世纪的读者（尤其是置身于英国社会与文化氛围之外的中国读者）的审美意识和鉴赏能力提出了新的挑战。"对于一向习惯于阅读简·奥斯丁、狄更斯、萨克雷或者乔治·艾略特的小说的读者来说，也许他在当代小说中遇到的最大困难是他必须调整甚至彻底改变自己的视角，这样才能适应新的形式。"[1] 显然，深入了解英国小说艺术的发展与演变是我们调整乃至改变视角和审美意识的有效途径。

---

[1] Frederick R. Karl & Marvin Magalaner. *Great Twentieth-Century English Novels*. New York: Octagon Books, 1978, p.3.

第一章
英国小说的历史与文化背景

小说之所以精彩是因为它能叙述一个动人的故事。不过，小说本身也有一个引人入胜的故事。"小说"是一种文学样式的名称，有关它的起源、发展和演变也足以构成一个曲折动人的故事。然而，有关英国小说的故事，就像英国的历史一样，似乎既没有开头，也没有结局。也许，有关英国小说的故事还是应该从它的历史与背景谈起。由于小说艺术的形成与发展不仅有其自身的客观规律，而且也是社会进化的必然结果，因此，在系统论述英国小说艺术的发展历程和深入探讨其形式与特征之前，不妨先对英国小说形成之前的社会与文化背景作一番简要的回顾。

第一节
英国小说形成前的社会与历史概况

英国的历史源远流长。据史料记载，最早居住在不列颠三岛上的是凯尔特人（the Celts）。他们长期生活在氏族制度下，辛勤耕作，繁衍生息。公元前55年，罗马人在恺撒（Julius Caesar, 102B.C.—44B.C.）的率领下不断侵犯这块美丽而富饶的土地。公元43年，罗马皇帝克劳狄一世（Claudius, 10 B.C.—54A.D.）征服了不列颠，并决定将它划为罗马帝国的一个管辖区。从此，罗马人便开始在那里建房、筑路、造桥和修建军事要塞，并且对当地的凯尔特人进行了极为残酷的剥削和压迫，使他们沦为奴隶和工具。罗马人对不列颠的残酷统治一直延续了大约五百年。

公元5世纪中叶，不列颠的历史发生了重要的变化。生活在丹麦西部和德国北部的盎格鲁—撒克逊人（the Anglo-Saxons）开始侵犯不列颠，不久便征服了那里的罗马人。从此，盎格鲁—撒克逊人便在不列颠定居下来，而凯尔特人则再次沦为奴隶。他们有的替盎格鲁—撒克逊人做牛做马，有的被迫移居苏格兰、威尔士和西北部偏僻的山区，继续生活在水深火热之中。在盎格鲁—撒克逊时期，不列颠社会发生了重大的变化。公元7世纪，无数大小不一的氏族部落合并为七个王国。经过多年的战争与厮杀，这些王国的军事力量和经济实力出现了分化，其中北方的麦西亚和诺林伯兰两个王国较为强大。而到了9世纪，南方的威塞克斯王国异峰突起，日趋繁荣，一跃成为英国的政治、军事、经济和文化中心。威塞克斯国王艾尔弗雷德（Alfred the Great，849—899）不仅治国有方，而且还率领百姓保家卫国，勇敢地反击丹麦人的入侵，最终将侵略者驱逐出境，并使独霸一方的大小王国统一起来，从而结束了英国长期战乱、割据分治的局面。不仅如此，艾尔弗雷德大帝还试图通过发展教育和文化事业来改变百姓愚昧无知的状态。与此同时，农业和贸易有所发展，小城镇也开始相继形成。此外，信奉基督教的人越来越多，而僧侣则被认为是英国当时最有学问的人。公元11世纪初，丹麦人再次入侵英国。不过，在丹麦人实行了二十五年（1017—1042）的统治之后，他们又被盎格鲁—撒克逊人赶出了国土。

公元1066年，诺曼人在威廉公爵（William, the Duke of Normandy，1027—1087）的率领下向英国发动了大规模的侵略战争，从而使不列颠的土地上再次战火纷飞，横尸遍野。诺曼人打败了盎格鲁—撒克逊人，最终统治了英国。"诺曼征服"（the Norman Conquest）不仅标志着盎格鲁—撒克逊时期的结束，而且也代表了英国封建制度的正式形成。威廉公爵成为英国的威廉一世。从此，英国的社会、经济和文化均发生了重大的变化。英国同欧洲其他国家之间的贸易往来不断增多，国内城市中的商业和手工业发展迅猛。应当指出，"诺曼征服"之后，变化最显著的也许是英国语言。诺曼人在将法国文化与习俗传入英国的同时，还带来他们的语言。从此，英国社会出现了本土英语、诺曼法语和拉丁语长期并存的现象。市井百姓使用本土的盎格鲁—撒克逊英语，王室成员、贵族和政府官员使用法语，而僧侣和学者大都使用拉丁语。这不仅极大地丰富了英语词汇，而且还简化了英语的语法和用法，并使其原有的词尾变形现象逐渐消失，这一时期的英语通常被称为"中古英语"。

然而，在"诺曼征服"之后的三个世纪中，英国社会动荡不安，各类矛盾日趋尖锐。曾与威廉一世共同打天下的许多诺曼人分到了土地和财产之后相继成了贵族。他们不仅拥有大量财富，而且还享有很大的政治权力。当时，英国社会的主要矛盾是贵族阶级与平民百姓之间的矛盾。残酷的剥削和压迫使许多地方的农民逃往城镇，他们组织起来抗租抗税，或举行武装起义。与此同时，贵族与国王以及贵族阶级之间的矛盾也愈演愈烈。此外，不少商人和手工业者在经济上获得成功后当选国会议员，成为一股不可忽视的政治力量。然而引人注目的是，英国的宗教势力不断蔓延，无孔不入，教堂和寺院随处可见。天主教会与贵族阶级互相勾结，狼狈为奸，对人民进行残酷统治与压迫。

14世纪，英国社会更加矛盾重重，危机四伏。1337年，英国与法国之间爆发了"百年战争"（1337—1453），这不仅迫使无数百姓充当炮灰，而且还使广大英国人民备受苛捐杂税之苦。1349年，英国爆发"黑死病"，全国大约三分之一的人死于这场可怕的瘟疫，从而造成劳动力的匮乏。为了迫使劳动者在不增加工资收入的情况下为雇主干活，英国国会于1351年通过了"劳动者法令"，明确规定那些不愿按原工资待遇工作的人将受到法律制裁。由于"黑死病"肆虐，民不聊生，各地农民纷纷揭竿而起。在东部的埃塞克斯出现了大规模的农民起义。在肯特郡，由瓦特·泰勒领导的数万农民一度占领了伦敦。但由于理查二世诡计多端，用欺骗的手段解除了起义军的武装，并杀害了多名起义军领袖，从而使英国的阶级矛盾更加尖锐，社会局势进一步恶化。

15世纪，英国社会正处于从中世纪转向文艺复兴时期的过渡阶段，封建制度开始解体，而资本主义经济的发展势头逐渐显现。当英法"百年战争"进入最为残酷的阶段时，法国人民在圣女贞德的领导下奋起反抗，击溃了英国军队的进攻，并收复了被占的土地。然而，"百年战争"刚刚结束，英国统治集团内部便开始争权夺利，从而导致了一场充满血腥的长达三十年的内战，即所谓的"红白玫瑰战争"（The War of the Roses，1455—1485）。与此同时，人民群众对封建制度和残酷内战表现出强烈的不满情绪，各地群众纷纷举行暴动。1485年，亨利七世即位，英国的混乱局面和血腥历史才算告一段落。从此，英国的文化事业出现了较为繁荣的景象。英国著名印刷家威廉·卡克斯顿（William Caxton，1422—1491）将印刷术传入国内。这不但为英国结束多种语言并存的局面和统一书面语言形式奠定了重要的基础，而且也极大地推进了文学事业的发展。

16世纪，英国社会发生了深刻的变化。亨利八世（1509—1547）继位后进一步巩固了王室的地位。他拒绝服从罗马教皇，在国内搞宗教改革，建立新的教会，自封为国教首领，推行政教合一体制。然而，亨利八世的宗教改革遭到了保守势力的强烈反对。1553年，玛丽女王即位。她不但竭力恢复旧教体制，而且还残酷迫害异教徒。不久，伊丽莎白女王即位（1558—1603）。她采取了与玛丽女王截然相反的政策，重新扶植新教，打击旧教。显然，当时英国宗教领域的改革已经完全超出了宗教的范畴，成了英国各派政治力量之间斗争与较量的手段。16世纪下半叶，英国发生了两件大事。一是农村大规模的"圈地运动"。由于羊毛工业的迅速发展，圈地牧羊变得极其重要。于是，成千上万的农民被迫离开他们赖以生存的土地，造成了所谓"羊吃人"的现象。在此期间，另一个重大事件便是英国与西班牙之间的战争。西班牙军队凭借所谓"无敌舰队"侵犯英国，企图推翻伊丽莎白王朝。英国军民奋起抵抗，最终击败了西班牙侵略军。当时，英国上下爱国情绪高涨，伊丽莎白王朝的政权因此而得到了巩固。

应当指出，促使英国小说形成的原因是错综复杂的。然而，伊丽莎白时期英国社会的急剧演变无疑为小说的问世提供了极为适宜的气候。其中对小说影响较大的也许是以下几种变化。

一、越来越多的人开始追求知识，并对科学产生了浓厚的兴趣。这种崇尚科学和热爱知识的精神在当时已经成为社会时尚。

二、英国社会的阶级日益分化，"阶级"的观念逐渐取代"等级"或"地位"的观念。同时，以商人和手工业者为代表的资产阶级队伍不断扩大。

三、具有礼貌、教养和文化素养的"绅士"越来越多。"有教养和没教养显然是现代英国社会初期的基本区别。"[1]

四、16世纪英国的宗教改革（the Reformation）对社会意识形态的变化产生了重要的影响。同样，"与罗马宗教权威决裂和建立一个可行的教会的漫长过程对文学也产生了一定的影响"[2]。

五、英语进化的速度以及英语词汇量的增长日益加快。据史料记载，16

1　Michael Mckeon. *The Origins of the English Novel, 1600—1740*. Baltimore: The John Hopkins University Press, 1988, p.29.
2　Ibid., p.159.

世纪初每年新增词汇大约50个，而到了16世纪末，每年新增的词汇已超过350个。

六、对英语书面语改革的呼声越来越高。人们对矫揉造作的语言风格逐渐感到厌倦，并开始推崇通俗易懂的散文语体。

显然，以上提到的这些变化均对英国小说的形成直接或间接地产生过一定的影响。从某种意义上来说，英国小说的问世不是一种偶发现象，而是具有历史的必然性。

英国小说便是在这样的社会与历史背景下诞生的。就知识和物质进步的速度而言，伊丽莎白时代在英国历史上是罕见的。这无疑为文学的发展提供了极为适宜的气候与土壤。此外，欧洲声势浩大的文艺复兴运动席卷英国，这也是文学创作步入空前繁荣阶段的一个重要原因。文艺复兴是一场国际性的新文化运动。它反对包括神权和禁欲主义在内的旧的体制和观念，崇尚科学精神，主张个性解放，并坚持以人为本的人文主义世界观。在文艺复兴时期，古希腊、古罗马的文化遗产得到了前所未有的尊重和传播，英国文坛人才辈出，名作相压。与此同时，一部分才华横溢的文人学者正在悄悄地对散文叙事作品的创作进行最初的尝试。他们认真探索，大胆实践，初步掌握了长篇散文叙事作品的创作方法，并逐渐获得了驾驭这种新型文学样式的能力。

第二节
西方神话典故和欧洲传奇文学的影响

真正意义上的英国小说已经具有四百多年的历史，但这与诗歌和戏剧的历史相比实在不足挂齿。尽管如此，英国小说像诗歌和戏剧一样，在艺术上经历了一个从低级到高级、从原始到成熟的发展过程。此外，英国小说像诗歌和戏剧一样，不但以本民族原始的口头文学为源头，而且还受到了西方尤其是古希腊、古罗马神话典故和传奇文学的影响。就此而言，英国小说与诗歌和戏剧分享着同一份珍贵的文化遗产，具有同一个灿烂辉煌的文学渊源。从某种意义上来说，英国的小说艺术是在西方神话典故和传奇文学的长期熏陶下形成与发展的。一位西方学者在谈到古希腊神话典故对英国小说的影响时指出："记忆所面临的问题是要记住一大堆分开时无法记住的'事实'或'信息'。因此，一个事实必须与以往的事实相联系……正如回声像其原来的声音一样,尽管这个事实本身是'新'的,但它必须同以往的事实相似……于是神话与历史便彼此交融。"[1]在全面回顾英国小说的来龙去脉时,我们发现,不但早期的小说家在创作中不同程度地受到神话典故和传奇文学的影响,而且现代主义作家也乐不可支地从中摄取了大量的创作素材,最典型的例子也许是乔伊斯的《尤利西斯》。

毋庸置疑,每个民族都拥有本土或来自异域的神话典故;每个民族都试图将其神话典故通过口头或书面的形式代代相传。当然,英国人也不例外。而这恰恰是包括小说在内的各种文学和艺术形式得以形成和发展的重要基础。众所周知,希腊与罗马因历史悠久、文化发达而拥有大量的神话典故。这不仅成为整个西方文学发展的重要源泉,而且也极大地激发了早期英国小说家的想象力,并使他们产生丰富的艺术灵感和强烈的创作欲望。据文学史料记载,英国早期的小说家大都对西方神话典故具有浓厚的兴趣,并不时借鉴各种神话的故事情节或框架结构来构思最初的英语小说,从而使这一新的文学体裁很快为自己找到了赖以生存的基础。

神话是古代劳动人民在长期的生活和生产实践中逐渐形成的,是劳动人民集体智慧的结晶。它首先以口头的形式在民间代代相传,因而带有各个历史时期的社会烙印。古希腊、古罗马神话是西方神话中的精华,它们不仅仅是关于神或被神化的古代英雄人物的故事,而且是生活在原始氏族社会的人对自然与环境的认识与解释。从某种意义上来说,古希腊、古罗马神话既是远古时期劳动人民对大自然无比崇拜的结果,也是他们将自然力量和生活现象不断神化和人格化的产物。通常,古希腊、古罗马神话大致具有三个在现代小说中常见的艺术特征。一、它们往往具有鲜明的人物形象。在这些神话中,人物始终占有主导地位。他们往往代表着某些自然力量,如天神宙斯(Zeus)、太阳神阿波罗(Apollo)、河神阿刻罗俄斯(Achelous)等等,或象征着某些美好的事物和品质,如爱神阿佛洛狄忒(Aphrodite)和智慧女神雅典娜(Athene)等等。这些人物具有不朽的魅力,给世人留下了难以磨灭的印象。二、神话典故大都具有精彩动人的故事情节。例如,特洛伊战争的故事以及智勇双全的伊塔刻岛

---

[1] Colin Burrow. *The Cambridge Companion to English Literature, 1500—1600*. Cambridge: Cambridge University Press, 2000, p.16.

首领奥德修斯（Odysseus）在特洛伊战争结束后漂流沦落、历尽艰险，最终返回家园与妻子团聚的故事都妙趣横生，引人入胜。三、神话典故大都反映了人类基本认同的价值观念。它们在描绘神的力量和被神化的英雄人物的伟绩时，还客观地反映了原始氏族社会的意识形态和普遍认同的价值观念，并揭示了某些深刻的道理，从而使人获得一定的经验教训和道德启示。应当指出，鲜明的人物形象、精彩动人的故事情节和人类基本认同的价值观念不仅是西方神话典故得以代代相传的重要原因，而且也对英国早期的小说产生了一定的影响。可以毫不夸张地说，英国的第一代小说家几乎个个都是神话典故最忠实的读者，同时也是最出色的模仿者。

随着希腊和罗马神话典故的不断发展与完善，它们对英国文学的影响也更加明显。如果说，最初的神话只是一些粗糙和零星的故事片段的话，那么，到了荷马时代（Homer，约公元前8世纪），西方的神话体系已经相当完整。它们不仅从口头形式发展为书面形式，而且在故事内容上体现了较强的逻辑性和连贯性，甚至还包括了某些历史与现实的成分。引人注目的是，荷马的神话史诗《伊利亚特》（*Iliad*）和《奥德赛》（*Odyssey*）以及后来的维吉尔（Virgil，70B. C.—19B. C.）的史诗《埃涅伊特》（*Aeneid*）等在框架结构上均显得较为合理，同时在创作技巧上也较为成熟。例如，荷马在长达二十四卷的《奥德赛》中展示了极强的谋篇布局能力，将主人公长达十年的流浪漂泊和冒险经历描绘得淋漓尽致。此外，荷马在作品中还运用了一系列相当成熟的创作技巧。他不仅采用鲜明的形象和生动的比喻来塑造人物，而且还使用追述、倒叙、回忆和穿插的手法来叙述故事情节，从而使作品具有极强的趣味性和可读性。毫无疑问，西方神话典故在当时所谓"愚昧黑暗的时代"已经成为人们的精神粮食，并且使英国早期的小说家受到了一定的启迪。

早在中世纪，以神话故事为题材的希腊和罗马史诗以及各种长篇叙事诗已在英国广为流传。它们大都通过海员、商人、传教士和游侠骑士之手传入英国。此外，"诺曼征服"也为当时还不太景气的英国文学带来了生机。随着英国社会生活的不断改善，不少法国作家移居英国。他们不但以各种方式忠实地记录了中世纪英国社会的一系列重大事件和生活状况，而且还热衷于编写有关特洛伊战争的系列故事，并不时改写西方神话典故，为传播古希腊、古罗马文化起到了积极的作用。显然，这些作品大都成为当时英国市井百姓茶余饭后的消遣读物。这不仅形成了英国小说滋生的气候与土壤，而且也为英国培育了第一批小说家。

此外，促使英国小说形成的另一个重要原因是欧洲各国传奇文学（romance）的繁荣与盛行。当时，许多以抄写文字为生的抄写员（Scribes）在寺院中日复一日地抄写各类传奇文学作品，其中包括《武功歌》（Chansons de Geste，约12世纪）、《罗马人历险记》（Romans D'Aventure）和许多有关亚瑟王的传奇故事。还有一些长年居住在英国宫廷中接受国王俸禄的法国作家整日埋头翻译拉丁作品和古希腊悲剧，有的甚至将神话典故改写成中世纪冒险和传奇故事。应当指出，描写中世纪骑士的冒险和浪漫经历的欧洲传奇文学为英国早期的小说家提供了重要的艺术样板。对英国早期的小说影响较大的也许是意大利的中篇小说。这些作品通常描写中世纪骑士的冒险经历、宫廷轶事或市井百姓的日常生活，并具有一定的现实主义倾向。它们大都故事简单，情节紧凑，人物形形色色，既有骑士和贵族，也有恶棍和荡妇。其中，最有影响的莫过于意大利著名作家薄伽丘（Giovanni Boccaccio，1313—1375）的《十日谈》（Decameron，1348）。这部作品共收入了由十个青年人在十天中讲述的一百个故事。这些故事大都取材于神话、历史或民间传说，题材广泛，生动有趣。薄伽丘还不时将这些素材与意大利当时的现实生活巧妙地结合起来，使《十日谈》成为一部人文主义和现实主义相结合的杰作。此外，薄伽丘的《菲洛柯洛》（Filocolo，1335）和《菲娅美达》（Fiammetta，1345）等传奇小说也曾受到英国读者的青睐。

值得一提的是，法国的传奇文学对英国小说的形成也具有一定的催化作用。15世纪中叶，由一位不知姓名的法国作家模仿意大利小说的风格所写的一本名为《婚姻的十五种乐趣》（Quinze Joies de Mariage）的散文作品在英国流传甚广。此外，法国著名人文主义作家弗朗索瓦·拉伯雷（Francois Rabelais，约1494—1553）创作的《巨人传》（Gargantua，1534—1553）也在英国颇有影响。尽管从严格意义上来说，《巨人传》还算不上一部真正的小说，但它包含了许多引人入胜的故事和生动有趣的生活镜头。拉伯雷以讽刺的笔触描绘了两个巨人（国王和王子）的传奇经历，以此来反映当时法国的现实生活，并揭示教育、宗教、婚姻和道德等方面的问题。不仅如此，16世纪在法国兴起的以描写爱情与婚姻为主的所谓"消遣小说"（Nouvelles Recreations）

也在英国百姓中竞相传阅。显然，法国文学对英国小说的形成产生了一定的催化作用。

引人注目的是，西班牙的传奇文学当时在英国也拥有大批的读者。据史料记载，文艺复兴时期在英国社会广为流传的至少有两部西班牙传奇小说（picaresque novel）。一部是由一位无名氏创作的《托姆斯河边的乞丐》（*Lazarillo de Tormes*，1553），另一部则是由著名文学大师塞万提斯（Miguel de Cervantes，1547—1616）创作的世界名著《堂吉诃德》（*Don Quixote*，1605）。前者描述一个孩子通过欺诈手段骗人钱财并逐步发迹的故事，为西班牙的传奇小说开了先河。后者以讽刺的笔触描绘了一个年过半百却充满侠义和狂热念头的西班牙穷乡绅的冒险经历，书中荒唐可笑的情节与惊心动魄的场面交相叠现，令人爱不释手。作为西班牙最优秀的一部传奇小说，《堂吉诃德》为同时代的英国作家提供了一个极为成功的艺术范例。

显然，英国小说的形成在一定程度上受惠于异域文化的繁荣与发展。西方神话典故和欧洲传奇文学不仅是世界文学宝库中的珍贵遗产，而且也使英国早期的小说家获得了丰富的艺术灵感，并使他们产生了强烈的创作欲望。于是，他们不约而同地酝酿起一种新的文学体裁，积极捕捉新的创作机会。

第三节
英国叙事文学的起源和发展

在小说问世之前，英国的叙事文学早已在民间流传。人类历史的发展表明，每个民族的文学历史都发源于民间的口头文学。当然，英国的叙事文学也不例外。早在盎格鲁—撒克逊时期，口头文学已在人们的生活中占有重要的地位。生活在氏族社会中的人经常能听到一些吟游诗人吟诵的各种神话典故和民间故事。当夜幕降临时，年轻人通常会围坐在篝火旁听老人们讲故事。上流社会的人似乎更爱听故事。在国王或部落首领举行的宴会上，人们往往会一边饮酒，一边轮流讲故事。他们弹着竖琴，满怀激情地吟咏古人的英雄事迹。在盎格鲁—撒克逊时期，吟游诗人大致可分为"斯可普"（Scop）和"格利门"（Gleeman）两种，前者演奏自己创作的作品，而后者演奏他人创作的作品。当时的吟游诗人深受人们的尊重和敬仰，并经常得到国王和部落首领的赏赐。

英国早期的口头叙事文学大都涉及神话、宗教、自然和战争的题材。随着社会的发展，不少故事被人用文学记录下来。于是，叙事文学便有了书面形式。叙事文学手抄本的出现不但进一步丰富了人们的文化生活，而且也为文学的发展奠定了良好的基础。

英国早期的叙事文学内容丰富，题材广泛，种类繁多。然而，随着时光的流逝，加之长期的兵荒马乱，大部分叙事文学的手抄本已经失传。在有幸被保存下来的文本中，最著名、最有价值的无疑是民族史诗《贝奥武甫》（*Beowulf*）。它生动地描述了高特族勇士贝奥武甫机智勇敢地战胜恶魔格兰代尔和为民除害的壮举，故事情节生动曲折、引人入胜。作为一部伟大的民族史诗，《贝奥武甫》不但对英国文学的发展产生了重要的影响，而且在世界文学史上具有一定的地位。不少学者认为，这部史诗早在6世纪就以口头文学的形式在民间流传，8世纪有了书面形式，而到了10世纪已在英国广为流传了。

作为英国早期叙事文学的杰出范例，《贝奥武甫》展示了后来的小说家们乐意效仿的三个艺术特征：即塑造一个英雄人物的形象、描述一个精彩动人的故事以及展示公认的价值观念。首先，《贝奥武甫》较为成功地塑造了一位民族英雄的形象：他无私、无畏、正直、勇敢，并具有强烈的使命感和责任感，而史诗中的其他人物与其相比均显得黯然失色。在这部长达3183行的史诗中，贝奥武甫的性格得到了较为充分的反映，他年轻时血气方刚、疾恶如仇、勇猛无比，而年迈时则更加稳重、老练、务实，并体现出伟大的博爱精神。生活不但使他变得更加成熟和理智，而且也使他的心灵得到了升华。显然，贝奥武甫的形象是塑造得比较成功的。其次，这部史诗描述了一个情节曲折、精彩动人的故事。善与恶的冲突与较量连续不断，一波未平，一波又起。尤其是贝奥武甫数次与妖怪及恶龙之间的搏斗紧张激烈、扣人心弦。尽管这部史诗在结构上显得比较松散，且存在着一些离题的现象，但它的故事情节却引人入胜，并体现出较强的戏剧效果。《贝奥武甫》的第三个艺术特征则体现在它所揭示的价值观念之上。从某种意义上来说，《贝奥武甫》开了早期"以价值描绘生活"的叙事文学的先河。它所反映的时代既模糊不清，也无足轻重，但它所揭示的价值观念却十分重要。它不仅将英雄人物的伟大壮举作为讴歌的对象，而且还反映了邪不压正的基本理念。此外，贝奥武甫身上所具有的品质既符合远古时期人们对理想中的英雄人物的基本概念，也与西方其他史诗中的英雄人物是一脉相承的。因此，《贝奥武甫》不但反映了原始氏族社会的劳动人民对环境的理解及对生活的态度，而且也揭示了他们公认的价值观念。显然，《贝奥武甫》的这三大艺术特征也成了英国早期叙事文学的基本特征，并对后来的小说家产生了潜移默化的影响。

在"诺曼征服"之前，叙事文学作品已在民间传播。它们大都创作于7世纪至10世纪之间，反映了古代劳动人民的智慧与想象力以及他们对生活的认识与态度。《浪游者》（Widsith，约7世纪）是盎格鲁—撒克逊时期最重要的叙事作品之一。它也许是日耳曼语系中最早的文学作品，在5世纪便以口头形式在民间流传。在随后的几世纪中，吟游诗人们不断对其进行补充和修改，使其更加生动有趣。《浪游者》生动地叙述了一位吟游诗人坎坷不平的艺术生涯和浪迹天涯的生活经历，其中既有对氏族社会生活方式的反映，也有对6世纪以前某些国王的描写。《提奥的哀歌》（The Laments of Deor，约8世纪）是当时另一部重要的叙事作品。据说，它比《贝奥武甫》更早在民间流传，并成为长篇史诗《贝奥武甫》手抄本中的一个插段。这部作品描写了一个名叫提奥的吟游诗人从成功走向失败的不幸遭遇。与其他作品不同的是，《提奥的哀歌》不以英雄业绩为主题，而是集中反映了艺人的失落与沉沦。这无疑为早期叙事文学增添了新的内容。此外，在盎格鲁—撒克逊时期还出现了一些描写市井百姓日常生活的叙事作品。它们似乎更加贴近现实生活，较为直接地反映了普通人的喜怒哀乐和悲欢离合。其中较为出名的有《水手》（The Seafarer，约7世纪）、《漫游者》（The Wanderer，约7世纪）、《妻子的抱怨》（The Wife's Complaint，约9世纪）和《情人的消息》（The Lover's Message，约10世纪）等。《水手》描述了主人公的航海生涯，充分反映了当时人们对大海的向往和冒险精神。这部作品在艺术形式上别具一格，由一位水手和一个青年人之间的对话组成，也许是日耳曼语系中最早用对话形式创作的叙事诗之一。《漫游者》较为生动地叙述了主人公在朋友去世后的孤独感和失落感，其间充满了他对昔日美好生活的回忆和对眼下孤身一人的哀叹。《妻子的抱怨》首次以女性的视角叙述爱情故事，真实地反映了一位已婚妇女对丈夫的思念。而《情人的消息》则从男性的角度来叙述爱情故事，反映了一位青年对爱情的浪漫追求。尽管这些作品的作者已无法考证，且流传的版本也不尽相同，但它们不仅反映了远古时期人们对故事的浓厚兴趣，而且也对英国叙事文学的发展产生了重要的影响。

应当指出,英国早期的叙事文学虽然在题材上不尽相同,但却体现了某些共同的特征。例如,它们全都采用诗歌的形式,而且大都篇幅有限。此外,高山、大海和森林以及太阳、月亮和星星等自然形象在作品中频繁出现。它们的艺术功能和象征意义变化多端,有时包藏祸心,有时神秘莫测,有时令人畏惧,而有时则美丽动人。当然,有时它们只是一些可有可无的点缀物而已。不仅如此,早期的叙事作品在塑造人物方面也体现出一定的类似性。这些作品中的主人公大都是身强力壮、英勇无敌和神通广大的英雄。他们不畏强暴,疾恶如仇,义无反顾地追求荣誉和男子气概。显然,早期叙事文学中的上述特征客观地反映了它们的历史局限性。然而,正是这种局限性才唤起了人们对英国叙事文学的改革意识,并成为其不断发展与进化的主要原因。

在盎格鲁—撒克逊时期,建立在基督教神话基础上的僧侣文学也得到了一定的发展。这种旨在宣传宗教思想和教义的文学作品是英国从氏族社会向封建社会过渡时期的产物。僧侣文学既排斥原始的多神教神话,又经常将基督教与多神教的某些成分结合起来,从而客观上促进了叙事文学的发展。僧侣文学的主要代表人物是开德蒙(Caedmon,630?—680?)。作为一名基督徒,他在促进僧侣文学的发展过程中发挥了积极的作用。开德蒙采用盎格鲁—撒克逊语言介绍和改写了《圣经》中的许多故事,其中包括《但以理书》(*Daniel*)、《出埃及记》(*Exodus*)、《朱狄司》(*Judith*)和《圣经·新约》(*New Testament*)等。然而,开德蒙最重要的作品是根据《创世记》(*Genesis*)改写的诗歌,其中第二篇生动地描绘了撒旦的反叛与失败,在当时具有一定的影响。引人注目的是,开德蒙虽崇尚古老的传统,但却采用新颖的题材;他虽鼓吹宗教教义,但却极力提倡作品的英语化和通俗化。如果说,同时代的不少叙事作品存在着结构松散、内容琐碎和东拉西扯的现象,那么开德蒙的作品则体现了一定的连贯性和严密性。显然,他的作品是英国早期叙事文学的杰出范例。

琴涅武甫(Cynewulf,750?—825?)是盎格鲁—撒克逊时期僧侣文学的另一位重要代表。像开德蒙一样,琴涅武甫是英国文学史上最早留下姓名的诗人之一。但与开德蒙不同的是,他并不满足于改写前人的作品,而是凭借自己的艺术才华创作了一些具有宗教色彩的叙事诗,其中包括《基督》(*Christ*)、

《埃琳娜》(*Elene*)、《朱莉安娜》(*Juliana*)和《使徒们的命运》(*The Fate of Apostles*)等作品。此外，有些学者还将《凤凰》(*Phoenix*)、《基督下地狱》(*Christ's Descent into Hell*)和《十字架之梦》(*The Dream of the Rood*)等叙事诗也归于他的名下。琴涅武甫的作品在描绘基督教圣徒和殉道伟人的故事的同时，还经常涉及现实生活，因此比一般的神话和宗教故事更具有趣味性和可读性。不言而喻，琴涅武甫的作品不仅是英国早期叙事文学的重要组成部分，而且还在艺术上体现了一定的独创性。

如果说英国早期的叙事诗对小说的形成具有重要的推动作用的话，那么早期的散文作品则对小说的问世产生了更为直接的影响。尽管英国的散文文学起步甚晚，但它的进化步伐却比诗歌更为矫健。随着社会的发展和生活的变化，诗歌这一古老而又袖珍的文学样式对表现日趋复杂的大千世界已显得力不从心。而散文作品则以其内容丰富、形式朴实和语言通俗等优点开始受到人们的青睐。从某种意义上来说，英国散文文学的崛起不仅是社会进化的结果，而且也完全符合文学发展的客观规律。

作为英国诗歌与小说之间的桥梁，散文叙事作品最早也许可追溯到7世纪的盎格鲁—撒克逊时期。据史料记载，当时的一些法律文件已经采用散文体的拉丁文撰写。在英国文学史上，最早的散文作家也许是比德（Bede，673—735）。这位将毕生精力献给宗教事业的牧师曾撰写了大量的散文作品，其中包括布道、圣人传记、历史记载和《圣经》评论等。比德最重要的散文作品是《英吉利人教会史》(*Historia Ecclesiastica Gentis Anglorum*，731)。该书详尽地记载了英国早期的一系列历史事件，真实地描述了当时人们的生活方式，其中还包括了不少神话典故。不少评论家认为，这部散文作品不仅结构清晰，而且语言流畅，是一部颇有参考价值的历史文献。继比德之后，威塞克斯国王艾尔弗雷德对散文的发展也作出了重要的贡献。由于他大力提倡用盎格鲁—撒克逊本族语言来改写或翻译早期的诗歌和拉丁文作品，因此他被不少评论家称为"英国散文之父"。艾尔弗雷德大帝亲自指导并直接参与了英国历史上最重要的文献之一《盎格鲁—撒克逊编年史》(*Anglo-Saxon Chronicle*)的编写。这部著作的编写工作始于公元891年，一直延续到1154年，长达两个半世纪。这是英国文学史上规模最大、编写历史最长的散文作品，对英国散文风格的形成与发展产生了重要的影响。

应当指出，中世纪英国的散文作品尚处于其发展的初级阶段，离真正意义上的小说还相距甚远。由于英国诗歌一统天下的局面并未得到改变，因此，当时诸如威廉·朗格兰（William Langland, 1332？—1400？）和杰弗里·乔叟（Geoffrey Chaucer, 1340—1400）那样才华出众的作家依然采用诗歌的形式来叙述故事。朗格兰的《关于农夫彼尔斯的幻想》（*The Vision Concerning Piers the Plowman*, 1362—1392）和乔叟的《坎特伯雷故事集》（*The Canterbury Tales*, 1387—1400）等作品都是当时颇有影响的长篇叙事诗。尽管如此，这些艺术质量很高、故事内容十分精彩的长篇诗歌在谋篇布局、叙述情节和塑造人物方面已经与小说比较接近，从而为散文作家提供了可资借鉴的创作经验和模式。中世纪的散文作家似乎看到了诗歌的不足之处，并试图采用一种被他们认为更加自由和朴实的语体来记录历史、表达思想和描绘生活。然而，由于历史的局限性所致，他们尚未想到采用我们今天非常熟悉的小说这种文学样式，更未找到创作小说的有效方法。换言之，处于中世纪的历史和社会条件下的作家还不具备创作小说的能力。尽管如此，中世纪的散文叙事文学依然以其坚定的步伐不断发展，英语散文取代诗歌语言并最终成为普通百姓的交际工具的日子已经为期不远。

15世纪中叶，随着工商业和手工业的迅速发展，英国的文化事业也日趋繁荣。威廉·卡克斯顿所引进的印刷技术不仅对散文叙事文学的发展起到了推波助澜的作用，而且也为小说的问世奠定了必要的物质基础。在此期间，英国作家托马斯·马洛礼（Thomas Malory, 1405—1471）成功地推出了通俗易懂的长达21卷的散文叙事作品《亚瑟王之死》（*Le Morte d'Arthur*, 1470）。他对经过几个世纪发展起来的这一庞大而又杂乱的题材作了必要的删节、浓缩和修改，将亚瑟王的传奇作为主要线索，并在此基础上插入一系列引人入胜的其他情节、从而使整部作品显得更加合理、完整和有趣。

《亚瑟王之死》是15世纪最出色的长篇散文叙事作品。它最重要的艺术特征是成功地将有关亚瑟王的纷繁复杂的故事内容置于一个相对清晰和较为合理的框架之内，为英语长篇叙事文学的创作开了先河。《亚瑟王之死》充分展示了以下三个艺术特征。第一，整部作品具有一个引人入胜的情节，作者的叙述紧紧围绕亚瑟王的传奇经历展开，故事动人，且富有悬念。其间穿插了许多次要情节，包括其他人物的比武、决斗、冒险和恋爱等等，既有战场上的残酷厮杀，又有花前月下的绵绵情意，使作品具有极强的可读性。第二，这部作品成功地塑造了一个有血有肉的国王的形象。亚瑟王的聪明、果断、勇敢和喜怒哀乐以及缺点和弱点都在作品中得到了生动的展示。马洛礼采用散文体来描绘中世纪的骑士形象，获得了当时的诗歌难以获得的艺术效果。第三，《亚瑟王之死》展示了广阔的社会图景和丰富的生活内容。作品中既有中世纪的田园风光和秀丽景色，又有残酷野蛮的杀戮场面，还有男女之间的争风吃醋。显然，《亚瑟王之死》体现了小说所具有的连贯性、完整性、包容性和趣味性。从某种意义上来说，它的艺术形式与现代小说已经十分相似。难怪有些评论家认为《亚瑟王之死》是英国文学中第一部散文小说。显然，《亚瑟王之死》不仅是英国文学史上一部里程碑式的作品，而且也向人们展示了英国小说艺术史上的第一道曙光。"现代长篇小说的种子已经在这种作品中成熟了。"[1]

应当指出，英国叙事文学从口头形式到书面形式、从诗歌体到散文体的演变过程充分体现了文学发展的基本规律。叙事文学的起源和发展不仅同英国社会的不断进化息息相关，而且也是历代作家认真探索与反复实践的结果。此外，散文作品的流行既应归功于其自身简洁明了、自然朴实和通俗易懂等优势，也与读者的审美意识和文学趣味的变化密切相关。尽管英国早期的叙事文学也许只是文学海洋中的一朵浪花，且许多作品已经被人遗忘，但它却是英国小说艺术史上一首美妙动听的前奏曲。

综上所述，英国小说的诞生具有十分复杂的历史与背景。随着英国社会的不断发展与演变，作为人类意识形态的文学不可避免地对此作出了必要的反应，并且按照自身的艺术规律不断走向成熟与完善。然而，在一个既没有样板，也没有路标，更没有理论和学说的时代，小说的形成无疑是十分艰难和缓慢的。到了16世纪，当声势浩大的文艺复兴运动在英伦三岛风起云涌之际，旧文学的局限性开始暴露无遗。人们对新的文学样式的呼声越来越高。此刻，英国的散文叙事文学在发展过程中面临了一次千载难逢的好机会。

---

[1] 阿尼克斯特：《英国文学史纲》，戴镏龄等译，北京：人民文学出版社，1980年，第24页。

第二章
英国早期小说的艺术特征

迄今为止,西方学者对英国小说的"起源"或"问世"众说纷纭,各种见解和解释层出不穷。小说的起源之所以引起众多学者和评论家的浓厚兴趣,因为它虽然是一种比较"现代"的艺术产品,"是一种新的、自觉的文学样式",[1]但人们对它的了解依然十分有限。应当指出,在过去的半个世纪中,尽管不少西方学者将英国小说的起源或问世同18世纪的笛福或理查逊的名字连在一起,但如今这种观点已经受到了质疑。历史证明,英国小说的问世比理查逊和笛福的小说至少提前了一个半世纪。正如一位批评家指出:"坚持认为18世纪的小说是新的形式完全是错误的,因为小说始终知道自己有一本古老的家谱。"[2]

16世纪末,随着文艺复兴运动的深入发展,诗歌一统天下的局面不复存在。伊丽莎白时代的贵族和平民似乎都对故事产生了浓厚的兴趣。莎士比亚等作家为大众舞台创作了一系列具有精彩的故事情节的剧本。这不仅繁荣了英国的戏剧文学,而且也极大地促进了散文文学的发展。此刻,新兴的资产阶级文化日益兴旺,英国文坛涌现了一批才华横溢且热衷于创作散文故事的作家。这便意味着小说问世的时机已经成熟。这些英国小说的先驱者们认真探索,大胆实践,成功地翻开了英国小说史的第一页。从此,英国的散文文学终于走出了中世纪漫长的黑暗与混沌的时代,摆脱了艺术上的枷锁与踌躇,迎来了小说的第一个春天。英国早期的小说(即理查逊和笛福时代之前的小说)大致可分为三大类:即文艺复兴时期描写骑士贵族的传奇经历的罗曼司(romance)、

---

1 Richard Kroll. *The English Novel, 1700 to Fielding.* London: Longman, 1998, p.6.
2 Ibid., pp.4—5.

伊丽莎白时期的"大学才子"所创作的现实主义小说以及班扬的寓言小说（allegorical novel）。尽管这三类作品在艺术上还不够成熟，但它们不仅确立了小说在英国文坛的应有地位，而且也开创了英国文学历史的新纪元。

第一节
文艺复兴时期的罗曼司

今天，越来越多的西方评论家认为，英国小说的形成不是一个突然或偶发的事件，而是一个缓慢的进化过程。除了社会、历史、经济和文化诸多因素之外，小说本身具有一个使其进化的文本模式（the evolutionary model），"凭借这个文本模式，小说才能从以往的叙事形式中有机地发展"。[1]文艺复兴时期较为流行的罗曼司无疑为现代小说提供了一种使其"进化的文本模式"。作为小说的一种初级形式，罗曼司不仅使早期的散文作家获得了施展艺术才华和发挥想象力的机会，而且充分地反映了英国封建时期的民族意识和精神风貌。英国的罗曼司也许可以追溯到"诺曼征服"时期。当时，从法国传入的不少描写封建骑士的传奇故事和冒险经历的罗曼司对英国的叙事文学产生了重要的影响。马洛礼的《亚瑟王之死》无疑是15世纪英国罗曼司的杰出范例。作为一种散文叙事作品，罗曼司虽体现了小说的基本特征，但它与传统小说之间具有明显的区别。这种区别主要反映在以下八个方面。

一、罗曼司往往描写很久以前而又理想化的经历；而小说则反映更为近代且不那么具有传奇色彩的社会。

二、罗曼司所涉及的地点大都不是作者的祖国而是遥远的异国他乡；而小说所反映的事件大都发生在作者的祖国，因而是一种民族文学形式。

三、罗曼司大都描写骑士与贵族的生活，而小说则更倾向于反映中产阶级和凡夫俗子的生活。

四、罗曼司的故事情节往往比较松散且带有插曲；而小说的情节大都较为紧凑与连贯。

五、罗曼司往往以神话史诗为艺术模型；而小说则大都从历史与社会中摄取素材。

1　Richard Kroll. *The English Novel, 1700 to Fielding*. London: Longman, 1998, p.5.

六、罗曼司赞美人的美德与贞洁；而小说则倾于揭露邪恶与危险的行为。

七、罗曼司几乎都以第三人称叙述；而小说的叙述形式则更加灵活多样。

八、罗曼司往往告诉读者书中的故事是虚构的；而小说大都否认作品的虚构性。

上述八条是罗曼司与传统小说之间的基本区别，但不能成为区别这两种小说文本的唯一标准。事实上，在有的作品中存在着两种艺术形式兼而有之和彼此交融的现象。然而，弄清罗曼司与传统小说之间的基本区别不仅有助于我们深入研究它们的艺术特征，而且也有助于我们进一步了解英国小说艺术的历史概貌。

18世纪英国大文豪塞缪尔·约翰逊曾对罗曼司作过精辟的评论："在过去创作的罗曼司中，每一种行为与情感对人们来说显得如此遥远，读者几乎不可能将它们与自己联系起来。同样，书中的美德与罪恶也超出了其行动范围。"[1]在约翰逊看来，由于罗曼司描写的是贵族和骑士，其故事大多发生在神秘的城堡或异国他乡，因此这种老式的小说对读者既无害处也无用处。但他告诫人们："我们不信的东西就千万别去模仿。"[2]由此可见，罗曼司自18世纪起便不再受人欢迎，它在文学中的地位与作用被勃然兴起的小说所取代。然而，当我们今天重新回顾英国的罗曼司时，它的许多艺术特征依然令人回味。

在文艺复兴时期，英国的罗曼司取得了长足的发展，并拥有较大的读者群。其中最杰出的作品有乔治·加斯瓦纳（George Gascoigne，1539?—?）的《F.J.少爷历险记》（*The Adventures of Master F.J.*，1573）、罗伯特·格林（Robert Greene，1558—1592）的《潘朵斯托》和菲利普·锡德尼（Philip Sydney，1554—1586）的《阿卡狄亚》。这些作品全都发表于文艺复兴运动的高潮时期，因而真实地反映了当时小说家的创作倾向和英国罗曼司的艺术特征。

《F.J.少爷历险记》是剑桥学子乔治·加斯瓦纳的代表作，也是文艺复兴时期最优秀的罗曼司之一。作品描写了一位名叫F.J.的贵族子弟与已婚的贵族夫人埃琳娜之间的恋爱故事。尽管这部罗曼司的题材并无多少新颖之处，其

---

[1] Joel Weinsheimer. *The Idea of the Novel in the Eighteenth Century*, ed. by Robert W. Uphaus. England: Colleagues Press, 1988, p.6.

[2] Ibid., p.6.

描述的也只是一般罗曼司中常见的宫廷贵族的浪漫爱情故事，但"它是16世纪最优秀的叙事作品。不仅如此，它体现了当时许多艺术特征和叙述形式，从而可以成为早先伊丽莎白时期小说的杰出范例"。[1]在现代评论家看来，作者的叙事笔法确有独到之处。在作品开头，作者通过一个名叫H.W.与另一个名叫G.T.的两个朋友之间的通信来揭示作品的主题，并以此来确立G.T.所担任的叙述者的角色。这不仅表明作者加斯瓦纳本人有意退出作品，而且也使读者面临了一个较为隐蔽的叙述者。事实上，G.T.与其说是叙述者，倒不如说是F.J.少爷所写的情书与诗歌的收集人和责任编辑。此外，作品中的三个人物，即少爷、他的情妇埃琳娜以及埃琳娜的妹妹弗朗西丝，也不同程度地充当了叙述者的角色。随着故事情节的展开，F.J.与埃琳娜之间的关系日趋明朗，两人的身份也随之变成了HE和SHE。于是，人物的姓名完全被性别所取代。由于HE和SHE之间鸿雁频传，互倾衷肠，因此他俩不知不觉地充当了作品的叙述者。同样，埃琳娜的妹妹弗朗西丝也与F.J.少爷之间关系暧昧，彼此以Trust和Hope相称。显然，他俩之间的许多对话不仅揭示了人物的性格与关系，而且也使他们充当了叙述者的角色。"在《F.J.少爷历险记》中如果还有哪一点使其不同于或超越其他罗曼司的话，那也许就是作者超然自得的创作技巧。我们目睹了F.J.不太走运的旅程，看他从自负变为困惑，继而又成为一个清醒的失败者。"[2]

尽管《F.J.少爷历险记》在叙述形式上别具一格，并体现了作者的艺术匠心，但它清楚地展示了刚从长篇诗歌脱胎而来的早期小说的艺术特征：即带有明显的诗歌痕迹。"与同时期的其他作品一样，《F.J.少爷历险记》反映了一种与故事大王乔叟竞争的意识。"[3]在这部罗曼司的开头，叙述者G.T.对他一位经商的朋友H.W.抱怨说："在那么多才子中间竟然没有一个敢于走那位杰出而又有名望的杰弗里·乔叟爵士所走过的道路。"显然，叙述者的这种"抱怨"本身就体现了乔叟作品中常见的离题现象。随后，他又向读者抱歉自己"有些离题了"。毫无疑问，这种由叙述者发出的"抱怨"或"抱歉"而引起

1　Danald Cheney. *The Cambridge Companion to English Literature, 1500—1600*, ed. by Arthur F. Kinney. Cambridge: Cambridge University Press, 2000, p. 205.

2　Ibid. , p.207.

3　Ibid. , p.207.

的离题现象不仅反映了长篇史诗和叙事诗对早期小说的影响，而且还成为当时罗曼司的一个普遍特征。然而，最明显的诗歌痕迹莫过于主人公所写的一系列矫揉造作的抒情诗。在这部篇幅仅为八十余页的作品中，作者掺入了近二十首长短不一的抒情诗，借此反映主人公的恋爱过程。读者发现，诗歌不仅在这部作品中占有很大的篇幅，而且也已成为重要的叙事手段。

引人注目的是，作者在《F.J.少爷历险记》中大胆地发挥了字母的艺术功能。他别出心裁地运用F. J.、G. W.等字母符号来取代人物的真实姓名，并用HE和SHE来代表男女主人公的身份。这不仅给人一种耳目一新的感觉，而且还让人联想起20世纪下半叶的后现代主义小说中那些令人费解的字母、符号和代码。就此而言，最时髦的后现代主义小说和早期的罗曼司之间似乎存在着某种一脉相传的艺术细胞。难怪一位研究英国罗曼司的评论家惊讶地说，16世纪的小说"在修辞的复杂性和运用文本的自觉性方面有时显示出的'后现代倾向'简直令人感到震惊"。[1]不言而喻，《F.J.少爷历险记》在艺术上既反映了由古代长篇叙事诗孕育变化而留下的某些痕迹，又充分体现了早期罗曼司作家的艺术匠心。

在16世纪的罗曼司中，罗伯特·格林的《潘朵斯托》是一部较为重要的作品，它为莎士比亚后来创作《冬天的故事》（*Winter's Tale*，1610）提供了不可多得的素材。这部罗曼司表现了波希米亚国王潘朵斯托的狭隘胸怀和嫉妒心理，同时也描写了国王的儿子道拉斯托斯与国王的女儿（从小由牧羊人抚养的）弗尼娅之间的浪漫爱情。作品不仅详尽地叙述了潘朵斯托国王如何千方百计地阻挠其儿子与其女儿相爱以及他又如何在了解真相之前对自己的女儿一见钟情的过程，而且还表现了潘朵斯托国王在知道弗尼娅是自己的亲生女儿之后令人可怕的嫉妒心理与报复行为。显然，《潘朵斯托》的故事同其他罗曼司一样既是虚构的，又是离奇的，甚至是荒诞的。然而，"《潘朵斯托》从某种意义上来说是一部比《冬天的故事》更不寻常的罗曼司"，[2]因为作者有意打破了一般罗曼司都应是喜剧作品的常规，并故意为作品设计了一个酸溜溜的悲剧

1　Danald Cheney. *The Cambridge Companion to English Literature, 1500—1600*, ed. by Arthur F. Kinney. Cambridge: Cambridge University Press, 2000, p.201.
2　Paul Salzman (editor). *An Anthology of Elizabethan Prose Fiction*. London: Oxford University Press, 1987, p.xviii.

性的结局。这无疑"使熟悉罗曼司传统的读者感到无比震惊"。[1]显然，格林在这部作品中试图为罗曼司探索一条新的发展途径。

应当指出，在语言形式和叙述笔法上，《潘朵斯托》与《F. J. 少爷历险记》之间具有明显的区别。在格林的作品中，诗歌的痕迹已经基本消失，取而代之的是一种与作品主题十分吻合的凝重深沉的散文语体。而这种语体明显地体现了中世纪学者用以记载历史或撰写法律条文的语言风格。例如，在作品一开头作者便像写学术论文似的滔滔不绝地评论起"嫉妒"的危害性：

> 在使人类头脑感到困惑的所有情感中，没有哪一种情感像令人痛苦的传染病似的嫉妒心理那样令人感到无比的厌恶，因为其他所有痛苦能通过理智的规劝而解除，或通过有益的忠告而治愈，或因需求而得到释放，或通过时间的流逝而逐渐消退，但是唯独嫉妒恰恰例外……

显然，这种凝重而又充满学究气的散文语体不仅反映了文艺复兴时期英国学者追求典雅的文风，而且也体现了早期罗曼司的普遍艺术特征。此外，《潘朵斯托》的叙述笔法也十分引人注目。尽管这部作品采用第三人称叙述，但叙述者不断介入作品。例如，"让潘朵斯托去悲伤吧，现在让我们来叙述那个小孩的悲惨遭遇……"此外，叙述者还不时对人物评头论足，并常常发表个人的见解和观点。在今天成熟老练的读者看来，这种叙述笔法无疑显得十分幼稚，但它却是四百多年前的英国小说留下的艺术烙印，对我们深入研究小说的发展轨迹具有一定的参考价值。

在文艺复兴时期，最著名而又最出色的罗曼司也许是菲力普·锡德尼的《阿卡狄亚》。这位被认为"是当时投身于散文小说创作的最杰出的作家"[2]所创作的《阿卡狄亚》是一部"田园罗曼司"（pastoral romance），因为它所叙述的传奇故事发生在一个理想化的山清水秀、风景迷人的阿卡狄亚王国。尽管作者本人并不看重这部作品，并称其为"随意写成的微不足道的东西"，[3]但它却成为"18世纪之前发表的最重要、最富于独创精神的英国散文

1　Paul Salzman (editor). *An Anthology of Elizabethan Prose Fiction*. London: Oxford University Press, 1987, p.xviii.

2　S. Diana Neill. *A Short History of English Novel*. London: Jarrolds Publishers, 1951, p.18.

3　Carl Holliday. *English Fiction*. New York: The Century Co., 1912, p.166.

小说"。¹《阿卡狄亚》共分为三卷，出版后在英国盛极一时，不到十年便重印了十次。应当指出，锡德尼的这部罗曼司在一定程度上受到欧洲传奇文学的影响，其中意大利人文主义作家桑那扎罗（Jacopo Sannazaro，1458—1530）的同名小说为锡德尼提供了重要的创作样板。

同许多罗曼司一样，《阿卡狄亚》的故事情节具有浓郁的传奇色彩。作品生动地描述了皮洛克利斯和缪西多勒斯两位王子的冒险经历以及他俩与阿卡狄亚国王巴西利斯的两个女儿菲洛克利娅和帕梅拉之间的浪漫爱情。故事紧张曲折，充满悬念，而且人物关系错综复杂，其中既有偶然的巧合，又有神谕的显灵；既有男扮女装，又有阴差阳错；既有悲剧，又有喜剧。锡德尼在作品中生动地描绘了一个犹如世外桃源般的王国中的宫廷逸事和年轻人的冒险经历与爱情生活，这无疑使《阿卡狄亚》具有罗曼司最显著的艺术特征。一位评论家指出："锡德尼并不试图表现日常生活，他体现了诗人的观念。"²事实上，锡德尼以一位伟大的诗人所具有的想象力和语言能力，创造了一种罗曼司中前所未有的艺术风格，即"阿卡狄亚风格"（the Arcadian Style）。

作为一名卓越的诗人，锡德尼在创作《阿卡狄亚》时大量地运用古典诗歌的语言艺术，从而使这部罗曼司产生了一种独特的艺术效果。"在《阿卡狄亚》中，锡德尼遵循了两种基本的文体规则：即为了艺术效果使同样的词语在句中形成对语或富有节奏感的叠言，其次是经常将生命和感情赋予那些没有生命的物体。"³从某种意义上来说，锡德尼别出心裁地采用了具有明显诗歌特征的散文语体来讴歌崇高的骑士精神和理想的爱情关系。在他的罗曼司中，对语（antithesis）、比喻（figures of speech）、头韵（alliteration）和拟人（personification）等手法屡见不鲜，甚至令人目不暇接。例如，以下是缪西多勒斯王子对皮洛克利斯王子所说的一段话，可见一斑：

[1] And is it possible, that this is Pyrocles, the onely young Prince in the world, formed by nature, and framed by education, to the true exercise

---

1　Quoted from *The Norton Anthology of English Literature*, New York: W. W. Norton & Company, Fourth Edition, Vol. I, 1979, p.480.

2　S. Diana Neill. *A Short History of English Novel*. London: Jarrolds Publishers, 1951, p.18.

3　Janes Eugene O'Hara. *The Rhetoric of Love* in Lyly's "Eupheus and His England" and Sydney's "Arcadia". Austria: Salzbury University Press, 1978, p.6.

of vertue? [2] Or is it indeed some Amazon that hath counterfeited the face of my friend, in this sort to vexe me? [3] O sweete Pyrocles, separate your selfe a little （if it be possible） from your selfe, and let your owne minde looke upon your owne proceedings: so shall my wordes be needlesse, and you best instructed. [4] See with your selfe, how fitt it will be for you in this your tender youth, borne so great a Prince, and of so rare, not onely expectation, but proofe, desired of your olde Father, and wanted of your native countrie, now so neere your home, to divert your thoughts from the way of goodnesse; to loose, nay to abuse your time.

以上这段内容包含了多种诗歌语言艺术。例如：第一句中的possible，Pyrocles，Prince和formed，framed，第二句中的face，friend，第三句中的sweete，separate以及第四句中的see，selfe 属于诗歌中常见的头韵法。此外，第一句中的formed by nature，and framed by education，第三句中的so shall my wordes be needlesse, and you best instructed以及第四句中的desired of your olde Father，and wanted of your native countrie属于诗歌中常见的充满韵律与节奏的对应结构。如果说第三句中的selfe和owne均属于叠言的话，那么第一和第二句则均属于诗人惯用的不必回答而只为加强语气的反问句（rhetorical question）。不仅如此，引用古典（如Amazon）和押尾韵（如formed与framed以及lose与abuse），也都体现了诗歌艺术的特征。值得一提的是，上述引文在《阿卡狄亚》中是极其平常的，此类例子可谓俯拾即是，不胜枚举。笔者曾经对《阿卡狄亚》一段长达近千词的语篇中的修辞手法作了一番统计，具体结果如下：

平均每100个词中出现	
头韵 3.1次	比喻 0.1次
对语 1.2次	拟人 1.5次
反问句 2.7次	尾韵 1.3次
叠言 3.6次	引用古典 0.2次

迄今为止，西方学者对锡德尼的小说语言贬褒不一，有的称其矫揉造作，华而不实，有的则认为它典雅优美，高贵华丽。在持批评态度的人中，英国作家威廉·赫兹里特（William Hazlitt，1778—1830）也许最为刻薄。他声称

"《阿卡狄亚》具有大约四千个不恰当的比喻，大约六千个令人感到困惑之处，大约一万个理由可以什么都不写，还有更多的理由反对它"。[1]然而，也有许多评论家对锡德尼的"阿卡狄亚风格"赞不绝口，并认为"这是锡德尼对文学的最大贡献"。[2]在他们看来，"阿卡狄亚风格"是这部罗曼司获得成功的重要原因。作者创造性地将诗歌语言运用于散文小说，使具有传奇色彩的故事同优雅的田园诗和悲壮的挽歌交织一体，取得了良好的艺术效果。"毫无疑问，锡德尼的主要艺术特征是美。他在自然界、文学中、男人和女人身上以及整个生活中都看到了这种美……《阿卡狄亚》充满了这种美。"[3]

应当指出，罗曼司既是诗歌时代向文学样式多元化时代过渡时期的产物，又充分体现了小说初级阶段的艺术特征。罗曼司自15世纪中叶开始在英国流行，直到19世纪初才退出文坛，其由盛转衰的历史长达三百余年。从某种意义上来说，马洛礼的《亚瑟王之死》的问世已经成为英国罗曼司起步的重要标志。这一文学体裁经过历代作家的努力实践得到了长足的发展。即便当18世纪现实主义小说全面崛起的时候，罗曼司在英国依然拥有许多读者，并且在艺术上日趋成熟。这种文学样式到了沃尔特·司各特手中已达到了相当完美的程度。英国的罗曼司题材广泛，内容丰富，如神话故事、宗教寓言、英雄传奇、宫廷逸事以及各种冒险经历等等。这些题材不仅反映了当时作家的审美意识和创作观念，而且也对作品的艺术风格产生了直接的影响。

在对英国早期的罗曼司作了一番概观之后，我们不难发现其四个显著的特征。一、罗曼司追求表现骑士精神和浪漫爱情，并致力于两者之间的完美结合。二、罗曼司在叙述形式上显得比较自由，充分反映了正在探索散文叙事文学创作方法的作家个人的审美观和艺术观。三、罗曼司在语言风格上明显地体现出诗歌的痕迹，古典诗歌中常用的修辞手段堂而皇之地走进以散文为基础的罗曼司。四、罗曼司的视角大都显得比较成熟、敏感、富有哲理和文化修养，因而较为迎合上流社会人士和知识分子的阅读趣味。此外，在英国早期的罗曼司中，现实主义的成分已端倪可察。作者有时不知不觉地将目光从充满神秘气氛和传奇色彩的异国他乡转向身边的现实世界，对社会生活及人物的性格与情

1　Janes Eugene O'Hara. *The Rhetoric of Love* in Lyly's "Eupheus and His England" and Sydney's "Arcadia". Austria: Salzbury University Press, 1978, p.15.

2　S. Diana Neill. *A Short History of English Novel*. London: Jarrolds Publishers, 1951, p.18.

3　Carl Holliday. *English Fiction*. New York: The Century Co., 1912, p.166.

感作较为真实细致的描述。尽管英国的罗曼司已不再流行，且不少作品今天已鲜为人知，但它们不仅发挥过一定的社会作用，而且也对英国小说艺术的形成与发展产生了重要的影响。

第二节
早期现实主义小说

在文艺复兴时期，正当不少散文作家热衷于撰写具有传奇色彩的罗曼司或详细记录真实的历史事件时，英国文坛涌现了一批以描写现实生活为主的小说家。他们大都在牛津或剑桥两所著名学府接受过良好的高等教育，思维敏捷，才华横溢，并在文学创作中表现出较为强烈的革新意识。这些"大学才子"不约而同地将创作视线集中在文艺复兴时期的社会生活，真实地反映人们熟悉的现实世界，充分体现了早期小说家的现实主义审美意识和创作观念。在这些作家中，最杰出的是约翰·黎里、托马斯·纳什尔和托马斯·迪罗尼等人。他们致力于新文学的实验与探索，从而成为英国小说最早的开拓者。

应当指出，英国早期现实主义小说的形成不仅受惠于文艺复兴时期人文主义思想的传播与流行，而且也反映了一部分作家从一味表现子虚乌有的神秘王国到着重描写周围现实世界的重要转变。显然，这是一个从"浪漫的理想主义"（romantic idealism）转向"幼稚的经验主义"（naive empiricism）的变化过程。不言而喻，英国早期作家的这种"认识转变"（epistemological shift）是促进小说文本进化的关键所在。随着骑士精神的消失和封建制度的解体，文艺复兴时期新兴的英国社会和急剧变化的生活方式既不能靠袖珍型的诗歌来描绘，也不能靠令人难以置信的罗曼司来表现，而只能靠贴近现实生活和面向市井百姓的散文小说来反映。从某种意义上来说，文艺复兴时期的人文主义精神和急剧变化的社会生活对正处在襁褓之中的英国小说产生了一定的催化作用。文学必然要对新的社会现实作出恰当的反应。因此，英国早期现实主义小说的问世不仅是社会演变的必然产物，而且也完全符合文学朝现代化和多元化发展的客观规律。

英国早期的现实主义小说摒弃了罗曼司中纯属想象或虚构且令人难以置信的题材，自觉地将创作焦点转向人们既熟悉又感受得到的现实生活。尽管它与18世纪以后的现实主义小说在现实性、关于性（aboutness）和事实密度（factual density）以及艺术手法等方面均不可相提并论，但它不仅代表了一种新的文学方向，而且向读者展示了一个与他们密切相关的现实世界。应当指出，由于英国早期的现实主义小说刚从诗歌脱胎而成并依然处在诗歌十分流行的时代，因此像罗曼司一样，它难免带有古典诗歌的艺术痕迹。例如，黎里的《尤弗伊斯：对才智的剖析》（Euphues: the Anatomy of Wit，1579）和《尤弗伊斯和他的英国》（Euphues and His England，1580）两部小说在艺术风格上均体现了诗歌化的倾向。此外，英国早期的小说所包含的现实主义成分也不尽相同。有的作品仅仅体现了现实主义的倾向，而有的作品则包含了大量的现实主义描写镜头，展示了当时英国较为广阔的社会图景。

约翰·黎里是英国最早的小说家之一。在一个诗歌和戏剧争妍斗奇的时代，这位"大学才子"中的佼佼者以一个伟大人文主义者的雄才胆略和对文学实验锲而不舍的精神，成功地创作了两部令人耳目一新的现实主义小说《尤弗伊斯：对才智的剖析》和《尤弗伊斯和他的英国》。尽管黎里也是一位出色的诗人，但他明显感觉到，诗歌在迅速变化的社会生活和日趋复杂的人际关系面前已经难有作为，因而文学的改革与创新不但迫在眉睫，而且已经时机成熟。与马洛礼早先的《亚瑟王之死》相比，黎里的小说不仅在谋篇布局上更加成熟，而且在语言形式上更加雕琢。而与同时代的锡德尼的罗曼司《阿卡狄亚》相比，黎里的小说则更加贴近现实，并更多地涉及人们所关注的社会问题。不仅如此，黎里在小说中成功地发展了一种文辞典雅华丽、充满警句格言的"尤弗伊斯散文体"（Euphistic prose）。

《尤弗伊斯：对才智的剖析》是一部以欧洲现实社会为背景旨在描绘理想的绅士风范与行为的教育小说。作品的情节比较简单，其作用在于构筑小说的框架，为人物之间的对话和书信往来提供一个较为坚实的基础。主人公尤弗伊斯是一位英俊潇洒的雅典人，出身名门，受过教育，但涉世未深，举止轻浮。他来到意大利的那不勒斯，经常出入各种社交场所，并受到种种邪恶的诱惑。他不时向其好友菲罗特斯的情人露西拉暗送秋波，并经常为此与菲罗特斯发生口角。然而，露西拉最终无情地抛弃了尤弗伊斯而投向另一个与她并不相配的求婚者的怀抱。在冷酷的现实面前，相继失恋的尤弗伊斯与菲罗特斯同病相怜，终于言归于好。小说以尤弗伊斯失望地离开那不勒斯返回雅典而告终。

"黎里的《尤弗伊斯：对才智的剖析》显然与骑士时代和古希腊的前辈们没多大关系。事实上，除了其富于浪漫主义色彩的口吻和文体之外，它的内容和意图充满了现实主义色彩……可以将其视为我们的第一部社会风俗小说（a novel of manners）。"[1]

《尤弗伊斯：对才智的剖析》在主题、人物和背景的描写方面均体现了较为浓郁的现实主义色彩。作者着重描写了同时代的年轻人的生活经历，生动地反映了尤弗伊斯、菲罗特斯和露西拉之间的复杂关系，以两个年轻绅士与一个女人之间时髦的三角恋爱为主线来揭示英国当时的社会风貌和生活气息。小说中的雅典人尤弗伊斯暗指当时的牛津学者，而意大利港市那不勒斯则影射伦敦。罗曼司中司空见惯的国王、骑士、王子和公主的形象在这部小说中已不复存在，而那种纯属想象和虚构的并带有神话和传奇色彩的内容也荡然无存。读者看到的都是他们熟悉的生活和人物。这便是这部小说的现实主义所在。不仅如此，作者对那不勒斯的社会现状作了极为真实的描述："那不勒斯是个与其说讲究利润倒不如说讲究欢乐，与其说讲究虔诚倒不如说讲究利润的地方"，"那不勒斯的老百姓不仅怀疑别人的行为和态度，而且还非常妒忌别人的孩子和姑娘。"诸如此类的描写在小说中比比皆是，不胜枚举。事实上，黎里的写实手法在他的续集《尤弗伊斯和他的英国》中得到了进一步的展示。主人公尤弗伊斯与好友菲罗特斯在英国的所见所闻更富有时代气息。他们在坎坷的人生道路上变得更加成熟，并进一步树立了追求知识和事业的信心。显然，黎里的创作方式为英国的现实主义小说开了先河。

此外，黎里的作品在谋篇布局和叙述形式上也为日后的现实主义小说提供了重要的范例。作者将同一人物尤弗伊斯作为两部小说的主人公，并使其好友菲罗特斯担当配角，以此来揭示人物间的矛盾与冲突，反映他们的成长过程，这在以往的散文文学中是罕见的。尽管有人将黎里的这两部作品视作一部小说的上下卷，但更多的人则认为它们是两本分散独立的小说。让同名同姓的人物在不同的小说中出现也许是黎里对英国小说的一大贡献。这种方式使作者获得了更大的艺术空间，可以分开描写同一个人物在不同的时空中的人生经历。这样既可以避免小说篇幅过长或情节过于复杂的现象，又能产生"欲知后事

---

[1] Charlotte E. Morgan. *The Rise of the Novel of Manners*. New York: The Columbia University Press, 1911, p.17.

如何，请看下回分解"的效果。事实上，这种艺术安排在乔伊斯和劳伦斯的现代主义小说中也是显而易见的（如乔伊斯笔下的斯蒂芬和劳伦斯笔下的厄秀拉）。在叙述形式上，黎里的作品也显示了早期现实主义小说的艺术特征。尽管他的小说以第三人称叙述，但作者本人的影子却不时在作品中闪现，例如，"我的年轻人决定在此居住"，"绅士们，你们也许看到了才智的作用有时是多么卑劣……"等等。显然，这种叙述方式在现代小说中已经销声匿迹。它无疑反映了尚在雏形期的小说在叙事艺术上的原始特征。值得一提的是，作者在讲述故事的同时有意插入了人物间大量的对话和书信，甚至还将学术论文之类的内容掺入小说，从而使故事情节进展缓慢，而人物的性格及彼此之间的关系则得到了较为充分的展示。更为引人注目的是，黎里在小说中还不时采用内心独白来反映人物的心理现实。以下这段引文便是尤弗伊斯在失去爱情和友谊时的内心独白：

  哎，尤弗伊斯，你现在是多么的不幸！多么的痛苦！……你为何要为一个既不忠贞又无感情的人折磨自己呢？哎，女人的爱是多么虚假！两性关系是多么不可靠！我失去了菲罗特斯，失去了露西拉。我失去了一种难以再得到的东西——忠诚的朋友。哎，尤弗伊斯，你真傻！

显然，这种内心独白不仅与同时代的莎士比亚笔下的哈姆雷特的内心独白有着惊人的相似之处，而且还使人联想起20世纪初风靡于西方文坛的意识流小说。黎里无疑是英国最早采用内心独白的小说家之一。正如一位西方学者指出："《尤弗伊斯》最主要的现实是背叛，正是对这种背叛的强烈意识才能使尤弗伊斯、菲罗特斯和露西拉产生无休止的内心独白，对自我外部的稳定原则的不断寻找以及近似于疯狂的自我质问和自我辩护。"[1]毫无疑问，黎里的小说艺术在当时体现了一定的革新精神。

黎里两部小说的另一个显著的艺术特征便是他创造的雕琢华丽的"尤弗伊斯散文体"。这种散文风格讲究修辞方式，注重韵律和节奏的效果以及强调比喻和形象的艺术作用，因而具有明显的诗化倾向。他似乎比锡德尼更喜欢采用头韵法，例如：在Naples a place of more pleasure than profit, and yet of more

---

1　Madelon Gohlke, quoted from *An Anthology of Elizabethan Prose Fiction*, pp. xvi—xvii.

profit than piety一语中,place,pleasure,profit和piety通过押头韵产生了一定的节奏感。又如:在hot liver of a heedless lover 一语中,头韵的表意功能在hot与heedless两个形容词上得到了充分的展示,而liver与lover则既押头韵,又押尾韵,造成特殊的音韵效果。不仅如此,作者有时还采用极为复杂的叠床架屋式的韵法。例如在Although I have shrined thee in my heart for a trusted friend, I will shun thee hereafter as a trothless foe一句中,shrined与shun,heart与hereafter,以及friend与foe等词的为首辅音交错重叠,形成匀称与和谐的韵律对位,从而获得了一种近似于立体声的效果。此外,比喻和形象的叠用也是"尤弗伊斯散文体"的一个重要特征。例如,菲罗特斯在给尤弗伊斯的信中写道:"难道你不知道一个好朋友应该像一只在黑暗中发光的萤火虫?或者像在火中能散发最诱人的香味的乳香?或者至少像一朵在蒸汽浴室中比在枝条上更香的大马士革蔷薇?或者……"作者采用了一系列极为具体的形象来比喻"好朋友",不但生动活泼,而且令人耳目一新。笔者曾对《尤弗伊斯和他的英国》中一段长达近千词的语篇中的修辞手法作了统计,结果如下:

平均每100个词中出现	
头韵　5.9次	比喻　0.4次
对语　1.4次	拟人　0.0次
反问句　1.1次	尾韵　2.6次
叠言　2.1次	引用典故　0.5次

相比之下,"尤弗伊斯散文体"比"阿卡狄亚风格"似乎更加雕琢华丽,更加具有诗歌语言的艺术特征。尽管人们对黎里的"尤弗伊斯散文体"贬褒不一,但他采用诗歌般的语言来创作现实主义小说的艺术尝试无疑是值得称赞的。

在没有先例和样板的情况下,黎里对英国现实主义小说进行了最初而又积极的尝试,使其在一定程度上突破了早先传奇文学和罗曼司的固有模式。尽管他的语言风格对其小说的现实性产生了一定的负面影响,而且他的小说经常暴露出结构松散等缺点,但在英国作家尚未找到小说更为理想的创作途径之前,黎里的创作实践无疑具有十分积极的意义。

托马斯·纳什尔是英国小说的另一位开拓者。在热衷于小说创作的"大学才子"中,纳什尔似乎最崇尚现实主义手法。尽管他在诗歌和戏剧创作方面也颇有建树，但他更擅长写小说。他不仅极力描绘英国社会底层的平民生活，而且也致力于揭示社会的阴暗面。这种创作倾向无疑使纳什尔成为当时最杰出的现实主义小说家之一。"纳什尔自觉地在尝试一种新的东西。"[1]他告诫读者不要将他的小说当作诗歌来读。他批评旧式传奇小说空洞乏味，并认为真正的小说应包含实质性的内容。"纳什尔试图在回答这样一个问题……即作家和读者是否能将'词汇与事物'、'写作与经历'以及'虚构与历史'重新合在一起。"[2]从某种意义上来说，纳什尔率先展开了作者与读者之间关于小说是否能够跨越诗歌与历史之间的障碍的讨论。

纳什尔的代表作《不幸的旅行者，或杰克·威尔顿的生活》（*The Unfortunate Traveler, or the Life of Jack Wilton*，1594）是一部充满现实主义色彩的冒险小说，同时也是"伊丽莎白时期小说中最富于挑战性和艺术魅力的作品"。[3]尽管西方批评家对这部作品的归属众说纷纭，但近来的评论似乎越来越强调其现实性和历史性。《不幸的旅行者》巧妙地将历史事实和虚构的内容交织一体，生动地描述了当时英国乃至整个欧洲大陆的社会现实。这部小说以亨利八世的侍从杰克·威尔顿的冒险经历为主线，通过他在"旅行"途中的所见所闻揭示了十分广阔的社会生活图景。威尔顿是个平时爱耍小聪明和爱搞恶作剧的英国士兵。在一次围攻图尔尼城的战斗中，他临阵脱逃。然后，他随萨里伯爵来到荷兰、法国、德国和意大利。一路上威尔顿亲眼目睹了当时欧洲大陆的混乱局势。他不仅遇见了荷兰人文主义者伊拉斯谟、英国作家托马斯·莫尔和意大利作家阿雷蒂诺，而且还看到了德国皇帝与浸礼教徒之间的冲突。在威尼斯，威尔顿干脆冒充萨里伯爵与一个意大利名妓私奔。在佛罗伦萨，他目睹了萨里伯爵因争风吃醋而与情敌决斗的场面。而在罗马，威尔顿则发现那里鼠疫横行，强盗猖獗。小说结尾，威尔顿不但改邪归正，并与自己钟情的女子喜结良缘，而且对人生有了新的感悟。一位评论家指出："托马斯·纳什尔因写了一个具有足够篇幅和情节的故事而使自己成为通常被称作英国第一部小说

---

[1] Robert Mayer. *History and the Early English Novel*. London: Cambridge University Press, 1998, p.147.

[2] Ibid., p.148.

[3] Paul Salzman (editor). *An Anthology of Elizabethan Prose Fiction*. London: Oxford University Press, 1987, p. xx.

的作者。"[1]

《不幸的旅行者》充分地体现了早期现实主义小说的艺术特征。当我们重新审视这部四百多年前发表的小说时，我们不难发现，纳什尔的创作风格与前人相比有了明显的发展，其艺术手法也更加成熟。在谋篇布局上，作者显示了较强的驾驭能力。这部小说以威尔顿在英国军队围攻图尔尼城时临阵脱逃开局，并以他改邪归正重新回到军队服役而告终。主人公前后的行为既形成了强烈的反差，又遥相呼应，从而使作品建立在一种首尾呼应、前后连贯的结构之上。在塑造人物形象方面，纳什尔同样采用了现实主义的手法。他描写的既不是一个亚瑟王式的骑士，也不是阿卡狄亚式的情郎，而是同时代的一个有血有肉的流浪者。整个故事自始至终围绕主人公威尔顿的"旅行"展开。作品不仅反映了他的言行举止，而且也揭示了他的喜怒哀乐及性格发展，使其与现代小说中的"圆形人物"有些相似。显然，作者在小说中塑造了一个贴近现实生活且较为丰满的人物形象。在叙述形式上，纳什尔同样运用了生动逼真的现实主义手法。他大胆地采用第一人称叙述，由威尔顿本人来描述自己的"旅行"过程，从而使小说不仅更加贴近读者，而且也显得更加真实可信。不仅如此，作品对现实生活的描绘给读者留下了极为深刻的印象。例如，作者通过主人公之口直截了当地向读者描述了一个名叫埃斯德拉斯的恶棍如何闯入一个受鼠疫侵害的意大利家庭并在十几具尸体中间强奸和杀害奄奄一息的家庭主妇的场面。这种镜头令读者毛骨悚然，惊诧不已。正如一位评论家所说，在描绘恐怖场面时，"纳什尔触及了同时代人的神经"。[2]

显然，《不幸的旅行者》是英国早期现实主义小说的杰出范例。纳什尔成功地采用了一种与"尤弗伊斯散文体"迥然不同的平实朴素却又不时带有讽刺色彩的小说语体，创作了一部篇幅长达一百余页并具有较强现实主义色彩的小说。他似乎在告诉人们，"他在写一种能够表现历史但本身却不是历史的小说"。[3]不言而喻，纳什尔为英国早期现实主义小说的发展作出了重要的贡献。

对英国早期现实主义小说的发展作出重要贡献的另一位作家是托马斯·迪罗尼。尽管他是伊丽莎白时代的杰出作家中唯一没有上过大学的作家，但他创

1　Colin Swatridge. *British Fiction, A Student's A to Z*. London: Macmillan, 1985, p.2.
2　Ibid., p.25.
3　Robert Mayer. *History and the Early English Novel*. London: Cambridge University Press, 1998, p.148.

作的小说在当时引起了很大的反响。像纳什尔一样，迪罗尼也对现实生活极为关注，并且不遗余力地描写当时的英国社会。引人注目的是，他将创作视线集中在以商人和手工业者为代表的新兴的资产阶级身上，不但生动地描写了这个阶级的责任感、工作热情、致富心理和冒险精神，而且还真实地揭示了原始资本的积累过程以及资本家捞取剩余价值的手段和途径。他首次将新兴的资产阶级作为小说的主要描写对象，从而进一步丰富了英国早期小说的题材和内容。就此而言，"托马斯·迪罗尼为标志着纪实现实主义的国产小说的开端作出了贡献"。[1]

大多数评论家认为，迪罗尼对英国文学的贡献主要是他后期创作的三部小说，即《纽伯雷的杰克，英国著名和杰出的布商》（Jack of Newbury, the Famous and Worthy Clothier of England，1597）、《文雅的手艺》（The Gentle Craft，1597—1598）和《里丁的托马斯》（Thomas of Reading，1600）。这三部小说集中地表现了英国资产阶级在原始积累阶段的发迹过程以及在社会、政治和经济活动中的地位与作用。其中最出色而又最富于现实主义色彩的无疑是《纽伯雷的杰克，英国著名和杰出的布商》。这部小说详细地记述了一位纺织学徒工在市场经济的竞争中如何发财的故事。小说主人公杰克曾是一个学徒工，平日勤奋工作，任劳任怨。当他的师傅去世后，杰克便与不愿守寡的师母结婚。他凭借自己精明的头脑和出色的管理能力，使一个小工场逐渐发展壮大，成为英国当时最大的工厂之一，而杰克本人则成为英国"著名和杰出的布商"，就连亨利八世也慕名前来参观他的工厂。杰克的纺织厂"始终保持五百个人在工作，为英国社会作出了重要的贡献"。

《纽伯雷的杰克，英国著名和杰出的布商》是最早反映英国资产阶级的社会作用与生活方式的现实主义小说。迪罗尼不仅详细地描述了英国资本主义萌芽时期的发财途径，而且还成功地塑造了一个从社会底层逐步发迹的资本家的形象。因此，这部小说在题材选择和人物描写方面的现实主义特征是显而易见的。作者对新生的资产阶级作了全面的描述，并且对这股正在日益壮大的社会力量予以充分的肯定。这不但体现了作者在当时的历史背景下对社会现实敏锐的洞察力，而且还显示了一定的前瞻性。作为新生资产阶级力量的代表与喉舌，杰克无疑是"典型环境中的典型人物"。作者通过这一形象反映罗曼司

1　S. Diana Neill. *A Short History of English Novel*. London: Jarrolds Publishers, 1951, p.25.

作家和历史学家们往往视而不见的英国早期资本家的真实状况，并且还借此来揭示这样一个事实：即资产阶级正不容置疑地成为一股主宰英国社会、政治和经济的重要力量。然而，迪罗尼对英国的资本家有不少过誉之词，将杰克描写成一个精明能干、宽厚仁慈、善解人意而又富有事业心和正义感的工厂老板。尽管小说中也有不少反映工人阶级的贫困与饥饿的描写，并在一定程度上表露了作者对劳动人民的同情，但这并未影响作者对资产阶级的歌颂与赞美。如果说罗曼司一味讴歌骑士精神和贵族风范的话，那么迪罗尼的小说则过于美化资产阶级的形象，对其商业道德、发财手段和价值观念缺乏深刻的认识。这无疑在一定程度上暴露了迪罗尼纪实现实主义小说的历史局限性。迪罗尼对资产阶级人物形象的刻画在《文雅的手艺》和《里丁的托马斯》中也得到了充分的展示。前者描写了英国各个时期的制鞋工人如何凭借"文雅的手艺"在商业竞争中成为鞋铺老板的故事，而后者则反映了几个布商如何通过资本积累逐渐在社会上获得重要地位的过程。显然，迪罗尼的后两部作品不但体现了与《纽伯雷的杰克，英国著名和杰出的布商》一脉相承的创作主题，而且同样具有极强的现实主义色彩。

就迪罗尼的小说艺术而言，两种创作手法颇为引人注目。一是小说中包含了许多长短不一的民歌和民谣，其中既有姑娘唱的，也有纺织工人唱的。迪罗尼似乎想展示自己在创作民歌民谣方面的艺术才华。此外，小说中还出现了几首叙事诗。这种现象主要体现在小说的前半部分，而在后半部分中，民歌、民谣和诗歌已不复存在，也许作者意识到了它们对散文小说的现实性可能造成的负面影响。在《纽伯雷的杰克，英国著名和杰出的布商》中，另一个引人注目的艺术现象是作者根据章节来划分小说内容的创作手法。这在早先的罗曼司和同时代的其他小说中是十分罕见的。《纽伯雷的杰克，英国著名和杰出的布商》全书分为十一章，每章长则十余页，短则两三页，并且每章开头都有一个反映该章内容的主题句。这不仅使小说的结构显得更加清晰，而且也使小说的文本形式发生了一定的变化。就此而言，迪罗尼的小说艺术与后来的现实主义小说已十分接近。

迪罗尼的小说是英国文学史上最早全面反映资产阶级形象的现实主义作品。他以纪实的方式描绘了手工业者在资本主义初级阶段努力奋斗获得成功的经历。作者试图告诉读者，当封建社会全面解体而资本主义经济正处于萌芽状态时，凡夫俗子与达官贵人面临了同样的挑战和机遇。因此平民百姓大可不必自惭形秽或哀叹人生，人人都有成功的机会。从某种意义上来说，迪罗尼在小说中不仅反映了同时代的人所面临的最现实的问题，而且首次向人们揭示了资产阶级这一新生群体的成功过程，这无疑使他的小说具有很强的现实性和启示性。正因为如此，"迪罗尼的小说通常被认为是对一个新兴的中产阶级读者群所作的反应"。[1]

综上所述，英国早期的现实主义小说，在一批才华横溢的"大学才子"和文人的认真探索和大胆实践下呈现出良好的发展态势。黎里、纳什尔和迪罗尼从不同的角度并以不同的方式反映了英国当时的社会现实和生活气息，对英国现实主义小说的形成起到了重要的推动作用。在他们的共同努力下，英国现实主义小说开始与罗曼司分道扬镳，成为一种新型、独立且充满生机的文学样式。与此同时，现实主义小说艺术已经初步形成，端倪渐显。

第三节
班扬的寓言小说

伊丽莎白时代是文艺复兴的时代，是思想与文化繁荣昌盛的时代，同时也是英国小说艺术初步形成的时代。1605年，伊丽莎白女王去世，一个辉煌的时代也随之结束。由于锡德尼、格林、黎里、纳什尔和迪罗尼等作家大胆开发散文文学领地，因此小说在英国文坛终于取得了一席之地，并为日后同诗歌和戏剧构成三足鼎立的局面奠定了基础。17世纪初，英国社会出现了腐败黑暗和动荡不安的局面。资产阶级革命的爆发和随后的斯图亚特王朝复辟不仅使整个国家长期处于混乱之中，而且也使这一时期的文学创作与文艺复兴时期相比黯然失色。尽管如此，一批具有革新思想的"大学才子"和文人创作的小说在英国备受青睐，小说的读者群也日益扩大。尽管英国小说尚未告别它的雏形期，但它已从过去的萌芽状态发展成为一棵嫩绿的幼苗；它虽未定型，但却充满了生机和希望。引人注目的是，在"17世纪后半叶最伟大的散文作家"[2]约翰·班

---

[1] Paul Salzman (editor). *An Anthology of Elizabethan Prose Fiction*. London: Oxford University Press, 1987, p. xxiii.

[2] 阿尼克斯特：《英国文学史纲》，戴镏龄等译，北京：人民文学出版社，1980年，第68页。

扬的努力实践下，英国文坛又出现了一种新的小说体裁——寓言小说。

寓言小说（the allegorical novel）的问世与17世纪英国社会的演变息息相关。随着英语散文的发展和流行，各种以简洁明快的语言风格写成的宣传道德观念与宗教思想的小册子在民间广为流传。1611年，《詹姆斯国王钦定圣经》（*The King James Bible*）正式出版。这不仅使英国有了一部重要的宗教文献，而且也对寓言小说的问世产生了重要的影响。在与庄重的教谕相吻合的同时，《詹姆斯国王钦定圣经》采用自然朴实的语体和市井百姓喜闻乐见的本土词汇来叙述神圣的宗教故事，从而进一步提高了英国人的阅读兴趣。英国17世纪的寓言小说旨在宣传正统的宗教思想或道德观念，并假托富于象征意义的故事及拟人的手法来向同时代的人说明守教规和讲道德的重要性，从而达到教育和感化读者的目的。寓言小说不仅具有较强的讽喻性和启示性，而且还体现了一定的时代性和现实性。它既不像罗曼司那样一味追求表现骑士精神和贵族风范，也不像一般现实主义小说那样贴近社会生活，而是一种具有劝诫性质和说教意义的文学作品。从某种意义上来说，寓言小说的诞生不仅丰富了英国小说的样式，而且也进一步扩大了它的社会作用。在艺术形式上，寓言小说往往体现出多样性和灵活性的特点。它既借鉴现实主义小说中富有生命力的艺术手法，又展示出一定的独创性。就文本样式而言，寓言小说似乎与一般的现实主义小说之间并无多大区别。

约翰·班扬是17世纪英国寓言小说的伟大开拓者，同时也是英国小说艺术史上一位举足轻重的人物。尽管在班扬之前已经有人写过散文寓言，但他是最早使"寓言小说化"（the fictionalization of allegory）的英国作家。"在《天路历程》中，班扬所创作的不仅是最完美的英语寓言，而且是最杰出的散文小说。"[1]在一个尚不具备小说理论的时代中，这位并没有接受过高等教育的牧师成功地创作了17世纪最优秀的宗教寓言小说《天路历程》和道德寓言小说《败德先生传》（*The Life and Death of Mr. Badman*，1680）。这两部小说不仅具有深刻的宗教寓意和道德启示，而且还展示了班扬独具匠心的艺术风格。从某种意义上来说，班扬的寓言小说的出现使英国的小说艺术跨上了一个新的台阶。

《天路历程》是英国小说史上最早也是最重要的一部宗教寓言小说。作品

---

1 Charlotte E. Morgan. *The Rise of the Novel of Manners*. New York: The Columbia University Press, 1911, p.121.

由第一人称叙述，生动地描述了主人公基督去天国寻求救赎的坎坷经历。小说开头，叙述者在梦中看见一个衣衫褴褛的人背着一个沉重的包袱，手中拿着一本《圣经》在路上徘徊。他便是主人公基督。当基督从传播福音者口中得知他的家乡将被大火烧毁时，他便将这一可怕的消息告诉家人和邻居，并劝他们赶快离开。但所有的人都将他视为疯子。无奈之下，基督决定独自一人去天国寻求救赎，从而开始了他的"天路历程"。起初，一个名叫"易变"的朋友愿意与他同行，但陷入困境后，"易变"中途变卦，而基督则义无反顾，勇往直前。后来，他在"世智"、"传道"等人的帮助和指点下，在一位名叫"尽忠"的朋友的陪伴下，克服千难万险，遭受种种磨难，路经"名利场"、"羞辱谷"、"困难山"和"死亡河"，终于到达"天国城"，并成为一名超尘拔俗的圣人。

《天路历程》是一部极为典型的以说教为目的的宗教寓言小说。班扬是一位尽心尽责、坚定不移的传教士，毕生致力于宗教事业，他在创作小说时当然也不例外。他将小说设计成一个宗教寓言，或者说，将一个宗教寓言改编成一部小说。他不仅使整部作品建立在主人公去天国朝圣的旅程之上，而且还借此向读者宣传正统的宗教思想，以达到说教的目的。就此而言，班扬是英国小说史上最早将小说作为工具来从事某种事业的作家。主人公基督身上褴褛的衣衫和沉重的包袱代表着人类的罪过和尘世间的烦恼，这无疑向读者传达了基督教的原罪思想。因此，主人公的"天路历程"不仅是物质意义上的跋涉，而且是一次精神意义上的旅行，具有深刻的宗教含义和象征意义。作者将基督视为人类的代表，将他前往天国朝圣的"天路历程"比作人生道路。班扬试图告诉读者，人类只有像主人公基督那样对上帝坚信不移，不断强化原罪意识和赎罪心理，才能摆脱罪孽，悔过自新，达到美好、理想和永恒的精神境界。在《天路历程》中，"班扬采用了其他寓言家传下来的故事框架，然而，他为自己的寓言设计了许多细节，他不是依赖前人的作品，而是完全凭借自己的创造力"。[1]

应当指出，《天路历程》的问世使人们看到了一种新的小说模式。作为一部宗教寓言小说，它与罗曼司之间存在着明显的区别。首先，班扬所关注的主要是精神上的真理和寓言的比喻作用。其次，他描写的是平民百姓而不是贵

---

[1] Charlotte E. Morgan. *The Rise of the Novel of Manners*. New York: The Columbia University Press, 1911, p.121.

族骑士，前者的日常生活和举止言行取代了后者的高贵文雅和繁文缛节。最后，也是最重要的，"他用现实主义取代浪漫主义。虽然他坚持了理想主义的观念，但他描写这种生活时从不淡化其中的困难"。[1]就此而言，"《天路历程》从基督教教义和经验主义认识论两个方面均解释了它与罗曼司之间的不同之处"。[2]

作为一部宗教寓言小说，《天路历程》充分体现了班扬苦心孤诣的艺术匠心。今天，当我们重新审视这部作品时，不禁对班扬纯熟的创作技巧赞叹不已。这部小说至少具有两个在当时属于极为新奇的艺术手法。首先，作者采用梦境与现实相结合的方式来发挥小说的寓言功能，并以此折射出深刻的精神含义。尽管班扬并不是第一个在文学创作中采用梦境手法的作家，但他却成功地创作了英国文学史上第一部完全以梦境为框架的寓言小说，并对如何巧妙地使用梦境形式来叙述小说情节进行了有益的尝试。在《天路历程》中，班扬不但将当时的作家还不太擅长使用的第一人称作为叙述者，而且还将整部小说的框架结构建于叙述者的梦境之上。关于这一点，小说的副标题已明确地告诉读者："从这个世界到未来的世界；以梦境的形式加以表现。"小说一开始便将读者带入一个梦幻世界之中：

> 当我在荒野中行走时，我来到了一个地方，那儿有间房屋。于是我在那里躺了下来，很快便睡着了。当我沉睡时，我做了一个梦。我在梦中看到一个衣衫褴褛的人在一个地方，背对着他的小屋，手里拿着一本书，背上驮着一个沉重的包袱……

显然，作者巧妙地在小说中安排了一个能说会道的叙述者，所有一切都通过"我"的视角得到展示。在小说开头安排了几句介绍性的引语之后，"我"便向读者展示了一个发生在梦境中的"天路历程"。在小说中，叙述者还不时采用"现在我梦见"，"然后我梦见"或"正如我刚才所梦见的"等解释性词语，以此来不断提醒读者，同时又将此作为叙述进程中必要的过渡手段。直到小说结尾，叙述者才从梦中醒来："于是我醒了，并发现这是一场梦。"尽管

---

[1] Charlotte E. Morgan. *The Rise of the Novel of Manners*. New York: The Columbia University Press, 1911, p.122.

[2] Michael Mckeon. *The Origins of the English Novel, 1600—1740*. Baltimore: The John Hopkins University Press, 1988, p.314.

在今天的读者看来，这种叙述手法似乎平淡无奇，甚至还有些俗不可耐，但在小说艺术发展的初级阶段，班扬的艺术构思无疑具有一定的独创性和前瞻性。不言而喻，他的叙述手法为当时还不太成熟的小说艺术注入了新的活力。

《天路历程》中另一个引人注目的艺术特征是作者的象征主义手法。班扬也许是英国小说史上最早采用象征主义技巧的作家。这种技巧显然为他的宗教寓言小说增添了极强的艺术感染力。《天路历程》中大量富有象征意义的人名和地名不但进一步丰富了寓言小说的表意功能，而且也构成了寓言小说的基本模式。班扬笔下的人物大都代表了各种抽象的概念和品质：如"易变"、"尽忠"、"世智"、"无知"、"希望"、"绝望"、"恨善先生"、"爱钱先生"和"饶舌先生"等等。他们不仅是小说中具体的人物形象，而且也代表了同时代人的性格与品德。此外，小说中的不少地名同样具有象征意义，如"名利场"、"困难山"、"羞辱谷"和"死亡河"等等。毫无疑问，采用富有象征意义的人名和地名对渲染小说主题和铺垫小说气氛起到重要的辅助作用。不仅如此，班扬对小说人物和情节的描写同样具有浓郁的象征主义色彩。例如，主人公基督褴褛的衣衫象征着人类的原罪特征，他背上的那个沉重的包袱暗示深重的罪孽和无休止的烦恼，而他所走过的艰难曲折、险象环生的"天路历程"则代表着人类赎罪的困难与痛苦以及追求理想境界的艰难。尽管班扬的象征主义手法与现代小说家的技巧不可同日而语，但它毕竟突破了英国早期小说在表现形式上的局限性，为小说艺术的发展起到了积极的推动作用。

值得一提的是，《天路历程》在揭示宗教主题的同时，还在一定程度上反映了17世纪英国的社会现实和生活气息。斯图亚特王朝复辟时期英国社会的混乱局势和腐败风气在小说中得到了较为充分的展示。作者在描述基督和"尽忠"在"名利场"的所见所闻时对当时的社会现实作了含沙射影的揭露和讽刺："在这个名利场上出售各种商品，如房屋、土地、手艺、地位、荣誉、升迁、头衔、国家、王官、色欲以及各种欢乐与享受……在这里可以看到偷盗、凶杀、通奸、伪证等等，而这一切都带有鲜红的血色。"事实上，诸如此类的现实主义镜头在小说中屡见不鲜。不言而喻，这种描写手法在一定程度上增强了宗教寓言小说的现实性和时代性，同时也体现了这种小说体裁的讽喻性和较为积极的社会作用。

应当指出，《天路历程》的意义已经超出了宗教寓言小说的范畴。班扬充分发掘了梦境的艺术功能，不仅使他的小说发挥了极大的说教和劝诫作用，而且还使其成为折射现实社会的一面镜子。他借助了一个看来纯属虚构的梦幻故事对当时的英国社会作了较为深刻的批判性描述。《天路历程》获得巨大成功之后，班扬便着手创作它的下集，并于1684年正式出版。下集主要描述基督的妻子克里斯蒂安娜同她四个孩子在邻居"仁慈先生"的陪同下战胜巨人"绝望"和其他怪物最终到达天国的"天路历程"。然而，大多数评论家认为，《天路历程》的下集在艺术上与上集相比大为逊色，两者的文学地位不可相提并论。尽管如此，《天路历程》（上集）代表了英国早期小说艺术的最高成就，同时也是英国文学史上的一个里程碑。

继宗教寓言小说《天路历程》之后，班扬发表了一部较为出色的道德寓言小说《败德先生传》。像《天路历程》一样，《败德先生传》也充分体现了讽喻性、启示性和时代性的特征。作为一部道德寓言小说，它不仅以讽刺的笔调描绘了王政复辟时期英国社会的腐败与罪恶，而且还揭示了深刻的道德含义，对同时代人的价值观念和行为准则具有一定的导向作用。这部道德寓言小说通过"智慧先生"和"关注先生"之间的对话描绘了一个名叫"败德先生"（即坏人）的罪恶行径。"败德先生"是17世纪下半叶英国奸商的典型形象。他从小作恶多端，后来采用种种卑劣手段发了横财。他投机倒把，囤积居奇，哄抬物价，横行市场，鱼肉百姓，最终暴病而死，算是得到了报应。班扬通过这一不法商人的形象无情地揭露了当时风行于英国社会的贪婪、狡诈、欺骗和腐败等丑恶现象。他明确告诉读者，英国社会到处都是"败德先生"，"邪恶如同洪水一般，可能会淹没我们英国人的世界"。班扬义无反顾地摒弃了早期罗曼司中的骑士精神和王者风范，刻意塑造了同时代一个因作恶多端而不得好死的恶棍的形象，其寓言小说的道德含义也就不言而喻了。

引人注目的是，《败德先生传》在艺术形式上出现了新的变化。班扬别开生面地采用了"对话体形式"来叙述刚死不久的"败德先生"的罪恶一生，从而使整部小说建立在"智慧先生"和"关注先生"两人之间的对话之上。显然，这种以人物对话为小说框架的创作手法在英国小说艺术史上是前所未有的。它不仅改变了小说通常只有一个叙述者的基本规则，而且使小说的叙述形式和文本样式发生了明显的变化。不仅如此，班扬还改变了读者的传统角色，使其成为"智慧先生"和"关注先生"对话的忠实听众。在小说中，"智慧先生"承担了叙述故事的任务,而"关注先生"则扮演了评论者的角色,两人一述一评,分工明确,各司其职。"具有权威性的智慧先生和积极参与的关注先生恰当地、始终如一地体现了不同的性格,他们的评论和道德见解全都恰如其分。"[1]值得一提的是,班扬在《败德先生传》中仍然采用了拟人的手法,将富于象征意义的名字用于各种人物,使他们的性格特征一目了然。这无疑再次显示了其寓言小说的艺术特征。然而,《败德先生传》在艺术上也存在着明显的不足之处。例如,作者在小说中掺入了大量宣传宗教教义的布道,"智慧先生"和"关注先生"的对话有时显得冗长、沉闷和乏味。当然,这不仅反映了凭借"对话体形式"叙述长篇小说的难度,而且也表明英国小说艺术的发展依然任重而道远。尽管如此,《败德先生传》是17世纪英国文坛一部不可多得的道德寓言小说。正如作者在这部小说的前言中所说:"如果这是上帝的旨意,我想我自己或其他任何人都难以为你们讲更多的故事了。它们是真实的故事,不是诺言,也不是罗曼司。"

班扬是17世纪的一位艺术天才,同时也是英国小说的伟大开拓者。他的寓言小说不仅深刻地反映了当时英国社会的腐败和堕落,而且也起到了警世醒人和道德感悟的作用。显然,创作一个优秀的寓言需要非凡的想象力,同时还需要一种能将无形的和难以名状的东西变成活泼和鲜明的主题的能力。当时这种艺术天赋在班扬身上简直无与伦比。不言而喻,班扬的小说不仅使他成为一名伟大的寓言家,而且也对英国小说艺术的发展起到了积极的促进作用。

综上所述,英国早期的小说是在诗歌依然呈强,戏剧不甘示弱的年代中极为顽强地抢占文坛的。英国自盎格鲁—撒克逊时期开始拥有自己的文学起,经过了大约一千年的时间,才拥有了自己的小说。显然,这不但归功于一大批既有远见、又有艺术想象力的开拓者的努力,而且还应归功于文艺复兴时期文学创作繁荣昌盛的大好局面。当然,这一时期问世的罗曼司、现实主义小说和寓言小说均属于英国小说的雏形,其艺术形式既不够成熟,也不够规范,并具有明显的历史局限性。尽管如此,英国早期的小说家在努力使小说根植于本土的实践与探索过程中充分显示了他们的艺术才华和创作潜力,进一步拓宽了小说艺术的发展空间,并且为18世纪英国小说的全面崛起奠定了重要的基础。

1　Charlotte E. Morgan. *The Rise of the Novel of Manners*. New York: The Columbia University Press, 1911, p.125.

第三章
18世纪的小说样式及艺术特征

　　18世纪，英国的封建制度全面解体，资本主义经济迅速发展，中产阶级的队伍日益扩大。随着社会的急剧变化，现实生活和人际关系日趋复杂。这无疑为小说的发展提供了极为适宜的气候与土壤。作为一种新生的文学样式，小说不仅对新的现实作出了积极的反应，而且在艺术形式上也发生了重大的变化。英国小说在约翰·班扬和阿弗拉·班恩等几位17世纪的艺术天才的努力实践下取得了长足的进步，而到了18世纪的艺术天才手中开始全面崛起，并呈现出日趋繁荣的局面。

　　英国小说在18世纪的顽强崛起至少有四个原因。一是"现实主义"在小说创作中开始占据主导地位。"简单地说，人们已经将'现实主义'作为区分18世纪初小说家的作品和以往作品的基本标准。"[1] 然而，"'现实主义'基本上被当作'理想主义'的反义词来使用"，[2] 而与我们今天对它的定义和解释不可同日而语。18世纪初，英国作家和读者的审美意识与文学趣味均发生了变化。通俗的宗教寓言和描写骑士贵族的罗曼司已不再走俏。据史料记载，"在1700年至1739年期间出版的小说中，只有一部故意标明是罗曼司"。[3] "无论是何种文化方面的原因，许多读者似乎都希望小说故事至少是真实的。"[4] 使英国小说崛起的第二个原因是英国读者群的迅速扩大。18世纪初，英国从事各行各业的中产阶级人数猛增，教育更加普及，全民文化素质有了较大的提高。于是，小说的社会需求便不断上升。"在诸多导致小说在英国比在其他地方更

1　Ian Watt. *The Rise of the Novel*. London: Chatto & Windus, 1967, p.10.

2　Ibid., p.10.

3　Richard Kroll. *The English Novel, 1700 to Fielding*. London: Longman, 1998, p.72.

4　Ibid., p.72.

早及更彻底的突破的原因中，18世纪阅读群体的变化无疑是至关重要的。"[1]第三个原因是小说样式的不断增多及其艺术形式的进一步优化。随着社会现实的急剧变化，小说文本固有的形式无疑受到了外部势力的冲击。"这种文本属性的不稳定表明了一种认识危机，从而出现了重大的文化转变，即如何在小说中描绘真实。"[2]然而，现存的小说样式和艺术均不足以表现如此丰富的生活内容和如此广阔的社会图景。显然，英国小说面临了一次新的发展机遇，其样式的增多和艺术形式的优化已在情理之中。使小说在18世纪全面崛起的第四个原因是英国文坛人才辈出，涌现了一大批出类拔萃的天才作家。丹尼尔·笛福、塞缪尔·理查逊、乔纳森·斯威夫特、亨利·菲尔丁和劳伦斯·斯特恩等优秀作家竞相登上英国文坛。他们从历史与现实中摄取创作素材，将创作视角转向广大读者所关心的现实问题。他们的小说无论在数量或质量上不仅是前所未有的，而且极为引人注目。显然，英国小说首次拥有如此强大的作家阵营。不言而喻，所有这些因素都不同程度地促进了小说的发展与演变，并对小说艺术的不断更新与优化产生了十分重要的影响。

当我们重新回顾18世纪英国小说的历史概貌并仔细考察当时的文本之后，我们不难发现，小说在样式和艺术形式上均发生了明显的变化。18世纪的小说家纷纷抛弃了以往的罗曼司或寓言小说留下的创作模式，以一种新的姿态来迎接小说的春天。与诗歌和戏剧相比，小说也许更能反映作者的个性与才华，同时也更容易成为作者开拓创新的实验场。18世纪的小说家似乎达成了这样一种共识：即小说家的主要任务是传达对人类经验的真实印象。

然而，人类的经验始终处于变化之中，而个人的经验更是难以捉摸。在他们看来，如果小说家过于关注小说现存的样式和模式，一味效仿前人的艺术手法，则会导致他在创作上的失败。因此，小说自然成为反映作家的艺术天赋和考验其独创能力的文化工具。当然，这也是小说艺术不断更新和优化的关键所在。

应当指出，以现实主义为原则的18世纪小说在样式和艺术形式上均体现了多元化的倾向。尽管18世纪的优秀作家大都拒绝从神话传说或宗教典故中摄取创作素材，但他们对小说究竟应该表现什么题材以及如何表现这些题材存在着

1　Ian Watt. *The Rise of the Novel*. London: Chatto & Windus, 1967, p.35.
2　Richard Kroll. *The English Novel, 1700 to Fielding*. London: Longman, 1998, p.29.

明显的分歧。这便导致了小说体裁的多元化，从而使各种样式的作品层出不穷，精彩纷呈：如笛福的个人传记小说，斯威夫特的讽刺小说，理查逊的书信体小说，菲尔丁的史诗型喜剧小说以及斯特恩的实验性感伤主义小说等等。引人注目的是，这些小说样式的出现不但首次确立了英国小说在文坛的主导地位以及在社会生活中的重要作用，而且还极大地丰富了英国小说的艺术形式，从而改变了英国小说艺术长期以来相对贫乏与滞后的局面。

如果我们对18世纪的现实主义小说粗略地浏览一番之后，就不难发现三个明显的变化。首先，18世纪的重要作品大都体现了追求表现个人主义的创作倾向。以往的文学作品通常表现"神圣的"（sacred）题材，神话故事和宗教典故成为作家取之不尽、用之不竭的创作素材。然而，18世纪的小说家则将创作视线转向了"现世的"（secular）生活，追求表现个人"世俗的经验"（profane experience）。18世纪的小说家大都自觉地遵循当时流行的所谓"常识哲学"（common sense philosophy）的原理。他们似乎认为，在"世俗的经验"中，每个人仅仅对自己和社会负责，但他关心自己胜过关心社会。在他看来，自己只是沧海一粟，微不足道，整个宇宙似乎同他并不相干。不仅如此，他在日常生活中的每一次选择或行动与神圣的世界并无多少联系。18世纪的小说所表现的便是这样的凡夫俗子。显然，个人主义无可争议地取代了以往的英雄主义和理想主义。"从18世纪初起，小说因采用了一种新型的现世神话而得益匪浅。"[1]正如著名评论家瓦特所说："自文艺复兴时期开始，将个人经验作为最终的现实来取代集体传统的倾向越来越明显，这似乎为小说的兴起提供了重要的文化背景。"[2]

18世纪现实主义小说的第二个明显变化是注重发挥时间在小说中的主导作用。古希腊和古罗马神话典故以及18世纪以前的英国文学深受柏拉图（Plato，427B.C.—347 B.C.）哲学思想的影响。柏拉图认为，在外部世界具体的事物背后存在着"形式"和"观念"，它们是永恒不变的、真正的现实。这种哲学观点代表了人们以往的一种基本理念：即在时间流动中发生的事情不属于真正的现实。然而，这种观念在18世纪受到了质疑。人们开始将时间视为

1　Frederick R. Karl. *A Reader's Guide to the Development of the English Novel in the Eighteenth Century*. London: Thames and Hudson, 1974, p.10.

2　Ian Watt. *The Rise of the Novel*. London: Chatto & Windus, 1967, p.14.

物质世界重要的组成部分，它对个人与历史都是一种制约力量。读者发现，自18世纪起，小说家不再喜欢叙述永恒的和超时空的神圣故事来反映所谓绝对的、永不改变的价值观念。他们开始强调时间在小说中的重要作用，按照时间的进程来描述人物和事件的发展。这便是现代英国小说家福斯特所说的"以时间描绘生活"的创作倾向。从某种意义上来说，强调时间同人物和事件之间的密切联系以及时间在作品中的主导作用是小说与其他艺术形式之间一个极为重要的区别。

18世纪现实主义小说的第三个明显的变化是充分强调具体空间在作品中的重要地位。不言而喻，人类的时间观与空间观总是彼此交融的。在18世纪之前的文学作品中，空间形象大多是模糊的或纯属虚构的。例如，英国大文豪塞缪尔·约翰逊曾经指出："莎士比亚对时间或地点的特征并不关注。"[1]即便在班扬的《天路历程》中，虽然出现了一些现实主义的描写镜头，但其空间形象也是次要的，甚至是琐碎的。自18世纪初起，像时间一样，具体空间在小说中的作用与地位日趋明显。例如，笛福将鲁滨逊长期居住的位于巴西海域的一个荒岛描绘得淋漓尽致，使读者不禁产生身临其境的感觉。在理查逊的笔下，帕梅拉在林肯郡和贝德福德郡犹如监狱一般的住宅令读者深信不疑。同样，菲尔丁在描述汤姆·琼斯前往伦敦的旅程时采用了大量的真实地名。显然，将人物置于具体的物质环境之中并真实地描绘其生活经历是18世纪现实主义小说有别于以往小说的一个重要标志。

综观18世纪的小说艺术，我们从中大致可归纳出以下十个具体特征：

一、同神话和宇宙分离的人成为小说表现的主要对象。

二、具体的、物理的和有限的时间成为支配小说框架与情节的重要力量。

三、人物所处的地理环境和故事的背景更加清晰和明确，空间形象的地位显著提高。

四、小说的情节更趋复杂，篇幅也越来越长。

五、小说的书名大都较长，并带有解释性或描述性副标题。

六、女性角色的地位逐渐提高，对女性人物的描写更加细腻。

七、小说的场景逐渐由外向内，即从田园、森林和战场等外部场景转向寝

1　Quoted from *Johnson on Shakespeare*, "Preface", ed. Raleigh. London: Oxford University Press, 1908, pp.21—22.

室、书房和舞厅等内部空间。

八、对人物心理活动的描写逐渐增多。

九、更加注重描写新生资产阶级的价值观念（如金钱至上、个人奋斗）与贵族的价值观念（如礼仪、风范）之间的冲突。

十、更多地采用具有指示意义的（denotative）语言来描写人类的经验和生活。

综上所述，18世纪的英国小说在样式和艺术形式上均发生了重大的变化。笛福、理查逊、斯威夫特、菲尔丁和斯特恩等优秀作家在新的社会现实面前勇于探索，独辟蹊径，凭借超群的智慧和非凡的才华不仅创作了一系列传世佳作，而且有力地推动了小说艺术的发展，成为英国小说艺术史上又一批功不可抹的伟大开拓者。

第一节
笛福的个人传记小说

丹尼尔·笛福是英国小说艺术史上一位十分重要的人物。"笛福的《鲁滨逊漂流记》所引起的文学革命是里程碑式的。不管人们怎样讨论小说的先驱者，当笛福开始在《鲁滨逊漂流记》中发展这种形式之前，没有多少作品读起来像小说。"[1]笛福的创作实践具有极为重要的意义，因为他的小说同以往的作品相比，无论在艺术形式或艺术质量上都跨上了一个新的台阶。从某种意义上来说，笛福不仅向世人推出了一种新型的小说文本，而且还为英国小说艺术的发展起到了积极的推动作用。引人注目的是，笛福将近60岁时才开始创作小说。显然，年龄和经验对他的小说样式和创作手法产生了重要的影响。在没有多少小说样板可以模仿或艺术遗产可以继承的情况下，笛福以其独特的审美意识和非凡的艺术才华创作了一系列个人自传小说，例如，《鲁滨逊漂流记》、《辛格顿船长》（*Captain Singleton*，1720）和《摩尔·弗兰德斯》（*Moll Flanders*，1722）等等。这些小说以及笛福的其他一些小说不但采用第一人称叙述，而且还采用了一种被评论家们称为"自传性回忆"的创作手法，从而使

1　Michael Seidel. *Robinson Crusoe: Island Myths and the Novel*. Boston: Twayne Publishers, 1991, p.27.

英国小说的叙事艺术发生了新的变化。

个人自传小说在笛福的努力下于18世纪初开始在英国亮相。这种小说样式既具有自传或回忆录的特征，又符合小说的艺术标准。作者在小说中安排一个叙述者，一切事件都通过这个叙述者的视角与口吻进行叙述，而作者本人则退出了小说，或仅仅出现在小说的"前言"中。"小说家本人（如果他真的出现的话）最多声称自己是无意中获得的一堆个人材料的编辑而已。"[1]笛福的个人自传小说首次使文学作品面临了如何表现人物的自我与身份的问题。在他的小说中，叙述者或主人公千方百计地设法将他们不平凡的生活经历告诉读者，并将小说作为他们最终而又最理想的叙述工具。叙述者试图证明他的生活经历要比那些支离破碎的琐事更有意义。从某种意义上来说，个人自传小说旨在为读者塑造一个自我。尽管笛福有时对他笔下的人物表现出讽刺的态度，但他也不时表露出对他们的同情。而读者并不是一个纯粹的旁观者，相反，他对主人公的困境极为关注，并分享他的喜怒哀乐。毫无疑问，笛福的个人自传小说不仅在当时引起了强烈的社会反响，而且也为小说带来了新的生机与活力。

应当指出，笛福的个人自传小说的问世具有一定的历史意义。它不仅标志着现实主义小说在英国的全面崛起，而且还首次确立了个人与自我在小说中的重要地位。"笛福的哲学观念与17世纪英国的经验主义者极为相似。他在表现个人主义成分方面比以往任何作家更加彻底，他的作品独特地反映了各种形式的个人主义与小说的兴起之间的联系。"[2]事实上，笛福笔下的鲁滨逊、辛格顿船长、摩尔·弗兰德斯和杰克上校等人物都是18世纪英国个人主义的具体化身。笛福通过这些人物的喉舌表达了英国在资本主义初级阶段的价值观和人生观。然而，更为重要的是，笛福成功地找到了足以表现这种个人主义的艺术形式。他的"自传性回忆"手法为他的一系列个人传记小说提供了极为有效的艺术载体。

《鲁滨逊漂流记》是笛福第一部个人传记小说。这部作品的书名很长，它的全称是："约克郡的一个海员鲁滨逊的生活和奇怪而又惊人的冒险故事。"此外，作者还在封面上附了一段解释性词语："他的船触礁沉没后其他人都遇难仅他一人幸存，他在靠近奥鲁诺克河入口的美洲海岸的荒岛上独自生活了28

1　George Watson. *The Story of the Novel*. London: Macmillan, 1979, p.15.

2　Ian Watt. *The Rise of the Novel*. London: Chatto & Windus, 1967, p.62.

年，由他诉说最终自己又是如何奇迹般地被海盗所救。"最后，在封面的下方出现了"由他本人撰写"的字样。从严格意义上讲，这段解释性内容是书名的一部分。显然，笛福使用书名的方式是前所未有的。这一长达66个词的书名仿佛是对全书的小结，既能使个人传记的内容一目了然，又能唤起人们的阅读兴趣。从某种意义上来说，冗长的带有副标题或解释性词语的书名不仅成为18世纪个人传记小说一个较为显著的艺术特征，而且也成为小说家们竞相效仿的一种文学时尚。

一位评论家指出："回忆式小说的走红有其必然性，它主要得益于人们对真实事件的兴趣。这种小说的第一位大师是笛福，它的第一本代表作是《鲁滨逊漂流记》。"[1]引人注目的是，在小说的"前言"中，作者写道："编者相信这件事完全是历史事实，其中没有任何虚构的内容。"显然，当时笛福对"小说"的性质与概念依然十分模糊。在他看来，"历史"是对实践的真实记录，而"小说"虽然与"历史"的性质不同，但也可以作为描写历史的工具。"他试图向读者保证他的著名作品不应作为小说而应作为历史来阅读。"应当指出，笛福之所以将自己视为"编者"并声称其作品描写的"完全是历史事实，其中没有任何虚构的内容"，这不仅因为他当时对小说的"事实"（fact）与"虚构"（fiction）之间的关系感到困惑不解，而且还因为他正在开发英国小说新的疆界，并大胆地闯入了"天使惧于涉足的地方"。不言而喻，笛福的个人传记小说是一种新型的小说样式，它使艺术家和叙述者的作用均发生了变化。[2]

作为一部个人传记小说，《鲁滨逊漂流记》一开始便体现了"自传性回忆"的艺术特征。叙述者开门见山地回忆起自己的身世：

> 我于1632年出生在约克城而不是乡村的一个不错的家庭。我父亲来自不来梅，最初在赫尔居住。他通过做生意积累了一笔财产，随后便放弃生意搬到约克居住。在那里他与我母亲结了婚……

现代英国小说家弗吉尼亚·伍尔夫对《鲁滨逊漂流记》的开局方式赞不绝

---

[1] George Watson. *The Story of the Novel*. London: Macmillan, 1979, p.16.
[2] Robert Mayer. *History and the Early English Novel*. Cambridge: Cambridge University Press, 1998, p.181.

口，她认为"没有比它更干脆利落的了"。显然，这种叙述方式使主人公的生活经历逐渐展示在读者面前。小说的第一人称叙述大大地缩短了读者与文本之间的距离，而且还使作品产生一种真实感和即时感。读者仿佛是在阅读主人公的私人日记，饶有兴趣地了解他的生活经历。在小说中，鲁滨逊以慢条斯理的口吻滔滔不绝地讲述他的人生经历。然而，他并没有过多地叙述家庭背景和童年生活，而是将小说约百分之九十的篇幅用于描述他"奇怪而又惊人的冒险故事"。这无疑充分显示了笛福在个人传记小说的谋篇布局方面的驾驭能力。

应当指出，笛福的"自传性回忆"手法成功地塑造了一个当时中小资产阶级理想中的英雄形象，同时也生动地反映了英国资本主义原始积累时期资产阶级的冒险精神和创业过程。小说主人公鲁滨逊精力充沛，敢于冒险，乐于进取。他虽然长期身居荒岛，但他以惊人的毅力和决心为生存而斗争，历经千辛万苦，最终巩固了自己的地位。主人公以真实的口吻向读者详细地介绍了自己如何在海上遇险后漂向荒岛，随后凭借本人非凡的智慧和创造力顽强生存下来的经过，同时还生动地叙述了他与"星期五"之间的关系：

> 经过了很长一段时间，"星期五"与我相处不错，他开始与我说话了，而且开始明白我的意思了。我并不想对他灌输宗教知识。有一次我特地问他是谁创造了他，这个可怜的家伙一点都不明白我的意思，他以为我在问谁是他的父亲，于是我再问他是谁创造了大海，我们行走的大地，还有高山和森林。

显然，这种叙述形式给读者一种生动、自然而又真实的感觉，并有力地增强了小说的趣味性与可读性。

引人注目的是，笛福的"自传性回忆"手法在形式上体现了多样性的特征。作者并没有让叙述者一成不变地按照这种方式来汇报自己的经历。为了避免叙述形式的单调与乏味，作者别出心裁地在作品中采用了几种特殊的叙述手法。例如：鲁滨逊的冒险经历有相当一部分（约占全书的十分之一）是采用日记的形式叙述的。这些日记不但十分详细地记录了他在荒岛上如何设法生存的过程，而且还反映了他对生活的思考。以下便是他刚到荒岛时写的一段日记，可见一斑：

> 10月26日至30日：我非常辛苦地将物品搬运到我新的住所，尽管有时雨下得很大。
>
> 10月31日：早晨我带着枪外出寻找食物并了解周围环境，我打死了一只母羊，而它的小羊却跟着我来到了住所，后来我也将它杀了，因为我不想喂养它。
>
> 11月1日：我在一块岩石下搭了一个帐篷，第一次在那里睡了一晚。
>
> 我用钻头将桩子打在小丘上，尽可能使帐篷大一些。

此外，鲁滨逊的日记还不时反映了他在困境中的心理活动。例如，在生了一次病之后，他不禁陷入了沉思冥想之中：

> 7月3日：我总算挺过来了，尽管过了几个星期之后我才恢复元气。当我在恢复健康时，我的脑子一直在想《圣经》里的这句话：我会拯救你们。虽然我一直企盼获救，但我总认为自己不可能获救。然而，正当这种想法使我泄气时，我忽然想到自己总是希望在这次大难中获救而忽略了自己已经获救的事实，于是我便扪心自问：我难道不是从病魔中奇迹般地获救了吗？

显然，鲁滨逊的日记生动地反映了他在极端恶劣与孤独的环境中的生活方式和心理现实。它不但对叙述者的陈述作了必要的补充，进一步丰富了他的故事内容，而且还成为笛福个人传记小说的一种十分有效的艺术手法。

不仅如此，笛福还别出心裁地使主人公采用记账式的方式来表现他的冒险经历。"当理智在我的头脑中占据主导地位时，我开始尽量安慰自己。我将恶事与善事分别列出，这样我便可防止自己堕落。我按照借方与贷方的形式公正地将我幸运的事情和不幸的遭遇分别列出"：

恶事	善事
我被遗弃在一个可怕的荒岛上，没有任何获救的希望。	但我依然活着，没有被淹死，而我的所有同伴都已遇难。
我仿佛命里注定要与世隔绝，遭受磨难的。	但我又从所有的船员中被挑中免于一死的，谁奇迹般地使我幸免

> 我与人类隔绝了，成了一个孤独的被人类社会遗弃的人。
> ……
> 于难也能将我从这里救出。
> 但我在这块荒地上没有饿死，也无须供养他人。
> ……

显然，这种将恶与善按照借方与贷方的形式来排列的记账式叙述手法是笛福在小说创作中的一大发明。它不仅使小说的叙述形式走出狭隘的艺术通道，变得更加生动活泼，而且还激发了许多小说家的想象力，使他们看到了小说艺术的无限张力和巨大潜力。人类历史是延续的，但有时是重复的。小说艺术的历史也不例外。笛福的记账式叙述手法在20世纪下半叶英国著名的极端形式主义小说家B·S·约翰逊的小说《克里斯帝·马尔利自己的复式簿记》（Christie Malry's Own Double-Entry, 1973）中得到了重演。这无疑使我们看到了英国小说艺术史上有趣的巧合和不同时代的作家在艺术手法上有时表现出的惊人的相似之处。

应当指出，笛福的"自传性回忆"手法首次成功地在英国小说中表现了一个孤独和错位的"自我"的形象。"笛福的小说建立在一种强烈的以自我为中心的观念之中。"[1]鲁滨逊严重的孤独感和异化感在他的"自传性回忆"中得到了充分的展示。在荒岛上的近三十年中，他经常说："我像一个被遗弃的人那样生活在荒岛上，那里除了我之外没有别人。"鲁滨逊的孤独不仅是社会和物质意义上的，而且也是精神上的。来到荒岛的第一天，他便处于极端孤独之中。他花了三个半月的时间在岛上筑了一道墙，建立了岛中之岛，从而将自己与外界严密地隔绝开了。于是，他的性格变得更加自私和孤僻，他的自我发生了严重的错位。尽管他时刻期待着获救的机会，但当他在岛上第一次发现人的足迹时，他并没有感到惊喜，而是极为恐惧。总之，"鲁滨逊在荒岛上三十年的独居生活是他自私心理的一种象征"。[2]正如他本人所说："我觉得生活好像是或者说应该是一种普遍的独居行为。"笛福采用的叙述手法不但与小说的主题极为吻合，而且还真实地表现了人物的性格与特征。《鲁滨逊漂流记》是一部优秀的个人传记小说。它的成功在很大程度上取决于它那精彩动人的故事，但同时也受惠于作者的艺术手法。正如现代英国小说家伍尔夫所说：

---

1 Richard Kroll. *The English Novel, 1700 to Fielding.* London: Longman, 1998, p.164.
2 Ibid., p.164.

"《鲁滨逊漂流记》是一部杰作，它之所以是一部杰作是因为笛福自始至终保持了他自己的视角。"[1]

笛福另一部重要的个人传记小说《摩尔·弗兰德斯》同样采用了"自传性回忆"的叙述手法。像《鲁滨逊漂流记》一样，这部小说依然由第一人称叙述，所不同的是，叙述者是一个生活经历极其复杂并且当过妓女和小偷的女人。笛福试图通过女性的视角来叙述所谓"奇怪而又惊人的冒险故事"。他像在《鲁滨逊漂流记》中一样利用小说的"前言"对主人公的"自传性回忆"作了一番说明："这个世界近来深受小说和罗曼司的影响以至于很难使人们对个人传记信以为真。"笛福明确表示作品的内容取自主人公"自己的回忆录"，"用来完成她的故事并使其成为你们现在看到的东西的那支笔并未遇到多少困难"。笛福承认，"原来的故事已经用新的语言和文体改写过"。显然，他不但强调其小说内容的真实性与可靠性，而且将它视为一部"个人传记"。不仅如此，他故伎重演，再次扮演了编辑的角色，声称自己对摩尔·弗兰德斯的回忆录"作了不少改动"。如此一来，这部作品出现了双重视角，其中既有女主人公原汁原味的个人回忆，也有作者艺术加工的痕迹。笛福仿佛意识到，让一个有犯罪记录的女人同时担任主人公和叙述者不但会引起道德观念的混乱，而且还会影响个人传记小说的真实性，因为让一个在晚年已经改邪归正的女人来叙述其年轻时代的犯罪经历会造成叙述者的意识与行为执行者的意识之间的巨大差异。然而，笛福既未告诉读者他究竟作了多少改动，也未说明其中哪些内容是主人公原汁原味的回忆。他只是在小说的"前言"中敬告读者："我们很乐意让读者自己来评判以下内容，或完全由他自己来接受。"显然，笛福当时这种模棱两可的态度具有一定的艺术目的。他似乎并不想让个人传记小说因为过于真实而抹杀了小说应有的虚构性。就此而言，笛福的小说观与现代作家的小说观颇为相似。据此，读者可以断定，摩尔·弗兰德斯是一个"不可靠的叙述者"（an unreliable narrator）。

像《鲁滨逊漂流记》一样，《摩尔·弗兰德斯》也采用了一个与个人传记小说十分吻合的冗长的书名："著名的摩尔·弗兰德斯的幸运和不幸，她出生在纽盖特，六十年的人生经历坎坷不平，除了童年时代，她当过十二年妓女，

---

[1] Virginia Woolf, quoted from Daniel Defoe, *Robinson Crusoe*, a Norton Critical Edition, ed. by Michael Sinagel, New York: W. W. Norton & Company, 1994, p.285.

结婚五次（其中一次同她兄弟结婚），当过十二年小偷，八年在弗吉尼亚服刑，最终发财，并改邪归正，临终前是个忏悔者。"显然，这部小说的书名与《鲁滨逊漂流记》的书名在形式上如出一辙，充分体现了笛福个人传记小说的艺术特征。

然而，在叙述形式上，《摩尔·弗兰德斯》体现了作者新的艺术构思。在叙述故事的过程中，摩尔不仅对自己的一生进行了全面而又深刻的反思，而且还试图寻找一个受到各种外部势力严重伤害的"自我"。她的叙述是那样的投入，那样的自觉，以致使读者感到她试图使自己成为当时社会制度的受害者。当她年轻时被爱情抛弃时，她的人生观发生了根本的变化。于是，"她拒绝了爱情，并决心从金钱中寻找乐趣"。[1]引人注目的是，主人公的叙述口吻在小说中变幻无常。有时，她以讲究实惠甚至有些粗俗的口吻来叙述自己的经历：

> 我的境况发生了变化，我袋中有钱了，同这些男人没什么好说的，我已经上过那个叫作爱情的大骗子的当，但现在游戏结束了，我现在决定要么不干，要么结婚，而且要体面地结婚，否则就干脆别结婚。

显然，主人公年轻时的人生态度不仅反映了她当时的道德观念，而且同叙述者晚年的思想意识之间并没有明确的界线。笛福并没有说明上述想法究竟属于以前的主人公还是属于后来的叙述者，读者只能对此作出自己的判断。引人注目的是，有时主人公又以自怨自艾的口吻来叙述她的经历：

> 但我从未想过自己是个已婚的女人，是亚麻布制品商B先生的太太。虽然他有特殊情况需要离开我，但他却没有能力解除我俩之间的婚约，或给我再婚的自由，所以我几乎一直就是个妓女和奸妇。后来我责备自己水性杨花，对这位绅士设下了圈套……

不言而喻，这是叙述者对自己过去行为的一种道德反思。然而，这种叙述口吻充满了内疚和自责，与先前那种讲究实惠、略显粗俗的口吻大相径庭。显然，主人公叙述口吻的不断变化既为这部个人传记小说增添了不少魅力，也在一定程度上表明笛福的叙事艺术有了进一步的发展。此刻，笛福的小说语体似

1　Everett Zimmerman. *Defoe and the Novel.* Berkeley: University of California Press, 1975, p.78.

乎显得更加挥洒自如。例如，他采用了极为生动而又富于情感的语言来描述摩尔·弗兰德斯在监狱中的绝望心理：

> 我仿佛感到自己正在被一种不可避免的而又看不见的命运迅速推向这种痛苦的日子……我几乎同时面临了我的人生和罪恶的最后时刻。所有一切都涌进了我的脑海中，使我的思绪极度混乱，并使我陷入悲哀和绝望之中。

不仅如此，《摩尔·弗兰德斯》在结构上也充分体现了笛福的艺术匠心。从表面上看，这部小说似乎由一系列分散独立的生活片段组成，其结构显得较为松散和杂乱。有些评论家曾对此提出过严厉的批评。他们认为"笛福不关心故事内部的统一性"，"他没有按照连贯性来构思《摩尔·弗兰德斯》，而是将各个琐碎的部分拼凑起来"。[1]然而，笛福在谋篇布局上并不是随心所欲的，而是体现了较为成熟的构思与合理的设计。事实上，"在人物与情节的关系之间可以找到某种连贯性"。[2]在结构上，《摩尔·弗兰德斯》可以分为三个部分。第一部分包括主人公的童年时代和她几次婚姻失败的生活经历；第二部分主要描述她当妓女和小偷以及被捕入狱的情况；而第三部分则反映她坐牢之后改邪归正、悔过自新的过程。应该说，这三个部分的编排不仅是合理的，而且也体现了个人传记小说的基本特征。不仅如此，在整部小说中，笛福还另外安排了两个人物，即母夜叉和杰米，使他俩在小说中反复出现，从而成为连接各种事件和生活片段的艺术纽带。显然，"笛福十分关注能使人物发展的叙述逻辑"。[3]

作为一部个人传记小说，《摩尔·弗兰德斯》不仅反映了主人公的"幸运"和"不幸"，而且还具有一定的警世作用。从某种意义上来说，《摩尔·弗兰德斯》是英国第一部"罪犯传记小说"（a novel of criminal biography）。这部小说在叙述主人公极不寻常的人生经历的同时，还在一定程度上向读者展示了一个女人的心理现实。这在英国小说史上也是前所未有的。

1　Quoted from *Wrestling with Defoe*, ed. by Marialuisa Bignami, Cisapino: Istituto Editoriale Universitario, 1997, p.131.

2　Ibid., p.131.

3　Ibid., p.135.

笛福的个人传记小说不仅对英国现实主义小说的全面崛起具有重要的推动作用，而且对英国小说艺术的发展产生了一定的影响。现代著名小说家詹姆斯·乔伊斯曾经对笛福的创作给予高度的评价："不模仿或改编外国作品，在没有文学样板的情况下从事创作，用他的笔描述了真正的民族精神，并为自己设计了一种前所未有的艺术形式的第一位英国作家是丹尼尔·笛福——英国小说之父。"[1]

第二节
《格列佛游记》：英国讽刺小说的先河

18世纪上半叶，英国小说的样式精彩纷呈，展现了多样化的发展态势。与此同时，小说的艺术形式更加丰富多彩，艺术质量也明显提高。像其他艺术形式一样，英国的小说艺术犹如一种有机的生命体，在适宜的社会气候与艺术土壤中茁壮成长，并不断走向成熟和繁荣。班扬和笛福的小说在英国社会不仅引起了强烈的反响，而且还极大地提高了小说的地位。18世纪上半叶在英国文坛顽强崛起的现实主义小说艺术在讽刺大师乔纳森·斯威夫特的手中进一步得到了升华。人们惊讶地发现，小说不仅是描绘现实和反映生活的文学工具，而且也是针砭时事、嘲弄愚昧和讽刺一切不良行为的有效途径。显然，斯威夫特创作的语言尖锐和笔调辛辣的讽刺小说向人们展示了一种全新的小说样式，同时也为英国小说艺术注入了新的活力。

斯威夫特的文学地位和声誉主要建立在他的一部别具一格的讽刺小说《格列佛游记》之上。"在这部小说中，我们获得了斯威夫特的整个艺术构思：风趣、辛辣、讽刺、愤怒、幽默和绝望，这种绝望心理在他对爱尔兰丧失信心的过程中不断增强。"[2]同样，"在《格列佛游记》中，他比在其他任何作品中都更有理由声称'他所写的是个人独创的东西'"。[3]斯威夫特曾声称自己是个"有才智的人"和"诚实的人"，他所写的一切"旨在取悦和改善人类"

---

[1] James Joyce, quoted from Daniel Defoe, *Robinson Crusoe*, a Norton Critical Edition, pp.320—321.

[2] Roger McHugh. *Jonathan Swift, 1667—1967: A Dublin Tercentenary Tribute*. Dublin: The Domen Press, 1967, p. xvii.

[3] Ibid., p.xviii.

（to please and to reform mankind）。[1]自从《格列佛游记》问世之后，斯威夫特不仅成为人们崇拜的偶像，而且也成为某些人攻击的目标。然而，他似乎从未被人遗忘过。《格列佛游记》无疑开了英国讽刺小说的先河。斯威夫特在这部小说中所运用的高超的讽刺艺术为英国后来层出不穷的讽刺小说提供了杰出的范例。英国作家瓦尔特·司各特指出："斯威夫特以幽默丰富了其作品的道德含义，以讽刺揭示了荒诞，并通过人物性格和叙述框架使令人难以置信的事件成为现实。即便《鲁滨逊漂流记》也难以在叙述的刻薄性和多样性方面与其媲美。"[2]同样，英国19世纪小说家威廉·萨克雷对《格列佛游记》也赞不绝口："在他的描写中体现了多么惊人的幽默感！其中的讽刺是多么高尚！多么确切和诚实！"[3]显然，斯威夫特的《格列佛游记》不仅为英国小说的发展开辟了新的方向，而且也进一步丰富了小说的艺术表现力。

应当指出，《格列佛游记》在题材上似乎应排在当时英国十分流行的游记文学（travel literature）之列，因为它叙述了主人公的四次海外旅行经历。就此而论，它似乎同班扬的《天路历程》和笛福的《鲁滨逊漂流记》有着惊人的相似之处。这三位作家不约而同地将主人公在异域的冒险经历作为小说的情节，并借此来揭示深刻的含义。然而，他们在表现相似的题材时却独辟蹊径，不但采用了迥然不同的艺术形式，而且还创造性地发展了不同的小说样式。这无疑表明了他们对小说艺术的执着追求和敢为人先的开拓精神。但是斯威夫特的创作意图与班扬和笛福截然不同。如果说基督的"天路历程"和鲁滨逊的漂流生涯最终使他们获得了某种成就感的话，那么，格列佛的海外之行则最终使他陷入了严重的道德困惑之中。因此，这个故事不是关于格列佛的进步，而是关于他的退步。然而，斯威夫特同班扬和笛福之间的最大区别在于他的创作意图和讽刺艺术。斯威夫特决意借助小说来实现他嘲弄一切不良现象的目的。早在1704年，他曾明确提出："讽刺是一面镜子，照镜子的人通常看不到他人的脸而只能看到自己的脸。"[4]他在1716年写给亚历山大·蒲柏（Alexander Pope，1688—1744）的一封信中直言不讳地说："田园讽刺诗并未耗竭，一个

---

1 Roger McHugh. *Jonathan Swift, 1667—1967: A Dublin Tercentenary Tribute*. Dublin: The Domen Press, 1967, p.6.
2 Richard Cravil. Swift: *Gulliver's Travels,* A Casebook. London: Macmillan, 1974, pp.49—50.
3 Ibid. , p.58.
4 Quoted from *Prose Works of Jonathan Swift*, Vol. 11, Oxford: Blackwell, 1957, p.140.

搬运工、仆人或马车夫的田园诗也能达到讽刺的目的。"[1]显然，斯威夫特早就对讽刺艺术情有独钟，因为在他看来这是一种鞭挞与嘲弄腐败与邪恶的锐利武器。事实上，幽默与讽刺在他早期的诗歌和散文中已屡见不鲜。当《格列佛游记》发表后，斯威夫特曾声称这是"极妙的东西"（admirable things），能够"很好地纠正这个世界"（wonderfully mend the world）。同时他还承认这部小说中有些地方带有一定的讽刺性。不言而喻，《格列佛游记》代表了一种新的艺术倾向。它的问世无疑为英国小说艺术史增添了辉煌的一页。

《格列佛游记》在文本形式上体现了18世纪初英国小说的某些基本特征。首先，像笛福的个人传记小说一样，《格列佛游记》也采用了一个冗长的书名："在世界几个遥远国家的游记，共分四卷，作者莱缪·格列佛原先是个外科医生，后来在几艘船上当过船长。"显然，这部小说的书名不仅很长，而且带有解释性词语，因而同笛福的小说具有一脉相承的艺术特征。其次，像笛福的小说全由主人公"自己撰写"一样，《格列佛游记》的作者看上去也不是斯威夫特，而是经历了四次海外冒险旅行的主人公格列佛，这似乎表明18世纪初的小说家都有不愿署名的习惯。此外，斯威夫特也像早期的小说家一样在小说正文前安插一些有关的书信。不过，在《格列佛游记》中，他并未亲自出马，而是放进了"格列佛船长给他堂兄辛普森的一封信"以及"出版商致读者的信"，而作者本人则超然物外，无影无踪。这似乎同20世纪现代主义作家纷纷退出小说的艺术举动有着惊人的相似之处。

然而，作为英国最早的一部讽刺小说，《格列佛游记》充分体现了斯威夫特独特而又纯熟的艺术技巧。如果说，以往的英国小说在结构上大都比较松散和凌乱的话，那么《格列佛游记》在结构上则体现了一定的严密性和内在统一性。这部小说由四卷组成，分别描述了主人公在海外的四次冒险经历。第一卷（*A Voyage to Lilliput*，共八章）描述了格列佛在小人国的冒险故事，他感受到了那些身高"不足六英寸"的两足动物的巨大野心和可怕的破坏力。第二卷（*A Voyage to Brobdingnag*，共八章）叙述了主人公在大人国的所见所闻，那里肮脏野蛮、自私自利和残酷无情的巨大怪物使他感到厌恶。在第三卷（*A Voyage to Laputa*，共十一章）中，格列佛目睹了人们尔虞我诈、勾心斗角和腐败堕落的情景。第四卷（*A Voyage to the Houyhnhnms*，共十二章）生动地描述

---

1 Quoted from *Prose Works of Jonathan Swift*, Vol. 11, Oxford: Blackwell, 1957, p.61.

了格列佛在一个由体形完美、品德高尚的马统治的国家中所作的旅行,他惊讶地发现,那里被称为"雅虎"的人非常邋遢、愚蠢、贪婪、好色和凶恶,看上去与欧洲人十分相似。不言而喻,《格列佛游记》的四个部分从四个不同的侧面反映了主人公在海外的奇特经历。尽管这四个部分在故事情节上彼此独立,互不相干,但它们犹如四面交错并置的镜子,共同折射出欧洲文明的弊端和人性的缺陷。不仅如此,这四个部分还揭示了格列佛在各个阶段对人类境况的反思以及他对欧洲文明的幻想逐渐破灭的过程。显然,它们构成了一个有机、和谐的艺术整体,同时也反映了斯威夫特在谋篇布局上高超的驾驭能力。

当然,《格列佛游记》最重要的艺术特征是作者精湛的讽刺手法。"他总是在寻找恰当的形式和工具来表现他的讽刺艺术。"[1]斯威夫特首先以游记的形式来叙述主人公的冒险故事,将他置于英国和欧洲文明之外,这不仅使他能够在遥远而又奇异的国土上眺望欧洲大陆,而且还为他提供了畅所欲言和将两地进行比较与对照的机会。此外,斯威夫特采用拟人化的手法故意将他国的居民描写为小人、巨人或各种动物,并无情地揭示他们许多与人类十分相似的丑陋性格与怪诞行为。这不但令人捧腹,而且也迫使读者对人性的弱点作出深刻的反思。显然,这种艺术构思为作者的讽刺艺术奠定了重要的基础。像鲁滨逊一样,格列佛在小说开头也向读者叙述了自己的家庭背景:"我父亲在诺丁汉郡有点小财产,我在五个儿子中排行老三。我14岁时,父亲送我到剑桥的艾曼纽学院读书……"显然,小说主人公格列佛是一个极为典型的英国人,他出生在一个普通的家庭,受过教育,后来当过外科医生和海员。这种经历不但表明他是一个普通人(Everyman),而且也为他后来的海外冒险埋下了伏笔。然而,与鲁滨逊不同的是,格列佛在简要地交代了自己的家庭背景之后即刻在第三页将读者引入了一个奇特的小人国:"当我天亮醒来时,我想起身,但却不能动弹……我发现自己的手臂和大腿被紧紧地捆在地上。"于是,作品的幽默与讽刺便端倪渐显。为了嘲弄欧洲人的傲慢与自大,斯威夫特有意将格列佛置于一群"身高不足六英寸"的两足动物Lilliputians之中,以便获得强烈的反衬效果。尽管Lilliputians身材犹如昆虫一般微小,但他们却具有一系列极其滑稽和荒诞的行为规则和司法制度。例如,在宫廷里,大臣们按照国王的手杖所发出的指令时而爬行,时而跳跃。他们在法庭上宣誓的动作也同样滑稽

---

[1] Quoted from *Prose Works of Jonathan Swift*, Vol. 11, Oxford: Blackwell, 1957, p.61.

可笑:"他们的左手抓住右脚,右手的中指放在头顶上,而拇指则贴在右耳尖上……"然而,在捧腹之余,读者却惊讶地发现,这些微不足道的小人竟然野心勃勃而又十分好战。他们因对鸡蛋应敲大端还是敲小端观点不一而分裂成两派,并且长期交战,互相残杀。不仅如此,国王为了称霸整个世界而千方百计地将所有的船只拥为已有。作者巧妙地在第二卷中通过大人国的国王之口来谴责小人国的道德堕落,并借此影射英国和欧洲统治阶级的野心与卑鄙:

> 他说人类的自大是多么的可耻,它竟然能被像我这样渺小的昆虫所模仿。我记得他还说,这些小动物拥有荣耀的头衔和身份,他们设计那些被称为房子和城市的小巢和小洞,他们打扮和化妆成道貌岸然的样子,但他们调情、争斗、吵架、欺诈和背叛。

显然,作者凭借格列佛在小人国的冒险经历来嘲弄欧洲文明的堕落。他将英国乃至整个欧洲社会置于一个微型世界中来加以考察,同时又通过大人国的国王之口来嘲笑小人国的道德腐败和妄自尊大,这无疑使小说产生了一种强烈的以小见大和以大见小的讽刺效果。

引人注目的是,斯威夫特笔下的格列佛是普通欧洲人的具体化身,他不仅用欧洲人的目光来审视和评判异国的荒诞现实,而且也通过自己的言行举止暴露了欧洲的政治与社会制度的弊端,从而成为作者的讽刺对象。例如,在第二卷中,当格列佛得意忘形而又滔滔不绝地向大人国的国王介绍欧洲的社会发展与科学成就时,他暴露了欧洲文明的可怕现实:

> 我向他介绍了三四百年前发明的一种使用火药的方法……最大的炮弹不仅能一下子摧毁整个军队,而且能将最坚固的城墙化为平地,同时还能炸毁装有一千人的轮船,使它们沉入海底……

显然,斯威夫特借格列佛之口无情地揭露了人类愚昧和残酷的战争行为。具有讽刺意义的是,格列佛试图将有关火药的知识传授给国王以报答他的热情与好客,不料国王却对他的介绍感到无比震惊:

> 国王听了我向他描绘这些装置和我的建议之后感到十分恐惧。他非常惊讶,像我这么无用和卑贱的昆虫(这是他的用语)竟然会具有

如此不人道的想法，而且对流血和悲惨的场面又是那样的若无其事……

作者借大人国的国王之口来抨击人类的愚蠢行为，将人类的好战分子描绘成"在地球上爬行的"、"最恶毒的令人作呕的小害虫"。这无疑是对当时欧洲人引以自豪的"先进"文明与文化的莫大讽刺与嘲弄。

斯威夫特的讽刺艺术在第四卷中表现得更加淋漓尽致。他巧妙地采用了一种超常的和出人意料的表现手法将人和动物的本质与道德观念作了讽刺性比较。在Houyhnhnms国，格列佛发现那里的统治者是一种体态完美道德高尚的马，而被统治者却是肮脏和丑陋的被称作"雅虎"的人。格列佛首先遇到"雅虎"，即刻对他们的丑陋形象感到无比厌恶。"总之，我在旅行中从未遇见过如此令人作呕的动物。"然而，他惊讶地发现："这些可憎的动物长得完全像人。"随后，格列佛遇到了被称作"Houyhnhnms"的马，即刻对它们产生了好感。他同样惊讶地发现："这些畜生的行为是如此的有序、理性、敏捷和明智。"尽管"雅虎"与人完全一样的长相起先并未使格列佛感到不安，但当他同这些品德高尚的马交往之后，便发现自己不仅在体态相貌上而且在道德品行上也与"雅虎"十分相似。这便是这种比较手法的讽刺意义所在。不仅如此，当格列佛极力为自己辩护并声称自己与"雅虎"不同时，"Houyhnhnms"却认为"我的确与雅虎不同，比他们更干净，不那么丑陋，但真的比起来，他认为我比雅虎更加糟糕"。这无疑是对欧洲道德腐败和人性堕落的最辛辣的讽刺与嘲弄。斯威夫特不仅借"Houyhnhnms"之口将格列佛贬为比"雅虎"更糟的"畜生"，而且还通过这种品德高尚的马来展示一种抽象的但却是完美和理想的道德境界，并通过两者的比较与反衬，取得了极强的讽刺效果。

《格列佛游记》不仅叙述了主人公的四次海外冒险经历，而且也揭示了他心理上的旅程。格列佛从一个天真无知和幸福愉快的青年逐渐变成了一个愤世嫉俗的人。他的四次旅行所展示的心理画面一次比一次暗淡，最终使他对欧洲文明的幻想彻底破灭。小说结尾，格列佛唯一的乐趣是每天花四小时与他的两匹石马闲聊。他此时此刻的心态是耐人寻味的。作为一部讽刺小说，《格列佛游记》这种暗淡和悲观的结尾方式在当时是令人耳目一新的。它与现代英国小说家约瑟夫·康拉德的《黑暗的心》（*Heart of Darkness*，1902）的结尾似乎有些雷同。

斯威夫特的《格列佛游记》开了英国讽刺小说的先河，对这一小说样式的兴起和讽刺艺术的发展产生了重要的影响。现代英国讽刺作家乔治·奥威尔（George Orwell，1903—1950）在8岁时读了这部小说后深受感染。后来他至少又读过十几遍，认为这是一部"百读不厌"的作品。他曾经写道："如果我要开一张六本书的书单而其余的书都要毁掉的话，我肯定会将《格列佛游记》列入这张书单。"[1]

第三节
理查逊的书信体小说艺术

英国小说的"三种主要形式按照广义的历史顺序可以分为回忆小说、书信体小说（the letter-novel）和第三人称小说（the novel in the third person）。它们可以用'我'、'你'和'他'三个人称代词来表示"。[2] 18世纪上半叶，英国小说在笛福和斯威夫特的努力实践下取得了长足的发展。他们用第一人称叙述的回忆小说不仅在英国社会引起了强烈的反响，而且也激发了同时代的小说家进一步探索小说叙事艺术的积极性。18世纪中叶，尽管第一人称的叙述手法依然受到不少小说家的青睐，但是叙述者视角上的局限性也逐渐显现出来。不言而喻，英国小说艺术面临了一次重大突破的良机。塞缪尔·理查逊在英国小说发展的关键时刻独辟蹊径，以其丰富的想象力和难能可贵的开拓精神，向世人推出了一种新型的小说样式——书信体小说。"理查逊在小说传统中的重要性主要在于他成功地处理了笛福未能解决的几个主要的形式问题。"[3] 毫无疑问，他的书信体小说不仅使当时的读者爱不释手，而且也使今天的学者回味无穷。

应当指出，书信体小说并不是理查逊的专利。最早的书信体小说出自15世纪的西班牙人之手。1678年，由葡萄牙语翻译成英语的第一部书信体小说《葡

---

1 George Orwell, quoted from "Introduction", *Gulliver's Travels*, by Jonathan Swift, ed., by Paul Turner, Oxford University Press, 1971, p.xi.

2 George Watson. *The Story of the Novel*. London: Macmillan, 1979, p.15.

3 Ian Watt. *The Rise of the Novel*. London: Chatto & Windus, 1967, p.135.

萄牙人信札》（*Portuguese Letters*）在英国问世。五年后，英国17世纪杰出女作家阿弗拉·班恩发表了《一名贵族与他妹妹之间的情书》，从而开了英国书信体小说的先河。然而，这两部作品不但在艺术上有欠成熟，而且与文艺复兴时期在民间流传的"情书手册"十分相似。尽管如此，它们为理查逊在六十年之后进一步发展书信体小说艺术提供了极好的样板。

  显然，理查逊书信体小说的问世与当时的社会生活和读者文学趣味的变化密切相关。在一个娱乐活动和消遣方式十分贫乏以及通讯手段极其落后的年代里，英国百姓不仅对写信情有独钟，而且对他人的来信爱不释手。于是，民间的书信往来日趋频繁。这为书信体小说的问世提供了适宜的土壤。此外，随着个人主义的不断蔓延，小说开始成为传达个人情感的重要文学载体，因而，凡夫俗子的许多心理感受有待新的小说样式去表现。不仅如此，"戏剧在1750年左右迅速降温，它对英国人生活的支配作用已经不复存在。人们不再满足于看戏或阅读过时的剧本。新的文学表现形式自然便受到人们的欢迎"。[1]理查逊显然意识到了这些变化。他不仅将书信作为小说改革的突破口，而且还将戏剧文学中久盛不衰的道德问题作为其创作的兴奋点，两者一拍即合，产生了极强的艺术感染力。在50岁左右仅仅编写过一些前言和索引并且在文学创作中几乎毫无建树的理查逊大器晚成，竟然连续推出了三部洋洋洒洒的书信体小说《帕梅拉》、《克拉丽莎》和《格兰狄森》，在英国社会引起了强烈的反响。英国著名散文家斯梯尔（Richard Steele，1672—1729）对理查逊"竟然能使道德时髦起来"感到无比惊讶，著名作家兰姆（Charles Lamb，1775—1834）则声称理查逊的小说"是任何一位绅士的书房中不可缺少的"。[2]

  引人注目的是，理查逊是英国最早对书信体小说艺术直接发表评论的作家之一。他曾对书信体小说的创作理论发表过一些精辟和中肯的评论。他在《克拉丽莎》的"附言"中首次谈到了他对这种小说样式的创作见解：

> 笔者认为一个故事……用一系列不同人物的书信组成，不采用其他评论及不符合创作意图与构思的片段，这显然是新颖独特的。这在

---

1 Godfrey Frank Singer. *The Epistolary Novel*. Philadelphia: University of Pennsylvania Press, 1933, p.62.
2 Ibid., pp.63—64.

当前是值得大力推荐的。[1]

理查逊认为，书信体小说可以产生"即时创作"（written to the moment）的艺术效果，因为书信"是在对每一种具体情况的即刻印象下写成的"。[2]在他看来，书信体小说比用通常的叙事手法写成的小说更真实并更具吸引力，不仅因为"写信时作者必须全身心地投入进去"，[3]而且还因为书信体形式比一般叙述手法能更加直接和真实地反映人物的各种复杂情感。此外，理查逊认为书信体小说的语体应该是非正式的、令人熟悉的，并且还应具有一定的个性特征。为了克服用书信叙述小说故事情节可能遇到的技术问题，理查逊在其小说中巧妙地采用了三种不同形式的书信：即描述人物性格的书信（the characteristic letter），展示人物的对话和戏剧性场面的书信（the dramatic letter），以及叙述过去事件的书信（the narrative letter）。在《克拉丽莎》的"前言"中，理查逊明确地提到了前两种形式："其中有些书信是描写人物性格的"，还有许多书信则"用对话或戏剧形式写成"。随后，他在《格兰狄森》的"前言"中提到了第三种形式："在有些书信中，主人公的青年时代是采用叙述性的手法来写的。"尽管理查逊对叙述形式抱有成见，因为它不能产生"即时创作"的效果，但他似乎感到书信体小说如缺乏叙述便会导致艺术上的失败。此外，理查逊认为，小说中的书信不仅要真实可信，而且还要有助于反映人物的性格。它们既能展示与人物有关的许多细节，同时又要放在书中与人物的境况十分吻合之处。显然，理查逊曾对书信体小说艺术作过一番苦心的研究，并为这种新型的小说样式找到了一定的理论依据。

应当指出，理查逊的书信体小说是早期心理现实主义的杰出范例。不少评论家认为："这种样式的两个潜在的艺术效果是令人印象深刻的即时感和对心理现实乃至意识流的探索。"[4]尽管笛福的个人传记小说也向读者揭示了人物的"自我"和心理活动，但这是现在的叙述者对本人过去经历的自传性回忆，

---

1 Samuel Richardson. "Postscript", *Clarissa*. Oxford: Shakespeare Head Press, 1930, Vol. VIII, p.325.

2 Samuel Richardson, quoted from *Samuel Richardson's Theory of Fiction*, by Donald L. Ball, Paris: Mouton, 1971, p.24.

3 Ibid., p.24.

4 George Watson. *The Story of the Novel*. London: Macmillan, 1979, pp.31—32.

也就是说，叙述过程与行为过程之间存在着明显的时间差，因而作品往往缺乏一种涉及人物心理现实的即时感。相比之下，理查逊的书信体小说艺术在表现人物的精神世界方面体现了一定的优势。当写信的人物在向另一个人物表明心迹时，读者已经步入了他的精神世界，了解了他的真实情感。"写信的思绪实际上变成了向我们公开的书本。由这种十分私密的书信引起的实际的参与感无疑是这种技巧最有价值的艺术特征。"[1]引人注目的是，书信体小说不仅为心理现实主义表现艺术注入了新的活力，而且也使小说家的角色和地位发生了变化。他的作用已被写信人取而代之，他似乎成了出自不同人物之手的一大堆私信的编辑。尽管这些书信实际上出自作者本人的手笔，但其视角不能代表作者，而只能代表写信的人物。理查逊迫使读者对书信作出自己的反应。显然，理查逊的书信体小说向我们展示了一种全新的叙事艺术，同时也极大地丰富了英国现实主义小说的表现力。

值得一提的是，理查逊的书信体小说不但充分展示了长篇小说卷帙浩繁、气势恢宏的巨大规模，而且完全能排在英国篇幅最长的小说之列。虽然笛福的《鲁滨逊漂流记》与理查逊的《帕梅拉》在出版时间上仅隔二十年，但两者的篇幅已不可相提并论。他的第二部书信体小说《克拉丽莎》长达1500余页，而拥有2500余页的《格兰狄森》也许是英国文学史上篇幅最长的小说。显然，理查逊的书信体小说一部比一部长。从某种意义上来说，他的创作实践对英国小说自18世纪中叶起由短到长的发展趋势起到了推波助澜的作用。应当指出，理查逊本人对其小说篇幅的态度是极其矛盾的。例如，在《克拉丽莎》出版之前，他曾忍痛割爱，将小说内容至少删去了四分之一。然而，在1751年出版的该书第三版中，作者将原先被删除的部分重新放进了小说。同样，理查逊也因担心《格兰狄森》的篇幅过长而不得不"采取暴力行动"来裁剪作品的内容。

另一个引人注目的现象是理查逊书信体小说书名的明显变化。他三部小说的英语书名全称如下：

1. Pemela; or, Virtue Rewarded. In a Series of Familiar Letters from a Beautiful Young Damsel, to Her Parents: Now first Published in order to Cultivate Principles of Virtue and Religion in the Youth of Both Sexes.

1　A. M. Kearney. *Samuel Richardson*. London: Routledge & Kegan Paul, 1968, p.68.

A Narrative which has its Foundation in Truth; and at the same time that it agreeably entertains, by a Variety of curious and affecting Incidents, is entirely divested of all those Images, which, in too many Pieces calculated for Amusement only, tend to inflame the Minds they should instruct. （85个词）

2. Clarissa, or the History of a Young Lady: Comprehending the Most Important Concerns of Private Life. And particularly shrewing, the Distresses that may attend the Misconduct both of Parents and Children, in Relation to Marriage. Published by the Editor of Pamela. （41个词）

3. History of Sir Charles Grandison, In a Series of Letters, Published from the Oringals by the Editor of Pamela and Clarissa. （21个词）

读者不难发现，上述三个书名呈现出越来越短的倾向。理查逊最初试图通过书名来解释他第一部小说的内容，并强调其对青年男女的道德启示和供读者消遣娱乐的作用，从而使其成为英国小说史上最长的书名之一。然而，当《帕梅拉》获得巨大成功之后，作者后两部小说的书名越来越短，这与其小说的篇幅越来越长的现象形成了鲜明而有趣的对照。从某种意义上来说，理查逊的书信体小说不仅向我们展示了一种新的小说样式，而且也对我们深入研究英国小说文本的演变与发展具有一定的参考价值。

《帕梅拉》是理查逊的第一部书信体小说，也是他最出名的一部作品。小说通过女主人公帕梅拉·安德鲁斯写给她父母的一系列书信描述了她的感情波折和坎坷命运。帕梅拉是一位纯洁善良、聪明文雅的姑娘，曾为一个有钱的太太当女佣。当女主人去世后，她发现女主人的儿子即现在的男主人B先生在追求自己。虽然帕梅拉婉言拒绝了他的求爱，但B先生却紧追不舍。他用金钱等手段来诱惑她，甚至将她看管起来，但这一切均告失败。帕梅拉顶住了种种诱惑，坚守贞节，体现了高尚的品德与情操。最终，B先生见自己无法博得帕梅拉的芳心，便决定送她回家。然而，此刻帕梅拉看到了他的真情和诚意，便答应嫁给他。小说结尾，男女主人公终成眷属。

《帕梅拉》首次向读者展示了理查逊精湛的书信体小说艺术。这部作品由69封书信构成，共有六个写信人，绝大部分书信出自帕梅拉的手笔，其中B先生的书信仅有两封。小说以帕梅拉写给她父母的一封信开局：

> 亲爱的父母：
>
> 　　我给你们写信既感到难过，又感到欣慰。难过的是，我善良的女主人刚刚去世，她的病我曾向你们提起过。她的去世令我们非常伤心，因为她是一位善良可爱的太太，对我们所有的佣人都非常仁慈……

显然，《帕梅拉》的开局方式在英国小说艺术史上是前所未有的，在它之后的小说中也是极为罕见的。读者发现，小说开头通常应有的介绍性、解释性或描述性内容连同理查逊本人一起消失得无影无踪。一种以第二人称"你"或"你们"为对象的创作形式在英国文坛已经悄然出现。"我给你们写信"不仅使叙述者（帕梅拉）获得了一个特定的身份（即女儿），而且还使她的关注焦点从一般读者转向了她的父母。这无疑能使帕梅拉向其父母而不是向读者吐露她的真实情感。显然，这种叙述形式令人耳目一新，它改变了读者的角色，使其仿佛成了一个正在津津有味地偷看别人私信的人。应当指出，书信体小说的一个主要技术性问题是如何处理故事情节的连贯性和上下文之间的转折与过渡。在《帕梅拉》中，理查逊巧妙地采用信中的"附言"（postscript）来填补信与信之间可能出现的空白，从而使小说的叙述程序既不会中断，又合乎逻辑。在小说的69封信中，共有23封信采用了"附言"的形式，其篇幅少则一行，多则三十余行。例如，书中第一封信的"附言"生动地描述了刚写完信的帕梅拉因主人B先生突然闯进她的房间而受惊的情景：

> 　　我刚才被吓了一跳。正当我在女主人的化妆室折信时，我的少东家闯了进来！天哪，我是多么的害怕！我急忙将信藏进怀里。他见我害怕，便笑着问我：帕梅拉，你在给谁写信？我害怕地对他说，请原谅我，先生，只是在给父母写信。他说，那好，就让我看看你写得怎样。我是多么害羞！他不管我害怕，没再多说便将信夺了过去……

显然，信中的"附言"真实地描述了帕梅拉写完信后受到的非礼和惊吓，从而顺利地解决了叙述上的衔接问题。此外，它还成功地表现了贯穿全书的人物之间的戏剧性冲突（dramatic conflict），既传达了帕梅拉的真实情感，又渲染了小说的主题与气氛。不言而喻，书信的"附录"不但充分发挥了寄情表意的艺术功能，而且还成为小说叙述程序中过渡、衔接和转折的重要手段。

在《帕梅拉》中，另一种引人注目的叙述手法是写信人突然中断一封信，然后在下一封信的开头继续陈述。这种手法往往在小说中造成一种悬念或紧张气氛。例如，在第十封信中，帕梅拉因知道B先生即将进入她的房间而突然中止写信：

> 正如我刚才所说，我做了一件更合身的新衣服，我很想穿穿看，比过去任何时候都更想穿新衣服，因为不久我将与你们见面了，这使我感到比较欣慰。但是妈妈——

此刻，帕梅拉突然中止写信，这无疑使作品产生了一定的悬念。其原因在她的下一封信中得到了解释：

> 亲爱的父母：
> 　　上次我不得不突然中止写信，因为我害怕我的主人正要进来，但其实来的是杰维斯太太。她走过来对我说，帕梅拉我不想让你老是一个人待着。我告诉她，我现在最怕的就是有人来。因为我害怕主人进来，所以我感到惊恐不安。不过，每次见到杰维斯太太我总是非常高兴。

可见，这种突然中止写信然后在下一封信开头继续陈述的手法不但能使故事情节衔接自如，进展合理，而且也为小说铺垫了一种紧张气氛，从而进一步加强了读者对故事发展和人物命运的关切心情。

此外，理查逊还通过"信中信"的手法来提高作品的叙述能力和丰富作品的故事内容。读者发现，帕梅拉在写给其父母的信中有时抄上几句别人来信中的内容，作为一种补充性叙述。例如，在第十四封信中，她将别人写给她的一封短信一字不漏地抄了进去：

> 刚才乔纳森先生写给我几句话——（上帝保佑！我该怎么办呢？）"亲爱的帕梅拉，你自己千万要小心，因为雷切尔听到主人对杰维斯太太说：别说了，杰维斯太太，不久我会得到她的！我相信当时杰维斯太太正在为你说情。此信看完后即刻烧掉。"哎，为你们可

怜的女儿祈祷吧。杰维斯太太叫我快睡了，因为已经十一点多了。

显然，帕梅拉的"信中信"使小说的故事情节得到补充和扩展，同时也克服了仅靠她一人叙述可能引起的单调与乏味。事实上，这种将其他内容掺入书信的现象在《帕梅拉》中屡见不鲜。读者在信中不时能读到《圣经》引语，屈莱顿的诗歌或其他人物之间的对话等等。

引人注目的是，帕梅拉的私人日记在小说中占有很大的比例，并且已成为作者一种十分有效的书信体创作技巧。这些日记看上去像帕梅拉写给本人的信，同时也能被认为是她写给父母的信，因为它们往往具有一般书信中常见的诸如问候与敬意之类的客套用语，同时还包含了38封由帕梅拉写给其父母的书信。这些日记大都标有明确的日期或时间，如"星期二"、"星期三晚上"或"早晨6点"、"将近5点"等等。毫无疑问，这种标明具体时间的日记使读者产生一种强烈的现实感和即时感。理查逊在《帕梅拉》中的一系列创作技巧充分体现了他别具一格的艺术匠心。他的书信体小说艺术在他以后的两部作品中得到了进一步发展。

《克拉丽莎》是理查逊又一部极为重要的书信体小说。与《帕梅拉》相比，《克拉丽莎》不仅篇幅更长，而且故事情节更加复杂。女主人公克拉丽莎是一个像帕梅拉那样纯洁善良、聪明美丽的姑娘。她父母试图将她嫁给一个名叫索姆斯的十分有钱却令人极其讨厌的男人。为了摆脱这桩婚事，克拉丽莎不得不求助于一个名叫洛夫雷斯的流氓。由于家庭对克拉丽莎不断施加压力，因此她很快中了洛夫雷斯设下的圈套，被他拐骗到伦敦的一所可怕的妓院里。此刻，克拉丽莎的境况变得更糟，家庭与她断绝了关系。洛夫雷斯则原形毕露，采用种种卑劣手段来霸占克拉丽莎，但均告失败。他见阴谋无法得逞，便用药致使克拉丽莎昏迷过去，然后强奸了她。从此克拉丽莎像遭受过魔鬼摧残的天使一般生活在痛苦与孤独之中。小说结尾，人们怀着沉痛的心情将她的遗体抬回家里，而洛夫雷斯则在决斗中被克拉丽莎的堂兄刺死。

在《克拉丽莎》中，理查逊旨在描述一位在道德与品行上与帕梅拉十分相似但命运却截然不同的姑娘。显然，他的书信体小说从喜剧转向了悲剧。如果说帕梅拉是传统美德的具体化身，那么克拉丽莎则是罪恶社会的受害者。虽然帕梅拉曾遭受到B先生的看管，但克拉丽莎却被关在肮脏的妓院。帕梅拉最终得到了美满的婚姻，而克拉丽莎则不得不拥抱死亡。不言而喻，理查逊试图采用书信体小说艺术来展示一出催人泪下的人间悲剧。不仅如此，他在变换小说题材的同时，对书信体小说的艺术手法作了进一步的探索与实践。

在《克拉丽莎》中，理查逊不仅得心应手地利用了他在《帕梅拉》中已经运用得十分成功的一系列创作技巧，而且还别出心裁地发展了不少新的艺术手法来创作这部篇幅更长、情节更为复杂的作品。《克拉丽莎》由537封信组成，共有26个写信人，其中克拉丽莎和洛夫雷斯的书信约各占三分之一。显然，与《帕梅拉》相比，《克拉丽莎》更加充分地展示了一个多音部的世界（a polyphonic world）。在这个喧嚣的世界中，克拉丽莎痛苦的呐喊、洛夫雷斯的奸笑以及各种世俗偏见和流言蜚语通过书信的往来交织一体，折射出18世纪中叶英国社会的道德现实。在这部洋洋洒洒的书信体小说中，理查逊不仅生动地通过"即时写作"的手法反映了各个瞬间发生的事件，而且还巧妙地制造了一系列悬念来延长克拉丽莎的悲惨命运。这些书信表明：克拉丽莎越是想取得父母的谅解，她与家庭的和好越是显得无望，而与此同时洛夫雷斯则越是绞尽脑汁趁火打劫。理查逊的书信体小说艺术既成功地表现了人物的心理世界，又深刻地反映了他们之间激烈的道德冲突。

引人注目的是，《克拉丽莎》不是以女主人公的书信而是以她的好友安娜写给她的一封充满忧虑与关爱的信开头。这不仅表明作者试图采用与《帕梅拉》不同的视角作为小说的开局，而且使读者的关注焦点不由自主地转向了"你"（克拉丽莎），从而进一步强化了第二人称在书信体小说中的地位与作用。安娜的信即刻向读者揭示了克拉丽莎所面临的困境：

安娜·豪小姐给克拉丽莎·哈洛的信：
  我最亲爱的朋友，最近在你家发生的混乱局面引起了我的密切关注。你成了公众谈论的对象，我知道这肯定使你受到了极大的伤害……我急切地想了解你的近况。

显然，《克拉丽莎》的开局方式充分体现了书信体小说在叙述视角方面的灵活性。它的开局既可以像女主人公帕梅拉对其父母所说的那样"我给你们写信"，也可以像安娜对女主人公"密切关注"的那样"我急切地想了解你的近况"。然而，无论以哪种方式开局，第二人称"你"和"你们"的重要地位是显而易见的。不言而喻，理查逊在《克拉丽莎》开局中的视角转换充分反映了他对书信体小说艺术的追求与探索。

理查逊于1759年在《克拉丽莎》的再版"前言"中明确提出："以下的这段历史由一系列书信组成，主要由两对人物分别撰写的。"[1]他所指的两对人物是克拉丽莎和安娜以及洛夫雷斯与其好友贝尔福德。小说中的绝大部分书信出自他们四人之手。"可以发现，在作品的进程中，他们经常对彼此的情况发表看法，同时也对本人及其行为进行反思。"[2]显然，理查逊在《克拉丽莎》中对小说的多视角和全方位叙述进行了有益的尝试。除了上述两对主要人物之外，还有二十余位次要人物的书信出现在小说中，他们的语言风格和叙述口吻不尽相同，从而对刻画人物个性和渲染作品气氛起到了重要的辅助作用。当然，克拉丽莎的书信最具有个性。她的语言风格比其他人物不仅更加丰富多彩和变化多端，而且更加富有情感。她时而以令人耳目一新的方式开头，时而采用人们喜闻乐见的习语表达。"她的风格无可挑剔，她的口吻总是恰如其分，从未出现过妨碍她全面描述自己经历的任何障碍。"[3]显然，克拉丽莎在语言风格上同洛夫雷斯等不同写信的人物之间形成了鲜明的对照。此外，安娜的语言风格也颇具个性。她比其他人物更加坦诚布公，直言不讳，语气更加轻松。然而她的口吻变化多端，时而轻率，时而愤怒，时而又带有讽刺与幽默的色彩。总之，理查逊在《克拉丽莎》中的叙述视角和语言风格充分体现了灵活性和多样性的艺术特征。"他试图并成功地通过不同形式的风格使写信人不断个性化。于是，无论是主要人物还是次要人物，他都赋予他们显著的特征。"[4]

在创作技巧上，《克拉丽莎》虽然沿用了《帕梅拉》中的某些成功手法，但作者进一步发展了书信体小说的表现艺术。引人注目的是，在537封书信中，仅有48封信依然采用了"附言"作为承上启下的手段，而新的创作技巧在小说中则不断涌现。例如，书中出现了一些匿名信、警告信、忠告信、保证信和包含阴谋诡计的密信等等，从而增强了故事情节的复杂性。此外，小说中书信的形式变化多端，有的杂乱无章，有的仅是片言只语，有的酷似内心独白，而有的则

---

1   Samuel Richardson. "Preface", *Clarissa*. Boston: Houghton Mifflin Company, 1967, p.xix.
2   Ibid., p.xix.
3   Donald L. Ball. *Samuel Richardson's Theory of Fiction*. Paris: Mouton, 1971, p.184.
4   George Sherburn. "Introduction", *Clarissa*, by Samuel Richardson. Boston: Houghton Mifflin Company, 1967, p. xii.

像包含对话、场景和舞台说明的剧本。不仅如此，理查逊对书信的境况也作了巧妙的处理。例如，有的信寄给住同一所房子的人，有的信写错了地址，有的信被人误拆，有的信旨在让他人偷看，而有的人则故意不拆来信等等。所有这些不仅使人物的关系变得更加错综复杂，而且也增强了小说的艺术感染力。

《格兰狄森》是理查逊的第三部书信体小说。如果说《帕梅拉》和《克拉丽莎》旨在反映女性的美德与贞洁，那么《格兰狄森》则表现了一位绅士崇高的品格与风范。这部小说同样具有一个生动曲折的故事情节。美丽善良的哈丽特小姐到伦敦走亲访友，不料遇到了一个名叫哈格雷夫的道德败坏的花花公子的纠缠。哈格雷夫见无法博得姑娘的芳心，便采取暴力手段绑架她。正当哈丽特小姐的处境极其危险之际，小说主人公格兰狄森及时赶来救应，并将受伤的哈丽特带回家里照顾。随后，哈丽特不仅与格兰狄森的家庭成员建立了亲密的关系，而且还爱上了这位舍己救人的英雄。然而，格兰狄森却婉言拒绝了她的爱情，因为他已经与一位意大利名门贵族的女儿克莱门蒂娜有了婚约。但由于宗教信仰不同以及克莱门蒂娜家庭所提的条件过于苛刻，格兰狄森出于无奈中止了与她的婚约。经过了一系列感情波折之后，格兰狄森与哈丽特最终喜结良缘。

《格兰狄森》共分六卷，2500余页，由319封书信组成，其中有22个写信人。作者不仅沿用了原来的许多创作手法，而且还进一步发展了书信体小说艺术。引人注目的是，这部小说中的书信比前两部作品中的书信在篇幅上明显更长。仅有约百分之四十的书信的篇幅不到六页，而大约四分之一的书信的篇幅超过十页。由于《格兰狄森》的情节总体上不像《克拉丽莎》那样紧张激烈和具有紧迫感，因此理查逊采用更加稳定与平缓的长信来叙述似乎也在情理之中。在他看来，长信更有助于写信人发表评论、提供背景材料或进行道德反思。值得一提的是，在《格兰狄森》中，人物之间的书信往来实际上并不很多。大部分书信并没有人答复，或仅仅收到读者想象中的回信。通常，次要人物收到主要人物的信之后很少回信。例如，在小说前半部分，哈丽特小姐写给其表妹露西的许多信大都没有回信，露西只是在异地向亲友们通报哈丽特小姐的情况。人物之间很少回信至少有两个原因：一、有些书信涉及的事件已经过了很长时间，收信人认为没有必要回信；二、有些书信实际上用来叙述写信人当时的情况而不是用来交流思想，它们仅供亲朋好友传阅。显然，理查逊在他最后一部书信体小说中对书信的艺术功能作了修正。

应当指出，《格兰狄森》在叙述形式上发生了明显的变化。《克拉丽莎》中书信个性化的特征在此已经不复存在。尽管《格兰狄森》中共有22个写信人，但在全书319封书信中有189封信出自哈丽特小姐的手笔，约占总数的百分之六十。由于哈丽特小姐的书信不仅篇幅很长，而且语言规范，结构严谨，因此她实际上成了作者的代言人。鉴于她的视角已经在书中占有主导地位，因而理查逊的书信体叙述艺术开始走出了多音部世界，逐渐步入了全知叙述的艺术境地。然而，理查逊在《格兰狄森》中的叙述形式在一定程度上削弱了作品的戏剧效果和艺术感染力。写信人的长篇大论和对以往事件滔滔不绝的陈述不但影响了小说的真实感与即时感，而且也使书信体小说样式发生了质的变化。这似乎表明，书信体小说艺术的发展即将告一段落。

尽管如此，理查逊在《格兰狄森》中依然对书信体小说艺术作了进一步的探索和尝试。例如，写信人有时采用分栏陈述的方式，将自己的建议列在左边一栏，并将答案列在右边一栏，从而使书信平添了一份新鲜感。又如，有时一封信含有两个人写的内容，信中两个部分同时并存，泾渭分明。此外，理查逊对处理书信体小说的时间问题也颇具匠心。例如，有的书信早在小说的故事发生之前已经写好，它们向读者提供了可靠的背景资料。有时写信人在前一封信尚未得到回信的情况下继续写信，然后才收到前一封信的回信；有时写信人将过去旧信中的内容抄进正在写的书信中，从而打乱了小说的时间顺序，这无疑与现代主义作家的时间观念具有一定的相似之处。

综上所述，理查逊的书信体小说不仅充分体现了他苦心孤诣的艺术匠心，而且也进一步促进了英国小说艺术的发展和成熟。他灵活多变的创作技巧以及对书信体叙述手法的大胆尝试极大地丰富了小说艺术的表现力，同时也对小说文本模式的逐渐多元化产生了积极的影响。"理查逊既考虑创作意图，又关注小说艺术。随着创作的不断进展，他的小说在技巧上变得更加成熟。"[1]尽管理查逊的小说曾经受到包括菲尔丁在内的某些作家和评论家的批评和嘲笑，但他的书信体小说不仅对以后的作家产生了一定的影响，而且也成为英国小说艺术史上一道独特的风景线。

1　Jocelyn Harris. *Samuel Richardson*. Cambridge: Cambridge University Press, 1987, p.8.

第四节
菲尔丁的史诗型喜剧小说

18世纪英国现实主义小说从笛福的个人传记小说起步,经过斯威夫特和理查逊的努力探索与实践,在文本模式和艺术形式上均取得了长足的发展。小说的声誉日益提高,地位更加巩固,社会影响不断扩大。随着英国社会的迅速发展和生活方式的急剧变化,小说的读者与日俱增,其艺术潜力也逐渐显现。然而,随着时间的流逝,个人传记小说和书信体小说的艺术模式开始沦为俗套。毫无疑问,小说艺术的更新不但势在必行,而且迫在眉睫。此刻,英国文坛又出现了一颗光彩耀眼的明星——亨利·菲尔丁。"在为叙述、人物、情节、主题和语言重新定型的过程中,菲尔丁使小说脱离了罗曼司,正如乔伊斯使小说脱离了维多利亚后期和爱德华时代的自然主义与现实主义一样。"[1]在与同时代的笛福和理查逊的创作竞争中,菲尔丁为英国小说艺术的进一步发展与成熟起到了推波助澜的作用。

菲尔丁对英国小说艺术的主要贡献不仅在于他创作了《约瑟夫·安德鲁斯》(*Joseph Andrews*, 1742)和《汤姆·琼斯》(*Tom Jones*, 1749)等优秀小说,而且还在于他成功地发展了一种新的小说模式:即史诗型喜剧小说。他首次在《约瑟夫·安德鲁斯》的"前言"中明确地阐述了自己的创作思想:

> 史诗和戏剧均可分为悲剧和喜剧。荷马是史诗之父,他给了我们这两种模式,尽管后一种模式已经完全消失……过去的作家不再写喜剧作品也许是因为这种伟大的形式已经失传的缘故。如果它流传下来的话,这种伟大的诗歌形式肯定会有许多人去模仿。
>
> 既然史诗能成为悲剧或喜剧,我斗胆断言它同样适合其他诗歌或小说。[2]

显然,菲尔丁不仅对荷马的史诗推崇备至,而且还看到了创作"散文式喜剧史诗"的可能性。菲尔丁的大胆设想无疑具有一定的道理和依据。作为长篇

---

[1] Frederick R. Karl. *A Reader's Guide to the Development of the English Novel in the Eighteenth Century*. London: Thames and Hudson, 1974, p. 147.

[2] Henry Fielding. *Joseph Andrews*, "Preface". Connecticut: Wesleyan University Press, 1967, p.3.

叙事诗的一种艺术变体，小说是古老而又可敬的叙述传统的一种延续形式。
"不言而喻，既然史诗是大规模以及严肃的叙述形式的先例，那么将这种名称运用于包含此类作品的更广的文学范畴是合乎情理的。就此而言，小说也许可以被称为史诗型的。"[1]菲尔丁似乎认为，在现代意识和散文意识的影响下，小说是史诗精神的一种艺术反映。但他同时认为，小说与史诗在文学特征上存在着明显的差别。史诗属于口头文学和诗歌体裁，通常描述历史和传奇人物在从事集体而非个人的事业中所表现出的英雄业绩，这与小说的题材与形式大相径庭。然而，小说家可以创造性地嫁接文学品种，在传统文学的土壤中开发新的艺术形式。菲尔丁对他的"散文式喜剧史诗"做了明确的解释：

> 现在新的罗曼司是一种散文式喜剧史诗，它不同于一般喜剧，就像严肃的史诗不同于悲剧一样。它的故事情节应更具有扩展性和包容性，含有更多的事件，并介绍更多的人物。它在故事和情节上与严肃的罗曼司迥然不同，一种是庄重和严肃的，而另一种则是轻松和滑稽的。它在人物塑造方面也不同，倾向于描述底层人物，而严肃的罗曼司往往向我们展示最高尚的人物。最后，它在情趣和措词方面也不一样，以滑稽的来取代崇高的。[2]

应当指出，菲尔丁的小说理论是不成熟的，他对"散文式喜剧史诗"的提法和定义也是不科学的。他将自己推崇的小说模式称为"新的罗曼司"，并将喜剧小说视作"散文式喜剧史诗"。显然，他未能替自己的小说找到一个恰当的名称。不仅如此，他在解释"散文式喜剧史诗"时提到的故事、情节、人物、情趣和措词等五个要素不仅是亚里士多德对史诗的基本定义，而且也是几乎所有文学作品都应具有的艺术特征。这无疑表明菲尔丁当时对其小说的定义缺乏科学性和严密性。然而，他对英国小说的新型模式和创作方式的大胆探索是值得肯定的。尽管他对其小说的解释具有明显的历史局限性，但他无疑是在另辟蹊径，为小说寻找新的艺术途径，即以结构严谨、情节复杂、人物众多的史诗为模型，以气氛活跃、语调轻松、富有情趣的喜剧为样板，创作一种新颖独特的"史诗型喜剧小说"。也就是说，菲尔丁试图在荷马的《奥德赛》和塞

1　Ian Watt. *The Rise of the Novel*. London: Chatto & Windus, 1967, p.239.
2　Henry Fielding. *Joseph Andrews*, "Preface". Connecticut: Wesleyan University Press, 1967, p.4.

万提斯的《堂吉诃德》之间寻找一种有效的组合与艺术上的平衡，将两者的优点合二为一，从而使其演化成一种新的小说模式。

显然，菲尔丁的小说理论在英国小说艺术史上具有一定的实践意义。到1740年为止，英国的长篇喜剧小说尚未问世。笛福的个人传记小说注重描述人物不寻常的生活经历，斯威夫特的讽刺小说以夸张乃至变形的手法来嘲弄欧洲文明和人性的弱点，并不时流露出愤世嫉俗和悲观主义的基调，而理查逊的书信体小说则注重表现人物的美德、贞洁与高尚行为。就此而言，他们三人的小说都不具有喜剧特征。不仅如此，他们的小说在文本模式上与英雄史诗大相径庭。史诗不仅情节复杂、图景广阔、人物众多、气势恢宏，而且注重刻画英雄与伟人的形象，尤其是男性的勇敢行为、高强武艺和力挽狂澜的能力。而笛福、斯威夫特和理查逊并不接受这种文学模式。他们甚至反其道而行之，有意向史诗的权威性进行挑战。例如，《鲁滨逊漂流记》集中描述了主人公单独一人在孤岛上的生活经历，而理查逊则刻意表现女性的心灵美和内在的高贵气质。尽管理查逊在《格兰狄森》的"前言"中表示他旨在反映一个绅士"真正的光荣"，但格兰狄森的"荣誉感"与史诗中的英雄人物截然不同。例如，他拒绝与流氓决斗，后来，即便赢了也不愿伤害对方。在他看来，男人之间的决斗是野蛮的，是"对谋杀的一种礼貌的邀请"。显然，格兰狄森的"荣誉感"与史诗中好战的勇士所追求的荣誉不可相提并论。"单凭理查逊对英雄品德的反感这一点也许足以使他拒绝史诗的文学模式，当然他的拒绝很可能还有其他许多理由。"[1]与笛福和理查逊等作家不同的是，菲尔丁对古典史诗的文学模式情有独钟。当然，他并没有墨守成规，或照葫芦画瓢，而是在小说面临发展和大众阅读趣味众口难调之时采取了果断的措施，大胆地设计了一种新的小说样式。

菲尔丁在小说创作中匠心独运，巧妙而有效地将史诗和喜剧的艺术特征交织一体。与此同时，他舍弃了两种文学模式中互相对立和彼此矛盾的成分。他按照史诗的情节来构思小说，使其"更具有扩展性和包容性"，并展示更加广阔的社会图景。这在他的经典力作《汤姆·琼斯》中得到了充分的验证。在塑造人物方面，菲尔丁似乎认为富有喜剧色彩的人物无法取得丰功伟绩，而伟大的英雄也不宜扮演喜剧角色，因此，他在小说中刻意塑造"底层人物"的形

---

[1] Ian Watt. *The Rise of the Novel*. London: Chatto & Windus, 1967, p.245.

象。至于作品的情趣和措词，菲尔丁认为滑稽性地模仿史诗中庄重的语言和严肃的气氛往往能够取得讽刺与幽默的效果。这在他的成名作《约瑟夫·安德鲁斯》中同样得到了验证。尽管菲尔丁的小说理论具有明显的历史局限性，并且与他的创作实践之间存在着一定的距离，但他以其独特的审美意识和杰出的艺术才华，别开生面地创作了一种前所未有的史诗型喜剧小说。

《约瑟夫·安德鲁斯》是18世纪中叶英国文坛一部令人耳目一新的作品，同时也是菲尔丁小说理论最初的实验成果。长期以来，西方评论家大都将这部小说视为对理查逊的《帕梅拉》的一种嘲弄和讽刺性模仿。显然，这种观点不但具有一定的依据，而且也已成为文学批评界公认的事实。菲尔丁不喜欢理查逊就像理查逊不喜欢菲尔丁一样。"几乎在每个人的眼里，他们都是竞争对手，读者似乎很难同时喜欢他们两人。"[1]然而，菲尔丁和理查逊之争并不是通常的私人纠纷或个人之间的恩怨所致，而是客观地反映了他们不同的创作观念和艺术主张。从某种意义上来说，菲尔丁和理查逊之争已经成为英国小说史上作家之间艺术论战的先例，而《约瑟夫·安德鲁斯》的问世则为英国的讽刺性模仿小说开了先河。然而更重要的是，《约瑟夫·安德鲁斯》不仅是菲尔丁本人的创作理论的一份宣言书，而且也是他的史诗型喜剧小说的实验场。作者的许多创作观点和艺术主张在这部小说中得到了有益的尝试。

《约瑟夫·安德鲁斯》分为四卷，共六十四章。小说生动地描述了主人公约瑟夫·安德鲁斯的冒险经历和爱情生活。被认为是帕梅拉的兄弟的约瑟夫是布比太太的男仆。布比太太在丈夫去世后不断对约瑟夫进行诱惑，但她的调情和卖俏却遭到了他的抵制。约瑟夫在布比太太面前假装成一个既不会谈情说爱，又缺乏性功能的男人，而他暗中已与美丽善良的范妮小姐深深相爱。为了逃避布比太太的无礼纠缠，约瑟夫离开伦敦去寻找范妮。途中他颠沛流离，餐风宿露，并遭到两个流氓的殴打与抢劫。后来，在他的好友亚当斯的帮助下，约瑟夫与范妮幸福团聚。尽管约瑟夫和范妮曾被误以为是兄妹而使他们的婚姻一度受挫，但最终约瑟夫被证实是一个名叫威尔逊的富翁的儿子，从而使这对有情人终成眷属。

引人注目的是，为了使小说具有喜剧色彩并获得讽刺与幽默的效果，菲尔

1　Simon Varey. *Joseph Andrews: A Satire of Modern Times*. Boston: Twayne Publishers, 1990, p.16.

丁在叙述形式上匠心独运，成功地发挥了"潜在作者"（the implied author）的艺术作用。菲尔丁在《约瑟夫·安德鲁斯》的"前言"中一开始便敬告读者："我先就这种作品的形式发表几句评论。迄今为止，我不记得见过谁用我们的语言尝试过这种形式。"[1] 在这部喜剧小说中，菲尔丁巧妙地安排了一个说话风趣、谈吐诙谐的"我"作为他的喉舌。正如他在小说"前言"结尾时所说的那样："我不再妨碍善意的读者……而是让他自己根据我的观点去评判这部作品。"[2] 显然，"历史上的菲尔丁在前言中将自己同他创作的小说分隔开来"，[3] 他试图通过另一个"我"来担任"潜在作者"的角色，由他像滑稽演员那样随心所欲地对人物的愚蠢行为和生活中的荒诞现象进行评头论足。"菲尔丁的叙述形式之所以十分有效，那是因为他巧妙地造成了这样一种假象：即他所设计的那个'我'就是作者，这个作者复杂却又贯穿始终的性格相应地对读者产生了复杂和微妙的影响。"[4] 菲尔丁精心设计的这个"潜在作者"时而介入作品，并向读者直接发表本人的道德见解，时而又突然消失，超然物外。叙述者对故事情节的驾驭能力，对人物性格的准确把握以及他那机智、诙谐和幽默的口吻显然赋予他一种权威性与可信性。这不仅使读者更加依赖他的叙述，并能深刻理解小说的道德含义，而且也使作品产生了强烈的喜剧效果。

作为一部史诗型喜剧小说，《约瑟夫·安德鲁斯》以叙述者"我"对当时英国社会的道德风尚的一段风趣的评论开局：

> 这是一种陈腐却又是真实的见解：榜样比格言对人的思想具有更强烈的影响。如果那些可恶与可憎的人是如此，那么，那些可敬与可尊的人更是如此……
>
> 然而，事情往往是这样，那些最杰出的人大都鲜为人知，因而无法使他们的榜样产生多大的影响。笔者有责任帮助扩大这种影响，将那些可敬的事迹告诉那些无缘了解真相的人。通过向世人介绍这种可贵的事迹，笔者也许能够比在生活中树立起这种榜样的人对人类作出

1　Henry Fielding. *Joseph Andrews*, "Preface". Connecticut: Wesleyan University Press, 1967, p.3.
2　Ibid., p.10.
3　Honer Goldberg. *The Art of Joseph Andrews*. Chicago: The University of Chicago Press, 1969, p.268.
4　Ibid., p.269.

更大的贡献。

显然，叙述者幽默与诙谐的口吻不但给读者留下了深刻的印象，而且也为他自己树立了一个能说会道而又十分明智的道德家的形象。这种口吻贯穿了整部小说。无论是约瑟夫的大智若愚和对"男性贞操"的极力保护，还是布比太太恬不知耻的调情卖俏，都通过这种风趣的口吻得到了生动的陈述。

在《约瑟夫·安德鲁斯》中，菲尔丁有关"散文式喜剧史诗"的理论得到了初步和有益的尝试。为了使小说既能体现史诗的特征，又具有喜剧色彩，菲尔丁对作品的框架结构和故事情节作了精心的安排。他巧妙地采用了故事插段（interpolated tales）、仿英雄战斗（mock-heroic battles）和意外发现（surprising discovery）等古典史诗中常用的手法来编织小说的故事情节，取得了良好的艺术效果。

为了使《约瑟夫·安德鲁斯》的故事情节合理地建立在史诗的框架之上，菲尔丁在小说中有意安排了许多"故事插段"，使作品不断延展与扩容，从而显示出长篇史诗的气派。在作品的主要情节中插入许多其他有趣的"故事插段"是古典长篇史诗中司空见惯的现象。例如，在荷马史诗《奥德赛》中，尤利西斯在特洛伊战争结束后返回家园的途中不仅听到了许多有关其他神仙和国王的故事，而且也经常向他人叙述自己的冒险经历。在创作《约瑟夫·安德鲁斯》的过程中，菲尔丁有意模仿长篇史诗的这种框架结构和文本模式。他笔下的人物经常互相之间讲述故事，从而使小说的主要情节层层舒展。例如，威尔逊先生的故事对小说的情节的发展起到了重要的作用。然而，有的故事插段则与中心线索并无多大联系。例如，第二卷中利奥诺拉在马车上讲述的故事似乎有些离题。应该说，在谋篇布局方面，菲尔丁是煞费苦心的。他在作品中充分发挥了故事插段的艺术作用。"这样做他便遵循了史诗的惯例，于是人们便能说他继承了史诗的传统。"[1]

菲尔丁在小说中模仿史诗的另一种艺术手段是有意设计令人捧腹的"仿英雄战斗"。在古典史诗中，英雄人物通常在经历艰险并与敌人展开英勇搏斗之后方能达到最终目标。这在《伊利亚特》、《奥德赛》和《埃涅伊特》等

---

[1] Ethel Margaret Thornbury. *Henry Fielding's Theory of the Comic Prose Epic*. Madison: University of Wisconsin Studies, 1931, p.110.

伟大史诗中是显而易见的。为了使小说取得史诗的效果，菲尔丁笔下的"底层人物"也不时展现"英雄本色"，经常介入一些发噱甚至无聊的争斗与冲突。例如，在第二卷第五章中，约瑟夫的好友亚当斯与一名小旅馆老板因琐事而大打出手，其场面极为滑稽可笑。为了让亚当斯明白如何"在上等人面前卑躬屈膝"，老板一边嘴里重复"上等人"一词，一边冲上前去揍亚当斯。而亚当斯也不甘示弱，"用拳头在对方脸上狠狠地回敬了一下，鲜血即刻从他的鼻孔里冲出来"。当老板被打倒在地后，接下去的场面更加滑稽可笑：

> 这个粗暴的丈夫真有福气，他的太太见他浑身是血躺在地上便赶紧前来助战，或者说是为她丈夫受到的最后那一拳进行报复。瞧，她一怒之下端起刚好放在食品柜旁的一锅猪血，毫不犹豫地泼在亚当斯的脸上……

显然，这种为琐事斗殴和夫唱妇随的闹剧与伟大史诗中的英雄战绩形成了鲜明的对照。在《约瑟夫·安德鲁斯》中，类似的"仿英雄战斗"出现多次。例如，约瑟夫和亚当斯同一群猎狗之间的搏斗不仅充满了喜剧色彩，而且也是作者为了模仿史诗的形式所精心设计的场面。

此外，菲尔丁在《约瑟夫·安德鲁斯》中还巧妙地采用了史诗中常见的"意外发现"的艺术手法。史诗理论的创立者之一亚里士多德曾经在他的《诗学》（*Poetics*）中指出："发现，正如这个词本身所暗示的那样，是一种从无知到明白的转折，从而将爱或恨带给那些注定是幸福或不幸的人。"[1]亚里士多德还列举了荷马史诗中某些人物获得的"意外发现"，并阐述了它们在作品中的重要作用。为了使其小说能产生与史诗对应的效果，菲尔丁同样采用了"意外发现"的手法，从而使故事情节发生戏剧性的变化。例如，在小说将近结尾时，约瑟夫和范妮因一度被误认为是兄妹而无法结婚。随后，约瑟夫胸前的一块红色胎记使人们"意外发现"他原来是威尔逊先生的儿子。菲尔丁巧妙地采用了这种古老的艺术手法使主人公即刻时来运转，从而为他的喜剧小说成功地安排了一个幸福的结局。

在《约瑟夫·安德鲁斯》中，菲尔丁较为成功地采用了史诗的形式来表现喜剧性内容。他所提出的有关"散文式喜剧史诗"的理论在此得到了有益的尝

1　Aristotle, quoted from Henry Fielding's *Theory of the Comic Prose Epic*, p.110.

试。尽管《约瑟夫·安德鲁斯》在艺术上存在着某些不足之处，但它向人们展示了一种新型的小说文本。菲尔丁的小说理论将在他的代表作《汤姆·琼斯》中得到进一步的运用与实践。

作为一部"史诗型喜剧小说"，《汤姆·琼斯》在文本模式和艺术手法上比《约瑟夫·安德鲁斯》无疑显得更加成熟。尽管英国著名评论家F·R·利维斯曾经有些武断地批评《汤姆·琼斯》的故事内容缺乏精巧的设计，显得有些简单，但他同时承认，菲尔丁是一种必将取代诗歌与戏剧的新型文学样式的倡导者："英国小说从他起步，这种说法永远有道理。"[1]利维斯虽然认为菲尔丁的喜剧小说内容简单，意义浮浅，但他却明显地感到其小说的艺术形式不同凡响。显然，当他的小说理论在《约瑟夫·安德鲁斯》中得到初步的尝试之后，菲尔丁认为在《汤姆·琼斯》中"有必要为将来的作家树立比较高的艺术标准……并使读者进一步关注和欣赏作品的美学和道德问题"。[2]他像一个新的艺术王国的缔造者，试图以自己的小说样板来为后人制定一些能够统治这一创作领域的艺术法则。由于他的王国富有一定的喜剧色彩，因此这些法则应该以风趣的方式来制定。正如他本人在《汤姆·琼斯》的一封近似于"前言"的书信中所说："为了达到这些目的，我在以下这个故事中用尽了我所擅长的所有机智与幽默。"[3]显然，这部"史诗型喜剧小说"中的轻佻的描写、善意的戏弄、滑稽的评论和奇异的比喻不仅是为了取悦读者，而且也是为了引起那些严肃的读者对小说的艺术和美学问题的认真思考。然而，菲尔丁依然遇到了这样一个难题：即滑稽人物不能与伟大的英雄相提并论。于是，像以往那样，他必须编造一个可信的故事。"他在保留史诗情节的某些基本特征的同时改变内容……《汤姆·琼斯》的情节具有史诗的特征，因为它至少展示了一幅关于整个社会的全景图。"[4]

《汤姆·琼斯》共分十八卷，每卷少则七章，多则十五章。小说生动地描述了弃儿汤姆从儿童时代到青年时代的成长过程以及他的爱情生活和冒险经

---

[1] F. R. Leavis. *The Great Tradition: George Eliot, Henry James, Joseph Conrad*. Middlesex: Penguin, 1972, p.12.

[2] Maurice Johnson. *Fielding's Art of Fiction*. Philadelphia: University of Pennsylvania Press, 1961, p.86.

[3] Henry Fielding. *Tom Jones*. England: Penguin Books, 1969, p.38.

[4] Ian Watt. *The Rise of the Novel*. London: Chatto & Windus, 1967, p.251.

历。仁慈的奥尔华塞先生一天晚上回到家中发现床上躺着一个婴儿，便将他领养起来，并替他取名汤姆·琼斯。不久，奥尔华塞的妹妹布丽奇特嫁给了一个船长。两年后，布丽奇特的丈夫去世，留下一个儿子名叫布利菲尔。汤姆与布利菲尔从小一起长大，但由于他是弃儿，因此经常遭到人们的歧视。汤姆聪明机灵，活泼开朗，博得了美丽纯洁的索菲娅的芳心，但这引起了布利菲尔的嫉妒。由于布利菲尔在奥尔华塞面前挑拨离间，汤姆被赶出家门。与此同时，索菲娅因不愿嫁给一个令她讨厌的男人而被迫离家出走。随后，汤姆和索菲娅在彼此寻找对方的旅途中经历了一系列冒险场面，并且先后来到了伦敦。尽管汤姆因受到诱惑而犯了不少愚蠢的错误，但他在坎坷的人生道路上逐渐变得成熟起来。在揭穿了布利菲尔等人的种种阴谋诡计之后，汤姆最终与索菲娅喜结良缘。

菲尔丁纯熟的小说艺术在《汤姆·琼斯》的谋篇布局和框架结构上得到了充分的展示。这部小说不仅体现了长篇史诗宏大的框架，而且还具有严密的结构。全书十八卷分布合理，匀称和谐，其中六卷涉及萨默塞特农村，六卷描写人物在旅途的流浪生活，而另外六卷则反映主人公在伦敦的冒险经历。菲尔丁创作"散文式喜剧史诗"的意图迫使他既要对小说的框架结构进行合理的设计，又要对各种事件进行巧妙的安排。尽管它的篇幅很长，但这部小说极少存在多余的材料，其中的事件不但与人物而且始终与情节有关。一位美国评论家认为，《汤姆·琼斯》是"一部在情节上设计得最有板有眼的英国小说"。[1] 从某种意义上来说，《汤姆·琼斯》宏大的史诗式框架结构及其有条不紊的布局方式不仅使它代表了18世纪中叶英国小说艺术的最高成就，而且也为以后的作家提供了可资借鉴的艺术模型。就此而言，"《汤姆·琼斯》同英国小说的关系就像《哈姆雷特》同戏剧的关系一样"。[2] 难怪150年之后，英国著名作家亨利·詹姆斯颇有感触地说："在正确导向之下，小说依然是最独立、最有弹性和最庞大的文学形式。"[3]

作为一部史诗型喜剧小说，《汤姆·琼斯》与《约瑟夫·安德鲁斯》相比

---

[1] Maurice Johnson. *Fielding's Art of Fiction*. Philadelphia: University of Pennsylvania Press, 1961, p.99.

[2] Ibid., p.95.

[3] Henry James. "Preface to The Ambassadors.," *The Art of the Novel,* ed. R.P. Blackmur. Chicago: University of Chicago Press, 1934, p.326.

不仅在艺术形式上更加成熟，而且在创作技巧上也更加丰富多彩。除了沿用故事插段和模仿英雄战斗等手法之外，菲尔丁在《汤姆·琼斯》中成功地运用了一系列新的创作技巧。其中，较为引人注目的是，他模仿古典史诗的常用手法采用一系列"巧合性事件"来编织小说的情节。例如，在小说中汤姆与索菲娅分别前往伦敦，他们在彼此寻找对方的过程中多次错过见面的机会，而汤姆在途中则先后碰巧遇见了偷窃索菲娅钱包的那个小偷和曾经为她当过向导的一位姑娘。显然，菲尔丁对这种"巧合性事件"情有独钟，因为这不仅能为故事情节提供一个合理和有趣的结构，而且还能使小说像史诗那样具有扩展性和包容性。作者对"巧合性事件"的精心安排不断引出一系列新的人物和事件，同时揭示了更加广阔的社会生活图景，从而使《汤姆·琼斯》充分体现了伟大史诗的艺术特征。

　　同约瑟夫一样，菲尔丁笔下的主人公汤姆也是一个具有喜剧色彩的人物。他为人正直，慷慨大方，但往往感情冲动，意气用事。整部小说似乎"以一种本能的冲动形式全方位地展示了他善良的自然本性"。[1]主人公汤姆虽然是邪恶势力的受害者，但他不仅在生活中经历了许多滑稽可笑的事件，而且还犯了一系列愚蠢乃至荒唐的错误。他既遇到了许多麻烦，又制造了不少麻烦；他既会自我责备，又会谴责他人；他的行为既令人可笑，又令人同情。然而，无论形势怎样严峻或可怕，汤姆总是能够化险为夷，转危为安。引人注目的是，菲尔丁在小说结尾巧妙地采用"时来运转"艺术手法，不仅使原先被误以为犯有乱伦罪和谋杀罪的汤姆安然无恙，而且还使他与索菲娅喜结良缘，从而为小说安排了一个幸福的结局。这便是这部作品的喜剧本质所在。

　　菲尔丁对《汤姆·琼斯》的艺术构思表明："史诗型喜剧小说"是一种以风趣而又乐观的态度表现人的命运和社会生活的有效形式。在菲尔丁看来，即便在邪恶势力不断作祟的世界中，好人总会得到好报。喜剧中的人物无法也无须被迫改变自己，因为好人与坏人总会真相大白。曾经被视作流氓的汤姆结果被证明是个好人，而坏蛋布利菲尔的伪装最终被无情地剥去。菲尔丁的史诗型喜剧小说"不仅使愚蠢的人受到启示，而且还表明了生活战胜机遇的原则"。《汤姆·琼斯》以一种具有象征意义的形式揭示了一个令人愉快的事实：即善

1　Alan Dugald Mckillop. *The Early Masters of English Fiction*. Lawrence and London: The University Press of Kansas, 1968, p.122.

良的人在生活中能够把握机遇，应付挑战。菲尔丁试图告诉读者，他笔下的"底层人物"虽然无法拥有伟大史诗的主人公所表现出的那种英雄气概，也无法像这些勇士那样取得丰功伟绩，但他们同样是我们喜闻乐见的人物。

菲尔丁是18世纪英国文坛在艺术上颇有建树的一位小说家。他的小说理论和创作实践在英国小说艺术史上具有重要的意义。他不仅成功地发展了一种新型的小说模式，而且在小说的谋篇布局和创作技巧方面也有所突破。他的"史诗型喜剧小说"对英国小说的全面崛起具有推波助澜的作用，同时也对英国小说艺术的发展产生了积极的影响。

第五节
英国第一部实验小说《项狄传》

18世纪中叶，当理查逊和菲尔丁的小说相继问世并在社会上广为流行时，人们十分自然地将英国小说分为严肃和幽默两大类。前者关注人在邪恶势力面前如何保持美德和贞洁等道德问题，而后者则反映人在复杂环境中的愚蠢行为和可笑的经历；前者具有明显的说教性，而后者则更倾向于取悦读者。尽管这种结论似乎有些简单，但这是对当时小说的基本界定。事实上，严肃小说和幽默小说在18世纪下半叶均得到了长足的发展。然而，由于18世纪的英国社会对小说艺术的发展表现了极大的宽容，并乐意接纳奇特乃至极端的文学形式，因此，英国文坛首次出现了像劳伦斯·斯特恩这样的实验主义小说家。

长期以来，18世纪英国小说家劳伦斯·斯特恩被某些西方评论家称为"古怪先生"（Mr. Oddity）。他之所以被认为十分离奇古怪是因为他在英国小说依然十分年轻、其艺术形式尚未稳定之际便出人意料地推出了英国小说史上第一部实验小说《项狄传》。斯特恩首次以与众不同的视角来观察世界，并采用标新立异的创作手法来表现生活，从而极大地拓宽了英国小说艺术的发展空间。《项狄传》的问世不仅使亚里士多德的唯理主义哲学观念面临了挑战，而且也为英国小说提前埋下了实验的种子。《项狄传》是对小说形式的一次重大突破，同时也是英国小说艺术史上的一道独特的风景线。它非常奇特乃至极端的艺术形式具有一定的前瞻性和预示性。许多批评家惊讶地发现，《项狄传》在艺术形式上与20世纪下半叶的后现代主义小说竟然十分相似。从某种意义上来说，这是一部每个崇尚实验的小说家都能从中受到启迪的小说，同时也是一部每个执着研究新潮文学的批评家都不能忽略的小说。显然，斯特恩是英国小说史上的一位奇才。"我们之所以关注他，不是因为我们富于优越的想象力，而是因为斯特恩是一个令人费解的超越时代的人。"[1]

《项狄传》充分体现了作者全新的创作理念，同时也客观地反映了他独特的人生观和价值观。在斯特恩看来，生活是无序的，现实也是难以捉摸的，亚里士多德过于理性的哲学观念难以解释生活的意义和现实的本质。"斯特恩认为现实是一种不容置疑的玩笑。"[2]这便使《项狄传》带有浓郁的感伤主义色彩。难怪斯特恩被某些西方评论家称作"感伤主义首要分子"（the arch-sentimentalist）。他之所以获得这个雅号不仅因为他的情感根植于这个充满玩笑的大千世界的现实土壤和发自一个极端唯我论者的心胸，而且还因为他在《项狄传》中成功地采用了一种全新的艺术形式来表达他的感伤情绪。他的人生观和价值观连同他的怜悯、悲怆和哀婉情绪在《项狄传》中得到了充分的展示，尽管他的多愁善感在同时代的作家中首屈一指，但他知道极端的感伤可能变成一种失控的力量。因此，他在《项狄传》中往往将人物的感伤情绪表现得极其自然和富于喜剧色彩，字里行间充满了诙谐、幽默和学究般的才智。这无疑是这位"古怪先生"的不同凡响之处。

然而，斯特恩在《项狄传》中的小说艺术和创作技巧使其显得更加与众不同。在18世纪中叶，英国小说经理查逊和菲尔丁之手不但建立了一种基本的艺术准则，而且已拥有了公认的文本模式。小说家对谋篇布局、文理叙事和时间问题的处理似乎已经约定俗成，而作者与读者之间也已达成了某种默契。然而，像20世纪的现代主义小说一样，斯特恩的《项狄传》是对传统文学的一种反叛，同时也是对新古典主义作家极力推崇的形式主义的一种讽刺。众所周知，在斯特恩的年代，科学家们已经对时间、空间和物体有了明确的解释。人们拥有同样的时间和空间，物体就在我们面前，小说家不可能对此视而不见。然而，斯特恩却毫无顾忌地使这一切都变得无关紧要。不仅如此，他还试图打破艺术和生活之间的界限，采用新颖独特的艺术形式来模仿人物的内心生活，

1　John Traugott. *Laurence Sterne: A Collection of Critical Essays*. New Jersey: Prentice Hall, 1968, p. 1.

2　Ibid., p.3.

并以此来揭示一种新的现实。对斯特恩而言，这种现实是让人透视的。如果说菲尔丁认为现实是存在的话，那么斯特恩则强调现实的可见性与透明度。显然，斯特恩的宇宙观不仅超越了牛顿定律管辖的范畴，而且也迫使他为《项狄传》寻找一种独特的艺术形式。这种形式超越了人们原先对小说的时空、结构、情节和人物的界定。事实上，当代小说家们依然在不遗余力地解决斯特恩当时遇到的形式问题。由于心理学和物理学理论的迅速发展及其最新研究成果的不断问世，英国小说的形式问题在乔伊斯和伍尔夫等人的手中已经得到了较好的解决。然而，在斯特恩的年代，创作一本像《项狄传》这样的实验小说的艺术难度是令人难以想象的。

《项狄传》共分九卷，长达六百多页。小说主要描述主人公项狄的精神世界和心理变化以及他对人生的感伤情绪。由主人公本人叙述的小说的故事情节不仅支离破碎，而且平淡无奇。项狄"出生于1718年3月第一个星期日和第一个星期一之间的那个夜晚"。然而，他所叙述的故事在他出生之前便已发生，而他本人直到小说的第四卷才呱呱落地，在第六卷中刚穿上长裤。他5岁时曾被窗框砸伤，20多岁时曾赴欧洲旅行。项狄的父亲原先在伦敦经商，1713年回到农村定居。项狄的叔叔托比曾是一名军人，1695年他在一次战役中负伤，五六年之后他在家乡为建一块玩滚木球游戏的绿草坪而四处游说。其间，他与一名寡妇有过一段恋情。父亲和托比叔叔的人生态度对项狄产生了重要的影响。整部小说从头到尾反映了主人公对其长辈、家庭和人生的印象和态度。显然，传统小说中司空见惯的曲折动人的故事情节在《项狄传》中已不复存在。

《项狄传》是18世纪一部异乎寻常的实验小说，同时也是英国小说艺术史上一座引人注目的里程碑。斯特恩在这部小说一开始便向人们展示了他在艺术上的创新精神。他大胆地摒弃了作家通常对主人公（尤其是叙述者）的人生经历从其出生开始按时间顺序循序渐进描述的方式，将小说的开局时间设定在他母亲怀孕之前，并以主人公对其父母生育行为的一段诙谐的评论拉开了小说的序幕：

  我希望，当我父亲、或者母亲、或者他们两人共同投入此事时，他们曾经考虑过当他们生我的时候在做些什么。如果他们曾经想过自己当时的行为是多么的重要，不仅因为它涉及生育一个正常的人，而且还可能涉及这个人的健康发展，他的体温，也许还有他的天赋，甚至他头脑的质量……如果他们曾经好好掂量和考虑过所有这一切，我敢肯定我在世上将是一个截然不同的人，而不是读者将见到的那个人。

　　斯特恩在这部小说中的开局方式不同凡响，令同时代的读者大开眼界。18世纪包括后来的小说大都以主人公的出生或童年时代作为开局，并从这一时间点开始描述其人生经历。这种艺术常规不仅在笛福、斯威夫特和菲尔丁的小说中得到了验证，而且在劳伦斯的《儿子与情人》（*Sons and Lovers*，1913）和乔伊斯的《青年艺术家的肖像》（*A Portrait of the Artist as a Young Man*，1916）等现代主义小说中也同样存在。要经历生活的酸甜苦辣，主人公（尤其是叙述者）必须先来到世上。因此他的出生是意料之中的，也是不容置疑的。然而，在《项狄传》中，似乎一切都难以预料。叙述者并没有将自己的出生当作人生的开端，相反，他认为这是命中注定的结果。正如他的叔叔托比所说："我的特里斯川的厄运在他出世前九个月就已经开始。"显然，《项狄传》的开局不仅揭示了父母生育行为的一种结果，而且反映了一种先验论或宿命论的哲学观念。在作者看来，小说主人公项狄无法左右自己的人生，一切都得听凭命运的摆布。与18世纪英国小说中的其他主人公不同的是，项狄失去了在社会生活中发挥作用的能力。与其说他能向人们展示什么，倒不如说他已经变成了人们审视的对象。外部势力不断冲击项狄的心灵，并迫使其在复杂的人生中逐渐发现和认识自我。

　　作为英国第一部实验小说，《项狄传》的结构充分体现了反传统、反小说的艺术特征。一位刚翻开这部小说的读者也许会惊讶地发现，这部作品的结构混乱无序。本来已经模糊不清的故事情节不时被叙述者的倒序、插序、跳跃式评论或东拉西扯的离题话语所打断。引人注目的是，作者的"前言"不是放在小说的正文之前，而是出现在第三卷的第二章之中。作者借叙述者之口对材料移位的原因作了有趣的解释："我的所有人物都暂时离去，我第一次获得了空余时间，于是我要利用它来写我的前言。"更令人惊讶的是，小说第九卷的第十八、十九两章竟然是空页，而第二十章的开头则是一连串令人莫名其妙的星号。作者似乎向读者表明，此刻叙述者的头脑一片空白。然而，出乎读者意料的是，第十八、十九章的内容突然出现在第二十五章之后。作者再次借主人公之口对此作了一番有趣的解释:"我希望人们能用自己的方式来叙述他们的故事,这也许对世界是一种启迪。"显然,小说材料的移位和章节的错置是作者有意安排和精心设计的结果。他似乎认为,由于主人公的内心生活是凌乱无序的,因而小说的谋篇布局只能遵循心理活动的自然规律。就此而言,这部小说不合逻辑的表层结构与人物支离破碎的心理反应是非常吻合的。其结果是,《项狄传》的表层结构显得杂乱无章,朦胧晦涩。

此外,斯特恩对小说的叙述形式也进行了大胆的实验。尽管像18世纪的其他许多小说一样,《项狄传》也采用了第一人称的叙述形式,然而,主人公奇特的叙述方式既令人耳目一新,又令人惊诧不已。项狄似乎一边生活,一边在叙述自己的感官经验,同时,他仿佛不断在追捕自己的影子。正如他本人所说:"尽管我在写作,并不时涌入事件的中心,但我决不能超过自己。"由于叙述者"不能超过自己"而只能陷于"事件的中心",因此,他所叙述的内容往往令人难以捉摸。在《项狄传》中,叙述仿佛变成了一种徒劳的追逐,主人公追赶自己影子的速度越快,其影子也就躲闪得越快。难怪当主人公在第四卷中出生时,叙述者不无感慨地说:"我已经倒退好几卷了,……我应该生活得比我写得更快,于是请大家注意,我写得越多,就会有越多的内容要写。"显然,为了及时叙述本人的生活经历,主人公不得不打破常规的叙述形式。应当指出,叙述者处于"事件的中心",并在纷至沓来的原子和分子面前寻找生活的意义,其行为本身具有一定的象征意义。但是这种象征意义只能通过混乱无序和变幻莫测的叙述形式方能显现。不言而喻,斯特恩巧妙地操纵着一个正在获得生活经验的自我和一个正在对生活进行反思的自我,并试图向读者展示生活经验转为文字意义的整个过程。

引人注目的是,在《项狄传》中,叙述者不但扮演了作者的角色,而且还经常对读者直接谈论自己的创作感受。在叙述本人的"生活和观点"时,项狄仿佛是一个正在写作的小说家。他不仅是作品中的主人公,而且也是崇尚实验与革新的艺术家的象征。在小说中,他不时向读者介绍本人的写作情况。例如:"问我的笔,它控制着我,我控制不了它。"又如:"我开始写第一句话,而第二句话则要靠万能的上帝来帮忙。"有时,项狄告诉读者他因思路中断,必须吸一撮鼻烟,或刮一下胡子,或换一件干净的衬衫。有时,他会在读者面前自言自语:"我突然有了灵感,项狄,放下窗帘——我放下了——特里斯川，在稿纸的这个地方写上一行——我写好了——好啊，又是一章！"他还直言不讳地告诉读者，他必须在小说中掺入"大量的异质材料"从而"使智慧和愚蠢保持一定的平衡"。不仅如此，他还必须"使章与章保持一定的平衡，从而使整部作品显得协调与和谐"。显然，斯特恩在小说中不仅将生活和艺术交织一体，而且还使作家的创作过程与读者的阅读过程彼此交融。他通过这种别具一格的叙述形式巧妙地在生活与艺术之间建立了一种有趣的联系，同时还充分展示了创作这部小说的真实过程，从而使读者身临其境，全面了解叙述者在扮演作者角色的过程中所遇到的各种问题。不言而喻，"这种艺术效果是精心设计的，而斯特恩本人则用艺术家的目光对他的场面和人物袖手旁观"。[1] 暂且不论项狄的叙述是否能为这部小说带来某种和谐与统一，但他在叙述过程中确实享有极大的自由度和灵活性。尽管读者很难确定项狄所叙述的内容是否可靠与真实，但斯特恩在理论上和实践中首次为小说家争得了一种文理叙事上前所未有的自主权。

作为英国第一部实验小说，《项狄传》充分体现了作者在处理小说时间问题上别具一格的艺术匠心。在小说第三卷第十八章中，斯特恩借项狄的父亲之口表达了他的时间观念："为了正确地理解'时间'……我们应该坐下来认真地考虑一下我们对'时间延续'的看法。"

> 如果你将目光投向自己的大脑……仔细地看一下，兄弟，你就会发现，当你和我正在一起谈话、思考和抽烟时，或者当我们不断从大脑中获得各种思想时，我们知道我们确实是存在的，于是我们便开始评价这种存在、或我们自己存在的延续性，或其他任何与自己头脑中思想的延续及我们自己的延续相应的东西，或其他任何与我们的思维共存的东西。

显然，斯特恩的时间观念与当时西方传统的以钟表为计时工具的时间观念大相径庭。他似乎在向亚里士多德关于时间仅仅是"以前"和"之后"运动数量的学说进行挑战。在斯特恩看来，时间不是分秒的组合，而是"头脑中思想的延续"和"我们自己存在的延续"。这与现代法国哲学家亨利·柏格森（Henri Bergson，1859—1941）的"心理时间"学说有着惊人的相似之处。在《项狄

---

[1] Alan Dugald Mckillop. *The Early Masters of English Fiction*. Lawrence and London: The University Press of Kansas, 1968, p. 185.

传》中，作者首次打破了传统小说的框架结构，摒弃以钟表时间为顺序的创作方法，按照主人公"头脑中思想的延续"来描述各种纷乱的事件。作者关注的与其说是主人公项狄在物理时间流逝过程中的逐渐成长，倒不如说是他飘忽不定的心理变化。"他最关注的是项狄在整部小说中的姿态。他刻意展示一幅关于项狄意识领域的全景图……这种意识以过去、现在和将来同时存在的形式来揭示，而不是通过像一条线上的词汇那样的一连串衔尾相随的事件来揭示。"[1]

在《项狄传》中，斯特恩对时间问题的处理可谓别出心裁，独具匠心。为了打破以钟表时间为顺序的创作规则，他经常使小说中的某一事件突然中断，并在数页甚至数章之后又突然将这一事件重新捡起，继续描述。例如，在第一卷第二十一章的开头，当托比叔叔和项狄的父亲在交谈时，楼上噪声不断，使他们无法听清自己的声音。于是，项狄的父亲便问托比："兄弟，他们在干什么？我们几乎听不见自己的讲话了。"

"我想"，我的托比叔叔回答说，当他开始说这句话时，他将烟斗从嘴里取出，并将装烟丝的那一头在他左手大拇指的指甲上敲了两三下。"我想"，他说——但若要真正了解我托比叔叔对此事的想法，你必须先了解一下他的性格，我马上给你们讲讲他的性格，然后他与我父亲之间的谈话会继续进行。

叙述者突然中断了其叔叔和父亲之间的谈话，随后插叙了其他许多内容。其间，他时而向读者表示歉意："可我忘记了我的托比叔叔，他一直在敲烟斗中的烟灰。"时而，他又告诉读者："我正要给你们讲讲我托比叔叔古怪的性格时，我的姑母黛娜和马车夫来到我们中间，并带我们走了几百万英里……"在第二十四章的开头，叙述者又俏皮地说："读者肯定对我托比叔叔的性格失去了耐心。"直到第二卷第六章的开头，托比叔叔才终于将七章之前想说的那句话说完：

"兄弟，他们在干什么？"我父亲问道。"我想"，我的托比叔叔回答说，正如我告诉你们的那样，当他开始说这句话时，他将烟斗从嘴里取出，敲出烟灰。"我想"，他回答说，"我们敲一下铃

---

[1] James E. Swearingen. *Reflexivity in Tristram Shandy*. New Haven: Yale University Press, 1977, p.100.

吧，兄弟，这没什么不妥当的。"

显然，作者在《项狄传》中首次打破了以钟表时间为顺序的小说模式，将情节与事件的安排建立在一种蛛网状结构之上。托比叔叔的一句话前后跨了七章，其间注入了大量的时间与空间，主人公纷繁复杂的印象、感觉、回忆和思绪飘来转去，各种突如其来的插段、乐谱和离题话语交相叠出，构成了一幅错综复杂的心理画面。

应当指出，斯特恩在《项狄传》中对时间问题的处理充分体现了其小说艺术的前瞻性和预示性。在一个小说理论和科学知识均相当贫乏的时代，作者对小说"文学时间"（literary time）的运用作了大胆的尝试。这不仅是一种伟大的艺术创举，而且也为以后英国小说在艺术上的重大突破提供了极好的范例。从某种意义上来说，斯特恩对小说家如何挣脱钟表时间的枷锁，运用"文学时间"（或心理时间）来同时表现过去、现在和将来的经验的探索与实践在英国小说艺术史上具有十分重大的意义。读者发现，像鲁滨逊那样有条不紊、循序渐进地叙述自己冒险经历的现象在《项狄传》中已不复存在，取而代之的是一种同时向过去和将来渗透而又不断使两者交织一体的叙述形式。主人公项狄自始至终生活在"自己头脑中思想的延续"和"自己存在的延续"之中，以他对时间的无限感触来表达他对存在的看法。"他并不试图通过展示一系列关于即时经验的瞬间来揭示其本人的重要性……而是反映在一个时间场上他同其他人物、事物及事件之间的关系。"[1]换言之，正是他在其意识的时间场上与他人接触的经验才使他能够认识自己的存在。不言而喻，斯特恩对小说时间问题的处理方式是令同时代的作家难以想象的，也是令他们望尘莫及的。他曾在第三卷第三十八章中借主人公之口表明了处理小说时间问题的技术难度：

> 我母亲，你们必须了解，但我有五十件事情更有必要让你们先知道，我有一百个已答应要解决的难题，还有一千次痛苦和家庭灾难一起涌进我的脑海，简直堆积如山，一头牛（明天早晨）闯入托比叔叔的园地吃了他两成半的干草……我的父亲躺在床上，我的叔叔托比坐在镶边的椅子上，我半小时之后再返回来描述他们，但五分半钟时间

1　James E. Swearingen. *Reflexivity in Tristram Shandy*. New Haven: Yale University Press, 1977, p.109.

已经消逝了，一个生命短暂的作家陷于所有这些困惑之中……

显然，上述引文反映了创作手法和小说形式的局限性，但它同时也揭示了语言的潜在能力以及斯特恩试图采用"文学时间"来表现复杂经验的可能性。在斯特恩看来，钟表时间的局限性并不意味着语言或叙述的局限性。小说家完全能够支配和操纵时间，挥洒自如地使作品中的某些事件早于、晚于或同步于其他事件，采用异乎寻常的手法来表现人的经验。

作为英国第一部实验小说，《项狄传》首次将小说的表现对象从外部的物质世界转向了人物的精神世界。作者破天荒地采取了"内省"的艺术举措，对英国小说如何表现丰富多彩、变化多端的感性生活进行了大胆的探索。在《项狄传》中，作者将有关主人公社会生活经历的描述降到了最低限度，而是以极大的篇幅来展示其错综复杂的心理活动。尽管《项狄传》还不能算一部意识流小说，但它充分展示了主人公对生活的感性认识和心理反应。在小说中，主人公对人们的社会经验并不感兴趣，而是十分注重其本人的感觉对经验的解释作用。"他不像一个在世界上参与行动的人，并始终在思考自己的存在方式，探索通常不用言语表达的意识领域。"[1]有趣的是，项狄所关注的是大都与他本人没有直接联系或在他出生之前他人所经历的事件，而且他对这些人和事的描述方式往往出人意料。正如项狄在第一卷第二十三章中所说：

> 我们的心灵不能通过身体显示出来……而是被一层不透明的血和肉遮盖着。因此，我们若想了解人物的具体性格，就必须采用其他方法。
>
> 事实上，有许多方法能使人的才智发挥作用，将此事做得恰到好处。

显然，斯特恩不仅将创作焦点从外部世界转向了心理世界，而且对内省的艺术手法表现出浓厚兴趣。从某种意义上来说，《项狄传》的全部情节（如果这也算情节的话）展示了主人公试图将其纷乱的思绪整理成一种文学叙述的过程。"这部小说详细记录了错综复杂的意识，这种意识抽象的统一性和延续性既显示了一种有意安排的原则，又通过这一原则显示出来。"[2]项狄旨在理解并传达意识抽象的统一性和延续性。然而，他并不试图通过对本人行为的直接

---

[1] James E. Swearingen. *Reflexivity in Tristram Shandy*. New Haven: Yale University Press, 1977, p. 54.

[2] Ibid., p. 51.

描写来实现他的意图，而是通过时间与经验的交织与组合来揭示他本人对周围的人与环境所产生的十分微妙的心理反应。

毋庸置疑，《项狄传》是18世纪最重要的小说之一，同时也是英国小说艺术史上第一部名副其实的实验小说。这部作品不仅是对传统创作观念和小说模式的一种反叛，而且以独特的目光来审视人的日常经验，并向读者揭示了一种新的现实。斯特恩的创作实践具有重要的历史意义和示范作用。尽管斯特恩"并不适合于所有的人"而仅"适合于那些成熟的人和那些也许即将变得过于成熟的人"，[1]但他无疑是英国小说艺术改革与创新的积极倡导者，并对20世纪现代主义及后现代主义小说的发展产生了重要的影响。

综上所述，18世纪的英国小说在笛福、斯威夫特、理查逊、菲尔丁和斯特恩等作家的努力下取得了长足的进步。尽管当时的英国小说在艺术上还不够成熟，但它在文本模式上呈现出多元化的倾向，在结构上也已相对稳定，并成为今后一个半世纪中小说家们竞相效仿或不能忽略的艺术样板。事实上，18世纪的作家所遇到的并力图解决的叙述、情节、结构、人物和时间等问题是小说最根本的问题。尽管我们不能说他们已经有效地解决了这些问题，但他们的大胆实践和努力探索确实为英国小说的形成与发展起到了积极的推动作用。这些作家在千方百计寻找题材以吸引读者的同时，对小说的艺术形式和创作技巧进行了有益的尝试。

综观18世纪英国小说艺术的发展与演变，我们不难发现，它不但已经与诗歌和戏剧分道扬镳，形成了三足鼎立的局面，而且也已脱离了早期罗曼司的艺术轨迹，并充满自信地踏上了独立发展与进化的征途。显然，18世纪的英国作家对小说样式的开发，对叙述视角的把握，对故事情节的安排，对框架结构的设计，对创作技巧的运用以及对时间问题的处理已经颇有建树，并取得了可喜的成就。毫无疑问，他们辛勤耕耘所取得的丰硕成果不仅为英国小说艺术的历史增添了辉煌的一页，而且也对19世纪英国小说的进一步成熟与繁荣产生了十分重要的影响。

1　Lodwick Hartley. *Laurence Sterne in the Twentieth Century.* Chapel Hill: The University of North Carolina Press, 1966, p.12.

第四章
19世纪的小说艺术

19世纪，英国小说取得了卓越的成就。尽管我们对19世纪的诗歌也赞不绝口，但简·奥斯丁、夏洛蒂·勃朗特、艾米莉·勃朗特、乔治·艾略特、查尔斯·狄更斯、威廉·萨克雷和托马斯·哈代等作家的现实主义小说在英国社会中广为流传。他们的创作潜力和艺术才华得到了充分的发挥。这些作家之所以引人注目，因为他们不仅在小说的全盛期从事创作，发表了大量的传世佳作，而且将小说艺术推向了更加成熟与稳健的境界。他们的优秀作品成了英国百姓茶余饭后的消遣读物，使广大读者爱不释手。1870年，英国作家安东尼·特罗洛普（Anthony Trollope，1815—1882）曾经写道："我们已经变成了一个阅读小说的民族。我们大家手中都有小说，上至首相，下至厨房的女仆都看小说。我们的图书馆、客厅、寝室、厨房和幼儿园里都有小说。"[1]据史料记载，在维多利亚时代大约有六万部小说相继问世。与诗歌相比，小说更受人们的青睐，不仅因为它反映了读者关注的许多现实问题，而且还因为它的文本模式、框架结构、叙述手法和语言形式已经相对稳定，并且日趋成熟。从某种意义上来说，19世纪的小说家们精湛纯熟的艺术手法和他们所表现的包罗万象的生活内容使小说成为整个时代的真实写照。

应当指出，19世纪的小说艺术不能被简单地视为一个统一体。纵观19世纪小说发展的历程，我们似乎很难找到一个确切的定义来涵盖从简·奥斯丁开始到托马斯·哈代为止英国小说艺术的历史概貌，正如我们无法对整个19世纪的英国社会下一个简单的定义一样。在这一百年中，英国的社会生活发生了巨大的变化。世纪初，大主教们留着花菜式的头发，坐着马车的爵士身后跟着一群

---

[1] Robin Gilmour. *The Novel in the Victorian Age, A Modern Introduction*. London: Edward Arnold, 1986, p.1.

仆人。世纪末，富人们开着汽车兜风，而下院议员则可能骑自行车回家。显然，19世纪的英国人都意识到了社会、经济、政治、文化和宗教领域的种种变化，并认为这种变化是现代社会的必然现象。不言而喻，小说也会对这种变化作出必然的反应。除了简·奥斯丁之外，狄更斯、萨克雷、勃朗特姐妹和艾略特都出生于19世纪20年代之前，他们目睹并经历了这种变化。19世纪40年代，他们的小说创作步入了全盛期。显然，这个时期问世的小说比以往任何时候的作品更加关注社会现实，"小说与社会之间的关系在此显得尤为密切和引人注目。在40年代出版的几乎每一部重要小说都能被看成是对时代变革的直接或间接的反应"。[1]

那么，"现实主义"也许是用以描述19世纪英国小说艺术最恰当的一个综合性术语。狄更斯等现实主义作家虽然在创作题材和表现手法上不尽相同，但他们都认为，小说是真正的艺术，它不仅能够揭示生活现实和社会本质，而且还能够影响甚至改变读者。那种所谓小说家是骗子或魔术师的观点对他们来说是无稽之谈。他们对小说、读者和自己的艺术才华表现出一种强烈的责任感。正如狄更斯在《大卫·科波菲尔》的"前言"中所说："没有人在阅读这部小说时比我在写它时更相信它。"从某种意义上来说，文艺复兴时期诞生的原始、朴素的现实主义小说，经过了18世纪作家的共同努力和反复实践，到19世纪已经步入了高度成熟的阶段。狄更斯等作家在生活中积极搜罗事实，以创作热情为元素，按照生活的本来面貌无条件地、直率而又真实地描写生活。应当指出，19世纪的现实主义小说不仅在题材上具有极强的现实性，而且在人物塑造上体现了平民化的倾向。这些小说在真实地反映社会动荡、道德沉沦、劳资纠纷、贫富冲突以及人间真情与伪善的同时，还生动地塑造了像奥利弗、简·爱和苔丝那样一群来自社会底层的人物，从而比18世纪的《鲁滨逊漂流记》和《格列佛游记》等小说更加贴近生活，贴近现实。

纵观19世纪英国小说的发展，我们从中不难发现三个明显的倾向。第一种倾向是小说家更乐意将自己的生活经历掺入作品。他们从本人的历史与环境中搜集素材，甚至将自己或自己熟悉的人作为小说人物的原型，从而发展了一种新的小说样式——自传体小说。《简·爱》和《大卫·科波菲尔》便是这类小

---

[1] Robin Gilmour. *The Novel in the Victorian Age, A Modern Introduction*. London: Edward Arnold, 1986, p.4.

说的杰出范例。显然，在一个不太友好和不够稳定的社会中，作家有时会试图从本人延续的记忆中去寻找一个较为稳定的自我。19世纪小说在发展过程中存在的第二种倾向是由女性作家描写女性生活的作品日益增多。小说不再是男人的专利，原先男性小说家独霸文坛的局面已不复存在。奥斯丁、勃朗特姐妹和艾略特等一批才华出众的女作家在文坛异峰突起。她们以女性特有的目光来审视社会现实，生动地反映女性在男权统治的社会中的坎坷命运，并深刻地揭示了她们的情感危机、道德困惑和反叛意识。毫无疑问，女性作家的不断涌现既激发了男性作家的竞争意识，活跃了创作气氛，同时也为英国小说艺术带来了新的生机与活力。此外，从现实主义逐渐转向自然主义和宿命论是19世纪小说发展过程中的第三种倾向。随着英国社会的不断工业化、都市化和商品化及其殖民主义统治的日趋衰弱，怀疑主义和悲观主义情绪与日俱增。在维多利亚时代后期的人看来，曾经给他们带来某种寄托和秩序的上帝虽然未死，但已消失。人类似乎受到了自然界某种无形力量的控制与操纵，对自身的命运既不可预料，也不可掌握。这种宿命论的哲学观点在哈代的小说中显得尤为突出，并使他的小说艺术产生了明显的变化。显然，上述三种倾向不仅反映了19世纪小说同以往小说之间的显著区别，而且也对小说艺术的发展产生了重要的影响。

  19世纪的小说艺术虽不能被简单地视为一个统一体，但它客观地反映了作家的创作观念，同时也基本迎合了读者的趣味。维多利亚时代的读者希望小说既能真实地反映令人烦恼的生活，又能唤起人们对美好生活的向往，既要幽默风趣，又要哀婉动人。显然，他们自相矛盾的希望和要求对小说家的艺术表现提出了严峻的挑战。于是，小说家便在作品中采用了混合的艺术形式来迎合读者的趣味。这种形式既不是完全封闭的，即像喜剧那样循规蹈矩地表现人生的巧合与幸运，也不是完全开放性的，即像悲剧的结尾那样发人深省或耐人寻味，而是两者彼此交织，兼而有之。在19世纪的小说中，作家通常在使读者感到放心、安慰或满意的同时，毫不犹豫地揭示了现实生活中令人扫兴、憎恶或催人泪下的东西。从某种意义上来说，这是一种试图将人们对混乱的感觉和对秩序的渴望融为一体的小说艺术。也许，这种混合的艺术形式在一定程度上反映了19世纪英国人对文明和进步的怀疑和忧虑，因为这种形式像人的意识那样拒绝停靠在肯定或否定的心态之上。从某种意义上来说，19世纪的小说艺术既不像18世纪的小说艺术那样生机勃勃、丰富多彩，也不像20世纪的小说那样五光十色、争妍斗奇，而是体现了一种稳健、折中及调和的态势。就总体而言，19世纪的小说艺术成熟有余，创新不足。作家大都关注故事情节的生动有趣，结构形式的精裁密缝和语言风格的完美雕琢。他们无时不在调和与综合、守旧与创新、怀疑与责任以及自圆其说与热情奔放之间流转徘徊。不言而喻，19世纪的小说艺术同英国的生活气息和民族意识是十分吻合的。它不仅使英国小说变得更加成熟，更加体面，而且为现代英国小说艺术的发展奠定了极为重要的基础。

第一节
奥斯丁、勃朗特和艾略特的小说艺术

迄今为止，西方评论家对19世纪英国小说艺术的本质与特征众说纷纭，莫衷一是，但对它始于杰出女作家简·奥斯丁这一事实已基本达成共识。奥斯丁不仅是一位跨世纪的小说明星，而且还与夏洛蒂·勃朗特和乔治·艾略特等优秀女作家一起揭开了英国小说史上妇女创作艺术的新篇章。这三位女作家不仅是19世纪英国文坛的佼佼者，而且为英国小说艺术的发展作出了积极的贡献。从奥斯丁出生到艾略特去世的时间跨度为105年，而她们三人的小说创作历史总共长达八十年。因此，将这三位成就卓著、地位相当而艺术风格不尽相同的女性作家进行比较研究无疑具有一定的意义。这不仅能使我们深刻认识这三位杰出女性作家的艺术特征，而且也有助于我们进一步了解19世纪英国小说艺术的历史概貌。然而，由于奥斯丁、勃朗特和艾略特三人总共创作了近二十部长篇小说，且题材广泛，艺术质量参差不齐，因此，本节对她们小说艺术的比较研究主要以三部作品为依据，每人一部，即奥斯丁的《傲慢与偏见》（*Pride and Prejudice*，1813）、勃朗特的《简·爱》（*Jane Eyre*，1847）和艾略特的《弗洛斯河上的磨坊》（*The Mill on the Floss*，1860）。这也许能使我们管中窥豹，可见一斑。

倘若不查阅文学史料而光凭上述三个文本所提供的信息，我们如何能证明艾略特的小说是在奥斯丁和勃朗特的小说之后写成的呢？显然，这个问题不仅涉及小说的题材与内容，而且也与小说艺术内部的演变过程密切相关。所谓"小说艺术内部的演变过程"是指那种能合理地解释小说艺术发展的严格的美学体系。尽管奥斯丁、勃朗特和艾略特的小说都是19世纪英国社会发展的必然产物，但它们都有一个历史和艺术的演变过程。这些小说不仅客观地反映了三位女作家的创作成就，而且也体现了她们各自的艺术特征以及她们之间在艺术上的雷同与区别。毫无疑问，了解她们各自的艺术特征和她们艺术上的雷同与区别有助于我们揭示英国小说艺术内部的演变过程。值得一提的是，奥斯丁、勃朗特和艾略特三人的创作生涯，不仅没有重叠，而且还形成了一个艺术上的连续统一体。1816年勃朗特出生，次年奥斯丁去世。而当勃朗特去世时，艾略特则刚开始写作。不言而喻，她们每人都读过前人的作品，并受过其影响，而每人都曾试图凭借自己的独创性写出与前人不同的小说。不仅如此，她们三人的小说在生动反映各个时期的社会风貌和生活气息的同时，还不可避免地带有19世纪小说艺术的时代烙印。

尽管像其他作家一样，奥斯丁、勃朗特和艾略特也在创作过程中不断发展或改变自己的小说艺术，而且她们前期与后期的作品也不尽相同，但《傲慢与偏见》、《简·爱》和《弗洛斯河上的磨坊》无疑在她们的作品中具有一定的代表性。它们不仅受到了文学评论界的重视，而且还拥有极大的读者群。然而，更重要的是，这三部小说基本反映了三位女作家的艺术风格，同时也展示了她们在小说艺术上的共性与差异，从而为我们进行比较研究并以此来揭示19世纪英国小说艺术的某些基本特征提供了重要的依据。

《傲慢与偏见》生动地反映了19世纪初英国中上层阶级的道德与价值观念以及对爱情与婚姻的态度。小说描述了贝内特太太的五个女儿简、伊丽莎白、玛丽、凯瑟琳和莉迪亚同几位富贵绅士之间的爱情纠葛。小说以达西和伊丽莎白之间的爱情故事为主线，揭示了他们的种种"傲慢与偏见"以及最终消除偏见以真情获取美满婚姻的过程。显然，这部小说主要涉及个人在传统道德观念和世俗偏见的影响下如何取得个人幸福的问题。"在奥斯丁的所有爱情小说中，《傲慢与偏见》最恰如其分地符合通俗的浪漫主义小说的模式。"[1]就小说的主题而言，勃朗特的《简·爱》同《傲慢与偏见》之间具有一定的相似之处。《简·爱》同样描述了一个曲折而浪漫的爱情故事。这部小说以女主人公简的成长过程以及她和富贵绅士罗切斯特之间的恋爱故事为主线，生动地揭示

---

[1] Jane Austen. "Introduction", *Pride and Prejudice*, ed. by Vivien Jones. London: Penguin Books, 1996, p.xii.

了男女主人公复杂的情感世界（包括他们的"傲慢与偏见"）以及他们最终获得幸福爱情的经过。勃朗特在小说中不仅向读者展示了获得高尚爱情的可能性，而且还成功地塑造了一个崇尚平等、渴望独立和追求美好理想的19世纪英国新女性的形象。就此而言，这也是一部具有浪漫主义色彩的小说。然而，艾略特的《弗洛斯河上的磨坊》则具有浓郁的乡土气息和一种愁云惨雾的气氛，而浪漫主义色彩却遭到了极大的抑制。这部小说以林肯郡弗洛斯河上的一个农村家庭为背景，用十分细腻的笔触描绘了汤姆和玛吉兄妹俩的成长经历和关系变化以及玛吉先后同菲利普和斯蒂芬两位农村青年的恋爱过程。艾略特试图通过对其熟悉的人物和生活环境的描写来折射一种深刻的道德含义，即对家庭与家乡的热爱和对亲情的呵护不仅有助于建立牢固的血缘关系，而且还有助于人的道德升华，使其承担更多的责任和义务。与《傲慢与偏见》和《简·爱》不同的是，《弗洛斯河上的磨坊》向读者展示了一个悲剧性的结尾。小说以彼此谅解、和好如初的汤姆和玛吉兄妹俩一起被洪水淹死而告终。尽管这三部小说在主题、情节和人物塑造方面大相径庭，但它们从各个侧面生动地反映了19世纪英国的社会生活和道德状况。

  如果我们对上述三部小说的文本作一番哪怕是最粗略的浏览，便不难发现19世纪小说艺术的某些显著的变化。首先，这三部小说的书名与18世纪的小说相比有了明显的简化。即便其中最长的书名 The Mill on the Floss 也仅五个单词，而其中两个只是冠词。事实上，奥斯丁、勃朗特和艾略特的其他小说的书名也十分简短，且不再附有解释性或描述性词语。例如，奥斯丁的《理智和情感》（Sense and Sensibility，1811）和《埃玛》（Emma，1816），勃朗特的《雪莉》（Shirley，1849）、《维莱特》（Villette，1853）和《教师》（The Professor，1857）以及艾略特的《亚当·比德》（Adam Bede，1859）、《赛拉斯·马纳》（Silas Marner，1861）和《米德尔马契》（Middlemarch，1872）等等。显然，这些书名与笛福、斯威夫特和理查逊的小说所采用的冗长的书名形成了鲜明的对照。引人注目的是，《傲慢与偏见》、《简·爱》和《弗洛斯河上的磨坊》在出版时，三位女作家均未表明自己的身份和真实姓名。《傲慢与偏见》的封面上印有"《理智和情感》的作者"的字样，勃朗特采用了男性笔名"柯勒·贝尔"（Currer Bell），而艾略特则始终以男性笔名发表小说，她的真实姓名 Mary Ann Evans 已经鲜为人知。毫无疑问，女性作家均以匿名或男性化笔名发表作品不仅反映了当时父权社会中男尊女卑的陈腐观念，而且也表明了19世纪试图跻身文坛的女性作家所遭到的困难与压力。

此外，与18世纪洋洋洒洒的长篇巨著相比，《傲慢与偏见》、《简·爱》和《弗洛斯河上的磨坊》三部小说在篇幅上也显得更加简短。以英国著名的"企鹅出版社"（Penguin）出版的小型本为例，《傲慢与偏见》的篇幅为307页，《简·爱》439页，而三部小说中最长的《弗洛斯河上的磨坊》也不过605页。显然，这与1500余页的《克拉丽莎》、2500余页的《格兰狄森》和九卷本《项狄传》等规模宏大的长篇小说已不可同日而语。这无疑表明英国小说在19世纪开始呈现出由长到短的发展态势。引人注目的是，尽管《傲慢与偏见》、《简·爱》和《弗洛斯河上的磨坊》的篇幅并不算长，但它们当初均分为三册出版。这在一定程度上反映了当时小说与读者之间的关系。一位英国学者曾对此作了这样的解释："维多利亚时代的小说大都分为三册出版。它们并不出售，而是通过当时的流通图书馆出借，……租借费每册一个畿尼……经过一年的流通之后，它们再以合订本的形式出版。"[1]这种分册出版的方式能使一部小说同时借给三位读者，因而极大地促进了小说的流通速度。当然，这对小说家的艺术构思和谋篇布局也产生了一定的影响。

在形式上，《傲慢与偏见》、《简·爱》和《弗洛斯河上的磨坊》三部作品不同程度地揭示了19世纪"小说艺术内部的演变过程"。《傲慢与偏见》和《简·爱》所描写的爱情故事不但新奇独特，而且体现了理想化的倾向。尽管它们依然能被归在现实主义小说之列，但它们的浪漫主义色彩是显而易见的。这两部小说都将爱情作为一种甜蜜的事业来描写，并且都展示了一个当时人们喜闻乐见的幸福的结局。显然，这种小说形式与19世纪初席卷整个欧洲大陆的浪漫主义文学思潮密切相关。然而，19世纪下半叶问世的《弗洛斯河上的磨坊》却反映了作者在处理人物的爱情关系方面的不同态度。在作者看来，小说中的菲利普和斯蒂芬似乎都是不太理想、不太合格的求爱者，他们与美丽善良的玛吉都无法般配。作者的这种观点表明，传统小说中理想的情侣和浪漫的爱情不再是小说家关注的焦点。在《弗洛斯河上的磨坊》中，艾略特有意放弃具有浪漫色彩的故事情节，而是刻意强调家庭和血缘关系的重要性，并且巧妙地

---

[1] Robin Gilmour. *The Novel in the Victorian Age, A Modern Introduction.* London: Edward Arnold, 1986, p.8.

为小说安排了一个悲剧性的结局。显然，这在一定程度上反映了19世纪下半叶的小说家对外部世界的无序性和不确定性的关注以及对人类未来命运的担忧。事实上，这种怀疑和忧虑在狄更斯和萨克雷的小说中也是显而易见的，而在19世纪末哈代的小说中则变得欲罢不能了。

此外，这三部小说还揭示了另一个19世纪"小说艺术内部的演变过程"，即从反映社会道德现状逐渐转向表现作家个人生活经历的艺术倾向，从而悄然拉开了英国自传体小说的序幕。奥斯丁也许是19世纪第一位综合地运用理查逊和菲尔丁的小说艺术的作家。在这种综合与发展的过程中，她为19世纪的小说带来了一种更加进化的并能同时记录社会生活和作家个人感受的艺术形式。因此，奥斯丁不仅是一个跨世纪的作家，而且也是一个在艺术上承前启后、继往开来的小说家。从某种意义上来说，"《傲慢与偏见》中包含的新基调和新态度是建立在18世纪小说的艺术常规和现存条件之上的……它依靠的是理查逊遗传下来的那种人物和情节"。[1] 这种"现存条件"大致包括这样一些现象：即小说中往往出现精明能干而又英俊潇洒的求婚者，纯洁善良却不谙世情的少女以及贫嘴薄舌的势利小人。此外，还有恋人的各种约会与私奔等等。应该说这种"现存条件"不仅反映了当时英国社会的道德现实，而且也迎合了读者的阅读趣味。因此，在《傲慢与偏见》中，奥斯丁不能也不愿将此排除和摒弃。不过，她并未盲目地步18世纪艺术前辈的后尘，而是成功地运用了具有新世纪的时代特征的艺术形式来表现社会的道德问题以及她对这些问题的态度。然而，自19世纪中叶起，英国的某些小说呈现出自传化的倾向，而奥斯丁所乐意标榜的那种题材则逐渐成为历史。勃朗特和艾略特均不同程度地将个人的生活经历掺入小说之中，或不遗余力地从自己熟悉的人物环境与事件中寻找创作素材和艺术原型。在《简·爱》中，勃朗特明显地体现了自传化的艺术倾向。她将本人童年时代的经历和先后两次当家庭教师的感受经艺术加工之后写进小说。"《简·爱》的故事情节唤起了叙述者强烈的感受，它可以被视为一种回顾、反思和重新塑造自己生活的过程……夏洛蒂·勃朗特运用了自传的形式来探索自我表现的动机、原则和方法。"[2] 从某种意义上来说，《简·爱》

1　A. Walton Litz. *Jane Austen: A Study of Her Artistic Development.* London: Chatto and Windus, 1965, p.99.

2　Jeannette King. *Jane Eyre.* Philadephia: Open University Press, 1986, p.79.

体现了作者试图叙述真实故事以及将个人的原始素材改编成艺术作品的愿望。事实上，这种愿望在勃朗特的另外两部小说《维莱特》和《教师》中也得到了充分的反映。同样，艾略特的《弗洛斯河上的磨坊》也明显地体现了自传化的倾向。1859年，当她正在创作这部小说时，她写信告诉一位朋友说："目前我极其自由地在从事写作，我的头脑像对诗歌那样敏感地沉浸在对遥远的过去的回忆之中。我得先解决好许多程序才能开始以艺术的形式来使用我目前可能搜集的材料。"[1]事实上，"《弗洛斯河上的磨坊》的确包含了涉及艾略特遥远的过去的素材……这部小说具有一种像《大卫·科波菲尔》那样特别明显的自传特征"。[2]小说中的主人公玛吉和汤姆不仅与艾略特和她的哥哥艾萨克同年出生，而且他俩的关系与现实生活中艾略特兄妹俩的关系十分相似。可见，勃朗特和艾略特均自觉地从个人的生活经历中搜集小说的创作素材，并使小说在一定程度上成为自我表现的艺术工具。引人注目的是，英国的自传体小说从19世纪中叶起不但受到了许多作家的青睐，而且在艺术上也有了进一步的发展。巴特勒（Samuel Butler, 1835—1902）、毛姆（William Somerset Maugham, 1874—1965）、劳伦斯和乔伊斯等著名作家精湛纯熟的艺术技巧都曾经在他们的自传体小说中得到了充分的展示。

在开局上，《傲慢与偏见》、《简·爱》和《弗洛斯河上的磨坊》三部小说也在一定程度上反映了19世纪"小说艺术内部的演变过程"。由于小说的开局不仅对作品的成功与否至关重要，而且也真实反映了作者的艺术风格，因此，几乎所有的小说家对此都会认真构思，精心设计。奥斯丁、勃朗特和艾略特三位女作家在小说的开局上均别具一格，并不同程度地揭示了19世纪小说艺术的某些具体特征。《傲慢与偏见》以一段精辟的、警句式的且具有讽刺意义的评论开局：

> 这是一条众所周知的真理：一个腰缠万贯的单身汉必定想娶一位太太。
> 尽管这个男人刚来到街坊时人们对他的情感和态度了解甚少，但

---

[1] George Eliot, quoted from "Introduction" of *The Mill on the Floss*, edited by A. S. Byatt, London: Penguin Books, 1985, p.8.

[2] George Eliot, quoted from "Introduction" of *The Mill on the Floss*, edited by A. S. Byatt, London: Penguin Books, 1985, pp.8—9.

这条真理已经在周围邻居的头脑中完全确立，他已被视为某家女儿的正当财产。

显然，《傲慢与偏见》的开局不但具有强烈的讽刺意义，而且还深刻地揭示了整部小说的主题。奥斯丁以一种夸张的笔触将19世纪初期英国中产阶级金钱至上的观念和受经济利益支配的婚姻状况描写为"真理"，从而引起了读者对这种道德现实的关注。随着小说的进展，读者发现，不但贝内特太太之流认同这条"真理"，而且达西和宾格利两个"腰缠万贯的单身汉"的确都"想娶一位太太"。应当指出，奥斯丁的开局方式体现了18世纪小说艺术的痕迹。例如，菲尔丁在《约瑟夫·安德鲁斯》中也采用了这种精辟的、具有讽刺意义的主题句作为小说的开局：

> 这是一种陈腐却又是真实的见解：榜样比格言对人的思想具有更强烈的影响。如果那些可恶与可憎的人是如此，那么，那些可敬与可尊的人更是如此……

显然，上述两部小说的开局方式有着惊人的相似之处。这无疑表明菲尔丁的小说艺术在奥斯丁的作品中得到了进一步的延续和运用。

然而，《简·爱》和《弗洛斯河上的磨坊》在开局上则明显地体现了19世纪小说艺术的时代特征。尽管勃朗特和艾略特的小说艺术不尽相同，而且她们两部作品的开局方式也大相径庭，但她们的小说不但已经脱离了18世纪小说的艺术轨迹，而且在一定程度上反映了19世纪小说家对作品开局所具有的新的审美意识。读者不难发现，《简·爱》的开局使人产生一种耳目一新的感觉：

> 那天外出散步是不可能的。其实，那天早上我们已在没有树叶的灌木丛中闲逛了一个小时。然而，午饭之后（里德太太在没有人陪伴时很早吃饭），冬天的寒风使云雾显得阴沉沉的，况且雨又下得很大，所以再外出散步已经不可能了。

《简·爱》的开局方式新鲜活泼，第一句话尤其令人印象深刻。勃朗特既不像菲尔丁和奥斯丁那样采用一语道破、鞭辟入里的主题句形式开局，也不像笛福和斯威夫特那样在小说开头先让叙述者回顾自己的童年生活和家庭背景。

勃朗特在小说开头出人意料地让叙述者谈论起某天下午的散步问题以及外面的气候与景色，显示了极大的自由度和灵活性。《简·爱》的开局方式表明，19世纪的小说家不仅在艺术上显得更加挥洒自如和得心应手，而且在对作品开局的构思与设计上也更具想象力。不仅如此，《简·爱》的开局还体现了浓郁的象征主义色彩。外面"没有树叶的灌木丛"、"冬天的寒风"、"阴沉沉"的天空和"下得很大"的雨同接下去描写的里德太太家那种温暖、舒适的气氛形成了鲜明的对照。一群活泼可爱的孩子围着他们的母亲坐在火炉旁。然而，对孤儿简来说，外面凄凉的景色与室里的气氛并无多少区别，因为她不时受到其他孩子的歧视和侮辱，并始终被"排除在专为愉快和幸福的小孩提供的优越条件之外"。不言而喻，《简·爱》开头对自然景色的描写具有深刻的象征意义，它影射了主人公忧郁、孤独和悲伤的内心世界。显然，这种开局方式在18世纪的小说中是极其罕见的。

像《简·爱》一样，《弗洛斯河上的磨坊》也以叙述者对自然景色的描写开局：

在广阔的平原上，宽广的弗洛斯河在绿色的河岸间急速地朝大海奔流。可爱的潮水鲁莽地拥抱着大河，牵制着河水，并滚滚向前与大海汇合……河中永不休止的黑色波涛是多么的可爱！当我在河岸上徘徊并倾听它那低沉而温和的嗓音时，它好像是我的伙伴……

《弗洛斯河上的磨坊》的开局展示了叙述者对其眼前这条宽广的弗洛斯河的心理反应。河水奔流象征着时间的流逝，叙述者仿佛在"黑色的波涛"和"低沉而温和的嗓音"中竭力寻找昔日生活的影子。读者不仅立刻意识到这是一部怀旧的自传体小说，而且不由自主地沉陷于叙述者对往事的回忆之中。叙述者对弗洛斯河的印象是矛盾的。急速奔流的河水既显得十分"可爱"，又显得极其"鲁莽"，而"黑色的波涛"和"低沉的"嗓音似乎进一步暗示了叙述者对弗洛斯河的矛盾心理。此刻，读者也许会感到这种怀旧的自传体叙述形式旨在揭示现实生活的复杂性和无序性。显然，《弗洛斯河上的磨坊》与《简·爱》在开局上既十分相似，又不尽相同。这两部作品虽然都以对具有象征意义的自然景色的描写开局，但它们却产生了不同的艺术效果。《简·爱》的开局显得挥洒自如，新鲜活泼，而《弗洛斯河上的磨坊》的开局则更强调自然景色对揭示心理画面的艺术作用。值得一提的是，自19世纪中叶起，以对自然景色的描写作为小说的开局不但逐渐成为一种流行的艺术手法，而且在当代英国小说中也是司空见惯的。

在艺术形式上，《傲慢与偏见》、《简·爱》和《弗洛斯河上的磨坊》充分体现了19世纪小说的基本特征。就总体而言，奥斯丁、勃朗特和艾略特都十分注重戏剧性对话和场景对揭示主题、渲染气氛和刻画人物性格的艺术作用。然而，她们三人的小说也明显地反映了各自的艺术特色。奥斯丁以幽默与讽刺见长，勃朗特对形象与象征的手法情有独钟，而艾略特则更注重描写人物的心理变化。此外，这三部小说的叙述形式也各有千秋。《傲慢与偏见》采用了奥斯丁极为擅长的全知叙述。作者不仅显得十分自信，而且还似乎在讲故事的方式上与读者达成了一定的默契。她对菲尔丁的"史诗型喜剧小说"的叙述形式作了一定的修正，以19世纪作家的审美意识与道德理念相结合的方式以及幽默与讽刺的口吻来揭示人物从复杂的对立情绪到简单的解决方式的转变过程。从某种意义上来说，《傲慢与偏见》成功地将人们熟悉的题材作了艺术的转换。因此，尽管这部小说具有传统艺术的特征，但它却是"对传统形式的新的可能性的一种发现"。[1]

然而，与奥斯丁不同的是，勃朗特和艾略特在各自的小说中均采用了第一人称的叙述形式。但《简·爱》与《弗洛斯河上的磨坊》在叙述手法上也存在着明显的区别。《简·爱》由女主人公本人担任叙述者的角色。她用艺术家的目光来审视过去，并以一种略带自我怜悯的口吻来描述自己童年时代的孤独和所遭受的种种歧视与不公以及青年时代的感情波折。正因为如此，简的叙述既充分揭示了她本人的内心世界，又体现了一定的主观性和不确定性。一方面，她试图讲一个真实的故事，而另一方面，她又试图将原始的生活素材形象化和艺术化。因此，读者对简的看法同简对自己的看法并不完全一致。显然，勃朗特采用这种第一人称的叙述形式旨在反映女主人公在男权社会中的坎坷命运和争取平等的过程，并以此来揭示深刻的道德意义。然而，在《弗洛斯河上的磨坊》中，艾略特所采用的第一人称叙述形式体现了不同的艺术效果。由于这部小说的叙述者并不兼任主人公的角色，而只是一位局外人和旁观者，因此

1　A. Walton Litz. *Jane Austen: A Study of Her Artistic Development*. London: Chatto and Windus, 1965, p. 101.

他（她）事实上已经成为作者的喉舌或"潜在作者"。"乔治·艾略特的作者评论的重要性和高频率表明，她感到自己的叙述同读者的理解与同情之间存在着一定的距离……她一再认为读者会误解她的人物及其行为，故所以发表评论来进行解释。"[1]在艾略特看来，她所描写的关于弗洛斯河上的故事不仅对读者是陌生的，而且已被当时工业社会的假象所掩盖，因此她感到有必要认真地向读者解释这些事件的意义。正如著名评论家利维斯在谈及《弗洛斯河上的磨坊》时指出："我们感到，一种迫切的心情，一种共鸣和一种个人心灵的震撼在迫使我们注意作者的即时存在……这种情感反映了乔治·艾略特的某种需要或渴望，并不知不觉地与她的才智互相陪伴。"[2]显然，勃朗特和艾略特均对小说的第一人称叙述形式作了认真的探索，从而使这种叙述形式取得与笛福和斯威夫特的叙述手法截然不同的艺术效果。不言而喻，她们的创作实践有力地推动了19世纪小说叙事艺术的进步与发展。

在创作技巧上，这三位优秀的女作家充分发挥了各自的艺术特长，以精湛纯熟的艺术手法来揭示小说的主题和塑造人物的形象。在《傲慢与偏见》中，一个最为引人注目且运用得最为成功的艺术手法是作者的讽刺技巧。事实上，这部小说精彩的开局已经为整部小说奠定了讽刺的基调。奥斯丁的讽刺技巧不仅是复杂的和耐人寻味的，而且是动态的和富于戏剧性的。作者往往通过小说中不合时宜的戏剧场景和人物之间滑稽的对话来传达作品的讽刺效果。显然，《傲慢与偏见》的情节结构具有强烈的讽刺色彩。例如，在小说中占有主导地位的达西和伊丽莎白之间的关系其实已经成为作者讽刺与嘲弄的对象。当达西放弃"傲慢"并打算与伊丽莎白结婚时，她却对他充满了"偏见"；而当伊丽莎白非常愿意嫁给达西时，他却显得满不在乎。又如，奥斯丁在小说开局揭示的那条关于金钱支配婚姻的"众所周知的真理"和贝内特太太企图将她的女儿嫁给有钱人的勃勃雄心最终讽刺性地通过伊丽莎白和简的婚姻成为现实，尽管贝内特太太在这两次成功的婚姻中并未起到积极的作用。此外，奥斯丁对人物的描写也具有辛辣的讽刺意义。小说中的亨利和埃莉诺等人物充满了陈腐的世俗偏见，即便伊丽莎白本人也经常对爱情与婚姻作出错误的判断。"事实上，小说中的许多讽刺产生于对他人行为意义的错误判断，并且更普遍地产生于人

1　Karl Kroeber. *Styles in Fictional Structure*. Princeton: Princeton University Press, 1971, p.47.
2　F. R. Leavis. *The Great Tradition*. London: Chatto and Windus, 1948, p.39.

物之间所缺乏的有效交流的能力。这种现象在伊丽莎白和达西彼此琢磨对方性格的某些场景中尤为明显。"[1]

在《简·爱》中，勃朗特精湛的小说艺术在形象与象征的运用上得到了充分的展示。作者成功地采用了大量富于象征意义的画面来映衬女主人公的内心世界。例如，在第二章中，作者通过对里德太太家一间阴森可怕的红房间的描写来反映简的恐惧心理：

> 这个房间非常寒冷，因为里面很少生火炉；它寂静无声，因为它远离儿童房和厨房，而且它还十分阴森，因为人们都知道很少有人进去……
>
> 里德先生去世已有九年了，他就死在这个房间里……
>
> ……天哪，甚至牢房比它还更安全。我从里面出来时经过一面镜子，我好奇地望着镜中的东西。在空洞的视觉中，房间里的一切都显得更加寒冷和阴暗。镜子里那奇怪的小孩子望着我，她脸色苍白，手臂灰暗朦胧，她那双恐惧的眼睛在死气沉沉的寂静中移动，真像一个幽灵……

显然，作者对这间阴森可怕的红房间的描写具有浓郁的象征主义色彩。它揭示了童年时代的简在孤独和充满敌意的环境中的恐惧感和扭曲心理。她不仅从红房间中感受到了现实的冷漠、凄凉，而且还失去了自我辨别的能力。尽管简试图从镜子中观察自己的形象，但她却发现那个"奇怪的小孩"脸色苍白，在黑暗中"真像一个幽灵"。这种描写寓意深刻，形象地折射出主人公严重的孤独感和异化感。随着小说的进展，各种形象不断出现，象征性意境的运用也更加频繁。例如，火是小说中反复出现的一个形象。它不仅是冷冰冰的现实世界中仅存的一点温暖，而且还象征着女主人公炽烈的情感。然而，火的象征意义随着情节的发展不断体现了新的含义。在小说的第三十六章中，一场大火使罗切斯特的别墅化为灰烬，而双目失明的罗切斯特则通过这场大火步入了新的精神境界，他与简之间的爱情也进一步升华。毫无疑问，形象与象征的巧妙运用是《简·爱》获得成功的一个重要原因。应该说，《简·爱》中如此浓郁的象征主义色彩在以往的小说中是十分罕见的。

1　John Odmark. *An Understanding of Jane Austen's Novels*. Oxford: Basil Blackwell, 1983, p.11.

与奥斯丁和勃朗特不同的是，艾略特在小说中更加注重对人物心理活动和精神状态的描写。在《弗洛斯河上的磨坊》中，作者经常以极其细腻的笔触来描绘人物微妙的心理变化，从而生动地刻画了人物的性格特征。例如，在第一卷第五章中，艾略特以十分简洁的语体描绘了儿童时代的玛吉在与她哥哥汤姆闹别扭时的心理活动：

> 玛吉想到她在阁楼上已经待了好几个小时了，现在一定是喝午茶的时候。他们都在喝午茶，却没有人想到她。那么她就干脆在阁楼上过夜和挨饿吧，她将整夜躲在桶后面，那样他们就会害怕了，汤姆就会难过了。于是，玛吉感到非常骄傲，她躲到了桶后面，可一想到现在没人关心她的下落，她又开始哭了起来。倘若她现在下去找汤姆，他会原谅她吗？也许她父亲会在场，他会帮她的。不过，她希望汤姆原谅自己是因为他爱她，而不是因为父亲让他这么做。不，如果汤姆不上来找她，她决不下去……

上述引文生动地描述了玛吉独自躲在阁楼上的心理活动。作者的语言风格非常接近小孩的思维方式，其叙述视角也与玛吉的性格十分吻合。玛吉委屈、骄傲、企盼和自相矛盾的心理在作者的笔下表现得淋漓尽致。这种生动细致的心理描写在小说中比比皆是。例如，在小说的第四卷第三章中，作者以极其细腻和深沉的语体描述了玛吉在读书时的心理感受：

> 玛吉深深地吸了一口气，将她的长发撩向脑后，她似乎突然获得新的感悟。这里藏着许多人生的秘密，能使她放弃其他的秘密。这里有一种无须外界的帮助就能达到的崇高的境界，这里有完全能通过她自己的心灵去获得知识、力量和胜利的途径……此刻，她百感交集，坐在黄昏的暮色下思考起自律和专心致志的计划。她首先兴奋地发现，放弃过去，是通向她长期一直无法获得的那种满足的必由之路。她还未能领会这位圣人谆谆教诲的内在真理，怎么能呢？除非她活得更长。放弃过去是令人伤心的，尽管这种伤心是自愿的。玛吉依然在渴望幸福，她是那样的兴奋不已，因为她找到了人生的钥匙。

玛吉读书时微妙的心理活动和对人生复杂的感受在艾略特的笔下得到了充分的展示。玛吉在知识的熏陶下对人生"突然获得了新的感悟"，她"百感交集"、"兴奋不已",决心"放弃过去",通过自己的心灵"去获得知识、力量和胜利",从而达到"崇高的境界"。显然,艾略特的语言细腻深沉,充满了情感,完全符合女主人公此刻的心理特征。

此外,《傲慢与偏见》、《简·爱》和《弗洛斯河上的磨坊》三部小说在结局上也体现了19世纪小说艺术的基本特征。在《傲慢与偏见》中,奥斯丁向读者展示了一个19世纪小说中十分流行的"幸福的结局"。达西和伊丽莎白以及宾格利和简两对情侣在体验了种种世俗偏见和感情波折之后终成眷属。达西和伊丽莎白沉浸在甜蜜的爱情中,"并对那些帮助他们幸福结合的人表示无比的感激"。显然,"《傲慢与偏见》的结局是精心设计的,它为逐渐形成的那种匀称的结构画上了一个圆满的句号"。[1]同样,《简·爱》也以女主人公和罗切斯特的幸福婚姻而告终。简在小说最后一章的开头明确相告:"读者,我与他结婚了,我们的婚礼非常平静,只有他和我以及牧师和教会文书在场。"在小说结尾处,她又告诉读者:"我结婚已经十年了,我深知与世界上我最爱的人一起生活意味着什么。我感到自己的幸福简直无法用语言来表达。"应当指出,小说的"幸福结局"在18世纪的作品中已经端倪可察。理查逊和菲尔丁都在他们的小说中安排过这种皆大欢喜的结局。19世纪上半叶,小说的"幸福结局"不但受到了更多作家的青睐,而且也越来越符合广大读者的阅读趣味,从而在司空见惯之后便落入俗套。引人注目的是,自19世纪下半叶起,小说的"幸福结局"逐渐被"悲剧性"或"开放性"结局所取代。《弗洛斯河上的磨坊》的结局便体现了这种艺术倾向。艾略特非但没有为玛吉安排一位白马王子或如意郎君,反而精心设计了一个汤姆和玛吉兄妹俩葬身河底的场面。整部小说以悼念他们的一句悲壮的墓志铭结尾:"在死亡中他们没有分离。"显然,英国19世纪小说的结局由喜转悲的现象不仅反映了作者与读者在审美意识上的变化,而且也与英国社会日趋复杂、生活前景更加暗淡密切相关。

应当指出,奥斯丁、勃朗特和艾略特在小说的时间、地点、情节和人物的安排上具有一定的区别。这种区别不仅反映了她们在创作中的个人偏爱及其小说不同的内在结构,而且也对我们深入了解19世纪英国小说的艺术特征具有一定的参考价值。以下四张图表分别展示了《傲慢与偏见》、《简·爱》和《弗洛斯河上的磨坊》在时间、地点、情节和人物安排上的某些重要数据,[2]可见一斑。

1　John Odmark. *An Understanding of Jane Austen's Novels*. Oxford: Basil Blackwell, 1983, p.92.
2　这四张图表中的各类数据出自Karl Kroeber的*Style in Fictional Structure*一书,并经笔者整理而成。

表一：时间

占小说页数中的百分比	情节正在进行时	时序颠倒	时间不确定（包括前两种情况）
《傲慢与偏见》	89%	6%	28%
《简·爱》	94%	5%	8%
《弗洛斯河上的磨坊》	81%	15%	25%

表二：地点

数量或比率	主要地点的数目	从小说开局的地点转移的比率	地点不明（占小说页数的百分比）
《傲慢与偏见》	13	43%	25%
《简·爱》	20	31%	5%
《弗洛斯河上的磨坊》	25	56%	7%

表三：情节

占小说页数的百分比	情节描写	叙述者的评论	人物间的对话
《傲慢与偏见》	6%	22%	77%
《简·爱》	19%	31%	69%
《弗洛斯河上的磨坊》	11%	13%	66%

表四：人物

主要人物的数目、出现率及次数	出现率占小说页数5%以上的人数	男主人公出现的次数及在页数中所占比率	女主人公出现的次数及在页数中所占比率
《傲慢与偏见》	19人	达西：13次，32%	伊丽莎白：12次，95%
《简·爱》	10人	罗切斯特：15次，38%	简·爱：1次，100%
《弗洛斯河上的磨坊》	12人	汤姆：24次，26%	玛吉：30次，41%

综上所述，奥斯丁、勃朗特和艾略特三位女作家的小说艺术具有不少雷同之处，但同时也体现了各自的特色。她们的小说无论在创作主题、框架结构和叙述形式上还是在开局和结局上都与18世纪的小说之间存在着显著的区别。尽管本节讨论的三部作品尚不足以涵盖整个19世纪英国小说的全部艺术特征，但它们无疑反映了19世纪小说艺术的某些重要变化，并为我们从微观论证到宏观研究提供了极为重要的依据。

第二节
狄更斯的小说艺术

在英国小说艺术史上，查尔斯·狄更斯无疑是一位举足轻重的人物。今天，绝大多数西方批评家依然将他视为英国19世纪最伟大的小说家。狄更斯不仅是现实主义小说的杰出代表，而且对维多利亚时代的整个小说创作产生了重要的影响。他虽不像勃朗特等作家那样热衷于表现英国的乡村生活，但他对其工业城市的社会问题的关注超过了几乎所有的小说家。狄更斯的二十余部长篇小说真实地反映了整个维多利亚时代的社会现实，其深度与广度在同时代的其他小说中十分罕见。正因为如此，马克思将狄更斯列在英国杰出的批判现实主义小说家的首位，并高度评价他对世界文学事业所作的巨大贡献。在他近四十年的创作生涯中，狄更斯的小说艺术发生了重大的变化。他的第一部小说《匹克威克外传》（*The Posthumous Papers of the Pickwick Club*，1836—1837）离菲尔丁和哥尔斯密的小说世界似乎仅一步之遥，而他在其最后一部小说《我们共同的朋友》（*Our Mutual Friend*，1864—1865）中对现代城市暗淡的描述竟然与T·S·艾略特笔下的伦敦十分相似。狄更斯的小说艺术的"发展是如此的显著而又如此的持续不断，它对我们了解维多利亚时代的文学和文明具有极其重要的参考价值。这种发展应该被视为独一无二的"。[1]狄更斯称自己是不可模仿和无与伦比的。显然，他的自我评价并不过分。正如英国著名批评家利维斯所说："狄更斯的四十年创作生涯体现了重大的变化，这种变化只有在一个对同时代的现实生活非常敏感的作家身上才会发生。在他的一系列小说中，

---

[1] Robin Gilmour. *The Novel in the Victorian Age, A Modern Introduction*. London: Edward Arnold, 1986, p.78.

他以极其生动的笔触记录了变化中的英国。"[1]

狄更斯是19世纪英国现实主义小说的杰出代表。他的小说艺术不仅是19世纪英国小说的一个缩影,而且也是对上一世纪菲尔丁等作家的小说艺术的进一步修正与改造。从某种意义上来说,18世纪勃然兴起的现实主义小说到了狄更斯手中达到了相当成熟的地步。与18世纪的现实主义小说相比,狄更斯的作品不但具有更加丰富的社会内容和更加深刻的内涵,而且在艺术上也有了进一步的升华。狄更斯凭着强烈的社会责任感和艺术家的良知,以批判现实主义为创作原则,从英国现实社会中摄取小说素材,深刻地反映了维多利亚时代的生活气息和社会矛盾。他的小说充分体现了三个显著的艺术特征。

一、狄更斯的小说在谋篇布局上具有戏剧化的特点。由于他在创作上受18世纪小说家菲尔丁和斯摩莱特的影响较深,因此,他往往根据自己的文学素材和创作需要来选择喜剧或悲剧的模式,从而使他的小说在结构、布局和情节安排上都体现了戏剧化的倾向。像在戏剧创作方面颇有建树的菲尔丁和斯摩莱特一样,狄更斯在小说中经常借助人物的对白、动作和场景来铺垫气氛,烘托主题和揭示人物间的冲突。他认为,尽管小说家并不采用戏剧的形式,但他们每人其实都在为舞台创作。像莎士比亚一样,狄更斯也将人生视作一个大舞台,而每个人都是这个舞台上的一个角色。他早期的《匹克威克外传》等小说具有明显的喜剧色彩,而《老古玩店》(*The Old Curiosity Shop*, 1841)和《董贝父子》(*Dombey and Son*, 1847—1848)等小说则体现了浓郁的悲剧气氛。在他的小说中,人物、情节和场景成为必不可少的三大要素,而人物间的冲突则构成了作品的基础。狄更斯通常按照戏剧的模式来构思小说,往往煞费苦心地在小说中安排一个包括开局、发展、冲突、高潮和结局的故事情节。他的小说若不是以主人公获得幸福、爱情、团圆或财产而结束,便是以主人公的失败或死亡而告终。应当指出,狄更斯小说的这种戏剧化特点在一定程度上反映了文学创作过程中的继承和发展关系。英国的戏剧文学源远流长,它的问世比小说至少提前了三百年。显然,传统的戏剧艺术对狄更斯的小说创作产生了潜移默化的影响,使他的作品不时体现出强烈的戏剧效果。

二、狄更斯的小说情节充分体现了趣味性和复杂性。从某种意义上来说,英国的叙事文学在他的手中达到了炉火纯青的地步。狄更斯的每一部小说都

1　F. R. Leavis. *Lectures in America*. London: Chatto & Windus, 1969, p.8.

是叙事性很强的文学作品。他往往刻意在小说中安排一条曲折动人或扣人心弦的故事线索，以增强作品的可读性和趣味性。例如，《雾都孤儿》（*Oliver Twist*，1837—1838）、《大卫·科波菲尔》（*David Copperfield*，1850）和《远大前程》（*Great Expectations*，1861）生动地描述了主人公坎坷不平的人生道路。《艰难时世》（*Hard Times*，1854）和《双城记》（*A Tale of Two Cities*，1859）深刻地揭示了尖锐复杂的社会矛盾与各种势力之间的激烈冲突。而《巴纳比·拉奇》（*Barnaby Rudge*，1841）和《荒凉山庄》（*Bleak House*，1852）则以离奇复杂的故事情节和扑朔迷离的案情来展示维多利亚时代富贵家庭的悲剧。狄更斯的小说人物众多，情节复杂，事件交错，关系纷繁。他在安排小说情节时颇费心机，往往对故事巧妙设计，使其冲突不断，悬念生发，高潮迭起。不仅如此，他通常对结构精裁密缝，在谋篇布局上往往天衣无缝。从某种意义上来说，狄更斯的小说不仅反映了19世纪作家普遍认同且刻意遵循的唯理主义创作原则，而且成为英国传统小说的杰出范例。毫无疑问，故事情节的趣味性和复杂性是狄更斯小说备受读者青睐的重要原因之一。

三、狄更斯的小说还充分体现了它的幽默感和讽刺意义。他是继斯威夫特和菲尔丁之后英国文坛上又一位杰出的讽刺家。他的许多小说既是生动反映英国19世纪中叶现实生活的镜子，也是对时弊和流俗的漫画式讽刺。狄更斯从个人的生活经历和对社会的观察中搜集了大量的素材，并通过幽默的笔调和诙谐的口吻描绘了英国各阶层人士滑稽可笑的形象。讽刺与幽默在他前期的《博兹札记》（*Sketches by Boz*，1836）和《匹克威克外传》等作品中尤为明显。狄更斯往往借助语言的表意功能，将幽默、讽刺和夸张交织一体，对英国社会的种种弊端与丑态加以无情的暴露与嘲弄。狄更斯的讽刺是尖锐的，也是辛辣的。在他的笔下，无论是道貌岸然的伪君子、唯利是图的资本家或是贪得无厌的拜金主义者，都是其讽刺与鞭挞的主要对象。尽管他的幽默感和乐观精神在他后期的作品中有所减弱，但他小说的讽刺性依然是显而易见的。

狄更斯的小说艺术不仅对维多利亚时代的小说家具有指导意义，而且代表了英国传统小说艺术的最高成就。尽管狄更斯并未致力于小说形式的实验与创新（这显然是19世纪恪守传统的小说家们的共同弱点），但他义无反顾地推进英国小说的规范化和标准化，并不遗余力地促使其走向成熟与完善。狄更斯的小说不仅成功地反映了物质世界的真实面貌，而且还深刻地揭示了维多利亚时代的社会矛盾与道德危机。他在继承18世纪英国小说传统的同时，对小说的题材、结构和语言风格均作了不同程度的调整与修正，从而使他的小说艺术能有效地表现贫富冲突、劳资纠纷、善恶较量、社会不公以及追求男女平等、个性解放和婚姻自由等当时英国社会中最现实、最重要的问题。与18世纪的小说相比，狄更斯的小说不仅在题材上更加丰富和广泛，而且在形式上也更加严谨和规范。他的小说艺术客观地反映了维多利亚时代普通大众公认的道德准则，同时也基本符合广大读者的文学趣味和心理需要。与笛福和菲尔丁等艺术前辈相比，狄更斯更加强调小说的批判性。他不仅将小说视为促进社会改良的工具，而且还经常借助小说批评英国的社会制度，并无情地揭露各种腐败与丑恶现象。尽管他并没有看到资本主义社会罪恶的根源，且偶尔表现出乌托邦主义和改良主义的局限性，但他的小说从政治、经济、道德和文化方面反映了社会的矛盾与危机，其作品的批判性是显而易见的，也是至关重要的。此外，狄更斯也十分注重小说的时代性。他的长篇小说不仅忠实地反映了19世纪中叶英国社会的动荡与变迁，而且具有强烈的时代感与现实感。他既不像笛福和斯威夫特那样热衷于创作富于传奇色彩的冒险小说，也不像司各特那样埋头撰写富于浪漫主义色彩的历史小说，而是将创作视线集中在维多利亚时代的英国社会，不遗余力地反映当时的现实生活和时代气息。狄更斯小说中的人物，无论是银行家、资本家、高利贷者、政客和小偷，还是孤儿、店小二、保姆和医生，都是典型环境中的典型人物，具有极其鲜明的时代特征。不仅如此，他还有意将同时代的许多重要事件掺入作品之中，使其非常及时和真实地反映社会局势和时代风貌。毫无疑问，狄更斯小说的批判性和时代性不仅对19世纪中叶英国批判现实主义小说的崛起具有积极的促进作用，而且也对他小说艺术的发展产生了一定的影响。

狄更斯的小说艺术为维多利亚时代的英国小说界提供了一个极为重要的样板。它的发展大致可分为前后两个阶段。前期创作从1833年起至1850年止，即从他的第一部幽默作品《博兹札记》的问世到他的自传体小说《大卫·科波菲尔》的发表为止。尽管这一时期的小说在艺术质量上参差不齐，但由于《匹克威克外传》和《雾都孤儿》等小说生动地刻画了英国社会各阶层形形色色的人物形象，因此狄更斯声名鹊起，成为当时最受欢迎的小说家。狄更斯的后期创作从1850年起至1870年他去世为止，其主要作品有《荒凉山庄》、《艰难时世》、《小杜丽》(*Little Dorrit*, 1857)、《双城记》、《远大前程》和《我们共同的朋友》等经典力作。这是狄更斯创作生涯中最重要和最辉煌的时期。尽管他晚年因健康状况不断恶化而不时在小说中掺入一些感伤情调，但就总体而言，他后期的作品在艺术质量上超过了前期的作品。他在对人物、结构和场景的处理上无疑显得更加纯熟与老到。

就狄更斯的小说艺术而论，批评家们除了用"规范"和"成熟"两个词语来描述它之外，似乎难以找到更加确切或合适的定义。事实上，长期以来西方批评家对狄更斯小说的评论大都集中在它们的主题和人物之上。政治意识较强的学者大都关注狄更斯小说的批判现实主义倾向，偏重社会效果的批评家们往往强调其小说的道德意义，而那些讲究文采的评论家则对狄更斯的语言风格情有独钟。显然，以往狄更斯批评较为散乱和平淡的现象与他的小说形式规范有余而创新不足密切相关。狄更斯对英国小说的一个重要贡献在于他为19世纪的小说创作建立了一种良好的秩序。如果说菲尔丁在推进18世纪小说的规范化方面有所贡献的话，那么，狄更斯不仅使小说变得更加成熟，而且按逻辑原则在处理小说的时间、空间、人物、情节和结构方面取得了卓越的成就。从某种意义上来说，狄更斯的创作实践为19世纪英国小说家提供了杰出的范例，同时也为传统小说艺术奠定了扎实的基础。

当我们在21世纪初的今天重新回顾狄更斯的创作实践时，我们也许能对他的小说艺术作出更加客观与科学的评价。与他同时代的乔治·艾略特曾经抱怨说："狄更斯几乎始终停留在幽默和外部世界中而未能转向情感和悲惨世界。正如他以往停留在艺术的真实性之上那样，他未能转向非现实的领域。"[1]应该说，艾略特的评价虽有一定的道理，但并不完全正确。事实上，狄更斯并不想写艾略特所写的那种心理现实主义小说，而是旨在发展一种具有丰富的想象力和敏锐的洞察力且能在普通读者中引起强烈反响的社会小说。其实，狄更斯并没有对人的情感世界完全置之不理。他在后期的小说中对描写人物的心理逐渐表现出一定的兴趣。"我们在接触狄更斯的人物时往往会产生一种令人惊讶的直接感，他们的内心世界不是挖掘的而是通过目光所注意到的细节向外投

---

[1] George Eliot, quoted from *The Novel in the Victorian Age*, p. 80.

射的。"[1]应当指出,狄更斯的艺术发展不能被简单地视为一个从早期"不成熟"的情节或传奇小说向后期更加"成熟"和现实的小说顺利转变的过程。确切地说,狄更斯早期小说中奇异的情节(melodrama)以及对巧合与神话的运用在后期小说中变得更加精湛和老到。按照先进的现实主义评判标准,狄更斯的这些技巧似乎有些原始和具有幻想的色彩,但他却将这些通俗的手法视为其小说艺术的重要组成部分,因为它们在当时能唤起读者的兴趣和共鸣。在狄更斯看来,他的艺术手法是对冷酷的维多利亚社会的一种挑战。正如狄更斯的传记作家约翰·福斯特所说:"我认为在一个普遍黑暗的时代中,通俗文学的立足也许依赖这种富有幻想的手法。"[2]显然,狄更斯的艺术想象力不仅与维多利亚时代非常吻合,而且也是一位小说家对时代的真实反应。

应当指出,狄更斯的小说艺术与他的作品在当时分期连载具有密切关系。长篇小说分期连载是19世纪英国出版界的一种惯例。狄更斯有九部小说最初以按月分期连载的形式发表,另有五部小说则以每周连载的形式出版。通常,分期连载对长篇小说的结构形式、情节发展和艺术的统一性会产生一定的负面影响。因此它对小说家的艺术构思和谋篇布局不但具有很高的要求,而且也具有严格的限制。小说家在创作时既要考虑到分期连载的每个部分对读者产生的即时效应,又要密切关注整部小说艺术上的和谐与统一。狄更斯在写《艰难时世》时曾经对他的好友和传记作者约翰·福斯特抱怨说:"当我将自己的作品搁置一边而没有其他事情可做时,我仿佛觉得春天不像以往那样直接来临了。"[3]显然,狄更斯在此采用了一个有关季节的隐喻来描述其创作的机械性。狄更斯明显地意识到,小说的分期连载不仅要求作者坚决放弃冗长的叙述和乏味的描写,而且还剥夺了作者对已经见刊的部分的修改机会。因此,他在创作时显得格外小心,往往对每个部分精心构思,巧妙设计,力求万无一失。事实上,"狄更斯对其小说的设计所关注的程度完全超出了人们的想象"。[4]

1　Robin Gilmour. *The Novel in the Victorian Age, A Modern Introduction*. London: Edward Arnold, 1986, p.79.

2　John Forster. *The Life of Charles Dickens*, ed. J. W. T. Ley. London: Cecil Palmer, 1928, p.128.

3　Charles Dickens, quoted from Notes on "Hard Times", Longman: Dominic Hyland, 1983, p.10.

4　Kathleen Tillotson. *Novels of the Eighteen-Forties*. London: Oxford University Press, 1962, p.41.

在狄更斯看来，同时代的不少长篇小说因分期连载而使作品的整体艺术效果受到一定的影响。有些作家往往以牺牲小说的艺术统一为代价来换取每个分期连载部分的即时效应。于是，在维多利亚时代的小说中经常出现数次高潮和若干结局的现象。然而，狄更斯在对其小说的整体设计和局部安排上均匠心独运，体现了高超的驾驭能力。例如，在《董贝父子》中，当主人公的儿子保罗在连载的第五部分中过早地夭折时，即便连狄更斯的好友和追随者们都向他提出了这样的疑问："这次高潮结束之后，你将如何处理接下去分期连载的十五个部分呢？"[1]当然，狄更斯对此胸有成竹。他在《董贝父子》的第六期连载部分中便将关注的焦点转向了主人公的女儿弗洛伦斯。事实上，狄更斯早在《匹克威克外传》的前言中已经明确表示，他必须妥善处理小说的整体和分期连载部分之间的关系。每一个连载部分"在一定程度上应自成一体……但当二十期全部出版后应形成一个较为和谐的整体"。[2]尽管《匹克威克外传》因结构松散和情节缺乏连贯性而非常勉强地成为"一个较为和谐的整体"，但狄更斯在他后期的小说中成功地处理了小说的整体与局部之间的关系，并使它们获得了艺术上的和谐与统一。

　　幽默与讽刺是狄更斯早期小说的一个显著的艺术特征。狄更斯在一定程度上继承了菲尔丁和斯摩莱特的艺术传统，在初出茅庐时将幽默与讽刺作为其小说的基本风格。在以笔名发表的处女作《博兹札记》中，他向英国文坛抛出了一个"测风气球"。这本札记不仅是反映19世纪30年代英国现实生活的一面镜子，而且也是一幅生动的社会讽刺画。作者以极其幽默的笔调和诙谐的口吻描绘了伦敦各阶层人士滑稽可笑的形象，对这个资本主义工业城市中的陋习与流俗进行了无情的嘲弄。狄更斯在《博兹札记》中的讽刺艺术在他的第一部长篇小说《匹克威克外传》中得到了更加淋漓尽致的发挥。他以讽刺和写实相结合的手法生动地描绘了英国当时的生活气息，使广大读者再次感受到了像塞万提斯和菲尔丁等幽默大师的小说所具有的那种艺术魅力。

　　《匹克威克外传》是19世纪上半叶英国文坛的一部极为引人注目的幽默小说。狄更斯不仅成功地模仿了《堂吉诃德》的艺术风格，而且进一步发展了由菲尔丁和斯摩莱特开创的英国喜剧小说的艺术传统。然而，他颠倒了塞万提斯

1　Kathleen Tillotson. *Novels of the Eighteen-Forties*. London: Oxford University Press, 1962, p.41.
2　Charles Dickens, quoted from *Novels of the Eighteen-Forties*, p. 42.

惯用的人物模式,在小说中安排了一个肥胖的主人和干瘦的仆人,并使作品体现了一种与菲尔丁和斯摩莱特的漫游历险小说十分相似而又不尽相同的结构形式。匹克威克俱乐部的成员们起初出游仅仅为了消遣和娱乐,他们像旅游者那样旨在观光和交友。然而,小说愉快的假日气氛与人物试图逃避的严酷现实不时发生冲突,两者之间的不协调为小说平添了一层幽默色彩。读者随着这些人物的足迹走遍了英国的各个社会场所:街道、商店、旅馆、公寓、法院和监狱等,不仅领略了当时英国社会的人生百态,而且还目睹了各种滑稽可笑的场面。例如,当匹克威克先生等四人从伦敦来到尹顿斯威尔城时,恰逢该城举行大选。他们看到狂热的选民正在为各自的政党摇旗呐喊。当达普先生不知该为哪个政党助阵时,匹克威克先生诙谐地说:"随着最大的声音喊。"尽管法庭审判和主人公锒铛入狱的场面给小说略微带来了一点严肃的气氛,但法庭上滑稽的证词和荒唐的审判依然难以掩盖小说的幽默色彩。此外,狄更斯笔下滑稽可笑的人物形象也为《匹克威克外传》增添了强烈的幽默色彩。主人公匹克威克先生是19世纪英国的堂吉诃德。像塞万提斯小说中的人物一样,匹克威克先生诚实、善良、慷慨、正直,但他同时幼稚可笑,甚至有些愚蠢,在复杂的现实生活中四处碰壁。虽然他看上去不像堂吉诃德那样疯疯癫癫,但他沉湎于幻想之中,用浪漫主义的目光来看待充满敌意的现实世界,并且为了捍卫他所谓的绅士原则即便被人欺骗和嘲弄也在所不惜。事实上,匹克威克先生不是作者讽刺的对象,而是作者用来讽刺社会的媒介。读者在捧腹之余不由对他产生一种同情和敬意。随着小说的发展,匹克威克先生那种传统的慈善心理逐渐变成了一种高尚的人文主义情操和博爱精神。正如他的仆人萨姆所说:"他是一位地地道道的天使。"从某种意义上来说,狄更斯在刻画人物形象时所表现的幽默感不但趣味无穷,而且反映了他对维多利亚时代绅士风范的消失所产生的遗憾心情。

《匹克威克外传》为我们研究狄更斯小说艺术的发展提供了极为重要的依据。这部结构松散、情节琐碎的小说表明,狄更斯在创作初期不仅受到18世纪传统小说艺术的影响,而且也受到当时小说被迫分期连载的习惯的制约。显然,狄更斯起初继续采用他在《博兹札记》中的手法来创作他的第一部长篇小说。在撰写了相对独立的开头几章之后,他本能地意识到了整部小说连贯与统一的必要性,因而千方百计地将材料合在一起,这才使《匹克威克外传》在结构上未出现重大失误。尽管流氓金格尔和女房东巴丹尔太太对小说情节的发展功不可没,但对这部小说的艺术统一性产生重大作用的莫过于作者的幽默与讽刺。在《匹克威克外传》中,"几乎所有的职业、所有私人俱乐部和娱乐消遣都受到了嘲弄……最终,除了'普通的正派行为'之外,没有任何东西受到狄更斯的青睐"。[1]

此外,采用儿童的视角来反映生活是狄更斯小说艺术的另一个重要特征。儿童与童年是狄更斯的小说题材和艺术想象力的核心。"狄更斯将整个悲惨世界和幽默的洞察力统统塞进了他的童年经历之中……他通过孩子的目光来观察一切陌生、奇怪、可疑和令人困惑的事物。"[2]不少评论家认为,狄更斯在处理儿童的视角方面独具匠心。正如孩子将成人世界视为一个赤裸裸的世界一样,狄更斯也毫无掩饰地描写他的人物。当然,狄更斯热衷于采用儿童的视角并不意味着他是一位幼稚和原始的小说家。恰恰相反,他完全意识到自己小说中的这种艺术倾向,并成功地通过孩子纯真的目光来审视冷酷的现实世界。在他看来,孩子不仅三岁看到老,而且也是艺术家的前身。在《大卫·科波菲尔》的题为"我在观察"的一章中,狄更斯借叙述者之口充分肯定了儿童的观察力:

> 我认为许多年幼的孩子的观察力非常细致和精确。真的,我认为大多数具有这种观察力的成年人应该被看作没有失去这种能力而不是获得了这种能力。确实,我发现这种人颇有生气和教养,并具有使自己愉快的能力,而这些都是他们从童年时代就养成的习惯。

狄更斯在《雾都孤儿》、《董贝父子》、《大卫·科波菲尔》和《远大前程》等小说中巧妙地采用了儿童的视角来揭示他们周围的世界,并将他们纯洁的心灵、敏感的直觉和微妙的心理变化置于复杂和充满敌意的环境之中,从而使两者形成强烈的反差。狄更斯笔下的人物似乎本能地意识到,在成人的言语中具有大量受压抑的成分。他们对成人在谈话时那种过分的自我标榜和自我辩解极其敏感。从某种意义上来说,儿童的视角不仅成为展示维多利亚社会的有

---

[1] Robin Gilmour. *The Novel in the Victorian Age, A Modern Introduction*. London: Edward Arnold, 1986, p.84.
[2] Ibid., p.79.

效手段，而且也是狄更斯小说艺术的重要组成部分。

《雾都孤儿》是狄更斯第一部描写英国儿童生活的小说，也是他小说艺术发展过程中的一个转折。这部小说与《匹克威克外传》之间无论在创作题材还是在艺术风格上都存在着明显的区别。尽管狄更斯依然紧握着他那讽刺的笔杆，但他在《雾都孤儿》中放弃了他在前两部作品中热衷于追求幽默效果的创作意图，而是将创作焦点转向了英国贫苦儿童的坎坷命运。他首次通过儿童的视角来反映严重的社会与道德问题。《雾都孤儿》以一个出生在济贫院的孤儿的不幸遭遇为主线，生动地描述了他从小受牧师的虐待，后来落入黑社会盗窃集团头子费金的魔掌沦为小偷，最终时来运转成为巨额遗产继承人的经历。在小说中，狄更斯对运用儿童的视角反映主题进行了有益的尝试。奥利弗是小说的核心人物，他对生活的理解和对环境的反应构成了整部小说的基本内容。主人公奥利弗对伦敦的印象与匹克威克先生不尽相同。这个城市似乎变得更加残酷和可怕。在奥利弗的眼中，这是一个颠倒黑白、不分善恶、邪恶势力无孔不入的世界。孤立无援的主人公不得不发出了痛苦的呐喊："我不属于他们，我不了解他们。救救我吧！"狄更斯不仅用极其细腻的笔触来刻画主人公的性格特征，而且还通过奥利弗的视角来描写他在济贫院和贼窟的可怕经历，给读者留下了深刻的印象。奥利弗既是费金盗窃集团的成员，也是黑社会势力无辜的受害者。狄更斯凭借儿童的视角十分确切地把握了这个具有两种截然不同身份的人物的性格，极其巧妙地处理了两者之间的关系，使主人公的形象在其本身的清白与环境的邪恶之中得到了充分的展示。不仅如此，采用儿童的视角有助于作者克服以往作品在结构与情节上的松散性与琐碎性。因此《雾都孤儿》是作者第一部结构严谨、情节连贯和布局合理的现实主义小说。

在《董贝父子》中，儿童的视角对狄更斯揭示小说的主题和获得结构的统一性起到了更为重要的作用。"孩子对世界的看法成为这部小说艺术统一性的基础。"[1]读者发现，在这部小说中，孩子的目光不仅更加敏锐，而且对成人产生了更大的影响。董贝先生自始至终对他儿子保罗和女儿弗洛伦斯的命运感到焦虑不安。保罗和弗洛伦斯的视角不仅对揭示董贝先生的性格具有重要的辅助作用，而且成为连接各种事件与人际关系的艺术纽带。从某种意义上来说，

---

1 Kathleen Tillotson. *Novels of the Eighteen-Forties*. London: Oxford University Press, 1962, p.192.

保罗是小说前半部分的核心人物。在他被残酷的教育制度摧残致死以前，他的视角成为情节发展的支配力量。例如，在第十四章中，保罗回家度假期间对家庭的变化产生了微妙的反应。尽管他愉快地参加了晚会，且成为人们关注的焦点，但周围的一切使他感到有些陌生。他以困惑的目光来观察令人费解的成人世界。此刻，狄更斯的第三人称叙述笔法近似于第一人称，保罗独特的视角贯穿了该章的全过程。当保罗去世后，弗洛伦斯的视角便取而代之，成为这部小说的主导力量。尽管董贝先生的心理冲突与其说需要女儿弗洛伦斯倒不如说需要一种持久的爱来安慰，但这部小说若要获得艺术上的平衡就必须赋予弗洛伦斯显著的地位。正因为如此，小说的每一个重要场面几乎都有她的身影。她的视角不仅对小说情节的发展具有重要的支配作用，而且给读者留下了深刻的印象。显然，一个缺乏情感或行为消极的人物是无法承担这种角色的。在狄更斯的笔下，弗洛伦斯是一切美好事物的化身，她与董贝先生的傲慢和粗暴形成了鲜明的对照。小说开局时，弗洛伦斯年仅6岁，读者对这个不幸的女孩的怜悯和同情便油然而生。即使弗洛伦斯在17岁时，读者的同情心依然没有改变。尽管弗洛伦斯在董贝先生、卡克和伊迪丝之间的游戏中只是一个任凭他们摆布的棋子，但她博得了小说中其他人物的爱心。例如，当她因保罗的去世悲痛万分时，奇克太太甚至一度魂飞魄散。尽管小说以董贝父女的团圆而告终，但弗洛伦斯对父亲的爱无疑使董贝先生的良心受到了责备。不言而喻，董贝先生与他两个孩子之间的关系构成了整部小说的基础，而保罗和弗洛伦斯的视角则是《董贝父子》获得艺术上的统一与和谐的关键所在。

《大卫·科波菲尔》再次体现了狄更斯运用儿童的视角反映生活的艺术才华。这是他前期作品中具有自传色彩的一部小说，也是维多利亚时代最流行、最受读者欢迎的作品之一。作者对时间与变化的感悟使他的小说艺术在《大卫·科波菲尔》中有了明显的发展。《董贝父子》以保罗的出生和董贝太太的去世开局，商品世界的兴衰、铁路在伦敦郊区的延伸以及董贝先生的手表发出的嘀嗒声为小说建立了一种严格的钟表时间。然而，在《大卫·科波菲尔》中，当主人公开始以"书面回忆"的形式叙述自己的人生时，一种私人的、主观的乃至抒情的时间感便跃然纸上。狄更斯对主人公回忆过程的成功驾驭使其小说从以往的传奇性转向了自传性。尽管从小孤苦伶仃的大卫·科波菲尔最终成为一名出色的小说家的成长道路依然具有一定的传奇色彩，但他所叙述的故事不仅反映了作者对与主题相关的材料的巧妙组合，而且在主人公富有悬念和节奏的回忆中得到了生动的展示。在《大卫·科波菲尔》中，狄更斯首次采用了第一人称叙述形式，从而使这部自传性回忆小说产生了强烈的艺术感染力。小说主人公大卫所经历的许多事情作者几乎都体验过。书中不少人物都可以在作者的生活中找到原型。特别是前几章反映主人公童年时代的不幸遭遇同狄更斯早年的生活经历十分相似。作者以细腻的笔触表达了他对生活的真实感受。"从通俗和道德的层面上来说，《大卫·科波菲尔》叙述了一个成功地训练一个未受过训练的心灵的故事，但从更深的层面上来说，这部小说不仅对成功的观念提出了质疑，而且将寻求完美和讲究责任心的生活方式描写成一件既复杂又困难的事情。"[1]在小说中，主人公的失落和伤感同他努力奋斗的决心时常发生冲突。他的回忆不断将读者带到他的童年时代。当大卫回忆他已故的母亲时，消逝的岁月似乎并未真正消逝：

> 难道我能说她的脸已经消失了吗？当我此时此刻望着人声鼎沸的街道时，尽管我记得母亲的脸是变了，我知道它已经消失，但它像任何一张脸一样清晰。难道我能说她那天真和少女般的美丽已经消逝和不复存在了？但现在她的呼吸正如那天晚上一样碰在我的脸上。难道我能说她已经变了？但在我的回忆中她复活了……

对大卫而言，"过去"是一个他能随意进入的永恒的领域。从某种意义上来说，"在狄更斯创作生涯中期，《大卫·科波菲尔》可以被视为他对本人过去经历的一种以小说形式进行存货盘点的行为"。[2]作者通过一个孩子的目光来观察维多利亚时代的英国社会，并通过主人公从童年到壮年的成长过程和精神发育生动地反映了时代的气息。主人公以大量的篇幅叙述了自己在学校受欺压和在工厂受剥削的情景。他的成长道路一波三折，坎坷不平，充分显示了普通人在恶劣环境中求生存的艰难与苦涩。与以往小说不同的是，《大卫·科波菲尔》的叙述笔法不但建立在主人公的回忆之上，而且还呈现出从儿童视角向成人叙述的发展过程。显然，这一过程对小说的结构与情节具有重要的支配作

1　Robin Gilmour. *The Novel in the Victorian Age, A Modern Introduction*. London: Edward Arnold, 1986, p.95.
2　Ibid., p.95.

用，同时也反映了狄更斯在叙述形式上的变化与发展。

在《远大前程》中，狄更斯的叙述手法变得更加巧妙与老到，充分体现了他创作后期精湛纯熟的小说艺术。像《大卫·科波菲尔》一样，这也是一部反映主人公回忆往事、感悟人生的小说。西方不少评论家认为，狄更斯在这部作品中对人物内心世界的探索比他的其他小说更加主动、更加坚决。他再次通过人物视角的发展来叙述一个孤儿的生活经历，并揭示主人公从对幸福生活的"伟大的期望"到幻想破灭的全部过程。小说主人公匹普从小失去父母，由姐姐抚养。在饱尝了童年的苦难之后，他意外地从一个他小时候帮助过的现在却隐姓埋名的逃犯那里得到了一笔财产，从而唤起了他对幸福前程的"伟大的期望"。但最终匹普不仅失去了财富，而且也失去了爱情。于是，他的"伟大的期望"成为泡影。尽管狄更斯改变初衷用较为圆满的结局来收场，使匹普感悟到了人生的真谛，并且得到了姐夫的同情和理解，但这种有意味的结局同他前期许多作品明白晓畅的结局已不可同日而语。它不但反映了狄更斯对人类命运的疑虑，而且也体现了他小说艺术的微妙变化。

在《远大前程》中，狄更斯再次采用了第一人称的叙述形式来揭示主人公的成长过程。已过而立之年的匹普用过去时态叙述了自己从7岁到34岁的生活经历。在小说中，儿童的目光与成人的反思随着时间的进程互相交融，构成了作品的"双重视角"。一个更加年轻的"我"与中年并且成为商人的"我"分别承担了小说的叙述任务。尽管主人公叙述的是本人过去的经历，但他由于对每次冲突的结果并非了如指掌，有时甚至对当时个人的动机感到困惑不解，因此他担任的不是全知叙述。此外，叙述者变化多端的语言风格表明：他不仅是自己人生的评论者，而且也是本人生活经历的追述者。在回忆童年时代的生活时，他有意或无意地使用了符合儿童思维习惯的词汇与表达方式。然而，在评论和反思过去的经历以及表现人物间的对话时，他往往采用不同的语言风格。小说的开局给读者留下了深刻的印象。当孤独无援的匹普站在父母的坟前哀悼时，逃犯麦格维奇突然从墓群中跳出来。他一把抓住匹普的脚跟将他反吊起来，并对他凶狠地叫嚷："别做声！……别动，小鬼，不然就割断你的喉咙！"整部小说似乎就从这里开始蒙上了一层神秘的色彩。随着故事情节的发展，匹普对逃犯麦格维奇的态度逐渐发生了变化。当他后来用成熟的目光重新审视麦格维奇时，这个当初在他看来吃东西时像条狗打起人来像野兽的逃犯似乎充满了仁慈与博爱精神：

> 现在，我对他的厌恶情绪已经消失，在这个正握着我的手的被追捕、受了伤和戴着镣铐的人身上，我仅仅看到了一个试图成为我的恩人的人和一个多年始终对我真诚、感激和慷慨的人。我发现他比我更优秀……

在《远大前程》的后半部分，匹普的视角变得更加客观和成熟。在抛弃了幻想之后，他不仅能冷静地反思自己的人生经历，而且变得更加宽容，并对那些像他一样的受害者抱以同情、理解和信赖的目光。在小说中，主人公视角的变化不仅与其心理成长相辅而行，而且成为整部作品得以自然进展的重要基础。总之，《远大前程》的叙述手法在狄更斯的小说中是出类拔萃的。它虽然错综复杂，却引人入胜，虽然变化多端，却具有晓畅明白的寓言特征，充分体现了狄更斯小说艺术的独创性和感染力。

应当指出，儿童的视角及其变化与发展是狄更斯小说艺术的核心，同时也贯穿了他的整个创作过程。从《雾都孤儿》（1837—1838）到《远大前程》（1861）近二十五年间，狄更斯不遗余力地将孩子（尤其是孤儿）作为其小说的主要表现对象，并坚持采用儿童的视角来反映维多利亚时代的社会生活。这不仅与他个人的生活经历密切相关，而且也表明了儿童与童年时代对狄更斯小说艺术发展的重要性。"狄更斯成功地运用了儿童的视角因为它能使作者感到随心所欲，并的确成为其小说最突出的一种视角。"[1]引人注目的是，狄更斯在处理儿童的视角时既能采用第三人称，又能驾驭第一人称，并能使其动静交替、变化多端。显然，狄更斯不仅对儿童的视角进行了有益的尝试，而且使菲尔丁开创的传统小说叙述形式变得更加规范和成熟。

此外，情节复杂、事件交错和关系纷繁也是狄更斯小说艺术的一个显著特征。狄更斯的每一部小说几乎都是叙事性极强的文学作品，或生动地描述主人公坎坷不平的人生道路，或深刻地揭示各种复杂的矛盾与冲突。通常，他在为小说设计一条曲折动人的主要故事线索的同时，还有意安排若干从属于主线的次要情节，从而使小说的事件纵横交错，人物关系错综复杂。这些次要情节往

---

[1] Robin Gilmour. *The Novel in the Victorian Age, A Modern Introduction*. London: Edward Arnold, 1986, p.79.

往与主要故事情节的发展相辅而行，同时对揭示人物关系和反映社会生活具有重要的辅助作用。

在《马丁·朱述尔维特》（Martin Chuzzlewit，1843）中，狄更斯巧妙地运用了主次两条故事线索来揭示拜金主义对人性的腐蚀作用。小说分别描述了富翁老马丁的儿子小马丁和侄子乔纳斯不择手段追求财富的经历。老马丁虽腰缠万贯，但他忧心忡忡。他对利欲熏心、贪得无厌的家族成员感到无比的失望。这部小说的主要线索围绕小马丁的生活经历展开。平时玩世不恭、举止轻浮的小马丁看中了老马丁抚养的义女玛丽，遭到父亲的怒斥。小马丁一气之下离家出走，同仆人马克一起漂洋过海到美洲大陆寻找发迹的机会。他以建筑师的身份参加了美国一个名叫"伊甸园土地开发公司"的投资，结果不但投资失败，而且本人也差点死于热病。小马丁经过了生活的磨难获得了深刻的教训，终于克服了自私的癖性，并得到了父亲的谅解。这部小说的另一条线索追述了老马丁的侄子乔纳斯的罪恶行径。乔纳斯阴险毒辣，恶贯满盈，是个疯狂的拜金主义者。他对待妻子凶狠残暴，甚至为了财产企图杀害自己的父亲，后因其谋杀保险公司经理的罪行败露，不得不畏罪自杀。《马丁·朱述尔维特》中的主次两条故事线索时而交错重叠，时而分道而行，对揭示主题发挥了重要的作用。这两条故事线索不仅将英国和美国的社会现实交相并置，无情地揭露了在这两个国家中肆意蔓延的欺诈与投机活动，而且也成为联系纷繁复杂的事件和关系的艺术纽带。显然，这种具有扩展性的情节结构与小说的主题是十分吻合的。狄更斯在谈及这部小说的创作意图时指出，这部小说的目的是"向读者展示自私是怎样蔓延的，它是怎样从最初的微弱状态发展成可怕的庞然大物的"。[1]不言而喻，狄更斯在处理小说情节方面成功地超越了笛福和斯威夫特小说中的单一模式，为19世纪长篇小说的情节发展提供了重要的范例。

《荒凉山庄》是狄更斯小说中故事情节最复杂、人物关系最纷繁的作品之一。它不仅是一部生动描绘19世纪中叶英国生活的现实主义小说，而且全面反映了狄更斯创作后期精湛的小说艺术。作者在谋篇布局上的鬼斧神工和对故事情节的巧妙设计在此得到了充分的展示。《荒凉山庄》以两个家庭的故事为主要框架，一个是约翰·贾迪斯家庭，另一个是戴德洛克贵族家庭。整部小说围绕"贾迪斯控告贾迪斯"的官司和戴德洛克夫人的隐私展开叙述，故事情节生

---

[1] Trevor Blount. *Dickens: The Early Novels*. London: Longman, 1968, p. 25.

动曲折，人物关系错综复杂。贾迪斯家族成员为争夺财产走上法庭。僵化的司法制度和荒唐的审判程序使这起讼案久拖不决。最终，由于诉讼费超过了引起诉讼的巨额遗产，这场官司才不了了之。然而，涉及此案的许多人却因此赔上了自己全部的感情乃至宝贵的生命。小说的另一条线索叙述了戴德洛克夫人为掩盖丑闻杀人灭口的经过。她婚前曾与一个船长私通，生下一个女儿名叫埃丝特。然而，她的隐私被一个名叫塔金霍的律师发现。正当这个律师准备将秘密告诉她丈夫时，戴德洛克夫人将他杀害。不料东窗事发，戴德洛克夫人被迫弃家出逃。后来她的丈夫和私生女埃丝特在她昔日情人的墓旁找到了她的尸体。引人注目的是，将这两个家庭的故事连在一起的是约翰·贾迪斯和埃丝特之间的恋爱关系。尽管埃丝特与年轻医生伍德考特真心相爱，但她为了报答约翰·贾迪斯的恩情而接受了他的求婚。当约翰·贾迪斯了解真相之后便主动退婚，从而使这对情人终成眷属。在《荒凉山庄》中，狄更斯的谋篇布局可谓精裁密缝，巧夺天工。他不但成功地将贾迪斯和戴德洛克两个家庭的故事交织一体，而且使约翰·贾迪斯和埃丝特之间的关系贯穿始终，以两点一线来构筑小说的框架。他凭借这一手法挥洒自如地将形形色色的人物之间千丝万缕的联系拼成了一幅错综复杂的生活图案。

在《荒凉山庄》中，狄更斯的叙述手法有了明显的变化。这部小说有两个截然不同的叙述者：一个是采用一般现在时的目光锐利的全知叙述，而另一个则是由埃丝特采用一般过去时展开的自传性叙述。前者无所不知，对社会邪恶表现出难以容忍的态度，而后者在令人困惑的现实面前显得犹豫不决和小心翼翼；前者在描述社会问题、法庭审判和伦敦的贫民窟时带有一种轻蔑和讽刺的口吻，而后者以一种内省的、个性化的方式来探索人际关系的变化。这两个叙述者从不同的时间并以不同的视角来审视同一个世界。显然，全知叙述对社会的失败具有某种预示性，并能使读者受到一定的启示，而埃丝特的叙述则更多地围绕个人处境和家庭关系展开。狄更斯不仅巧妙地运用这两个叙述者之间的紧张关系来揭示小说的主题，而且凭借自己非凡的艺术才华使两条叙述线索互相交替，此起彼伏。显然，步入创作鼎盛期的狄更斯在谋篇布局上的精湛技巧在《荒凉山庄》中得到了充分的验证。

应当指出，狄更斯小说艺术的另一个重要特征是其挥洒自如的象征主义手法。在19世纪的小说家中，狄更斯无疑是一位运用形象与象征的高手。他十分注重象征主义的表意功能，并自觉地将其视为揭示主题和渲染气氛的有效手段。在《董贝父子》中，铁路是残酷无情的工业社会的象征。它将生与死、穷人和富人、痛苦的过去和暗淡的未来连在一起。在狄更斯的笔下，火车被描写成一个"暴躁的魔鬼"，一头"狂暴的怪兽"，象征着一种巨大的破坏力量。在《远大前程》中，狄更斯采用一系列代表"光明"与"黑暗"的形象来揭示主题和铺垫气氛。前者代表主人公匹普对人生的期望和感悟，而后者则象征着他幻想的破灭和社会的黑暗。狄更斯的象征主义手法在《荒凉山庄》中达到了炉火纯青的地步。小说中一个最为引人注目的形象是灰蒙蒙的雾。作者在小说一开头便对象征着现代荒原的大雾作了详尽的描述：

> 大雾弥漫……大雾遮盖了流淌于一排排轮船和肮脏的大城市的污染水源之间的泰晤士河。大雾笼罩着埃塞克斯郡的沼泽地和肯特郡高地。大雾爬进了运煤小帆船的厨房，扑向外面的船工，逗留在大船的帆装上，随后降落在驳船和小船的舷缘上。大雾钻进了格林威治那些领取养老金者的眼睛与喉咙……桥上的过路人透过桥栏看到了下面的云雾，他们笼罩在大雾之中，仿佛处在一个正在云雾中飘荡的气球之中。

在《荒凉山庄》中，大雾弥漫，无孔不入，它不仅渗透了荒凉山庄，而且也笼罩着伦敦、泰晤士河乃至整个英伦三岛。作为一个贯穿整部小说的主要形象，大雾不仅象征着荒凉与黑暗，而且强化了作品的忧郁和神秘气氛，对渲染小说主题起到了极为有效的辅助作用。

综观狄更斯小说艺术的发展过程，我们不难发现，他不仅使自己的小说脱离了在19世纪上半叶英国文坛占有主导地位的浪漫主义的轨迹，在现实主义道路上急速地跑了一阵，而且对小说艺术形式的进一步成熟与规范作出了重要的贡献。他后期的小说在艺术质量上超过了他的前期作品。随着其幽默感和乐观主义精神的日渐式微，他的正义感和忧虑感则不断增强。就总体而言，狄更斯的小说艺术创新不足，而严谨有余。这似乎与维多利亚时代保守与呆板的社会气氛和文化氛围具有一定的关系。尽管如此，狄更斯的小说比菲尔丁和斯摩莱特等人的小说不仅在主题上更加深刻，在结构上更加严谨，而且在艺术上也有了明显的发展。不仅如此，狄更斯的小说语言具有鲜明的个性和非凡的表现力。作为叙文记事、寄情表意的主要手段，其小说语言充分体现了它的丰富性、生动性和形象性。狄更斯借助其精湛的词汇艺术和高超的修辞手段成功地塑造了一个个栩栩如生的人物形象，并生动地反映了英国的社会生活和时代气息。他卷帙浩繁、洋洋洒洒的长篇小说表明，他既是一位才华超群的文学巨匠，又是一位出类拔萃的语言大师。尽管长期以来西方评论界对狄更斯的创作众说纷纭，因人而异，但有一点是肯定的，即狄更斯的作品代表了英国传统小说艺术的最高成就，他的创作已经具有世界意义。

第三节
萨克雷的艺术风格

在19世纪的英国文坛上，威廉·麦克皮斯·萨克雷是一位曾经一度与狄更斯分庭抗礼但最终无法与狄更斯平起平坐的现实主义小说家。然而，这两位文坛巨匠在创作上具有惊人的相似之处。像狄更斯一样，萨克雷也是一位多产作家，全集洋洋洒洒三十多卷，其中不少小说已步入了经典的行列。像狄更斯一样，萨克雷在创作中同样受到菲尔丁小说的影响，并以幽默与讽刺作为锐利的武器，对英国上流社会的虚伪和庸俗作了全方位的漫画式描绘。像狄更斯一样，萨克雷在创作后期表现出对社会的怀疑态度和感伤情绪，其小说的幽默与讽刺色彩也有所减弱。他的两部重要小说《名利场》（*Vanity Fair*，1847—1848）和《亨利·艾斯蒙德》（*The History of Henry Esmond*，1852）不仅能与狄更斯的任何小说媲美，而且一再重印，并成为英语国家主修英国文学者的必读教材。对那些希望深入了解萨克雷的读者而言，《潘登尼斯》（*The History of Pendennis*，1848—1850）和《纽克姆一家》（*The Newcomes*，1853—1855）两部小说无疑具有一定的吸引力。然而，读者也许只有读了萨克雷的成名作《势利者集》（*The Book of Snobs*，1848）之后方能较为全面地了解他的小说艺术。因为像狄更斯的《博兹札记》一样，《势利者集》不容置疑地奠定了作者日后的艺术风格和作品基调。

然而，作为一名杰出的现实主义小说家，萨克雷不仅具有独特的审美意识，而且在艺术风格上也自成一体，展示出一家风骨。正如一位西方评论家所说："萨克雷小说的批评家在批评方法上没有多少选择余地。他从一开始就必须解释萨克雷小说的统一性。"[1]尽管萨克雷的长篇小说在主题、结构和技巧上不尽相同,但它们具有某种延续性和统一性。虽然他早期的小说在艺术上有欠成熟,但它们为其后来的小说奠定了重要的基础。虽然他后期的小说在艺术上更加成熟与老到,但它们并没有改变早期小说的基本模式。换言之,萨克雷艺术风格的延续性和统一性在他近三十年的创作生涯中不断显现。"没有几个作家像萨克雷那样能使我们更有把握地说他的小说是一个整体。"[2]从某种意义上来说,"像萨克雷这样在整个创作生涯中如此忠实于自己的作家是很难确切地通过抽样的方式来评价的"。[3]

萨克雷艺术风格的延续性和统一性首先体现在其笔下人物在不同小说中的重复出现上。如果说,菲尔丁在《约瑟夫·安得鲁斯》中讽刺性地采用了理查逊塑造的小说人物帕梅拉兄妹俩,那么,萨克雷则自觉地对此进行了大胆的实践,将笔下人物在不同小说中的重现视为一种获得小说内部统一性的艺术举措。尽管他的小说在情节与结构上体现了明显的独立性,但由于许多人物在不同的小说中重复出现,因此,它们之间具有某种松散的联系,犹如一个艺术王朝那样聚集在一起。尽管萨克雷并未像巴尔扎克那样将自己的小说归在《人间喜剧》的总标题之下,但这并不意味着他没有这种选择余地。读者不难发现,《潘登尼斯》中的主人公亚瑟·潘登尼斯仿佛是《纽克姆一家》的创作素材的一位假设的编辑,他的家庭分别与这两部小说的情节有关。虽然读者发现潘登尼斯在《纽克姆一家》结束时已经消失,但他却成为作者最后一部小说《菲力普历险记》(The Adventures of Phillip,1861—1862)的叙述者。又如,在《纽克姆一家》中担任重要角色的丘女士(Lady Kew)与《名利场》中的重要人物史特尼爵士是兄妹,而史特尼爵士不仅以潘登尼斯的朋友的身份再次出现在《潘登尼斯》中,而且在《纽克姆一家》和《菲力普历险记》中也有他的身影。此外,读者在《纽克姆一家》中进一步了解了《名利场》中某些人物的命运与归宿。由于萨克雷不断将早期小说中的人物和家庭掺入后期小说之中,因此,他的小说体现了一定的延续性和统一性。正如一位评论家所说:"在萨克雷的小说中,恢复使用旧人物的习惯非常明显,所以《名利场》、《潘登尼

---

1 Geoffrey Tillotson. *Thackeray the Novelist*. London: Methuen & Co. Ltd., 1963, p.l.
2 Ibid., p.2.
3 Ibid., p.3.

斯》、《纽克姆一家》和《菲力普历险记》可以被视为同一部小说……一旦他两部小说中的两个人物是同时代的人，萨克雷便乐意将他们联系起来。"[1]

此外，稳健的小说语体是萨克雷艺术风格的延续性和统一性的另一个重要标志。在他整个创作生涯中，萨克雷十分自觉地保持了本人小说语体的基本特征。从表面上看，他的几部重要长篇小说似乎缺乏这种统一性，因为它们不但由性格迥然不同的人物担任叙述，而且出于不同"作者"的手笔。这些小说封面上的署名显示，《名利场》和《潘登尼斯》的作者是萨克雷本人，《纽克姆一家》和《菲力普历险记》由亚瑟·潘登尼斯"创作"，而《亨利·艾斯蒙德》则"出自于"一个生于17世纪下半叶的人的手笔。然而，无论他如何试图掩盖这些小说的作者的真实身份，萨克雷的小说语体如出一辙，体现出一脉相承的艺术特征。在《纽克姆一家》和《菲力普历险记》中，萨克雷似乎并不愿改变自己已经形成的充满个性的语言风格。尽管在《亨利·艾斯蒙德》中，他曾试图采用18世纪流行的散文体来创作，但结果依然是对他本人过去风格的一种模仿。综观萨克雷的小说创作，他的语言风格基本保持了一种常态，体现了平稳的特征。这种语言不但通俗流畅，而且代表了日常用语的最高境界。它既纯熟典雅，又刚健有力；既迎合时尚，又具有个性；既意味蕴藉，又富于强烈的节奏感。19世纪小说家安东尼·特罗洛普在谈到萨克雷的语体时说："在我们所有的小说家中，萨克雷的语体最纯真，如用我的耳朵来听，它也是最和谐的。虽然它偶尔因有些做作或自傲而略显瑕疵，但他的语言总是那样的流畅……读者不用多加思考便能了解他的意思。"[2]事实上，特罗洛普所说的这种语体贯穿了萨克雷小说创作的全过程。显然，这种稳健而又通俗的语体不但完全符合作者的创作意图，而且也为其艺术风格的延续性和稳定性奠定了重要的基础。

叙述形式也许是萨克雷艺术风格的一个最为引人注目的闪光点。从某种意义上来说，萨克雷在他小说中采用的叙述形式不仅在18世纪的小说中难以寻觅，而且更加客观地揭示了读者与作者以及读者与文本之间的关系。尽管19世纪的小说像现代小说一样也拥有"潜在读者"，但当时的文学批评往往忽略乃

1　Gilbert K. Chesterton, quoted from *Thackeray the Novelist*, p. 6.
2　Anthony Trollope, quoted from *Style in Prose Fiction*, ed. by Harold C. Martin, New York: Columbia University Press, 1967, p. 87.

至否认读者的文学经验和解读过程的重要性。然而，在萨克雷看来，小说是供读者欣赏的，正是读者的实际解读过程才决定了它的价值。因此，萨克雷在创作中十分注重小说与读者之间的关系以及读者的文学经验和参与解读的程度。显然，"叙述者是我们在解读萨克雷小说的文学经验中的一个重要部分"。[1] 像狄更斯一样，萨克雷进一步发展了英国传统小说的叙述形式。如果说，狄更斯在叙述过程中注重发挥儿童视角的作用并强调文理叙事的戏剧效果，那么萨克雷则更善于采用叙述者漫长的回忆性视野，并竭力强调叙述的全景效果。他往往与人物保持一定的距离，并不时赋予他们一系列叙述性评论。不仅如此，萨克雷的叙述手法通常给读者留下了一定的想象空间，并使读者根据自己的审美意识和阅读经验对此作出必要的反应。萨克雷精湛纯熟的叙述手法在他的两部重要小说《名利场》和《潘登尼斯》中得到了充分的展示。

迄今为止，《名利场》依然是萨克雷最重要和最出名的一部小说，同时也是他最受批评界关注的一部作品。近年来，有的西方学者将《名利场》视为研究"潜在读者"的一个重要文本，并称之为"小说历史转折时期的一个杰出范例，其中作者与读者的关系既不同于18世纪小说的'对话'关系，也不同于20世纪小说对读者提出的自己寻找解谜答案的要求"。[2] 尽管《名利场》采用了一个不加掩饰和强加于人的叙述者，但如果读者要更加深刻理解这部小说的内涵，就不得不凭借自己丰富的想象力。

《名利场》全方位地揭示了19世纪英国社会的世态炎凉和极其脆弱的人际关系，并着力描述了上流社会的虚伪、庸俗、尔虞我诈和争名夺利的情景。这部小说的书名出自17世纪作家约翰·班扬的寓言小说《天路历程》。班扬曾在作品中通过梦境的形式展示了一幅讽刺当时社会风尚的画面。萨克雷借用"名利场"深刻地揭示了19世纪上半叶英国社会的阴暗面和道德危机。这部现实主义小说通过两条并行不悖的故事线索生动地叙述了两个品行与性格迥然不同的女主人公的生活经历。一个是出身低微、但品行不端而又求富心切的艺术家丽贝卡，另一个则是出身富贵，但纯洁善良并对爱情忠贞不渝的丽贝卡的同学阿米莉亚。丽贝卡为了跻身上流社会简直不择手段，无所不为，甚至将道德、良

---

[1] Robin Gilmour. *The Novel in the Victorian Age, A Modern Introduction*. London: Edward Arnold, 1986, p.26.

[2] Wolfgang Iser, quoted from *Reading Thackeray*, by Michael Lund, Detroit: Wayne State University Press, 1988, p.23.

心和名誉统统踩在脚下也在所不惜。她利用姿色和骗术，与达官贵人打得火热，在"名利场"上寻找荣华富贵的机会。而阿米莉亚则是19世纪英国善良女子的化身。她天真烂漫，富于幻想，但容易上当受骗，无法摆脱邪恶势力的影响。整部小说围绕丽贝卡在上流社会厮混的经历和阿米莉亚与杜宾少校的爱情故事展开。萨克雷通过两位女主人公的经历生动地描绘了英国的社会腐败与道德危机，使冷酷无情的"名利场"上形形色色的角逐者的虚荣、伪善、贪婪和自私暴露无遗。作者在《名利场》中所表现的艺术风格以及对英国社会生活反映的深度与广度同狄更斯的杰作相比毫无逊色。

在《名利场》中，萨克雷充分展示了别具一格的叙述手法，将19世纪上半叶英国的社会风貌描绘得淋漓尽致。小说以"本世纪才过了十几年"的历史背景开局，揭示了维多利亚的读者记忆犹新的社会场面。读者见到的不是像乔治四世那样地位显赫的人物，而是从事股票交易的塞特笠家族和富商的儿子乔治·奥斯本等与萨克雷的中产阶级读者十分相似的人物。这一历史背景无疑使读者联想起发生在1815年的滑铁卢战役。但作者在小说中对这场遐迩闻名的伟大战役只是轻描淡写地一笔带过，而是着力描述了那些留在后方的人的悲剧：滑铁卢战役使阿米莉亚失去了丈夫。此外，这一历史背景使作者首次获得了一种深沉的追溯性视野，并重新塑造一个人们依然记忆犹新的时代。显然，叙述者提供的历史背景并不遥远，足以使同时代的读者既看到社会生活的延续性，又感受到这部小说对时代的讽刺意义。换言之，《名利场》是一部既描述过去，又反映现在的小说。然而，作者巧妙地驾驭了叙述的距离，并提醒读者全知叙述在对世俗进行道德评价时的局限性。从某种意义上来说，萨克雷的叙述手法极大地增强了时间的浓缩性，使故事情节置于一个特定的时间与环境之中，并赋予叙述者一种描述时代变迁的特殊权利。

在《名利场》中，尽管萨克雷采用的是全知叙述，但书中许多内容依然给读者留下了极大的想象空间。在叙述丽贝卡和阿米莉亚两位女主人公的生活经历的过程中，作者不断使读者参与其中，对各种事件作出自己的反应。例如，在早先对故事情节的描写中，叙述者虽然向读者提供了许多有关两位女主人公的信息，但其中不少描述依然耐人寻味：

于是,世界开始展示在这两位年轻女士的面前。对阿米莉亚而言,这是一个新奇、初生、耀眼和充满鲜花的世界。但对丽贝卡而言,这不是一个崭新的世界——(的确,如果要揭示有关克里斯普事件的真相,这个妖里妖气的女人曾对某人有所暗示,而那个人又将此事告诉了另一个人。据传言,关于克里斯普先生的更多事情大家还蒙在鼓里,他的信是在答复另一封信)但又有谁能告诉你事情的真相呢?不管怎样,如果丽贝卡不是面临一个新的世界的话,那么她是在重砌炉灶。

上述引文给读者留下了极大的想象空间。这段看上去颇有信息量的叙述其实很容易使读者产生困惑。人们难免会对此提出许多疑问:文中所指的"这个妖里妖气的女人"究竟是谁?"某人"和"另一个人"又是谁?克里斯普先生在信中究竟写了些什么内容?叙述者的话是否可靠?他是否关心所谓的"真相"?事实上,叙述者在小说中并未解答这些问题。尽管读者满怀希望地跟随着叙述者的步伐,但即便到小说结束时,他们依然未能获得满意的答案。他们只能凭借个人的想象力对小说文本作出自己的反应。从某种意义上来说,萨克雷似乎在修正读者的阅读习惯。"采用这种叙述方法的小说转向了其真正的主体:即读者本身,它使读者通常的期望受挫,并使他们注意到流行小说读者的某些审美方式的局限性。"[1]由于维多利亚时代的读者大都比较适应笛福的个人传记小说和司各特的历史小说的叙述方式,因此,他们往往习惯于等待叙述者的说明或解释。然而,在小说中留下许多悬念之后,"萨克雷要求我们自己去填补这些空白"。[2]

同样,在揭示纯洁善良的阿米莉亚与其拈花惹草的丈夫乔治之间的关系时,叙述者也采用了"省略的方法"(the method of omission)。尽管乔治与丽贝卡之间的私通已是一个公开的秘密,但小说却未能表明阿米莉亚对此事的了解程度。她究竟是否知道此事?她是否继续让自己蒙在鼓里?这位一贯令人难以捉摸的叙述者拒绝告诉读者。尽管叙述者曾具有针对性地问道:"她自己是否承认这个真实的男人与她曾经崇拜的年轻英雄是多么的不同?"但他从未

---

[1] Wolfgang Iser, quoted from *Reading Thackeray*, by Michael Lund, Detroit: Wayne State University Press, 1988, p.24.
[2] Ibid., p.24.

直接回答过这个问题。叙述者只是向读者暗示：阿米莉亚"正在想其他事情，并不是（乔治赌博时）输钱才使她感到伤心"。然而，叙述者却戛然而止，不愿追述。相反，他直接敬告读者："难道我们有权重复或偷听她的祈祷吗？兄弟，这些是隐私，并且超出了我们的故事所涉及的'名利场'的范围。"显然，叙述者有意留下了要求读者去填补的许多空白。萨克雷再次将小说转向了真正的主体——读者。于是，阿米莉亚因承认事实或拒绝事实而产生的痛苦意识只能由读者自己去领会了。

毋庸置疑，萨克雷在《名利场》中的叙述手法不仅向传统小说读者的阅读习惯提出了挑战，而且进一步缩短了文本与读者之间的距离。它要求读者在解读小说的同时，不断发挥自己的想象力和主观能动性，积极挖掘文本的潜在信息。然而，这对维多利亚时代阅读以分期连载形式发表的长篇小说的普通读者来说不但具有一定的吸引力，而且迫使他们加倍努力去填补叙述者随时留下的空白。由于受连载小说发表周期的影响，读者的想象是否可靠往往要在一月乃至数月之后方能得到证实。因此，这种同时受到叙述空白和出版间隔影响的小说对读者的解读具有一定的挑战性。不言而喻，萨克雷对全知叙述的巧妙运用（包括省略的方法）不但进一步加强了小说与读者之间的联系，而且也有助于提高读者的理解力和想象力。

在他的另一部重要小说《潘登尼斯》中，萨克雷再次对叙述手法进行了大胆的实践。他继续挖掘传统全知叙述的表意功能，并根据小说分期连载的特点来谋篇布局，同时让读者全身心地投入文本的解读过程之中。自20世纪80年代起，随着西方文学理论的发展，批评家们不仅对小说的叙述形式有了新的认识，而且对小说与读者之间的关系进行了深入的探讨。如今强调独立文本的"形式主义"和"新批评"理论已风光不再，越来越多的批评家强调从历史、文化和心理的角度来审视文本的重要性。于是，文本的形式能够通过读者所理解的上下文得到展示。在《潘登尼斯》中，值得关注的不仅是故事情节，而且是读者的解读过程。

《潘登尼斯》，像《名利场》一样，真实地反映了19世纪英国社会的世态炎凉。小说以主人公亚瑟·潘登尼斯坎坷不平的生活经历为主线，生动地描述了他在人生道路上从迷惘到成熟、从失败到成功的生活旅程。出身名门但家境破落的潘登尼斯在一个唯利是图、金钱至上的社会中情场失意、四处碰壁。他在牛津大学读书期间挥霍无度，举止轻浮，热衷于向上流社会的姑娘献殷勤。在经历了一系列挫折、失败和痛苦之后，潘登尼斯逐渐看清了上流社会的道德腐败和贵族阶级的卑鄙行径，并对人生有了新的感悟。《潘登尼斯》是一部主题鲜明、艺术成熟的现实主义小说。萨克雷以真实的情感和直率的态度刻画了一个与绝大多数受过教育的人相比既不更好也不更坏的普通青年的形象。主人公在坎坷的人生道路上饱尝了酸甜苦辣，最终跻身文坛，事业有成，并与美丽纯洁的姑娘劳拉喜结良缘。《潘登尼斯》的"幸福结尾"不仅与狄更斯的《大卫·科波菲尔》和《远大前程》等小说具有惊人的相似之处，而且也反映了19世纪英国小说艺术的普遍特征。

在审视《潘登尼斯》的文本时，我们不仅要观察文本中人物的成长过程，而且也要关注文本外读者的反应。根据当代某些批评家的时髦理论：人物在虚构的情节中成长，而读者在实际的阅读中发展。引人注目的是，萨克雷在《潘登尼斯》中的叙述手法将读者带回到现实世界的时间框架之中，并创造了供人物发展的第二情景。这部当初分二十五期连载发表的小说实际需要的阅读时间为两年。其间，读者的心理也许会发生极大的变化，而推迟或中断阅读则会影响甚至改变他们对人物的态度。就此而言，读者本人与其说是稳定的倒不如说是易变的。显然，萨克雷试图操纵生活与艺术之间这种漫长的、相互作用的过程。在小说中，作者曾借叙述者之口直接与读者进行交流：

> 一个能容忍自己的失败并果断地、恭顺地将已断的剑交给其征服者——命运的人是多么幸运！你，读者朋友，当你浏览书页之后放下书本进行认真思考时，你是否感到畏惧？……你也许曾经笑过，却变得心灰意冷了，也许曾经哭过，却又重新笑了，这是多么常见的现象！想一想，与记忆中的童年时代的你和人生旅程开始之前的你相比，你有多少相似之处？

萨克雷以作者的身份介入小说，直接与读者交谈，并迫使读者从小说世界回到自己所处的现实世界之中。读者不得不意识到这样一个事实：即随着小说主人公的成长，他自己拥有的时间也在不断消逝。当读完小说的最后一期时，他也许会惊讶地发现，不但自己的年龄大了两岁，而且心态与观念均发生了明显的变化。

显然，在《潘登尼斯》中存在两种不同的时间，一种是反映小说世界的事件发展和主人公成长的时间，而另一种则是反映读者本人及其周围环境变化（包括其用于解读小说）的时间。第一种时间（即小说时间）对主人公的成长是至关重要的，而第二种时间（即阅读时间）则展示了萨克雷巧妙利用长篇小说分期连载形式的独特技巧。作者时而将小说时间和阅读时间交织一体，时而使两者分道而行。当小说时间停滞不前时，阅读时间依然在延续。因此对读者而言，他的阅读经验始终处于变化之中。一旦小说中记录主人公成长的钟表时间停止了步伐，而读者自己的时间在悄然消失，那么读者往往会对小说世界作出强烈的反应。例如，在题为"潘在门外等候，而读者在了解谁是劳拉"的第八章中，当主人公潘登尼斯在门外正焦急地等待着与恋人劳拉见面时，叙述者以倒叙的方式将读者带到了过去，向他们介绍了劳拉的身世和童年生活以及她父亲与海伦·潘登尼斯之间的关系等等，其内容长达十余页。其间，主人公一直在门外等候。小说时间的步伐仿佛中止了，主人公被"锁定"在某一个时间点上，而读者却在小说的倒叙过程中不但经历了时间的运动，而且对小说有了更深刻的理解。当主人公步入房间时，读者对他的认识已经发生了变化。从某种意义上来说，萨克雷对小说两种时间的巧妙处理既使人物的性格得到了"发展"，又使读者获得了新的感受。萨克雷的叙述手法在一定程度上反映了维多利亚时代的读者对小说人物的共识：即他一波三折地成长，但不会发生惊人的变化。正如叙述者所说：."我们的变化非常有限。当我们说这个男人或那个女儿不再是我们记得的年轻时的那个人，并注意到我们的朋友身上的某些变化时，我们也许不会认为环境只是引发而不是造就其潜在的缺点或个性。今天拥有之后的那种自私的消沉与冷漠是昨天追求之后的那种自私的热情所造成的结果。"在《潘登尼斯》中，萨克雷在生动地追述主人公从天真走向成熟的同时，充分利用了19世纪小说分期连载的形式以及小说时间与解读时间之间的关系，从而使作品获得了特殊的艺术感染力。

综上所述，萨克雷在艺术风格上独具匠心，成一家风骨。他精湛的小说艺术不仅体现了其内在的延续性和统一性，而且也在他别出心裁的叙述形式上得到了充分的展示。萨克雷的叙述手法极大地缩短了读者与小说之间的距离，同时也发挥了读者解读小说和填补小说空白的积极性。毫无疑问，他的艺术风格是英国传统小说走向成熟的显著标志，并且成为19世纪英国小说艺术的重要组成部分。

第四节
哈代的悲剧性叙事艺术

19世纪的小说艺术经狄更斯和萨克雷等作家的努力实践达到相当成熟的境地之后在托马斯·哈代的手中得到了进一步的发展。作为维多利亚时代后期最重要的一位小说家,哈代是一位颇有争议的人物。有人崇拜他,有人诽谤他,有人宣传他,也有人贬低他。迄今为止,批评家们对哈代小说的方方面面进行了深入的探讨,并作了各种各样的解释。有人仅仅将他视为一个自学成才却很会讲故事的纯朴的乡巴佬;而有人则认为他是一位富有灵感和现代思想的伟大艺术家。哈代经常含糊地被人们同时称为一个维多利亚时代的人和现代人,一个现实主义者和寓言家。"似乎并不存在某种解读他的特殊方法。"[1]有的研究方法可能将他排在受大众欢迎的浪漫主义小说家之列,也有的研究方法可能将他与一种他自己也许连做梦都没想过的深奥的哲学思想连在一起。

然而,引人注目的是,哈代的小说艺术展示出极大的多样性和灵活性。人们很难想象,他的《埃塞尔伯特的婚姻》(*The Hand of Etherberta*,1876)和《一个冷漠的女人》(*A Laodicean*,1881)同《还乡》(*The Return of the Native*,1878)和《德伯家的苔丝》(*Tess of the D'Urbervilles*,1891)之间在艺术上究竟具有多少联系。更具体地说,即便在他的某一部小说中,这种多样性和灵活性也是显而易见的。例如,有时在他某些精彩生动和颇具艺术感染力的描写之后会出现冗长乏味的评论或无关紧要的解释乃至东拉西扯的现象。从某种意义上来说,哈代既是19世纪英国小说艺术传统的最后一位捍卫者,又是现代英国小说艺术的倡导者之一。这便构成了哈代小说艺术观的双重性。一方面,他推崇传统小说的艺术准则,对现存的小说模式感到满意。他曾明确指出:

> 优秀的小说也许应被视为一种与过去的伟大史诗、戏剧和叙事作品十分相似的虚构作品。毋庸置疑,在世界历史的现阶段,小说内部不会出现新的东西。[2]

显然,哈代的上述言论未免有些教条和保守,但它真实地反映了一个维多

---

1 Penelope Vigar. *The Novels of Thomas Hardy: Illusion and Reality*. New York: The Athlone Press/Humanities Press, 1978, p.1.

2 Thomas Hardy. *Thomas Hardy's Personal Writing*. Lawrence: University of Kansas Press, 1966, p.114.

利亚时代的作家的小说观。然而，另一方面，哈代像他的同时代人一样也依稀看到了现代主义的第一道曙光。他不仅对具有革新意识的亨利·詹姆斯的小说略有所知，而且对欧洲大陆某些初来乍到的艺术思潮也时有所闻。因此，处在新旧世纪交替之际的哈代在艺术上不愿因循守旧，步人后尘，落入19世纪的俗套。这便导致了其小说艺术的多样性和灵活性。他在谈及艺术风格时指出：

> 一种生动活泼的风格的全部秘密以及它与刻板僵化的风格之间的区别在于作者不要过于强调风格，而应该在小说中到处显得随心所欲，或看上去如此。这会给作品带来巨大的活力。[1]

从某种意义上来说，哈代小说艺术观的双重性不仅是导致其艺术风格的多样性和灵活性的重要原因，而且也对他的叙事艺术产生了直接的影响。

应当指出，在19世纪末的小说家中，哈代的悲剧性叙事艺术也许最富有特色和感染力。对于普通读者而言，哈代小说的魅力往往来自于催人泪下的悲剧故事。但对于研究小说艺术的学者而言，哈代的悲剧性叙事艺术无疑是引人注目而又耐人寻味的。他的小说之所以成功，其中一个重要原因便是他精湛纯熟和变化多端的悲剧式叙事艺术。在哈代看来，人物的情感需要恰当的艺术形式来表现，而作家的灵感则应通过生动的语言风格来展示。"他赞同亨利·詹姆斯的观点，即小说的艺术取决于选择和处理。"[2]尽管哈代的审美意识明显地带有维多利亚时代的烙印，但他对小说的叙事艺术却十分讲究。他认为，小说家们的"故事必须值得叙述……他们不能用在自己周围所获得的第一手材料来占用读者的时间"。[3]显然，哈代不仅认为小说应具有一个引人入胜的故事情节，而且还十分强调叙事艺术在小说中的重要作用。几乎在每一部小说中，他都试图运用某种恰当的叙述形式来讲一个精彩的故事。他不像乔治·艾略特那样喜欢东拉西扯，并且在叙述上比亨利·詹姆斯更加具体确切。如果说，艾略特和詹姆斯的叙述方式旨在扩充和延展的话，那么哈代的文理叙事则力求集中和浓缩。换言之，哈代并不想在小说中创造太大的空间，恰恰相反，他试图通

1　Thomas Hardy, quoted from *The Novels of Thomas Hardy: Illusion and Reality*, p.11.

2　Rehder, R. M.. "The Form of Hardy's Novels", *Thomas Hardy: After Fifty Years*, ed. by Lance St. John Butler. London: Macmillan, 1978, p.15.

3　Ibid., p.15.

过自己独特的叙事艺术来填补小说的空间。此外，艾略特和詹姆斯具有反复思忖和延缓情节的能力，而哈代在小说中则体现了促使事件发生和推动情节发展的习惯。值得一提的是，哈代的叙事艺术不仅体现了多样性和灵活性，而且与其小说的悲剧色彩非常吻合。他的大部分小说都以引人注目的人间悲剧而告终。这不仅意味着19世纪英国小说中司空见惯的"幸福结局"已经失去了魅力，而且也清楚地表明：一种适合表现悲剧故事的叙事艺术在哈代的小说中已经应运而生。从某种意义上来说，这种将小说与悲剧连在一起的叙事艺术是哈代对英国小说的一大贡献。

  哈代的叙事艺术充满了悲观主义色彩。处在英国工业革命上升阶段的哈代对农民所遭受的打击感到悲伤，对大自然的退化感到惋惜。尽管他知道社会的转变是无情的，也是必然的，但他不时表现出对田园风光和牧歌式生活的怀恋，并且对愈演愈烈的适者生存和弱肉强食的斗争感到无比的忧虑。与狄更斯和萨克雷不同的是，哈代不仅在创作中体现出明显的自然主义倾向，而且还经常流露出宿命论的观点。在他看来，宇宙是冷漠无情而又令人莫测的，一种所谓的"内在意志"以无常、巧合或偶然事件的形式来捉弄人和操纵人的命运。任何一个试图扩张自我、强调和无视自然法则的人必将遭到宇宙间这股神秘力量的无情报复。毫无疑问，哈代的宿命论思想和自然主义倾向不仅为其大部分小说奠定了悲观主义基调，而且也对他的叙事艺术产生了重要的影响。

  《还乡》是哈代在小说创作中全面转向悲剧模式的重要标志，同时也是他成功运用悲剧式叙事艺术的杰出范例。小说以忧伤的笔触描述了从巴黎还乡的珠宝商克林在爱墩荒原上的生活经历。克林与举止轻浮、爱慕虚荣的海归女子游塔莎相遇。为了能早日离开荒原，去灯红酒绿的巴黎享受荣华富贵，水性杨花的游塔莎抛弃了情人韦狄，与克林结婚。然而，对巴黎的浮华生活早已厌倦的克林决意在家乡定居，这使游塔莎大失所望。于是，她离开了克林，重新投入刚刚获得一笔遗产的韦狄的怀抱。两人决定私奔，但在途中却被洪水淹死。《还乡》不仅展示了一出人间悲剧，而且也是哈代一部较为典型的"性格与环境小说"。作者以象征主义和自然主义相结合的方式来揭示人物性格与自然环境之间的关系，字里行间表露出宿命论的观念。在哈代的笔下，人物与环境之间的和谐或冲突不但决定了他们的命运，而且也为小说的情节与结构提供了重要的基础。

哈代充满悲剧色彩的叙事艺术在《还乡》的开局中得到了充分的展示，作者采用象征主义的手法来描述神秘莫测和包藏祸心的爱墩荒原：

> 十一月的一个星期六下午，暮色苍茫，一望无际的爱墩荒原逐渐变得昏暗起来。头上一大片空濛的白云犹如帐篷一样遮住了天空，帐篷下面是整个爱墩荒原。

作者在小说开头对爱墩荒原的长篇描述具有丰富的象征意义。这片原始、荒芜和冷漠的原野犹如一股神秘莫测而又不可抗拒的自然力量，时刻支配着宇宙间的沧海桑田，操纵着荒原上每个人的命运。英国著名批评家沃尔特·艾伦曾对哈代笔下的爱墩荒原发表了十分中肯的见解：

> 荒原不仅构成了故事的一个自然背景，而且无处不在。若没有它的存在，这部小说将是难以想象的，因为荒原为小说提供了使其得以存在的特殊的一面。荒原仿佛像一只空洞的手那样抓住了小说的情节和人物……它在小说中的作用是让哈代尽可能详细和彻底地描述人类生存的环境。[1]

应当指出，哈代在《还乡》开局中的悲剧性叙事艺术在英国小说史上是十分罕见的。他进一步发展了前人的象征主义技巧，使其笔下的爱墩荒原具有一种与狄更斯的《荒凉山庄》中的大雾十分相似却又不尽相同的艺术作用和美学效果。在《还乡》中，爱墩荒原不仅具有深刻的象征意义，而且还体现了自然主义的色彩和宿命论的本质。哈代将多种复杂的含义注入同一个形象之中，使其折射出丰富的内涵。从小说一开始，爱墩荒原便以自然界一种无形、神秘和不可抗拒的力量主宰着人物的命运。作为冷漠无情的宇宙的象征，爱墩荒原仿佛是一个具有生命却包藏祸心的庞然大物，时刻操纵着当地居民的生活。哈代生动地将这片不祥和凶兆的土地展示在读者的面前，既使他们尽可能靠近荒原，又巧妙地使两者保持一定的距离，并不断向读者传递一种只可意会却难以言传的气氛。哈代十分谨慎地采用具有隐喻特征的语言来描述爱墩荒原的本质："荒原仿佛在天文时间尚未来临之前便在茫茫的黑夜中逐渐地占据了它的位置"，"它能使黎明延缓，使中午黯淡，能预料几乎尚未形成的可怕的风

1　Walter Allen, quoted from *The Novels of Thoma's Hardy: Illusion and Reality*, p. 125.

暴，并能使月色朦胧的午夜成为一种令人可怕和具有破坏性的力量"。哈代通过对爱墩荒原带有自然主义色彩的描绘，不仅为整部小说奠定了宿命论的基调，而且将人物的命运置于一种悲怆凄凉的自然背景中。显然，哈代的叙事艺术与狄更斯的表现手法不可同日而语。《还乡》中的爱墩荒原在艺术作用和美学效果上与其说同《荒凉山庄》中的大雾相似，倒不如说更接近诗人T·S·艾略特笔下的现代荒原。

引人注目的是，哈代的悲剧性叙事艺术往往反映出对人物命运的不确定性和对未来结果的假设性。作者在《还乡》中不时采用某个"非特指的观察者"（an unspecified observer）的视角来叙述故事情节，并有意将这种带有假设性的全知叙述作为一种描述手段，从而获得了极强的艺术效果。在《还乡》中，像"一个细心观察的人也许会注意到"或"一个在此闲逛的人可能会猜测"这样的词语比比皆是。此外，诸如"也许"和"可能"之类的虚拟语气以及像"据说"、"可以发现"或"可以感到"这样以被动语态形式引导的描述性句子也屡见不鲜。例如，在小说第一章中，叙述者告诉读者：

> 仰望天空，一个割荆豆的人**也许会**愿意继续劳动；俯视地面，他**也许会**决定立刻背起柴把回家去……
>
> 人们**可能会**注意到，在这样的夜晚，尽管天空昏暗得足以使荒原上的细节显得模糊不清，但白色的路面几乎永远是那样的清晰。

在第二章开头，哈代再次采用"非特指的观察者"的视角来描述一位在白色路面上行走的老人。在描绘了老人的体貌特征之后，叙述者说："人们**也许会**说，他年轻时曾经是一名担任一定职务的海军军官。"作者并未直截了当地告诉读者此人便是已经退休的海军上校维叶先生，而是让读者通过叙述者带有假设和推测的言语来判断眼前的人物。同样，在第三章的开局中，叙述者再次以"非特指的观察者"的目光来审视一群正在为篝火堆柴的当地农民："要是一位旁观者正好在山冈附近，他**也许会**得知这些都是附近村子里的男人和小孩。"显然，在《还乡》中，运用"非特指的观察者"的推测或假设性口吻成为哈代悲剧性叙事艺术的一个显著特征。这种观察视角在一定程度上反映了作者对人物未来命运的疑虑和对悲剧的预感。同时，也表明作者不愿直接介入小说的倾向，并且避免了他在描述人物过程中可能产生的主观性与个人偏见。

此外，它犹如现代电影中的特写镜头一般将人物以直观的形式展示在读者的眼前，使信息和意义通过一种可视的过程得到生动的表现。正如现代英国批评家兼小说家戴维·洛奇所说："哈代以特别讲究感官效果和具有象征性暗示的手法使人物与环境之间的关系具体化，正是这种能力使其成为一名富于表现力和独创性的小说家。"[1]洛奇认为，哈代之所以依靠"非特指的观察者"的视角是因为"他十分强调视觉角度的重要性，仿佛他试图自然地运用那些在电影中无须解释或证实的表现技巧"。[2]

在《还乡》中，哈代所关注的与其说是叙述故事，倒不如说是以悲剧的色彩来描述人物与背景。整部小说仿佛是以一个个特写镜头或一幅幅静态的画面而不是以一种持续不断的情节展开叙述的。每个人物的性格与情感在作者艺术风格的微妙变化中得到了生动的表现。"显然，《还乡》是哈代深入探索他所遵循的艺术原则的第一部小说。"[3]爱墩荒原居于小说全部象征的中心，人物之间的全部关系和整个悲剧都在这一背景下展开。毫无疑问，《还乡》完全体现了哈代小说创作的首要准则，即"一个故事应该是一个有机的整体"，[4]而他的悲剧式叙事艺术正是建立在这种有机的整体之上的重要载体。正如沃尔特·艾伦所说："如果有一部小说能被用来解释哈代的思想和艺术的话，那么，这部小说也许就是《还乡》。"[5]

应当指出，事件的偶然、巧合和不确定性是哈代的悲剧性叙事艺术的另一个重要特征。尽管哈代曾多次否认他的艺术是某种事先形成的哲学观念的载体，但他似乎在寻找一种能使头脑摆脱逻辑原则和理性控制的创作技巧。他曾在写给友人的信中使用过"生活不协调"这样的词语，并声称"世界的存在是一个完全不合逻辑和毫无意义的事实"。[6]这种在私信中表达而不是公开发表的世界观与哈代后期小说中人物命运的不确定性和日趋明显的悲剧色彩是十分

---

1 David Lodge. *Working with Structuralism*. London: Routledge & Kegan Paul, 1981, p.97.

2 Ibid., p.98.

3 Penelope Vigar. *The Novels of Thomas Hardy: Illusion and Reality*. New York: The Athlone Press/Humanities Press, 1978, p. 144.

4 Thomas Hardy, quoted from *The Novels of Thomas Hardy: Illusion and Reality*, p. 144.

5 Walter Allen, quoted from *The Novels of Thomas Hardy: Illusion and Reality*, p.125.

6 Thomas Hardy, quoted from *A Route to Modernism: Hardy, Lawrence, Woolf,* by Rosemary Sumner, London: Macmillan Press, 2000, p.50.

吻合的。他在这些小说中试图采用一种能反映混乱无序和毫无疑义的世界的叙述形式。显然，小说中事件的巧合性和人物遭遇的偶然性成为作者表现生活悲剧的有效手段。他曾在信中告诉友人："在我自己凌乱无序的小说中……故事的独特性……不是有意的安排而是与它们创作时相关的某些偶然事件的影响所造成的结果。"[1]他为自己的创作手法辩护说："这些有点奇特的叙述形式往往为了求得逼真的效果。"[2]

以偶然与巧合为特征的悲剧性叙事艺术在《卡斯特桥市长》（*The Mayor of Casterbridge*，1886）中得到了充分的展示。这不仅是一部十分典型的"性格与环境小说"，而且生动地描述了一个催人泪下的悲剧故事。主人公亨察尔年轻时因贪杯竟然将妻子和女儿卖给了一个名叫纽孙的水手。后来他痛改前非，奋发向上，二十年后不仅成为一名颇有实力的玉米经销商，而且还当上了卡斯特桥市长。此刻，他的妻子和女儿伊丽莎白·简重新出现在他的眼前。出于强烈的责任感和补偿心理，亨察尔与妻子重新结婚。然而不久，他的妻子便离开了人世。与此同时，一个名叫伐尔伏雷的苏格兰青年碰巧来到卡斯特桥，并且碰巧成为亨察尔生意上的经理。从此，亨察尔的命运发生了逆转。整个故事情节便围绕亨察尔和伐尔伏雷之间的较量而展开。前者性情固执、知识贫乏、不善经营，而后者性格开朗、知识丰富、精明能干。在社会转型期，墨守成规的亨察尔显然不是伐尔伏雷的对手，在与他的较量中一败涂地。于是，伐尔伏雷接管了亨察尔的生意，买下了他的房产，并夺走了他的情人。伐尔伏雷的地位不断上升，亨察尔的处境却每况愈下。更令亨察尔伤心不已的是，一直被他认为是唯一的亲骨肉的伊丽莎白·简竟然是水手纽孙的女儿，而此刻一向被认为早已死去的纽孙却前来认领自己的女儿。小说结尾，春风得意的伐尔伏雷与伊丽莎白·简喜结良缘，而像二十年前一样颓丧失意、穷困潦倒的亨察尔却悲恸欲绝地离开了人世。作为性格与环境激烈冲突的最终结果，他的死亡显得十分自然，因为他在生活中的位置已经不复存在。

《卡斯特桥市长》标志着哈代后期小说创作的一个转折点，它首次通过描写"一个人的行为与性格"来展示人间悲剧。这种悲剧模式在后来的《德伯家

---

[1] Thomas Hardy, quoted from *A Route to Modernism: Hardy, Lawrence, Woolf,* by Rosemary Sumner, London: Macmillan Press, 2000, p.50.

[2] Ibid., p.50.

的苔丝》和《无名的裘德》（Jude the Obscure，1895）中有了进一步的发展。引人注目的是，作者在《卡斯特桥市长》中开始采用偶然与巧合的手法来描述悲剧的形成与发展。这部小说以主人公亨察尔二十年中的盛衰沉浮为主线，生动地反映了他在卡斯特桥市大起大落的全过程。亨察尔怎样来，也怎样去，从而使小说首尾呼应，显得异常匀称与和谐。然而，亨察尔无法独自导演个人的悲剧。显然，生活和环境中的某些巧合现象与偶然事件对他的命运具有强烈的支配作用。从小说一开始他在大庭广众之中廉价出售妻子和女儿到小说结尾时他在遗嘱中声明"无人会记得我"为止，亨察尔不仅自始至终面对着一种冷酷无情、毫不妥协的社会秩序，而且还不时受到宇宙间无动于衷的"内在意志"或自然法则的操纵。这部小说之所以成功，主要因为"其中的事件紧紧地埋在一个与它们密切相关的背景中，而这一背景本身是对小说主题的一种复杂的物质的重建"。[1]然而，在这个充满敌意的大背景中，一系列巧合现象和偶然事件将主人公亨察尔无情地推向了毁灭的道路。

《卡斯特桥市长》中的巧合与偶然首先体现在作者对人物关系的安排上。哈代有意选择一群"外乡人"作为小说的主要人物，并使他们陷于道德冲突的困境之中。他们无一出生在卡斯特桥市或在那里长大。小说开局，亨察尔带着家人走上了人生的旅途。他们长途跋涉，满脸风尘，全然不知凶兆来临。亨察尔的妻子苏珊的脸上露出了两种表情，"一种是自然的造化，另一种也许是文明的产物"。叙述者似乎对人物未来的命运感到疑虑。他的口吻充满着猜测、假设和暗示，"也许"一词俯拾即是。亨察尔在醉意朦胧之中卖掉了妻子，这一偶然和荒唐的事件不仅使他埋下了悲剧的种子，而且也确立了他与长年在海上漂泊的水手纽孙及以假乱真的女儿伊丽莎白·简的复杂关系。同样，伐尔伏雷的出现并受雇于亨察尔也是一种偶然的巧合。在当地居民眼里，伐尔伏雷"仿佛是一位来自北极"的绅士。即便那位原先与亨察尔打得火热随后又投入伐尔伏雷怀抱的时髦女郎尤斯塔娅也是一个地地道道的"外乡人"。然而，哈代有意使这些素昧平生的人物走到一起，通过他们之间的巧遇或行为的偶合来推进悲剧的发展。不言而喻，位于小说中心的是亨察尔与伐尔伏雷之间的矛盾与冲突。他们两人虽生活在同一个时代，但却代表着不同的性格和价值观念。

---

1 Penelope Vigar. *The Novels of Thomas Hardy: Illusion and Reality*. New York: The Athlone Press/Humanities Press, 1978, p. 149.

亨察尔虽为人正直，但保守、固执、任性和自负，且不懂顺应历史的潮流。相比之下，伐尔伏雷谙达世情，精明能干，善于交际，是一个典型的弄潮儿。哈代巧妙地通过这一新一旧两个人物在卡斯特桥市的偶遇来揭示性格的冲撞。亨察尔"碰巧"雇用了一个将来打败自己的对手，他的亲生女儿"碰巧"幼年夭折，从而使他误将眼前的伊丽莎白·简当作自己的女儿，而伊丽莎白·简又"碰巧"嫁给了他的仇人伐尔伏雷，最终伐尔伏雷"碰巧"也当上了卡斯特桥的市长，并拥有了亨察尔曾经拥有的一切。正是在这一系列巧合事件的影响下，亨察尔一步步走向了失败与死亡。这便是哈代的悲剧式叙事艺术的奥秘所在。

此外，神秘莫测的大自然也"碰巧"与亨察尔作对，从而加快了他毁灭的步伐。恶劣的气候使亨察尔的玉米备受损失。正如伐尔伏雷所说："要想全部收回已经无望，大自然不会容忍。"当亨察尔建议为市民安排一场娱乐活动时，不料一场大雨冲掉了他的整个计划。同样，亨察尔因轻信天气预报而购进大批粮食，企图囤积居奇，准备在天气不好时高价出售。然而，当太阳出来时，他失去了耐心，迫不及待地以低价抛售。不料老天与他作对，下起了大雨，而此时亨察尔已经损失惨重，血本无归。"在这个不幸的人心中有一种强烈的超自然意识，他躲避着，就像一个人在的确令人震惊的事情面前可能躲避起来一样。"亨察尔在宇宙神秘莫测、冷若冰霜的"内在意志"面前一败涂地，最终无法逃脱毁灭的厄运。

显然，《卡斯特桥市长》不仅生动地反映了主人公亨察尔的性格与环境之间的冲突以及他大起大落的人生悲剧，而且也充分展示了哈代的悲剧性叙事艺术。作者成功地凭借巧合与偶然的手法来表现主人公二十年的盛衰沉浮，并以冷峻的口吻描述了社会秩序和自然法则对命运的肆意操纵与嘲弄。这种叙事艺术既体现了浓郁的悲观主义色彩，又具有辛辣的讽刺意义，充分体现了作者独特的审美意识。

《德伯家的苔丝》再次充分展示了哈代的悲剧性叙事艺术。在这部小说中，作者极力采用象征主义的手法来描述女主人公苔丝的悲惨命运。然而，令人惊讶的是，这部小说同时又体现出强烈的现实主义色彩，甚至被某些批评家视为哈代最具有现实性的一部作品。然而，在《德伯家的苔丝》中，哈代不但以一种"超然的作者叙述"形式（the detached authorial narrative）来表现人物的悲剧，而且自始至终运用暗示和象征的手法来揭示小说的主题。显然，他对悲剧性叙事艺术做了进一步的探索与尝试。

《德伯家的苔丝》生动地描述了一个纯洁、善良和美丽的姑娘在追求爱情和美好生活过程中的不幸遭遇，真实地展示了一出催人泪下的人间悲剧。女主人公苔丝出身贫寒，但她的美貌引起了自称与她家同宗的德伯菲尔德家的少爷亚雷的注意。不久，亚雷以甜言蜜语骗取了苔丝的贞操。苔丝在家里生下一个女婴，但婴儿很快便夭折了。后来，苔丝来到一个奶牛场当挤奶工。在一个美丽的夏天，她结识了牧师的儿子安琪。两人相见恨晚，即刻坠入情网。新婚之夜，两人互相坦白自己的隐私。苔丝原谅了安琪过去的错误，但安琪却不肯原谅她的失身。安琪一气之下远走巴西，而苔丝只得再次回家。不久，她父亲去世，家庭生活极其困难，她重新落入亚雷的魔掌。后来，安琪从巴西回国，找到苔丝并表示悔恨以往的冷酷无情。但此时苔丝已与亚雷同居，于是，他痛苦万分，只得再次离去。当苔丝发现自己对美好生活的希望完全成为泡影之后，她便杀死亚雷，回到了安琪的身边。在与丈夫共同度过了一段非常短暂但却极其美好的时光之后，苔丝被警方逮捕，最终走上了断头台。

作为哈代创作后期的一部重要悲剧小说，《德伯家的苔丝》在叙述形式上充分体现了悲剧的色彩。引人注目的是，哈代采用了一种与小说的悲剧故事十分吻合的"超然的作者叙述"形式，即叙述者既不介入小说，也不使用"我"这样的字眼，而是与小说的故事情节保持一定的距离。应当指出，"超然的作者叙述"不应同哈代本人的叙述相提并论，它只是哈代为讲故事而安排的一个叙述者。换言之，这个叙述者是由小说的语言口吻和节奏所创造的一种人格。它之所以"超然"是因为它置身于小说的事件之外，以冷静乃至无动于衷的目光来回顾已经发生的悲剧。现代英国批评家戴维·洛奇认为，这种叙述形式代表了"第二个哈代的喉舌，它以时间和空间上的距离感为特征，通过这种叙述，人物能在宇宙、历史和社会的背景中得到展示"。[1]在《德伯家的苔丝》中"超然的作者叙述"对揭示小说主题和渲染悲剧气氛起到了极为重要的作用。叙述者的口吻中不时表露出一种笼罩着整个威塞克斯的没落感和悲剧意识。例如，在第四章中，叙述者以慢条斯理的口吻来描绘苔丝的弟弟亚伯拉罕

---

[1] David Lodge, quoted from *The Nineteenth Century British Novel*, ed. by Jeremy Hawthorn, London: Edward Arnold, , 1986, p.161.

在马车上仰望星空时的情景,并以此来传达哈代的宿命论思想:

> (亚伯拉罕)向后靠去……他的脸仰望着天上的星星,它们冰冷的脉搏在天空的黑洞中跳动,冷冰冰地与人类的生命保持着距离。

显然,坐在马车上的人在想上帝是否在星星的那一边。然而,这种天真的想法暗示着人类与命运抗争的严酷现实。在叙述者看来,"冰冷的"星星虽然"冷冰冰地"与人物保持着距离,但与上帝相比,它们似乎离人类更近。这无疑表明:不管人类怎样与命运抗争,悲剧是无法避免的。同样,在谈及安琪对苔丝的冷酷态度时,叙述者以不冷不热、不快不慢的口吻说:

> 男人经常冷酷地对待他们所爱或曾经爱过的女人;而女人对男人也同样冷酷。然而,与伴随他们成长的宇宙的冷酷相比,这种冷酷本身是一种温柔,这是态度对性格的冷酷,手段对目的的冷酷,今天对昨天的冷酷,以及未来对今天的冷酷。

显然,叙述者以超然物外的口吻对男女主人公的关系加以评头论足。他既不责备上帝和宇宙,也不怪罪人物,而是将冷酷视为一种自然现象,一种与悲惨命运朝夕相处的氛围。哈代不仅将"超然的作者叙述"作为一种创作实践,而且还将它作为表现苔丝的悲剧的有效手段。叙述者在小说结尾时那种慢条斯理的陈述明白无误地表明,苔丝已被吊死:"'恶'有恶报,侍卫队长以埃斯库罗斯的话结束了他与苔丝之间的游戏。"在此,叙述者不仅提到了古希腊重要悲剧作家埃斯库罗斯,而且还使用了"游戏"一词,使读者联想起莎翁在《李尔王》中的名句:"我们与上帝的关系就像苍蝇与嬉闹的孩子的关系,他们像玩游戏那样杀害我们。"不言而喻,哈代采用这种"超然的作者叙述"旨在唤起一种悲剧意识,同时让读者感受一种弥漫于整个威塞克斯的宿命论气息。

在《德伯家的苔丝》中,哈代的悲剧性叙事艺术还充分体现在他精湛的象征主义手法上。在小说中,作者不时采用形象与象征的手法来暗示苔丝的悲剧。例如,在她人生的几个关键时刻,小鸟鸣叫(或叫声的消失)无疑具有一定的象征意义。当苔丝受到亚雷的诱惑时,小鸟都在树上默默地栖息。随后,叙述者告诉读者,"苔丝听到在可爱的小鸟鸣叫之处有蛇在嘶嘶作响"。当苔丝前去与安琪约会时，她感到"在每只小鸟的鸣啭中仿佛潜藏着一种欢乐"，而她"像一只神魂颠倒的小鸟"一样迷上了安琪。然而，当她再次落入亚雷的魔掌时，她"以一只在被它的捕获者扭断头颈之前的麻雀所持有的无望的目光"望着他，作者凭借自然生命来传达象征意义的创作意图是显而易见的。在小说中，苔丝的悲剧在一系列生动的形象和象征手法中得到了充分的展示。在将苔丝描写为社会制度的受害者和一个"别人负她甚于她负别人"的不幸的女人的过程中，哈代不时让她与自然融为一体，并以一种富于诗意的表现手法和具有象征意义的场景来揭示悲剧的发展。

　　哈代的最后一部小说《无名的裘德》再次充分体现了他的悲剧性叙事艺术。这部小说不仅真实地反映了维多利亚时代末期的社会问题，而且还生动地描述了主人公裘德的失败与毁灭的过程。它向读者展示了主人公在事业和婚姻上的失败，并对社会的阴暗面进行了深刻的揭露。不少批评家认为《无名的裘德》是哈代对社会批判最为严厉的一部小说，同时也是他最悲观、最暗淡和最沉闷的一部小说。

　　《无名的裘德》叙述了一个催人泪下的悲剧故事。主人公裘德虽家境贫寒，但刻苦好学，奋发向上，企盼有朝一日能到位于基督寺（即牛津）的著名学府求学。然而，裘德与妖艳迷人的艾拉白拉之间的婚姻的失败不仅使他的事业受挫，而且也使他的心灵受到沉重的打击。不久，裘德在基督寺遇到了他的表妹苏。尽管两人彼此相爱，但由于裘德是已婚男子，因而无法向苏求婚。后来，苏在一所学校找到一份工作，并嫁给了校长费劳孙。此刻，情场失意的裘德上大学的满腔热情也化为泡影。在悲痛和失望之余，他皈依宗教，试图以此作为精神上的寄托。与此同时，苏与丈夫的关系出现了裂痕。她离开丈夫，与裘德开始同居。尽管他俩相亲相爱，但他们的行为遭到众人的指责。于是，在生育了两个孩子之后，他俩不得不分开。苏再次回到原来的丈夫身边，而从澳大利亚回来的艾拉白拉则为了复婚而与裘德纠缠不休。小说结尾，裘德失去了事业、爱情和孩子，最终悲恸欲绝地离开了人世。

　　在《无名的裘德》中，哈代的悲剧性叙事艺术有了进一步的发展。这部小说的艺术形式不仅体现出悲剧的特征，而且也强化了作者对生活的悲观态度。在整部小说中，没有任何迹象表明裘德能够取得成功或心想事成。他的愿望和理想是毫无意义的，他的选择也是徒劳的。哈代在艺术上为裘德的悲剧作了精心的安排，使他陷入一个不幸的迷宫之中，无法逃脱失败和死亡的厄运。

哈代的悲剧性叙事艺术首先体现在这部小说的结构上。作为一名对建筑学颇有研究的小说家，哈代在设计《无名的裘德》时巧妙地运用了一种被法国小说家普鲁斯特（Marcel Proust，1871—1922）称作"石匠的几何"（the Stonemason's geometry）的布局方式。这种方式在《无名的裘德》中之所以十分引人注目不是因为主人公本身当过石匠，而是因为它生动和有效地反映了人物的悲剧。例如，作为小说基础结构的故事情节不但体现了一种几何图形，而且显得十分匀称与和谐。在小说中，男女主人公裘德和苏分别经历了结婚、离婚和再婚的过程。当裘德放弃宗教信仰并对命运产生怀疑时，苏却放弃了怀疑而改信宗教。裘德与苏这对人物的角色变化同小说中另外两个人物艾拉白拉和费劳孙的角色变化之间具有一定的对应关系，并构成了一个颇为复杂的几何图形。这种图形不仅反映了错综复杂的人际关系，而且还向读者暗示：这些互不相容的人物完全陷于无奈和无望之中，他们的悲剧在所难免。现代英国批评家洛奇在谈及这部小说的人物关系时指出：

> 当然，这两对人物之间关系上的变更可以为喜剧提供基础。但它未能这样做，因为人类行为的结果是悲惨和痛苦的，小说的叙述口吻也是严肃的……[1]

显然，这部小说的结构、情节和人物关系是哈代为创作悲剧的需要精心安排的。

此外，哈代的悲剧性叙事艺术还充分体现在"内在意志"的作用上。在《无名的裘德》中，一种无形却又无处不在的"内在意志"始终操纵着裘德的悲惨命运并不断阻挠他的成功，挫败他的计划。在小说开头，裘德刻苦好学，奋发向上，但他被花枝招展的艾拉白拉所迷惑，从而使他的事业告挫。正当他与表妹苏热恋时，一向使他崇拜的费劳孙却搅乱了他的生活，夺走了他的情人。当裘德与苏重新团圆并共享天伦之乐时，他与苏所生的两个孩子却被他的前妻艾拉白拉的孩子所杀。裘德的命运似乎受到了某种无形的超自然力量或某种喜欢捉弄人的"内在意志"的摆布，使他既无法改变其石匠的身份，也无法获得爱情、幸福和事业上的成功。每当他刚向前跨出一步时，总有一只无形的

---

[1] David Lodge. *Working with Structuralism*. London: Routledge & Kegan Paul, 1981, p.108.

手会将他拉回。他在小说结尾如同在小说开头一样依然是个"无名的裘德"。在"内在意志"的操纵下，他的一切努力都是徒劳的。正如女主人公苏所说："一切都是麻烦、灾难和痛苦。"

《无名的裘德》以一种浓郁的悲观主义色彩描述了主人公的不幸遭遇。叙述者冷峻的视角和无奈的口吻进一步强化了哈代叙事艺术的悲剧效果。"由于小说的形式所致，作为《无名的裘德》的读者，我们无法回避哈代的悲观论调的挑战。"[1]毫无疑问，哈代别具一格的悲剧性叙事艺术为他最后一部小说的成功奠定了重要的基础。

综上所述，哈代在创作悲剧小说的过程中成功地发展了一系列独特的叙事技巧。他的悲剧性叙事艺术对揭示小说主题、刻画人物形象和渲染作品气氛具有十分重要的作用。哈代凭借丰富的艺术想象力，将各种带有悲剧色彩的叙事手法挥洒自如地运用于他的小说，使作品产生了极强的艺术感染力。显然，他的表现手法不仅是现实主义、自然主义和象征主义艺术相辅相成的产物，而且也反映了19世纪末英国小说艺术的演变与发展。

英国19世纪的小说艺术在奥斯丁、勃朗特、艾略特、狄更斯、萨克雷和哈代等杰出小说家的共同努力下取得了极其辉煌的成就。与18世纪的小说相比，19世纪的小说在艺术形式和创作技巧上无疑显得更加成熟和规范。这正是19世纪现实主义小说繁荣昌盛的关键所在。就总体而言，19世纪的小说家自觉地遵循了艺术前辈留下的某些创作准则，在促进小说稳定和规范的前提下对艺术形式做了有益的探索。然而，19世纪的小说艺术留给我们的总体印象是规范有余，创新不足，小说家在艺术形式和创作技巧方面尚未取得重大的突破。相反，在19世纪末，具有近三百年历史的英国小说在形式上已经显得有些刻板和僵化，某些表现手法也已经老化。在新世纪来临之前，英国小说自文艺复兴时期开始建立起来的根基发生了动摇。同其他艺术形式一样，英国小说在其自身发展的过程中面临了严峻的挑战，同时也期待着一场势在必行的艺术革新运动。

1　David Lodge. *Working with Structuralism*. London: Routledge & Kegan Paul, 1981, p.113.

第五章
现代主义小说：实验与创新

作为一种富有生机的艺术形式，小说的发展既有其自身的客观规律，也有与其变化相适应的历史氛围和社会土壤。英国传统小说在经历了19世纪中叶的繁荣和辉煌之后，在19世纪末开始峰回路转。小说家长期以来恪守不渝的创作原则和艺术标准使英国小说艺术的发展势头受到扼制，小说的艺术形式开始老化，其自身的弱点和局限性已经暴露无遗。19世纪末的安东尼·特罗洛普、乔治·梅瑞狄斯（George Meredith, 1828—1909）、塞缪尔·巴特勒等小说家虽然发表了一些较有影响的现实主义小说，但他们在小说的艺术形式上不仅未能取得有效突破，而且还有因循守旧、依样画葫芦之嫌。随着新世纪的来临，英国社会的工业化、都市化、商业化和世俗化的步伐日益加快。西方形形色色的哲学思潮以及美学、文艺学和心理学领域的新硎初试的理论和学说对英国小说家产生了不同程度的影响。正当现代主义思潮在西方文坛初来乍到之际，亨利·詹姆斯和约瑟夫·康拉德等一批具有革新思想的小说家看到了文学革命的第一道曙光。20世纪初，现代主义文学浪潮声势浩大，所向披靡，不仅冲破了小说领域的各种陈旧的观念和准则，而且也震动了整个英国文坛。詹姆斯·乔伊斯和弗吉尼亚·伍尔夫等一批崇尚实验与创新的小说家积极投身于小说的重建工作，以他们独特的审美意识和非凡的艺术才华创作了一部部标新立异的现代主义作品，对英国小说艺术进行了几乎脱胎换骨式的改造。现代主义小说的崛起揭开了英国小说艺术史的新篇章。

"现代主义小说"是对19世纪末到第二次世界大战前后近半个世纪中发表的违时绝俗、标新立异的小说的统称。这是一种主张脱离经典和反对传统表达方式并寻求新的艺术形式的小说样式。它不仅给人一种"新潮"和"入时"的感觉，而且代表了现代主义作家全新的小说观。这种小说观不受任何传统标准或固有模式的束缚，而是按作家自己独特的美学原则来反映现代意识和现代经验。它使英国小说家首次获得了真正的创作自由，使他们有机会超越必然王国，向自由王国挺进。现代英国著名批评家戴维·洛奇曾对英国风靡一时的现代主义小说发表过一段精辟的评论：

> 由于19世纪现实主义小说取得了惊人的成就，因此现代主义小说的崛起显得较为缓慢。首先在法国，随后在英国的詹姆斯、康拉德、乔伊斯和运用自己独特表现手法创作的劳伦斯的小说中似乎发生了这样的情况：即他们在小说中捕捉现实的极大努力将作家带到了"现实主义"的另一端……然后，在从普通经验组成的现实世界转向意识、潜意识和最终的集体无意识中探索现实以及摒弃以时间顺序为原则的传统叙述结构和合乎逻辑的因果关系的过程中，小说家发现自己越来越依赖原本不属于小说而属于诗歌尤其是象征主义诗歌的文学技巧和手法，例如：影射以往的文学模式与神话典故，形象、象征及其他手法的叠用，从而又与音乐发生了联系。这便是福斯特所描述的小说中的"节奏"。[1]

显然，处于新旧交替之际的詹姆斯和康拉德是现代主义小说的先驱，他们的小说已经体现了新质的萌生。而第一次世界大战前后在文坛异常活跃的劳伦斯、乔伊斯和伍尔夫则是现代主义小说的杰出代表。他们果断地摒弃了追求表现外部世界、刻意描绘人的物质生活环境的传统小说的模式，大胆地转向心理探索，深刻地揭示现代西方人的复杂心态和混乱意识。在谈及现代主义小说崛起的历史背景时，当代英国另一位重要批评家马尔科姆·布雷德伯里明确提出："詹姆斯、康拉德、福斯特、劳伦斯、乔伊斯以及随之而来的伍尔夫的小说被认为发端于一个承认马克思和达尔文早已预料到的进化与现代化过程的力量的时代。"[2]

应当指出，现代主义小说与现实主义小说之间在题材、形式、结构和技巧等方面存在着明显的区别。这种区别不仅充分展示了新旧时期英国小说的显著

---

[1] David Lodge. *Working with Structuralism*. London: Routledge & Kegan Paul, 1981, p.7.
[2] Malcolm Bradbury. *The Modern British Novel*. London: Penguin Books, 1994, p.146.

特征，而且也客观地反映了英国小说艺术发展的必然规律。概括说来，现代主义小说大致具有五个明显的艺术特征。

一、现代主义小说体现了作家价值观念的重大转变。19世纪的现实主义作家大都比较关注现实社会中的各类问题和矛盾，并用传统的价值观念和审美意识来观察社会。他们大都热衷于表现贫富冲突、善恶较量、劳资纠纷以及主人公追求个性解放和婚姻自由等读者密切关注的题材，并热情歌颂真善美，同时也无情地鞭挞社会上种种卑鄙、伪善、欺诈和残暴行为。然而，现代主义作家认为，现实主义小说所反映的价值观念与20世纪初英国人的精神面貌已经格格不入。在一个严重异化和充满幻灭感的历史氛围中，昔日的理想主义、浪漫主义和一切美好的传统价值已成为无稽之谈。在现代派作家看来，小说倘若继续描写"傲慢与偏见"、"伟大的期望"、浪漫爱情或幸福团圆等题材不仅令人难以置信，而且显得滑稽可笑。于是，他们不约而同地将视线转向了精神孤独、性格扭曲和猥琐平庸的"反英雄人物"，深刻揭示现代人的异化感和病态心理。从某种意义上来说，现代主义小说不仅成了现代派作家发泄对社会不满情绪的工具，而且也反映了他们价值观念的重大转变。而这种转变恰恰是导致英国小说的创作题材和艺术形式发生质变的重要原因。

二、现代主义小说追求表现人的精神世界，不遗余力地揭示人物的内在真实。现代主义和现实主义争论的焦点是精神与物质之间的矛盾。小说究竟应该着力表现精神世界还是反映物质世界？这不仅体现了现代主义者和现实主义者相互对立的价值观念，而且也是两者之间的分水岭。在现代主义小说中，人的精神世界始终占据主导地位，而外部物质世界所占的分量则十分有限。这无疑是对传统小说的一次大胆反拨。当我们对英国现代主义小说做哪怕是最粗略的浏览之后，我们不难发现，无论各种流派或"主义"怎样令人生畏地交织在一起，几乎所有的现代主义小说都体现了轻物质、重精神，轻客观描述、重心理探索的艺术倾向。现代主义小说大都刻意追求表现战后英国人日趋严重的异化感、焦虑感和幻灭感，并深刻反映一个孤独、痛苦乃至病态的"自我"。这与英国传统小说所表现的题材和内容迥然不同。显然，20世纪上半叶英国乃至整个西方社会的精神危机和严重的异化现象为作家从外部社会转入内心世界以及小说题材的重大变更提供了必要的条件。不言而喻，这种变化必然会导致小说艺术的实验与革新。

三、现代主义小说反映了作家全新的时空观念。自英国小说问世以来，钟表时间和物理空间始终是主宰作品框架、支配故事情节的统治力量。传统作家大都自觉遵循以钟表时间为顺序的创作原则，并且在具体的地域空间内描写故事情节和人物的发展。虽然传统小说所涉及的时间有进有退，且快慢不一，但作家大都无法摆脱钟表时间的束缚，更无法随心所欲地从事创作。此外，地域空间也在一定程度上制约了作家的创作自由，使其笔下的人物必须在一个特定的区域内活动。显然，传统的时空观念体现了哲学上唯理主义的影响。这种过于理性的观念已经成为束缚作家想象力、阻碍小说艺术发展和限制作品表现力的桎梏。然而，受到现代哲学和心理学启迪的现代主义作家则大胆地摆脱了钟表时间和物理空间对小说的束缚，并成功地组建了新的时空秩序。他们不仅从爱因斯坦的相对论中了解到时间与空间都要随运动状态变化的真理，而且也从柏格森的"心理时间"学说中看到了在小说中重新安排时空的可能性。20世纪许多著名的现代主义小说家对时间和空间大都表现出非凡的驾驭能力，从而使两者经巧妙设计或精心组合展示出无穷的艺术魅力。乔伊斯和伍尔夫等现代主义作家成功地跨越了时空界限，经常采用有限的时间来展示无限的空间，或在有限的空间内无限扩展心理时间的表现力。无论是时间的颠倒与重叠，还是空间的错位与分解，这些都构成了现代主义小说的显著特征。值得一提的是，不少现代派作家还表现出化瞬间为永恒的创作倾向，通过捕捉人物瞬间的意识来反映生活的本质或揭示永恒的真理。在现代主义小说中，这种被伍尔夫称为"重要的瞬间"的意识反应比比皆是，它们既是短暂的，又是永恒的，既是独立的，又是人生不可分隔的一部分。不言而喻，这种全新的时空观念不仅使现代主义小说在艺术上出现了重大的突破，而且使其具有无限的伸缩性和灵活性。

四、现代主义小说在谋篇布局上灵活多变，充分体现了实验与创新的原则。现代主义小说家认为，井然有序的传统小说既无法真实反映混乱无序和错综复杂的现代经验与现代意识，也难以确切表达他们对新的历史氛围与社会现实的洞察力。在一个严重异化和荒诞不经的时代，如继续采用有序的结构和有趣的情节来表现生活显然不合时宜，且无法唤起读者的真实感受。因此，现代派作家在小说的谋篇布局上力求创新，并对此进行了大胆的实验。他们不仅刻意淡化梯子形结构和故事情节在小说中的作用，而且对传统的叙事规则不屑一顾。在创新原则的激励下，他们采用了灵活多变的谋篇方式。例如，以一日为框架或一夜为布局的小说在英国文坛竞相问世，而按照福斯特所谓的"节奏"进行谋篇布局的小说更是层出不穷。劳伦斯的小说往往由一系列表面上分散独立但却富于象征意义的插段组成，其中，相似的情感和形象交相叠出，给人一种周而复始、循环不已的感觉。乔伊斯有意遵循"完整、匀称与辐射"的美学原则来谋篇布局，追求小说结构的内在统一和静态平衡。而伍尔夫的小说往往建立在一种有意味的"图式"（pattern）、美妙的旋律和朦胧的印象之上。读者发现，在现代主义小说新颖奇特、朦胧晦涩或杂乱无章的表层结构下往往隐伏着一种坚实严谨、完美和谐而又耐人寻味的深层结构。在现代主义小说中，有序的时间、空间和因果关系已不复存在，取而代之的往往是一个代表"自我"的意识中心或错综复杂的蛛网状结构。显然，现代主义作家灵活多变的谋篇布局方式充分体现了创新精神，同时对读者的鉴赏能力提出了更高的要求。

五、现代主义小说在创作技巧上体现了离经叛道和标新立异的倾向。现代主义作家认为，传统小说那种详细描述社会生活的叙述笔法和创作技巧已趋于僵化，无法真实反映现代经验和现代意识。20世纪勃然兴起的现代主义小说的一个显著特点便是创作技巧的创新和变革，这也是现代主义作家离经叛道、标新立异的重要标志。当他们从外部世界转向精神世界时，创作技巧的革新无疑成为完成这一转变的关键所在。现代主义作家别开生面地采用了诸如视角转换、内心独白、自由联想、时空跳跃、蒙太奇以及梦境与幻觉等五花八门的创作技巧，显示出极大的创造性和非凡的艺术才华。此外，现代主义小说中还频频出现文理叙事的印象主义以及将神话、历史、现实、科幻和荒诞融为一体的创作倾向。为了真实展示人物飘忽不定、变幻多端的精神活动，求得形似与神似的双重效果，现代派小说家往往采用异乎寻常的语言文体和艺术风格，充分发掘文学语言的表意功能。在现代主义小说中，令人费解的杜撰新词以及残句、破句乃至病句屡见不鲜，而行文不见标点、没有大小写之分和混乱无序的语篇也比比皆是。显然，这种语言手段对表现心理反常、精神压抑、神志恍惚和意识混乱的人物无疑是极其恰当和十分有效的。不言而喻，现代主义小说家离经叛道、标新立异的创作技巧向读者提供了一种全新的观察生活的方式，同时也是对英国小说艺术发展的一大贡献。

毋庸置疑，现代主义小说一个最显著的标志是题材、形式和技巧上的改革与创新。这不仅对习惯于阅读传统小说的读者的理解构成了一定的障碍，而且也使某些作品变得面目全非或不可思议，甚至到了难以卒读的地步。应当指出，小说题材、形式和技巧上的实验是英国作家从传统走向革新、从现实主义走向现代主义的突破口。早在亨利·詹姆斯时代，英国小说已经出现了微妙和戏剧性的变化。詹姆斯在他的文论中多次提到了这种变化。他曾明确提出："艺术的生存依靠争论、实验、好奇、各种尝试、思想的交流和观点的比较。"[1]詹姆斯在研究小说艺术和创作理论的同时发表了不少中肯与精辟的见解。他有关人物的"中心意识"和小说形式的有机组合与整体统一的主张使许多年轻作家受到深刻的启迪，并在一定程度上助长了青年艺术家的反叛心理和改革意识。从某种意义上来说，题材、形式和技巧是历代小说家关注的焦点。它们的改革与创新不仅使英国小说朝着现代化的目标快速地跑了一阵子，而且向读者的阅读习惯、价值观念和审美意识均提出了强烈的挑战。于是，长期以来作家与读者之间的默契和令人愉快的合作精神发生了深刻的变化。

应当指出，现代主义小说是一种着力反映"失败"的文学样式。现代派作家以透视的方式竭力表现人物复杂的感性生活，其目的在于真实反映在一个充满危机的社会中现代人所面临的不可避免的失败。这种失败既是个人的，也是社会的。综观20世纪上半叶的英国现代主义小说，读者不难发现，失败的阴影几乎笼罩着每一部作品。现代主义小说家不约而同地将创作视线转向了碌碌无为、滑稽可笑或精神错乱的"反英雄人物"。读者从他们身上看到了现代人的失败和西方现代文明的失败。显然，个人失败与社会失败之间存在着必然的联系，因为主人公性格的扭曲、理想的破灭乃至整个精神世界的塌方都与其所处的那个分崩离析和全面解体的社会密切相关。从某种意义上来说，全方位、多层次地描写失败的现代主义小说在英国文学史上是前所未有的。毫无疑问，它的诞生不仅为小说家生动反映人与社会的失败过程提供了有效的途径，而且也不可避免地导致了小说艺术的演变与发展。

在英国，现代主义小说大致起源于19世纪80年代，其发展势头延续了近半个世纪，直到30年代末才日渐式微。詹姆斯和康拉德是英国现代主义小说的先驱。细心的读者已经从他们的小说中看到了新质的萌生。作为新旧世纪交替之

---

[1] Henry James. "The Art of Fiction", *The Norton Anthology of American Literature*. New York: W.W. Norton, Second Edition, Vol. 2, 1985, p.430.

际英国文坛的过渡性人物，詹姆斯和康拉德不仅对小说的叙述形式进行了大胆的探索与实验，而且为现代主义小说的崛起鸣锣开道，无可争议地成为现代主义小说的积极倡导者。第一次世界大战前后，现代主义小说异峰突起，一部部反映现代经验和现代意识的标新立异之作竞相问世，争妍斗奇。劳伦斯、乔伊斯和伍尔夫是现代主义小说鼎盛时期的核心人物，他们的创作代表了英国现代主义小说的最高成就。劳伦斯的心理小说以独特的审美意识和充满情感的语体深入探索了现代工业社会中的两性关系和人物心灵的黑暗王国，成为西方现代心理学理论高度艺术化的杰出范例。乔伊斯和伍尔夫的意识流小说首次将千百年来一向被作家忽视的人类固有的精神现象和意识活动作为小说的基本内容，不仅刻意表现深埋于人物内心的连绵不绝而又瞬息万变的感性生活，而且导致了现代小说在艺术形式和创作技巧上的一系列重大突破。毫无疑问，现代主义小说的崛起标志着英国小说的一个重大转折，同时也在英国小说艺术史上树立了一块重要的里程碑。当代英国著名批评家马尔科姆·布雷德伯里在谈及现代主义小说时指出："事实是，当时出现了现代英国小说中某些最伟大也是最精彩的作品。从此它们牢牢地掌握了小说的前途和命运。"[1]

第一节
詹姆斯：小说艺术的新方向

亨利·詹姆斯是英国现代主义小说的先驱，也是现代心理小说的奠基人之一。1900年，正当西方现代主义思潮蓄势待发之际，已经拥有25年创作经历并著有14部长篇小说的詹姆斯不仅成为批评界关注的焦点，而且对小说的艺术形式进行了一系列有益的探索与实践。他对小说美学原理的探讨、对作品构思及创作手法的独特见解使大西洋两岸的英语作家深受启迪。詹姆斯也许是第一位真正将小说作为一门艺术进行长期探索与实践的英语作家。他的创作为英国小说艺术的发展开辟了新的方向。

詹姆斯率先对19世纪的传统小说提出了批评。在《小说的艺术》（*The Art of Fiction*，1884）一文中，他直言不讳地指出：

---

[1] Malcolm Bradbury. *The Modern British Novel*. London: Penguin Books, 1994, p.202.

仅仅在前不久，英语小说依然可以被看作尚不是法国人所认为的有争议的东西。它本身看上去没有理论、说服力和自我意识，也没有表现出一种艺术的信念以及选择与比较的结果。我不是说它必定会因此而变得更糟。我需要有更大的勇气才敢表明小说的形式（即狄更斯和萨克雷所看到的）具有任何不完整的现象。然而，它是幼稚的。[1]

事实上，早在1865年，詹姆斯便看到了狄更斯等传统小说家所面临的困境及其表现形式日趋贫乏和小说质量不断下降的趋势。他曾撰文公开批评狄更斯晚年的小说《我们共同的朋友》，称其为作者"最糟糕"的作品。"它的糟糕不是出自一种暂时的窘迫，而是一种永久的疲惫。它缺乏灵感。"[2]显然，詹姆斯以其独特的审美意识察觉到了传统小说从后狄更斯时代起在艺术上已经止步不前的现象。在答复友人究竟作家应该写什么的问题时，詹姆斯的回答只有一个词，即"孤独"。在他看来，孤独不仅是新旧世纪交替之际的现代人的真实写照，而且也是现代小说家必须时刻关注和着力表现的对象。当时，詹姆斯已经明白无误地提出了"内省"的口号。不言而喻，这种被伍尔夫称为"向内心看看"的艺术举措与当时人们日趋严重的孤独感和异化感是十分吻合的。詹姆斯似乎认为，小说一旦转向"内省"，不仅能更深刻地反映现代社会的本质，而且也有助于其艺术形式的进化与更新。

应当指出，在现代主义文学的新纪元尚未来临之际，詹姆斯的审美观和小说观无疑具有一定的前瞻性和预示性。尽管许多生活在维多利亚时代后期的人将他们的时代视为历史的过渡阶段，但对于那些思想保守和反应迟钝的人来说，他们的生活似乎并未受到"混乱"和"多元化"的困扰。然而，詹姆斯于1896年却对友人说："我想到了灾难，我认为生活是残酷的和不祥的。"不言而喻，他的话在同时代的大多数人听来似乎有些陌生。然而，若干年之后，几乎每一位知识分子都不同程度地意识到了这种危机感。不仅如此，詹姆斯根据当时新的现实并以本人的创作实践为小说艺术的发展指明了新的方向。如果说，传统的现实主义小说大都关注人在世上的行为与命运，那么詹姆斯的小说

1　Henry James. "The Art of Fiction", *The Norton Anthology of American Literature*. New York: W.W. Norton, Second Edition, Vol. 2, 1985, p.430.

2　Henry James. "Our Mutual Friend", *Selected Literary Criticism*. London: Cambridge University Press, 1978, p.6.

开始关注人在生活中"真正的经验与感悟"。也就是说，他的小说更具有心理学和哲学的含义。这与通常具有社会学意义的传统小说形成了明显的反差。詹姆斯之所以被西方批评家称为"微妙意识的编史家"（the historian of fine consciousness），一个重要原因是他将创作视线转向了人物的内心世界。在詹姆斯的小说中，一个最重要的主题是人与人在复杂关系中的意识发展和对经验的感悟。这无疑是对包括人的道德、良知、印象、感受在内的全部内在经验的深入探索。詹姆斯明确提出："小说成功的程度取决于在多大程度上揭示一个特殊心灵的与众不同之处。"[1]尽管詹姆斯在表现意识方面并不像乔伊斯和伍尔夫那样标新立异，但他的审美观和小说观不仅是对现代主义小说的一种预言，而且也为英国小说艺术的发展开辟了新的方向。

詹姆斯的现代主义思想在他与同时代的大文豪赫·乔·威尔斯之间的艺术争论中得到了进一步的展示。20世纪初在英国文坛享有盛誉的现实主义大师威尔斯在给詹姆斯的一封信中曾经表示："在你看来，文学像绘画一样本身就是目的；在我看来，文学像建筑一样是一种手段，它有用处……我宁可被称为新闻记者而不想被称为艺术家。"[2]显然，威尔斯不仅将小说当作一种阐述思想的工具，而且强调它的社会作用和宣传效果。这种小说观在传统作家中无疑具有广泛的代表性。然而，作为现代主义文学的先驱，詹姆斯却持有截然不同的小说观。他在致威尔斯的复信中明确提出：

> 我认为你将形式区分为像绘画和像建筑的做法是完全无效的……正是艺术创造了生气，引起了兴趣，产生了重要性……我不知还有何种东西能够取代艺术的力量和美感。[3]

与威尔斯不同的是，詹姆斯将小说视为一种高雅的艺术形式。它不仅是作家的创作灵感和审美意识的综合体现，而且本身应是一件富有美感、妙趣横生和供人欣赏的艺术品。在詹姆斯看来，一部小说的艺术形式是至关重要的。"詹姆斯的原则是，只有当作品具有赏心悦目的美学价值时，道德观念才能得

---

[1] Henry James. "The Art of Fiction", *The Norton Anthology of American Literature*. New York: W.W. Norton, Second Edition, Vol. 2, 1985, p.430.

[2] Herbert George Wells, quoted from *Movements in English Literature, 1900—1940*, Christopher Gillie, London: Cambridge University Press, 1975, p.l.

[3] Henry James, quoted from *Movements in English Literature, 1900—1940*, p.l.

以成功表现。"[1]显然，詹姆斯与威尔斯两人对小说的不同看法反映了现代主义者与现实主义者迥然不同的小说观和审美观，"它代表了本世纪初在对包括文学在内的所有艺术的本质与作用的认识上所存在的深刻分歧"。[2]从某种意义上来说，詹姆斯的小说观不但反映了现代作家独特的审美意识，而且具有一定的前瞻性。它是对传统作家将小说视为有用的"手段"或工具的习惯思维的一次重要反拨，同时也是对现代主义小说追求艺术创新的预言和倡导。

在英国小说史上，詹姆斯不仅是对小说创作发表见解最多的作家之一，而且也是真正将小说艺术当作学问来研究的少数几个作家之一。他的创作理论对现代主义小说的发展产生了积极的影响，同时也成为英国小说艺术的重要组成部分。詹姆斯认为，作家应将人的全部意识作为小说的题材，因为一部小说存在的唯一理由就是它确实试图反映意识，通过人的内在真实来反映生活。在他看来，真实感是一部小说得以出神入化、达到高超境界的关键所在。詹姆斯认为，作家应根据自己的经验来创作。但他同时指出，如果经验包含了印象，那么印象就是作家创作的重要依据，"根据最广泛的定义，一部小说是一个人对于生活的直接印象；这首先构成了它的价值，而价值的大小则取决于印象的强度"。[3]不仅如此，詹姆斯还率先提出了作家退出小说的口号。他认为，作家不必采取全知叙述，更不应该直接介入小说或对人物评头论足，而应选择小说中感受最深的某个人物充当叙述者，一切描述都从这个角色的"意识中心"出发，通过他的观察、认识与感受来反映生活，从而增强小说的真实感。在詹姆斯看来，传统小说中的全知叙述虽然有通晓全局、洞察一切的优点，但这个无所不知、无时不在的叙述者往往难以有效传达人物的真实情感和心灵的奥秘，并且容易使小说缺乏直接感与真切感。因此，小说家如采用对经验感受最深、透视能力最强的某个人物充当叙述者，让他与书中其他几个知己交流思想，互倾衷肠，便会使作品更加生动有趣，自然逼真和贴近生活。显然，詹姆斯的这些小说理论体现了一定的超前意识，并使他无可争议地成为现代主义小说艺术的奠基人。

---

1 Walter Allen. *The English Novel*. London: Penguin, 1978, p.274.
2 Christopher Gillie, *Movements in English Literature, 1900—1940*, p.l.
3 Henry James. "The Art of Fiction", *The Norton Anthology of American Literature*. New York: W.W. Norton, Second Edition, Vol. 2, 1985, p.434.

应当指出，詹姆斯的小说不仅体现了从外部世界转向精神世界的重大变化，而且展示了一种独特的语言风格。这种被批评家们称作"詹姆斯风格"的华丽、典雅的语体已经成为其小说艺术的重要组成部分。在创作中，詹姆斯坚持以人物的意识为中心，极为注重对精神世界的描述。为了真实、生动地表现人物的主观印象和精神感受，他往往对小说语言精雕细镂，遣词造句十分讲究。通常，他的小说情节简单、节奏缓慢，但将人物变化多端的心理活动描写得丝丝入扣，惟妙惟肖。他的行文艰涩难读，风格雕砌优雅，词藻华丽繁丰，句子盘根错节，层次复杂，从句环生，常常令人目不暇接。这种文风在他后期的小说中发展到了无以复加的地步。长期以来，批评家们对詹姆斯的语言风格贬褒不一。然而，他对语言的精敲细打、过度矫饰不仅反映了他唯美主义的艺术倾向，而且也体现了现代主义小说家强烈的主观意识和高度的个性化特征。

应当指出，詹姆斯着力表现的"国际性主题"对其小说艺术的发展也起到了推波助澜的作用。在他早期和晚期的小说中，詹姆斯将美国人与欧洲人之间的矛盾以及单纯与世故之间的对立作为基本主题，深刻地反映了新旧大陆之间在道德观念、礼仪风尚和生活态度上的冲突。尽管在小说界将两种势力的冲突作为基本主题的作家并非詹姆斯一人，但他的"国际性主题"确实使其小说艺术得以充分的发挥，或者说，他的艺术形式对表现这种题材具有独特的效果和魅力。从某种意义上来说，凭借某个人物的观察、认识、感受和印象所构成的"意识中心"来揭示美国人的天真单纯和欧洲人的世故诡诈不仅使詹姆斯成为"大西洋两岸文化的解释者"，而且也是其小说获得成功的关键所在。在詹姆斯的小说中，轻信坦诚、慷慨大方的美国人在老于世故、道貌岸然乃至庸俗势利的欧洲人面前备受歧视、诽谤和愚弄。这些"逆向行驶的哥伦布"们在观察欧洲文明和探索人生意义的过程中屡屡受挫，最终大失所望，有的甚至万念俱灰、抱恨终天。显然，新旧大陆的价值观念、道德准则和礼仪风尚的激烈冲突是英国小说史上一个新颖独特的题材，因而它需要一种与之相适应的艺术形式来加以表现。詹姆斯不仅成功地为他的"国际性主题"找到了一种生动有效的叙述形式，而且不遗余力地将他的小说艺术推向完美的境地。英国著名意识流小说家伍尔夫对詹姆斯的小说艺术赞不绝口。她认为"詹姆斯成功地做了理查逊曾经想做的事"，并指出："正是亨利·詹姆斯的伟大创作才给了我们一个如此真实的世界和一种如此独特而异常的美感。"[1]

《淑女画像》(The Portrait of a Lady, 1881)是詹姆斯早期的代表作,同时也是英国小说艺术的一个新的方向标。这部比哈代的《德伯家的苔丝》早十年问世的"新小说"向读者展示了一种独特的审美意识,从而使英国现代主义小说艺术端倪可察。就艺术形式而言,《德伯家的苔丝》是以狄更斯为代表的19世纪传统现实主义小说的延续,而《淑女画像》则是20世纪勃然兴起的现代主义小说的先声。一位美国批评家曾经对此发表过一段十分精辟与中肯的评论:

> 从哈代的《德伯家的苔丝》到詹姆斯的《淑女画像》就像从巨石阵来到圣彼得,或从北极鸟用饥饿的目光守望的北方冰冻的芜菁地来到夜莺鸣啭的卡西花园……《德伯家的苔丝》中憔悴的北极鸟……以其悲哀的目光"目睹了也许人类的眼睛难以察觉而它们难以回忆的灾难。这些鸟象征着苔丝的世界——一个对意识充满敌意的世界……而对伊莎贝尔·阿切尔及她的情人唱歌的夜莺也象征着一个世界:它们是回忆的嗓音,是永恒的意识的嗓音……[2]

显然,《淑女画像》揭示了一个与《德伯家的苔丝》不可同日而语的世界。它不仅令维多利亚时代后期的读者耳目一新,而且是英国小说艺术开始转轨的重要标志。

《淑女画像》以"国际性主题"为焦点,以爱情故事为主线,生动地揭示了新旧大陆在价值取向和道德观念上的冲突。小说女主人公伊莎贝尔是一位美丽纯洁、心地善良和热情奔放的美国姑娘,可谓是詹姆斯笔下天真单纯的美国人的典范。继承了大笔遗产的她随姑妈来到英国,渴望在这个历史悠久、文化发达的古老国家探索人生,丰富阅历,获取经验。在拒绝了接踵而来的贵族和富商的求婚之后,伊莎贝尔在罗马游览时结识了一个名叫奥斯蒙德的半瓶子醋艺术收藏家。奥斯蒙德生在美国,长在意大利,看上去风度翩翩,却是个道貌岸然的伪君子。他为了钱财用尽心计,骗取伊莎贝尔的信任,使其落入他的圈套。天真无邪的伊莎贝尔完全被奥斯蒙德的巧妙伪装所迷惑,不顾表兄的竭力

---

1 Virginia Woolf, quoted from *Novelists on Novelists*, edited by David Dowling, New York: Humanities Press Inc., 1983, p.148.

2 Dorothy Van Ghent. *The English Novel: Form and Function*. New York: Harper Torchbooks, 1953, p.211.

劝阻，怀着对未来生活的美好憧憬与他结婚。然而，婚后的生活使伊莎贝尔大失所望。她不仅察觉了丈夫的卑鄙、自私、贪婪和虚伪，而且还识破了他与一个名叫梅拉的女人之间的私情，奥斯蒙德对妻子冷漠无情，却又强行控制她的感情，并将她视为自己一件具有价值的收藏品。小说结尾，伊莎贝尔认识到了自己婚姻的失败。她的善良和纯真在"常规的磨盘里遭到碾轧"，她的情感受到"花丛中的一条毒蛇"的伤害。然而，她对人生的体验和感悟使其为之付出了高昂的代价。

《淑女画像》将女主人公对欧洲大陆生活的体验和认识作为基本内容，其事件与情节通过人物的主观感受和内心活动得到了生动的展示。显然，它与19世纪的传统小说已大相径庭。一位英国批评家在谈及《淑女画像》的艺术成就时指出：

> 在这部小说中，詹姆斯首次完全背离了小说创作的传统形式……可以说，他从两个水平上进行写作，他几乎完全通过主人公的内心生活来叙述一个意味深长的故事。这种方式对现代小说家而言多少已是理所当然的事了，但在1881年，这却是小说技巧上一个被人忽略的创新。光凭这点理由，《淑女画像》应该被视为小说史上一部极其重要的作品。[1]

在《淑女画像》的"序言"中，詹姆斯将伊莎贝尔视为这部小说的中心人物，其余的人物或事件都是陪衬，旨在让读者深入了解她的性格特征。詹姆斯将伊莎贝尔置于小说的中心，通过她的观察与视角来叙述故事情节。作者放弃了传统小说的全知叙述和第一人称自传体叙述，而是通过伊莎贝尔的"意识中心"来揭示小说的主题，并将女主人公细微的心理感受和微妙的意识反应描绘得丝丝入扣。例如，当伊莎贝尔婚后心情备受压抑，精神沮丧，觉得自己是"一个被人利用的女人"时，作者通过女主人公的视角来揭示奥斯蒙德的丑恶面貌："在他那种教养、那种精明、那种殷勤的背后，在他那种温文尔雅、老练和世故的背后，隐藏着一种自私，像是一条躲在花丛中的毒蛇。"从某种意义上来说，伊莎贝尔对欧洲文明的观察和对人生的体验贯穿始终，构成了小说的基本内容。

---

[1] Michael Swan. *Henry James*. London: Longman, 1969, p.15.

在《淑女画像》中，女主人公的意识发展通过作者精湛的艺术手法得到了生动的反映。伊莎贝尔在欧洲的生活经历是一种"精神投资"，是一种将自由的自我投向古老的文明并以此来发现自我与历史之间的关系的行为。因此，她对外部世界的观察成为其生活经验的重要组成部分。这种观察在詹姆斯的笔下不仅具有丰富的道德内涵，而且还在一定程度上反映了一种审美意识。这部小说的书名表明，审美是其中的一个重要内容。"画像"不仅需要"观察"，而且与伊莎贝尔和读者的审美意识及认识能力密切相关。正当伊莎贝尔在观察生活时，读者也在观察她的变化和发展。天真单纯的伊莎贝尔起初用自己好奇的目光来审视欧洲文明。但她由于年轻无知，不谙世事，且不加防备、无忧无虑地探索人生，结果她的感情受到了欺骗和惩罚。"她的错误是她的观察与认识的失败。由于她将事物过于理想化，因此很少看到事物的本质。"[1]例如，伊莎贝尔初到欧洲时对那里典雅的建筑和美丽的风光赞叹不已，为之心醉。她的内心世界具有"某种花园般的品质"：

> 在她的想象中和天性中仿佛有某种花园般的品质，使人想起枝叶的香艳和细语，使人想起幽深的绿荫和狭长的小道……然而，人们也不时提醒她，除了像她那样纯洁的少女的心灵之外，世界上还有别的花，并且还有许多地方根本不是花园，而只是充满了罪恶与苦难的昏暗与肮脏的荒原。

在小说中，伊莎贝尔的观察始终占有主导地位，并成为她体验人生、认识世界的重要途径。詹姆斯巧妙地为女主人公安排了一系列供其"观察"的重要场面。这些场面错落有致，恰到好处，促使伊莎贝尔的观察与其意识的发展相辅而行。"这是一种更加纤细、更加深沉的意识根须的成长，一种更加复杂、更加不安和更富于创造性的人性的培育。"[2]詹姆斯似乎在向读者暗示：伊莎贝尔起初观察到的是一种理想化的"文明"，而"文明"一词似乎已经成为一个发生在个人意识中的过程。

《淑女画像》别开生面地将女主人公意识的发展作为表现对象，通过她对

1　Tony Tanner. "The Fearful Self: The Portrait of a Lady," *Henry James*. London: Aurora, 1969, p.147.
2　Dorothy Van Ghent. *The English Novel: Form and Function*. New York: Harper Torchbooks, 1953, p. 214.

欧洲文明的观察和体验来揭示深刻的道德含义。伊莎贝尔的视角或意识中心不但自始至终是读者关注的焦点，而且构成了小说的重要基础。正如詹姆斯本人在这部小说的序言中所说："整部小说的主题是：一个可怜的姑娘向往自由精神，追求高尚情操，自我感觉良好，行为慷慨而无可非议，但最终却发现自己在常规的磨盘里遭到碾轧。"随着小说的进展，伊莎贝尔的意识日趋阴郁，她对欧洲文明及人生的态度也发生了逆转。美丽的花园、幽深的曲径和典雅的建筑逐渐失去了昔日的魅力。她仿佛感到自己那座豪宅是一所"黑暗的房子，乏味的房子，令人窒息的房子"。在生活中遭到愚弄和欺骗的伊莎贝尔从一堆古罗马遗址的废墟上看到了自己幻想的破灭：

> 在此以前，她一直对古罗马抱有信心。在一个充满废墟的世界中，她的幸福遭到破坏似乎是一种自然灾害……她对罗马有了深刻和切身的体验，它搅浑和压制了她的情感。然而，她开始将罗马视为主要是人们受苦的地方。

随着伊莎贝尔的日益醒悟，外部世界的形象也逐渐变得荒芜、暗淡和阴郁。詹姆斯一再引用古罗马的遗址和废墟来象征欧洲文明的衰落，并以此来折射女主人公理想的幻灭：

> 她在探索人生道路时最初显得十分自信，然后她突然发现错综复杂的生活中的无数景色是一条昏暗、狭长的死胡同。它不是通向崇高的幸福境界……而是朝下通向一种尘世间狭隘的、令人压抑的领域……

《淑女画像》为英国小说艺术的发展开辟了新的方向。詹姆斯在这部小说中首次打破了传统小说的模式，将人物的意识发展作为小说的基本内容加以描绘。与传统作家不同的是，詹姆斯并不试图讲述一个离奇曲折、精彩动人的故事，而是充分展示了人物的主观印象和内心感受。此外，他对小说的"叙述形式"和"观察视角"进行了大胆的实践与探索。就此而言，处于新旧世纪交替之际以及传统与革新过渡时期的詹姆斯为英国现代主义小说的崛起悄然地拉开了序幕。

《奉使记》（*The Ambassadors*，1903）是詹姆斯创作后期的一部经典力作，同时也是他晚年小说艺术的一个实验场。这部被詹姆斯视为他一生中最优秀的作品的"内省"小说对英国现代主义作家产生了重要的影响。正如英国早期现代主义小说家约瑟夫·康拉德所说："假如感激是对未来恩惠的一种强烈的感觉，那么我们很容易对《奉使记》的作者表示感激。"[1]引人注目的是，《奉使记》不仅再次体现了詹姆斯对小说艺术的执着追求，而且也反映了他在创作后期对叙述形式和观察视角的进一步探索。

《奉使记》反映了作者对欧美文明的态度的微妙变化。小说主人公斯特莱塞是一位中年鳏夫，在新英格兰一家杂志社当编辑。他受经济资助人纽森夫人之托赴丽都巴黎召回她的儿子查得，以继承家业，此行非同小可，因为斯特莱塞如不辱使命，便有可能与寡居的富婆纽森夫人结婚。在巴黎，斯特莱塞惊讶地发现，昔日学识浅薄、行为鲁莽的查得不仅变得温文尔雅、风度翩翩，而且完全沉浸在幸福的爱情之中。而与查得情意绵绵、如胶似漆的法国寡妇维奥奈太太则更是风姿秀逸、气质不凡。她与查得情投意合、心心相印。在斯特莱塞看来，查得之所以变得富有教养，完全得益于欧洲文化传统的熏陶。因而他觉得自己原先赴巴黎的使命毫无意义。斯特莱塞不再规劝查得返回美国，而是希望他不要背叛维奥奈太太对他的爱情。尽管这位使者也察觉到巴黎的阴暗面以及查得与维奥奈太太在处理后者女儿的婚事时所表现出的自私和势利，但他对美国人的狭隘、偏见和浮浅同样不敢苟同。小说结尾，斯特莱塞怀着复杂和矛盾的心情返回了美国。显然，《奉使记》不仅表明詹姆斯在侨居欧洲多年后对欧美文明的态度发生了微妙的变化，而且也意味着他的"国际性主题"有了新的发展。

《奉使记》充分展示了英国早期现代主义小说的艺术特征。全书由十二个部分组成，集中描写了主人公在巴黎的印象与感受。"它具有复杂的形式和精湛的技巧，通过斯特莱塞对事件不断扩展的视角来展示故事，是詹姆斯最优美、最成熟的艺术的典范。"[2]当读者翻开《奉使记》并粗略地浏览一下之后，他便不难发现，这几乎完全是一部内省的小说。作品紧紧围绕斯特莱塞的主观生活展开，通过他的观察视角和意识中心来揭示主题。读者随着斯特莱塞

1　Joseph Conrad, *Novelists on Novelists*, p.139.

2　Quoted from *The Reader's Companion to the Twentieth-Century Novel*, edited by Peter Parker, Oxford: Helicon, 1994, p.16.

的足迹来到巴黎，并不由自主地加入到他的生活戏剧中，与他共同感受道德选择所产生的困惑。斯特莱塞的问题是，他既无法拒绝欧洲文明，也无法履行自己的使命。在他看来，体验巴黎生活和感受欧洲文明能使单纯狭隘的美国人变得成熟起来。他向一位年轻的美国画家表达了自己对生活的态度：

> 你应尽情地去生活，否则就是一个错误。只要你能如愿以偿，做什么都无所谓。如果你未能尽情地生活，那你还有什么？

事实上，斯特莱塞所谓的"尽情地生活"不能被单纯地理解为及时行乐，而是对生活的观察、体验与感受。作者通过这位美国画家道出了斯特莱塞的本意：

> 你是否让我在有机会时千万不要忘记观察一切？要真正地去观察，我想这一定是你的本意。

显然，对斯特莱塞而言，"观察"就是"生活"，而这种"观察"也是詹姆斯所一贯强调的。在作者看来，"观察"是对生活的一种体验过程，它不仅能使人物深入了解欧美文明的本质，而且也有助于人物的成熟与发展。

在《奉使记》中，斯特莱塞对巴黎生活的观察体现了三个不同的层面：一、观察外部世界是否和谐；二、观察事物的本质；三、观察引起深刻的感悟。小说主人公自始至终处于观察之中。斯特莱塞首先看到了欧洲的美丽与和谐，巴黎优雅的建筑和丰富多彩的生活使这位在清教徒环境中成长起来的使者产生了好感。这种美好的印象通过查得与38岁的法国女郎的亲密关系基本确立。反观以纽森夫人为代表的美国人的偏见和狭隘，他们的言行给人一种不和谐的感觉。然而，观察事物的本质才是《奉使记》的核心内容。当斯特莱塞竭力观察巴黎生活的外部表象时，他逐渐产生了对事物本质的透视能力。综观整部小说的发展进程，这第二种"观察"不仅充满了戏剧色彩，而且还揭示了深刻的道德内涵。无论外部世界的表象如何变化，斯特莱塞不断看清了事物的本质。尽管他对自己原先奉命前去声讨的那个世界表示认可，但他不时观察到隐藏在这个美丽的世界背后的令人遗憾的势利和庸俗。斯特莱塞春夏期间在巴黎对生活的观察与体验最终使他对人生产生了深刻的感悟。尽管巴黎的美丽与柔情一度激发起他对美好生活的向往，但对已知天命的他来说想要重新生活谈何容易。不仅如此，身在美国的纽森夫人也无法给他带来任何幸福，因而他俩的关系已经毫无意义。小说结尾，斯特莱塞直言不讳地表示了他对纽森夫人的看法："她依然如故，一成不变，但我做了以前未能做到的事：我看透了她。"像《淑女画像》中的伊莎贝尔一样，斯特莱塞决定"为自己的行为承担后果"。在小说中，主人公三个层面上的观察既循序渐进，又彼此交融，成为这部内省作品的重要基础。

应当指出，詹姆斯的小说艺术在《奉使记》中已经变得相当成熟与老到。他将人物"意识中心"的作用发挥得淋漓尽致，使其成为主宰小说的重要力量。作者不仅通过感受最深的斯特莱塞的视角来叙述故事，凭借他的目光来观察其他人物和事件，而且还让他与其他几位人物互倾衷肠，并通过他们的目光来反观斯特莱塞。在小说中充当这种反观角色的最佳人物无疑是斯特莱塞的向导戈斯德雷小姐。她不仅向斯特莱塞介绍欧洲风情，而且还不时与他推心置腹地交谈，从而进一步丰富了小说内涵，拓宽了读者的视野。从某种意义上来说，詹姆斯的叙述手法是对传统小说的全知叙述的一种大胆改革。一位英国批评家曾对此发表过一段十分中肯的见解：

> 在《奉使记》中……詹姆斯使自己尽可能与中心人物保持一致。他放弃了全知叙述的特权，但乐意让斯特莱塞探索，而读者则与他共同探索。其迂回文体的难度主要来自于此，而其他20世纪的小说则将遵循詹姆斯在此开辟的道路。[1]

在英国小说艺术史上，詹姆斯是毕生致力于小说形式的探索与实践的少数几个作家之一。他坚持认为小说应反映真正的生活。在他看来，真正的生活不是外部表象而是内心生活。"詹姆斯始终恪守他关于真实的观念，往往在每一部新的作品中探索在前一部作品已经探索过的相同的品质……他在寻找'幻想的强度'（intensity of illusion）而不是幻想的现实本身，他在晚年依然对其所有的作品进行相同的实验。"[2]就此而言，他早期的《淑女画像》与后期的《奉使记》均体现了作者对叙述形式和观察视角的认真探索和对现代主义小说艺术的执着追求。在创作中，詹姆斯义无反顾地寻求能生动反映真实的最佳形

1　Christopher Gillie, *Movements in English Literature: 1900—1940*, p.31.
2　Wayne Booth. *The Rhetoric of Fiction*. Chicago: the University of Chicago Press, 1961, p.43.

式,从而使每一部小说都能给读者带来美的享受。毫无疑问,詹姆斯的创作实践具有十分重要的意义。正当英国传统小说的局限性暴露无遗和发展势头严重受阻之际,詹姆斯以其独特的审美意识和非凡的创新精神为英国小说艺术的发展开辟了新的方向。

第二节
康拉德:叙述形式的革新

约瑟夫·康拉德是英国小说史上少数几个非英语为母语的作家之一。他的好友詹姆斯曾对他的语言风格予以高度的赞扬:"出生在波兰,漂泊在水上,他创造了一种非常正确且具有质量与创造性的英语语体。"[1]然而,康拉德在英国小说艺术史上的重要地位与其说取决于他的语体(其实许多批评家对他的语体颇有微词),倒不如说取决于他在小说艺术形式上的革新。像詹姆斯一样,他是英国现代主义小说的先驱。"康拉德的主要作品为最优秀的维多利亚小说家和最杰出的现代派作家提供了一个过渡。他是一位似乎无意识地凭直觉知道在他之后小说将发生重要变革的作家。"[2]

康拉德的小说无论在艺术还是在题材上均体现了一种恢宏的气势。康拉德是一位阅历丰富、见过世面的小说家。就此而论,他与詹姆斯具有惊人的相似之处。这位曾当过船员并在海上漂泊了二十余年的自学成才的小说家不能算是一个纯粹的波兰人或英国人,而是一个地地道道的欧洲人,对现代西方世界具有敏锐的洞察力,同时对现代主义思想抱着欢迎的态度。如海洋般博大的胸怀使他乐意接纳正在欧洲大陆风起云涌的新潮艺术,并博采众长,不断提高和完善自己的小说艺术。作为一个阅历丰富、见过世面的小说家,康拉德不愿使他的小说体现英国本土化的特征,而是将他的创作视线投向浩瀚的大海、黑暗的丛林和遥远的异国他乡。因此,在他的小说中不仅有英国人,而且还有法国人、俄国人、瑞典人、荷兰人、意大利人、澳大利亚人和非洲人等等。显然,康拉德旨在向读者全方位地展示西方文明的衰落和现代人的道德危机。尽管康

1　Henry James, *Novelists on Novelists*, p.45.
2　Frederick R. Karl & Marvin Magalaner. *A Reader's Guide to Great Twentieth-Century English Novels*. New York: Octagon Books, 1978, p.47.

拉德的人物大都是虚构的，但他们似乎都出自作者个人的生活经历。在刻画人物形象时，康拉德往往对他们表现出一种目不转睛的关注。他很少具体描绘人物的行为，而是向读者展示一种强烈的印象和急切的、连续不断的注意力。他笔下的人物的一个共同特征是他们在现代西方文明衰落过程中"道德上的发现"。而这种发现则往往揭示出西方宏观世界的本质。

然而，康拉德对英国小说艺术的最大贡献莫过于他在叙述形式上的革新。他放弃了19世纪传统小说家的全知叙述或逐步推进的分析式叙述手法。为了充分展示人类经验的复杂性和判断经验的困难性，"康拉德不得不摒弃他对事物的全知视角而采用一种牵扯其中的叙述策略"。[1]他往往热衷于让某个卷入纠纷、陷入事件中心且富于想象力和渴望道德发现的人物充当第一人称叙述者。康拉德似乎认为，人类的经验本身是一个痛苦的过程，而道德发现则依赖人物对经验的深刻感悟。因此，若采用一个"牵扯其中的叙述者"（the involved narrator），让他去把握自己心灵的脉搏，能使小说获得真实感和强烈的艺术感染力。这种"牵扯其中的叙述者"既是小说中的一个重要人物，又扮演了一个细心的旁观者和记录者的角色。康拉德像詹姆斯一样，十分强调作者的"非个性化"和独立性，因为在他看来，作者介入作品会破坏作品的客观性。然而，康拉德又不愿采用传统小说中具有个人传记色彩的第一人称叙述者，因为他认为像鲁滨逊、格列佛、简·爱或大卫·科波菲尔那样热衷于开怀畅谈本人经历的第一人称叙述者无法满足他的创作需要。于是，康拉德成功地在《吉姆爷》（*Lord Jim*，1900）和《黑暗的心》中创造了一个名叫马罗（Marlow）的"牵扯其中的叙述者"，使他作为自己的喉舌，并扮演人物和旁观者的双重角色。这位曾经当过水手的叙述者虽然在生活经历上与作者十分相似，但他的性格特征和英国习惯使其与作者不可相提并论。在《吉姆爷》和《黑暗的心》中，马罗分别担任了重要的角色，但他同时向读者分别叙述了关于吉姆和科兹两个更为重要的人物的生活经历。随着小说情节的展开，马罗时而牵扯其中，时而超然物外，并不时向读者表露他的道德感受。毫无疑问，马罗这一叙述者的出现不仅反映了作者在叙述形式上的革新精神，而且还极大地拓宽了英国小说叙述的疆界，并为现代主义小说艺术注入了新的活力。

《吉姆爷》不仅是康拉德的重要作品，而且也可以被视为20世纪英国第一

---

[1] Tony Tanner. *Conrad: Lord Jim*. London: Edward Arnold, 1975, p.12.

部现代主义小说。对当时的读者来说，这无疑是一部十分难读的小说，因为它的叙述形式出现了重大的变异。其实，《吉姆爷》的故事情节并不复杂。一位具有浪漫主义色彩的人物在一艘远洋轮上当大副。一天深夜，轮船失事，他惊恐万分，于是擅离职守，跳海逃生。从此，他隐瞒劣迹，东躲西藏，但不时受到良心的谴责。随后，他只身来到一个马来人居住的孤岛生活，试图通过帮助那里的土著人来赎罪。后来，他因替一伙背信弃义的海盗担保而得罪了岛上的居民。最终，他心甘情愿地倒在头领的枪口下，以死来赎还自己的罪过。这一故事情节完全可以通过传统的全知叙述并按照时间顺序来描写："从前，有一个人名叫吉姆，他……"然而，读者发现，康拉德全然不顾长期以来作者和读者之间所达成的愉快的默契，大胆摒弃了按逻辑关系和钟表时间循序渐进的叙述方式，从而使《吉姆爷》成为英国早期现代主义小说的杰出范例。

应当指出，在英国小说艺术史上，叙述形式的变化不仅反映了作者审美意识的变化，而且还往往体现了小说艺术的时代特征。无数事实表明：每当一部小说具有较为清晰、直接和有条不紊的叙述程序时，这往往意味着作者和读者均对道德秩序和社会现实抱有一定的信心。就此而言，菲尔丁和奥斯丁的小说也许是最好的例证。他们的叙述基本上是有序的，而混乱与此并不相干。然而，当读者发现小说的叙述程序支离破碎和凌乱不堪时，那么，这就意味着他们跨入了现代主义时代。这时，作者和读者对道德秩序和社会现实产生了怀疑。显然，康拉德在《吉姆爷》中的叙述形式是无序的，用他本人的话来说，是"来回运动的"。《吉姆爷》的问世无论从1900年这个重要的年份还是从其自身的艺术特征来说都清楚地表明：读者已经步入了英国小说发展的新纪元。正如一位英国学者所说："伴随着康拉德（如同伴随着詹姆斯和乔伊斯一样），我们开始跨入了现代主义时代；而伴随着《吉姆爷》，我们可以说……小说已经变成了非叙事性体裁，不再遵循一条线索，而是像一个互相交织的平面无限扩展。"[1]

《吉姆爷》充分体现了康拉德在叙述形式上的革新精神。这部小说由三个部分组成，共四十五章。在第一部分（第一章至第四章）中，作者通过第三人称全知叙述来描述吉姆的性格特征和他在一个港口充当职员的情景以及帕特那号船在航行中误触漂船失事的经过。第二部分（第五章至第三十五章）由马罗

---

[1] Tony Tanner. *Conrad: Lord Jim*. London: Edward Arnold, 1975, p.11.

以第一人称叙述，生动描述了他对吉姆的印象以及他跳海逃生之后在马来人居住的帕妥赛岛上的起落与沉浮。小说的第三部分（第三十六章至第四十五章）则由马罗致友人的信件、手稿及其他材料组成，进一步追述吉姆生前在帕妥赛岛的生活片段。显然，康拉德紊乱的叙述形式表明，尽管吉姆的故事并不复杂，但他的心理矛盾以及他的行为所引起的道德问题却并不简单。这种叙述形式反映了作者这样一种理念：即世界与其说像一幅匀称的全景画，倒不如说像一个损坏的万花筒。作者似乎在向读者暗示，这部小说的含义必须通过他们对各种琐碎的信息和经验的拼凑与组合方能显现。换言之，康拉德的小说艺术已经将读者带入了现代主义时代："我们进入了一个永远无法了解真理并在认识上充满怀疑主义的氛围。"[1] 从某种意义上来说，一部小说采用三种不同的叙述形式在英国小说艺术史上可谓史无前例。这无疑为20世纪小说叙述形式的改革与创新提供了一个成功的样板。

在《吉姆爷》中，康拉德有意打破小说的时间顺序，将看上去互相独立的场景交替并置，并通过重复与重叠的手段逐渐折射出小说的含义。这种叙述形式有助于建立一个几种嗓音彼此呼应的多音部世界。作者往往刚完成一个场面的描写便暂时将其搁置一旁，以便组建新的镜头。例如，在小说开局不久，康拉德几乎同时推出了五个有待继续处理或进一步解决的问题：

1. 吉姆的秘密和隐衷
2. 吉姆和马罗之间最初谈话的背景
3. 吉姆对帕特那号事件的交代
4. 法庭审讯时的"事实"与帕特那号船上的"真相"之间的差距
5. 作者本人在幕后驾驭马罗的情况

不仅如此，康拉德大胆地摒弃了传统小说按时间顺序进展的惯例，别开生面地从主人公生活经历的中段开始叙述。他以吉姆如何在东方某一港口充当职员和如何成功地向靠岸的船只招揽生意开局，然后再以倒叙的方式追述帕特那号船失事的经过。而法庭审讯的场面则安排在吉姆跳海逃生之前。显然，康拉德并不试图向读者叙述一个精彩生动、引人入胜的故事，而是旨在通过各种场面的交织组合来揭示主人公的复杂情感与道德困惑。在《吉姆爷》中，康拉德

---

[1] Tony Tanner. *Conrad: Lord Jim.* London: Edward Arnold, 1975, p.11.

几乎始终使读者处于"失衡"和忙于应付的状态中,并有意抹去了在19世纪传统小说中司空见惯的那种"易懂性"。他不愿直接描写人物,而是让读者来观察人物。由于作者此时尚不具备使用意识流技巧的能力,因此他充分利用各种场景的交替重叠来折射主人公的心理现实。每个场景和每个其他人物往往向读者传达某些有关吉姆的信息,而吉姆本人则完全融入了小说的节奏之中。

  作为一个"牵扯其中的叙述者",马罗的艺术作用无疑是耐人寻味的。尽管他同样扮演了"观察者"的角色,但他与詹姆斯笔下的伊莎贝尔和斯特莱塞在小说中的地位具有明显的区别。马罗相对吉姆而言是个次要人物,而伊莎贝尔和斯特莱塞是主要人物。马罗精彩的叙述将读者引入了小说,而他的好奇、假设、想象、疑虑和自我辩解使小说产生了极强的艺术感染力。当马罗作为一个好奇的探索者不断发掘事实时,读者也不由自主地"牵扯其中"了。正如马罗所说:"吉姆的奥秘深深地吸引了我,仿佛他是站在那一类人的前沿的代表,仿佛所涉及的真相是如此的重要以致会影响人类对其自身的认识。"自第五章马罗取代全知叙述起,他很快便让读者感到他对帕特那号事件的态度比法庭审讯时所涉及的事实要复杂得多。他承认此事包含了"一个赤裸裸的事实,一个最赤裸裸和最丑恶的事实",但他同时认为,此事非常"神秘",决非事实本身所能解释。由于马罗无法真实了解吉姆的内心世界,因此,他只能带着读者围着吉姆转,并通过他与吉姆之间的对话来揭示他的内心冲突。马罗不遗余力地探索吉姆的奥秘,其实是对人生真理的探索,是"道德上的发现"。与传统小说中的第一人称叙述者不同的是,马罗既是小说人物,又是局外人;既是旁观者,又是评论者。他在替吉姆辩护的同时,不断对他进行指责。尽管吉姆本人的行为十分具体,而具体的行为往往是简单的,但对其行为与道德的认识与评判却是极其复杂的。从某种意义上来说,评判主人公的行为和道德不仅构成了这部小说的基本内容,而且也是整部作品的意义所在。显然,马罗在小说中的地位是举足轻重的,其艺术作用也是不容置疑的。他的难能可贵之处不仅在于他破天荒地为一个具有复杂经验的现代人充当叙述者,而且还在于他那种能使这部早期现代主义小说在英国文坛成功着陆的高超的叙述能力。

  康拉德新颖独特的叙事艺术在其著名的中篇小说《黑暗的心》中再次得到充分的展示。尽管它只是一部中篇小说,但《黑暗的心》不仅"标志着康拉德一个重要创造阶段的开端",而且"在康拉德的作品中具有特殊的地位"。[1]不仅如此,《黑暗的心》比作者的许多长篇小说在读者中享有更大的知名度。从某种意义上来说,这部中篇小说几乎成了康拉德深入探索小说艺术的实验场。他的现代主义叙述手法在此得到了极为成功的尝试。不少批评家认为,这部以作者本人1890年刚果之行为素材的作品是20世纪最优秀的英语中篇小说之一。

《黑暗的心》具有两条故事线索,一条是关于受雇于比利时一家贸易公司的马罗驾船前往非洲丛林的旅程,另一条是关于在刚果原始森林中独自经营象牙生意的欧洲混血儿科兹的堕落与罪恶。这两条故事线索时而交织一体,而第二个故事对第一个故事的影响才朦胧地揭示出"道德上的发现"这一重要主题。小说的书名无疑具有深刻的象征意义。它既是指非洲黑暗的原始森林,又影射人的精神世界,尤其是人的潜意识和无意识领域。长期以来,西方批评家对《黑暗的心》的主题众说纷纭。有人认为这部作品反映了人类探索自我和认识自我的过程;而有人则认为这部作品神秘地揭示了人类掩饰已久的"黑暗的心灵";也有不少批评家反复强调叙述者马罗的观点:即缺乏责任感与道德感会使人类丧失文明水准,甚至跌入罪恶的深渊。显然,所有这些解释加之其他许多界说构成了这部小说的丰富内涵。换言之,它不仅生动地反映了对自我精神世界的探索这一现代主义小说普遍的主题,而且也充分体现了现代主义小说主题的丰富性、隐晦性和不确定性。因此,虽然《黑暗的心》只是一部中篇小说,但它却是20世纪较为难懂的一部作品,其别具一格的叙述形式和变化多端的象征主义技巧着实令当时的读者困惑了一阵子。

《黑暗的心》无可争议地体现了作者在探索小说艺术过程中的革新精神。这部小说一个最显著的现代主义特征是叙述形式上的创新。康拉德别开生面地使小说建立在"框架故事"(the frame story)和真实故事(the real story)的结构之上,即巧妙地采用了两个第一人称叙述者交替叙述的手法。小说的"框架故事"由第一个"我"(无名氏)叙述,而它真正的故事则由第二个"我"(马罗)叙述。无名氏"我"介绍小说的故事背景和马罗的性格与形象,而马罗则叙述他的刚果之行和科兹的罪恶生涯。在小说中,两个叙述者分工明确,

---

[1] Jacques Berthoud. *Joseph Conrad: The Major Phase.* Cambridge: Cambridge University Press, 1979, p.64.

各司其职，并不时进行视角转换。小说以无名氏"我"对停泊在泰晤士河上的"内莉号"帆船的描写开局，并对船上的人物作了介绍："公司经理是我们的船长和东道主"，"正如我所说的，大海是我们之间的媒介。它除了将我们分别已久的心凑到一块之外，还能使我们互相容忍彼此的奇闻漫谈乃至信仰……"当马罗向船上的四个人叙述了他前往非洲原始森林骇人听闻的故事之后，小说以无名氏"我"对"内莉号"帆船的一段描写结尾：

> 马罗停止了叙述，像一个正在沉思的佛像默默地、模糊地坐在那里。此刻，所有的人都坐着不动。"我们已经错过了第一次落潮，"公司经理突然说道。我抬起了头。海上乌云密布，通向地球顶端的宁静的水道在昏暗的天空下忧郁地流动着，仿佛涌向无比黑暗的心灵。

显然，无名氏"我"所叙述的内容构成了小说的"框架故事"，而马罗所叙述的真正的故事则在"框架故事"的"箱体"内展开。然而，引人注目的是，无名氏"我"并非仅仅负责小说的开局与结局的叙述，而是经常自由进入"箱体"，不时作一些插叙和必要的补充。而他每一次的出现和消失都标志着视角的转换。毫无疑问，《黑暗的心》的这种叙述形式在英国小说艺术史上是前所未有的。这不仅是对传统小说叙述形式的一次有效突破，而且也为现代主义小说艺术的发展提供了一个成功的范例。

在"框架故事"的"箱体"内进展的马罗的叙述构成了小说的基本内容。由马罗本人来叙述自己的非洲之行无疑为小说平添了一份直接感和亲近感。随着小说的进展，他的叙述变得越来越耐人寻味，从原本一个有趣的冒险故事逐渐变成了一次心灵的旅程，从对物质世界的探索变成了道德上的发现。在马罗看来，他非洲之行的意义难以名状，既是一次实实在在的商务旅行，又像是一场令人可怕的噩梦。"我仿佛觉得我在试图告诉你们一场梦，进行一种徒劳的尝试。"读者发现，马罗的旅行在其充满印象主义色彩的语言的描述下体现出梦幻的特征。在赴非洲丛林的途中，马罗不仅看到了一系列阴森恐怖的景象，而且发现自己越来越接近"黑暗的心灵"。他甚至感到自己迫不及待地想见到那个早已被贪婪和残暴剥夺了人性并已完全被罪恶蛀蚀一空的科兹："我意识到这的确是我此行的目的——与科兹交谈。"显然，马罗将科兹视为西方文明的产物，"整个欧洲都为造就科兹作出了贡献"。因此，科兹的堕落象征着西方文明的衰败。从某种意义上来说，马罗的刚果之行是一次人类自我探索和自我认识的过程。正如他所说："航行在那条河上就像是一次回归原始世界的旅行。"作者似乎在向读者暗示：马罗的刚果之行具有深刻的道德含义和象征意义。这是一次追溯殖民历史，发现"文明人"内心的黑暗世界的历程。显然，在康拉德看来，叙述这种"道德上的发现"只有马罗才是最佳人选，而传统的全知叙述是力不从心的。其实早在小说开局不久，作者便通过无名氏"我"描述了马罗的叙事特征：

> 水手们的奇闻漫谈往往简单明了，整个意思就在一个被敲碎的核桃壳之中。然而，马罗却不同凡响……对他来说，一个故事的意义不像一个核桃核在壳内，而是在壳外，它包蕴着故事，像光辉展示一个朦胧的光圈那样展现出来……

这无疑表明，读者只有仔细关注并认真回味马罗所叙述的外部现实，其故事的内涵才会逐渐显现。正如英国小说家福斯特所说，康拉德珍藏智慧的盒子内存放的与其说是首饰倒不如说是一种烟雾。这意味着康拉德不是直接陈述小说的道德启示，而是通过叙述者的印象与感受以及形象与象征的手法来渲染作品的气氛。在《黑暗的心》中，作者以充满印象主义色彩的语言来描述马罗的非洲之行，并通过黑白明暗两组视觉形象的交错重叠来揭示马罗的心理变化和"道德上的发现"。就此而言，马罗的心理旅程与其物质意义上的航行是相辅而行的。显然，马罗的叙述使读者不仅看到了黑暗的气氛，而且也像他一样获得了深刻的道德感悟。

综上所述，康拉德的叙述形式是在英国传统小说艺术的发展势头遇阻时的一种有益的尝试，其革新精神是显而易见的。康拉德似乎认为，小说的艺术在于创造一种能打动读者的气氛。他曾经公开声称："我所要竭力完成的任务是借助语言的力量使你们听到、感觉到，尤其重要的是使你们看到，仅此而已。"[1] 无论在《吉姆爷》还是在《黑暗的心》中，作者的叙述形式与传统小说以讲故事为主的直线形文理叙事方式具有明显的区别。可以说，马罗的叙述体现了一种质的变化，因此他已经不再将叙述一个动听的故事为己任（《黑暗的心》并无多少故事可言），而是旨在向读者传达其个人的印象与感受，同时

1　Joseph Conrad. "Preface", *The Nigger of the "Narcissus"*. London: Penguin, 1963, p.13.

建立一种难以名状的气氛，并以此来揭示作品的道德内涵。显然，康拉德在叙述形式上的革新不仅极大地激发了处于新旧世纪交替之际的英国小说家的想象力，而且对现代主义小说艺术的发展起到了推波助澜的作用。

第三节
劳伦斯：小说题材和语体的双重变化

英国小说经过詹姆斯和康拉德的努力，在叙述形式上发生了显著的变化，并开始呈现出多元化发展的态势。一种具有现代主义特征的"新小说"逐渐脱离了19世纪传统小说艺术的发展轨迹。不过，英国小说到了劳伦斯手中才呈现出急剧变化和迅猛发展的景象。"劳伦斯属于英国文学中不愿墨守成规的伟大传统。"[1]劳伦斯也许是英国现代主义小说家中最有争议的人物，批评家不仅对他的作品褒贬不一，而且对他的评价也因人而异。此外，长期以来，人们对劳伦斯究竟是现实主义者还是现代主义者也争论不休。显然，这种分歧的产生主要是因为劳伦斯并不像乔伊斯和伍尔夫那样热衷于追求小说形式的实验与创新。换言之，他的小说不会使普通读者望而却步，也不会使他们眼花缭乱，不知所措。然而，今天，在绝大多数评论家眼中，劳伦斯不仅是现代英国文坛的巨匠，而且也是一位地地道道的现代主义者。其小说的现代主义特征不是反映在五花八门的创作技巧上，而是体现在小说题材和语体的双重变化上。

作为一名不愿墨守成规的艺术家，劳伦斯一再表露出他的现代主义小说观。在他看来，传统小说在经历了约三百年的发展历程之后变得更加循规蹈矩了，不仅它的模式已显得刻板僵化，而且它的题材也变得枯燥乏味。他对传统小说的题材表示强烈的不满："我自己也一样讨厌小说了……只读一点儿就知道其他部分了；或者，根本就不想去知道。"[2]然而，劳伦斯认为，"这不怨小说，要怨的是小说家"，因为"人们写得千篇一律了。怪不得一写馅饼就是鸡肉馅的"。[3]显然，劳伦斯认为，传统现实主义小说的题材在20世纪新的现实面前已经不合时宜。因此，小说家必须发掘新的题材来反映现代经验和现代意

---

1 Christopher Gillie, *Movements in English Literature: 1900—1940*, p.10.
2 劳伦斯：引自《劳伦斯随笔集》，黑马译，海天出版社，1993年，第129页。
3 同上，第129页。

识。在劳伦斯看来，现代机械文明与人的自然本性之间的冲突是当时西方社会的主要矛盾。现代人的心灵遭到了机械力量的严重压抑和摧残，从而使人与社会以及男人与女人之间的关系变得格外紧张。引人注目的是，尽管劳伦斯像其他现代主义作家一样严厉谴责现代工业制度引起的异化和非人化现象，但他对小说家应该描写什么和如何描写等问题的看法却与他们大相径庭。他明确提出：

> 小说有其未来……它应该有不用抽象概念解决新问题的勇气，它必须向我们描写新的、真正新的感情和整个儿全新的情感轨道，从而使我们摆脱旧的感情套路。[1]

显然，劳伦斯认为，英国小说题材的更新不仅很有必要，而且迫在眉睫。劳伦斯独特的审美意识及其深入探索人类心灵的黑暗王国的心理小说使其成为一名出类拔萃而又与众不同的现代主义者。他不仅对大自然和有机的农业社会情有独钟，而且对人的情感、欲望、本能及两性关系密切关注。在他看来，人的生理需要和心理反应既是生命之源，又是一种抗拒机械文明的自然力量。他开出的济世药方令同时代的人感到十分窘迫：即不受传统观念束缚的和谐、美满的两性关系是人性复归和自然欲望解放的重要前提，也是帮助人类走出困境、克服异化的有效途径。劳伦斯将人的两性关系视为世上最美好、最有生气的东西，因此"性与美是同一的，就如同火焰与火一样。如果你恨性，你就是恨美。如果你爱活生生的美，那么你就会对性抱以尊重"。[2]劳伦斯也许是弗洛伊德心理学在英国文坛最忠实的代言人，他的小说可算是现代心理学理论高度艺术化的最佳范例。在他的小说中，弗洛伊德有关人的意识和无意识的理论及建立在性欲和性爱基础上的精神分析法均得到了充分的反映。劳伦斯不遗余力地通过人物的"力必多"（libido）、"恋母情结"（Oedipus complex）、"另一个我"（alter ego）和"阳具意识"（phallic consciousness）来揭示现代人遭到工业机器无情摧残的严重扭曲的心灵。他声称，现代小说家应毫无顾忌地探索隐埋在人体内的那个黑暗奇妙的原始丛林。他曾经在给友人的一封信中直言不讳地表达了自己的创作思想：

> 我的伟大宗教是对血与肉的信仰……我们的血所信、所说和所感

---

[1] 劳伦斯：引自《劳伦斯随笔集》，黑马译，海天出版社，1993年，第157页。
[2] 同上，第34页。

受的东西总是真实的……我只想直接对我的血作出反应，而不受理智、道德或其他任何事物的干扰。[1]

显然，劳伦斯认为，现代小说家应致力于表现作为人体内原始丛林第一标志的性意识。他们不该对读者说教，而是应该让读者听听小说人物在黑色的原始森林中徘徊时发出的吼叫。从某种意义上来说，崇尚人性的复归、相信血的意识、赞美肉体的魅力和强调人与自然的和谐不仅体现了劳伦斯创作思想的核心，而且也构成了其现代主义小说的基本内涵。

此外，劳伦斯小说的现代主义特征还充分体现在其充满情感和肉体感的语体上。不少批评家认为，劳伦斯的语体像詹姆斯的语体一样，只可意会，不可言传，令人熟悉，却又无法模仿。这种语体在以往的小说中是绝无仅有的，而在后来的小说中也是难以寻觅的。作为一名具有诗人气质和天赋的小说家，劳伦斯几乎从不采用直截了当、合乎逻辑和理性的方式来开展叙述，而是热衷于运用比喻和象征的手法来描绘人的情感。他的语体时而细腻、抒情、富于诗意和节奏感，时而显得朦胧晦涩，意境模糊，耐人寻味。他的小说往往由一系列表面上分散独立但却充满情感和象征意义的插段组成。通常，相似的情感和意念在作品中交相叠现，给人一种周而复始、循环不已的感觉。毫无疑问，这种语体是劳伦斯的专利。现代心灵的黑暗王国与西方机械文明之间的激烈冲突通过这种具有浓郁的象征主义色彩和充满情感与肉体感的语体得到了充分的表现。

劳伦斯的现代主义思想以及在题材上的创新精神首先反映在他早期的重要小说《儿子与情人》之中。这部被不少批评家视为"第一部弗洛伊德式的英语小说"的现代主义作品率先通过优化的艺术形式对现代心理学中的"恋母情结"理论做了深入的探索。尽管这部具有自传色彩的小说在结构与形式上依然保持了19世纪传统小说的许多特征，但它却是一部反映青年人骚动不安的性意识的现代主义小说。不少评论家认为，劳伦斯在小说中对男主人公保罗的"恋母情结"和病态心理的描述不仅生动逼真，而且同弗洛伊德的有关学说十分吻合。从某种意义上来说，"这部小说是作者通过真实经历的重新体验所获得的

---

[1] D. H. Lawrence. *The Collected Letters of D. H. Lawrence*, ed. by Harry T. Moore. London: The Viking Press, 1962, p.179.

一次精神发泄……也是他今后全部创作的一次必要的尝试"。[1]

《儿子与情人》是一部揭示主人公心理问题的现代主义小说。全书包括两个部分，共十五章，生动地描写了保罗在人生道路上的精神困惑与心理障碍。保罗出生在英国诺丁汉郡的矿区，父亲沃尔特是一名性格粗鲁、没有文化的煤矿工人；而母亲格特鲁德则是一位出身于中产阶级家庭并受过一定教育的家庭主妇。由于性格、志趣、文化和修养上的差异，沃尔特和格特鲁德在感情上出现了严重的危机，其婚姻早已名存实亡。由于格特鲁德将她的全部爱心倾注在长子威廉和次子保罗身上，因此她的两个儿子均与母亲建立了一种不正常的母子关系。当威廉因病去世后，格特鲁德对保罗的爱抚更是变本加厉，从而使他产生了"恋母情结"。母亲对他感情的长期支配使他无法与别的女人建立正常的爱情关系。保罗在与农场主的女儿米丽安和有夫之妇克莱拉的交往中对性爱感到畏惧和恶心，因而不得不与她们分手。小说结尾，格特鲁德因患癌症去世。失去了母爱的保罗在复杂的人生面前感到孤立无援，不知所措。

显然，《儿子与情人》生动地反映了一种传统现实主义小说尚未反映过的题材——"恋母情结"和因此而产生的种种病态心理。这部小说的重要意义不仅在于它真实地描述了保罗的心理变化，而且还成功地将弗洛伊德主义小说化和艺术化，并使现代心理学理论首次从教科书走进文艺小说，通过主人公的生活实践得到了进一步的验证。按照弗洛伊德的观点，父亲和儿子在潜意识中原是争夺同一个女人（即妻子与母亲）的爱的对手。而父亲一旦在生活中失败之后，母亲便自然将爱转向儿子，从而使儿子的这种潜意识进一步得到增强。然而，由于儿子年幼无知和缺乏生活经验，其家庭角色的错位非但无法使他获得阳刚之气和男性的魅力，反而会使他出现严重的心理变态。作为弗洛伊德主义的艺术标本，保罗的"恋母情结"无疑有其复杂的社会原因。他的心理障碍同父母的婚姻危机有着直接的联系。沃尔特和格特鲁德之间的争斗与其说是夫妻之间私人感情上的纠纷，倒不如说是在特定的社会与历史背景下男人与女人之间的必然冲突。在劳伦斯看来，古老的宗法社会和现代工业社会均按照自己的价值观念极其武断地为男人和女人定下了许多不合理的规则。作者似乎向我们暗示：这些充满偏见的规则不仅是套在人类脖子上的枷锁，而且也是造成男人

---

[1] Ross C. Murfin. *Sons and Lovers, A Novel of Division and Desire*. Boston: Twayne Publishers, 1987, p.11.

与女人、自我与社会之间冲突的根本原因。从某种意义上来说，保罗的"恋母情结"是现代机械文明力量对人性摧残的结果。显然，劳伦斯将保罗的病态心理作为小说的基本内容加以表现。这不仅充分体现了他的现代主义小说观，而且也是英国小说题材的一次重大变化。

《儿子与情人》通过保罗的生活经历揭示了现代工业社会中复杂的人际关系。小说的书名暗示了两种截然不同却又难以分隔的人际关系。"儿子"既延伸出一种家庭关系，又构成孩子与父母之间的血缘关系；而"情人"则是互相爱恋的男人和女人，表示一种与血缘无关但却亲密无间的人际关系。在小说中，保罗既是儿子，又是情人。他既怀有"恋母情结"，又先后与另外两个女人发生关系。同样，格特鲁德既将保罗当作儿子，又将他当作情人，把本该属于她丈夫的那份情感全部倾注在儿子身上。这便是他们的不幸。劳伦斯曾经在给友人的一封信中对格特鲁德的心态作过这样的解释："一个既有性格又有修养的女人进入了更低一层的阶级，并对自己的生活极不满意。她曾爱过自己的丈夫……但当她的儿子们长大后，她选择他们为自己的情人。"[1]显然，小说不仅生动地反映了一个家庭的悲剧，而且还深刻地揭示了现代工业社会中复杂和混乱的人际关系。毫无疑问，这种题材是传统的现实主义小说家难以想象的。

主人公保罗的"恋母情结"以及因此而引起的心理障碍在小说中得到了生动的展示。作者深刻地揭示了造成保罗病态心理的家庭危机和社会根源，充分反映了环境对人物心理的负面影响。劳伦斯将诺丁汉矿区的贫困、肮脏、丑陋以及矿工的悲惨生活描绘得淋漓尽致。沃尔特不是起早摸黑，做牛做马，便是借酒浇愁，一醉方休。自命不凡的格特鲁德不仅对丈夫的粗鲁和平庸感到失望，而且"对同贫困、丑陋和鄙贱作斗争感到厌倦"，"她对这名矿工来说是一位神秘而又迷人的女人"，她那"纯正的英语使他听来感到震惊"。然而，"她同他在一起感到十分孤独，他的出现只会使这种孤独感变得更加强烈"。由于保罗刚好出生在格特鲁德"对生活的信心已经动摇，她的心灵感到痛苦与孤独的时刻"，因此，"她对孩子情有独钟，而父亲则非常嫉妒"。于是，"丈夫与妻子之间开始了一场争斗，一场可怕的、残忍的并且只有当其中一人

1　Ross C. Murfin. *Sons and Lovers, A Novel of Division and Desire*. Boston: Twayne Publishers, 1987, p.13.

死去才会中止的争斗"。保罗在14岁时便开始寻找工作，试图在经济上取代父亲的地位。"他想在离家不远的地方每周挣上30至35先令，等父亲死后，与母亲同住一间小屋。""我现在是家里的男人了，"他曾经愉快地对母亲说。"他们知道这个家将会多么的平静。可父亲即将回来了，他们几乎对此感到有些遗憾。"保罗同米丽安和克莱拉的密切交往使他与母亲之间的关系变得更加复杂。由于他的"恋母情结"已经使他陷于难以自拔的境地，因此，他完全失去了爱除母亲之外的其他女人的能力。每当他与米丽安在一起时，"他喜欢想他的母亲"。"他最深的爱是属于母亲的。每当他觉得自己伤害了她，或他对她的爱受到了伤害，他会难以忍受。"同样，"当他与米丽安在一起时，他母亲也会难以忍受"。引人注目的是，《儿子与情人》自始至终将主人公的"恋母情结"作为基本内容加以描述，并将血缘关系和情爱关系的互相纠葛作为人物之间的矛盾与冲突的焦点。这无疑是劳伦斯在小说题材上的一大创新。

《儿子与情人》是一部深入探索工业社会中青年人的心理障碍与精神困惑的现代主义小说，开了英国小说表现弗洛伊德主义的先河。不言而喻，保罗是非人化的工业制度的受害者，也是病态社会中的畸形儿。小说结尾，当母亲患癌症去世后，保罗面对复杂的人生不知所措。"无论她在何处，他的灵魂无法离开她。现在她进入了茫茫的夜空，他依然同她在一起。"显然，保罗不仅未能找到人生答案，而且依然是工业社会中的一名囚徒。毫无疑问，他的"恋母情结"不仅是现代机械文明对人性摧残的结果，而且也是现代西方人严重异化的象征。从某种意义上来说，除了其独特的弗洛伊德心理学题材，《儿子与情人》也是较早将"异化"作为主题的一部英国现代主义小说。

劳伦斯在小说题材上的创新精神在他的代表作《虹》（*The Rainbow*, 1915）中再次得到了充分的展示。而作者对小说语体的认真探索和大胆实践则成为这部小说另一个重要的现代主义艺术特征。《虹》的问世标志着作者在小说艺术上的一个重要转折。这部小说不仅以一种独特的结构深刻地反映了一种正在形成而又处于不断变化之中的现代意识，而且也体现了劳伦斯以人的性意识为题材的现代主义创作理念。引人注目的是，作者采用了一种全新的语体来探索人物的情感世界和表现旧式宗法社会全面解体过程中的两性关系。毋庸置疑，《虹》在题材和语体上的双重变化是它有别于传统小说的一个显著标志，同时也是劳伦斯对现代主义小说的一个重要贡献。

《虹》真实地反映了资本主义工业制度对人性和两性关系的消极影响。全书共分十六章，生动地描绘了居住在诺丁汉郡马希农场上的布朗温一家三代人从19世纪中叶至20世纪初的生活经历。富裕农民汤姆·布朗温同一位名叫莉迪亚的波兰寡妇结婚。莉迪亚与前夫生有一个女儿名叫安娜。当安娜长大后，她与在一家工厂当设计员的汤姆的侄子威尔结婚。但由于他俩在性格上具有很大的差异，因此，他们婚后不久便出现了感情纠纷。尽管如此，他们生育了一群活泼可爱的孩子，其中大女儿厄秀拉是父亲的掌上明珠。厄秀拉具有强烈的现代意识和独立精神，代表了技术时代的新的女性。她与陆军中尉斯克里宾斯基相爱。但不久布尔战争爆发，这位年轻军官便奉命赴南非参战。随后，厄秀拉与一位中学女教师发生了短暂的同性恋。她曾到当地一所学校任教，随后进入诺丁汉大学攻读学士课程。在她大学毕业前夕，斯克里宾斯基从战场返回家园。经过一段交往之后，厄秀拉逐渐对斯克里宾斯基的人格和价值观念感到失望，于是同他中断了恋爱关系。而斯克里宾斯基在与一位上校的女儿仓促结婚之后便去印度继续为殖民者效劳。厄秀拉在经受了感情的折磨之后获得了新的力量。小说结尾，她看到天空悬挂着一条美丽的彩虹，不禁心潮澎湃，对人生产生了新的感悟。

　　《虹》是一部反映社会急剧演变时期两性关系的现代主义小说。劳伦斯曾经明确提出："看得见的世界并不真实，看不见的世界才实实在在。"[1]他在信中告诉友人："人物旧的稳固的自我"在他的小说中已不复存在。[2]在《虹》中，作者以心理探索为宗旨，刻意描绘布朗温一家三代骚动不安的性意识，探索他们微妙和神秘的情感世界。汤姆与莉迪亚的情感生活充分反映了19世纪中叶有机的、宁静的农业社会中自然与浑朴的两性关系。他们不仅与大自然和睦相处，而且完全凭借潜意识的力量来支配两性关系。然而，布朗温家族第二代威尔与安娜的性意识和婚姻关系则在一定程度上受到了机械文明的冲击。尽管他俩在蜜月期间如胶似漆，但这种受自然本能和欲望冲动所支配的两性关系面临了工业社会和技术时代的严峻挑战。当威尔像汤姆一样依然生活在沸腾的激情与强烈的欲望中时，他的妻子安娜已将目光悄悄地投向了正在急速

---

[1] *The Letters of D. H. Lawrence*, ed. by James T. Boulton, Cambridge: Cambridge University Press, 1979, Vol. 2, p.67.

[2] Ibid., p.183.

变化的工业世界。于是,"他们无意识地展开了一场难以名状的斗争","随着时间的推移……他对她来说是一种黑暗和陌生的东西"。随着他们第一个孩子厄秀拉的出世,安娜逐渐占了上风,她向往文明与追求独立的精神战胜了威尔热血沸腾的肉体。正如第六章的标题所称,"安娜胜利了",因为威尔终于明白,"如不回到她的身边,他将生活在地狱之中……她与他做爱,并支配他。于是他对她的爱感激不尽,并充满了自卑感"。显然,机械文明的诞生不仅使传统的男权地位受到了极大的动摇,而且也使固有的两性关系受到了严重的冲击。

布朗温家族第三代厄秀拉与陆军中尉斯克里宾斯基的关系进一步反映了现代工业社会中两性关系的严重危机。厄秀拉代表了新旧世纪交替之际现代女性的形象,而斯克里宾斯基是资本主义上升时期男性力量衰落的象征。厄秀拉既不信命运,也不信上帝,而只信自己的身体。她认为,"她的身体必须是平日的身体,为世人所尊重。她的灵魂必须具有平日的价值观,为世人所熟悉"。而斯克里宾斯基则"没有灵魂",也不懂感情,只是将自己视为大英帝国的一名军人。他信奉英国统治阶级的价值观念,崇尚殖民主义精神。他与厄秀拉在一阵热恋之后便发生了摩擦。当他六年后从战场返回时,他的自私、虚伪和庸俗更是暴露无遗。厄秀拉每次与他接触后,"她的欲望都无法得到满足,这种欲望越强烈,她的爱就越无望","她知道,斯克里宾斯基从未表现出真实的情感"。这个即便为殖民主义充当炮灰也在所不惜的英国军人在爱面前显得苍白无力。从某种意义上说,厄秀拉和斯克里宾斯基之间的冲突反映了工业社会中日益觉醒的女性意识和不断衰落的男性力量之间的紧张关系。厄秀拉在性关系上所遭到的挫折不仅是个人感情的失败,而且是人的本能与信仰、性意识与价值观念之间的严重对立所导致的结果。这恰恰是劳伦斯的小说刻意表现的现代主义题材。

引人注目的是,为了深刻揭示工业社会中日趋紧张的两性关系,劳伦斯别开生面地运用了一种与人物不断涌动的情感之流和血的意识相吻合的小说语体。他以一种朦胧的、充满象征主义而又富于情感的语体来表现人物内心的骚动与不安,探索他们心灵的奥秘。值得一提的是,作者的小说语体从头到尾(即从布朗温家族的第一代老汤姆到第三代厄秀拉)体现出一种从混沌到激扬的转化过程。作者在小说开头对布朗温家族祖先的描绘充满了原始主义的色彩。他笔下的人物没有具体的名字和身份，而只是"男人们"、"女人们"或"他们"，这些人物的生存方式和情感生活同大地母亲的自然节奏水乳交融。劳伦斯以一种混沌、模糊的语体来描绘人物的原始心态：

> 他们的血知道如此多的热情、生育、痛苦和死亡，还有大地、天空、野兽和绿色的植物……他们感情丰富，脸总是朝着沸腾的热血，目光注视着太阳，茫然地盼着传种接代，别无他求。

劳伦斯的语体生动地描绘了在一个尚未遭受工业污染和机械文明冲击的农业社会中人们与大自然和睦相处的情景，反映了他们凭借潜意识的力量日出而作、日落而息、生儿育女、安闲自得的生活方式。作者采用了十分朦胧且富于诗意和象征意义的语体来描绘汤姆与莉迪亚初恋时的性意识：

> 他们是如此的陌生，他们一定会永远这样陌生，他的感情对他是一种折磨。如此热烈的拥抱，如此异常的接触！……有时透明的月亮高高地挂在空中，躲在电流般的、褐色的彩云的边缘。然后是云块和阴影。然后，夜空中出了气体般的彩光。整个天空云雾翻滚，呈现出一种由飞云、黑影、暮霭和一个庞大的褐色光圈组成的混沌状态；然后，惊恐的月亮又变得清澈透明，有些刺眼；不久，她又重新钻进云雾之中。

显然，劳伦斯的语体既像人的潜意识那样朦胧晦涩，又充满了深刻的象征意义，生动地揭示了农业社会中农民模糊和神秘的性意识，汤姆和莉迪亚的激情、欲望、本能和冲动在作者具有浓郁的象征主义色彩的语体下得到了充分的展示。随着小说的进展，厄秀拉经历了从童年、青春期到相对成熟阶段的心理发展过程。随着她意识的日益觉醒，劳伦斯的语体也逐渐从朦胧转向清澈。例如，在小说结尾，厄秀拉在克服了内心的痛苦和对生活进行深刻的反思之后获得了新的力量和勇气：

> 一条彩虹矗立在地球上空……她从彩虹中看到了世界的新结构，那些陈旧、脆弱和腐朽的房屋和工厂被冲走了，世界建立在一种充满活力与真理的结构之上，与拱形的天空交织一体。

此刻，劳伦斯的语体发生了明显的变化，笔调清逸、语气激昂，文字优美，气势磅礴，具有极强的艺术感染力。显然作者成功地运用了一种适合于表现人物性意识变化的小说语体，从而将小说的艺术表现力提高到了一个新的层次。这不仅是作者在题材创新的同时对语体创新的一种有益尝试，而且也是他对现代主义小说的一大贡献。

《虹》是英国现代主义小说的重要作品之一。它充分体现了英国小说在题材和语体上的双重变化。不仅如此，这部小说在结构上也体现了现代主义的特征。劳伦斯果断地摒弃了传统作家以讲故事为原则的谋篇布局方式，因为在他看来，"它们只是对那些模仿其他小说的小说才行之有效"。[1]他希望读者"不要按照某些人物的线索来观察这部小说的发展进程，因为这些人物属于某种富有节奏的形式"。[2]换言之，人物的心理发展在小说跌宕起伏的节奏中进行，相似的情感和意境交相叠出，并使作品的结构呈现出一种不断拓宽、逐步延展的进程。与传统小说不同的是，《虹》所反映的布朗温一家三代的生活经历并不是建立在一种梯子形结构之上，而是基于一种酷似金字塔的框架结构之上。布朗温家族第二代威尔和安娜的婚礼出现在小说的三分之一处，而厄秀拉对性经验的探索则是一种不断延展、没有止境的心灵的旅程。她在体验性关系的过程中不止一次步入歧途，在探索性经验时屡遭挫折。因此，《虹》的结构犹如一个滚动的雪球，越滚越大，从而导致了一个"开放性"的结局。于是，小说的结尾并未展示传统小说中的结局形式，而是为"布朗温世系"（Brangwensaga）的第二卷《恋爱中的女人》（Women in Love，1920）的开局奠定了基础。毫无疑问，《虹》全面体现了劳伦斯的现代主义思想和创新精神。他对小说艺术的执着追求在他的下一部重要作品《恋爱中的女人》中再次获得了丰硕的成果。

《恋爱中的女人》进一步探索了现代人的性意识和性关系。作为《虹》的姐妹篇，这部小说再次体现了作者在小说题材和语体上的创新精神。正如劳伦斯本人所说："《虹》与《恋爱中的女人》的确是艺术的有机统一。"[3]然

1　*The Letters of D. H. Lawrence*, ed. by James T. Boulton, Cambridge: Cambridge University Press, 1979, Vol. 3, p.479.

2　Ibid., p.184.

3　Ibid., p.459.

而，后者在题材和语体上决不是对前者的刻意模仿或重复，而是再次体现了作者的独创精神和革新意识。作者在《恋爱中的女人》的"前言"中声称：这部小说是"对自我的最深沉的经验的记录"。[1]显然，这种"自我的最深沉的经验"就是建立在本能、欲望、激情和冲动基础上的性意识和性经验。这不仅是劳伦斯取之不尽、用之不竭的基本题材，而且也是他乐此不疲的探索对象。

在《恋爱中的女人》中，劳伦斯不遗余力地探索工业社会中现代人错乱的性意识，并再次以两性关系为焦点来揭示年轻一代极其严重的异化感。这部小说共分三十一章，生动地描绘了英国中部煤区小镇贝尔多佛几个青年男女的感情波折。厄秀拉是当地一所普通中学的教师，她妹妹古德伦不久前从伦敦的一所艺术学校回到家中。姐妹俩先后结识了当地的学校督察伯金和煤矿主杰拉尔德。起初，厄秀拉与伯金相见恨晚，而古德伦与杰拉尔德则一见倾心。然而，伯金与贵妇人赫梅尔妮关系暧昧。在经历了一系列感情波折之后，伯金中断了与赫梅尔妮的关系，与厄秀拉结为夫妻。婚后，伯金并不满足与厄秀拉的两性关系，于是向体格健美但精神空虚的杰拉尔德表示爱心，试图追求一种所谓"血谊兄弟"般的同性关系。然而，杰拉尔德对这种畸形的同性恋感到不知所措。同时，他与古德伦之间的关系也出现了裂痕。这位工业巨子的傲慢、自私与冷酷使古德伦大失所望，两人争吵不休，冲突不断。在阿尔卑斯山区度假期间，古德伦投向了一名德国颓废艺术家的怀抱，从而使她与杰拉尔德的关系进一步恶化。杰拉尔德在绝望中独自出走，最终葬身于深山雪谷之中。小说结尾，古德伦去了德国东部城市德累斯顿，而厄秀拉与伯金依然陷于矛盾与冲突之中。

《恋爱中的女人》以两对男女青年的恋爱过程为主线，以一对男子朦胧的同性恋为次要情节，加之伯金与贵妇人赫梅尔妮以及古德伦与德国艺术家的暧昧关系为插曲，深刻地揭示了第一次世界大战前后青年一代混乱的性意识和性经验。作者试图通过这些人物的性经验来揭示现代工业制度下两性关系的危机和现代男性力量的堕落与变态。虽然这几对关系性质不同，进展不一，且结局也大相径庭，但它们构成了西方机械文明社会中性意识的一个缩影。作者在小说开头通过姐妹俩的对话揭示了造成两性关系危机的社会根源："这简直是一个地狱中的国家……每一种东西都像鬼一样的……全都脏得要命，所有一切都

---

[1] D. H. Lawrence. "Preface", *Women in Love*. New York: Modern Library, 1947, p X.

污秽不堪。这简直是疯了。"在作者的笔下，这个煤区小镇是"一个黑暗、死气沉沉而又充满敌意的世界"。他将混乱的社会现实描绘得淋漓尽致、入木三分，几乎令同时代的现实主义作家自惭形秽。显然，这种"像鬼一样的"社会不仅对两性关系具有严重的破坏作用，而且也为任何爱情埋下了死亡的种子。同他在前几部小说中一样，劳伦斯再次将心理探索与社会批判交织一体。

《恋爱中的女人》是爱德华时期青年一代混乱意识和精神危机的真实写照。厄秀拉与伯金的婚姻矛盾揭示了机械文明时代两性关系的错乱与失败。在伯金看来，男女之间的"爱只是任何人际关系中的一部分"，现代婚姻制度使"男人和女人成为一个整体中的碎片"，而"性行为则是一种被撕裂的极其疼痛的伤口"。他试图在现代荒原中寻求一种超凡脱俗和至高无上的爱。然而，他的"博爱精神"不仅使他陷入同性恋的误区，而且也极大地破坏了他与厄秀拉的婚姻关系。显然，伯金对杰拉尔德的同性恋情充分反映了他的变态心理和混乱的性意识。同样，工业巨子杰拉尔德与古德伦之间的感情危机也是现代工业社会中两性关系的一个缩影。尽管杰拉尔德看上去是一名相貌堂堂、体格健壮的美男子，但他是现代工业机器的化身。他精神空虚、冷酷无情，"无法同其他任何灵魂建立任何纯粹的关系"，"他全身已经麻木"。当他同古德伦在一起时，"他自己的身体几乎死了"。古德伦仿佛从这位"工业拿破仑"身上看到了"一股腐蚀性极大的死亡之流"，他的躯体"就像一棵内部组织受过霜冻的植物"。对古德伦而言，杰拉尔德"毫无表情的美是一种负担，她对此感到怨恨，但却无法逃避"。显然，伯金和杰拉尔德的性变态和性无能象征着男性力量的衰落和失败，他们与厄秀拉两姐妹的冲突无疑反映了冷若冰霜的工业社会中两性关系的严重危机。这恰恰是劳伦斯现代主义小说最突出的一个主题。

《恋爱中的女人》再次体现了劳伦斯在小说语体上的创新精神。作者十分注重语体的表意功能和对小说主题的渲染作用，并不遗余力地使其显示出令人无法抗拒的艺术感染力。他不但经常采用隐语和类比等手法来描绘人物复杂的性意识和性经验，而且还不时采用物理意义上的剧烈动作来折射人物激烈的心理冲突。劳伦斯曾声称："人类的物理现象，即非人性的成分，比陈旧的人性的成分更使我感兴趣。"[1]在小说中，作者经常采用具有隐喻特征的语体和具

1　*The Letters of D. H. Lawrence*, ed. by James T. Boulton, Cambridge: Cambridge University Press, 1979, Vol. 2, p.182.

有物理意义上的剧烈动作来折射人物的心理画面。以下是关于姐妹俩目睹杰拉尔德强行制服一匹受惊的母马时的一段描写，可见一斑：

> 母马像热铁上的水珠一样跳回来。厄秀拉和古德伦恐惧地退向一旁。但杰拉尔德使劲地坐在母马上，迫使它转回身去。他仿佛具有磁性一般，屁股陷入马背，使母马的背部形成一个凹形……母马的双腿在地上不断旋转，仿佛处于旋风的中心。古德伦感到头晕目眩，她的心好像被刺破似的。

上述这段描写充分体现了作者语体的隐喻性和转喻性。工业巨子杰拉尔德制服母马时的剧烈动作具有丰富的心理内涵。他将马刺得伤痕累累，既反映了资本家在迫使工人沦为驯服工具时的残暴与冷酷，也体现了杰拉尔德对异性强烈的占有欲，他试图像驯服母马那样来支配古德伦。他这种剧烈的动作和古德伦的心理反应生动地折射出他们潜意识中的两性冲突。同样，当杰拉尔德即将走向死亡时，劳伦斯再次采用了具有隐喻效果和象征意义的语体来描绘他在阿尔卑斯山滑雪时的情景：

> 杰拉尔德的眼睛变得冷酷而又奇怪。当他滑着雪橇经过时，他与其说像个人，倒不如说更像某种强烈和致命的叹息声；他富于弹性的肌肉处于完美的滑道中，他的身体处于纯粹的逃避之中，无意识地、掉了魂似地飞驰在一条完美的路线之上。

显然，在劳伦斯的笔下，杰拉尔德的"物理现象"不仅具有极强的类比功能，而且还折射出生动、逼真的心理画面。作者以一种富于隐喻效果的词汇和充满节奏感的语体生动地描绘了杰拉尔德试图以剧烈的滑雪运动来逃避他与古德伦在两性关系上的失败以及由此引起的绝望心理。毫无疑问，劳伦斯的语体与其小说题材之间保持了某种艺术上的平衡，成为形式和内容和谐统一的杰出范例。这种通过主人公的剧烈动作和"物理现象"来反映其隐秘的性意识的语体不仅是《恋爱中的女人》的一个显著的现代主义艺术特征，而且再次体现了劳伦斯在发展现代小说语言方面的创新精神。

像《虹》一样，《恋爱中的女人》在结构上也体现了作者的现代主义创作倾向。这部小说从第一章"姐妹俩"到最后一章"退场"，似乎建立在一系列彼此独立和相互对位的插段之上。作者并未严格按照时间顺序或事件的自然进程展开叙述，而是使相似的形象与情感交相叠现，彼此交融。在小说中，不少看上去分散独立、互不相干的镜头和场面往往通过它们的象征意义获得某种内在的联系，从而使作品在近乎松散的表层结构下蕴含着一种深层次的凝聚力。例如，在第九章中，骄横自恃的杰拉尔德为了向古德伦显示自己的力量强行制服了一匹阿拉伯母马。而在第十四章中，古德伦狠揍了他的小公牛以回击他的嚣张气焰。随后，在第十八章中，他俩又联手伤害了一只性情过野的兔子。尽管这些镜头互相之间并无直接的联系，但它们无疑具有丰富的象征意义。劳伦斯通过杰拉尔德和古德伦对动物的态度来暗示他们潜意识中的性冲突。诸如此类的镜头和场面在小说中比比皆是，不胜枚举；它们既分散独立，又彼此呼应，从而使作品的结构获得一种内在的和谐与统一。不仅如此，像《虹》一样，《恋爱中的女人》也采用了一个"开放性"的结尾。尽管杰拉尔德的死亡使他与古德伦之间的关系就此了结，但伯金与厄秀拉之间的冲突却还在延续，他们夫妻生活中的许多问题依然悬而未决。这部小说的结尾不仅耐人寻味，而且预示了一种暗淡的前景，反映了作者对第一次世界大战期间人类命运的忧虑。正如他在给友人的一封信中所说："在欧洲我看不见虹。"[1]显然，《恋爱中的女人》的独特结构和"开放性"结尾不仅反映了现代经验的复杂性和不确定性，而且也体现了劳伦斯对现代主义小说艺术的探索与追求。

劳伦斯对现代人性意识和性经验的描写在他的最后一部长篇小说《查特莱夫人的情人》（*Lady Chatterley's Lover*，1928）中达到了无以复加的地步。自这部小说问世以来，它在西方社会引起了强烈的反响和激烈的争论。有人称之为"一个由精力充沛的中毒的天才创造的邪恶的里程碑"，[2]也有人将其视作"英国文学中第一部向我们直率和诚实地描绘性行为的严肃小说"。[3]由于作者对性行为的大胆和直率的描写，《查特莱夫人的情人》曾遭到有关当局的查禁，直到1960年英国当局才最终取消了对它的禁令。从某种意义上来说，《查特莱夫人的情人》不仅是英国小说史上最有争议的作品之一，而且也是现代

---

[1] D. H. Lawrence, quoted from *Women in Love, A Novel of Mythic Realism*, by Charles L. Ross, Boston: Twayne Publishers, 1991, p.134.

[2] William K. Buckley. *Lady Chatterley's Lover, Loss and Hope*. New York: Twayne Publishers, 1993, p.17.

[3] Ibid., p.9.

主义作家与政府审查制度长期斗争的象征。今天，依然一口咬定它是"色情小说"或"下流作品"的人似乎并不多见。人们似乎已经达成了这样一种共识，即这是一部直接从性爱的角度来探索现代工业社会中的人性和人际关系的经典力作。

《查特莱夫人的情人》是英国乃至整个西方文坛最著名的一部以性爱为主题的现代主义小说。作者本人声称："这部小说的确没有什么不妥之处，我总是努力达到同一个目标，即让性关系变得既可靠又珍贵，而不是可耻。这是我走得最远的一部小说。"[1]这部作品共分十九章，以英国中部的一个煤区为背景，生动地描绘了克利福德·查特莱爵士的太太康妮与她家的猎场看守人梅勒斯之间的两性关系。克利福德在战争中身负重伤，下身瘫痪，只得在轮椅上度过余年。他的妻子康妮在精神上深受打击，对生活悲观失望。后来，康妮与猎场看守人梅勒斯交往密切。梅勒斯健壮的体魄和男子汉的气概使她春意萌动，新的两性关系使两人青春焕发、无比快乐。克利福德闻讯后大发雷霆，不仅解雇了梅勒斯，而且对妻子更加冷酷无情。小说以康妮和梅勒斯之间频繁的书信来往而告终。

应当指出，《查特莱夫人的情人》体现了作者在创作后期对性题材更大胆的发掘以及对性描写更深入的探索。显然，他已经将小说题材和语体的创新推向了极端。在作者看来，性爱不仅是生命的最高代表，而且也是拯救被工业机器严重摧残的英国社会的唯一灵丹妙药。劳伦斯力图通过康妮和梅勒斯之间完美的两性关系来为死气沉沉的英国社会寻找一条起死回生的出路。就此而言，他所谓"通过性使英国获得新生"的论点不仅有其特殊意义，而且也反映了其现代主义思想非理性的一面。然而，尽管作者在小说中为英国的社会病症开出的药方既不实际，也不科学，甚至有些荒唐，但作品所暴露的人性问题和社会本质的确发人深省。

《查特莱夫人的情人》无情地暴露了现代机械文明和原始主义情结之间的激烈冲突，揭示了工业制度对性意识的严重摧残。在小说中，作者对人物的性意识和性经验的探索有所加强。他在小说一开始便为康妮和梅勒斯不顾一切地追求完美极致的两性关系的行为进行了辩护：

---

[1] D. H. Lawrence. *The Collected Letters of D. H. Lawrence*, ed. by Harry T. Moore. London: The Viking Press, 1962, Vol. 2, p.972.

> 我们的时代本质上是一个悲惨的时代，而我们拒绝以悲剧的方式来接受它。灾变发生后，我们生活在废墟中。于是我们开始养成新的习惯，怀有新的希望……无论有多少片天空塌下来，我们总得活下去。

显然，在他人生的最后阶段，劳伦斯不仅对人类的命运表示了极大的关注，而且试图通过人物的经历为工业社会中的两性关系寻找一条出路。在小说中，克利福德爵士与康妮的婚姻矛盾象征着工业机器与自然人性之间的冲突。克利福德是僵化、陈腐的贵族制度和冷若冰霜的工业机器的象征。作者曾经指出："克利福德的残废象征着……一种深沉的心理和情感上的瘫痪。"[1]即便在克利福德残废之前的新婚期间，"性爱对他也没多大意思……那只是一种偶然的事"。他平时热衷于舞弄笔墨或高谈阔论，同时对煤矿的机械化颇感兴趣。但他对康妮的情感生活和心理需要则麻木不仁。其实，"在肉体上他俩已经彼此不存在了"。作为一名向往浪漫爱情的女人，康妮生活在雷格比庄园感到无比的空虚，像是一个关在监狱中的囚徒，与外界"没有接触，没有联系"。显然，在劳伦斯看来，以克利福德为代表的工业制度和陈腐观念是摧残人性、破坏两性关系的邪恶势力。

在《查特莱夫人的情人》中，康妮与梅勒斯之间完美的两性关系象征着生命的复苏和人性的回归。在作者看来，健康、纯洁的性爱既是可贵的生命之源，也是一种巨大的再生力量。在小说中，康妮与梅勒斯敢于抗拒一切世俗偏见和旧的道德观念，像崇拜上帝那样崇仰纯粹的性爱，不顾一切地追求完美极致的两性关系。值得一提的是，在他的最后一部小说中，劳伦斯的审美意识发生了重大的变化。《查特莱夫人的情人》在直截了当描写性经验和性行为的同时，还充分体现了阳具意识的复苏和男性力量的强盛。如果说，原先作者笔下的保罗、斯克里宾斯基、伯金和杰拉尔德等男主人公不同程度地体现了男性力量的衰落、变态或死亡，那么，猎场看守人梅勒斯则象征着阳刚之气的复原。正如劳伦斯本人所说，他试图通过这部小说"在意识上对基本的自然现实作明确而有力的调整"，[2]将男性力量视为生命的源泉和自然的象征。显然，梅勒

---

[1] D. H. Lawrence, quoted from *Lady Chatterley's Lover, Loss and Hope*, p.32.

[2] D. H. Lawrence. *The Collected Letters of D. H. Lawrence*, ed. by Harry T. Moore. London: The Viking Press, 1962, Vol. 2, p.1111.

斯这一形象的出现表明：劳伦斯在创作后期对男性力量的态度发生了重大的转变。梅勒斯与康妮之间崇高的性爱不仅使他对生活产生了新的希望，而且也给这位生活在一片死寂中的贵族夫人注入了新的生命与活力。

引人注目的是，劳伦斯在《查特莱夫人的情人》中对如何真实、生动地描写性经验和性行为作了进一步的探索与尝试。在这部曾引起轩然大波的以性爱为基本题材的小说中，作者的语体充分体现了写实与抒情、原始主义与浪漫主义以及自然主义与象征主义竞相争妍却又彼此交融的现象。在描绘人物的性经验时，作者的语体充满了情感和肉体感，将原本难以见诸文字的性行为描绘得淋漓尽致，足以使在此以前所有具有性描写的英国小说黯然失色。劳伦斯时而采用抒情的语言来描述康妮和梅勒斯水乳交融、如痴如醉的情景："这是上帝的儿子与人类的女儿之间的交流"，"他感到这多么的美好……多么的可爱"，而她则看到了"一切美好事物的原始根苗"。劳伦斯的语体往往充满了浓郁的象征主义色彩。例如，当康妮在傍晚走向梅勒斯的小屋，两个热血沸腾的自然生命即将交合时，周围的草木生灵呈现出一种生机勃勃的景象：

> 树林在傍晚潆潆的细雨中显得格外宁静而神秘，到处都是令人迷惑的小虫、嫩绿的新芽和含苞待放的花朵。在朦胧的夜幕下，树木仿佛卸了妆似的，晃动着它们裸露和黝黑的身躯……

显然，上述这段描写具有丰富的象征意义。作者巧妙地通过树林中千姿百态和生机盎然的草木生灵来影射人物的激情、欲望和冲动。然而，在描写人物的性行为时，作者往往采用一种自然、生动、富于节奏且充满触觉和肉体感的语言。这种语言不仅能使作者随心所欲、放纵无度地描写性行为，而且经常使天真无邪的读者心跳和脸红。从某种意义上来说，劳伦斯在这部小说中的性描写成为英语文学语言表现性行为的最佳范例，对现代英国小说中性描写的发展起到了推波助澜的作用。显然，《查特莱夫人的情人》在使读者感到窘迫的同时，不但拓宽了他们的视野，而且也进一步丰富了现代主义小说的题材和语言。

综观劳伦斯的小说创作，我们不难发现，性意识、性关系和性经验始终占有主导地位。他以一个现代主义者特有的目光来审视现代工业社会中的两性关系，在小说中不遗余力地表现"恋母情结"、同性恋、婚外恋等各种形式的性关系，其描述的方式越来越直率、大胆和露骨。到了他的最后一部小说《查特莱夫人的情人》","劳伦斯企图不受时间、地点和中产阶级道德的束缚毫无保留地谈论性爱"。[1]劳伦斯曾撰文指出:"小说是一大发现,比伽利略的望远镜或别人的无线电都伟大。小说是迄今为止人类拥有的最高表现形式。"[2]他认为,"小说能够揭示生活中最隐秘的地方"。[3]显然,他所谓的"最隐秘的地方"是指人的性意识和性经验,这是在此以前的英国小说从未向读者详细描述和公开暴露的一个领域。然而,劳伦斯坚持将性爱作为小说的基本题材并成功地发展了一种与之相吻合的小说语体,这无疑成为其小说一个最显著的现代主义特征。毫无疑问,劳伦斯的创作不仅将心理探索提高到了一个新的层次,而且也使英国小说的题材和语体产生了重大的变化,为现代主义小说的繁荣与发展起到了推波助澜的作用。

第四节
乔伊斯:小说艺术的巨大变革

如果说,劳伦斯在小说题材和语体上的创新使善良的读者感到窘迫而又新奇的话,那么,詹姆斯·乔伊斯在小说艺术上的大胆实验则使那些即便富有经验的读者也会感到惊诧不已。乔伊斯是英国小说艺术史上一位举足轻重的人物,同时也是现代主义精神的具体化身。他的意识流小说《尤利西斯》的问世不仅标志着英国小说艺术的巨大变革,而且使现代主义小说发展到了登峰造极的地步。乔伊斯虽从未正式发表过有关现代主义小说的理论或纲领,但他不仅是与轰轰烈烈的现代主义运动朝夕相处却又独步一时的艺术天才,而且也是积极推动小说艺术变革的文坛巨匠。作为现代主义小说的杰出代表,乔伊斯毕生致力于小说艺术的实验与革新。他表现出一种不受任何传统理念和固有模式束缚的现代主义小说观,按照自己独特的美学原则来反映现代意识和现代经验。他认为,小说家只有打破陈腐的创作观念,从旧文学的桎梏中解放出来,才有可能超越文学陈规的必然王国,步入艺术革命的自由王国。不言而喻,乔伊斯

---

1 Frederick R. Karl & Marvin Magalaner. *A Reader's Guide to Great Twentieth-Century English Novels*. New York: Octagon Books, 1978, p. 198.
2 引自《劳伦斯随笔集》,129页至130页。
3 D. H. Lawrence, quoted from *A Reader's Guide to Great Twentieth-Century English Novels*, p.198.

对文学传统强烈的反叛心理和改革意识是他不断将小说艺术推向深奥、美妙和新奇的领域的根本原因。

乔伊斯的创作不仅代表了现代主义小说的最高成就，而且也标志着英国小说艺术的巨大变革。如果我们将他的小说同19世纪现实主义大师狄更斯的小说做一简单的比较，我们不难发现，乔伊斯的作品在反映生活和社会本质方面毫不逊色，而在艺术形式和表现手法的独创性、多样性和灵活性方面则更胜一筹。乔伊斯以其丰富的想象力和非凡的创作才华进一步拓宽了小说艺术的疆界，成功地发展了一种全新的小说模式，使同时代的作家感悟到了小说艺术的现代化和多元化发展趋势，并看到了探索前人尚未探索过的领域的可能性。就此而言，乔伊斯的小说艺术不但体现了重要的美学价值，而且还具有划时代的意义。不仅如此，乔伊斯的小说几乎涵盖了20世纪所有的小说艺术，既有现实主义的传统技巧，又有现代主义和后现代主义的新奇手法，体现了种类多、花样新、跨度大和覆盖面广的特点。乔伊斯的小说艺术高度集中地展示了现代英国小说的改革成就，同时也客观地反映了现代主义小说艺术的发展历程，因此，不了解乔伊斯的小说艺术，就难以真正了解现代主义小说的艺术特征，这样说一点也不过分。

作为一名杰出的现代主义者，乔伊斯为促进小说艺术的巨大变革作出了杰出的贡献。他率先看到了小说艺术进行重大变革的可能性。正当他为跻身文坛而努力奋斗时，西方社会正面临一场石破天惊的文化大地震，传统的价值观念、艺术标准乃至整个文化根基受到了前所未有的怀疑。年轻的乔伊斯已经敏锐地觉察到传统小说与现代经验之间的格格不入。他意识到自己面临着一个比以往任何时候都更复杂、更令人费解的时代。这个时代不仅重新调整了人与人以及人与社会之间的关系，而且对小说创作提出了新的要求。在乔伊斯看来，科学技术的发展、时空观念的变化、距离的缩短和生活节奏的加快使传统小说陷入了困境。因此，小说艺术的改造与变革已经势在必行。早在1901年，乔伊斯便撰文指出："在目前情况下很有必要表明立场。假如一个艺术家想哗众取宠，他便无法摆脱盲目崇拜和自欺欺人的影响……在他摆脱周围的不良影响之前，他决不能成为一名真正的艺术家。"[1] 当欧洲自文艺复兴时期以来所建立

---

[1] James Joyce. "The Day of the Rabblement", *The Critical Writings of James Joyce*, ed. by Ellsworth Mason and Richard Ellmann. New York: The Viking Press, 1959, pp. 71—72.

的文学秩序开始土崩瓦解时，乔伊斯明确表示，艺术家不能墨守成规，而"必须面向世界"。[1]正当那些固步自封的小说家在难以名状的现实面前感到一筹莫展时，乔伊斯已在跃跃欲试，全力捕捉可能使小说艺术出现重大突破的良机。在现代主义的发源地巴黎，他以反传统起步，以先锋派的面貌出现，执着追求小说艺术的改革与创新，并对西方固有的文学秩序进行了大胆的反拨和重建。他的《青年艺术家的肖像》、《尤利西斯》和《芬尼根的守灵夜》（*Finnegans Wake*，1939）三部长篇小说不仅体现了他本人从告别传统到步入现代主义的高峰继而转向后现代主义的创作历程，而且也在一定程度上反映了整个英国现代主义小说艺术的发展与演变的历史概貌。这三部别具一格的实验小说一部比一部更加创新，在艺术上的改革力度也越来越大，从而向人们展示了小说艺术的无限魅力和巨大潜力。毫无疑问，乔伊斯的小说艺术不仅代表了英国现代主义小说的最高成就，而且成为小说艺术巨大变革的象征。如果20世纪没有出现乔伊斯这位文学巨匠和他那新颖独特的意识流小说，那么，这无疑会使英国小说艺术黯然失色。这样说同样并不过分。

应当指出，乔伊斯的小说艺术较为明显地体现了两个相辅而行的发展过程。首先，他的小说呈现出不断朦胧化的过程。他的小说创作从相对明白易懂的短篇小说集《都柏林人》（*Dubliners*，1914）开始，经过充满形象与象征的自传体实验小说《青年艺术家的肖像》和万花筒般的意识流巨著《尤利西斯》，最后以朦胧艰涩、难以卒读的梦幻小说《芬尼根的守灵夜》而告终。乔伊斯在文学实验的道路上义无反顾地勇往直前，将小说艺术推向高潮之后走向极端，呈现出不断朦胧化的倾向。这种朦胧化的现象既反映在小说的内容上，也体现在小说的形式和语言上。如果说，《尤利西斯》无情地修正了现代读者的审美意识和阅读习惯，那么，《芬尼根的守灵夜》肯定会使读者感到力不从心。"一个翻阅《芬尼根的守灵夜》的读者无疑会发现这是他读过的最奇怪的一本书。"[2]显然，乔伊斯小说不断朦胧化的倾向不仅反映了他本人在近四十年的创作历程中审美意识的变化，而且也与世界局势不断恶化、现代意识日趋混乱密切相关。其次，乔伊斯的小说呈现了从反映意识到语言实验的转变过

---

[1] James Joyce. "The Day of the Rabblement", *The Critical Writings of James Joyce*, ed. by Ellsworth Mason and Richard Ellmann. New York: The Viking Press, 1959, p.70.

[2] Marvin Magalaner and Richard M. Kain. *Joyce: The Man, the Work, the Reputation*. New York: New York University Press, 1956, p.216.

程。从某种意义上来说，这一过程既体现了乔伊斯个人的艺术走向，也与英国小说艺术从现代主义向后现代主义过渡的发展轨迹十分吻合。当乔伊斯早年在《都柏林人》中采用自然主义和象征主义的手法表现了形形色色的人物的"精神顿悟"（epiphany）之后，便将创作焦点转向了人物的意识领域。在《青年艺术家的肖像》和《尤利西斯》中，他不同程度地运用了一系列现代主义的创作技巧来反映人物变化多端、稍纵即逝的意识活动，从而使他成为西方文坛最优秀、最富有实验精神的意识流小说家。然而，乔伊斯在他创作后期出人意料地转向了语言实验。在创作《芬尼根的守灵夜》的十七个春秋中，他热衷于开发语言的符号和代码功能，醉心于探索新的语言艺术，前瞻性地向世人发出了后现代主义小说艺术问世的信号。由此可见，在英国小说艺术史上，乔伊斯曾经凭借《尤利西斯》和《芬尼根的守灵夜》先后两次掀起小说革新的浪潮，为现代作家开辟了发展小说艺术的新途径。

乔伊斯的小说艺术代表了20世纪上半叶一种主张脱离经典而追求违时绝俗、标新立异的创作风格的艺术观。随着现代主义运动的不断深入，他的小说艺术在英国乃至整个西方文坛逐渐成为一种高度自觉和普遍认可的现代主义艺术风格。就总体而言，乔伊斯的小说充分体现了时间、意识和技巧三位一体的艺术原则。他将如何处理时间、反映意识和运用技巧三个问题作为其小说实验与改革的兴奋点和突破口。在处理时间问题上，他毅然摆脱了长期以来钟表时间对小说的影响，遵循柏格森的"心理时间"学说，大胆地采用以一日为框架或以一夜为布局的小说模式。此外，他在小说中经常将时间颠倒或重叠，用有限的时间展示无限的空间，并成功地将人物几十年的复杂经历压缩在十几小时之内加以集中表现。在表现意识方面，乔伊斯果断地潜入物的意识领域，将他们最真实、最自然的意识活动原原本本地展示在读者面前，从而发展了一种世界文学史上别具一格的小说样式——英语意识流小说。在运用技巧方面，他充分表现了一个现代主义者的实验精神和改革意识。他的艺术手法可谓五花八门，光怪陆离，简直到了令人眼花缭乱的地步。"其作品中引起早期的读者最大兴趣的是意识流技巧。"[1] "它无疑激励了20世纪富有创新精神的作家，并成为小说的一种基本技巧。"[2] 显然，时间、意识和技巧不仅构成了乔伊斯小

---

1 Marvin Magalaner and Richard M. Kain. *Joyce: The Man, the Work, the Reputation*. New York: New York University Press, 1956, p.153.

2 Ibid., p.154.

说三位一体的艺术核心，而且也成为后来几乎所有现代主义作家共同关注的焦点。就他的小说艺术而言，这三大要素是相辅相成的，对小说改革所起的作用可谓旗鼓相当，缺一不可。难能可贵的是，乔伊斯不但准确地找到了小说实验的突破口，而且成功地驾驭了三者之间的关系，并巧妙地将它们糅合起来，使其产生极强的艺术感染力。

然而，乔伊斯对英国小说艺术最大的贡献莫过于他遐迩闻名的意识流小说。他在《青年艺术家的肖像》、《尤利西斯》和《芬尼根的守灵夜》三部小说中不同程度地反映了作为人类普遍经验的个人精神生活和深埋于人物内心隐微的意识活动。乔伊斯别开生面地以时间和意识为中心，将一股飘忽不定、流动不已的意识流作为小说的基本内容。他深入探索了数百年来一直被小说家忽略的人物头脑中潜意识和无意识的广阔领域，向读者展示了现代西方人纷乱复杂的心理结构。乔伊斯的创作实践向人们传达了这样一种现代主义观念：即存在的意义更多地来自人物的内心，小说家如果将创作视线转向人物的精神世界，不但能更真实地反映生活，而且还能在艺术上更加有所作为。乔伊斯在他的意识流小说中至少成功地解决了以下四个创作上的难题：

一、采用合乎理性的艺术形式来表现非理性的精神活动；

二、通过人物飘忽不定、变化多端的意识活动来揭示生活的本质；

三、在小说混乱无序的表层结构中获得某种内在的和谐与平衡；

四、凭借各种语言形式来反映不同人物和不同层次的心理现象。

显然，乔伊斯的意识流小说不仅向同时代的作家展示了一种全新的观察现实和描述生活的方式，而且也极大地修正了读者的审美意识。如同一项新的科学发明一样，乔伊斯的意识流小说在使人们大开眼界的同时推动了现代主义小说的迅猛发展，并导致了英国小说艺术的巨大变革。

乔伊斯的第一部长篇小说《青年艺术家的肖像》是他从传统走向革新的重要标志，也是他朝着小说艺术的巨大变革迈出的难能可贵的第一步。尽管这部作品的结构、风格和技巧还不能使其排在意识流小说之列，但它却在一定程度上采用了内心独白、感官印象和自由联想等意识流技巧。因此，《青年艺术家的肖像》为作者日后艺术上的重大突破奠定了基础，同时也为我们研究英国现代主义小说艺术的发展与演变提供了重要的依据。

同劳伦斯的《儿子与情人》一样,《青年艺术家的肖像》既是一部自传性很强的"青春小说"(the novel of adolescence),也是一部描写心理变化的"发展小说"(the novel of development)。引人注目的是,英国作家毛姆当时发表的《人性的枷锁》(*Of Human Bondage*,1915)也属于这一类小说。显然,《青年艺术家的肖像》明显地反映了20世纪初一部分作家热衷于描写青年一代的孤独与困惑的创作倾向。同他们一样,乔伊斯不仅从个人生活经历中摄取创作素材,而且也刻意描绘了一个青年在充满敌意的环境中的精神发育和心理发展过程。然而,与他们不同的是,乔伊斯更加关注小说艺术的实验与创新。同《儿子与情人》和《人性的枷锁》相比,《青年艺术家的肖像》无论在改革的力度上还是在实验的结果上均高出一筹,并且更多地体现出20世纪新潮艺术的特征。不言而喻,《青年艺术家的肖像》使读者看到了乔伊斯在小说艺术上的变革和新质的萌生。从某种意义上来说,这是一部在题材上虽无新意但在艺术上却无先例的现代主义小说。

引人注目的是,《青年艺术家的肖像》并不具有一个精彩曲折、引人入胜的故事情节。这无疑表明了乔伊斯淡化小说情节的艺术倾向。这部小说共分五章,描述了主人公斯蒂芬从婴儿朦胧期到青年成熟期的成长过程以及他在道德瘫痪状态中的心理变化。出身于中产阶级家庭的斯蒂芬从小受到各种社会势力的影响和压抑。他在一所教会寄宿学校读书时不仅感到孤独不堪,而且还经常受到同学的欺侮和嘲弄。随着年龄的增长,他的异化感日趋严重。他经常独自一人在都柏林肮脏、狭窄和昏暗的街道上游荡,曾经投入一个妓女的怀抱。在道德瘫痪的环境中,他不时受到来自社会、教会和家庭的消极影响,心理冲突日趋严重。在大学读书期间,斯蒂芬勤奋好学,对艺术和美学产生了浓厚的兴趣。由于他反对某些师生狭隘与自负的民族心理和固步自封的文化观念,因此他在校园内备受冷遇,处于非常孤立的境地。斯蒂芬逐渐看清了爱尔兰的社会本质。小说结尾,他对人生有了新的感悟,并决意离家出走,赴欧洲大陆追求艺术。

《青年艺术家的肖像》是一部以心理探索为主的现代主义小说。读者不难发现,它的故事情节实在不足挂齿。乔伊斯对传统小说的情节化倾向不以为然。他似乎认为,在一个严重异化的时代,骚动不安的精神世界应成为小说家刻意表现的对象,而合乎逻辑和精彩动人的故事情节既不合时宜,也无法唤起读者的真实感受。因此，乔伊斯大胆破除传统的情节观念，使《青年艺术家的肖像》建立在一系列似乎平淡无奇的事件、场面、回忆和印象之上。为了更多地让读者领略到人物错综复杂的意识活动，作者将他对物质世界的描写降到了次要的地位，将创作焦点集中于人物的精神世界，明显地表现出从外部社会转向内心世界的现代主义倾向。这部小说自始至终以主人公的精神感受和心理变化为主线，深刻地揭示了他隐秘的内心世界同外部社会势力之间的激烈冲突。因此，《青年艺术家的肖像》不仅是乔伊斯创作生涯的一个新的开端，而且也代表了英国小说艺术发展的新方向。

　　《青年艺术家的肖像》的现代主义艺术特征首先体现在其独特的结构上。读者不难发现，全书五章与其说建立在合乎逻辑的故事情节上，倒不如说建立在跌宕起伏的节奏上。这部小说结构不但严密，而且还充满了长短不一、强弱交错的节奏感。这种明快的节奏感并非来自某些词语或句型有规律的重复，而是建立在某些形象的叠现、语言风格的变换以及主人公波澜起伏的心理变化之上。事实上，"乔伊斯在1904年已经看到了这种确定《青年艺术家的肖像》的结构的基本节奏"。[1]在小说中，作者巧妙地采用了两组意义截然不同的形象来揭示主人公的心理变化。一组是由"嗓音"和"街道"等组成的静态形象，用来暗示斯蒂芬成长过程中的阻力与障碍；另一组是由"大海"和"飞鸟"等组成的动态形象，用来影射他内心的感悟和意识的觉醒。这两组形象的彼此呼应、交相叠现使小说产生了一种明快的节奏感。此外，作者语言风格的变化和轮转也极大地增强了小说的节奏感。乔伊斯巧妙地采用不同风格的语体来表现主人公不同时期的性格特征与心理变化，加之现实主义、印象主义、象征主义和意识流技巧的轮番运用，使小说的结构平添了一种抑扬顿挫之感。然而，最富有节奏感的莫过于主人公跌宕起伏的心理冲突。《青年艺术家的肖像》的每一章几乎都以冲突开头，并以矛盾的暂时缓解而告终。然而，前一章冲突的结束又引出后一章新的冲突。这种环环相扣、一波未平一波又起的小说结构不仅生动地反映了人物的心理发展过程，而且也进一步增强了作品的节奏感。显然，这种建立在多种节奏之上的小说结构在以往的小说中是十分罕见的。它不仅充分体现了乔伊斯的独创精神，而且也是他追求小说艺术变革的一个重要标志。应当指出，乔伊斯在《青年艺术家的肖像》中以"节奏"取代故事情节的

1　A. Walton Litz. *James Joyce*. New York: Twayne Publishers Inc., 1966, p.61.

手法是艺术上的一次重大突破。它使小说超越了时空界限、摆脱了情节的桎梏，并使逻辑原理和因果关系变得无关紧要。不仅如此，当"节奏"成为主宰小说结构的主导力量时，小说便体现出一种内在美和韵律美。正如现代英国小说家福斯特在《小说面面观》（Aspects of the Novel, 1927）中指出："节奏存在于某些小说中，并使它们产生一种美。"[1] 显然，《青年艺术家的肖像》不仅向人们展示了一种新型的小说结构，而且也反映了自詹姆斯和康拉德之后英国现代主义小说艺术的演变与发展。

作为一部现代主义小说，《青年艺术家的肖像》在谋篇布局上也无可争议地体现了20世纪初新潮艺术的特征。为了生动地反映主人公对生活的印象和心理感受，乔伊斯巧妙地采用现实主义、印象主义和象征主义彼此交融以及人物的主观感受与作者的客观描述互相结合的艺术手法来处理小说的材料，展示了独特的审美意识和艺术构思。他在维持小说总的时间框架的同时，不断打破时间顺序，并将各种生活场面与主人公的印象、感受和回忆交织一体，从而使作品给人一种虚虚实实、既清晰又朦胧的感觉。引人注目的是，作者在谋篇布局时不仅体现了极大的灵活性，而且也展示出极强的驾驭能力。例如，《青年艺术家的肖像》以一段内容极为紧凑且富于深刻象征意义的描写开头，通过斯蒂芬婴儿时期的微观世界来预示整部小说的基本主题。作者通过斯蒂芬的父亲对他讲述的一个关于一头"在路上行走的牛遇到了一个乖孩子"的故事来暗示斯蒂芬将来坎坷不平且充满阻力和压抑的人生道路。此外，作者还通过主人公对歌曲和音乐的喜爱来预示其未来的艺术生涯。这种以一个童话故事开局的方式看上去似乎平淡无奇，但乔伊斯的象征主义手法使小说的开局以小见大、微言大义，寥寥数词既概括了作品的基本主题，又预示了作品全部的冲突气氛。引人注目的是，当乔伊斯在小说的第一页揭示了斯蒂芬在婴儿时期的朦胧意识之后，他在第二页突然向读者展示了体弱、胆怯的主人公在学校操场上无所适从的情景。两页之间的内容更迭之快、时间跨度之大，而作者对此又不作任何解释或说明，这在以往的小说中是罕见的。在随后的数十页中，作者模仿现代电影的表现技巧，以一系列快镜头来捕捉主人公在儿童时代的感官印象，使外部的物质世界通过一个小孩的特殊而灵敏的感觉得到了生动的反映。在《青年艺术家的肖像》中，时间的步伐进退自如、快慢不一。全书五章既未按主人公的

---

[1] E. M. Forster. *Aspects of the Novel*. London: Hodder & Stoughton, 1974, p.113.

生活历程循序渐进、有条不紊地展开叙述，也未将时间按他的成长过程合理分配。而作者将那些带有残章破句的日记片段作为小说的结尾则更使读者感到惊诧不已。显然，乔伊斯在《青年艺术家的肖像》中独具匠心的谋篇布局方式与19世纪小说家的创作手法不可同日而语。它使读者在感到惊讶的同时获得了一种全新的艺术感受。

《青年艺术家的肖像》的另一个显著的现代主义特征便是作者精湛纯熟的象征主义技巧。乔伊斯无疑看到了传统小说家在描绘人物心理活动方面的局限性，因此他别开生面地采用形象与象征的手法来表现作为人类普遍经验的精神生活。在《青年艺术家的肖像》中，他巧妙地运用了各种视觉、听觉、触觉形象和一系列静态与动态形象来揭示隐埋在主人公内心深处错综复杂的意识活动。从某种意义上来说，形象与意识的相互对应，用形象反映意识，并使复杂的意识寓于丰富的形象之中，这是《青年艺术家的肖像》的一个十分重要的现代主义艺术特征。乔伊斯将形象作为表现人物精神世界的客体，并附之有声有色、有形有态的物质外壳。在他的笔下，每一种形象都具有深刻的象征意义和特殊的艺术表现力。读者会惊奇地发现，即便是最普通的物体也常常显示出非凡的艺术功能。它往往会搅动隐埋在人物心灵深处的种种欲望和回忆，使各种意念犹如河底的沉渣一般纷纷泛起。应当指出，用鲜明、具体的形象来暗示朦胧抽象的意识是乔伊斯在全面运用意识流技巧之前对现代主义小说艺术的一次有益的尝试。他不仅使形象成为人物意识活动必不可少的忠实伴侣，而且也使其成为探索精神世界的重要媒介。显然，乔伊斯创造性地发挥了形象的艺术功能，将狄更斯和勃朗特等作家的小说中传统的象征主义手法提高到了一个新的层次。

在《青年艺术家的肖像》中，静态和动态两组形象的巧妙运用无疑对强化主题、渲染气氛和揭示人物的心理变化具有极其重要的辅助作用。"嗓音"和"街道"等静态形象是社会腐败和道德瘫痪的象征，它们不仅暗示了腐朽势力对斯蒂芬的消极影响，而且也暗示了他在心理成长过程中的障碍与惆怅。在小说中，当斯蒂芬处于悲观失望时，"他以玩世不恭的态度对隐埋在心灵深处那些可耻的念头表现出极大的宽容，常常对自己能耐心地玷污眼前的每一个形象而欣喜若狂。白天黑夜，他出没于外部世界各种扭曲的形象之中"。"嗓音"是小说中反复出现的一个静态形象。它象征着陈腐的传统价值和道德观念，严重地制约着斯蒂芬的健康成长。"他经常听到他父亲和教师的嗓音，敦促他要首先成为一个有教养的绅士和一个虔诚的天主教徒。现在这些嗓音听起来极为空洞。""正是这些空洞的嗓音所引起的骚扰使他在追求理想的过程中犹豫不决、停滞不前。"在《青年艺术家的肖像》中，另一个重要的静态形象是都柏林肮脏、狭窄和昏暗的"街道"。它是道德堕落和社会腐败的象征，对斯蒂芬的意识具有消极的影响。每当"他闲逛在黑暗泥泞的街道上……他感到黑暗中有某种黑色的东西正向他袭来，一种难以名状的、沙沙响的黑东西像潮水一样涌进了他的全身"。乔伊斯巧妙采用了一系列静态形象来表现主人公在成长过程中的心理障碍和他在受到种种诱惑与干扰时的意识变化。不言而喻，形象与意识的相互对应，用形象反映意识是《青年艺术家的肖像》的一个十分显著的现代主义艺术特征。

　　在《青年艺术家的肖像》中，与静态形象互相对应并且对揭示主题同样具有重要辅助作用的是一组由"大海"和"飞鸟"等组成的动态形象。如果前者暗示了斯蒂芬在成长过程中的挫折，那么后者象征着他意识的觉醒和对理想的追求。在小说中，大海这一形象对铺垫气氛和渲染意识起到了极为重要的作用。作者不仅将大海视为一种巨大的精神力量，而且将它视为自由的象征。大海对斯蒂芬的心理发展和意识觉醒具有积极的影响；在第四章结尾处，当斯蒂芬在海边踯躅徘徊时，他仿佛听到有人在用希腊语呼喊他的名字。此刻，"他容光满面、浑身洋溢着激情……他不停地向前迈进，远远越过沙滩，向着大海放声歌唱，迎接新生活的到来"。像大海一样，飞鸟的形象同样对主人公意识的觉醒产生了积极的影响。当斯蒂芬仿佛看到"一个像鹰一般的人在大海的上空正朝着太阳的方向飞去"时，他心潮澎湃，情绪激昂，因为"这预示着他命里注定要服务于从童年与少年时代起就一直追求的理想"。随着主人公的不断成熟和觉醒，动态形象的出现更加频繁，并与他的意识活动巧妙地融为一体。象征性意境的运用随着小说高潮的到来而达到了高峰。这恰恰是《青年艺术家的肖像》在艺术形式上的不同凡响之处。

　　综上所述，《青年艺术家的肖像》是一部具有革新成分和实验精神的现代主义小说。它不仅"打破了每本六先令的小说的传统"，[1]而且成为"一个新

---

[1] Marvin Magalaner and Richard M. Kain. *Joyce: The Man, the Work, the Reputation*. New York: New York University Press, 1956, p.110.

的艺术时代的黎明前的第一道曙光"。[1]《青年艺术家的肖像》的成功与其说在于它的主题或人物，倒不如说在于乔伊斯别具一格的现代主义小说艺术。在小说中，作者以其独特的审美意识和深厚的艺术功力充分展示了以跌宕起伏的节奏取代传统的故事情节、以生动的形象表现微妙的意识的创作才华。此外，他的许多意识流技巧也在这部不可多得的实验小说中得到了成功的尝试和运用。显然，《青年艺术家的肖像》不仅为乔伊斯创作20世纪世界文坛的巅峰之作《尤利西斯》奠定了重要的基础，而且也为我们深入研究英国现代主义小说艺术的发展提供了极为重要的依据。

乔伊斯的意识流小说《尤利西斯》代表了现代主义小说的最高成就，同时也标志着英国小说艺术前所未有的巨大变革。不仅如此，《尤利西斯》也许是迄今为止英国（乃至所有英语国家）小说史上最优秀、最重要和最富于革新精神的一部小说。几年前，美国的"兰登书屋"和英国的"水石书店"曾先后组织专家学者评选20世纪最佳英语小说，《尤利西斯》两次都排名第一，被认为是这一百年中最伟大以及对未来文学最有影响的英语小说。尽管《尤利西斯》的经历同荷马史诗《奥德赛》中的英雄人物的冒险经历一样坎坷不平，充满了传奇色彩，但在经历了八十年的贬褒毁誉之后，它在世界文坛的重要地位已经不容置疑。著名诗人艾略特指出："这部小说是对当今时代最重要的反映，它是一部人人都能从中得到启示而又无法回避的作品。"[2]从某种意义上来说，迄今为止还没有一部英语小说在艺术成就和文学地位上能够超过《尤利西斯》。当然，将来应该会有在艺术上比《尤利西斯》更胜一筹的小说，但这样的小说将在何时并以何种艺术形式出现却不得而知了。

《尤利西斯》不仅是英国现代主义文学的一座灿烂辉煌的丰碑，而且也标志着英国乃至整个西方小说艺术的一次重大突破。乔伊斯别具一格的谋篇布局和精湛纯熟的创作技巧在对传统文学观念产生巨大冲击的同时，全面展示了20世纪上半叶西方小说领域的新潮艺术和尖端技巧。《尤利西斯》之所以能获得举世公认的艺术成就，其根本原因是它不仅以一种全新的艺术来描绘生活，而且为20世纪西方小说艺术的发展提供了杰出的范例。如同一项新的科学发明一

---

1 Marvin Magalaner and Richard M. Kain. *Joyce: The Man, the Work, the Reputation*. New York: New York University Press, 1956, p.103.

2 T. S. Eliot, quoted from *Critiques and Essays on Modern Fiction, 1920 — 1951*, New York: The Ronald Press Co., 1952, p.424.

样,《尤利西斯》的问世既使英国小说艺术发生了巨大的变革,并自20年代起经历了一系列脱胎换骨式的改造,也使广大读者大开眼界,并极大地修正了他们的审美意识和阅读习惯。"在现代小说(包括现代批评)的发展中,《尤利西斯》的主导作用在于证实了文学观念的深刻变化。"[1]"在所有英语作家中,乔伊斯似乎最出色地代表了对'未知的艺术'领域进行现代的、反抗性的和离经叛道的探索的神话"。[2]显然,《尤利西斯》不仅将詹姆斯和康拉德所倡导的小说艺术推向了一个新的境界,而且也使几乎所有试图创作真正的20世纪小说的严肃作家深受启迪。应当指出,《尤利西斯》在艺术上虽然是标新立异的,但就总体而言,它的艺术是健康的、合理的,并未出现离谱的现象,更未给英国小说艺术造成灾变性的后果。恰恰相反,它向人们展示了一种全新的小说艺术,一种奇特而又陌生的美,一种在陈旧的艺术世界和混乱的现实中顽强崛起的"美学英雄主义"(Aesthetic Heroism)。

《尤利西斯》充分反映了乔伊斯的现代主义情节观。这部长达七百多页的意识流小说的故事情节实在微不足道。全书由三个部分组成,共十八章。小说生动地描述了1904年6月16日这一天都柏林三位普通市民从早上八点到次日凌晨两点四十分约十九个小时的生活经历和精神感受。《尤利西斯》的第一部分(第一章至第三章)集中描写了青年艺术家斯蒂芬从早上八点至上午十一点的生活过程和意识活动。他先是在都柏林以南八九英里的一座圆形塔楼内与医科学生穆利根及其朋友海恩斯聊天,然后去学校给学生上了一堂历史课。下课后,他与校长狄瑟先生交谈了一会儿,随后独自去都柏林海滩散步,思索人生。小说的第二部分(第四章至第十五章)生动描述了主人公布鲁姆从早上八点至半夜十二点在都柏林街头的游荡和凝思遐想。布鲁姆现年四十多岁,犹太族,是一家广告公司的业务承揽员。他父亲自杀,儿子鲁迪幼年早夭,妻子莫莉水性杨花,这些使他产生了严重的孤独感和异化感。布鲁姆为妻子准备好早餐之后便出门上街,先后去过邮局、化学品商店、澡堂、教堂,并参加了一位已故朋友的葬礼。中午,他去一家报社安排广告业务,然后在一个小酒吧用餐。下午,他去图书馆查阅资料,然后去了酒吧、海滩和医院,继而跟随醉眼朦胧的斯蒂芬来到一家妓院。小说的第三部分(第十六章至第十八章)主要描

---

1 Malcolm Bradbury. *The Modern British Novel*. London: Penguin Books, 1994, p.159.
2 Ibid., p.132.

述了布鲁姆与斯蒂芬的"父子相会"。他俩先在街上喝了一杯咖啡，然后一起来到布鲁姆的家中，并在那里进行了长时间的交谈。小说以布鲁姆的太太莫莉似醒非醒中恍惚迷离、奔腾如潮的意识流而告终。显然，《尤利西斯》的故事情节（如果这也算是情节的话）简直平淡无奇，微不足道，既无紧张激烈的冲突，也无扣人心弦的高潮。即便这样一些不足挂齿，甚至有些令人生厌的情节也并非一目了然，而是在人物杂乱无章的意识活动和小说朦胧晦涩的表层结构中逐渐浮现的。从某种意义上来说，《尤利西斯》不仅是对建立在生动有趣、引人入胜的故事情节上的传统小说的一种强烈挑战，而且也反映了现代主义作家竭力淡化小说情节并追求一种完美和谐而又耐人寻味的深层结构的艺术倾向。

作为一部现代主义经典力作，《尤利西斯》充分体现了神话与现实、象征与写实之间的巧妙结合和有机统一。乔伊斯以西方文学的源头为基石，不仅以荷马史诗《奥德赛》中的主人公尤利西斯的名字作为小说的书名，而且还使作品在结构上与这位古希腊神话中的英雄人物传奇般的冒险经历对应起来。作者巧妙构思，精心设计，将智勇双全的伊塔刻岛首领尤利西斯在特洛伊战争结束后回家途中漂流沦落、历尽艰险最终与妻子珀涅罗珀幸福团圆的故事作为其小说的总体和象征性框架。在与《奥德赛》基本对应但并非完全雷同的小说框架中，乔伊斯不仅成功地摄入了大量的现代生活镜头，而且还生动地反映了一日之内三个都柏林人连绵不绝、瞬息万变的精神活动。在作者的笔下，现代的尤利西斯（布鲁姆）是个俗不可耐、懦弱无能的人，当今的特莱默克斯（斯蒂芬）是个精神空虚、意志消沉的青年，而20世纪的珀涅罗珀（莫莉）却是个水性杨花的女人。换言之，古希腊伟大的神话已经蜕化变质，成为无聊、可鄙乃至荒诞的现实。这无疑是对西方现代文明莫大的讽刺和无情的嘲弄。作者巧妙地使神话与现实、历史与今天以及英雄与反英雄相互映照，从而使小说不仅取得一种强烈的反衬效果，而且也产生了广泛的象征意义。尽管在西方文学史上采用神话典故来衬托小说主题的作家不计其数，但像乔伊斯这样能使神话与现实如此完美结合，并使作品产生如此深刻内涵及强烈艺术效果的作家则屈指可数。乔伊斯凭借《奥德赛》的框架编织了一个关于都柏林的现代神话。由此可见，神话的运用不仅是乔伊斯探索现实的有效手段，而且也是他小说艺术的重要组成部分。作为一名现代主义者，乔伊斯比以往的作家更懂得如何将神话作为使混乱的材料系统化的一种机制。正如著名诗人艾略特所说:"这完全是一种调控的方法,建立秩序的方法,或是一种能为严重的虚无和混乱(即当代历史)带来形式和意义的方法。"[1]显然,在《尤利西斯》中,乔伊斯将神话视为一种支撑小说结构、烘托小说主题的逻辑。他在强调神话的象征意义的同时,还赋予其一种特殊的艺术功能。毫无疑问,这种组建方式是合理的。正如诗人庞德所说,它给小说带来"一种平衡,一种具有无休止的编织功能和阿拉伯式图案的基本纲要"。[2]从某种意义上来说,将神话运用于《尤利西斯》,并取得强烈的反衬效果,这是形式的胜利,是现代主义小说艺术的胜利。

《尤利西斯》不仅汇集了几乎所有的新潮艺术和尖端技巧,而且代表了四百多年来英国小说艺术的最高成就。毋庸置疑,使《尤利西斯》获得成功的一个重要的原因是乔伊斯独具匠心的小说艺术和精湛纯熟的意识流技巧。尽管《尤利西斯》不是西方意识流文学的开山之作,但它与法国作家杜夏丹(Edouard Dujardin,1861—1949)创作的第一部意识流小说《月桂树被砍掉了》(*Les Lauriers Sont Coupés*,1887)有着天壤之别。即便法国现代文坛巨匠马塞尔·普鲁斯特的七卷本意识流长篇杰作《追忆似水年华》(*A la recherché du temps perdu*,1913—1927)在艺术上与《尤利西斯》相比也大为逊色。而英国女作家多萝西·理查逊(Dorothy Richardson,1873—1953)创作的第一部英语意识流长篇小说《人生历程》(*Pilgrimage*,1915—1938)更是无法同乔伊斯的经典力作相提并论。因此,可以毫不夸张地说,《尤利西斯》是世界文学史上一部结构最精致、风格最完美、技巧最精湛的意识流小说。乔伊斯的小说艺术可谓鬼斧神工,独具一格。他的创作手法是英国小说艺术史上的一次重大突破。概括地说,《尤利西斯》的艺术成就主要体现在以下四个方面。

一、《尤利西斯》向人们展示了小说反映意识的巨大艺术潜力。乔伊斯成功地借助语言的特殊功能,充分发掘小说的艺术表现力,将人物的意识活动表现得淋漓尽致。他试图向人们表明:小说作为一种艺术形式具有极大的艺术潜力,它可以生动自然而又准确无误地表现包括意识流在内的一切物质与精神现

---

1 A. Walton Litz. *James Joyce*. New York: Twayne Publishers Inc., 1966, p.81.
2 Ezra Pound, quoted from *Post-Structuralist Joyce: Essays from the French*, ed. by Derek Attridge and Daniel Ferrer. London: Cambridge University Press, 1984, p.47.

象。乔伊斯创造性地发展了一种符合人物心理特点，与其精神活动相适应的意识流语体，真实地描绘了人物言语阶段和言语前阶段的意识。在《尤利西斯》中，无论是最原始、最朦胧和最低程度的模糊意识还是最清晰、最完善和最高程度的理性思维都得到了生动的展示。应当指出，乔伊斯将飘忽不定、流动不已的意识流作为小说的基本内容加以表现，这不仅是对英国传统小说的一种反叛，而且也使小说艺术发生了质的变化。《尤利西斯》生动地表现了包括那种见诸文字前尚属隐晦、混沌的精神活动以及人物各个理性与非理性的意识层面。此外，它还原原本本地揭示了不同性格与文化素养的人所具有的不同层次的意识流，而且还使读者领略了流动不已的直线形或大容量的块状辐射形意识结构。总之，《尤利西斯》所反映的意识活动在英国小说史上是绝无仅有的，它所展示的艺术表现力在世界文学中也是极为罕见的。显然，乔伊斯在深刻揭示现代西方人纷乱复杂的心理结构的同时，充分发挥了小说的表意功能和艺术潜力，从而进一步加快了英国小说现代化和多元化的进程。

二、《尤利西斯》成功地摆脱了钟表时间对小说的长期束缚，将人们对文学作品的时间概念提高到了一个新的层次。这部驰名西方文坛的意识流小说充分体现了作者全新的时间观念。就结构与情节而言，《尤利西斯》似乎依然具有传统的时间顺序，即从早上八点到次日凌晨，一切都按钟表时间的秩序进行，具有明显的延续性。然而，《尤利西斯》同时又跨越了时间的界限，成功地将过去、现在和未来压缩在一个基点上，使1904年6月16日（Bloomsday）成为无始无终的一天，并使这一天的都柏林成为一个永恒的世界，一个无穷无尽、永远无法回避的绝对而又无情的现实。在《尤利西斯》中，乔伊斯成功地解决了小说如何在同一时间内反映在不同时间或空间内所发生的事情和经验这一棘手的问题，从而使现代小说显示无限的扩展性和巨大的凝聚力。综观《尤利西斯》，读者不难发现，乔伊斯对钟表时间和心理时间的驾驭能力简直无与伦比。一方面，他紧紧把握钟表时间，用它来支配全书的框架和进程；另一方面，他又巧妙地采用心理时间来展示人物瞬息万变的意识活动和离奇复杂的感性生活。从某种意义上来说，《尤利西斯》不仅使英国小说摆脱了钟表时间的桎梏，而且还使小说家在艺术上从必然王国步入了自由王国，成为小说时空的主宰。

三、《尤利西斯》展示了变化多端的艺术风格，从而打破了以往一部小说一种风格的创作模式。19世纪以前的英国作家似乎达成了这样一种共识，即他们不但应采用一种恰当的艺术风格来描绘生活，而且必须使这种艺术风格贯穿始终，并确保小说各章之间的艺术风格协调一致。乔伊斯对这种传统的创作理念进行了反拨。他在精心构思《尤利西斯》的框架的同时，对艺术风格的设计也颇费心机。这部长篇意识流小说的十八章在艺术风格上迥然不同，每一章都体现了一种独特的文体。这种文体不仅与该章的主题及场景十分吻合，而且还对揭示人物的意识起到了极为有效的辅助作用。尽管书中的许多文体并非乔伊斯首创，但他巧妙地将十八种不同的艺术风格融为一体，挥洒自如地表现人物的意识活动，的确令人耳目一新。在《尤利西斯》中，十八种艺术风格精彩纷呈，生动活泼，并使小说产生一种明快的节奏感，同时也极大地增强了作品的艺术感染力。美国著名乔学专家廷德尔（William York Tindall）曾对此发表过十分中肯的见解：

> 乔伊斯找到了符合其需要和意图的形式。虽然他有更多的要说，但他需要更多的方法来说。他的十八章反映了十八个问题，因而需要十八种风格和许多视角，每一种风格同内容及含义十分吻合，就像手套与手完全相配一样。[1]

从某种意义上来说，乔伊斯变化多端的艺术风格改变了传统小说家通过贯穿始终的一种艺术风格来获得艺术上的统一与和谐的陈旧观念，并使人们看到了小说家通过多种艺术风格将作品有机地交织一体的可能性。

四、《尤利西斯》几乎汇集了20世纪初西方文学中所有新奇的创作技巧，并成为现代主义小说艺术名副其实的实验场。不言而喻，《尤利西斯》的成功在很大程度上取决于作者精彩纷呈的创作技巧。乔伊斯从20世纪初的西方艺术世界中摄取了大量富于现代特色和实验精神的表现手法，并成功地借鉴了诗歌、戏剧、电影、摄影、绘画和音乐等艺术领域的各种生动的表现手法。显然，这为他深刻揭示人物的精神世界打开了方便之门，使他能轻车熟路、得心应手地去探索人物广阔的潜意识和无意识领域。乔伊斯在《尤利西斯》中使用的技巧可谓五花八门，包括内心独白、自由联想、蒙太奇、视角转换、时空跳跃以及象征主义、印象主义、表现主义和立方主义等手法。这些技巧充分揭示了人物头脑中纷乱如麻的感觉、印象、回忆、幻觉、梦境以及无数稍纵即逝、

1　William York Tindall. *A Reader's Guide to James Joyce*. New York: The Noonday Press, 1959, p.132.

难以名状的灵感、直觉和顿悟。此外，乔伊斯还不时将人物的意识流与小说叙述者的思想不加说明地混为一体，使其互相渗透、彼此交融，并通过看上去松散与破碎的句法结构来揭示核心信息，从而在朦胧晦涩和杂乱无章中求得某种秩序与和谐。显然，《尤利西斯》精彩纷呈的创作技巧不仅使作家深受启迪，而且也极大丰富了英国小说的艺术表现力。

在《尤利西斯》中，使用最多、作用最大的莫过于内心独白（interior monologue）。这种默然无声、一人独操的心理语言不仅成为小说最重要的叙述形式之一，而且对揭示人物性格和渲染作品主题起到了十分有效的作用。应当指出，作者在小说中全方位、多层次地采用内心独白来表现人物的性格特征是小说叙述形式演变的一个重要标志，对20世纪英国小说艺术的发展起到了推波助澜的作用。在《尤利西斯》中，乔伊斯不时采用直接内心独白来反映人物的意识活动，即让人物直接将本人的思想与感受和盘托出，从而使读者看到了人物原原本本的意识活动。这种由直接内心独白表现的意识不用解释，不受作者的控制，显得极为自然和坦率，的确十分接近思维的实质。《尤利西斯》的内心独白所涉及的内容包罗万象：各种离奇复杂的情感、想象、欲望、猜测、回忆、印象和幻觉等等混为一体，形成一条来无影去无踪、恍惚迷离、稍纵即逝的意识流。《尤利西斯》中的内心独白大致可分为条理型和自由型两种。条理型内心独白较为偏重理性，并具有一定的连贯性和逻辑性。而自由型内心独白则较为偏重情感，既不讲究连贯，也不合乎逻辑。在小说的三个人物中，斯蒂芬采用的大都是条理型内心独白，莫莉使用的基本上是自由型内心独白，而布鲁姆的内心独白则两者兼而有之。例如，以下这段引文记录了斯蒂芬在都柏林的森迪蒙特沙滩徘徊时的凝思遐想，属于条理型内心独白：

> 没错，我正在走，每次一步。有限的时间穿过有限的空间。五步、六步，绝对没错。那是必然的听觉反应。难道我现在正沿着森迪蒙特沙滩走向永恒？咔嚓、劈啪、嘎吱，你瞧，节奏开始了。我听见了。那是以不完整音步结尾的四步抑扬格。

显然，斯蒂芬的内心独白井然有序，条理清楚，包含了他较为明确的意识和理性的思考。此外，他的内心独白无论在词汇形式还是在句子结构上都显示出艺术家的文化修养和思维特点。相比之下，布鲁姆的内心独白则显得较为随

便、琐碎和凌乱。以下这段内心独白反映了布鲁姆在参加一位朋友的葬礼时的心猿意马,可见一斑:

>她比他活得长,失去了丈夫。她比我更伤心,一个人必然比另一个人活得长。智者说的。世上女人比男人多。向她表示哀悼。我希望你很快随他而去。只有印度女人才这样的。她会同别人结婚的。他?不。但以后的事谁知道?自从老女王死后守寡已不再时兴了。

可见,布鲁姆的内心独白不像斯蒂芬的内心独白那样井然有序,而是显示出一定的跳跃性、游动性和随意性。此外,布鲁姆的独白句子简短,所用的大都是单音节或双音节的常用词汇,充分反映了他的性格特征、文化修养和思维习惯。就总体而言,布鲁姆的内心独白介于条理型和自由型之间,显得自然、逼真,通俗易懂。而他的太太莫莉午夜时分躺在床上时奔腾如潮的意识流无疑是自由型内心独白的最佳范例:

>好吧因为他以前从未这样做过要求把带有两只鸡蛋的早餐送到他床前自从在市臂旅馆那时起就没这样做过那时他经常在床上装病嗓子不好摆出一副了不起的样子想讨干瘪老太婆赖尔顿的欢心他自以为她会听他的可她一个铜板也没给咱们留下全都捐给了教堂……

莫莉的内心独白犹如小河流水般自由奔流,行文不见标点,毫无停顿之处,语义模糊不清。这种突兀、混沌的内心独白恰好反映了她睡眼朦胧的意识状态及恍惚迷离的神智活动,同时也完全符合她水性杨花的性格特征。

应当指出,精彩纷呈的内心独白是《尤利西斯》最显著的现代主义艺术特征,同时也是这部长篇意识流小说成功的关键所在。乔伊斯十分强调内心独白的表意功能,并成功地借助语言的表现力展示了与人物性格相吻合的风格不一、形式不同的内心独白。此外,《尤利西斯》中的内心独白不仅畅通无阻,而且与作者的第三人称叙述之间的转轨和接轨也十分自然。乔伊斯似乎从来不用"他想"、"他感到"或"他对自己说"等解释性词语。作者的叙述语在视角上往往与人物的内心独白保持一致,两者之间具有某种内在的联系。通常,作者在叙述过程中转向内心独白时,只是巧妙地将人称与时态作适当的调整,一般不留明显的痕迹,读者往往在不知不觉中进出人物的意识领域。例如,以下这段引文反映了作者的叙述和人物的内心独白之间的转轨与接轨，可见一斑：

  再添一片黄油面包：三片、四片；行了（A）。她不喜欢盘子装得太满（B）。他转过身，从炉架上取下开水壶，将它放在炉火边（C）。水壶百无聊赖地待在那里，伸着嘴（D）。马上可以喝茶了（E）。很好（F）。口渴了（G）。猫翘着尾巴，绷紧身子，绕着一条桌腿打转（H）。

  以上这段引文出自《尤利西斯》第四章（卡吕普索）的开头，生动地展示了布鲁姆在厨房准备早餐时的情景。A句和B句是他为妻子莫莉在盘子上装黄油面包时的内心独白（这也是他在小说中的首次内心独白），其间没有任何解释性词语。C句和D句是作者的叙述语，尽管采用第三人称表达，但与前两句之间的接轨十分自然。C句中的"他"向读者发出了过渡与转折的信号。E、F、G三句再次表现布鲁姆的意识流，其中的"喝茶"与"口渴"同前两句中的"开水壶"在语义上和逻辑上均保持着密切的联系。最后的H句又是作者的叙述语，其关注的焦点从布鲁姆转向了他家的小猫。整段引文八句话，呈二、二、三、一格局。人物的内心独白和作者的叙述语似乎泾渭分明，却又交织一体，两者之间的接轨和转轨自然稳妥，读者在神不知鬼不觉的情况下频繁出入人物的精神世界。显然，乔伊斯成功地发展了一种足以表现人物瞬息万变、稍纵即逝的意识活动的内心独白技巧。这种技巧不仅克服了传统小说中第三人称叙述的局限性，而且对人物的性格特征与精神世界具有直接的曝光与透视作用。难怪英国著名女作家伍尔夫对《尤利西斯》的内心独白赞不绝口，称乔伊斯的创作手法"具有异彩的暗流，具有断断续续、突如其来而又意味深长的闪光，这的确极为接近思维的实质。……如果我们想要生活，生活在此无疑"。[1]

  此外，自由联想（free association）也是《尤利西斯》中最重要和最常用的艺术手法之一。在这部意识流长篇小说中，人物的意识活动往往飘忽不定，缺乏规律或秩序。他们的意识一般只能在一个问题或一种事物上作短暂的停留，即便他们头脑最清醒的时候也不例外。他们往往睹物生情，有感即发，头

1　Virginia Woolf. "Modern Fiction", *The Norton Anthology of English Literature*. New York: W. W. Norton, Fifth Edition, Vol. 2, 1986, p.1997.

脑中的想法不时被突如其来的念头所取代,眼前任何一种能刺激五官的事物都有可能打断人物的思路,激发新的思绪与浮想,释放出一连串相关的印象与感触。通常,大脑中联想的两种事物具有相似或相反的特征,或具有某种感情上和个人经历上的联系。人物的自由联想大都是突发的原始意识,未经作者整治和加工,显得十分突兀和随意。乔伊斯似乎认为,人物的意识活动充满了自由联想,小说家应不遗余力地表现这种飘忽不定、变化多端的精神现象。值得注意的是,乔伊斯对人物的自由联想从不作任何解释或说明,而是毫无顾忌地让各个念头或想法自由、随意地联系起来。不仅如此,他随时中断或变换人物的思绪与浮想,其目的是追求表现意识的自然性和真实性。有时读者不得不在数行、数页乃至数章之后才能弄清人物某个自由联想的来龙去脉和确切意思。然而,这恰恰是自由联想的艺术魅力所在。

  乔伊斯的自由联想技巧在布鲁姆身上发挥得最为成功。已过不惑之年的布鲁姆因性格内向、逆来顺受而习惯于凝思遐想。作为一个犹太人,他时刻具有一种孤独感和异化感。在爱尔兰白领阶层面前他自惭形秽,而妻子莫莉的水性杨花更使他无地自容。此外,他父亲的自杀、儿子鲁迪的早夭也使他伤心不已。他那极其敏感、郁郁寡欢而又胆小怕事的性格以及内心深处严重的失落感不仅笼罩着他的整个意识领域,而且也随时引发他的自由联想。在1904年6月16日那一天,布鲁姆的意识异常活跃,对周围的事物随时都会作出心理反应。他的所见所闻、所嗅所碰引发出无数种印象感觉和自由联想。例如,他那位已故的朋友迪格纳的名字和他上午在一家化学品商店购买的那块香皂反复出现在他的脑海里,而他下午三点在书摊前购买的那本名为《偷情的欢乐》的庸俗读物在他的意识中出现竟达十三次之多。然而,时刻笼罩着他的精神世界并不时引发他自由联想的则是他儿子的早夭、父亲的自杀和妻子的不忠。因此,"鲁迪"、"爸爸"和"莫莉"等名字在他的意识中频繁出现。以下三段引文揭示了布鲁姆在不同场合分别对"鲁迪"、"爸爸"和"莫莉"的自由联想,可见一斑:

  一、一切已经过去,一切已经倒塌。
  我也是啊,种族的末代。米莉是个年轻的学生。是啊,也许是我的错。没有儿子。鲁迪。太晚了。要是还不晚呢?要是还不晚?如果还可以?

二、班得门·帕尔默太太。想再看她演戏。昨晚她扮演了哈姆雷特。扮演男主角。也许哈姆雷特是个女人。奥菲莉亚为何要自杀？可怜的爸爸。

三、这是令人心寒的地方。总想多主持几场葬礼，欢快地等着下一具尸体的到来。还有那双蛤蟆眼。是什么使他变得如此肥胖？莫莉结婚后胖多了。

上述三段引文表明，布鲁姆的自由联想具有一定的相关条件和心理基础。从表面上看，他的自由联想显得突如其来，出人意料，但仔细读来似乎在情理之中。事实上，他每次对家人的自由联想都具有某种"客观对应物"：

1. 种族的末代——鲁迪
2. 奥菲莉亚的自杀——爸爸
3. 肥胖的牧师——莫莉

由此可见，人物的自由联想并非是脱离实际的胡思乱想。恰恰相反，它往往受到某种相关条件的刺激和影响。此外，它与人物的个人经历和心理状态有着密切的联系。当然，自由联想一旦脱离小说的情景就会显得缺乏条理，不合逻辑，甚至令人感到莫名其妙。然而，在小说特定的语境和文脉中，它往往显得自然恰当，合情合理。毫无疑问，自由联想生动地反映了人物意识的跳跃性、游动性和内在联系，对全面、真实地揭示人物的性格特征和心理变化具有重要的辅助作用。

在《尤利西斯》中，另一种新颖独特和生动有效的艺术手法是蒙太奇（montage）。这一原本属于法国建筑学的术语在20世纪初首先被运用于现代电影艺术，通常指各种镜头的剪辑、组合、并置或叠化。乔伊斯凭借自己非凡的想象力和创造力，巧妙地将蒙太奇运用于现代意识流小说，从而在创作中获得了重新安排时空的机会和自由。在《尤利西斯》中，乔伊斯通过蒙太奇手法将同一时刻内的不同事件或不同空间内的相似场面加以剪辑、组合、并置、穿插或叠化，交织成一幅万花筒式的画面。应当指出，蒙太奇的运用不仅为英国小说艺术增添了新的活力，而且使其发生了质的变化。它使小说能够像电影那样展示生活，体现出丰富的层次感、立体感和一种近似银幕镜头的动态效果。乔伊斯不仅是最早运用蒙太奇手法的英语小说家，而且也是在运用蒙太奇塑造文学形象和渲染主题方面最为出色的艺术家。正如有的批评家所说：蒙太奇使乔伊斯成功地"探索了一个新的意识领域，像一位业余的欧几里得几何学家一样切入现实的平面。这种技巧不仅是语言和修辞的革新,而且是具有参考价值的折射点,能够从历史、文化和宇宙的角度来透视人类"。[1]

在《尤利西斯》中,乔伊斯的蒙太奇手法大致可分为两种:一种是时间蒙太奇,另一种是空间蒙太奇。通常,时间蒙太奇使作家得以表现一个位于特定空间内的人物飘来转去的意识活动,使其意识随心所欲地跨越物理时间的界限,自由地往返于过去、现在和将来的经历之间。与此相反,空间蒙太奇往往在某个特定时间内展示不同空间中同时发生的事件。如果说,时间蒙太奇大都用以反映人物的意识变化,那么,空间蒙太奇则多视角地表现在同一时间点上的各种空间形象和生活场面。引人注目的是,乔伊斯不仅能挥洒自如地运用这两种不同形式的蒙太奇手法,而且还经常巧妙地将它们交织一体,使其相辅相成,共同折射出纷繁复杂的心理画面与社会现实。

乔伊斯的时间蒙太奇手法在斯蒂芬身上发挥得最为出色。作者凭借这种独特的技巧不仅使斯蒂芬所经历的各种事件在一个有限的、特定的空间内得到充分的表现,而且也能使他在不同时间内的各种经历交错重叠。例如,在第二章(内斯特)中,斯蒂芬下课后来到校长狄瑟先生的办公室领取薪水。他在与这位老于世故的校长交谈时心猿意马,浮想联翩。在这一特定的空间内,他的意识飘忽不定,跳跃频繁,不时往返于历史与现实之间,展示了一幅又一幅生动逼真的生活画面。例如,当斯蒂芬刚步入校长办公室时,他的意识便开始了流动:

办公室里空气浑浊,烟雾弥漫,同几把旧椅子上淡褐色的皮革的气味混在一起。正如第一天他在这里与我讨价还价时一样。当初如此,现在依然如此。

随后,当斯蒂芬从校长手中接过三英镑十二先令的薪水时,他的意识便发生跳跃,他与朋友克兰利曾经拿着钱去跑马场赌博的经历闪现在他的脑海中:

克兰利带我去找发财的捷径,在那些溅满泥浆的马车间寻找可能获胜的车号。到处都是赌博经纪人,各自占据一块地盘大声招揽顾客……

---

[1] Marvin Magalaner and Richard M. Kain. *Joyce: The Man, the Work, the Reputation*. New York: New York University Press, 1956, p.200.

不久，当操场上传来一阵学生们为一个好球发出的喝彩声和响亮的哨子声时，坐在校长办公室里的斯蒂芬的意识再次发生了跳跃：

> 又进了一个球。我就在这些人中间，在这些挤作一团、相互争斗的身体中间，在生活的角逐中间……角逐。时间受惊后弹跳起来，一次又一次连续受惊。战场上的厮杀与酣战声，战死者留下的僵躯和长矛尖头刺入血淋淋的肚肠时发出的惨叫声。

可见，时间蒙太奇使作者成功地表现了斯蒂芬在一个特定的空间内的意识变化。各个时期的生活片段——办公室、赌场、球场和战争——相继闪现在他的意识屏幕上。顷刻之间，他的意识跨越了时间的界限，各种镜头迅速更迭，急促变换，令人目不暇接。显然，这种表现手法在英国小说艺术史上是绝无仅有的，也是令那些恪守传统的小说家难以想象的。

同样，空间蒙太奇在《尤利西斯》中也体现了极强的艺术表现力。乔伊斯经常凭借这种独特的技巧来展示同一时间内的不同空间形象和生活镜头。例如，在第十章（流浪岩）中，他按照现代电影剪辑与组合镜头的方式来谋篇布局，其间不加说明，也不用过渡或转折手段，别开生面地用几何形状来表现空间形象（the geometrization of spacial images）。这无疑是英国小说艺术史上的一大创举。在第十章中，乔伊斯将时间定于下午三点，将此刻在都柏林街头发生的各种事件以十九个短镜头或特写镜头的形式展示在读者面前，使这个城市午间的各种生活场面一目了然。这些镜头交相并置，简洁生动地描述了约五十个人物的活动，真实地揭示了这个道德瘫痪的城市中芸芸众生的人生百态。引人注目的是，该章十九个镜头的安排及其位置和顺序充分体现了乔伊斯的艺术匠心。第一个镜头中的科米神父和最后一个镜头中的威廉·汉布总督分别代表了当时统治爱尔兰的两股势力：天主教会和英国殖民主义者。作为小说的中心人物，布鲁姆出现在第十个镜头中（即该章的中间一幕），这无疑在情理之中。而作者将斯蒂芬安排在第十三个镜头中，其目的在于通过空间蒙太奇让读者目睹尚未相遇的"父子俩"同时在两个不同的书摊前购书的场面。同样引人注目的是，几乎所有在前十八个镜头中出现过的人物都涌进了最后一个镜头，从而使分散独立的各个空间形象与总督的游行车队交织一体，构成一幅纷繁的群体画面。显然，空间蒙太奇使乔伊斯通过并置一系列同时性的空间图景来取代传统小说中的现实主义描写。作者在此故设迷津,将有序的空间分解成几何形状,以一系列距离、角度、节奏和时间不尽相同的速写镜头来折射都柏林的社会概貌。在第十章中,钟表时间已被降到了可有可无的地位,而空间的作用则显得举足轻重。读者似乎觉得时间的步伐中止了,小说的发展停顿了,取而代之的是一种静态运动,一种象征着道德瘫痪的无精打采、死气沉沉的都市生活。显然,乔伊斯的蒙太奇手法充分展示了即时性、灵活性、经济性和概括性的特点。这一技巧不仅使《尤利西斯》获得了巨大的成功,而且也进一步增强了英国小说艺术的表现力。

引人注目的是,20世纪初在西方艺术界盛极一时的印象主义、立方主义和结构主义等新潮手法都在《尤利西斯》中得到了成功的尝试,并且让同时代的小说家大开眼界,深受启迪。印象主义是19世纪下半叶在唯美主义和自然主义基础上形成的艺术风格,最初反映在绘画中,后来渗透到戏剧领域。印象派艺术家追求表现人的自我感受与瞬间印象,并强调光、色、声、影、形的艺术功能及对感官的刺激作用。乔伊斯是最早将印象主义艺术运用于小说的英语作家之一。这种艺术手法在其早期的作品中已端倪可察,而在《尤利西斯》中则变得更加精湛成熟,并成为其意识流小说的重要技巧之一。例如,在第三章(普罗蒂尤斯)中,作者采用一系列鲜明的听觉和视觉形象生动地描绘了斯蒂芬独自在海滩徘徊时从袭来的阵阵海浪声和脚下的贝壳被踩碎时发出劈啪声中所产生的感官印象。此外,在第十一章(塞壬)中,乔伊斯巧妙地采用一系列拟声词和声觉形象来描绘奥蒙德酒吧内的颓废气氛,并借此影射整个都柏林社会。他在该章一开头便按照音乐作曲的方式将各种音韵别致、节奏强烈的词汇交织一体,组成一曲反映都柏林道德瘫痪的交响乐:

丁当丁当急促的丁当声。

硬币响,时钟敲。

喧嚣声。唱呀。我会唱的。吊袜带的弹击声。

始终伴随着你。劈啪。钟声。

手掌击在大腿上发出的拍击声。实在令人兴奋。

宝贝,再见。

乔伊斯的印象主义手法在此发挥得淋漓尽致。其小说语言的声音和节奏对渲染酒吧无聊和颓废的气氛以及人物神魂颠倒、如痴如醉的心态发挥了重要的作用。作者巧妙地利用语言对声音惟妙惟肖的模拟功能,按照英语词汇不同的音节、音色和音质来组织句子,从而使语言产生音乐的效果,的确令人耳目一新。这种印象主义手法不仅使读者联想起《奥德赛》中的海妖塞壬以迷人的歌声诱惑海员、沉没船只的故事,而且还反映了一种腐败乃至没落的社会气氛。如果说,印象派画家拒绝对客观物体的直接描绘,而是强调物体的光、色、影、形在瞬间对人产生的特殊印象,那么,乔伊斯的印象主义叙述笔法则有意回避"照相机般"的、逼真的描写方式,而是充分依赖语言碎片以及由此产生的声觉形象的艺术功能。显然,印象主义手法对烘托小说主题、渲染作品气氛具有重要的辅助作用。

　　此外,立方主义艺术手法在《尤利西斯》中也有所表现。立方主义画家不仅将人和物分解成几何形或立方块,而且使其与背景融为一体,并通过对其重新组合多层次、多视角地折射出深刻的意义。20世纪初风行欧洲的立方主义绘画艺术激发了乔伊斯的创作灵感。他从毕加索等人的画作中看到了立方主义手法的艺术魅力以及将它运用于小说的可能性。立方主义画家大都以复杂的城市生活为背景,这与乔伊斯的创作焦点不谋而合。在《尤利西斯》中,他大胆地尝试这种现代主义的艺术手法。例如,在第七章(伊奥勒斯)中,他别出心裁地将五花八门的粗黑体新闻标题、大量的省略句和被删节的文字片段交织一体,以此来折射都柏林的道德瘫痪。此外,他还在该章中有意采用印刷机、有轨电车和纳尔逊纪念碑等形象来反映城市气息,从而使该章的每一页看上去就像一幅用毫不相干的图案和残片凑合而成的抽象派拼贴画;显然,乔伊斯的这种创作技巧与毕加索在画中将人或物分解成几何状或立方块的表现手法如出一辙,取得了与立方主义画作十分相似的艺术效果。不言而喻,乔伊斯在追求小说艺术革新的过程中创造性地运用了立方主义手法。这不仅为现代小说家观察世界和重组时空提供了一种新的方式,而且进一步发掘了英国小说的艺术潜力。

　　此外,由立方主义派生出来的结构主义表现艺术也在《尤利西斯》中得到了出色的运用。结构主义排斥传统艺术的审美标准,通常以直线、圆形或长方形等各种形态来构筑"没有表现对象"的抽象形体,对现代雕塑、绘画、美术、文学、音乐和语言学的发展曾产生过一定的影响。瑞士著名心理学家、日内瓦心理学派创始人皮亚杰（Jean Piaget，1896—1980）曾对结构作过这样的解释："结构的概念包括三个主要观念，即完整、转换和自我调节。"[1]在皮亚杰看来，"完整"意味着各种成分应根据组合定律排列而不是随意拼凑；所谓"转换"，是指结构的各部分能够互相转换或替代；而所谓"自我调节"，则是指结构内部应能像生命体那样自我修正或调节。从某种意义上来说，《尤利西斯》的结构刚好从三个方面体现了皮亚杰提出的上述三个观念。一、全书十八章不仅按荷马史诗《奥德赛》的基本框架展开叙述，而且还完整地描述了主要人物从早晨到深夜一天的生活经历和精神感受，并且使整部小说具有一个完整、和谐的结构。二、像转换生成语法用自身的规则描写语言那样，在《尤利西斯》的结构中，有些成分也可按某种原则互相转换或替代。例如，布鲁姆与尤利西斯以及斯蒂芬与布鲁姆夭折的儿子鲁迪之间在象征意义上的联系便体现了一种"转换"原则。三、全书的十八章虽然风格迥异，但每一章都自成一体，不仅有序可循，而且在完成其艺术职能的同时，自然地为下一章的叙述奠定了基础。整部小说就像一个有机的生命体一样在结构上具有某种"自我调节"功能。不仅如此，结构主义的艺术手法在《尤利西斯》的某些章节中也时有体现。例如，第十四章（太阳神的牛）明显地建立在结构主义的运行机制之上。该章描述了布鲁姆到都柏林妇产科医院探望普福艾太太以及斯蒂芬与一群医科学生在那里高谈阔论的情景。该章的结构分为九个部分，暗示为期九个月的"胚胎运动"。而其中每一个部分往往涉及人类历史的某个时期。此外，作者创造性地运用了从远古时期的头韵体及单音节词汇到20世纪初包括俚语及黑人英语在内的现代英语来描绘胚胎的发育经过，用语言的演化来象征孩子的出生过程。每一种语体都用得恰到好处。例如，作者采用19世纪中叶狄更斯和卡莱尔的散文风格来描绘婴儿的出世，这与物种进化理论发展的时代十分吻合。同样，该章结尾时那些喝得醉醺醺的医科学生的胡言乱语使小说在结构上出现一种反映产后喧闹场面的语言的转换。显然，这一章的语言同结构语言学创始人索绪尔（Ferdinand de Saussure，1857—1913）关于语言的共时性和历时性的理论在本质上是一致的。从某种意义上来说，印象主义、立方主义和结构主义等表现手法不仅为《尤利西斯》注入了艺术活力，而且也为现代英国小说借鉴

1　Quoted from *In Search of James Joyce*, Robert Scholes, Chicago: University of Illinois Press, 1992, p.123.

其他艺术形式提供了一个成功的范例。

综上所述，乔伊斯别具一格的创作技巧和变化多端的艺术风格是《尤利西斯》获得巨大成功的重要原因。乔伊斯在现代主义文学的大潮中独步一时，不仅表现出一种全新的审美意识和创作理念，而且还创造性地发展了小说艺术。在英国传统小说步履维艰之际，他对现代小说的艺术形式和创作技巧进行了大胆的实验和全方位的改革，并成功地解决了小说家在探索人物微妙的精神世界和瞬息万变的意识活动时所遇到的诸多技术上的难题，从而使小说艺术取得了一系列重大的突破。从某种意义上来说，《尤利西斯》几乎成了乔伊斯尝试小说新潮艺术和尖端技巧的实验场。因此，不了解《尤利西斯》的艺术手法，就无法真正了解英国（乃至整个西方）的现代主义小说艺术的本质与特征。这样说也许并不过分。

乔伊斯的小说艺术在他最后一部作品《芬尼根的守灵夜》中有了进一步的发展。引人注目的是，乔伊斯在文学实验的道路上义无反顾地将意识流小说推向高潮之后走向了极端。在创作《芬尼根的守灵夜》的过程中，他出人意料地从反映意识转向了语言实验，热衷于探索新的语言艺术，醉心于开发语言的符号和代码功能，从而向世人发出了现代主义小说朝后现代主义小说过渡的信号。也许《芬尼根的守灵夜》是在一个特殊而又混乱的时代中出现的一部特殊的作品。概括地说，这是一部在西方评论界地位极高、争议极大、问津者极少而至今仍无人能完全读懂的小说。乔伊斯声称，《芬尼根的守灵夜》至少能"使评论家们忙上三百年"。事实上，读者即便投入毕生的精力，最终对它也只能是一知半解。阅读这部小说的难度既令人震惊，又令人生畏。对英语国家的读者来说，阅读《芬尼根的守灵夜》的难度决不亚于阅读一部古代拉丁文作品。而对置身于西方文化之外的中国读者来说，它无疑是一部天书。当我们翻开它的第一页，便能见到一个刚好由一百个字母组成的模仿雷声的拟声词，而其周围则是一大堆令人莫名其妙的文字谜语。于是，小说的艰涩程度顿时跃然纸上。然而，尽管《芬尼根的守灵夜》进一步体现了作者不愿与读者合作的创作态度，但它绝对不是一个荒唐的文学玩笑。恰恰相反，它是一部极其严肃而又充满艺术匠心的文学作品。乔伊斯在胃病恶化和几乎双目失明的情况下呕心沥血、锲而不舍，花了整整十七个春秋才得以完成这一艰巨的创作任务。应该说，《芬尼根的守灵夜》为我们深入研究作者创作后期小说艺术的发展以及英国小说在30年代末从现代主义向后现代主义的过渡与转折提供了重要的依据。

从某种意义上来说,《芬尼根的守灵夜》是《尤利西斯》的姐妹篇;或者说,它是《尤利西斯》在艺术上的延续和发展。无论从小说的时间与布局,或从作品的主题与技巧来看,这两部小说之间存在着某种艺术上的联系。如果说,《尤利西斯》生动地反映了醒着的都柏林人在白天的感性生活,那么,《芬尼根的守灵夜》则以更晦涩的笔触描绘了一个睡着的家庭在黑夜的梦幻意识。引人注目的是,这两部小说均采用了以一日为框架的小说结构,并在时间上保持着明显的对应关系。《芬尼根的守灵夜》以傍晚开局,并以次日清晨结束。仅仅一夜之间,一切有形无形、虚实难辨的事物像幽灵一般在茫茫黑夜中飘来转去,在人物的睡梦中游荡。此外,《芬尼根的守灵夜》的故事情节像《尤利西斯》一样不仅十分简单,而且平淡无奇。这部小说仿佛是一本夜间的日记,以难以卒读的文字记录了都柏林郊外一个普通家庭的无意识活动,其中绝大部分是这家的男主人酒店老板伊厄威克的噩梦与狂想。这个家庭的其他成员包括伊厄威克的妻子安娜,他们的一对孪生儿子森与桑(同《圣经》中诺亚的两个儿子的名字刚好一样),还有他们的女儿伊莎贝尔。此外,小说中还出现了酒店的帮工和顾客,还有镇上的几位长者和一群孩子以及士兵和妓女等其他人物。与伊厄威克家庭成员相比,这些次要人物显得有而若无,实而若虚,同其他一切有形无体的东西一样在伊厄威克家庭成员的梦幻意识中飘然而过。显然,同布鲁姆家庭一样,伊厄威克一家只是为小说提供了一个轮廓。这一轮廓基于从傍晚到黎明的框架之上,它同《尤利西斯》从早晨到深夜的框架一样,既构成了乔伊斯小说艺术的统一性,又象征着他小说创作中一个圆满的艺术周期。

应当指出,《芬尼根的守灵夜》的问世标志着英国小说艺术的又一次重大变革。正如这部小说的书名(*Finnegans Wake*)所暗示的那样,小说的发展和演变永远不会终止。今天,不少批评家将《芬尼根的守灵夜》的问世看作后现代文学新纪元的第一道曙光,因为他们从这部作品中看到了"以自我为中心的现代主义"向"以语言为中心的后现代主义"的过渡与转折。他们认为,"乔伊斯的'语言自治'和'新的词汇艺术'导致了一个继续发展现代主义的某些积极性的创作新阶段"。[1] 如果说,《尤利西斯》代表了现代主义小说

1　Randall Stevenson. *Modernist Fiction*. New York: Harvester Wheat-sheaf, 1992, p.195.

艺术的最高成就，那么，《芬尼根的守灵夜》的问世则悄然拉开了后现代主义文学的序幕。正如美国当代著名评论家哈桑（Ihab Hassan，1925—2015）所说：《芬尼根的守灵夜》"是我们后现代主义可怕的预言……是某种文学的预示和理论依据。"[1]显然，《芬尼根的守灵夜》和《尤利西斯》是两部迥然不同的小说。如果说，《尤利西斯》在艺术上超越了传统小说的界限，那么，《芬尼根的守灵夜》则比它走得更远。《尤利西斯》充分体现了语言的艺术作用和表现力，而《芬尼根的守灵夜》则将语言的作用和表现力推向了极端。如果说，《尤利西斯》通过其无序的表层结构揭示了一个混乱复杂的精神世界，那么，《芬尼根的守灵夜》则展示了一个混沌无序的小说世界。由于《芬尼根的守灵夜》在总体设计上体现了梦的作用和效应，因此它被认为是迄今为止形式最朦胧、语言最晦涩的小说文本。从某种意义上来说，这部作品不仅反映了乔伊斯对小说艺术锲而不舍的追求，而且也展示了一种建立在梦的逻辑和模糊语言之上的全新的小说文本。正如一位西方批评家所说："也许《尤利西斯》代表了一种形式赋予混乱的最艰难的尝试，但《芬尼根的守灵夜》本身就是混乱和深渊，并构成了我们所拥有的一种最令人畏惧的形式飘忽、语义不清的文本。"[2]

应当指出，《芬尼根的守灵夜》不是一部建立在"反映论"或"认识论"基础上的现代小说，而是一种崇尚"本体论"的相对知足、基本封闭的反身文本。它以一种"扩散性"、"不确定性"的语言体系和一种"反形式"、"反释义"的文本结构展示在读者面前，为20世纪下半叶整个西方的后现代主义小说的崛起开了先河。在《芬尼根的守灵夜》中，都柏林的生活气息和社会现实显得如此朦胧晦涩，神秘莫测，就连西方研究乔伊斯的专家学者都感到困惑不解。读者不难发现，这部小说的"情节"不仅缺乏逻辑性和连贯性，而且虚实难辨，缺乏应有的"事实密度"。正如梦呓中的主人公伊厄威克所说，"所有这些事件就像任何其他从未发生或可能发生过的事件一样可能发生过"。著名乔学专家廷德尔指出：

  《芬尼根的守灵夜》就是关于《芬尼根的守灵夜》。也就是说，

---

[1] Randall Stevenson. *Modernist Fiction*. New York: Harvester Wheat-sheaf, 1992, p.196.
[2] Umberto Eco. *The Aesthetics of Chaosmos: The Middle Ages of James Joyce*, translated by Ellen Esrock. Massachusetts: Harvard University Press, 1989, p.61.

> 这本书不仅包含一切，而且关于如何记录并解释这一切。这种记录，包括创作和阅读，构成了这本书的内容，至少是它的大部分内容。因此，如果说《芬尼根的守灵夜》就是关于它自己，就等于说《芬尼根的守灵夜》就是关于我们对它的看法……[1]

就此而言，《芬尼根的守灵夜》不仅是一个"反叙述"的具有解体文学特征的文本，而且还展示了一个不可思议，难以名状的小说世界。它在艺术形式上与《尤利西斯》已不可同日而语，而与传统的现实主义小说有着天壤之别。正如当代美国著名评论家哈桑所说：我们"在后期的乔伊斯中看到了后现代主义的因素"。[2]

然而，即便是一个后现代主义的反身文本，《芬尼根的守灵夜》依然具有自身的结构。这种结构明显地建立在18世纪初意大利著名哲学家维科（Giambattista Vico，1668—1744）的历史循环论之上。维科认为，人类历史处于反复更迭和不断循环之中，每个周期包括"神灵时代"、"英雄时代"、"凡人时代"和"混乱时代"四个历史阶段，尔后又回到起点，周而复始，循环不已。显然，维科的历史循环论唤起了乔伊斯的创作灵感，并为他发展一种新的小说艺术提供了重要的依据。《芬尼根的守灵夜》的结构与维科的历史循环论之间存在着密切的对应关系。这部小说由四个部分组成，共十七章。第一部分"人类的堕落"（第一章至第八章）同亚当与夏娃因偷吃禁果而被上帝赶出伊甸园的"神灵时代"完全吻合。第二部分"斗争"（第九章至第十二章）与"英雄时代"恰好呼应。第三部分"人性"（第十三章至第十六章）与维科的"凡人时代"基本对应。而小说的最后部分"更生"（第十七章）则明显地反映了维科关于时代交替更迭、历史循环不已的哲学观点。正如乔伊斯本人所说："我把维科的循环周期作为一种框架。"[3]应当指出，《芬尼根的守灵夜》的这种结构不仅反映了作者晚年美学思想和小说艺术的重大变化，而且也为他创作一种后现代主义的反身文本奠定了基础。

《芬尼根的守灵夜》最显著的一个后现代主义特征便是它的语言艺术。

1　William York Tindall. *A Reader's Guide to James Joyce*. New York: The Noonday Press, 1959, p.237.
2　哈桑，引自《现代主义文学研究》，上册，袁可嘉等编选，中国社会科学出版社，1989年5月，第322页。
3　Quoted from *James Joyce*, Richard Ellmann, New York: Oxford University Press, 1959, p.761.

在小说中，乔伊斯热衷于开发语言的符号和代码功能，醉心于探索新的语言艺术，并试图通过"语言自治"（the autonomy of language）的方式来构筑一个小说世界。由于作者试图采用一种完全自足的语言体系来取代文学作品应有的"外指性"（referentiality）和"关于性"（aboutness），因此他不愿走出自己的小说文本，而是向读者展示了一个令人永远无法走出的迷宫（labyrinth）。显然，乔伊斯在创作后期对语言实验和文本构造的关注超越了合理的界限，从而使"现实"存在于用来描绘它的语言之中，而"意义"则存在于作者的创作和读者的解读过程之中。不少批评家认为，乔伊斯在创作《芬尼根的守灵夜》时所关注的与其说是如何反映世界，倒不如说是如何用语言来构筑一个世界。从某种意义上来说，这种创作意图已经成为日后人们鉴别后现代主义小说文本的一个重要标准。《芬尼根的守灵夜》的语言艺术完全超越了现实主义和现代主义小说语言的范畴。概括地说，这是一种人类语言史上绝无仅有的"梦语"。作者通过对英语词汇的改变或重新组合创造出无数令人困惑的杜撰新词。他似乎并不满足于英语现有双关语的表意功能，而是经常将几个词的多种意义注入同一个词汇，并利用语言的有声外壳和音韵效果来渲染主题。在小说中，十几种外国文字和无数杜撰新词纷然杂陈，几乎成了一个充满文字谜语的语言殿堂。正如有的批评家所说，"它（《芬尼根的守灵夜》）是用一种令人好奇的幽雅的文体来创作的，既生动，又朦胧，充满了隐语、古语、术语和复杂的释义"。乔伊斯本人对《芬尼根的守灵夜》的语言作了这样的解释：

> 在描述夜晚的时候，我觉得我不能使用普通的语言，我确实不能这样做。普通的语言无法表达夜间不同阶段的事物——意识、前意识，还有无意识。[1]

显然，乔伊斯有意摒弃人们使用语言的原则，将小说的主题与内涵埋在一种隐晦复杂的语言结构之中。事实上，《芬尼根的守灵夜》的语言不仅超出了普通读者的理解能力，而且也成为人们释读这部小说一个难以逾越的障碍。有些崇尚传统文学的批评家对《芬尼根的守灵夜》的语言进行了严厉的指责，认为它几乎成了乔伊斯个人的语言实验和文字表演。然而，乔伊斯则声称："我

---

[1] Quoted from *James Joyce*, Richard Ellmann, New York: Oxford University Press, 1959, p.559.

发现不能通过词汇通常的关系和联系来表现夜间的意识。"[1]显然,乔伊斯以最自由、最出人意料的方式来组词造句不仅为了获得一语双关或一词多义的效果,而且为了发展一种建立在梦的逻辑之上的后现代主义语言艺术。尽管乔伊斯生前并未听说"后现代主义"一词,但这并不影响我们今天对这种语言的界定。

《芬尼根的守灵夜》的开局充分反映了乔伊斯的后现代主义语言艺术。作者巧妙地采用一个小写的字母并以一个句子的后半句作为小说的开头以暗示历史的循环模式:

> river run, past Eve and Adam's, from swerve of shore to bend of bay, brings us by commodius vicus of recirculation back to Howth Castle and Environs.(河水奔流,经过夏娃与亚当的乐园,从弧形的海岸流向曲折的海湾,经过一个宽广的维科再循环将我们带回了豪斯城堡和都柏林市郊。)

作者试图通过语言的循环模式来影射他关于历史循环的观点。作为小说开头的这后半句话内涵丰富,寓意深刻,顿时点明了作品的主题。"河水奔流"象征着一种不可抗拒的自然运动,时间和空间都显得无关紧要。百川异源而皆归于海,然后化作雨水又卷土重来。作者有意将"亚当"和"夏娃"的姓名秩序倒置,不仅暗示了逆转与循环,而且还强调了女性作为一种再生力量在更新和复苏中的重要作用。此外,"弧形的海岸"和"曲折的海湾"也暗示了人类历史的回旋与循环。值得一提的是,乔伊斯在小说一开始便玩起了文字游戏。句中提到的Howth Castle and Environs三词的第一个字母(HCE)合在一起恰好是小说主人公伊厄威克(Humphrey Chimpden Earwicker)的姓名缩写。为了进一步使语言形式同小说的主题相吻合,作者别出心裁地让《芬尼根的守灵夜》以小说第一句的前半句结尾:

> A Way a lone a last a loved a long the(这遥远的、孤独的、最后的、可爱的、漫长的)

显然,小说的开头和结尾充分反映了作者关于历史循环不已的观点,即生

---

[1] Joyce, quoted from *The Aesthetics of Chaosmos: The Middle Ages of James Joyce*, p.62.

活像河水一样周而复始，而历史只是各种行动与事件的重复和更迭。这种观点不仅构成了《芬尼根的守灵夜》的基调，而且也可以作为我们解析这部既无真正意义上的开头又无合理的结局的后现代主义小说结构的重要依据。

应当指出，《芬尼根的守灵夜》的后现代主义小说艺术较为集中地体现在作者的"词汇革命"上。在促使文本结构全面解体的同时，乔伊斯试图构筑一个全新的语言体系来取代以往小说语言的寄情和表意功能。这无疑使他的最后一部小说脱离了"反映论"的基础，而陷入了本体论的圈子。在《芬尼根的守灵夜》中，乔伊斯的"词汇革命"和"词汇新艺术"主要表现为两种形式。首先，他通过对英语词汇的重新组合与改编来杜撰新词。这种词典中无法查到甚至连词义和词性都难以确认的杜撰词在《芬尼根的守灵夜》中俯拾即是。例如：

pigmaid，像猪似的；模仿pigmy

museyroom，使人心游神移的房间；模仿museum

punman，说话模棱两可者；模仿penman

sleeptalking，说梦话；模仿sleepwalking

mother-in-lieu，替补母亲；模仿mother-in-law

诸如此类的杜撰新词不胜枚举。乔伊斯在创造词汇方面不仅充分体现了他的艺术匠心，而且显示出极大的自由度。这些词大都是由两个词汇的音义合并而成的混合词（portmanteau），新颖别致，令人回味。它们在小说中的出现率高得惊人，简直到了无以复加的地步。

其次，乔伊斯创造性地运用了大量的拟声词来塑造声觉形象，将语言的音韵与小说的意境有机地结合起来，从而使作品产生一种美妙的音乐效果。作者的拟声手段在第八章（安娜·利菲娅·普鲁拉贝尔）中运用得最为出色。为了充分强调安娜所代表的循环原则和自然力量，乔伊斯不仅采用了世界各国六百多条河川的名字来描述她，而且运用了大量模仿河水奔流的象声词。以下是两个正在利弗河边洗衣服的妇女之间的对话，可见一斑：

And what was the wyerye rima she made! Odet! Odet ! Tell me the trent of it while I'm lathering hail out of Denis Florence MacCarthy's combies. Rise it, flut ye, pian piena! ... Listen now. Are you listening? Yes, yes! Indeed I am! Tarn your ore ouse! Essonne inne!

上述引文是两位妇女在河边洗衣时进行的一段关于安娜的对话。其中不乏河川的名字和象声词。wyerye 一词由weary（令人厌倦的）一词同Wye和Rye两个词（欧洲两条河的名字）组合而成。Odet! Odet!（意为O that!O that!）是模仿河水奔流的拟声词，同时又暗指欧洲两条大河（Odette与Oder）。trent（即trend，动向）在此暗指英格兰中部的特伦特河（Trent）。lathering（拍打）为象声词，表示洗衣服时发出的声音。而Rise it，flut ye，pian piena!一句则使人联想起flute和piano两种乐器。此外，意大利语pian piena（意为softly）不仅是象声词，而且还使人联想起俄罗斯的一条大河Piana。在最后两句中，洗衣者的说话声在河水的滔滔声中仍然依稀可辨：Tarn your ore ouse. Essonne inne.（Turn your ear also. Listen in.）不过，作者在此并未放弃他的文字游戏：Tarn意为"山中小湖"，是水的象征，而Ouse，Essonne和Inn则分别是英国、法国和中欧的河名。显然，象声词的运用加之一系列代表河川名字的双关词语的频繁出现不但进一步丰富了安娜的象征意义，而且渲染了作品的气氛。然而，乔伊斯的"词汇新艺术"毕竟超越了合理的界限，从而使阅读《芬尼根的守灵夜》的难度既令人震惊，又令人生畏。尽管有的西方评论家认为读者只有大声朗读这部小说才有可能略知一二，但乔伊斯最终向善良的读者展示了一个令他们永远无法走出的迷宫。从某种意义来说，《芬尼根的守灵夜》中的大量词汇已经成为无数令人费解的代码和谜语，而逻辑和连贯的原则已被公然抛弃。乔伊斯向世人展示了一种后现代主义语言艺术：一种具有开放性、解体性、扩散性和不确定性的语言艺术。正如美国著名批评家哈桑所说："后现代主义还显示为人类——即语言——的扩散……处处都是语言。"[1]

作为后现代主义小说的先声，《芬尼根的守灵夜》的语言体系为艺术和社会提供了一种新的调和方式。一位意大利评论家指出："自乔伊斯以来存在着两种截然不同的叙述形式。第一种传递有关人的事实及其具体的关系；它使故事的'内容'产生意义。而第二种则凭借其自身的技术结构展开一种绝对形式化的叙述。"[2]这位评论家继而指出：

---

[1] 哈桑，引自《现代主义文学研究》，上册，第328页。
[2] Umberto Eco. *The Aesthetics of Chaosmos: The Middle Ages of James Joyce*, translated by Ellen Esrock. Massachusetts: Harvard University Press, 1989, p.86.

《芬尼根的守灵夜》是当代这种艺术倾向的第一个也是最引人注目的文学样板……它标志着一种新的人类叙述形式的诞生。这种叙述形式不再描绘世界……在这种叙述形式中，"事物"获得了与表达它们的词汇有关的各种功能。也就是说：事物"用来传递词汇，支持并证实词汇"。[1]

　　也许我们能将这种以事物来"传递词汇"的叙述方式称作后现代主义的叙述形式，因为它不仅改变了"指示者"（signifier）与"被指物"（signified）之间的辩证关系，而且也能充分利用"指示者"（即词汇）之间的关系来探索各种重新解释"被指物"（即事物）的可能性。这种叙述形式表明：我们对现实的认识是复杂的，有限的，甚至是矛盾的。显然，乔伊斯试图将混乱的现实埋在"一种绝对形式化的叙述"语言之中，并以一种纯属其个人的逻辑原理和审美意识来解释人类、历史和宇宙。尽管《芬尼根的守灵夜》并不能证明语言的胜利，但它的确向我们证实了语言的潜力与可能性。

　　应当指出，《芬尼根的守灵夜》全方位、大规模地展示了一种"后现代"的艺术倾向。与《尤利西斯》不同的是，《芬尼根的守灵夜》的叙述笔法并未显示出风格上的变化与发展，而是体现出某种艰涩的稳定性。这种叙述几乎涵盖了西方社会的全部内容，并使小说成为人类历史活动的一个缩影。无数种有关文学艺术、宗教神话和爱尔兰地域风情的引喻（allusions）都堂而皇之地走进了作品，林林总总，纷然杂陈。显然，引喻的广泛使用既丰富了《芬尼根的守灵夜》的内涵和象征意义，但也对读者的释读造成了极大的障碍。平心而论，有许多引喻即便连今天的爱尔兰人也感到困惑不解。在《芬尼根的守灵夜》中，乔伊斯似乎更加关注语言的多义性和抒情性以及声音、韵律与节奏的艺术效果。就此而言，《芬尼根的守灵夜》的叙述笔法与其说属于散文，倒不如说更贴近诗歌。引人注目的是，乔伊斯的叙述笔法具有多义性和扩散性的特征。每个词犹如一只躺在一堆彩色缎带中的田鼠，狡猾地躲在一块混乱的纺织物中。一种意义往往包含了多种意义；一组意象经常引发另一组意象。每个词仿佛都与整部小说的秘密有关，而每句话的位置和顺序都意味蕴藉，耐人寻味。显然，《芬尼根的守灵夜》是英国乃至整个西方文学从现代主义向后现代主义的转型时期的一部异乎寻常的实验小说。它既是一个混乱时代产物，也是

1　Umberto Eco. *The Aesthetics of Chaosmos: The Middle Ages of James Joyce*, translated by Ellen Esrock. Massachusetts: Harvard University Press, 1989, pp.86—87.

对混乱性的一种物质的、有形的比喻。它既是乔伊斯向小说艺术的极限奋力冲刺的结果，也是西方"后现代"文化的一个先兆和预言。

综上所述，乔伊斯的创作充分体现了他的实验精神和小说艺术的巨大变革。他的三部长篇小说在艺术上既有延续性，又有中断性。所谓延续性，是指它们不仅在主题和背景上具有统一性（包括以一日为布局和一夜为框架的小说结构以及某些人物和地点在不同的作品中重复出现的现象），而且一部小说一个艺术台阶，其难度步步递增，内涵越来越丰富。所谓中断性，是指他的三部长篇小说在艺术形式和语言风格上大相径庭。《青年艺术家的肖像》和《尤利西斯》在艺术形式上相去甚远，而《芬尼根的守灵夜》则与前两部小说毫无雷同之处。一位西方评论家指出："乔伊斯风格的新颖之处在于它的'无形'和小说艺术的中断性，人们无法从中追溯一种特定的风格。"[1]在乔伊斯看来，他的小说艺术只能发展或创新，而不能保留或重复。正如他本人所说：

> 对于我有些迷信的头脑来说，"烧焦"一词颇有意义，这不是因为涉及写作本身的质量或优点，而是因为一部小说的进展其实像一种喷沙过程⋯⋯衔尾相随的每一章在运用某种艺术文化（包括修辞、音乐或辩证法）的同时，往往在其后面留下一片烧焦的土地。[2]

乔伊斯之所以伟大是因为他的艺术风格往往是发展一种便"烧焦"一种。他不断将艺术形式和批评理论抛入"废墟"。他的创作实践先后影响了现代主义和后现代主义两代作家，为英国乃至整个西方小说艺术的两次巨大变革与转型起到了推波助澜的作用。显然，锲而不舍的革新精神和无与伦比的艺术成就使乔伊斯无可争议地成为英国小说艺术史上最杰出、最有影响的作家之一。

第五节
伍尔夫：小说形式的历史性突破

在英国小说艺术史上，像弗吉尼亚·伍尔夫那样取得卓越成就的女作家并

---

[1] *Post-Structuralist Joyce: Essays from the French*, edited by Derek Attridge and Deniel Ferrer, London: Cambridge University Press, 1984, p.33.

[2] *Letters of James Joyce*, edited by Stuart Gilbert, New York: The Viking Press, 1957, p.129.

不罕见，但像她那样义无反顾地将小说当作实验场并使小说形式取得历史性突破的女作家则屈指可数。伍尔夫不仅是英国现代主义文学鼎盛时期的又一位杰出代表，而且也是意识流小说的倡导者之一。像乔伊斯一样，她义不容辞地在传统小说步履维艰之际承担起英语小说的重建工作，致力于开发小说创作的实验领地，并执着探索英国小说艺术的发展途径。像乔伊斯的小说艺术一样，伍尔夫的小说艺术也是西方社会急速现代化和文学艺术革故鼎新的转型期的产物。这种小说艺术不仅深刻地揭示了两次世界大战期间英国人的精神危机，而且充分体现了作者非凡的创新能力和独特的审美意识。

平心而论，像伍尔夫这样坚定不移而又卓尔不群的现代主义者在英国小说艺术史上可谓凤毛麟角，实在不可多得。在传统小说处于僵化和陷入困境之际，而小说家既无样板又无路标之时，她在英国文坛揭竿而起，与当时被称为现实主义三杰的贝内特、威尔斯和高尔斯华绥展开了激烈的论战。伍尔夫将这些20世纪初的大文豪称为"物质主义者"，并对他们保守、刻板和过时的小说艺术提出了猛烈的挑战。在她看来，他们的创作方式属于"幼稚的现实主义"，只能描写外部世界和生活表象，而无法反映真正的人性和人的精神世界。她曾在其著名的《贝内特先生和布朗太太》一文中指出，这些"物质主义者"

> 制造了工具并订立了服务他们使命的章法，他们的使命不是我们的使命。对我们来说，这些章法意味着毁灭，这些工具等于死亡。[1]

应该说，伍尔夫在当时敢于批评文学权威并向传统挑战是难能可贵的。因为这不仅需要勇气，而且更需要拥有一种全新的创作理念。伍尔夫认为，英国小说艺术直到亨利·詹姆斯手中才发生了显著的变化。然而，她决心进一步探索小说艺术发展的新途径。她曾明确表示："亨利·詹姆斯的伟大创作给了我们一个如此真实的世界和一个如此独特而异常的美感。但我们不能就此满足，而应在这些新观念的基础上继续实验。"[2]在伍尔夫看来，传统的艺术准则和批评理论在一个急速变化的时代已失去了权威性和参考价值。她认为，一个现代人会对这样一个事实感到震惊：即坐在一起的两个评论家会对同一部作品发

1　Virginia Woolf. *Collected Essays*. London: Hogarth Press, Vol.1, 1966, p.325.
2　Virginia Woolf, quoted from *Novelists on Novelists*, edited by David Dowling, New York: Humanities Press, 1983, p.148.

表完全不同的看法，一位称之为杰作，而另一位则称之为一堆废纸。这便使读者和作家双方都感到不知所措。她声称，现代小说家不应受传统文学观念的束缚，而应根据自己的审美意识进行创作：

> 无论怎样，当前小说家所面临的问题，我们假定还是与过去一样，是要设法自由地表现他所选择的题材。他必须有胆量声明他所感兴趣的不再是"这个"而是"那个"，他必须单从"那个"着手进行创作。[1]

显然，伍尔夫所说的"那个"是指一种全新的现代主义创作理念。这种创作理念是小说家在艺术上取得历史性突破的关键所在。她明确指出：

> 如果作家是个自由人而不是奴隶，如果他能按照个人意志创作而不是墨守成规，如果他能将自己的作品基于本人的感觉而不是听凭传统的摆布，那么，作品中就不会有情节、喜剧、悲剧、对爱情的兴趣或通常的灾难性结局。[2]

伍尔夫的现代主义创作理念使她成为英国意识流小说的杰出代表。她与乔伊斯几乎同时将创作焦点转向人物的精神世界。她十分敏锐地意识到，在20世纪动荡不安的年代里，社会生活发生了根本的变化。西方文明已经衰落，传统的社会结构开始解体，人们对时代与生活产生了一种前所未有的危机感和恐惧感。伍尔夫认为，现代小说家对人们日趋严重的异化感和幻灭感绝不能视而不见或无动于衷，而应不顾一切地去揭示他们真实的精神感受和意识活动，即使与传统小说的常规和章法分道扬镳也在所不惜。显然，伍尔夫认为，真实存在于人物的意识活动和心灵的闪光之中，因而她果断地向同时代的作家发出了"向内心看看"和"考察一个普通的日子里一个普通人的头脑"的呼吁。她成功地发展了一种与乔伊斯的作品十分相似却又不尽相同的意识流小说。同乔伊斯的作品一样，伍尔夫的意识流小说也充分体现了重灵魂、轻躯体，重精神、轻物质，以及重心理时间、轻物理时间的创作原则。在小说中，她将外部客观事物和日常生活的细节弃置不顾，以透视的方式竭力表现人物变化无常、飘

---

[1] Virginia Woolf. "Modern Fiction", *The Norton Anthology of English Literature*. New York: W. W. Norton, Fifth Edition, Vol.2, 1986, pp.1997—1998.

[2] Ibid., p.1996.

忽不定的感性生活。因此，伍尔夫与乔伊斯的创作思想在本质上是一致的。然而，她虽然充分肯定乔伊斯"偏重精神"的创作手法，但对他的小说持有一定的保留态度。她认为乔伊斯的创作过于自由，并对他的自负、自我表现以及"自觉和蓄意的粗鄙"颇有微词。事实上，她所感兴趣的与其说是乔伊斯小说中的内容，倒不如说是他的艺术形式。但她并没有沿袭乔伊斯的创作方法，而是在文学革新的道路上探幽索隐，潜心捕捉能使小说艺术取得历史性突破的良机。综观伍尔夫的小说创作，我们也许会发现，其艺术形式在三个方面取得了历史性突破。

一、伍尔夫的小说充分反映了一种全新的情节观。伍尔夫认为，英国小说就像一位由于某种原因已经陷入困境的女士。历史上曾经有许多绅士骑着马儿来拯救她，但却无济于事。在伍尔夫看来，英国小说之所以陷入困境是因为历代小说家都试图用它来讲故事，而"故事是文学有机体中最低级的一种"。她认为，自从有人讲故事以来，故事总是由十分相似的因素构成，老生常谈，缺乏新意。她多次撰文指出，时代变了，生活变了，人际关系也变了。现代人在新的现实和变化无常的人生面前往往不知所措，因而怀有一种深刻的危机感。小说家如果再用约定俗成的方式来讲故事显然不合时宜。在她看来，小说只有充分反映人的危机感，深入探索人物的精神世界，才会显得真实与可信。伍尔夫早期在《墙上的斑点》（*The Mark on the Wall*，1917）和《邱园纪事》（*Kew Gardens*，1919）等短篇小说中便对无情节的小说形式进行了大胆的实验。这些作品仅仅揭示了既无故事又无行动的生活片段，有点像富有印象主义色彩的散文。显然，早期的创作实践为她后来的《达罗卫夫人》（*Mrs Dalloway*，1925）、《到灯塔去》（*To the Lighthouse*，1927）和《海浪》（*The Waves*，1931）等以印象取代情节的长篇意识流小说奠定了可靠的基础。读者不难发现，在这些小说中，故事情节和外部世界的描述已被降到最低限度，取而代之的是飘忽不定、连绵不绝的意识流。就淡化情节而言，伍尔夫甚至比乔伊斯走得更远。显然，她的创作实践不但进一步拓宽了小说艺术的疆界，而且标志着一种新型的非叙事性小说的诞生。

二、伍尔夫的小说在谋篇布局上突破了传统作品的界限，充分体现了小说框架结构的重大转型。自亨利·菲尔丁以来，英国传统小说建立了一种约定俗成和十分稳固的框架结构。一部小说的结构不但由章节来表示，而且还与人物及事件的发展密切相关。由于受到早先长篇史诗和戏剧作品的影响,小说家在谋篇布局上往往体现出戏剧化的特征。传统小说大都包括开局、发展、冲突、高潮和结局等部分,有的甚至还有序幕和尾声。伍尔夫认为,这种千篇一律的框架结构已经成为制约现代小说家艺术想象力的桎梏。她曾撰文指出:"小说就像一只蜘蛛网,也许只是轻微地粘附着,然而它还是四只角都粘附于生活之上。"[1]显然,伍尔夫认为,现代小说既不应是叙事性作品,也不应是趣味性读物,而应是反映复杂的现代经验和现代意识的载体。她明确提出,传统小说的框架结构已经无法真实反映令人困惑的人生和现代人日趋严重的异化感。在她的意识流小说中,伍尔夫对小说的框架结构进行了一系列大胆的实验和有益的尝试。她时而摒弃章节的形式,时而采用以一日为框架或以象征性的一夜为布局的小说结构,并以纷繁复杂的蛛网状结构取代传统的梯子形结构,收到了良好的艺术效果。如果说,传统作家大都讲究小说表层结构的精裁密缝及其完整性与合理性,那么,伍尔夫则更加关注小说深层结构的和谐与统一,强调小说运行机制的艺术活力,并追求内部结构的静态平衡。其结果是,她的小说看上去像是一幅十分美丽却又耐人寻味的抽象画。就此而言,伍尔夫不仅在小说的谋篇布局上取得了历史性突破,而且为英国小说结构的转型作出了重要的贡献。

三、伍尔夫的小说改变了传统作品中人物之间在情节上的逻辑关系和客观联系,将人们对人物关系的概念提高到了一个新的层次。在传统的现实主义小说中,主人公不仅是故事的主体,而且与其他人物之间具有一定的逻辑关系。小说中的所有人物似乎都在情节上保持着千丝万缕的联系。一部小说的进展往往取决于人物之间的冲突,无论主题或情节都必须服从于这一原则。然而,伍尔夫却对这种建立在社会生活和逻辑原理之上的人物关系不以为然。她似乎更加关注人物的艺术纽带作用以及互相之间精神上或象征意义上的联系。例如,在《达罗卫夫人》中,女主人公与史密斯在人们看来是两个互不相干的人物。同样,《到灯塔去》中的画家莉丽小姐既未介入拉姆齐夫妇的关系,也未与拉姆齐一家同去灯塔。而《海浪》中的六个男女主人公相聚的时间十分有限,将他们联系起来的不是故事情节而是一段段无言的对白和意识的波涛。总之,在伍尔夫的意识流小说中,人物之间通常意义上的逻辑关系和客观联系已经不

---

[1] 转引自《弗吉尼亚·伍尔夫文集:论小说与小说家》,瞿世镜译,上海:上海译文出版社,2000年,第368页。

复存在。显然，伍尔夫的创作实践向以往那种小说的进展取决于人物的冲突，而冲突则发端于环境的准则提出了强烈的挑战。从某种意义上来说，伍尔夫在创作中所关注的与其说是人物之间的客观联系或在情节上的逻辑关系，倒不如说是他们之间精神上或象征意义上的关系以及他们在小说中的艺术作用。换言之，伍尔夫设计和塑造人物未必考虑情节的需要，而是为了取得某种美学价值或艺术效果。不言而喻，这种创作方式不但极大地修正了读者的人物观，强化了人物在小说中的艺术地位与作用，而且也是小说形式的一次历史性突破。

《达罗卫夫人》是一部充满实验精神的意识流小说，也是英国现代主义小说的上乘之作。这部作品既是伍尔夫早期对小说形式大胆探索与尝试的艺术结晶，也是她运用时间、意识和技巧三位一体的创作原则的成功范例。在《达罗卫夫人》中，作者早期致力于反映人物"生存的关键时刻"（Moment of Being）或"重要的瞬间"（Moment of Importance）的艺术手法得到了进一步的发展。她似乎并不满足仅在短篇小说中描绘人物在一个特定的时间与空间内稍瞬即逝的印象与浮想，而是旨在探索使无数个"重要的瞬间"在长篇小说中交织一体、轮番叠现的可能性。换言之，她开始对意识流小说的艺术形式和创作技巧进行大规模和全方位的实验。显然，在《达罗卫夫人》中，伍尔夫不仅找到了符合自己的创作意图及适合表现她所说的那种现实的艺术形式，而且也已形成了自己独特的创作风格。她对这部小说的艺术构思显得十分自信："我认为这种设计比我其他作品中的设计更加出色。"[1]

应当指出，《达罗卫夫人》充分体现了伍尔夫的现代主义情节观。这部小说的故事情节十分简单，且平淡无奇。作品描述了英国国会议员的妻子达罗卫夫人和一个名叫史密斯的精神病患者从上午九点到午夜时分约十五个小时的生活经历。六月的早晨，达罗卫夫人为准备家庭晚会上街买花。她一路上心游神移，浮想联翩。年过半百的达罗卫夫人虽然过着优裕富贵的生活，但却寂寞无聊，整天生活在一种莫名的孤独和焦虑之中。她从住宅到花店一路上心猿意马，在伦敦街头熙来攘往的车流人群中不时感到失落与惆怅。与此同时，小说的另一位主要人物史密斯在妻子的陪同下也在街上游荡。这位在战争中因受炮弹惊吓而患精神病的退伍军人神志恍惚，时而胡思乱想，时而惊恐不安。下

---

[1] *The Diary of Virginia Woof*, ed. by Anne Alivier Bell, Vol. II, London: The Hogarth Press, 1982, p.272.

午，达罗卫夫人与她昔日的恋人彼得相会，但两人视同陌人，当初的浪漫情调已荡然无存。晚上，达罗卫家贵客盈门，高朋满座，直到深夜才曲终席散。小说结尾，史密斯自杀身亡，从而使自己受伤的灵魂得到彻底的解脱，而达罗卫夫人则感到无限惆怅，并将继续生活在孤独与焦虑之中。显然，《达罗卫夫人》的故事情节不足挂齿，其地位已被降到了最低限度。然而，即便如此微不足道的故事情节也并非一目了然，而是在人物支离破碎的印象和意识中逐渐浮现的。这不仅与《尤利西斯》有着惊人的相似之处，而且也体现了意识流小说家不约而同地淡化情节的艺术倾向。

引人注目的是，像《尤利西斯》一样，《达罗卫夫人》也采用了以一日为框架的小说模式来反映现代人的异化感和末日感。如果说《尤利西斯》着力描述了布鲁姆和斯蒂芬在都柏林街头巷尾一天的游荡和意识活动，那么，《达罗卫夫人》同样将两个人物在伦敦街头一天的感性生活作为基本内容加以表现。不仅如此，这两部小说还同时将两个互不相干的人物精神上的联系作为一条无形的艺术纽带，以此来取得小说内部结构的平衡与和谐。尽管伍尔夫承认"我现在所做的也许没有乔伊斯先生做得出色"，[1]但她在设计和驾驭以一日为框架的小说时可谓匠心独运，充分体现了自己的艺术才华和革新精神。《达罗卫夫人》包含了两条并行不悖的线索，生动描述了达罗卫夫人在伦敦街头的凝思遐想和史密斯的混乱意识。伍尔夫在小说中有意安排两个互不相干而又截然不同的人物，旨在揭示一个同时由神智清醒和精神失常的人所观察的世界。她试图通过人物的视角转换来反映在同一时刻内他们对人生不同阶段的回忆、思考与感受。作者以新颖独特的创作技巧将人物的复杂经历压缩在十五个小时内加以集中表现，充分展示了意识流小说无限的扩展性和巨大的凝聚力。因此，《达罗卫夫人》与《尤利西斯》在艺术形式上十分相似，却又不尽相同。这无疑反映了英国现代主义作家在发展小说艺术过程中的某些无独有偶的创作倾向。

同样引人注目的是，《达罗卫夫人》一开始便脱离了传统小说的艺术轨迹。伍尔夫的意识流技巧在此得到了充分的展示。她采用了行云流水般的内心独白来揭示女主人公在去花店途中独自漫步街头时的意识变化：

1　Virginia Woolf, quoted from *Beyond Egotism*, Robert Kiely, Massachusetts: Harvard University Press, 1980, p.1.

> 达罗卫夫人说她将自己去买花。
>
> 多有趣！多痛快！因为当她猛然推开布尔顿别墅的那扇法式落地窗——她现在还能听见那铰链发出的嘎嘎声——冲到室外的清新空气中去的时候，她心中似乎常有这种痛快的感觉。那空气多么新鲜，多么宁静，当然比这儿宁静得多；那清晨的微风像波浪拍打着海岸一般拂面而来，凉飕飕的，可是这（对像她当时这样一位十八岁的少女来说）又使她感到心情沉重，好像有什么可怕的事即将发生……

显然，与传统小说相比，《达罗卫夫人》的开局发生了重大的变化。尽管小说的第一句开宗明义，与传统的叙述并无多大区别，但接踵而来的便是女主人公的意识流。作者摒弃了传统小说的开局模式，不是先向读者介绍作品的时间、地点、人物以及与"故事"相关的其他信息，而是单刀直入地进入人物的精神世界。刚出家门的达罗卫夫人见户外空气清新、阳光明媚，便触景生情，浮想联翩。她回忆起三十多年前的一个宁静的早晨自己推开布尔顿别墅的落地长窗时的情景，当时室外比这儿更宁静。此刻，她仿佛听到了当时推窗时铰链发出的嘎嘎声。寥寥数词，所涉及的钟表时间只不过一两分钟，但它却跨越了时空的界限，展现了女主人公三十年前的生活经历。小说开局，除了户外一股新鲜空气，便是达罗卫夫人对时空的感触和自由联想。这种开局方式在以往的传统小说中是无法寻觅的，也是传统作家难以想象的。

值得一提的是，伍尔夫在小说开局中的叙述笔法不仅新颖独特，而且显示出某种变异的特征。作者摒弃了几百年来传统小说的叙述方式，拆除了长期以来作家在小说中设置的种种路标，只是采用了括号、引号和破折号等语言的辅助形式来为读者指点迷津。读者发现，她的语体同传统小说的语言既相似，又不完全相似。随着小说的进展，伍尔夫的语体犹如行云流水，句子进展迅速，节奏明快。作者故意将小说的第三人称叙述、达罗卫夫人的意识流以及其他人物的话语不加说明地混为一体，笔锋随着一股飘来转去的意识流，频频往返于女主人公以往的经历和现在的感受之间，并不时将一连串的回忆、印象和现实的镜头交织一体。这种叙述笔法使小说在表面文字信息之下蕴藏着极为丰富的心理内容。引人注目的是，伍尔夫并没有像乔伊斯那样采用不同的语言风格来表现不同人物的意识。相反，她始终采用同一种诗歌般的、具有旋律的语体来描述人物的精神活动。尽管她注重小说的表意功能，但她并没有因人物的性格不同而变换作品的语言风格。《达罗卫夫人》虽然展示了两条重要的线索和多位不同类型与性格的人物，但贯穿全书的却是用同一种语体表现的主观生活之流。尽管达罗卫夫人和史密斯等人的意识流好比电影镜头一般交替出现，转换频繁，但伍尔夫的语体自然而然地将读者从一个人物的意识带进另一个人物的人脑，其间不留明显的痕迹。读者通常不知不觉地进出人物的精神世界。从某种意义上来说，伍尔夫的叙述笔法不仅是《达罗卫夫人》有别于传统小说的一个重要艺术特征，而且也是现代主义小说语体变异的一个显著标志。

《达罗卫夫人》充分体现了伍尔夫的现代主义时间观。作者反复利用时间的经验来渲染人物的意识和揭示小说的主题。她起初将这部小说的书名定为《时光》，足以证明她对小说时间问题的关注。从结构上看，《达罗卫夫人》似乎仍然遵循了钟表时间的顺序，即它描述了人物从上午到深夜约十五个小时的生活经历。同时，以伦敦大本钟为标志的物理时间贯穿了整部作品。然而，伍尔夫别开生面地采用物理时间上的一天来表现人物心理时间上的一生。不仅如此，她巧妙地将钟表时间和心理时间交织一体，并使大本钟在报出准确的物理时间的同时生动地反映人物的意识活动。代表着物理时间的大本钟不仅具有深刻的象征意义，而且也为整部小说提供了一个重要的背景。在城市上空回荡的钟声具有丰富的感情色彩，不时在达罗卫夫人、史密斯和彼得等主要人物心中引起复杂的心理反应，同时也为作者从一个人物的意识转入另一个人物的意识提供了一种媒介。每个人物似乎对钟声都十分敏感，往往根据自己的经验对此作出强烈的反应。在同一时刻，有人想到生活，有人想到死亡，有人回忆往事，有人展望未来。然而，刻板、机械的时钟对这一切都无动于衷，依然按照自己的规律不快不慢地走动着，并在一定时刻以沉重和洪亮的钟声无情地撞击人物的心扉。显然，伍尔夫不仅成功地突破了时间的界限，而且创造性地发挥了物理时间与心理时间的艺术作用，为现代小说家运用时间来反映经验提供了一个杰出的范例。

在小说中，达罗卫夫人和史密斯两个主要人物生活在同一股时间流之中，并同时受到物理时间的影响和冲击。从某种意义上来说，这两个在生活中互不相干的人物之间的关系不仅建立在小说的主题和象征意义上，而且也建立在一种特殊的时间关系上。飘荡在伦敦上空的洪亮的钟声为他们精神上的联系提供

了一种媒介。对达罗卫夫人来说,钟声虽悦耳动听,但却显得悲怆凄凉,因为它意味着时光的流逝和生命的消失:

> 听,钟声响了!先是一阵预告,悦耳动听;随后是报时的声音,显得无可挽回。渐渐地,那金属的音波在空中消逝。走在维多利亚大街时,她想,我们就是这样一群傻瓜。因为只有天晓得,人家何以会那样喜爱生活。

洪亮的钟声使达罗卫夫人伤感不已、惘然若失。经过时间的洗刷和岁月的风化,两鬓花白的她与彼得之间的恋情已荡然无存。在岁月的落叶之下,她感到一种莫名的惆怅与悲哀。"她总感到哪怕活一天也是非常非常危险的。"象征着物理时间的大本钟仿佛每时每刻都在向她发出警告。在时光的催促下,达罗卫夫人痛苦地意识到自己的生命正在逐渐消逝,死亡正在迫近。

像达罗卫夫人一样,同时在伦敦街头游荡的史密斯也频频对大本钟的声浪作出强烈的反应。每一次钟声似乎都会触动他的神经,引起他对那场可怕的战争的回忆:

> "时间"一词的外壳分裂了;它变成了一股洪流涌进了他的心头,然后不知不觉地从他的嘴唇中像炮弹一样掉下来,又像飞机的碎片一样掉下来,坚硬的、白色的、坚不可摧的词汇,它们四处飞扬,继而又交织一体,组成一首时间的颂歌……

对史密斯来说,时间不但具有一种神秘的色彩,而且不时折射出他的混乱意识。钟声使他联想起炮火连天、硝烟弥漫的战场和骇人听闻的经历。因此,他对时光的流逝并不感到惋惜,相反,这进一步强化了他早日结束生命的念头。显然,时间已经不再成为制约小说表现力的桎梏,而是成为反映经验和传递意识的重要艺术手段。这无疑是伍尔夫对英国小说艺术的一大贡献。

此外,《达罗卫夫人》充分展示了作者新颖独特的现代主义技巧。像乔伊斯一样,伍尔夫也采用自由联想和蒙太奇等手法来表现人物的意识活动,对现代主义小说的创作技巧进行了有益的尝试。在《达罗卫夫人》中,作者运用自由联想和蒙太奇等现代主义技巧的能力与乔伊斯相比毫无逊色。"伍尔夫发展了一种全新的风格,并在哲学上和文体上与威尔斯、高尔斯华绥和贝内特等爱德华时代的文学前辈们分道扬镳，从而使自己加入了艾略特、乔伊斯，甚至格特鲁德·斯泰因等革新者的行列。"[1]不言而喻，伍尔夫在小说中对新潮艺术和尖端技巧的尝试为20年代英国小说艺术的急速演变起到了推波助澜的作用。

在《达罗卫夫人》中，伍尔夫的自由联想技巧得到了充分的施展，成为表现人物瞬息万变的意识活动的重要手段。她对人物的自由联想往往不作解释和说明，而是让各种念头与浮想随意结合，自由地闪现在人物的头脑中。尽管她并没有像乔伊斯在《尤利西斯》中那样安排如此纷繁的线索，但她处理自由联想的方式与乔伊斯大致相同。她笔下的人物，无论是神志清醒的还是精神错乱的，对周围的事物都极其敏感，即便是最普通的东西也会使他们产生丰富的联想。作者的自由联想手法在史密斯身上运用得尤为出色。这位在战争中受到惊吓的精神病患者在伦敦街头经常触景生情，周围的事物不时令他联想起战争以及遇难的战友埃文斯。例如，当他坐在公园的椅子上时，他发现周围没有树木，因此他便认为"人类不准砍树"。此刻，他从砍树联想起战场上的厮杀。这个在战争中目睹了种种疯狂与残暴的退伍军人认为"要改变这个世界，人们不能因仇恨而杀人"。"砍树"与"杀人"似乎风马牛不相及，但两者之间的联系仿佛又在情理之中。随后，他仿佛听到一只麻雀在对面的栅栏上叫他的名字，而栅栏后面有一堆"白色的东西正聚作一团"，他仿佛感到"栅栏后面是埃文斯"。显然，史密斯从"白色的东西"联想起遇难战友的尸骨。在《达罗卫夫人》中，诸如此类的自由联想比比皆是。为了真实地表现人物的意识活动，伍尔夫不仅随心所欲地中断或改变人物的意识流程，而且拒绝对人物的自由联想作任何解释或说明。显然，这与乔伊斯的艺术手法十分相似。

在《达罗卫夫人》中，另一种引人注目的创作技巧是蒙太奇。伍尔夫巧妙地以某一事件或某种形象为媒介来展示人物在同一时间内的意识活动，取得了强烈的艺术效果。例如，当一辆行驶在庞德街的汽车的引擎发出一声巨响时，"过路人都停止了脚步，目不转睛地看着"。此刻，达罗卫夫人和史密斯在不同的地点同时对街上传来的这声巨响感到吃惊，并由此产生了不同的意识反应。"猛烈的响声使达罗卫夫人惊跳起来"，她在震惊之余便陷入凝思遐想之中："是威尔斯王子吗？是王后？或许是首相？"与此同时，在水泄不通的街道上寸步难行的史密斯也对响声作出了强烈的反应：

1　D. H. Lawrence, quoted from *A Reader's Guide to Great Twentieth-Century English Novels*, p. 129.

> 人人都在看那辆汽车。塞普铁米斯也在看……他眼前的一切渐渐地聚作一团，形成了一个中心，仿佛某种可怕的事情就要发生，即将喷出火焰，使他感到极为恐慌。世界正在晃动与颤抖，好像突然要喷出火焰。他想，是我把路堵了。

随后，伍尔夫将小说镜头再次转向了达罗卫夫人，进一步展示了她的凝思遐想："也许是王后，达罗卫夫人一边想，一边拿着花走出默伯里花店。"作者巧妙地采用蒙太奇技巧表现了两个人物（还有其他人物）在同一时刻内对汽车的响声作出的心理反应。当这一场面消失后，小说中又出现了一架飞机在伦敦上空为太妃糖做广告的场面。当史密斯望着正在空中做飞行表演的飞机和机尾的白烟拼出的英语字母时，头脑中突然产生一阵幻觉，他的意识再次产生了跳跃。眼前"绝妙的美景"使他再次联想起战争中轰炸和流血的可怕景象。飞机的噪音和人们的喧哗"刺激着他的脊梁，使声浪直冲他的大脑，在那里产生剧烈的震荡之后便突然中断"。在幻觉中，史密斯看到"榆树倒地，树叶飞落"，"他看着这一切快要发疯了，于是，他闭上眼睛，不再看了"。此刻，达罗卫夫人已从花店返回住宅，她正向为她开门的保姆问道："他们在看什么？"显然，伍尔夫的蒙太奇技巧成功地通过某一场面将不同人物在同一时刻内的意识活动交替并置，从而使整部小说建立在一种蛛网状结构之上。从某种意义上来说，蒙太奇手法不仅强化了小说的层次感和立体感，而且极大地丰富了英国小说艺术的表现力。

综上所述，《达罗卫夫人》是一部充满革新精神的现代主义小说。这部没有章节，只有一种蛛网状结构，没有多少故事情节，只有交错纵横的思绪的意识流小说在艺术上取得了历史性突破。这部小说之所以结束不是因为它的故事有了一个合理的结局，而是因为小说以一日为框架的结构达到了自身的完美与和谐。显然，除了生动地反映了现代人复杂的精神世界之外，《达罗卫夫人》还向读者展示了一种新型的小说模式，从而进一步拓宽了英国小说艺术的发展空间。

《到灯塔去》是继《达罗卫夫人》之后的又一部实验小说，并再次展示了伍尔夫在小说艺术上的历史性突破。随着《达罗卫夫人》的问世，作者的小说艺术日趋成熟，创作观念不断更新，从而使她的小说在形式上也产生了相应的变化。不少批评家将《到灯塔去》视为伍尔夫的代表作，也有的批评家认为它是20世纪最优秀的英语小说之一。这部小说不仅向我们提供了一种新的观察生活与世界的方式，而且也使我们感受到一种前所未有的艺术美。伍尔夫对小说艺术的探索与追求在此取得了新的成果。概括地说，《到灯塔去》是一部非常诗化而又具有浓郁象征意义的现代主义小说。在这部小说中，战后英国人严重的焦虑感、恐惧感和异化感已经被淡化，而笼罩着灯塔世界的则是一种平静与安宁的气氛。不仅如此，作者那种用以编织网状结构的蒙太奇和时空跳跃等创作技巧在此也已悄然撤离，代之而起的是一种美妙的旋律和朦胧的印象。显然，《到灯塔去》以一种新的艺术形式表现了人们在严酷的现实中探本穷源，寻觅人生的真谛和精神上的寄托的过程。它是伍尔夫对小说艺术的又一次成功的探索和有益的尝试。

《到灯塔去》体现了伍尔夫在小说谋篇布局上的新思路和新理念。作者在这部犹如耐人寻味的抽象画一般的小说中的艺术构思具有独到之处，令人耳目一新。正如她在《达罗卫夫人》中取消章节形式一样，作者在《到灯塔去》中也拒绝章节的形式，而是出于美学的需要巧妙地采用了长短不一的三个部分来构筑小说的框架。第一部分"窗口"占全书篇幅的一半以上。它叙述的事件发生在九月的一个黄昏，地点是拉姆齐夫妇在海滨的夏日别墅，人物除拉姆齐夫妇外还包括他们的几个孩子和几位来访的客人。这部分主要揭示了各种人物的性格及其相互关系，并展示了拉姆齐一家到灯塔去的计划以及因天气恶劣使计划告挫的过程。第二部分"时光流逝"仅占小说篇幅的十分之一，但它却以抒情的笔调描绘了十年的人世沧桑。作者用象征着痛苦和死亡的黑暗来表现十年的动乱与变迁。在茫茫的黑夜中，拉姆齐太太离开了人世，一个儿子捐躯疆场，一个女儿死于难产，全家备受磨难。与此同时，拉姆齐家的海滨别墅也在风雨的侵蚀和岁月的风化中变得破旧不堪。第三部分"灯塔"描述了十年后的一个上午拉姆齐先生与家人重返别墅并泛舟驶向灯塔的经过。黑夜过去，光明重现；十年一觉，弹指一挥间；误解与隔阂已成为历史。拉姆齐先生率家人到灯塔去，了却了埋在心中长达十年的宿愿，完成了这一漫长的心灵的旅程。小说以拉姆齐家的帆船到达灯塔和莉丽小姐挥笔完成她于十年前开始创作的那幅油画而圆满结束。显然，像其他现代主义小说一样，《到灯塔去》并不具有一个曲折动人的故事情节，而是以一种优美的"图式"来反映生活和经验。

《到灯塔去》象征性地采用了以一夜为布局的小说框架。这部作品不仅以一个家庭为背景,而且还建立在一种类似于从傍晚到上午的时间顺序上。就此而言,这部小说在谋篇布局与框架结构上别具一格,充分反映了伍尔夫对小说形式的进一步探索与实验。她巧妙地将这部小说的框架建立在一种异乎寻常和富于象征意义的时间顺序上。第一部分"窗口"描述了九月的一个黄昏在拉姆齐家的海滨别墅中举行的一次家庭晚会;第三部分"灯塔"揭示了十年后的一个上午拉姆齐先生率家人乘船到灯塔去的情景;而在这两幕之间则是象征着茫茫黑夜的十年动乱与不幸。第二部分"时光流逝"就像前后两幕的间奏曲,成功地将十年的不幸压缩到象征性的一夜之内加以集中表现,从而为小说以一夜为布局的框架提供了可靠的基础。显然,作者的艺术构思不同凡响,它使整部小说在时间上既中断又延续,既有压缩又有扩展。从审美的角度来看,像《到灯塔去》这样的作品在英国小说艺术史上是绝无仅有的。它不仅反映了作者独特的审美意识和全新的创作理念,而且也意味着英国小说又获得了一种新的艺术形式,出现了又一次历史性突破。

作为一部现代主义小说,《到灯塔去》深刻地揭示了人物的感性生活,探索了精神世界与客观现实之间的关系,并在一定程度上反映了位于生活表象之下的内在真实。读者发现,这部小说展示的是人物微妙的印象、丰富的情感和对生活本质的思考。这种印象、情感与思考几乎渗透于小说的每一幅生活画面之中,隐约地显示了作者希望从动乱中求得宁静,从混沌中寻求秩序的创作意图。就此而言,《到灯塔去》是一部有别于《达罗卫夫人》的意识流小说。作者的创作技巧不但有了变化,而且显得更加精湛和成熟。她采用了间接内心独白的手法从各个不同的角度来揭示人物微妙的心理变化,并自由地出入人物的情感世界。此外,她通过作品视角的频繁转换不断使人物的意识互相渗透,并以此来揭示人物的真实性格和作品的内涵。伍尔夫的意识流技巧将人物瞬间的感官印象描绘得丝丝入扣,其捕捉人物情感意识的印象主义手法既细致入微又包罗万象,既朦胧含蓄又富有诗意。由于《到灯塔去》充分体现了非叙事性文学的特征,因此,贯穿全书的不是一个生动有趣的故事情节,而是人物耐人寻味的感官印象和微妙的心理变化。值得一提的是,伍尔夫在小说中作了种种暗示,也留下了许多空白,往往使读者产生一种只可意会而不可言传的感觉。伍尔夫似乎有意回避自己在《达罗卫夫人》中所涉及的尖锐的社会矛盾和严重的精神危机，而是从抽象的角度来揭示人际关系和生活的本质，其表现手法具有十分隐晦的象征意义，甚至带有非常浓郁的神秘色彩。她不但通过人物的内省和直觉来揭示他们的性格，而且还通过捕捉瞬间的感官印象和情绪波动来展示作品的主题。不仅如此，她采用富于诗意和优美旋律的抒情语体来记录人物的内在真实，使读者不得不凭借自己的生活经验和精神感受去把握人物心灵的脉搏。毫无疑问，《到灯塔去》不仅超越了传统现实主义小说的艺术范畴，而且也超越了普通读者的理解能力和欣赏水平。它的问世标志着一种艺术考究、形式优美、风格典雅和内涵丰富的新型小说的诞生。

《到灯塔去》有意回避了传统小说中司空见惯的社会主题，而是从抽象的角度揭示了两种十分重要的关系：即人与人之间的关系以及精神世界与客观现实之间的关系。整部小说对如何妥善处理这两种关系进行了深入的探索。不仅如此，伍尔夫似乎有意在这两种关系之间建立某种联系，并使其获得某种统一与和谐，从而在混乱与矛盾之中建立某种秩序。就此而言，《到灯塔去》以象征的手法反映了战后英国人渴望平静、安宁与祥和的心态。作者为她笔下的人物告别恐惧、焦虑和孤独提供了一条幽深曲折的途径。她似乎在向人们暗示：人类只有通过互谅互爱才能摆脱痛苦，只有放弃自私与冷漠才能使精神得到升华，使心灵得到净化。人们在克服了自身的狭隘心理和消除了与他人之间的隔阂之后才能步入一种崇高的精神境界，从而摆脱时间的束缚和死亡的威胁。因此，到灯塔去不只是一次物理意义上的航行，而且还是一次发现自我、探索真理、超越现实和步入新的精神境界的心理的旅行。

小说的第一部分"窗口"一开始便以人与人之间的关系以及精神世界与客观现实之间的关系为主题，深刻地揭示了这两种关系所面临的紧张气氛。正如达罗卫夫人试图从家庭晚会上寻求某种聊以自慰的精神寄托一样，拉姆齐夫妇也在自己的海滨别墅款待他们的客人以建立与外界生活的联系。伍尔夫似乎在向读者暗示：人们需要互相交往，彼此之间需要同情和理解，这不但符合人的本性，而且也构成了人类生存的共同基础。在小说中，拉姆齐夫妇分别代表了两种截然不同的生活原则。拉姆齐先生性格孤僻，处事刻板，待人严肃。他虽然智慧超群，博古通今，但却过于理性，十分固执，且不近人情，在对待自己的孩子时更是如此。而拉姆齐太太则是一位通情达理的贤妻良母，她温柔体贴，善解人意，举止娴雅，是一切美好品质的化身。在小说中，她成为宾主之间和家庭各成员之间传递感情、促进理解和建立稳固联系的重要纽带。显然，拉姆齐夫妇的性格与形象不仅代表了两种互相对立的生活原则，而且象征着人际关系的紧张以及精神世界与客观现实之间的冲突。

应当指出，这部小说的主题与内涵在很大程度上是通过人物的性格加以表现的，而人物的性格则大都出自他们微妙的印象与直觉。小说开局，拉姆齐太太倚窗而立，窗外是花草树木，远处是海浪和灯塔。窗口仿佛是一面透视客观现实的镜子，象征着她观察生活、认识世界的心灵之窗。她凝视着海上忽明忽暗的灯塔，陷于沉思冥想之中，周围的一切不时跳入她的意识屏幕。随后，人们见到拉姆齐太太在屋里忙于料理家务，款待客人，抚慰孩子。她试图通过给人温暖、赐人欢乐来建立人间的信任与友谊，并在自己的生活圈内寻求真理，探索人生的意义。由于她具有直观的透视能力，因此她认为人类可以超越自我，同外界真理建立联系。她从灯塔上看到了生活的光明与目标，同时也获得了一种同宇宙之间精神上的联系。在她眼里，灯塔的光芒代表着"生活的胜利"，象征着"这种平静、这种安宁、这种永恒"。她望着，望着，萦绕在她心中的一些细小的想法也时常随着那灯光而升华。显然，拉姆齐太太对海上闪烁不停的灯塔所作的反应体现了她敏锐的直觉和非凡的审美意识。然而，与其相反，拉姆齐先生却强调理性高于一切的原则。作为一名哲学家，他试图凭借理性与逻辑来解释和处理世上的一切问题。在生活中，他对任何事实都顶礼膜拜："他所说的都是事实……他不会说谎，从不篡改事实，从来不会为了使他人感到愉快或方便而改变一句不中听的话。"显然，拉姆齐先生崇拜那种以生硬的事实和刻板的逻辑为基础的真理。他耗尽了毕生的精力在理性的王国中寻找真理，整天思索着诸如宇宙的本质和存在的基础等抽象的哲学问题。由于他缺乏直觉和洞察力，因此他的思考和研究往往具有局限性。他所追求的真理往往具有暂时的意义和正确性，但却没有永恒的价值。显然，伍尔夫通过拉姆齐夫妇这两个主要人物的形象揭示了精神世界与客观现实之间的矛盾，并试图为两者寻找一条通向和谐与统一的途径。

作者的这种创作意图在小说的另一个人物莉丽小姐身上得到了验证。在拉姆齐家做客的年轻画家莉丽正不遗余力地用色彩与形态来构筑这样一条途径，用值得自己信赖的画笔勾勒一幅协调、匀称和完美的图画。然而，她感到世界是如此的混乱无序，现实生活是那样的杂乱无章。在创作油画的过程中，她仿佛意识到生活中两股对抗的势力无时不在影响她的创作，支配她手中的画笔："她强烈地感到有两股对抗的势力同时并存……这两股势力在她的头脑中互相争斗，现在便是如此。"作为一名艺术家，莉丽敏锐地察觉到拉姆齐夫妇截然不同的性格特征。在她看来，他们所代表的两种原则瑕瑜互见，只有相辅相成，才能协调一致。"她想，问题是如何将右边的那片色彩与左边的那片色彩连在一起。"为此，她不但应具有非凡的创作灵感，而且还应具有将精神世界与客观现实融为一体的艺术才华，从而才能在混乱无序的世界中创造出具有永恒价值的艺术作品。从某种意义上来说，莉丽小姐的作用反映了作者全新的人物观。这位年轻画家出现在小说中与其说出于故事情节的需要，倒不如说为了揭示小说的主题和发挥某种艺术作用。换言之，伍尔夫笔下的人物在小说中的地位与作用发生了明显的变化。他们犹如一幅美丽的图画中的色彩与形态一般体现了某种美学效果。显然，伍尔夫处理人物的方式不仅构成其艺术的一个重要特征，而且也进一步丰富了英国小说艺术的内涵。

《到灯塔去》的第二部分"时光流逝"对渲染小说主题和强化作品内部结构的和谐具有重要的作用，这一部分以飘洒与朦胧的语体描述了时光的消逝和生活的变迁。十年的岁月犹如茫茫黑夜在作者的笔下飘然而过，似烟雨一般朦胧，像云雾一样缥缈。这篇不到六千词的抒情散文具有深刻的涵义和丰富的象征意义。作者以优美和富有旋律的语体来描绘象征着邪恶与死亡的黑暗，用晶莹碧蓝的海水来象征光明，并以海水的涛声、流沙的响声和海风的呼啸声来暗示人们对光明再现、幸福重临望眼欲穿的迫切心情。在描写黑暗时，作者生动地采用了拟人和比喻的手法：

> 黑暗悄悄地从锁孔和门缝中潜入，偷偷地绕过窗帘，钻进房间，在这里吞没了水罐和脸盆，在那里吞没了一盆红黄交织的大丽花，还有笔直的门框和结实的衣柜。

这种描写不仅体现了拟人化的特征，而且创造了一种神秘和忧郁的气氛。黑暗笼罩着整个世界，它象征着社会的昏乱与衰败。这股巨大的黑流无所不至，不仅冲垮了钟表时间的精确防线，而且使人世沧桑显得更加任性和变幻莫测。同时，黑暗又象征着精神上的孤独与哀伤。当拉姆齐太太的精神之光消失之后，她丈夫便生活在一种莫名的空虚和无聊之中，"他伸出双手，但一切空空如也"。显然，"时光流逝"成功地将十年的历史与变迁压缩到象征性的一夜之间加以集中表现，同时也对小说结构的和谐具有重要的支配作用。不仅如此，它为人物提供了一个自我反省与自我认识的机会，并且为两股不同势力从对立到统一提供了必要的过渡。

小说的第三部分"灯塔"揭示了全书最富有诗意和最充满激情的一幕。它展示了两股势力冲突的结束和光明的重现。这一部分生动描述了十年后的一个上午拉姆齐先生率全家泛舟碧海前往灯塔的过程和莉丽小姐一挥而就完成油画的场面。同这一物质意义上的航行并行不悖的是拉姆齐先生到达人生的彼岸与妻子建立精神联系的心灵的旅行。伍尔夫巧妙地运用位于大海中闪烁不停的灯塔将这两种航行交织一体。灯塔的光芒不仅将十年前在海滨别墅举行的家庭晚会和十年后拉姆齐一家到灯塔去的经历联系起来，而且也使精神世界和客观现实融为一体。它那忽明忽暗的灯光象征着光明与黑暗、幸福与痛苦的交替与更迭。对拉姆齐先生来说，到达灯塔意味着与妻子在精神上重新团聚。当帆船乘风破浪逐渐驶近灯塔时，这位长期生活在理性王国中的哲学家心潮起伏，豁然开朗，步入了一种超越时空、超越自我的精神境界。与此同时，年轻画家莉丽一面目送征帆，一面挥笔作画。她"仿佛在一瞬间获得了创作灵感"，于是一挥而就，终于完成了那幅拖延了十年之久的油画："画完了，大功告成了。是的，她想，我获得了精神感悟，一边筋疲力尽地放下了画笔。"显然，《到灯塔去》的结局充分体现了作者独特的审美意识。这部小说之所以在和谐的气氛中结束，既不是因为故事本身已经圆满地结束，也不是因为伍尔夫对现实充满了乐观精神，而是因为这部作品从内部结构到外部形式达到了艺术上的和谐与统一，并获得了一种异乎寻常的匀称美和静态平衡。

应当指出，在英国小说艺术史上，像《到灯塔去》这样在艺术上如此完美的小说是十分罕见的。尽管它未能像其他现代主义小说那样揭示深刻的社会主题和反映严重的精神危机，但它给人以美的感受。整部作品韵律悠扬、节奏明快、意味蕴藉、富有诗意，既为读者留下了驰骋想象的广阔空间，又让读者领略了伍尔夫高雅的艺术情趣和超凡的审美意识。

如果说《到灯塔去》向读者展示了一种完美无瑕的小说结构和富有旋律的优美文体，那么伍尔夫的另一部实验小说《海浪》则使读者看到了一种极为抽象和朦胧的艺术形式。《海浪》同《达罗卫夫人》和《到灯塔去》之间无论在艺术形式上，还是在创作技巧上并无多少相似之处。这是伍尔夫所创作的最复杂、最艰涩的一部意识流小说。它那别具一格的框架结构和新颖独特的艺术手法体现了伍尔夫对小说艺术的进一步探索。作者曾在日记中写道："我一生中从未处理过如此模糊而又如此复杂的布局；每当我在作品中写一个词，我不得不考虑它与其他许多词语之间的关系……我总要不时地停下来考虑整部小说的效果。"[1] 概括地说，《海浪》是一部朦胧晦涩、难以卒读的意识流小说。伍尔夫对小说形式的实验与创新在这部作品中几乎达到了无以复加的地步。

作为一部实验性极强的现代主义小说，《海浪》几乎无故事情节可言，只有像汹涌的海浪一样此起彼伏的意识的波涛。这部小说共分九章，以极其朦胧的笔触描绘了伯纳德、内维尔、路易斯、苏珊、珍妮和罗达六个人物从童年到老年的心理发展和共性意识。虽然这些人物的性格不同，经历不一，但他们均面临了严重的精神危机。小说的每一章揭示了人物成长过程中的某个阶段。同这六个人物的意识联在一起的还有他们共同的朋友波西弗。当波西弗去印度之前，他们六人共同为他饯行。而当波西弗在印度突然死亡的噩耗传来时，他们六人夜聚汉普顿宫，互倾衷肠，哀叹人生。随着时间的流逝，他们都先后成家立业，各奔东西。其中苏珊与一位农场主结婚，路易斯成为一个有钱的商人，而主要人物伯纳德则是一名备受挫折的艺术家。书中的六个人物在浩瀚和无序的人生海洋中茫然若失，无所适从，表现出严重的"性格认同危机"。小说以伯纳德对死亡的一声痛苦的呼唤而告终。像作者前两部意识流小说一样，《海浪》也是一部没有多少故事情节可言的作品，其实质性的内容也许仅够用于创作一篇短篇小说。显然，伍尔夫再次放弃了对客观世界和社会生活的描述，而是将人物的精神世界作为关注的焦点。

《海浪》的结构形式在英国小说艺术史上是绝无仅有的。在这部小说中，九章的正文全部由人物的内心独白组成，但每章的正文之前都有一篇描述自然景色的抒情散文，与充满意识波涛的正文形成了鲜明的对照。这九篇富于象征意义的散文在语言风格和句法结构上也与正文截然不同，并以斜体词来表现，以示区别。然而，除了九个抒情引子之外，书中的一切都显得如此的抽象与朦胧。读者似乎很难找到具有实际意义的生活画面，而只是依稀感到这部作品在形式和内容上比《达罗卫夫人》和《到灯塔去》更加模糊，犹如一幅令人

---

[1] *The Diary of Virginia Woolf*, ed. by Anne Alivier Bell, Vol. III, p. 259.

困惑的抽象画。伍尔夫似乎意识到了《海浪》在反映社会生活方面可能出现的不足之处，因而她有意在作品中大量掺入了人物对社会现实的意识反映和印象感觉，以弥补小说在这方面存在的欠缺。尽管如此，小说中的九个抒情引子所展示的太阳、海浪和花草的变化几乎成了作者对客观世界描述的全部内容。因此，读者依然很难想象自己是在读一本文艺小说，他也许觉得自己同书中沉溺于浩瀚的人生海洋中的六个人物一样茫然若失。然而，像作者前两部意识流小说一样，《海浪》在结构形式上似乎也体现了某种秩序。整部作品显得既松散又严谨，混而不浊，乱中有序。九章正文与九个引子虽然在内容与形式上大相径庭，但却彼此对应，相辅相成。这种布局不仅具有一定的象征意义，而且也反映了作者对小说形式的进一步探索与实验。伍尔夫凭借这种艺术形式深刻地揭示了自我与存在的关系，生动地表现了战后英国人的精神危机。

伍尔夫的现代主义时间观在《海浪》中再次得到了充分的展示。像《达罗卫夫人》和《到灯塔去》一样，《海浪》在时间安排上同样别具一格。整部小说从日出到日落仅仅涉及从黎明到黄昏一个白昼的物理时间。然而，它却反映了书中六个人物从童年到老年几十年的人生经历。在小说中，有限的物理时间在自然景色的变化中得到巧妙的暗示。作者在每一章开头的抒情散文中生动地描绘了太阳的运动与日影的变化，从旭日东升到日挂中天直至日落西山，以此来象征时间的流逝和人物从童年、青年到老年的各个阶段。同时，作者还通过描述花园内富于象征意义的花草树木的变化来暗示人生的进程，以植物的开花、结果和枯萎来象征人的出生、成长和衰老。此外，汹涌澎湃的海浪也象征着时间的流逝。万顷波涛几乎构成了这部小说的全部背景。海浪滚滚，此起彼伏，潮起潮落，周而复始。大自然这种永恒的运动模式不仅暗示了时光的飘逝，而且也象征着生与死、兴与衰的循环过程。《海浪》的叙述程序包含了大自然的变化和人生的进程这两个分散独立却又相辅而行的发展过程。伍尔夫巧妙地通过这两条并行不悖的线索使这部朦胧晦涩的小说显示出某种秩序，并在结构上获得了某种匀称与和谐。显然，《海浪》的结构形式不仅反映了作者总揽全局的能力，而且也体现了她对小说时间问题的极大关注和不遗余力的探索。

像其他现代主义小说一样，《海浪》也深刻地揭示了关于现代人严重异化的主题。在经历了第一次世界大战的破坏与浩劫之后，英国的市井百姓尤其是青年一代在心理上产生了极大的混乱。他们不仅对现实感到无比的失望，而且对个人的存在价值与社会归属感到困惑。伍尔夫以隐晦的笔触描述了他们严重的悲观主义情绪和"性格认同危机"。这些人物从童年时代起便对自己在社会中的地位与作用表示怀疑。从某种意义上来说，伍尔夫在《海浪》中所采用的抽象和朦胧的形式有效地渲染了主题，与作品的虚无主义的气氛是十分吻合的。此外，伍尔夫塑造人物的手法也对渲染主题起到了重要的作用。《海浪》所展示的不是栩栩如生、有血有肉的人物形象，而是十分模糊和抽象的人物。尽管他们的身份与经历各不相同，但他们的内心独白却十分相似，缺乏个性，表现出一种共同意识和群体心理。他们不约而同地在混乱无序的人生海洋中探索自我与存在的意义，并以一种难以名状的共性意识来互相吸引，彼此依托。事实上，构成这部小说基本内容的与其说是这六个人物不同的生活经历，倒不如说是他们共同对混乱的现实所作的心理反应。就此而言，《海浪》的主题虽与《到灯塔去》的主题大相径庭，但它与《达罗卫夫人》的主题较为相似。显然，伍尔夫再次通过人物对时空与现实的感触来揭示现代人日趋严重的异化感。

《海浪》的开局不仅富有诗意，而且具有深刻的象征意义。在小说开头，作者以一段抒情散文来描绘大自然的景观：

> 太阳尚未升起。海洋与天空难以辨别，只是大海略微有些波纹，犹如一块起皱的棉布。随着天空逐渐变白，一条黑色的地平线将海洋与天空隔开，灰色的棉布上出现了许多厚厚的条纹，它们汹涌而至，在水面下永无休止地互相跟踪，互相追逐。

伍尔夫凭借这段借景抒怀的引子塑造了一种神奇的自然景观。在作者的笔下，天空与海洋黑白互映，动静交融；瞬间与永恒时而分庭抗礼，时而交织一体，造成神秘的气氛，给人一种茫然的感觉。此刻，"太阳尚未升起"，暗示着书中人物的意识尚属朦胧阶段。由于他们对经验和宇宙懵然无知，因而，只能凭借孩子敏锐的感觉器官来辨认周围的色彩、形态和声音。伯纳德看见了"一个圆环"，苏珊看见了"一片黄色"，而路易斯则"听见了一种东西在跺脚"。伍尔夫通过外界各种生动的形象拉开了小说的序幕，并以此来描绘儿童的朦胧意识和模糊印象。人物童年时期的感性生活在一组以色彩、形态和声音为主的特殊形象的烘托下逐渐展现在读者眼前。每个孩子捕捉的形象不尽相同，这反映了他们个人兴趣与观察方式上的差别，同时也预示了他们各自的性格发展。引人注目的是，伍尔夫有意采用符合儿童感觉方式和思维习惯的词汇和句法来展示人物的独白。这六个人物早年的内心独白在形式与结构上基本相仿，句子长短也相差无几，显示出某种程式化与雷同化的倾向。显然，这种语言的雷同性有助于表现人物的共性意识。不过，在后几章中，作者的语体随着人物的发展与成熟也有所变化，句子逐渐变长，句法趋向复杂。这与乔伊斯在《青年艺术家的肖像》中的表现手法如出一辙，这不能不说是伍尔夫与乔伊斯在小说创作中的又一个共同的艺术特征。

在《海浪》中，伍尔夫巧妙地采用了象征主义的手法来揭示主题和反映意识，使小说产生了极强的艺术感染力。在位于小说各章前的九篇抒情散文中，太阳是一个十分引人注目的形象。在伍尔夫的笔下，太阳的光辉无法改变朦胧的世界，日影的移动始终伴随着黑暗的阴影。因此，小说开头的旭日东升和小说结尾时的日落西山只能象征着人生的短促，暗示着生与死的循环。小说中的另一个重要形象是嗓音。《海浪》中的嗓音是发自六个人物内心无言的独白。这些嗓音不仅反映了构成全书的基本内容的空虚感和幻灭感，而且也成为人物表明个人身份并与外界保持联系的特殊手段。伍尔夫在处理这些嗓音的方式上显示出卓越的艺术才华。她成功地采用了六个似同非同的嗓音来揭示小说的主题，读者通过这些嗓音逐渐了解人物的性格及其生活经历。引人注目的是，作者别出心裁地运用了古典芭蕾舞的程式，让这些人物逐个登台，依次亮相，将自己的感受以独白的形式和盘托出。偶尔，几个人物会同时登场，通过彼此交流与对白来透露心声。然而，在整部小说中，六个人物同时登台的机会只有两次；一次是为他们共同的朋友波西弗饯行，另一次是在一起悼念故友，哀叹人生。事实上，这六个似同非同的嗓音不仅成为人物表达思想和交流感情的重要媒介，而且对渲染作品的气氛具有重要的辅助作用。然而，作为一种反复出现的形象，嗓音的作用并不仅限于此，它在一定程度上成了表明人物身份与特征的标签，甚至成为人物用以强调自己存在的一种方式。正如伯纳德所说："当我的嗓音消失时，你们不会再记得我。"此外，嗓音在小说中成为人物的忠实伴侣，并不时对他们的处境和变化予以提醒。正如伯纳德告诉读者："当我说'汉普顿宫'时，我的嗓音证明我已人到中年了。"显然，伍尔夫运用形象和象征的手法不但别具一格，而且极大地丰富了英国小说艺术的表现力。

然而，在这部小说中，最重要、最耐人寻味的形象无疑是汹涌澎湃的海浪。伍尔夫无疑充分认识到了大海的深刻象征意义及其对人物意识的渲染作用。大海的形象在《海浪》中具有特殊的含义。水原本是生活的源泉，但它同样会给人带来灾难。在《海浪》中，大海象征着人生的险恶与变幻莫测。在伍尔夫的笔下，海浪似乎代表了压抑人性、嘲弄人格和摆布人生的社会势力："海浪冲击着海岸，它们像披着头巾的武士，像一群手中拿着有毒标枪的披着头巾的强盗，在空中挥舞着手臂，朝着正在吃草的羊群——一群白羊猛冲过去。"在小说中，大海的形象在人物心中产生了强烈的反应，无时不在冲击他们的意识。他们对待大海就像对待人生一样，往往显示出既向往又害怕的矛盾心理。在他们看来，大海不仅是一种不可抗拒的宇宙力量，而且包藏祸心，随时都在威胁人的生存。书中的六个人物在浩瀚的人生海洋中茫然若失，无所适从，害怕生活的激流会给他们带来灭顶之灾。在内维尔看来，伦敦的"文明世界"就像大海一样令人困惑，他感到自己在生活的浪涛中变得越来越"微不足道，不知所措"，随时都有葬身海底的危险。因此他战战兢兢地说："在我还未涌进那个激流和旋涡之前我得坐稳一会儿。"罗达从大海的形象中同样看到了一种潜在的危险；混乱无序的生活潮流使她感到危机四伏却又孤立无援，"犹如一块漂在汹涌的海面上的木头"。小说中心人物伯纳德自始至终将大海比作威胁自己生存的机械文明力量。在他看来，生活就像汹涌的大海一样，不仅混乱无序，而且虎视眈眈，居心叵测，令人望而生畏。他痛苦地感到他们六人实在可怜，"只是六条任人捕捉的小鱼，另外有无数条鱼则在油锅中乱蹦乱跳，咝咝作响"。小说结尾，伯纳德从大海汹涌的波涛中看到的只是人生的悲哀和死亡的阴影。显然，作为一个贯穿全书的主要形象，大海对揭示小说主题和铺垫作品气氛起到了极为重要的辅助作用。

《海浪》不仅是一部别具一格的意识流小说，而且也为现代英国小说提供了一种新的模式。伍尔夫别开生面地采用了一种朦胧、抽象乃至模糊的艺术形式来表现混乱无序的现实和人物错综复杂的意识。她不仅凭借多种形象取得了小说内部结构的和谐与统一，而且巧妙地将神秘人物波西弗作为联系六个人物的无形纽带，使一个个分散的灵魂聚集到一起，对严酷的现实作出共同的反应。不言而喻，《海浪》在艺术形式上取得了新的突破，并且让读者再次领略了英国现代主义小说的风采。

伍尔夫不仅是20世纪英国文坛最杰出的革新家之一，而且在英国小说艺术史上拥有重要的一席。她的几部意识流小说在创作技巧上别具一格，并且在结构布局上也不同凡响，充分体现了她在推动英国小说艺术的发展过程中所表现的锲而不舍的革新精神。这位也许是20世纪英国最伟大的女作家的每一部小说都展示了一种新颖独特的形式，不落俗套，给人一种书不惊人誓不休的感觉。就对小说艺术的发展所作的贡献而论，伍尔夫无疑是英国小说问世以来五六个最伟大的开拓者之一。

综上所述，詹姆斯、康拉德、劳伦斯、乔伊斯和伍尔夫的现代主义小说在叙事艺术、结构形式、创作技巧和语言风格上不仅发生了显著的变化，而且取得了一系列重大的突破。尽管这些作家的创作经历和审美意识千差万别，其小说的革新程度和实验结果也不尽相同，但就总体而言，他们的小说属于英国小说艺术史上最具有特色、最富于实验性和创造性的作品，并代表了英国小说艺术的最高成就。显然，这些现代主义作家是英国小说史上一批极为罕见的艺术天才。他们锲而不舍的探索与实验使小说艺术发生了脱胎换骨式的变化，并达到了前所未有的完美境地。正如诗人艾略特在评价乔伊斯的艺术成就时所说："我相信，这是朝着现代世界可能成为艺术表现对象所迈出的一大步。"[1]

毋庸置疑，英国小说艺术在20世纪上半叶经历了巨大的变革，其实验性、创造性和现代性超越了以往的任何时期。综观英国小说艺术的发展过程，我们不难发现，它不仅在1890年至1940年的半个世纪中朝着现代化的目标急速地跑了一阵子，而且在形式上也一再取得了历史性突破。这无疑反映了现代主义小说家巨大的创作潜力和非凡的艺术才华，同时也体现了英国小说艺术的无限活力与魅力。当然，在艺术上求新或猎奇并不是这些作家的最终目的。事实上，他们是在英国社会的转型期寻找更为有效地探索自我、反映社会本质的文学途径。尽管这些艺术形式在反映现代经验和现代意识方面存在着一定的差异，但它们不仅具有自身的美学价值，而且为我们深入研究英国小说艺术的演变与发展提供了重要的依据。应当指出，詹姆斯、康拉德、劳伦斯、乔伊斯和伍尔夫所创作的现代主义小说与以往或同时代的任何现实主义小说相比，无论在艺术

1　T. S. Eloit, quoted from *Modernism/Postmodernism*, ed. by Peter Brooker, London: Longman, 1992, p.6.

质量上还是在反映生活本质方面均毫无逊色。他们虽然未获得诺贝尔文学奖，但他们与诺贝尔文学奖得主吉卜林（Rudyard Kipling，1856—1936）和高尔斯华绥相比，在艺术上无疑更胜一筹。不言而喻，乔伊斯等现代主义作家在推动英国小说艺术（乃至整个西方文学事业）的发展过程中取得了举世公认的成就，并且为英国小说的历史增添了极其辉煌的一页。

第六章
后现代主义小说艺术

综观英国小说艺术的发展历史，我们也许会发现，它不仅始终处于演变之中，而且还体现了不破不立的态势。各种对立或相反的艺术观念、审美意识和创作方式无时不在互相碰撞，并对小说艺术的发展起到了推波助澜的作用。当一种新的艺术形式以骄人的成就取代传统的艺术形式时，其实它本身已经开始了步入经典行列的光辉历程，并将逐渐被一种更新或更时髦的艺术形式所替代。英国小说艺术的发展历史恰好证明了这种不可抗拒的艺术规律。君不见，近二十年来，西方学者已经在他们的论著中采用了"现代主义传统"和"传统的现代主义"这样的术语。的确，当初令不少批评家感到欣喜若狂的"现代主义"这一名称已经失去了昔日的轰动效应，不再令人感到陌生。现代英国批评家和小说家戴维·洛奇在他1977年出版的《现代创作形式》一书中指出：

然而，现在有一种既不是现代主义，也不是反现代主义，而是后现代主义的当代先锋派艺术。它继承了现代主义对传统模仿艺术的批判，像现代主义一样追求革新，但它通过自己的方法来实现它的意图。它试图超越、环绕或潜入现代主义，并经常像批判反现代主义那样来批判现代主义。[1]

后现代主义既是20世纪英国乃至整个西方文学发展的一个重要转折，也是现代主义在新的历史条件下不断演变的产物。不少批评家认为，乔伊斯的《芬尼根的守灵夜》（1939）的问世标志着后现代主义新纪元的开始，因为它体现了"以自我为中心的现代主义"朝"以语言为中心的后现代主义"的转折与过渡。尽管《芬尼根的守灵夜》的"语言自治"和"词汇革命"令人遗憾地将现代主义小说推向了极端，但它"导致了一个继续发展现代主义的某些积极

1　David Lodge. *The Modes of Modern Writing*. London: Edward Arnold, 1977, p. 220.

性的创作新阶段"。[1]当代美国著名批评家哈桑曾明确指出：《芬尼根的守灵夜》"是我们后现代主义可怕的预言……是某种文学的预示和理论依据"。[2]许多西方评论家之所以将《芬尼根的守灵夜》视为后现代主义小说的开端，其中一个重要原因是这部小说在一定程度上反映了本体论（ontological）的创作观念，这与以往建立在认识论（epistemological）基础上的小说具有明显的区别。如果说，以往的小说家大都关心怎样通过语言和文本来反映生活并使读者认识世界的话，那么，后现代主义小说家则往往考虑他们的语言和文本能创造什么样的小说世界。

应当指出，后现代主义不是一种孤立或自发的文学现象，而是现代主义的发展和延续，同时也是对现代主义的一次极为重要的修正。因此，它与现代主义之间在艺术上保持着某种衔接和继承关系。正如哈桑在他1975年发表的一部著作中所说："现代主义的变化可以被称为后现代主义……现代主义并非突然中止后才让后现代主义诞生，它们目前是共存的。"[3]从某种意义上来说，后现代主义潮流向我们揭示了英国小说艺术发展的"延续性"和"中断性"这一辩证关系。然而，尽管后现代主义与现代主义在第二次世界大战之后存在着某种共生现象，但两者之间在创作观念和艺术风格上存在着很大的区别。"后现代主义也许是对现代主义在最具有预示性的时刻所窥视到的难以想象的领域的一种直接或模糊的反应。"[4]

英国后现代主义小说的重要代表塞缪尔·贝克特曾在他的荒诞主义小说《无名者》（The Unnamable，1958）中借主人公之口发出了后现代主义的呐喊："所有一切归结起来是个词语问题"，"一切都是词语，仅此而已。"[5]的确，后现代主义小说与现代主义小说之间的一个最大区别在于"词语问题"。如果说，现代主义小说以人的精神世界作为主要表现对象，刻意描绘人

---

[1] Randall Stevenson. *Modernist Fiction*. New York: Harvester Wheatsheaf, 1992, p. 195.

[2] Ihab Hassan, quoted from *Modernist Fiction*, by Randall Stevenson, p. 196.

[3] Ihab Hassan, quoted from *Critical Essays on American Postmodernism*, ed. by Stanley Trachtenbery, Boston: G.K.Hall&Co., 1995, pp. 93—94.

[4] Ihab Hassan. "POSTmodernISM: A Paracrical Bibliography", from *Modernism to Postmodernism: An Anthology*, ed. by Lawrence Cahoone, Massachusetts: Blackwell Publishers, 1996, p. 395.

[5] The Beckett Trilogy: *Molloy, Malone Dies, The Unnamable*, London: Picador, 1958, p. 219.

物孤独、病态乃至畸形的自我,那么,后现代主义小说则体现了"以语言为中心"的创作原则,高度关注小说语言的实验和革新。后现代主义小说家热衷于开发语言的符号和代码功能,醉心于探索"新的词汇艺术",并试图通过"语言自治"的方式使小说成为一个独立的"反身文本"和完全自足的语言体系。他们的意图不是反映世界,而是用语言来构筑一个世界,从而极大地淡化乃至取消了小说表现生活和描绘现实的基本功能。在后现代主义小说中,"现实"只存在于用来描绘它的语言之中,而"意义"也仅仅存在于小说的创作与解读过程之中。哈桑在他著名的《后现代主义:一篇类批评文献》(*POSTmodernISM:A Paracritical Bibliography*,1971)中风趣地为后现代主义小说文本画了一个图形,并诙谐地说:"毫无疑问,以下便是它的重要文本":[1]

```
        F
       K   I
      A     N
    W  E   N
    S       E
      N G
        A
```

显然,在哈桑看来,后现代主义小说家与主张小说内部结构的和谐与统一的现代主义者反其道而行之。他们不仅反对形式和逻辑,而且倚重文本结构的无序性和混沌性,公开藐视因果关系,并极力主张文本结构的全面解体。由于他们一味追求新的语言艺术,因此他们往往在无数令人费解的文字谜语中越陷越深,最终向读者展示了一个如乔伊斯的《芬尼根的守灵夜》中展示的令人无法走出的迷宫。

后现代主义小说与现代主义小说之间的另一个重要区别是"作者的自我反映意识"(the consciousness of authorial self-reflexiveness)和"事实与虚构的混淆"(the fusion of fact and fiction)。现代主义作家大都主动退出小说,如乔伊斯所说的"像造物主一样,隐匿于他的作品之内、之后或之外,无影无踪,超然物外"。相反,后现代主义者却迫切希望介入作品。他们不但经常以作者的身份对人物评头论足,而且还不时向读者介绍自己的创作感受及本人在

---

1 Ihab Hassan, *From Modernism to Postmodernism*. p. 386.

塑造人物和安排事件方面的打算，从而使作家本人的生活、人物的经历以及小说的创作过程交织一体。显然，后现代主义作家的这种自我反映意识极大地混淆了生活与艺术以及事实与虚构之间的界限。具有"极端形式主义"小说家之称的B·S·约翰逊曾经公开声称："生活中没有故事。生活混乱无序、变化无常，它留下无数松散和难以梳理的头绪。作家只能通过严格和仔细的选择才能从生活中榨取一个故事。这无疑是谎言。讲故事其实是说谎。"[1]在约翰逊看来，小说（fiction）是艺术家凭借自己的想象力虚构而成的作品，它无法真实反映生活。他明确指出："你怎么能通过虚构的小说来传达真实呢？'真实'和'虚构'这两个术语是对立的，这显然不符合逻辑。"[2]有趣的是，约翰逊并不认为自己的小说在说谎。他将自己的小说称为novel，而不是fiction，并声明"我选择novel的形式来描写真实"。[3]而事实上，他的novel往往以假乱真，真假难辨。

此外，后现代主义小说在文本结构上比现代主义小说不仅更加模糊和混沌，而且显得极其随意、极端乃至荒诞。正如哈桑所说："后现代主义以一种与正在迅速解体的世界更密切的同谋关系走向了艺术上的无政府主义，或步入了一个联谊辩论俱乐部（Pop）。"[4]后现代主义小说家大都藐视文本的逻辑性和延续性。有的作家通过叙述口吻的突转或作者本人的旁白或通过插入空页、图案和异常印刷体等方式来中断小说的进程；有的作家将上下文毫无联系的片段、引语、索引、诗歌、梦境或笑话混为一体；也有的作家将各种报纸、杂志和书籍中裁剪下来的片段与自己撰写的内容拼凑在一起。正如对这种裁剪技术十分擅长的当代美国小说家威廉·巴如斯（William Burroughs）所说："你无法强求自发性，但你可以凭借一把剪刀来介绍某种难以预料的自发因素。"[5]后现代主义小说的随意性和中断性不仅体现在五花八门的极端形式上，而且还不时反映在文本的"短路"（short circuit）上。著名批评家洛奇对此作了精辟的论述：

---

[1] B. S. Johnson. "Aren't You Rather Young to be Writing Your Memoirs?", *The Novel Today*, ed., by Malcolm Bradbury. Manchester: Manchester University Press, 1977, p. 153.

[2] Ibid., p. 154.

[3] Ibid., p. 154.

[4] Ihab Hassan, *From Modernism to Postmodernism*. p. 400.

[5] William Burroughs, quoted from *The Modes of Modern Writing*, by David Lodge, p. 235.

文学文本总是隐喻性的，因为当我们解释它时，我们将它作为对世界的一个总的比喻。这种解释过程往往建立在这样一种假设之上：即文本与世界、艺术与生活之间存在着一定的差距。后现代主义作品显然试图以短路的形式对读者造成一种震荡，从而抵制了文本与传统文学类型的同化。[1]

后现代主义作家使小说在叙述上产生"短路"的手法可谓五花八门。例如：将截然不同甚至彼此对立的叙述形式交错重叠，不断使读者在阅读过程中遇到障碍；或作者本人突然出现在作品中，在对作家的身份提出一连串疑问之后又突然消失；或将明显的事实与纯属虚构的内容糅合在一起；或在嘲弄传统形式的同时故意对其进行夸张性模仿等等。这些手法在后现代主义作品中出现的如此频繁和推行到如此极端的地步，以致形成了一种引人注目的新的艺术倾向。

应当指出，后现代主义代表了第二次世界大战之后西方一部分知识分子用于质疑并试图解释包括文学本身在内的人类本体状况的一种文化观和审美观。后现代主义小说是西方历史上绝无仅有的文学体裁，它不仅比现代主义小说更加极端，更加不可思议，而且造成了一种"形式绝望"之感，差点将小说创作引向了死胡同。然而，作为一种特殊的文学现象，后现代主义小说既没有昙花一现，也没有成为艺术垃圾而遭人唾弃。相反，它不但已存在了半个世纪，而且还拥有一个强大的作家阵营和数量可观的优秀作品。显然，那些艺术质量上乘和具有美学价值的后现代主义小说已经步入了文学经典的行列。尽管后现代主义在美国比英国更加流行，但英国的后现代主义小说依然取得了卓越的艺术成就。塞缪尔·贝克特、劳伦斯·达雷尔、约翰·福尔斯和B·S·约翰逊四位作家是英国后现代主义小说的杰出代表。尽管他们的创作经历和艺术风格大相径庭，但他们在现代主义与后现代主义交替与接轨之际采用更为离经叛道和标新立异的手法来表现战后普遍的混乱意识和绝望心理。他们不仅受惠于英国老一辈现代主义作家的实验精神和艺术才华，而且也得益于欧美大陆后现代主义思潮和创作实践的影响，在"后现代"的文化氛围中对英国小说艺术的发展作出了新的贡献。尽管这些小说家在作品中明白无误地体现了后现代主义的创作理念，但他们的小说艺术和关注的焦点却不尽相同。贝克特创造性地发展

1　David Lodge, *The Modes of Modern Writing*, pp. 239—240.

了一种"能容纳混乱"的"荒诞小说",达雷尔热衷于构筑他按照平行关系发展的"重奏"小说,福尔斯别出心裁地推出了事实与虚构混为一体的"超小说",而B·S·约翰逊则毫无顾忌地将小说形式的革新推向了极端。

应当指出,英国后现代主义小说是战后社会演变的必然产物。它的崛起既体现了文学发展的自身规律,同时也受到二战之后弥漫于整个西方社会的精神危机和荒诞意识的影响。像西方广大艺术家一样,英国一部分小说家在战后的文化废墟上进行了狂热的重建工作。此外,现代科学与技术的突飞猛进,电子和信息时代的相继诞生以及人造卫星、宇宙飞船、试管婴儿、电脑网络、"星球大战"计划和"克隆"技术等新奇事物的相继问世也对后现代主义小说的崛起产生了推波助澜的作用。不仅如此,近几十年来语言学、符号学、可视艺术和文学批评等领域的研究成果和最新理论也是推动后现代主义小说发展的一个重要原因。总之,后现代主义不仅是对时代的一种强烈反应,而且也是随着时代的巨流一起涌动的不可忽视的艺术思潮。尽管某些后现代主义小说家因一味猎奇或超越合理的界限而使他们的作品陷于不可卒读或被打入冷宫的尴尬境地,但其中的上乘之作无疑体现了"后现代"文化氛围中作家巨大的创作潜力和非凡的艺术才华,同时也为英国小说艺术的历史增添了新的一页。

第一节
贝克特的"荒诞小说"

第二次世界大战之后,国际政治集团之间的"冷战"拉开了序幕,英国的社会矛盾也日趋尖锐。与此同时,存在主义、悲观主义和虚无主义等思潮泛滥成灾。不言而喻,这对小说创作产生了极为重要的影响。20世纪五六十年代,随着"荒诞派戏剧"(The Theatre of the Absurd)和"黑色幽默小说"(the Black Humour Fiction)在欧美各国的走红,后现代主义小说在英国文坛悄然抬头。西方"荒诞派戏剧"的创始人之一塞缪尔·贝克特利用其在戏剧创作中的成功经验创造性地发展了一种具有"反小说"(anti-novel)特征的混乱无序的"荒诞小说",以离经叛道的手法紧紧卡住了战后荒谬世界的脖子,从而为英国小说艺术提供了新的发展途径。"贝克特有充分的理由被视作第一位重要的后现代主义作家。"[1]

贝克特的"荒诞小说"是他在"后现代"语境中对混乱现实作出的一种强烈的艺术反应。它不仅体现了一种反传统的意识,而且具有明显的反形式倾向。它摒弃了约定俗成的创作准则,拒绝采用合乎逻辑的叙述形式,而是强调小说情节的琐碎性和结构的无序性。贝克特的"荒诞小说"与20世纪早期的现代主义小说相比,在人物形象、结构形式和语言风格上都存在着明显的区别。它不仅全面反映了一种荒诞意识,而且还体现了一种"反小说"的艺术倾向。显然,受存在主义影响并对战后西方社会持否定态度的贝克特试图将这种低调、扭曲和模糊的小说文本作为荒诞世界的象征。对此,他曾经明确指出:

> 我不是说从今以后没有艺术形式了,我的意思是将来会有新的艺术形式,这种形式应该承认混乱,而不是想说混乱其实并非如此。如今形式和混乱彼此分离……寻找一种能容纳混乱的形式是当前艺术家的任务。[2]

然而,贝克特对自己的小说却很少发表评论,"他对自己的创作从来不作明确的解释……贝克特说:我不能解释我的作品,它的意义存在于它的言语之中。"[3]显然,在贝克特看来,既然现实世界已经变得荒诞不堪和混乱无序,他的小说只能是"一种能容纳混乱的形式"。像他笔下那位有形无体的人物"无名者"一样,这种形式同样支离破碎,难以名状。

贝克特艺术上的荒诞色彩和后现代主义倾向在他的第一部长篇小说《墨菲》(*Murphy*,1938)中已经有所反映。《墨菲》以荒诞和黑色幽默的形式描绘了现实世界的混乱和无望。由于这部小说的叙述形式凌乱无序,因此它的故事情节只是依稀可辨。主人公墨菲是个身居伦敦的爱尔兰人。由于他失去了人生的信念,因此,他总想逃避充满敌意的现实世界。墨菲平日游手好闲,并与一个名叫塞丽娅的妓女相好。塞丽娅虽身为妓女,但对墨菲却温柔体贴,并不时劝他放弃空想,面对现实,开始新的生活。但墨菲却置之不理,并无情地

1　David Lodge, *The Modes of Modern Writing*, p. 221.

2　Samuel Beckett, quoted from *The Novel Today*, ed. by Malcolm Bradbury, p. 156.

3　Paul Davies. *The Ideal Real: Beckett's Fiction and Imagination*. London: Associated University Presses, 1994, p.13.

抛弃了塞丽娅。不久，他到一家精神病医院工作，终日与精神错乱者为伴，从而找到了他所谓的绝对自由的精神境界。然而，有一天，墨菲进入了医院顶楼的一个房间，在煤气爆炸中身亡。小说结尾，当一个酒鬼拿着墨菲的骨灰准备放到抽水马桶内冲掉时，不料，骨灰盒在途中被人打翻在地，于是骨灰飞扬，并很快与地上的啤酒、浓痰和垃圾粘合在一起。

作为贝克特早期的一部"荒诞小说"，《墨菲》在文理叙事上体现了反逻辑和反形式的特征。正如现代英国诗人迪伦·托马斯（Dylan Thomas，1914—1953）在谈及这部小说时所说："人们绝不知道这个故事究竟是从人物内心客观地叙述还是从外部主观地叙述的。"[1]贝克特往往以极其经济的方式来使用一些难度很大的词语，因此小说的语言风格对读者的阅读理解造成了一定的障碍。此外，在《墨菲》中既没有地方色彩，也没有那种对人物和事件的描写具有提喻性的细节，有时甚至仅有一些琐碎的词汇。例如，以下是作者在第二章开头对妓女塞丽娅的描写，可见一斑：

年龄	不重要
头型	小而圆
眼睛	绿色
肤色	白色
头发	黄色
面相	动态
颈围	13英寸

显然，这种描写形式是对关注物质世界和人物外貌特征的传统小说的讽刺性模仿，同时也是对习惯于阅读传统小说的读者的一种嘲弄。不仅如此，《墨菲》的语言模糊不清，情节进展极其缓慢。批评家洛奇曾对此发表过一段十分中肯的评论：

> 尽管《墨菲》是一部非常有趣的小说，但它决不容易阅读。它通过拒绝采用某种容易辨别的形式或节奏来抵制阅读，于是，在阅读常规的层面上，它模仿了一个抵制解释的世界。[2]

---

1 Dylan Thomas, quoted from *Samuel Beckett*, by Jean-Jacques Mayoux, London: Longman, 1974, p. 10.
2 David Lodge, *The Modes of Modern Writing*, p. 224.

《墨菲》充分反映了现代西方人强烈的荒诞意识。这部作品的内容之琐碎、结构形式之散乱暂且不说，其人物在以往的小说中也是难以寻觅的。主人公墨菲性格怪诞，行为失常，终日想入非非，无力从事任何有意义的活动。例如，小说开局，他被七条围巾捆着赤身裸体地坐在一把摇椅上沉思冥想。当电话铃响起时，他为了抢接电话而从摇椅上翻倒在地，昏迷过去。平时，墨菲不但经常在黑暗中瞪着眼睛，坐在摇椅上摇啊摇，而且还爱玩小石头游戏，使自己沉湎于它们的数字关系和系列组合之中。显然，他的生活方式给小说平添了一份荒诞色彩。小说中其他人物看上去又愣又傻，动作迟缓，呆若木鸡。即使当墨菲与他们"脸对脸，眉毛对眉毛"时，对方也毫无反应。此外，小说中象征性描绘也比比皆是，对铺垫荒诞气氛具有一定的辅助作用。例如，作者对精神病医院的描绘颇为耐人寻味。墨菲与院内那些放弃过普通人生活的精神病人之间的关系非常融洽，"他感到自己像水仙喜欢喷泉那样与他们难分难舍"。医院中那些淡灰色、略呈凹形且没有窗户的病房与人脑十分相似。作者将墨菲的大脑详细地描绘成"光明、幽暗和墨黑"三个部分。墨菲害怕"光明"，只有在"黑暗"中他才感到安全和快乐。显然，《墨菲》不仅构筑了一个混乱无序的世界，而且还充分体现了浓郁的荒诞色彩。

　　《瓦特》（*Watt*，1953）是贝克特另一部重要的"荒诞小说"。与《墨菲》相比，《瓦特》不仅在内容上更加抽象和难以捉摸，而且在形式上更加奇特和不可思议。读者在小说中极其费劲地捕捉到了这样一些内容：小说开局，主人公瓦特被人从有轨电车上扔了下来。他躺在昏暗的街道上，"像一卷用黑纸包着的中间被绳子捆着的油布"。后来，他搭乘火车来到一个名叫诺特（Knott）的人的宅第。从此，瓦特取代了一个名叫阿森尼的人在底楼当下等仆役。次年，他又取代一个叫厄斯金的人升任二楼的高级仆役。又过了一年之后，瓦特看到底楼的厨房内坐着一名新来的仆役，这无疑是让他离开的信号。小说结尾，"瓦特怎样来，便怎样走"。像《墨菲》一样，《瓦特》也展示了一种强烈的荒诞意识和无望情绪。主人公瓦特在一个充满虚无主义气氛的世界中（诺特的宅第）寻找存在的意义和宇宙的本质，从而使这部小说具有存在主义的哲学含义。

　　贝克特的"荒诞小说"艺术在《瓦特》中再次得到了充分的展示。小说以瓦特进入诺特宅第当差开始，并以他的离去而告终，整个故事显得平淡无奇，甚至有些无聊。而其间的内容或虚无缥缈，或难以名状，或荒诞不经。主人公瓦特（其名字与英语what同音）代表了那些试图寻找存在意义的人，而诺特（其名字与英语not同音）则是虚无和无望的象征。瓦特来到诺特的宅第象征着他从现实世界进入虚幻世界。"诺特房子内的乌托邦气息与墨菲头脑中的那个'小世界'十分相似。"[1]瓦特不仅是一个地地道道的反英雄人物，而且也"是一种奇异和怪诞的复杂组合"。[2]他衣衫褴褛，举止怪诞，形象扭曲，像是一个在虚幻世界中飘荡的幽灵。他试图接近并了解象征着虚无的诺特，结果一无所获，失望离去。显然，瓦特的经历是对一切存在价值和人生意义的全盘否定。

作为一部"荒诞小说"，《瓦特》在语言风格上体现了后现代主义小说的艺术特征。在英国小说艺术史上，《瓦特》也许是供作家进行语言实验的重要文本之一。显然，贝克特成功地找到了"一种能容纳混乱"的形式。从某种意义上来说，《瓦特》因擅长和热衷于构筑语言现实而出名。例如，叙述者有时故弄玄虚地采用一种所谓句法匀称和语法清楚而其实笔法笨拙的语言来描述主人公的困惑：

> 然而，一方面，他几乎并未感觉到那些事情的荒诞性，而另一方面，他也并未感觉到其他事情的必要性（因为荒诞感之后不产生必要感是十分罕见的），此刻他已感觉到了刚才使他感到必要性的那些事情的荒诞性（因为必要感之后不产生荒诞感是十分罕见的）。

叙述者有时还故意采用一种重复唠叨、啰嗦无聊的语句来模仿荒诞的现实：

> 望着一只罐子，瓦特说罐子、罐子，那是徒劳的……因为这不是罐子，他越看就想得越多，于是他越加肯定这根本不是只罐子，它像只罐子，它几乎是只罐子，但它不是只罐子，人们不能愉快地对它说罐子、罐子……

显然，叙述者这种单调乏味、重复唠叨的语句取得了意想不到的效果。它

1　Lawrence E. Harvey, quoted from *Critical Essays on Samuel Beckett*, ed. by Patrick, A.McCarthy, Boston: G. K. Hall & Co., 1986, p. 47.
2　Jean-Jacques Mayoux, *Samuel Beckett*, p. 12.

使生活和讲故事显得同样无聊和乏味。一位批评家曾明确指出："《瓦特》的叙述者试图以演绎的方式，通过极其有限的已知细节来获得更多的信息。这部作品的语言企图获得补充信息，其中有些片段简直难以卒读。尽管它未能取得传统文学的效果，但它却成功地成为一座语言大厦……无数的词汇，像伦敦和纽约上空无数的圆点一样，包含了无穷的可能性。"[1]

贝克特的"荒诞小说"艺术在他50年代发表的《莫洛伊》（*Molloy*，1955）、《马隆之死》（*Malone Dies*，1956）和《无名者》（*The Unnamable*，1958）三部曲中得到了进一步的发展。美国著名批评家哈桑认为，"三部曲标志着贝克特小说创作的最高成就……贝克特使人的心灵陷入荒诞的境地，向我们展示了难以名状的东西"。[2]这三部小说中的人物已不像墨菲和瓦特那样试图（并采取一定的行动）寻找存在的意义。他们从一开始便失去了采取这种行动的能力，终日被关闭在他们的精神世界中，没有确切的身份，只有虚弱的声音。读者也许会发现，这些基本上由人物的独白构成的故事不仅杂乱无章，而且怪诞不经。各种琐碎的生活片段和虚幻的梦境不时打断甚至完全取代小说的叙述进程。显然，贝克特在他的三部曲中对"荒诞小说"艺术进行了更为大胆的探索与实践，几乎将这一小说样式推向了极端。

三部曲的第一部《莫洛伊》在风格和主题上均充分展示了"荒诞小说"的艺术特征。这部小说由两个部分组成，分别由主人公莫洛伊和私家侦探莫兰叙述。小说开局，独眼而又无牙的莫洛伊躺在原来属于他母亲的房间里。他不知道自己的身份，两腿不能行走，只得终日卧床写作（讲故事）。他的目的是"说出剩下的事情，说声再见，结束死亡"。行将就木的莫洛伊迫不及待地要讲故事，"我现在需要的是故事，我花了很长时间才明白这一点"。然而，他的叙述既不合乎逻辑，也不取决于自由联想，而是体现了一个精确但又荒唐的过程。他告诉读者自己曾骑着自行车去寻访生死不明的母亲，途中被一个警察拦住。他说不清自己的身份，只是掏了几张用来擦屁股的废纸，因而遭到警察的拘留和审讯。在经历了一系列无聊和荒唐的事件之后，有一天莫洛伊感到两腿僵硬，无法行走，最终掉进一条沟里，后来不知怎的又回到了母亲的房间。小说的第二部分由私家侦探莫兰叙述。某个星期日上午，他奉命寻找一个名叫

1　Paul Davies, *The Ideal Real: Beckett's Fiction and Imagination*, p. 46.
2　Ihab Hassan, quoted from *Critical Essays on Samuel Beckett*, p. 64.

莫洛伊的人。他与自己13岁的儿子同行。几天后，莫兰感到腿痛，无法行走，便让儿子去买一辆自行车。不料，他的儿子与自行车一起消失。莫兰几经周折，一无所获，于是拖着病腿徒劳而归。他发现家里空空如也，于是撑着拐杖，喃喃地说："我做人的时间太久了，我再也不能容忍了，再也不想尝试了。"然而，小说结尾，在家休息了一个夏天之后的莫兰似乎又要出行。于是，小说的第二部分像第一部分一样重新回到了开头的场面，呈现出一种"环形结构"。

《莫洛伊》再次充分展示了贝克特"荒诞小说"的艺术特征。作者巧妙地采用了两个自我封闭、互相独立却又彼此映衬的部分来揭示荒诞的主题。小说前后两个部分均体现了一种"环形结构"，即莫洛伊最终回到了他母亲的房间，而莫兰则打算再次出行，从而使结尾与开头遥相呼应。显然，这种双重"环形结构"具有深刻的象征意义。莫兰的经历是对莫洛伊的经历的一种讽刺性模仿和无意义的重复。两人经验的相似性不仅强调了荒诞的普遍性和延续性，而且也象征着探索存在价值乃至存在本身的无望和徒劳。此外，贝克特还成功地凭借两个喋喋不休而又举止怪诞叙述者来揭示现代人严重的异化感和没落感。莫洛伊在他母亲的房间开始叙述他的故事，并以一种具有田园讽刺式的沉思在那里结束他的故事。莫兰在一个风雨交加的夜晚在他自己的房间开始叙述他寻找莫洛伊的过程，并同样在那里结束他的故事。在整部小说中，莫洛伊并未发生任何变化，他是莫兰未来的影子。读者发现，莫洛伊和莫兰两个人物在小说结尾似乎已经合二为一。像莫洛伊一样，莫兰也将语言视为归纳荒诞现实的工具，因而，他步莫洛伊的后尘，也使自己成为一个荒诞的叙述者。莫洛伊和莫兰不仅意识到对方的存在和互相之间的象征关系，而且同时在荒诞的现实中竭力寻找"我"的身份，仿佛他俩的躯体随时会变成同一个神秘莫测的"我"。显然，《莫洛伊》在艺术形式上有了新的发展，"然而，这种形式改变了我们对语言和结构、自我和社会以及心灵和自然的观念，因为它嘲弄了人类秩序的一切可能性"。[1]

贝克特三部曲的第二部《马隆之死》同样以一种后现代主义小说艺术来揭示周而复始且又无法回避的荒诞现实。整部小说由处于风烛残年、行将就木的主人公马隆混乱无序的内心独白构成。正如书名所显示，它揭示了死亡的主

---

[1] Ihab Hassan, quoted from *Critical Essays on Samnel Beckett*, p. 68.

题。马隆似乎是前一部小说的主人公莫洛伊的化身。像莫洛伊一样，马隆也是一个荒诞的叙述者。小说开局，他躺在床上断断续续地叙述"我的生活"中那些"漫长而又混乱的情感"。他一开始便以一种单调乏味的语言形式喋喋不休地谈论起他的死亡：

> 我终于很快将彻底死去，一切都无所谓了……不错，我终于要回归自然了。我将忍受更大的痛苦，然后不再痛苦，不再下任何结论。我将不再关注自己，我将会变得不冷不热，我将会变得温热，我将死得温热，没有激情，我将不会望着自己死去……

显然，贝克特向读者展示了一个恶意玩弄词汇的颓废派艺术家的形象，因为马隆对所有人都以毒语相加："我希望所有人都过悲惨的生活。"马隆（即Me alone）是现代西方人严重孤独和异化的象征。他终日卧床胡思乱想，不但与外部世界失去了联系，而且完全失去了行动的能力。他生活在一个虚幻的世界中，每天由一个老太为他送上一点汤，"盘子和罐子，盘子和罐子，它们像是南极和北极"，他"愚蠢的躯体"对它们毫无反应。如果说，莫洛伊和莫兰尚能骑自行车的话，那么，马隆已经苟延残喘，完全瘫痪。他既不知道自己的身份，也不知道身在何处。他过去的经历、现在的处境连同他叙述的故事都汇入了一种虚无和荒诞的气氛之中。

作为一部"荒诞小说"，《马隆之死》的文本形式再次体现了后现代主义小说的艺术特征。贝克特经常迫使马隆在自己的叙述过程中进行自我反映。这种现象通常体现在句法结构上。马隆的后半句话往往是对前半句话的自我反映。在小说中，马隆颠三倒四地叙述了几个荒诞的故事，但他却说不清它们究竟是虚构还是自传。这些故事支离破碎，长则一两页，短则一两句，东鳞西爪，断断续续。在他的混乱意识中像"虚无比虚无更真实"之类的句子不断涌现，并不断将他拖进虚无之中。马隆似乎把讲故事看作一种与荒诞为伍的唯一手段，并从中获得了心理上的满足。"马隆的生存完全依赖叙述，这个荒诞的叙述者除了被他本人视为荒诞的叙述行为之外不拥有任何现实。"[1]马隆的叙述方式揭示了一种甚至比死亡还更可怕的彻底的荒诞和无望。小说结尾，死亡临近，他的故事越讲越快，语速像河水般越流越急：

1　Ihab Hassan, quoted from *Critical Essays on Samnel Beckett*, p. 70.

> ……他不再会碰任何人了，用它或用它或
> 　　或用它或用他的榔头或用他的拐杖或用他
> 的拳头或在思想在梦中我的意思是他不会再
> 　　或用铅笔或用拐杖
> 　　或亮光亮光我的意思是
> 　　他不会再
> 　　一切都不会再存在

显然，贝克特所采用的这种无聊、乏味而又混乱的语言形式是对荒诞现实的讽刺性模仿。这种叙述不仅是反形式的戏法，而且也是对逻辑原则和物质世界的一种嘲弄。最终，马隆的声音和故事连同他的躯体一起全都消失在荒诞和虚无之中。

《无名者》，即三部曲的最后一部，是贝克特"荒诞小说"的压轴篇，也是其"荒诞小说"艺术最极端的范例。它所展示的文本不仅使释义显得多余，而且使文学批评显得无所适从。整部小说由一个"无名者"杂乱无章的独白构成。叙述者似乎是马隆的再生，又与莫洛伊、瓦特和墨菲有些相似，但他比以往的人物更加不可思议。小说开局，反形式、反逻辑的语体跃然纸上：

> 现为何处？何人？何时？毫无疑问。我，我说。难以置信。称它
> 们为疑问、假设。继续，继续下去，称之为继续，称之为下去……

"无名者"似乎竭力想叙述难以名状的东西，他虽喋喋不休，却又语无伦次，从而使时间、空间和存在一开始便处于无序状态。像三部曲本身一样，《无名者》的叙述者以混乱的形式走向虚无。他拥有许多像他那样厌恶人世的"代表"。在他的叙述过程中，这些像他那样有形无体的"代表"交相叠现，不断变化，从令人厌恶的巴斯尔变为独脚流浪汉马荷德，继而又成为一种与人类毫无相似之处的名叫"虫"的东西。由于"虫"缺乏人固有的特征与能力，因此被视作无用、无能和无望的"代表"。"无名者"那些所谓的"代表"难以形容，不可名状，有的缺胳膊少腿，有的像未出世的胎儿，而有的则被装在瓮中仅露出头颅，真可谓奇形怪状，丑态百出。显然，他们是荒诞世界名副其实的"代表"。

《无名者》在文本形式上进一步体现了"荒诞小说"的艺术特征。整部小说仿佛是一个有意捣乱读者头脑的形而上学的恶作剧。在这部"反小说"中，所有一切都自相矛盾而又互相矛盾。贝克特别出心裁地推出了一部既无故事情节又无人物形象，只有一个"无名的"叙述者的"荒诞小说"。他甚至连叙述者是男是女，在何处，为何人都不向读者交代。不仅如此，《无名者》既无开局，又无结局，既无实际意义上的行动，又无任何合乎逻辑的因果关系，而只有一个象征着虚无的嗓音。"无名者"完全失去了自控能力，被那个嗓音逼得喋喋不休。小说结尾，他似乎在词汇和嗓音中进行最后的挣扎：

> 你必须继续下去，我不能继续下去，你必须继续下去，我会继续下去，你必须说词汇，只要它们还存在，直到它们找到我……我在哪里，我不知道，我永远不会知道，在死寂中不会知道，你必须继续下去，我不能继续下去，我会继续下去。

"无名者"仿佛生活在一个既没有社会气息，也没有时空关系，只有纷繁复杂的词汇的世界中。如果说，"无名者"试图在无数像原子般飘荡的词汇中寻找自我，那么，词汇则试图在死寂中找到"无名者"，两者之间的关系异常紧张。只有当这种紧张的关系破裂之后，"无名者"才会终止他的叙述。

综观贝克特三部曲的艺术风格，我们不难发现，这三部"荒诞小说"无论在人物还是在主题上都十分相似，它们都揭示了现代西方人的徒劳和无望。贝克特笔下的莫洛伊、莫兰、马隆和"无名者"都是荒诞世界中的畸形儿和精神上的死者。不仅如此，这三部小说在文本结构和叙述形式上体现了延续性和中断性的双重特征。"《莫洛伊》展示了艺术家的形成，《马隆之死》反映了正在创作的艺术家，而《无名者》则体现了一边创作一边评论艺术的艺术家。这三部小说具有一个不容置疑的共同特征：即夸大的荒诞性。"[1]

贝克特的"荒诞小说"是存在主义思潮泛滥的结果，也是战后西方世界精神危机的产物。显然，它的基调比早期的现代主义更加低沉、悲观和忧郁，它的艺术形式显得更加奇异怪诞和不可思议。贝克特的"荒诞小说"揭示了这样一个事实：即后现代主义小说在结构、情节、人物和语言方面都发生了剧烈的演变，一种"能容纳混乱的艺术形式"和"可怕的美"已经诞生。

1　Ruby Cohn, Samuel Beckett. *The Comic Gamut*. New Jersey: Rutgers University Press, 1962, p. 118.

第二节
达雷尔的"重奏"小说

第二次世界大战之后,向来不甘寂寞的英国小说艺术在新的历史与文化背景中不断演化。正当后现代主义思潮席卷整个西方文坛之际,英国小说家也跃跃欲试,对已经来到的文学新纪元作出了积极的反应。他们以全新的理念和视野来改造小说文本,并将五花八门的新潮艺术和尖端技巧带进了小说"实验室"。劳伦斯·达雷尔便是小说实验与革新的杰出代表,也是英国后现代主义小说的开路先锋。他的《亚历山大四重奏》(*The Alexandria Quartet*, 1957—1960)和《阿维尼翁五重奏》(*Avignon Quintet*, 1974—1985)客观地反映了战后勃然兴起的后现代主义小说的艺术特征。这两部"重奏"小说不仅在时间上几乎贯穿了英国后现代主义文学运动的整个高峰期,而且也真实地体现了达雷尔的后现代主义小说艺术的发展过程。应当指出,尽管达雷尔的两部"重奏"小说依然体现了一定的"外指性"和"事实密度",且与当代美国文坛上出现的混沌无序和难以卒读的后现代主义小说文本不可相提并论,但它们明白无误地体现了达雷尔的后现代主义创作倾向。

《亚历山大四重奏》充分反映了达雷尔在"后现代"语境中的实验精神。这部小说以"重奏"的形式巧妙地将小说与现实的关系同其他许多美学上似是而非的观念交织一体,展示了后现代主义者独特的审美意识。这部"重奏"小说由《贾斯廷》(*Justine*, 1957)、《巴尔撒泽》(*Balthazar*, 1958)、《蒙托列夫》(*Mountolive*, 1958)和《克莉》(*Clea*, 1969)四部作品组成。它以三四十年代埃及港市亚历山大为背景,主要描述了青年小说家达利的创作经历以及他与一群游荡在埃及古城的知识分子之间的复杂关系。《贾斯廷》描述了达利与有夫之妇贾斯廷及夜总会舞女梅丽莎之间的感情纠葛。《巴尔撒泽》修正了前一部小说中的人际关系,并揭示了更为复杂的事件和人物间的爱情游戏。在《亚历山大四重奏》的第三部作品《蒙托列夫》中,小说家达利的地位已经显得无关紧要,取而代之的是英国驻埃及大使蒙托列夫有失身份的婚外情。最后一部小说《克莉》描述了第二次世界大战期间主人公达利与艺术家克莉之间的爱情,而贾斯廷和巴尔撒泽等人物纷纷在此重现。

《亚历山大四重奏》不容置疑地体现了后现主义小说文本的基本特征。达雷尔曾明确指出:"这四部小说应被当作单部作品来阅读……其合适的副标题也许是'词语连续统一体'。"[1]这部"重奏"小说在形式上别具一格。作者巧妙地凭借爱因斯坦的"时空连续体"理论来谋篇布局,使四部作品不是建立在垂直的线形关系之上,而是按照平行关系交替并置,使各种事件融为一体。前三部作品在时间上并无延续性,第四部作品才体现了时间的进展。各种事件和人际关系在不同的空间内展开。这四部作品之间既互相联系,又彼此矛盾,叙述笔法变化无常,有时甚至混乱不堪。其中不仅充满了肉欲声色和阴谋诡计,而且还包含了无数难以名状的梦境和幻觉。读者从中不仅看到了一种扑朔迷离和神秘莫测的气氛,而且也领略了后现代主义小说文本的复杂性和多重性。显然,这部"重奏"小说已经脱离了早期现代主义小说的文本模式,更为接近一种相对独立和封闭的反身文本。正如达雷尔本人所说:"这部作品既是一个四维的舞蹈,又是一首相对论的诗歌。"[2]

像其他后现代主义小说一样,《亚历山大四重奏》也在一定程度上体现了主人公探讨小说创作的倾向。达雷尔本人声称:"这部小说只是半公开地探讨了艺术,这是现代艺术家们的重要题材。"[3]身为小说家的主人公达利不时谈论小说技巧和创作原则。他对小说艺术的思考成为作品的重要内容。小说中的其他几位艺术家也对小说创作具有浓厚的兴趣。他们似乎发现对美学问题的讨论是除了小说中出现的爱情、两性和外交关系之外唯一的消遣。此外,达雷尔在《亚历山大四重奏》中掺入了不少作家的日记和摘自其他小说及刊物的零星片段,从而使创作本身成为这部作品的重要主题之一。正如一位批评家指出:"这部作品的中心主题是对现代爱情的探讨,而它的副主题则是小说本身的性质。"[4]不言而喻,《亚历山大四重奏》展示了独特的结构形式和新型的时空关系,同时也反映了五六十年代后现代主义小说艺术的基本特征。

《阿维尼翁五重奏》是达雷尔在20世纪七八十年代推出的改革力度更大的

1　Lawrence Durrel: "Preface" in *The Alexandria Quartet*. London: Faber, 1974.

2　Lawrence Durrel, quoted from *Contemporary Authors*, New Rivision Series, Michigan: Gale Research Company, Vol. 40, 1993, p. 128.

3　Lawrence Durrel, quoted from *The British Novel Since the Thirties*, by Randall Stevenson, London: B. T. Batsford Ltd., 1986, p. 205.

4　G. S. Fraser. *Lawrence Durrel*. London: Longman, 1970, p. 28.

后现代主义小说。从30年代末便开始追求小说革新的达雷尔一如既往、义无反顾地推行后现代主义小说艺术,再次探索"重奏"小说的创作方法和潜在价值。事实上,早在50年代,达雷尔已经借他《亚历山大四重奏》中的女主人公贾斯廷之口表达了他构筑"五重奏"系列小说的愿望。当贾斯廷望着她梳妆台上的多棱镜时,她突然说道:

> 瞧,五幅关于同样题材的画面。假如我写小说,我会尝试描绘人物的多维效果,一种棱镜的视觉。人们为何不能在某一时刻展示多个形象呢?[1]

《阿维尼翁五重奏》由《先生》(*Monsieur*,1974)、《莉维娅》(*Livia*,1978)、《康斯坦斯》(*Constance*,1982)、《塞巴斯蒂安》(*Sebastian*,1983)和《奎因克斯》(*Quinx*,1985)五部作品组成。这部"重奏"小说再次揭示了现代西方人的混乱意识。它不仅是达雷尔对存在的无序性的强烈反应,而且也是"后现代"西方社会的一个缩影。

《阿维尼翁五重奏》进一步体现了后现代主义小说文本的艺术特征。在这部"重奏"小说中,达雷尔不仅表现出更加成熟与老到的创作技巧,而且还体现了他在晚年继续追求小说实验与改革的决心。他别开生面地按照中世纪流行的梅花形种栽法来设计《五重奏》的结构,使第一部小说居中,其余四部呈四方形,工整方正,相映成趣。这部"重奏"小说具有两个明显的艺术特征。首先,它体现了一种独特的"棱镜效果"。达雷尔将它视为"一种镜子的游戏"(a game of mirrors),使五面镜子共同折射同一个主题。各种纷繁复杂的形象和语言成分持续不断地互相反射,彼此映衬,从而使这部"重奏"小说的内涵在自我反映的同时无限扩展,其结果是不断影响和修正读者对它的理解。《阿维尼翁五重奏》的另一个艺术特征是它的"变形叙述"(metadiscourse)。近年来,西方不少批评家将达雷尔的《五重奏》归在"变形叙述"之列,因为在他们看来,这是一部"关于写小说的小说",或旨在探讨小说创作的小说。在《五重奏》中,许多人物不仅关注小说的创作方式,而且还不同程度地扮演了小说家的角色。达雷尔在第一部作品中便让出现在后几部作品中的人物担任叙述者。于是,他在读者面前巧妙地变换了自己的角色,并造成一种假象:即他

---

[1] Quoted from *The Alexandria Quartet*, by Lawrence Durrel, p. 28.

让自己塑造的小说家来完成创作任务，从而使艺术与生活、小说与现实之间的界限变得模糊不清。达雷尔在谈及本人的创作意图时说，他在《五重奏》中"试图从三维世界转向五层意识，所有新的人物都是一个人、一个时代和一种文化的具体表现"。[1]尽管《阿维尼翁五重奏》并未像《亚历山大四重奏》那样博得批评家的高度赞扬，但它体现了达雷尔"重奏"小说的一个重要特征：即小说不仅是两性之间而且也是多文化之间一个形而上学的相会之处。

应当指出，达雷尔的两部"重奏"小说在英国小说艺术史上具有特殊的地位。它们不仅是作者在"后现代"语境中对小说形式的重要探索，而且向世人展示了系列小说不按垂直的线形关系而是按平行关系来谋篇布局的可能性。其难能可贵之处不仅在于作者对四五部小说的时空关系和框架结构高超的驾驭能力，而且还在于作品本身耐人寻味的重奏与复调效果。毫无疑问，达雷尔是英国后现代主义小说艺术的重要开拓者。纵观他的创作历程，我们不难发现，他自1938年发表实验小说《黑书》（*The Black Book*）以来，其小说的艺术形式和表现手法一部比一部更加创新，改革的力度也越来越大。西方有些批评家对达雷尔的小说艺术推崇备至，并称他为"当代英国作家中最伟大的革新者"。

第三节
福尔斯的"超小说"

英国的后现代主义小说在约翰·福尔斯的手中得到了新的发展。在后现代的历史条件下，福尔斯对小说形式进行了新的探索与实验，并创造性地发展了一种特殊的小说样式——"超小说"（metafiction）。近几年来，西方评论家对"超小说"的研究方兴未艾，对它的艺术特征和美学价值众说纷纭，莫衷一是。最早使用"超小说"这一术语的美国著名批评家威廉·盖斯（William Gass，1924— ）在70年代将这种初来乍到的小说样式描述为一种具有明显的自我满足、自我封闭及自我反映艺术倾向的文本和一种"关于写小说的小说"（fiction about the writing of fiction）。以下三段小说引文也许有助于我们对"超小说"下一个较为确切的定义：

---

[1] Lawrence Durrel, quoted from *Comtemporary Authors*, New Revision Series, Vol. 40, p. 130.

> 在全世界流行的几种小说开局的方法中，我确信自己的方法最佳，我敢肯定这种方法最具有宗教色彩，因为我已经写了第一句，而第二句则要靠万能的上帝来帮忙。
>
> （劳伦斯·斯特恩：《项狄传》）
>
> 他妈的全是说谎大家注意我真想写的并不是这种东西……
>
> （B·S·约翰逊：《阿伯特·安吉洛》）
>
> 小说与所有一切交织一体……我发现这种新的现实（或非现实）更加可靠。
>
> （约翰·福尔斯：《法国中尉的女人》）

显然，上述三段引文具有某些共同特征。它们都反映了主人公在以一种诙谐乃至玩世不恭的口吻谈论小说创作。这些主人公似乎对小说的语言和形式极其关注，并对现实的不确定性极为敏感。此外，他们都主动扮演作者乃至批评家的角色，但却无法区分艺术与生活、事实与虚构以及小说与现实之间的界限。不仅如此，上述三段引文还充分表明，"超小说"的历史可以追溯到18世纪下半叶斯特恩的实验主义小说《项狄传》。正如批评家戴维·洛奇所说："这些手法本身并不是后现代主义作家发明的，它们早在《堂吉诃德》和《项狄传》这样小说中已经存在。"[1] 就此而言，后现代主义小说艺术具有"历时性"（diachrony）和"共时性"（synchrony）的双重特征。我们可以从历史上追溯其某些一脉相承的共性现象。所不同的是，后现代主义作家将这种"超小说"的艺术风格推向了极端。

"超小说"是流行于六七十年代的一种"介于小说和批评之间"的后现代主义小说样式，"其作用在于破除小说和外部世界之间的界限，并将创作和批评同'解释'和'解构'混为一体"。[2] 它既不同于反映现实和描绘生活的传统小说，也与一般的文学批评大相径庭，而是小说在"后现代"语境下的一种"变形"的文学体裁。"超小说"这一术语用来指一种为了对小说与现实之间的关系提出质疑并自觉和系统地关注其本身作为一种艺术形式的小说创作。"在对其自身的创作方法进行批评的同时，这种作品不仅审视了小说的基本结

---

1 David Lodge, *The Modes of Modern Writing*, p. 240.
2 Patricia Waugh, quoted from *Metafiction*, ed. by Mark Currie, London: Longman, 1995, p. 39.

构，而且还探索了小说文本之外的那个世界可能存在的虚构性。"[1]自60年代末以来，西方小说家对小说的艺术形式和创作理论产生了浓厚的兴趣。因此，他们的小说也逐渐体现出一种自我反映和形式上飘忽不定的倾向。约翰·福尔斯是英国"超小说"的重要代表。像同时代的其他后现代主义小说家一样，福尔斯对作家在"后现代"语境中如何组合人的日常经验颇感兴趣。他的小说往往以自我探索的方式来寻求这一问题的答案，并且按照当代哲学、文学和语言学理论来重新组建小说秩序。

福尔斯将他的"超小说"视为外部世界的象征，并通过小说创作本身来探索小说理论以及小说与外部世界之间的关系。他的小说往往建立在一种十分坚定却又互相对立的原则之上，既构筑小说的虚幻世界，同时又试图揭穿这种虚幻世界。换言之，福尔斯旨在创作一部小说，但同时又对这部小说的创作过程及方式发表评论。这两个过程在形式上互相结合，从而不仅使"创作"和"批评"的界限模糊不清，而且还使它们与"解释"和"解构"的概念混为一体。当代英国著名评论家帕特丽夏·沃（Patricia Waugh）在她的《超小说：具有自我意识的小说的理论与实践》（*Metafiction: the Theory and Practice of Self-conscious Fiction*, 1984）一书中指出："超小说可以关注小说某些特殊的传统形式，与此同时展示它们的构筑过程，例如，约翰·福尔斯在《法国中尉的女人》中运用了'全知作者'的传统形式。"[2]确切地说，福尔斯在"超小说"中不仅对传统小说（尤其是哈代的小说）进行讽刺性模仿，而且还对传统小说的形式进行了批评。显然，福尔斯已不再承认自己的任务是反映世界，而是热衷于用自己掌握的语言来构筑一个混乱的小说世界，并试图表明这一小说世界本身的"虚构性"。在福尔斯的七部小说中，《魔术师》（*The Magus*, 1966）和《法国中尉的女人》（*The French Lieutenant's Woman*, 1969）最具有"超小说"的特征。

《魔术师》是福尔斯的第二部小说，也是一部采用"变形"艺术的后现代主义小说。一位刚翻开这部小说的读者也许会认为，根据书名，具有"魔术师"之称的小说主人公康奇斯想必具有神机妙算和呼风唤雨的超凡能力。然

---

1 Patricia Waugh, quoted from *Metafiction*, ed. by Mark Currie, London: Longman, 1995, p. 40.
2 Patricia Waugh. *Metafiction: the Theory and Practice of Self-Conscious Fiction*. London: Methuen, 1984, p. 4.

而，康奇斯只是小说中的一个次要人物，而一个名叫厄夫的更为年轻的牛津大学毕业生才是小说的主要人物。事实上，康奇斯像厄夫一样并不具有任何超凡的能力。但他认为，如果自己想揭示这个混乱无序的世界的奥秘，就必须不顾一切地去实现自己的最终目标，即探明自己"存在的可靠性"。《魔术师》的结构犹如一块古代的三折写板。全书分为三个部分，由七十八章组成，与算命先生使用的占卦盘上的七十八张牌彼此呼应。然而，如果将《魔术师》当作一部颂扬占卦术的小说，那肯定是误读。这部小说的结构暗示了作者的创作意图。生活在一个受存在主义思潮影响的世界中，人们不禁会感到，眼前的世界既纷繁复杂，又令人莫测。因此，他们只能无休止地在那些令人困惑的玄奥和形而上学的问题面前挣扎。然而，福尔斯并不认为卜卦术或占星术会给人们带来任何可靠的答案，他只是希望构筑一个与混乱的现实彼此呼应的小说世界。《魔术师》的结构是对混乱无序和令人莫测的现实世界的艺术模仿。正如福尔斯本人所说："这部小说没有真正的意义……它的意义是它在读者中引起的任何反应。就我所知，至今还未出现任何一种'正确'的反应。"[1]

作为一部"超小说"，《魔术师》在叙述形式上充分体现了后现代主义的艺术特征。整部小说拥有三个截然不同的叙述者。小说的主要情节由牛津大学毕业生厄夫以第一人称叙述。他以一种失落的心态回忆了自己在牛津的经历以及同父母和女友之间的关系。这位曾在牛津研究存在主义哲学的孤独者发现自己对存在主义的了解未能使其真正懂得生活，而只是让他学会了如何勾引女人。当他父母在一次飞机失事中死亡时，厄夫顿时获得了"一种轻松感和自由感"，因"不再有家庭来妨碍我所认为的真正的自我"。小说的另一位第一人称叙述者是康奇斯。他以一种潜伏的"变形叙述"形式取代了厄夫的叙述角色。显然，康奇斯并未像厄夫那样频繁地使用存在主义哲学中的术语，因为他知道这样做只会唆使厄夫更加热衷于玩弄词藻。然而，为了对厄夫在寻找"存在的可靠性"的旅程中有所指点，康奇斯向厄夫叙述了四个自传性故事，其中包括他在第一次世界大战中当逃兵以及后来在北极考察鸟类活动的经历。他对厄夫的忠告是：主宰人生的不是上帝而是胡乱的机遇。《魔术师》的第三个叙述者似乎扮演了作者的角色，他在小说中对厄夫和康奇斯两人的叙述发表了一系列道德评论。显然，这三个叙述者分别为小说文本的形成作出了贡献。然

---

[1] Quoted from *John Fowles*, James Acheson, London: MacmiHan, 1998, p. 20.

而,"《魔术师》中的结构和变形叙述……不是直线形发展的,而是与主要故事情节互相渗透,彼此穿插,形成了一个复杂的整体"。[1]

在《魔术师》中,福尔斯通过康奇斯和厄夫两人的关系来混淆现实和虚构之间的关系。这部小说的"变形"特征明显地建立在作者(康奇斯)对存在的奥秘的叙述和读者(厄夫)对他故事的解读的基础之上。在这一关系中,康奇斯以上帝(作者)的身份与企图寻找人生答案的厄夫(读者)玩起了"上帝的游戏"(godgame)。厄夫试图解读康奇斯所叙述的故事,但在解读过程中,他使文本外真正的读者的角色受到了质疑。于是,厄夫与真正的读者同时被囚于小说的反身文本之中,从而使他们的解读变成了小说不可分隔的组成部分。康奇斯在福尔斯虚构的世界中向厄夫展示了一种与文学解读相对立的所谓"真实的"经验,但与此同时,为了向厄夫证实他自己的经验像小说一样也是虚构的,康奇斯在玩弄"上帝的游戏"的每个阶段都必须破坏现实,然后再为厄夫虚构新的"现实"。于是,在人物的叙述和解读过程中,艺术与生活、虚构和现实之间的界限变得越来越模糊,从而使小说文本出现了严重的"变形"。

福尔斯的代表作《法国中尉的女人》是"超小说"的杰出范例。小说以1867年的英国维多利亚社会为背景,描述了主人公查尔斯·斯密森同法国中尉的女人莎拉以及他的未婚妻欧内斯蒂娜之间的三角恋爱。从表面上看,这仿佛是一部旨在重新捕捉维多利亚时代的社会风貌和生活气息的社会风俗小说。然而,事实上,这是处在"后现代"文化氛围中的福尔斯通过对19世纪传统小说形式的讽刺性模仿而写成的一部在英国小说艺术史上颇有影响的"超小说"。正如福尔斯所说:"人们几乎可以将现实颠倒过来,并且可以说加缪和萨特试图以他们的方式将我们带入气氛严肃和道德敏感的维多利亚社会。"[2]在福尔斯看来,维多利亚时代的传统作家只能创造"一个计划中的世界",其中人物的行为和结局都是预先排定的。而他的《法国中尉的女人》则给予小说家更大的自由。他认为这是"一种允许其他自由得以存在的自由"。不少批评家认为福尔斯的这部小说标志着叙述技巧的一个重大突破。

在《法国中尉的女人》中,福尔斯再次打破了虚构和现实的界限,并在小

---

1 Susana Onega. *Form and Meaning in the Novels of John Fowles*. Ann Arbor: UMI Research Press, 1989, p. 37.

2 Quoted from *John Fowles,* by James Acheson, p. 34.

说中探索小说的创作理论。尽管《法国中尉的女人》采用第一人称叙述，但叙述者并不是小说中的人物（虽然他曾经两次以人物的身份出现在小说中）。显然，叙述者试图扮演作者的角色，以20世纪的目光来审视19世纪的人物。不仅如此，他还获得了谈论这部小说和本人创作感受的机会。他虽然经常向读者披露其故事的虚构性，但却不愿放弃这种虚构。尽管小说在开局上与维多利亚时代的传统小说十分相似，但叙述者在描绘了英国南海岸的美丽风光之后突然对读者说："我是在夸张吗？也许是吧。不过我是经得起检验的。"显然，叙述者的自我反映意识在小说一开始便端倪可察。随着小说的进展，叙述者不时中断他的叙述，走出"故事"圈，直接对读者谈论这部小说的创作情况。例如，他在第十二章结尾时向读者提问："谁是莎拉？她来自何处？"而在第十三章开头他又对读者谈论小说的创作问题：

> 我不知道。我讲的这个故事全是凭空想象的。这些人物仅仅存在于我的头脑中。如果说到现在为止我一直假装了解我的人物的内心世界，那是因为我在以编造故事时普遍认可的传统方式写作：即小说家拥有上帝般的地位。他未必什么都知道，但他却装出通晓一切的样子。然而，我生活在阿兰·罗伯·格里耶和罗兰·巴特的时代。假如这是一部小说，它不能成为一部现代意义上的小说。

上述引文充分体现了"超小说"的艺术特征。叙述者在以"普遍认可的传统方式"写了十二章之后毫不犹豫地突破他的叙述框架，彻底推翻了自己的作品。当代著名批评家帕特里夏·沃芙在谈及"超小说"的创作技巧时指出：

> 揭示文学传统形式及其临时性的一种方法是披露它们在失灵时的情况。当叙述框架被突破时，讽刺性模仿和反运用是两种基本手段。叙述框架的变化和突破（或通过框架的模糊性来构造一种虚构的形象）是超小说一种重要的解构方法。[1]

显然，福尔斯在小说的前半部分中有意讽刺性地模仿传统小说的形式，随后让叙述者披露其局限性和它"失灵"的事实。当叙述者在推翻传统形式时，这部小说本身也随之出现了"变形"。于是叙述者对他的小说又发表了自己的

1　Patricia Waugh, *Metafiction: the Theory and Practice of Self-Conscious Fiction*, p. 31.

看法：

> 也许我在写一部变味的自传；也许我现在生活在我写进小说的一幢房子里；也许查尔斯就是我本人。也许这仅仅是一种游戏。像莎拉这样的现代女性是存在的，而我对她们一无所知。也许我试图向你们送上一本隐而不宣的论文集。

可见，在否定了19世纪传统小说的虚构性之后，叙述者向读者披露了其"故事"本身可能存在的虚构性。他直言不讳地告诉读者，自己对女主人公莎拉的许多情况并不了解，但他解释说："我是个小说家，不是公园里的人，难道我能跟踪她？"同样，他在安排人物的活动方面有时也直接向读者谈论"真实"的想法："当我写到这里时，头脑中忽然出现了一个想法，我真想让查尔斯留下来喝牛奶……并与莎拉再次见面，这也许是更明智的写法。"叙述者还一本正经地告诉读者："此刻（在第十三章），我肯定想揭示莎拉的真实感受，将一切重要的东西都和盘托出。但是……我知道根据我的小说的实际情况，莎拉绝不会擦掉眼泪，俯首沉思，并表达她的感悟。"显然，福尔斯完全意识到小说所面临的虚构与事实之间的矛盾。然而，他对这种矛盾的有意玩弄和巧妙处理则是其"超小说"成功的关键所在。他在试图让人物和读者共同参与小说创作过程的同时，还盼望与他们共同观察小说文本的解构过程。

引人注目的是，《法国中尉的女人》分别在第四十四、六十和六十一章中的三种不同的结尾方式再次充分体现了"超小说"的艺术特征。在第一次结尾中，主人公查尔斯抛弃了颇有心机的"法国中尉的女人"莎拉，并与他的未婚妻欧内斯蒂娜结婚。查尔斯与欧内斯蒂娜婚后生了七个孩子。他们像维多利亚时代的许多小说主人公一样过着悠闲自在的生活。然而，在第四十五章开头，叙述者却敬告读者："在为这部小说安排了一个极其传统的结局之后，我应该向你们说明，虽然我在前两章中描写的事情发生了，但它与你们想象的并不一样。"随后，叙述者向读者透露，小说的第一种结局方式是查尔斯本人在旅行时的幻想。"他感到自己步入了故事的结尾，而这一结尾方式他并不喜欢。"于是，在第六十章中，叙述者又尝试了第二种结尾方式。他让查尔斯和莎拉在分别两年之后再次相会，并向读者暗示他俩即将结婚。然而，在叙述者看来，第二种结局方式依然具有明显的传统色彩。于是，他又为小说设计了第三种结局方式：查尔斯与莎拉再次相会，但最终他还是毅然与她分道扬镳。显然，这是一种反传统和耐人寻味的多样化结局。福尔斯别出心裁地为他的小说设计了三种不同的结局方式。这不仅反映了后现代主义小说文本的随意性和不确定性，而且也体现了"超小说"的自我意识、反身现象和本体特征。批评家洛奇在谈及后现代主义小说的结局形式时指出：

> 我们既看不到传统小说那种真相大白和命运已定的封闭式结局，也看不到那种像康拉德对詹姆斯所说的"令人满意但并未结束"的现代主义小说的开放性结局，而是看到了多种结局、虚假结局、嘲弄式或讽刺性结局。[1]

可见，《法国中尉的女人》从模仿维多利亚时代的传统小说形式起步，最终变成了一部嘲弄传统小说形式的后现代主义"超小说"。不言而喻，它在英国小说艺术史上具有十分特殊的地位。

福尔斯的"超小说"充分体现了后现代主义小说文本的自我意识和不确定性，同时破除了艺术与生活、虚构与事实之间的界限，成为谈论小说创作和探讨小说理论的艺术工具。然而，他的"超小说"与某些靠运气胡乱堆砌和随意拼凑而成的后现代主义作品（aleatory writing）的不同之处在于其巧妙的设计和精湛的艺术手法。不仅如此，福尔斯的"超小说"不但具有一定的趣味性和可读性，而且还对小说家在"后现代"语境中如何创作进行了有益的探索与实践。

第四节
B·S·约翰逊的"极端形式主义"小说

B·S·约翰逊是20世纪六七十年代英国文坛上坚决抵制艺术陈规，极力主张小说革新的最彻底的文学斗士之一，同时也是迄今为止在后现代主义文学道路上走得最远的小说家。约翰逊的小说经常引起人们的误解。据他本人说，英国一份全国性报纸的编辑发现约翰逊的处女作《旅行的人们》（*Travelling People*, 1963）中有不少黑白空页后拒绝为此撰写书评，并抱怨说这肯定不是

---

[1] David Lodge, *The Modes of Modern Writing*, p. 226.

正式版本。澳大利亚海关检查人员看到他的第二部小说《阿伯特·安吉洛》（*Albert Angelo*，1964）的不少书页上有圆洞时便将书扣留，直到他们确信这不是一部淫秽小说后才答应放货。而他的另一部反映人类经验的无序性和复杂性的实验小说《拖网》（*Trawl*，1966）则在一家大型书店里与其他一些有关垂钓知识的图书放在一起。[1] 显然，约翰逊的小说在形式上的无序性和内容上的不确定性不但使他遭到了沉重的社会压力，而且也经常使为数不多的问津者感到困惑不解。然而，约翰逊的出现为英国小说艺术史增添了不可多得的一页，同时也对后现代主义小说艺术的深入发展起到了积极的推动作用。

约翰逊是六七十年代英国文坛上"极端形式主义"小说的倡导者。他年轻时深受乔伊斯和贝克特的创作风格的影响。约翰逊认为，"小说是一种不断进化的艺术形式"，它一旦停止不前便会失去存在的价值。他明确指出：

> 文学形式确实不仅会枯竭，而且还会失效。看看19世纪初的那些用无韵诗体写的五幕剧的结果便清楚了……它们全都失败了，这不是因为写它的人是糟糕的诗人，而是因为这种形式结束了，用滥了，枯竭了。它的一切已经消耗殆尽。
>
> 第一次世界大战爆发时的叙事小说也是如此。无论试图运用这种形式的作家有多棒，它已无法适应这个时代了，运用这种形式创作是不合时代的、无效的、多余的和反常的。[2]

约翰逊一再呼吁同时代的作家不要步19世纪传统作家的后尘，因为他们的小说艺术已与"后现代"经验格格不入。他认为，乔伊斯等作家开创的现代主义事业必须后继有人，艺术前辈的未竟之业理应成为后起之秀开拓创新的起跑线。在约翰逊看来，当代小说家不能沿袭过时和脱离实际的手法，而应采用不同凡响和更为令人满意的艺术形式。

约翰逊对小说的文本构造和叙述手法进行了极为大胆的尝试。他创造性地发展了一系列后现代主义小说技巧，并使他的叙事艺术体现了高度的自我反映特征。他经常以作者的身份介入小说，向读者直接介绍他本人在谋篇布局和塑

---

[1] B. S. Johnson. "Aren't You Rather Young to Be Writing Your Memoirs?", *The Novel Today*, ed. by Malcolm Bradbury. Manchester: Manchester University Press, 1977, p. 168.

[2] Ibid., p. 153.

造人物方面的感受和打算，并使他本人的生活、人物的经历以及小说的创作过程交织一体，从而使艺术与生活之间的界限模糊不清。他在《你写回忆录是否还嫌太年轻？》（*Aren't You Rather Young to be Writing Your Memoirs?*，1973）一文中对热衷于讲故事的小说家进行了指责：

讲故事是说谎　　　　　是说
关于他人的谎　　　　　是制造或
强化偏见　　　　　　　是为真正的交流
提供一种选择而不是为交流和（或）交流本身
提供一种刺激
是在与真人打交道的挑战面前的一种逃避行为[1]

约翰逊认为，小说（novel）和虚构的作品（fiction）是两个不同的概念。他明确指出：

> 小说是一种形式，正如十四行诗是一种形式一样。在这一形式中，人们可以描写真实或进行虚构。我选择用小说的形式描写真实。[2]

然而，约翰逊所谓的"真实"并非指现实生活中的真人真事，而是指创作的真实过程。英国著名批评家戴维·洛奇将约翰逊的作品称为"非虚构的小说"（the non-fiction novel）。他明确指出："约翰逊试图揭露并摧毁自己费了很大劲才建立起来的虚构性，并告诉我们故事背后'真正的'事实……这是一种为了取得真实性与可靠性的极端形式。"[3]不仅如此，约翰逊在其小说中的创作手法变化多端，新颖奇特，多种叙述往往互相并存或彼此渗透，日记、书信、独白、引文、图片、纸洞、不规则的印刷符号乃至黑白空页比比皆是。他声称，当代小说家应该大胆发明或盗用其他媒体的表现手法来包容混乱无序而又变幻莫测的现代经验。

约翰逊的处女作《旅行的人们》明显地反映了他的后现代主义创作倾向。

---

[1] B. S. Johnson. "Aren't You Rather Young to Be Writing Your Memoirs?", *The Novel Today*, ed. by Malcolm Bradbury. Manchester: Manchester University Press, 1977, p. 154.
[2] Ibid., p. 154.
[3] David Lodge, "The Novelists at the Crossroad", *The Novel Today*, p. 94.

这部小说以威尔士北部乡村为背景,描述了一个名叫亨利的年轻绅士的流浪生活,并以此来揭示混乱无序的现实生活。小说一开始,约翰逊便公开谈论自己的创作观念:

> 当我舒适地坐在一把18世纪中国制造的木质柳条椅上时,我开始严肃地思考起自己所谓专业的而又崇高的文学形式……我最讨厌一部小说一种风格的陈规……我认为揭露小说的运作机制不仅是可行的,而且这样做能使我更加接近现实与真实……我决意不让读者以为他是在阅读一部虚构的作品。

显然,约翰逊在小说中滔滔不绝地谈论小说创作的现象与约翰·福尔斯的"超小说"的艺术特征十分相似。它无疑展示了后现代主义小说文本强烈的自我反映意识。《旅行的人们》由九章组成,而约翰逊采用了八种不同的风格。其中第一章和最后一章采用了相同的风格。用他自己的话来说,这种方式可以使作品获得一种"循环式的统一性"(cyclical unity)。这些叙述风格包括意识流、书信、日记、电影剧本和取自其他刊物的残篇。他甚至采用不同颜色和形态的空页来表现一个老人从心脏病发作继而失去知觉直到最终死亡的过程。形态混乱的灰色空页代表心脏病发作,形态匀称的灰色空页象征着昏迷状态,而随后的黑色空页则暗示了人物的死亡。不言而喻,约翰逊在其处女作中的创作手法不仅体现了后现代主义作家在艺术上的无政府主义现象,而且也是他的小说走向"极端形式主义"的一个重要信号。

约翰逊的第二部小说《阿伯特·安吉洛》同样体现了一种"极端形式主义"小说艺术。作者声称:"在这部小说中,我摒弃了英国人喜欢客观对应物的毛病,以小说的形式直接而又巧妙地描写真实,并且听到了自己悄悄说话的声音。"[1]

这部小说描写了一个名叫阿伯特·安吉洛的建筑师的失败与毁灭过程。失业后的安吉洛为了糊口不得不到一所贫民学校当代课老师。但在一个严重异化的环境中,他无法逃避难以忍受的孤独感和失落感。同他在前一部小说中一样,约翰逊不仅讨厌"讲故事",而且一味追求奇特的表现形式。在为小说安排形似传统的开局之后,作者继续对传统形式进行了讽刺性的模仿。突然,他

---

[1] B. S. Johnson, quoted from *The Novel Today*, p. 161.

笔锋一转，彻底推翻了自己所写的内容：

> 他妈的全是说谎大家注意我真想写的并不是这种东西不是想谈建筑而是想谈谈创作关于我自己的创作我就是自己的主人公尽管这个名称毫无用处这是我的第一个人物随后我想通过建筑师阿伯特来发表评论我遮遮盖盖装模作样又有什么意思我可以通过他来谈任何事情也就是说我感兴趣的任何事情……

显然，约翰逊的"变形叙述"使小说突然出现了"短路"现象，并对读者的阅读理解造成了一种震荡。有关主人公阿伯特的故事的"权威性"和"真实性"被这种"短路"现象剥离得干干净净，人们无法弄清约翰逊究竟是在写小说、自传还是在写日记。作者本人的经历和主人公阿伯特的生活混为一体，从而使生活与艺术的界限模糊不清。当他将自己身后的那座"虚构的"桥梁炸掉之后，作者仿佛捧着一堆赤裸裸的"事实"站在小说的尽头，以挑战的目光望着他的读者。此外，在这部小说中，各种奇特的表现手法交错并置，纷然杂陈，既有斜体、大写体、罗马体等多种印刷字体的交织，也有书信、广告、论文、诗歌和算卦牙牌等形式的拼合，甚至还有能使读者窥看下页（展望未来）的纸洞以及表示人生无序和无常的缺页。作者声称，小说是揭示真实的载体，他之所以采用这种叙述手法完全是为了传达真实。在他以后的几部小说中，约翰逊对小说形式的实验依然情有独钟，锲而不舍，从而使他的"极端形式主义"发展到了无以复加的地步。

在英国小说艺术史上，也许没有一部作品在形式上比约翰逊的《不幸者》（*The Unfortunates*，1969）更加奇特了。作者别出心裁地推出了一部装在盒子内、封皮可以自由移动的散装活页小说，从而不仅彻底打破了小说固有的框架和结构，而且还完全推翻了小说历来装订成册的传统。作者声称，他采用这种异乎寻常的小说形式旨在为按传统方式装订的小说那种受人强迫的连贯性提供一种新的选择。尽管如此，这部小说依然有一点约翰逊并不喜欢的"故事"。小说由约翰逊本人叙述，它描述了他已故的朋友托尼与癌症抗争的经历。作者声称，整部小说真实地记录了他于某个周末在诺丁汉报道足球比赛时的凝思遐想。他在谈及这部小说的形式时说：

《不幸者》的主要技术问题是材料的无序性。也就是说，对托尼的回忆与通常的足球报道、过去与现在完全混为一体，没有任何时间顺序。这是头脑的思维方式，不管怎么说这是我的头脑。因此，我尽可能使这部成为那个星期六八小时中我本人意识的重新记录。

这种无序性与将小说装订成册的事实发生了直接的冲突，因为装订成册的小说将一种秩序、一种固定的页码秩序强加于材料。我认为，采用按各个部分叙述并将这些散装的部分放在盒子中的方式使我朝着解决这一问题的方向迈出了一大步。[1]

《不幸者》由二十七个部分组成，每一部分长则十来页，短则不到半页，仅有两个部分标明"首篇"和"结尾"，其余部分均无标题或篇名。由于这是一部没有页码的活页散装小说，因此它迫使读者当场参与叙述者正在进行的梳理经验的斗争，并分享其混乱无序的意识。作者在盒内的说明书中声称："如果读者不喜欢他们在获得小说时的那种随机顺序，他们可以在随心所欲地安排小说的各个部分之后进行阅读。"约翰逊认为，尽管读者无论按何种顺序阅读都会感到困惑不解，但这种阅读感受恰好来自于叙述者混乱无序的意识和回忆的真实性和自然性。他强调指出："整部小说反映了物质的混乱性，而其本身就是对混乱性的一种物质的、有形的比喻。"[2]在约翰逊看来，虽然这种形式并不能完全解决问题，因为书中各个部分的篇幅和其中句子及词汇的排列难免是武断的，但"我依然认为自己的方法离答案更近……在解决传达意识混乱的问题上比装订成册的小说那种强加于人的秩序更胜一筹"。[3]

约翰逊的"极端形式主义"在他的另一部小说《克里斯帝·马尔利自己的复式簿记》（1973）中再次得到了充分的展示。作者异乎寻常地按照财务记账的方式将主人公克里斯帝的生活经历分别记在标有借方和贷方的复式簿记本上。这部小说由五个部分组成，每个部分的结尾都有一份记载主人公借贷情况的账单。借方栏下的数额指罪恶的社会欠他的债务，而贷方栏下的数额则表示他对社会所采取的报复行动。为了使账目收支平衡，身为银行职员的克里斯帝向社会发动了一场狂热而又荒唐的斗争。他的报复手段可谓五花八门，包括偷

---

1 B. S. Johnson, quoted from *The Novel Today*, p. 163.
2 Ibid., p. 163.
3 Ibid., p. 164.

窃财物、炸毁税务所和往水库投毒等等。每次得逞后他都沾沾自喜,并且将他的"劳动"所得正式入账,以抵消社会欠他的债务。主人公四面出击且又屡战屡胜的本领以及他欣喜若狂的神情无疑为小说增添了一种喜剧色彩,而作者在叙述这种疯狂的举动时所采用的冷冰冰的口吻则使小说产生了一种强烈的讽刺效果。引人注目的是,约翰逊的叙述方式在这部小说中进一步呈现出严重"变形"的倾向。每到关键时刻,他便从幕后跳到前台,公然以作者身份介入作品,并直言不讳地告诉读者自己在安排事件和人物行动方面的打算。读者惊讶地发现,约翰逊竟然以作者的身份直接出现在病入膏肓的克里斯帝的病房里。他坦率地告诉读者:"护士要我离开,她不知道我是谁,也不知道如果没有我这个作者,他就死不了。"有时,约翰逊还故意让主人公对这部小说发表评论。例如,克里斯帝曾对自己所担任的角色产生过这样的疑问:"我是否被写过头了?"最终,作者让主人公死于癌症。克里斯帝临死前设法注销了一笔坏账才使其人生的账目收支平衡。毫无疑问,《克里斯帝·马尔利自己的复式簿记》是约翰逊追求"极端形式主义"过程中的又一部标新立异之作。它奇特的形式再次体现了英国后现代主义小说家巨大的创作潜力和非凡的艺术想象力。

约翰逊最后一部小说《让老太太体面地》(*See the Old Lady Decently*,1975)同样体现了他的"极端形式主义"创作倾向。这部小说在作者自杀身亡两年后问世,从而为他在艺术上一贯激进和离经叛道的人生短句正式画上了一个句号。约翰逊原来打算写《子宫三部曲》(*The Matrix Trilogy*),结果仅完成了一部便离开了人世。其余两部未完成的小说原定书名分别为《安葬尽管》(*Buried Although*)和《活下来的人中有你》(*Amongst Those Left Are You*)。显然,这三部小说的书名衔尾相随,连接起来构成一个句子:"让老太太体面地安葬尽管活下来的人中有你。"有的评论家将约翰逊的最后一部小说视为他的代表作。一位英国评论家指出:"《让老太太体面地》涉及作者的母亲和英国,两者均处于死亡过程中。它设法在作者的两种兴趣之间建立一条有序的通道,即一方面是'实验',另一方面是为自传的真实排斥虚构。"[1]为体现所谓的"真实",作者以自己的母亲为创作原型。据说,他母亲生前曾在一家餐厅工作,1971年死于癌症。在小说中,他母亲的癌症似乎是大英帝国衰朽没落的象征,两者的衰落并行不悖。约翰逊义无反顾地采用了各种"极端形式主

---

[1] Malcolm Bradbury. *The Modern English Novel*. London: Penguin Books, 1993, p. 365.

义"创作手法,将相片、家庭文件、英国名胜概况和死亡通知书等一并塞进了这部一百三十余页的小说,并不时在书页上标明"虚构"与"真实"的字样。显然,作者在结束自己生命之前对小说实验的决心丝毫没有动摇。

  约翰逊在他短暂的一生中不断向小说形式的极限冲刺,成为六七十年代英国文坛最激进的小说家。尽管他的小说超越了合理的界限,但他为小说的技术问题孜孜不倦地寻求答案的执着精神无疑值得肯定。想当年伍尔夫曾经将乔伊斯称为"一个为了呼吸不顾一切地砸碎窗户的人"。[1] 此话如用在约翰逊身上同样恰如其分。贝克特不仅将约翰逊称为一名"具有天才的作家",而且还认为他"应当引起批评家们更大的关注"。[2] 毫无疑问,约翰逊的"极端形式主义"小说是英国小说艺术史上一道独特的风景线。就探索小说艺术疆界和开发小说形式而论,约翰逊也许是英国小说史上不可没有但不可再有的小说家。

  综上所述,英国的后现代主义小说经过贝克特、达雷尔、福尔斯和约翰逊等作家的共同努力在艺术上取得一系列重大的突破。像乔伊斯等艺术前辈一样,后现代主义小说家在艺术上拒绝模仿或重复传统形式,表现出强烈的求新意识和实验精神。他们的小说不仅越来越受到批评界和某些乐意追踪新潮文学的读者的密切关注,而且正在逐渐步入经典的行列。不言而喻,后现代主义小说艺术的形成与发展是英国小说现代化和多元化的必然产物,同时也是英国小说家在文坛"软着落"的又一次极为成功的表现。

---

1 Virginia Woolf, quoted from *The British Novel Since the Thirties*, Randal Stevenson, London: B. T. Batsford Ltd., 1986, p. 203.

2 Samuel Beckett, quoted from *The British Novel Since the Thirties*, p. 203.

第七章
当代英国小说艺术概观

  20世纪末,已有四百年历史的英国小说步入了一个新的发展阶段。尽管后现代主义者提出的"语言自治"、"词汇革命"和"叙述自由"等艺术主张在英国文坛还有一定的影响,他们对小说实验与革新的呼声依然余音绕梁,但英国小说艺术在经历了现代主义和后现代主义石破天惊的文学大地震之后似乎显得有些平静。当代英国作家正在以更加冷静与成熟的目光审视过去,展望未来。他们在后现代主义之后的文化氛围中深刻反思,校正自我,并且时刻在捕捉新世纪小说艺术发展的良机。如果说,当年著名爱尔兰诗人叶芝曾在《1916年复活节》(*Easter*,1916)一诗中大声疾呼:"是变了,彻底变了;一种可怕的美已经诞生",那么,在20世纪末,这种"可怕的美"已经消失。正如伦敦大学教授当代英国著名文学评论家史蒂文·康纳(Steven Connor)在其1996年出版的《历史进程中的英国小说》(*The English Novel in History*,1950—1995)一书中指出:"在一个无法挽回的多极化的世界中……小说好像对自己存在'其中'感到十分满足。"[1]在当代英国社会各种不和谐的嗓音、喋喋不休的争吵和东拉西扯的评说面前,"小说含蓄地提出了怎样的小说世界或叙述形式可能组合并抓住这些声音的问题……"[2]在提出有关当代社会中怎样的小说和怎样的阅读依然行之有效等问题的同时,当代小说家提出了一些更重要的问题,即当代世界的本质和与之相呼应的小说艺术的走向等等。从某种意义上来说,当代英国小说不仅受到了后现代主义之后世界多极化的影响以及后殖民时代非殖民化意识的冲击,而且试图在新的历史时期为自己重新定位,并以积

---

1 Steven Connor. *The English Novel in History, 1950—1995*. London: Routledge, 1996, p.42.
2 Ibid., p.42.

极的姿态迎接小说艺术的新纪元。

应当指出，虽然当代英国文坛在20世纪一阵阵喧嚣与骚动之后显得有些平静，但小说依然处在变化之中。剑桥大学学者兼诗人罗德·门汉姆（Rod Mengham）在他主编的《当代小说介绍》（*An Introduction to Contemporary Fiction*，1999）一书中指出：

> 从70年代起，英国小说开始对外国（主要是法国、东欧和拉丁美洲）的创作形式作出积极的反应，而从70年代末起，小说和批评理论的互相依赖性开始在创作与接受文本中占有主导地位。尤其是后现代、后殖民时代以及讲究性别的文学观念的出现对小说创作和阅读的社会与文化作用的理解具有重要的影响。[1]

不言而喻，像当代其他艺术形式一样，处于后现代主义之后以及后殖民时代的英国小说艺术不仅依然处在演变之中，而且还呈现出一派生机勃勃与繁荣昌盛的景象。尽管对那些问世不久且尚未经过历史检验的新作的艺术形式进行科学和准确的评价还有一定的难度，但在这大浪淘沙和优胜劣汰的时代，不少新秀已在文坛崭露头角，许多杰作也已引起了评论家的关注。因此，对当代英国小说艺术作一番概观不仅完全可能，而且很有必要。

第一节
后现代主义之后的英国小说

20世纪70年代，正当后现代主义作家将小说实验推向极限并由此造成了"形式绝望"之感时，不少读者和评论家对小说的前途感到十分忧虑。1975年，英国学者贾尔斯·戈登（Giles Gordon，1940—2003）在他主编的《超越词汇：十一位作家寻找新小说》（*Beyond the Words: Eleven Writers in Search of a New Fiction*）一书中大声疾呼："小说已不再是通俗艺术。"[2]当时不少人认为，小说已经像诗歌那样成为一部分人的专利。在后现代主义作家"无新不成书、是书必翻新"的创作理念的影响下，英国小说的信誉和地位曾一度出

---

1 Rod Mengham, ed.. *An Introduction to Contemporary Fiction*. Cambridge: Polity Press, 1999, p.1.
2 Giles Gordon, quoted from *The Novel Today*, by Allan Massie, London: Longman, 1990, p.2.

现全面滑坡的现象。事实上，"二十年前，预言'小说死亡'是非常时髦的事情。"[1]然而，时至今日，坚持这种观点的人已十分罕见。英国小说在70年代曾经为艺术上的极端主义和激进主义付出了一定的代价，它曾经以抛弃普通读者的方式来拓宽艺术疆界，并成为一部分后现代主义作家争妍斗奇的竞技场。然而，在过去二十年中，英国小说呈现了较为稳健的发展势头，其信誉和地位出现了恢复性的上升。这种可喜的变化不仅取决于80年代以来英国各种文学奖项和激励机制的建立与完善，而且也与公众对小说的意识明显增强密切相关。当然，更重要的是，作家在后现代主义之后的社会环境与文化氛围中不断修正自己的审美意识，并进一步提高了采用有趣的方式表现有趣的主题的艺术能力。

应当指出，后现代主义之后的小说家所面临的是一个令第二次世界大战之前出生的人感到陌生和困惑的世界。随着社会福利制度的漏洞百出和逐渐衰落，社会服务业和公用事业的大规模私有化和垄断化以及因抵押贷款造成的个人债务居高不下，英国普通百姓面临了沉重的生活压力。尽管不久前传来了北爱尔兰共和军宣布解除武装的好消息，但长期以来，各类破坏与恐怖活动持续不断，加之城市犯罪率的不断上升，英国人的安全感受到了严重的影响。随着欧洲单一货币进程的完成和国内移民人口的急剧增长以及由此造成的种族歧视和多元文化的蔓延滋长，英国传统的国民意识和民族心理受到了巨大的冲击。近十年来，种类繁多的信用消费、电子商务和网上交流发展迅猛，使英国人的生活方式发生了明显的变化。不言而喻，所有这些都在后现代主义之后的小说中得到了不同程度的反映。此外，在战后二十年中曾经被国家机器大力宣传的传统文化自70年代起在国内受到多民族文化冲击的同时，还面临了来自美国和欧洲各国文化渗透的压力。英国广播公司（BBC）等宣传媒体不仅雇用了大量的外来移民，而且长期以来英国人引以为豪的所谓"标准发音"（Received Pronunciation）也从许多播音员的口中消失。有趣的是，无论是过去的梅杰政府还是布莱尔政府都想让英国的传统文化在异族人口中得到弘扬和普及，但他们却又担心传统文化会因此而走样和畸变。"其结果是让人经常感到困惑，不满以及各种沉积已久的趣味与观念之间的冲突，而不是艺术与文化原本希望在不同阶级和各种彼此竞争的社会集团中引起的那种共享的和明显转化的视

---

1 Allan Massie, *The Novel Today*, p.2.

野。"[1]显然，在后现代主义之后的文化氛围中，那些所谓"正宗的英国人"（the true-born Englishman）既无可奈何，又不知所措。毫无疑问，当代英国小说家们所致力于表现的"确实是一种处于明显和麻烦的转折与重新界定之中的社会现实"。[2]

后现代主义后的英国小说在艺术上呈现了各种形式彼此共存、兼容并蓄和多元发展的倾向。就总体而言，当代英国大多数作家正在寻找适合表现后现代经验与民族文化心理的艺术形式。正如当代英国著名评论家兼小说家马尔科姆·布拉德伯里（Malcolm Bradbury, 1932—2000）在评价当代小说时指出："今天许多小说家对陈旧的小说规范和既成的小说历史感到很不自在。他们试图通过探索小说某些实质性的问题来重新运用和重新塑造这种形式。"[3]同样，爱丁堡大学当代文学专家兰德尔·斯蒂文森（Randall Stevenson）在其1993年出版的《二十世纪英国小说读者指南》（*A Reader's Guide to the Twentieth-Century Novel in Britain*）一书中也声称："尽管过于自信地预言一个伟大的文学时代即将来临肯定是草率的，但我们还是有理由对未来几年英国小说的艺术活力感到乐观。"[4]当代的英国小说艺术大致面临了四个方面的影响。一是强调情节、人物和物质世界的现实主义；二是注重形式、技巧和精神世界的现代主义；三是追求语言自治和反身文本以及强调小说本体特征的后现代主义；四是当代美国及英联邦国家英语小说的艺术渗透。尽管这四股艺术潮流都不同程度地影响着当代作家的创作实践，但大多数小说家似乎都不愿过深地卷入现代主义或后现代主义艺术潮流，而是与它们若即若离，藕断丝连。然而，越来越多的作家倾向于现实主义的表现艺术。例如，在70年代被评论家认为是实验主义作家的安东尼·伯吉斯（Anthony Burgess, 1917—1993）却在80年代发表了《尘世权力》（*Earthy Powers*, 1980）和《旧熨斗》（*An Old Iron*, 1989）等地地道道的现实主义作品。同样，在50年代被认为具有一定革新精神的威廉·戈尔丁（William Golding, 1911—1993）在80年代发表的《纸人》（*The Paper Men*, 1984）等小说却体现了浓郁的现实主义色彩。显然，伯吉斯和戈尔丁的

1　Steven Connor, *The English Novel in History, 1950—1995*, p.47.

2　Ibid., p.45.

3　Malcolm Bradbury, quoted from *The Novel Today*, p.2.

4　Randall Stevenson. *A Reader's Guide to the Twentieth-Century Novel in Britain*. New York: Harvester Wheatsheaf, 1993, p.142.

例子在当代作家中具有一定的代表性，并对20世纪末的年轻作家产生了一定的影响。种种迹象表明，跨世纪的小说家大都不愿脱离现实主义小说的主流，更不愿使自己的作品仅仅成为供少数专家学者研究的文本。即便在学术著作中对实验主义小说推崇备至的马尔科姆·布拉德伯里本人也是一位现实主义小说家。他两部最重要的作品《历史人》(*The History Man*，1975)和《兑换率》(*Rates of Exchange*，1982)充分展示了英国现实主义喜剧文学的艺术特征。当然，英国后现代主义之后的小说艺术虽已改弦易辙，但却并未出现矫枉过正的现象。

应当指出，20世纪末的小说家在寻找适合表现当代经验的同时大都不敢在艺术上标新立异的现象具有十分复杂的原因。我们至少可以从作家、读者和出版商三个方面来分析这一现象。首先，当代作家的创作观念和审美意识发生了变化。文学的发展往往潮起潮落，三十年河东，三十年河西。"对一代人来说是前卫的东西在另一代人看来已经成为过去……这种过程历史地证实了索绪尔的观点，即符号往往凭借它们之间的差别进行交流。"[1]自从B·S·约翰逊在70年代初将小说艺术形式的革新推向极端之后，不少评论家发出了"英国小说已不再是小说"[2]的叹息。从某种意义上来说，1973年B·S·约翰逊的自杀成为英国小说艺术史上一个具有象征意义的事件，因为从此以后人们对小说革新的呼声逐渐消退。在后现代主义之后的社会与文化氛围中，不少小说家开始意识到，现代作家未必非要追随现代主义。一部优秀作品应该具有很强的可读性和较大的读者群。在他们看来，现实主义小说艺术中存在着某些颇具生命力乃至具有永恒价值的东西。"它慷慨及可变通的形式依然能在不作任何巨大改变的情况下适合所有新的故事，所有新的人物以及在各个时期的社会中发生的所有新的冲突。小说的主要兴趣和唯一有价值的复兴取决于人物和冲突的新奇。"[3]20世纪末的小说家普遍认为，小说创作不仅涉及一种良好的艺术风范，而且还事关小说重振雄风的问题。

从读者的角度来看，从现代主义到后现代主义，小说家义无反顾地追求革新，并表现出越来越不愿意与读者合作的态度。有的作家像科学家那样对实

1　David Lodge. *Working with Structuralism*. London: Routledge & Kegan Paul, 1981, p.10.
2　Bernard Bergonzi, quoted from *The Novel Today*, p.3.
3　Nathalie Sarraute, quoted from *The Novel Today*, p.6.

验如痴如醉,甚至发展到了无以复加的地步。这不仅将小说作为实验室或竞技场,而且也使阅读小说成为一种解谜过程。事实上,处在新旧世纪交替之际的普通读者既感到了快节奏造成的生活压力,又面临着光怪陆离的现实世界中形形色色的文化诱惑。光是那些越来越厚(包括许多免费赠阅)的报纸已使读者有些目不暇接。尽管许多人依然在读小说,但他们读小说不是出于一种责任感,而是为了寻找一份乐趣。因此,形式奇特、内容艰涩、难以卒读的小说自然会遭到当代读者的冷遇和拒绝。

此外,当代出版商的市场意识也极大地限制了小说艺术的实验与革新的进程。近十年来,小说创作同出版之间的关系比以往任何时候都更加密切。不言而喻,出版商的态度与目光以及他们对作品销售量和利润额的预测对小说创作产生了极为重要的影响。当代出版商们似乎具有这样一种共识:如今的畅销书几乎都是通俗易懂的读物,一部小说成功与否取决于它拥有的读者群和带来的利润额。当然,金钱对小说家同样具有不可抗拒的魅力,并使他们获益匪浅。如果说,二十年前小说家大都靠版税生活的话,那么如今不少小说家则指望从出版商那里获得一笔巨额预付款。显然,出版商的经济利益和小说的商业化倾向对小说实验产生了明显的制约作用。

然而,后现代主义之后的不少英国小说家并未停止其实验和革新的步伐。即使那些具有极强市场意识和商业头脑的出版商也不得不承认,在当今既受评论家青睐又在市场上走红的小说中,富于实验性的作品依然为数不少。例如,被某些评论家视为"20世纪末英国最重要的实验主义小说家"[1]的克里斯廷·布鲁克-罗斯(Christine Brooke-Rose,1926—2012)在90年代初发表的《食词者》(*Verbivore*,1990)和《文本终结》(*Textermination*,1991)等小说中运用了一系列实验主义技巧来表现后现代主义之后的经验。"她超越了自己中期小说的反现实主义实验手法,发展了一种新的创作形式,以全新的方式对传统的表现手法、生活方式和文学形式提出了质疑。"[2]当代英国文坛的佼佼者马丁·艾米斯(Martin Amis,1949—)的《时光之箭》(*Time's Arrow*,1991)和《信息》(*The Information*,1995)在叙述形式上体现了一定的创新精神。此外,当代英国杰出小说家詹姆斯·凯尔门(James Kelman,1946—)

---

1 Kathleen M. Wheeler, quoted from *An Introduction to Contemporary Fiction*, p.27.
2 Ibid., p.28.

虽然是一位致力于描写社会底层人物的现实主义作家，但他的某些小说"情节极其有限……可以被认为遵循了伍尔夫关于'考察一下一个普通的日子里一个普通人的头脑'的艺术主张"。[1]凯尔门1994年发表并获得当年布克奖的重要小说《多晚了，现在多晚了》（*How late it was, how late*）在一定程度上体现了他对语言的实验。"他的小说具有一种不仅仅为了表现的自我意识……凯尔门的作品转向了一种非表现的创作形式。"[2]1999年，在剑桥大学执教的批评家兼小说家约翰·哈维（John Harvey，1923— ）公开声称："我目前即将完成的一部小说从某种意义上来说又是一部时间分离的作品，尽管它还采用了明显的视觉手段。"[3]可见，在当今英国文坛上，依然有一批具有实验主义精神的小说家。他们不但显得异常活跃，而且也取得了显著的艺术成就。

　　后现代主义之后的英国文坛像19世纪末一样，呈现出作家承前启后、新老交替的局面。但与19世纪末相比，今天英国的作家阵营不仅更加庞大，而且竞争更加激烈。文坛元老和艺术新秀同样执着，谁都不敢稍有懈怠。他们似乎感到，在同一个文化氛围中争取读者和争当小说明星除了锲而不舍、执着追求之外别无选择。早在20世纪20年代末已经步入文坛的格雷厄姆·格林在1988年发表了他的第二十五部小说《船长与敌人》（*The Captain and the Enemy*）。同样，早在1931年便以其第一部讽刺小说《人到午后》（*Afternoon Man*）崭露头角的安东尼·鲍威尔于1986年又发表了新作《渔王》（*The Fisher King*）。而女作家露丝·伦迪尔（Ruth Rendell，1930—2015）自1970年起几乎每年发表一部小说，成为当代英国最多产的小说家之一。引人注目的是，一批20世纪50年代以后出生的年轻作家以骄人的艺术成就陆续在文坛亮相。例如：罗纳德·弗兰姆（Ronald Frame，1953— ）、石黑一雄（Kazuo Ishiguro，1954— ）、坎迪亚·麦克威廉（Candia McWilliam，1956— ）、奈杰尔·瓦茨（Nigel Watts，1957— ）和马修·约克（Matthew Yorke，1958— ）等中青年作家在80年代末便已崭露头角，现已成为英国一批出类拔萃、才华横溢的跨世纪作家。就总体而言，文坛元老在艺术上显得稳健和老到，但革新意识

1　Cairns Craig, quoted from *The Scottish Novel Since the Seventies*, ed. by Cavin Wallance and Randall Stevenson, Edinburgh: Edinburgh University Press, 1994, p.104.
2　Geoff Gilbert, quoted from *An Introduction to Contemporary Fiction*, p.227.
3　John Harvey, quoted from *An Introduction to Contemporary Fiction*, p.88.

已明显减弱,其作品在偏爱严肃文学的中老年知识分子中拥有不少知音。相比之下,那些年富力强、风华正茂的文坛新秀在艺术风格上似乎有些飘忽不定,依然在传统与革新、现实主义与实验主义之间往复运动,流转徘徊。他们的小说富于时代气息,贴近后现代时期的社会现实,因而对青年学生具有很强的吸引力。

此外,后现代主义之后的英国小说体现了一种前所未有的国际意识和全球观念。随着英语在世界各国的日益普及,其文化地位和国际影响不断增强。当代英国的小说家和出版家们不但力求抓住本国的读者,而且还不约而同地将目光投向了海外更大的文化市场。随着柏林墙的倒塌,苏联的解体,欧洲一体化进程的加快以及新旧世纪交替之际国际政治气候和文化氛围的变化,英国小说家的国际意识不断增强。"人们对历史、环境、政治和文化的观念发生了巨大的变化,因而在小说领域再现了对叙述形式、视角和时空关系重新评价的现象。"[1]不少英国作家在小说中刻意表现世界各国读者共同感兴趣的题材,如"财产与金钱意义的变化,传统价值观念的贬值以及资本主义世界中发生的比东欧共产党政权让位更严重的变化。"[2]此外,海湾战争、克隆、网上黑客以及各种形式的国际恐怖活动等也是当代小说中较为热门的题材,并且在国际上拥有大量的读者。不仅如此,"经济文化的日益国际化与本民族对不同历史模式日趋严重的混乱态度并行不悖……从而明显地掀起了历史小说的创作高潮。"[3]由于"英国小说的市场已经全球化……出版商和小说家都意识到英联邦发展中国家的英语小说市场和出售外国版权的机会",[4]因此,当代许多英国小说不但涉及国际性主题,而且还具有跨国界、跨文化的笔调。这在威廉·博伊德(William Boyd,1952—)的《新的忏悔》(*The New Confessions*,1987)和至今不敢公开露面的拉什迪(Salman Rushde,1947—)的《撒旦诗篇》(*The Satanic Verses*,1988)及《摩尔人的最后叹息》(*The Moor's Last Sigh*,1995)等作品中得到了充分的展示。难怪当代英国小说家兼评论家艾伦·马西(Allan Massie,1938—)不无感慨地说:"有一点是很明确的:即人们已不可能再将狭隘的国家范畴强加于小说了。"[5]值得一提的是,1969年

---

1 Rod Mengham, *An Introduction to Contemporary Fiction*, p.1.

2 Ibid., p.2.

3 Ibid., p.3.

4 Allan Massie, *The Novel Today*, p.7.

5 Ibid., p.1.

建立的布克文学奖（The Booker Prize）对英国小说的国际化产生了重要的影响。由于该奖项不仅面向具有英国国籍的作家，而且还面向英联邦各国、南非、爱尔兰和巴基斯坦等国的作家首次在英国发表的英语小说。因此，英语作家队伍正在不断扩大，而英语小说的影响也更加广泛。如今在不少作家看来，"若要显得时髦不再需要追求现代主义，而是要有国际意识"。[1]

引人注目的是，后现代主义之后的英国小说在不断国际化的同时也受到了澳大利亚、新西兰、加拿大、南非和印度等国后殖民时代英语小说的影响。近年来，西方学者对后殖民时代文化和意识的研究方兴未艾，有关理论可谓层出不穷。绝大多数学者将后殖民时代文学解释为"从殖民主义开始到今天为止受其影响的所有文学作品，因为它们是在殖民主义条件下形成的文学形式并与殖民主义势力之间存在紧张关系的文学作品"。[2]在当代英国文坛，有些作家受到后殖民时代非殖民化意识的影响，在小说中表现了人们在后殖民时代对英国殖民历史的反思。在这类小说中，"按时间顺序进行的直线形情节被更加迂曲的结构所取代，而叙述者更加明显地处于反省的位置"。[3]不少小说揭示了当代人身心残废的主题，"因为殖民主义被认为是造成被殖民者身心残废的主要力量"。[4]两年前，剑桥大学一位学者在谈及这一主题时指出：

> 在后殖民时代的小说中出现身心残废的人物不仅仅是承认他们存在于后殖民时代的现实世界中，而且在大多数情况下也不仅仅表明国民经济令人遗憾地未能照顾他们。它具有更加深刻的意义。它还意味着一种强烈的危机感，一种无法正视历史本身的困惑。[5]

从某种意义上来说，虽然后殖民时代的小说"是根植于反殖民主义历史之中并由一种民族解放意识引起的文学样式"，[6]但它既"是后现代主义语境中

1　Allan Massie, *The Novel Today*, p.8.
2　Chidi Okonkwo. *Decolonization Agonistics in Postcolonial Fiction*. London: Macmillan, 1999, p.2.
3　Ibid., p.36.
4　Ato Quayson, quoted from *An Introduction to Contemporary Fiction*, p.66.
5　Ibid., pp. 65—66.
6　Chidi Okonkwo, *Decolonization Agonistics in Postcolonial Fiction*, p.27.

的一个分支"，¹也是当代英国小说不可分隔的组成部分。

综上所述，后现代主义之后的英国小说正处在演变之中。它似乎在现实主义和实验主义之间投石问路，探幽索隐，试图在英国小说艺术史上为自己重新定位，并树立一块新的里程碑。在新世纪初，绝大多数西方学者对当代英国小说艺术的现状与走向似乎依然不敢妄下结论。然而，在静观其变的过程中，他们基本上达成了这样一种共识：即当今英国文坛异常活跃，新秀新作层出不穷，英国小说艺术史的新纪元即将来临。

第二节
20世纪末重要作家的艺术风格

20世纪是英国文坛震荡最激烈的世纪，也是英国小说艺术最精彩的世纪。不过，20世纪末的小说家在各种艺术思潮的冲击下反倒显得格外冷静和理性。当代英国小说不再像一匹在艺术殿堂里横冲直撞的脱缰野马，而是在传统文学秩序的土崩瓦解中建立了新的艺术规范。显然，处在世纪之交的英国小说家们不仅是承前启后、继往开来的一代，而且也是不甘示弱和有所作为的一代。但是，一百年前同样处于世纪之交的吉卜林、康拉德和福斯特所表现的题材随着大英帝国的衰亡已不复存在。"大英帝国的消失剥夺了小说家的某些机会，同时还导致了更普遍的失落感，这在近几年的小说中以不同形式时而有所表现。"²然而，新世纪似乎已经有了许多新的题材。事实上，"后殖民时代的英国越来越像一个在各种语言、文化和种族方面充满可能性的狂欢会场……作家有足够的选择余地，它意味着戴维·洛奇关于小说家处在十字路口的比喻也许很快就将失灵。"³此外，英国当代文化和语言的日益国际化不仅推动了小说创作的发展，而且也使世纪之交的英国作家面临了新的机遇和挑战。

在新旧世纪交替之际，英国文坛虽然说不上流派林立，但却人才辈出，名作相压，呈现出一派繁荣的景象。尽管当代老中青三代作家的创作经历和审美意识不尽相同，其小说的艺术风格更是千差万别，但他们不仅都致力于表现英

1　Chidi Okonkwo, *Decolonization Agonistics in Postcolonial Fiction*, p.27.
2　Randall Stevenson, *A Reader's Guide to the Twentieth-Century Novel in Britain*, p. 127.
3　Ibid., p.141.

国后现代主义之后的经验和意识，而且还是当代英国文坛一群正在为小说艺术的发展添砖加瓦的艺术天才。其中不少年轻作家在竞争中已脱颖而出，成为世纪之交英国文坛的佼佼者。引人注目的是，在英国当今成千上万个职业和业余小说家中，不但有十几个人的名字听起来十分耳熟，而且他们新出版的每一部小说几乎都会被新闻媒体当作"重要事件"来炒作。种种迹象表明，他们的小说似乎正在步入了"经典"的行列，其艺术风格受到了当代评论家们的普遍关注和高度重视。

年过七旬的克里斯廷·布鲁克-罗斯是世纪之交英国文坛的宿将，也是继多丽丝·莱辛（Doris Lessing，1919—2013）和艾丽丝·默多克（Iris Murdoch，1919—1999）之后英国又一位出类拔萃的女作家。从80年代中期开始，布鲁克-罗斯以锲而不舍的革新精神"对现实主义和传统小说的艺术陈规提出了新的挑战"。她先后发表了《合并》（*Amalgamemnon*，1984）、《艾克塞兰多》（*Xorandor*，1986）、《食词者》（*Verbiore*，1990）和《文本终结》（*Textermination*，1991）等四部被评论家们称作"网络四重奏"（Intercom Quartet）的实验性小说。通过对小说文本意义的重新组合（recontexualization），布鲁克-罗斯"以极其诙谐而又尖锐的方式对当代最后的客观堡垒（即科学与技术）及其'中性的'语汇提出了挑战"。[1]她在小说中不仅揭示了当代科技的奇异和隐喻特征，而且还生动反映了新闻媒体对人们日常生活的影响。此外，她在将电脑人格化的同时，以滑稽却又令人信服的笔调描绘了它们对人类技术革新的敏感性以及当代青少年与电脑之间的微妙关系。显然，布鲁克-罗斯的小说以独特的视角反映了当今英国社会中知识分子较为关注的某些现实问题。

布鲁克-罗斯的"网络四重奏"中的第一部小说《合并》充分体现了作者在后现代主义之后继续探索小说艺术新途径的实验精神。这部作品生动地描述了即将被解聘的大学教师米拉·恩克泰在信息时代的混乱意识。尽管小说在一定程度上反映了女主人公与其情人、朋友和学生之间的关系以及她打算建立一个养猪场的计划，但这些具有现实主义色彩的生活镜头与米拉对古希腊阿伽门农、卡珊德拉和奥利安等神话典故的兴趣交织一体，从而使她能不断"玩弄词汇"，并创造"一个神秘、奇妙和复杂的候补家庭"。引人注目的是，这部小

---

[1] Kathleen M. Wheeler, quoted from *An Introduction to Contemporary Fiction*, p.28.

说建立在一种非现实的词汇形式之上。作者采用了大量的未来时态、虚拟语气、条件式从句和祈使句来表现小说的主题，从而使小说和叙述显得朦胧晦涩。"这部小说中情节与事件的不确定性仿佛完全是在与那些以过去时态表现的连贯性、确定性和可叙述性的特征相对抗。"[1]就此而言，布鲁克-罗斯的语言风格暗示了20世纪末社会现实的不确定性。正如她本人在谈论这部小说时所说：

> 我越是采用将来时态来叙述，便越感到我们始终生活在一种虚假和微型的未来世界中。许多新闻都是用将来时态报道的。我并不是说真实的事件没有发生过，但新闻中存在着大量的猜测，如"明天首相将与某某总统会面，他们可能讨论某某事情"。等他们见面并讨论时，这已经成为过去，于是人们又开始猜测其他事情。[2]

显然，《合并》深刻地揭示了当代信息社会瞬息万变的复杂现实。这部小说的艺术魅力与其说在于它对小说形式的分解，倒不如说在于它对小说形式自身分解过程的巧妙捕捉与把握。

在《艾克塞兰多》和《食词者》中，布鲁克-罗斯揭示了当代人与电脑之间的关系以及对科学知识的态度。作者试图表明，观念的更新涉及隐喻在人的知识与感觉中的"置换"作用。人们通过对某些形象、观点或隐喻的互相置换获得了知识。因此，人们往往需要新词汇及词汇之间的新关系来对现实作出新的反应。在作者看来，人们对性别、性格、道德和权力的传统观念可能通过建立新型的人际关系而得到改变。《艾克塞兰多》别开生面地采用了"报道式对话"形式（reported dialogue）来描述当代英国少年如何试图通过电脑向世人叙述故事的情景。然而，当他们在叙述过程中发现成人与孩子、男人与女人以及人类与电脑之间的定义出现混淆时，他们顿时感到不知所措。同样，在姐妹篇《食词者》中，许多叙述者试图通过电脑讲各自的故事，然而他们都无休止地受到"食词者"的阻碍。读者既无法搞清究竟谁在讲故事，也无法知道他们在讲什么故事，似乎作者塑造的人物不但在现实世界中彼此相遇，而且前来指责她的虚假描写。于是，作者本人成了人物的塑造对象，事实与虚构之间的界限再次混为一体。在这两部小说中，作者试图告诉读者，以电脑为标志的科技力

---

[1] Kathleen M. Wheeler, quoted from *An Introduction to Contemporary Fiction*, p.33.
[2] Brooke-Rose, quoted from *The English Novel in History, 1950—1995*, p. 40.

量不仅可能主宰人类的生活方式，而且也会使人类不得不从生态平衡的角度来看待词汇。

在《网络四重奏》的最后一部小说《文本终结》中，布鲁克-罗斯进一步展示了她的实验主义手法。她别出心裁地创作了一部滑稽和充满闹剧的"小说的小说"（a novel of novels）。作者巧妙地将司各特、奥斯丁、哥德和托尔斯泰等著名作家的作品中的人物串在一起，以滑稽和幽默的笔调来描绘当代经验。在小说中，奥斯丁笔下的女主人公埃玛在参加一个文学研讨会时遭到了恐怖分子的袭击。作家、学者和评论家一起混迹政坛，他们时而互相攻击，时而争风吃醋，而读者则发现自己在不同的民族中推广这部小说。布鲁克-罗斯仿佛在向读者暗示，无论小说怎样改变自己的形式，它永远无法摆脱政治的影响。

布鲁克-罗斯是20世纪末英国实验主义小说的杰出代表。她不仅反映了电台、报纸、影视等媒体对当代社会的影响，而且还揭示了电脑和网络等信息技术对人类的挑战。显然，这一主题在她别具一格的艺术风格中得到了生动的反映。不言而喻，布鲁克-罗斯的创作题材和小说艺术将对21世纪的英国小说家产生一定的影响。

在新旧世纪交替之际的英国文坛上，马丁·艾米斯是一位风华正茂和才华横溢的小说家。艾米斯于70年代初步入文坛，24岁时发表第一部小说。如今，他在文坛的地位已完全巩固，"他的每一部新作都被视为一个事件，成为整版书评、记者采访、作者传略和关于作品重要性的辩论的机会"。[1] 艾米斯追求表现20世纪末英国社会的阴暗面，他对性、暴力和共犯关系的描写在社会上引起了强烈的反响。"他似乎非常乐意以其如今约定俗成及不断持续的非凡能力和有力的雄辩来描述那些非人的、残暴的、卑鄙的和堕落的现象。"[2] 尽管艾米斯的小说常常使读者感到不安，但作者对当代社会道德堕落的无比坦诚却令人感到钦佩。自20世纪80年代中期以来，艾米斯相继发表了《金钱》（Money，1984）、《伦敦场景》（London Fields，1989）、《时光之箭》（Time's Arrow，1991）和《信息》（The Information，1995）等小说，对当代英国的社会现实作了全方位的描述。

《金钱》是艾米斯的一部重要小说。作者以夸张和讽刺的笔调描写了金钱

1　Steven Connor, *The English Novel in History, 1950—1995*, p.40.
2　Kiernan Ryan, quoted from *An Introduction to Contemporary Fiction*, p.203.

在伦敦和纽约两个国际大都市中的腐蚀作用,从而使作品体现出强烈的时代感和现实感。在作者的笔下,金钱在当代社会中不仅渗透到每一个角落,而且体现了一种超自然的魅力。人们欣喜若狂地拥有它,但却不显示它,并且时刻盘算着它对想象中的商品的购买力。在小说中,伦敦是对纽约拙劣的模仿,是一个以次充好的金钱世界的缩影。小说生动地描绘了贪得无厌的主人公约翰在美国影视界疯狂追求财富并最终自我毁灭的过程。然而,"这部小说的艺术魅力不是来自它所描写的事件,而是来自作者对其所展示的金钱世界的厌恶情绪……现代城市生活中所有病态的、可悲的和肮脏的东西在他的艺术风格中都得到了充分的展示。"[1]在《伦敦场景》中,艾米斯通过一个即将死亡的叙述者描述了具有病态心理的女主人公尼古拉如何安排自己死亡的过程。她以欺骗的手段弄到了一个谋杀自己的凶手,并为他精心策划了包括最后致命一击在内的所有环节。叙述者在小说开局时便告诉读者:"这个姑娘会死。这是她梦寐以求的事。一旦人们开始干某种事情,你无法阻止他们。"然而,这个濒临死亡的叙述者最终发现那个谋杀女主人公的凶杀不是别人而正是他自己。显然,作者在《伦敦场景》中揭示了小说叙述者所说的"一种令人眩晕的现实,一种新的恶心,一种发自肠子的道德上的恶心"。在《时光之箭》中,艾米斯采用了一种天真无邪的叙述口吻和倒叙的手法描述了一个纳粹战犯的生活经历。随着小说故事的进展,"时光之箭"飞速回射,现在像一盘倒转的录像带一样回到了过去。小说主人公恩弗道本在战争期间的罪恶行径一幕幕闪现在读者眼前,最终他变成了一个天真无邪的孩子。与此同时,纳粹死亡集中营里受害者的尸体也纷纷复活,相继回到了现实世界。显然,艾米斯似乎通过"时光之箭"的回射不仅让人们进一步反思过去的历史,而且也表现了他本人对伊甸园的消失和人类的堕落的伤感和遗憾。值得一提的是,在上述几部小说中,艾米斯成功地采用了第一人称的叙述手法。这不仅使人物的复杂心理得到了真实的表露,而且也使小说更加贴近读者。从某种意义来说,笛福在18世纪初创立的"精神自传"形式在20世纪末的小说中得到了进一步的运用和实践。

在20纪末的英国文坛上,格雷厄姆·斯威夫特(Graham Swift,1949—)也是一位十分引人注目的小说家。与拉什迪不同的是,斯威夫特更乐意将创作视线集中在英国本土的文化传统和民族意识之上。尽管他的小说充满了堕胎、

---

[1] Kiernan Ryan, quoted from *An Introduction to Contemporary Fiction*, p.204.

自杀、暴力、疯狂、战争、创伤和丧失亲人的场面，但他的作品却体现了一种诙谐与幽默的基调。在《离开尘世》（*Out of This World*，1988）、《从此以后》（*Ever After*，1992）和《杯酒留痕》（*Last Orders*，1996）等小说中，斯威夫特以滑稽的口吻描述了当代人的失落感。然而，他作品的艺术魅力与其说来自这些滑稽可笑的事件本身，倒不如说来自作者创造这些玩笑的方式。引人注目的是，悼念是他小说中一个重要的主题。"他创作了一系列有关居丧的复杂故事，其中出现了许多令人精神振奋、心情愉快和增进友谊的悼念形式。"[1]这便是斯威夫特小说的诙谐之处。在作者看来，当人们丧失亲人或其他难以忘怀的东西时，他们自然会进行悼念。尽管他们明白死亡已无可挽回，但失去的亲人依然存在于他们的想象之中，因而悼念便成为明白和想象之间的一种妥协行为。在斯威夫特的小说中，人物的悼念过程与叙述故事往往彼此交融。"它与叙述故事，或者更确切地说，与那种将孤独感和群体感神秘地结合起来的现代叙述形式具有一种特殊的关系。"[2]

在斯威夫特的小说中，几乎所有的叙述者都扮演了某种角色，并且都处在悼念之中。他们大都是在晚年回忆自己年轻时代生活经历的老年男性。这些人物往往具有负疚感，精神脆弱，对人生失去了信心，但对过去却一直耿耿于怀。例如，在《离开尘世》中，年迈的主人公比奇怀着复杂的心情向他的儿子哈利叙述了自己在第一次世界大战中失去手臂和获得维多利亚十字勋章的经历。他不无伤感地说："人人都对这场伟大的战争具有自己的想象。在这种想象中，昔日和现代的观念会发生可怕的冲撞……但这种可怕的冲撞可能会以更极端和更荒诞的形式继续发生。"[3]显然，这不仅是这位残疾军人悼念过去的原因所在，而且也是他想象现代悲剧的一种方式。对他来说，对待这种"想象"的唯一办法便是叙述他的故事，寻找他的听众，并与他们共享自己的故事，单独地或与他们一起进行悼念。在他的另一部小说《从此以后》中，小说主人公比尔极力试图将自己想象为哈姆雷特，但他却时刻担心自己只能成为一个恶棍。显然，哈姆雷特是一个十分恰当的形象，因为他会使读者联想起悼念、讲故事和开玩笑之间的关系。主人公比尔一直在猜想他已故的父亲究竟是

1　Mark Wormald, quoted from *An Introduction to Contemporary Fiction*, p.200.
2　Adrian Poole, quoted from *An Introduction to Contemporary Fiction*, p.150.
3　Ibid., p.152.

火车司机还是外交官。当他母亲再婚时,比尔像哈姆雷特那样悼念自己已故的父亲:"从这种幽灵般的悼念中我开始寻找一个我从不了解的父亲:高尚的、正直的和委屈的。"斯威夫特于1996年发表的《杯酒留痕》同样揭示了悼念的主题。全书七十五个部分由七个人物全部采用第一人称叙述,其中五个男人,两个女人。在五个男人中,有四人曾经参加过第二次世界大战。他们在悼念一位刚去世的名叫杰克的人。作者巧妙地采用了时空错乱的手法来揭示人物的复杂经历和他们之间的微妙关系,并成功地驾驭了七位悼念者的不同声音,使其形成一种彼此呼应、互相补充的"复式叙述"(plural narration)。值得一提的是,在斯威夫特的小说中,玩笑与悼念往往交织一体,日常的玩笑似乎成为将悼念者连在一起的纽带。例如,当《杯酒留痕》中的杰克去世时,人们自然会悼念他,但这不是因为他的去世是个玩笑,而是因为他本人生前经常与他们开玩笑。显然,斯威夫特在创作中捕捉到了一个独特的题材,并使他的几部小说成为一个和谐与统一的艺术整体。

引人注目的是,在20世纪末的英国文坛上涌现出一批才华横溢的苏格兰作家。1994年出版的《七十年代以来的苏格兰小说》(*The Scottish Novel Since the Seventies*)对十余位作家的数十部小说作了重点介绍。该书的主编华莱士先生(Gavin Wallace)在"前言"中指出:"现在人们都认为,过去二十年是苏格兰文学最多产和最富有挑战性的时期……苏格兰作家取得了如此卓越的成就,除了那些最古怪的人之外,没有人会否认'苏格兰小说'是一股重要的文学力量。"[1]在这群才华出众、成绩斐然的小说家中,詹姆斯·凯尔门和威廉·博伊德无疑是佼佼者。

詹姆斯·凯尔门自80年代初步入文坛起奋笔疾书,锲而不舍,如今已成为英国小说界一位举足轻重的人物。他的《寻找机遇者》(*A Chancer*, 1985)、《不满情绪》(*A Disaffection*, 1989)和《多晚了,现在多晚了》等小说"在三个关键领域对苏格兰的小说创作产生了重要的影响:即对工人阶级生活的描绘,对'声音'的处理和对叙述形式的运用"。[2]尽管凯尔门有时也采用实验主义的手法,但他也许是当代英国现实主义小说的代言人。他针对目

---

[1] Gavin Wallace. *The Scottish Novel Since the Seventies*. Edinburgh: Edinburgh University Press, 1994, p.1.

[2] Cairns Craig, quoted from *The Scottish Novel Since the Seventies*, p.99.

前许多小说脱离现实生活的倾向明确指出："在我们的社会中，我们已经不习惯将文学视为可以反映普通女人和男人的日常生活的艺术形式……这是我们不想看到的。"¹凯尔门甚至认为，"在英国出版的百分之九十的文学作品所描写的人物从不需要对钱感到担忧。我们似乎总是观察或阅读那些生活在充满金钱和运气的世界中的人的感情危机。"²然而，凯尔门虽然致力于描写社会底层人物的现实生活，但他并未放弃对实验主义技巧的尝试。他在近期出版的某些小说中不仅淡化故事情节，而且有意采用了一种被评论家认为是"非表现"的模糊的语言风格。值得一提的是，凯尔门在描写社会底层人物时经常采用相当粗俗的语言。这种现象在他1994年获得布克奖的小说《多晚了，现在多晚了》中尤为明显。凯尔门蓄意的粗话不仅遭到了批评家的谴责，而且也影响了其小说的销售。有的英国的图书销售商称《多晚了，现在多晚了》是"灾难性的失败……它将被证明是1980年以来商业上最不成功的一部获布克奖的小说"。³

然而，凯尔门在艺术风格上体现了一定的独创性。他对人物视角的处理和对叙述形式的运用充满了艺术匠心。"凯尔门在艺术风格上的一个显著特征是口语和书面语的混合使用，从而使叙述者的口吻体现出口语化的特点。通过这种方式，他为自己找到了一种克服作为叙述用语的英语和作为对话用语的苏格兰语之间明显区别的特殊方式。这种区别常常使苏格兰作家陷于困境。"⁴从某种意义上来说，凯尔门将其小说的叙述语言从英语书面语的陈规中解放出来是对小说语言的一种大胆尝试。这无疑使他的艺术风格更加贴近苏格兰人的性格特征和生活方式。此外，凯尔门在叙述形式上模仿了伍尔夫那种捕捉人物瞬间印象的方式。在他的小说中，故事情节十分有限，而冲咖啡和卷纸烟等动作则是他笔下那些在生活中失意的人物无休止的日常行为。"凯尔门笔下的所有主人公都被迫没完没了和无情地忍受着难以忍受的异化的折磨。"⁵例如，在《寻找机遇者》中，不得不借住在他姐夫家的主人公塔马斯是生活中"偶然的人物"。在小说结尾，他搭上了一辆驶向未来的卡车。然而，他根本无法把握

1　James Kelman, quoted from *The Scottish Novel Since the Seventies*, p.99.

2　Ibid., p.99.

3　Geoff Gilbert, quoted from *An Introduction to Contemporary Fiction*, p.219.

4　Cairns Craig, quoted from *The Scottish Novel Since the Seventies*, p.103.

5　Ibid., p.104.

自己的未来，而是像赌徒那样"寻找机遇"。同样，在《不满情绪》中，主人公道尔是一名对现实生活和个人境况怀有强烈"不满情绪"的教师。在充满敌意的环境中，他的异化感日趋严重。他越是想逃避可怕的现实，越是感到有一种可怕的势力在牵制他。小说以他准备将一块石头扔向一个大机构的玻璃窗而告终。1994年获"布克奖"的《多晚了，现在多晚了》同样揭示了当代英国凡夫俗子的严重异化感和孤独感。主人公萨米不但是一个酒鬼，而且还是一个无时不在与严酷的生活环境谈判的人。在无望之中，他有意激怒警察并希望遭到逮捕。警察不仅满足了他的愿望，而且还打瞎了他的双眼。于是，失明成为小说的一个重要主题之一。在小说结尾时，萨米不仅看不见世界，而且他本人也从这个世界上"失去了踪影"。显然，凯尔门的小说较为深刻地揭示了当代英国市井百姓在现实世界中的微不足道和严重的失落感。从某种意义上来说，第一次世界大战之后在英国小说中流行的有关异化的主题在凯尔门的小说中再次得到了深刻的反映。

威廉·博伊德是20世纪末活跃在英国文坛上的另一位杰出的苏格兰小说家。同凯尔门一样，博伊德也于20世纪80年代初在文坛崭露头角。然而，他在艺术风格上显得不够稳定，并试图表现本人并不熟悉的题材。80年代初，他发表了《非洲的一个好人》（*A Good Man in Africa*，1981）和《冰淇淋战争》（*An Ice-Cream War*，1982）两部以非洲为背景的小说。尽管这两部小说并未获得好评，但"博伊德充分显示了描写故事和组织材料的能力"。[1]然而，他的第三部小说《明星和酒吧》（*Stars and Bars*，1984）"对他这样有才华的作家来说几乎是个灾难"。[2]博伊德似乎并不了解自己的艺术特长，创作了一部以美国为背景的呆板而乏味的喜剧小说。不过，他对美国社会的浓厚兴趣使他的下一部小说《新的忏悔》（*The New Confessions*，1987）大获成功。

《新的忏悔》抛弃了当代英国年轻作家常有的那种胆怯心理，体现了一种充满艺术活力的大家手笔。这部小说以第一人称的形式叙述了一个精力充沛、富有才华但却极其自私和冷酷无情的电影导演与社会之间的激烈冲突。主人公托德试图逆历史潮流而动，他对有声电影感到厌恶。在他看来，"历史是错误的……有了声音，电影太容易解释，太精确，使那种含蓄的东西不复存在"。

1　Allan Massie, *The Novel Today*, p.58.
2　Ibid., p.59.

然而，托德是一个反对现代文明与科学进步的可怕的魔鬼，他所从事的事业最终遭到了社会与历史的无情报复。引人注目的是，作者在处理小说的时空问题上显示了丰富的想象力，从而使作品产生出一种电影的效果。"博伊德在创作这个想象中的电影时表现出异乎寻常的艺术才华，他用语言制作了一个电影。"[1]不少评论家认为，《新的忏悔》既具有传统经典小说的气质，又体现了20世纪末的时代特征，是一部不可多得并且在新世纪依然会有影响的杰作。

显然，20世纪末的英国小说在艺术上体现了多极互动、多元发展的倾向。新的现实主义潮流在涌动中不时与其他各种文学思潮互相冲撞，却又经常以彼此交融的方式来达成妥协。后现代及后殖民时代的小说家们在艺术上博采众长、兼容并蓄的同时，往往根据各自的审美意识和创作观念来捕捉当代小说的热点。正如一位英国评论家在论述走向2000年的英国小说时指出："英国的文学交通已经超过了十字路口到达了一个实实在在的联轨站，它的复杂性加之从国外传来的隐约的回声也许使其成为这个创作时代一种更为恰当的比喻。在这个时代中，供长期使用的主要道路依然清晰可辨，但它们正在不断地被新的方向所掩盖，并与旧的道路重新组合，却又不断分化。"[2]

1　Allan Massie, *The Novel Today*, p.59.
2　Ibid., p.141.

第八章
英国小说文本的演变

英国大文豪塞缪尔·约翰逊在他那部1755年出版的英语词典中将"小说"解释为"一种通常描写爱情的小故事"。而两百年之后,著名评论家沃尔特·艾伦在其1954年出版的《英国小说》一书中则称"小说是一种富有艺术性并出于某种美学目的有意识地创作与加工而成的文学形式"。[1]不言而喻,他们两人对小说的不同解释充分反映了英国小说在历史进程中的巨大演变。尽管英国小说曾经与长篇史诗和散文叙事作品有过某种缘分,但随着社会的变迁,它始终处在不断进化之中。时至今日,英国小说的文本不但发生了深刻的演变,而且已经达到了相当成熟和完美的境地。当代西方评论家大都对英国小说文本的巨大变化感到十分惊讶。正如一位系谱学家试图为某个暴发户寻找一个优良的家谱那样,西方评论家们也津津乐道地谈论着英国小说令人尊敬和值得夸耀的祖宗。尽管他们也经常谈论英国小说家所取得的骄人的成就,但他们对英国小说文本的演变和艺术进化过程的系统研究则并不多见。的确,英国小说文本的演变和艺术的进化是一个极其复杂的历史过程,况且英国小说琳琅满目,典籍浩瀚,因此对其作一番系统的概述决非易事,然而这种研究非常必要。

平心而论,英国小说的祖宗并不值得夸耀。早期小说家的创作冲动基本来自他"对重新组合所观察的世界的一种单纯和天真的愉快心情。他最多只能像孩子那样玩耍……他通过摆弄自己的玩具表达了他与世界之间在情感上的联系。在玩耍中,他创造了个人的神话"。[2]从某种意义上来说,英国小说是从一棵嫩绿的幼苗逐渐发展和成熟起来的。在现代读者看来,早期的小说文本是

1　Walter Allen. *The English Novel, A Short Critical History*. London: Phoenix House, 1954, p.16.
2　Ibid., p.13.

原始的、初级的乃至幼稚的艺术模型。然而，英国的小说文本在四百年中竟然发展如此之快，变化如此之大，其形式又是如此丰富，这倒是值得夸耀的。

应当指出，小说文本是一个由许多要素组成的艺术整体。这些通过语言来表现的要素通常包括小说的书名、开局、情节、结构、叙述、对话、情景、时间问题以及作品的结局等等。它们既是独立的艺术成分，又是整个小说文本不可分隔的组成部分。一般来说，小说文本具有一定的稳定性，但它的稳定是相对的，而变化则是绝对的。小说艺术的发展主要体现在其文本的演变之中。小说家对文本的认识过程以及对其中各种要素的掌握和运用的程度不仅反映了他个人的审美意识和艺术想象力，而且也体现了小说艺术发展的客观规律。想当年，菲尔丁还不知该如何称呼自己写的小说。他在《约瑟夫·安德鲁斯》的前言中写道："我想将它称作史诗似乎比较合理，至少还没有一位评论家想到将它归入其他合适的范畴，或为它取一个特别的名字。"[1]有趣的是，甚至在1776年竟然还有英国学者坚持将《汤姆·琼斯》称为诗歌："最近在我们中间出现了一种描写日常生活中的人物的叙事诗……我之所以提及它是因为我们英语中有了这种诗歌（我是这样称它的），它比我所了解的古代或现代的任何作品都更具特色。我指的这部作品是亨利·菲尔丁的《汤姆·琼斯》。"[2]显然，作家和读者对小说文本较为深刻的认识是20世纪的事，而对它深入系统的研究则刚刚开始。本章旨在追溯英国小说文本的演变过程，分析各个时期小说文本的基本特征，并以此来揭示英国小说艺术的历史概貌和发展轨迹。

第一节
书名、人名及其他辅助形式

通常，一种艺术形式的变化不仅是全方位的，而且也是多层次的。英国小说文本的演变既反映在最低层次的外部形态上，也体现在最高层次的内部结构和美学价值上。一般说来，小说的书名、人名（包括作者与人物）及其他辅助和配套形式的变化往往是文本外部形态演变的最直接和最显著的信号。从小说

---

1 Henry Fielding. *Joseph Andrews*. Oxford: Clarendon Press, 1967, p.4.
2 Lord Monboddo, quoted from *From Fiction to the Novel*, by Geoffrey Day, London: Routledge & Kegan Paul, 1987, p.21.

问世开始，其文本外部形态的演变已经悄然发生。英国小说文本外部形态的变化在18世纪最为剧烈，但自19世纪起便显得相对稳定。而20世纪小说文本的变化则主要反映在其内部结构上。这无疑表明，尽管文本的外部形态与其内部结构在变化上是相辅而行的，但两者却同时不同步，而且在性质上也不尽相同。前者属于文本表层结构的技术性调整，而后者反映了文本深层结构的艺术变化和美学价值。

书名是小说文本的外部形态最显著的特征之一。英国早期的小说大都具有冗长的书名，并且还往往附有一段解释性或描述性的词语作为副标题。例如，笛福的《鲁滨逊漂流记》的书名加副标题长达66个词，仿佛是小说故事内容的梗概：

The Life and Strange Surprizing Adventures of Robinson Crusoe, Of York, Mariner: Who lived Eight and Twenty Years, all alone in an uninhabited Island on the Coast of America, near the Mouth of the Great River of Oroonoque; Having been cast on Shore by Shipwreck, wherein all the Men perished but himself. With An Account how he was at last as strangely deliver'd by Pyrates.

笛福的《摩尔·弗兰德斯》等个人传记小说的书名也同样很长。这种冗长的书名使小说的故事内容一目了然，不仅能即刻唤起读者的兴趣，而且还能在社会上产生轰动效应，对小说的销售无疑具有一定的促进作用。然而，与理查逊的书名长达85个词的《帕梅拉》相比，《鲁滨逊漂流记》似乎是小巫见大巫了。但理查逊的小说书名具有不同的功能。如果说《鲁滨逊漂流记》的书名是对小说整个故事情节的概括性描述，那么《帕梅拉》的书名则强调了小说的教育作用和道德启示。尽管理查逊后两部小说的书名越来越短，但这种采用冗长书名和副标题的文学时尚直到维多利亚时代才告结束。例如，狄更斯早期的几部小说刚出版时也带有副标题，其中书名最长的要数《马丁·朱述尔维特》，其书名加副标题共长达69个词。然而，当狄更斯的这些小说后来再版时，冗长的副标题已经从封面上消失。引人注目的是，19世纪的奥斯丁、勃朗特和艾略特等杰出女作家似乎对小说书名的改革体现了更大的兴趣和积极性。她们的小说不仅采用了简短的书名，而且不再带有描述性或解释性的副标题。例如，勃朗特四部小说的书名都未超过两个词，从而与18世纪小说冗长的书名形成了强烈的反差。引人注目的是，20世纪英国小说的书名大都简明扼要。无论是现实主义还是现代主义作家似乎都认为冗长的带有副标题的书名已经过时。例如，贝内特和伍尔夫的小说均采用了较为简短的书名。而亨利·格林（Henry Green，1905—1973）则更喜欢将单个动名词用作小说的书名，如 *Living*（1929）、*Loving*（1945）和 *Doting*（1952）。显然，英国小说书名从长到短的演变过程是小说文本外部形式变化的一个重要标志。

引人注目的是，随着英国小说艺术的不断发展，小说书名的语言形式也发生了明显的变化。早期小说的书名经常采用 Adventure，Travel，History 和 Life 等词语，以显示作品的传记色彩，如乔治·加斯瓦纳的 *The Adventures of Master F. J.*（1573），班扬的 *Life and Death of Mr. Badman*（1680），笛福的 *The Life and Strange Surprising Adventures of Robinson Crusoe*（1719），斯威夫特的 *Travels Into Several Remote Nations of the World ...By Lemuel Gulliver*（1726），菲尔丁的 *The History of Tom Jones, a Foundling*（1749）以及斯特恩的 *The Life and Opinions of Tristram Shandy*（1759—1767）等等。尽管这种形式的书名自19世纪起已不再流行，但某些恪守传统的作家依然对此十分留恋，如梅瑞狄斯的 *The Adventures of Harry Richmond*（1871）和威尔斯的 *The History of Mr Polly*（1910）等。应当指出，随着小说艺术的日趋成熟，小说的书名也更加变化多端，精彩纷呈。奥斯丁的 *Sense and Sensibility*（1811）和 *Pride and Prejudice*（1813）为小说书名的改革提供了杰出的范例。这两个用 and 连接的书名不但显得十分匀称与和谐，而且还分别采用了押头韵的形式，既有节奏感，又有音韵美。值得一提的是，英国另一位女作家艾维·康普顿-伯内特（Ivy Compton-Burnett 1884—1968）的两部小说书名不仅采用了前后对称的 and 结构，而且还押尾韵：*Pasters and Masters*（1925）和 *The Last and the First*（1971）。显然，这两部小说的书名同样颇有特色，给人一种美的享受。此外，自19世纪下半叶起，有些小说家开始采用句子作书名：如安东尼·特罗洛普的 *Can You Forgive Her?*（1864）和 *He Knew He Was Right*（1869），查尔斯·里德（Charles Reade，1814—1884）的 *It Is Never Too Late To Mend*（1856）以及威尔基·柯林斯（Wilkie Collins，1824—1889）的 *Say No*（1884）等。值得注意的是，现代英国小说的许多书名具有深刻的含义或丰富的象征意义：如劳伦斯的 *The Rainbow*（1915），乔伊斯的 *Finnegans Wake*（1939），伍尔夫的

The Waves（1931）以及福斯特的 *A Passage to India*（1924）等。富于象征意义的书名的频繁出现与小说文本内部结构的不断优化密切相关。引人注目的是，后现代主义者B·S·约翰逊试图将 *See the Old Lady Decently /Buried Although/ Amongst Those Left Are You* 一句话用做三部小说的书名，这无疑是想标新立异。四百多年来，英国小说的书名发生了显著的变化。这无疑是小说文本外部形式演变的一个重要标志。

  英国小说文本演变的另一个重要标志是作者在封面上署名方式的变化。应当指出，在19世纪中叶以前，作者以匿名或笔名发表小说的现象屡见不鲜，而在初版小说和女作家的小说中这一现象更为明显。笛福称《鲁滨逊漂流记》是主人公本人写的个人传记（written by himself）。理查逊当初也没有在《帕梅拉》的封面上署名，而只是在"前言"中将自己称为作品的"编辑"（editor）。然而，他巧妙地为《克拉丽莎》和《格兰狄森》设计了一种含蓄的署名方式：by the Editor of Pamela和by the Editor of Pamela and Clarissa。这种署名方式后来受到了许多作家的青睐，成为19世纪中叶之前一种较为流行的模式，如斯摩莱特的by the author of Roderick Ramdom（1748），司各特的by author of Waverley（1814）以及奥斯丁的by the author of Sense and Sensibility（1811）等等。而斯特恩的九卷本《项狄传》则自始至终以匿名的形式发表。值得一提的是，不少女性作家更是不敢让自己小说的封面公开印上真实姓名。勃朗特和艾略特干脆采用男性化的笔名发表作品。应当指出，早期作家以匿名或笔名发表小说的现象不仅体现了作者对这种初来乍到的文学形式的疑虑，而且也反映了社会对作家的偏见。男性作家似乎"不愿将自己的姓名同一种地位值得怀疑的文学形式连在一起"，[1]而女性作家则在父权社会男尊女卑的陈腐观念面前更是不敢锋芒毕露。正如勃朗特在为她已故的妹妹埃米莉·勃朗特的《呼啸山庄》（*Wuthering Heights*，1847）写的再版前言中指出："女性作家容易遭受偏见。我们已经注意到评论家有时候将人格作为攻击的对象。"[2]自19世纪末起，随着小说艺术的不断成熟和小说地位的日益提高，作者以匿名形式发表小说的现象基本消失，同样，采用笔名的作者也已十分罕见。这不仅反映了现代小说家对其著作权和知识产权的强烈的保护意识，而且也充分体现了

---

1 George Watson. *The Story of the Novel*. London: Macmillan, 1979, p.60.

2 Charlotte Bronte, "Preface", *Wuthering Heights*, by Emily Bronte, the Smith Elder edtion, 1850.

现代小说文本的规范化。

此外，小说人物姓名的艺术作用的变化也是小说文本演变的一个显著标志。在英国小说中，人物的姓名大致可分为原型的（archetypal）、现实的和象征性的三种。班扬的宗教寓言小说《天路历程》中的"基督"、"无知"、"尽忠"、"马屁先生"和"饶舌先生"等人物的名字虽然具有一定的象征意义，但它们体现了原型的特征，即人物的姓名不仅是人们原来熟悉的英语词汇，而且还代表了人物的性格与品德。虽然菲尔丁在《汤姆·琼斯》（1749）中还沿用了这种具有原型特征的姓名（如Mr. Allworthy），但这种姓名在后来的小说中逐渐消失。取而代之的是社会现实生活中常用的姓名。有趣的是，菲尔丁对现实生活中的姓名也同样十分喜欢，如"汤姆"是一个平凡得不能再平凡的名字，而且与主人公出身低微及弃儿的身份也极其吻合。随着小说艺术的不断成熟，人物姓名的艺术作用也日趋显现。狄更斯在《大卫·科波菲尔》（1850）中巧妙地通过主人公的姓名来揭示小说的主题。主人公在人生的不同阶段被不同的人分别称作Davy, Master Davy, Trot, Mr Brooks of Sheffield和Copperfield，直到第九章他母亲去世时才有人叫他David Copperfield。作者似乎认为，主人公在未获得真实和完整的姓名之前无法拥有真正的自我。显然，狄更斯充分地发挥了人物姓名的艺术作用，使主人公的成长过程与他获得自己真实和完整的姓名的过程融为一体。在现代英国小说中，具有深刻象征意义的人物姓名层出不穷，其艺术作用也更加明显。例如，在乔伊斯的《芬尼根的守灵夜》（1939）中主人公Humphrey Chimpden Earwicker（HCE）的姓名具有丰富的象征意义。它既可暗指现代社会中的凡夫俗子（Here Comes Everybody），又能代表所有孩子的共同父亲（Haveth Childers Everywhere），同时还可象征性地表示"一个犯错误但可以原谅的人"（human, erring and condonable）。而在贝克特的荒诞小说《无名者》（1958）中，作者连主人公姓甚名谁，是男是女，在何处，为何人都不向读者交代。无名的主人公似乎是无用、无能、无奈、无聊和无望的象征。可见，随着小说的发展，人物姓名的艺术作用发生了深刻的变化，并且在作品中的地位显得越来越重要。这不但促进了小说文本的进化，而且也极大地丰富了小说的内涵。

此外，英国小说文本的演变还明显地体现在作品章节的变化上。英国16世纪的罗曼司和现实主义小说大都不分章节，给人一种一气呵成的感觉。锡德尼的罗曼司《阿卡狄亚》（1590）模仿长篇史诗的文本样式分为三卷，从而打破了英国散文小说文本不划分的格局。最早在小说中采用章节形式的也许是迪罗尼。他将《纽伯雷的杰克》（1597）分为十一章，每章长则十余页，短则两三页。然而，绝大多数像《鲁滨逊漂流记》（1719）那样早期的个人传记小说依然不分章节。理查逊的书信体小说虽然以卷的形式发表，但他洋洋洒洒的长篇巨著不是按章节而是按书信来划分。菲尔丁在推动小说文本的发展方面发挥了积极的作用。他采用既分卷又分章的形式来创作其"史诗型喜剧小说"。《约瑟夫·安德鲁斯》（1742）分为四卷，共六十四章，而《汤姆·琼斯》则分为十八卷，每卷少则七八章，多则十四五章。此外，他还为每一章加上约一两句话长的小标题，作为对该章内容的归纳与小结。显然，菲尔丁不仅试图模仿古典史诗的篇章结构，而且还有意在他的长篇小说中为读者安插一些导向性"路标"，以防他们在阅读过程中"迷失方向"。斯摩莱特进一步发展了这种附有小标题的章节形式。例如，在《蓝登传》（*The Adventures of Roderick Random*, 1748）中，每一章的标题十分详细，读者似乎只要浏览一下小说的目录便可大致了解故事的梗概。自19世纪初起，以章节形式来划分小说的作家越来越多，而为章节添加标题的作家则越来越少。从此，英国小说的文本变得更加规范和稳定。然而，引人注目的是，伍尔夫在意识流小说《达罗卫夫人》（1925）中毅然取消了章节的形式。她的另一部意识流小说《到灯塔去》（1927）也仅仅分为长短不一的"窗口"、"时光流逝"和"灯塔"三个部分。伍尔夫似乎认为，以章节形式划分小说有碍人物意识的自然流动。不言而喻，英国小说章节的出现与演变在一定程度上反映了小说文本的进化过程，并对我们全面了解英国小说文本的历史概貌具有一定的参考价值。

不仅如此，英国小说文本的演变还反映在其他辅助形式的变化上。20世纪以前，不少小说家喜欢在小说的封面上附上一两句用拉丁语或希腊语表示的格言或名言，如《汤姆·琼斯》和《项狄传》等小说的封面上都存在这种现象。司各特在他的第一部小说《威弗利》（*Waverley*, 1814）的封面上引用莎士比亚剧本中的一句话："贝佐尼恩，你服从哪个国王的旨意？不说便死！"显然，这条引语同小说主人公所处的究竟是听命乔治二世还是服从斯图亚特的事业的困境是十分吻合的。此后，司各特在他许多历史小说的封面上或章节前引用了大量的格言。也许在他看来，采用这种形式可以对小说起到画龙点睛的作用。尽管狄更斯和萨克雷等作家不愿步入后尘，拒绝用任何格言来点缀小说的封面，但盖斯凯尔（Elizabeth Gaskell，1810—1865）的第一部小说《玛丽·巴顿》（*Mary Barton*，1848）和奥斯丁后期的几部小说却采用了这种形式。然而，在20世纪英国小说的封面上或章节前，格言或名言已十分罕见。现代作家和读者似乎都认为这种形式不仅难以为小说锦上添花，而且还显得俗不可耐。引人注目的是，英国传统小说的文本有时还带有其他一些辅助形式。如理查逊的《克拉丽莎》在书后出现了对道德与情感具有启示作用的"附录"，而他在《格兰狄森》的书后附上了长达一百多页的关于历史与人物的"索引"。此外，艾略特在《罗慕拉》（*Romola*，1863）中还出人意料地分别采用了脚注和尾注的形式。显然，诸如此类的辅助形式在现代小说文本中已基本消失。

综上所述，英国小说的书名、人名及其他辅助形式的变化客观地反映了其文本的演变与进化过程。它们不仅充分体现了小说文本在各个历史阶段的时代特征，而且也是小说艺术发展与成熟的重要标志。应当指出，当代英国小说文本的外部形式已经相对稳定。尽管它的演变还将不断延续，但它在近阶段出现急剧变化或重大调整的可能性微乎其微。现代作家似乎更加注重小说文本内部结构的改革与创新，以获得更高的艺术和美学价值。

第二节
开局与结局

小说的开局与结局既是其文本的重要组成部分，也是作品成功与否的关键所在。任何一位作家都不可避免地面临着如何巧妙地处理小说首尾两头的设计问题。即便故事没有开头或结尾，小说家也不得不为作品安排开局和结局。早在18世纪中叶，劳伦斯·斯特恩在《项狄传》中通过其过于热心的叙述者对小说家的这种困境作了无情的讽刺。项狄似乎在没有告诉读者以前和再以前发生的事情之前无法告诉读者已经发生的事件。亨利·詹姆斯也曾经指出："确实，从一般意义上来说，关系是不会随便结束的。"[1]然而，小说家不仅是其小说世界的创造者，而且也是其小说艺术的主宰。他可以凭借本人的智慧和想象力并根据作品的需要来设计开局和结局。显然，这在理论上是毫无疑问的。

---

[1] Henry James, quoted from *The Story of the Novel*, p.70.

但在实践中，英国小说的开局与结局毕竟具有自身发展的客观规律。而这种规律则在一定程度上反映了小说文本的演变过程。

自英国小说问世起，它的开局形式始终处于不断变化之中。18世纪的不少小说以主人公的出生开局，如《鲁滨逊漂流记》、《格列佛游记》和《汤姆·琼斯》均采用了这种模式。显然，当时理查逊以人物的书信作为小说开局的方式的确有标新立异之处，然而，"某某人于何年出生在何处"的模式在19世纪的某些小说中依然存在。随后，这种模式逐渐演化成以固定的时间和地点开局的模式，即小说家在开局中虽然不再热衷于交代主人公的出生情况和家庭背景，但对故事发生的时间和地点却依然情有独钟。以下是狄更斯的《荒凉山庄》（1853）的开局，可见一斑：

伦敦。米迦勒节刚结束不久，大法官坐在林肯大厅里。十一月的气候令人有些难受。街上到处是泥，仿佛水刚从地面流走似的……

萨克雷的《名利场》（1847—1848）的开局也大致相同：

尽管本世纪才过了十几年，……他们从那里赶往……奇斯威克林荫道……

可见，维多利亚时代的小说虽然在开局上比18世纪的小说更加灵活多变，但不少作品依然遵循了传统的创作原则，将时间和地点作为小说开局中不可忽略的基本要素。

在18世纪和19世纪的传统小说中，也有不少作品以精辟的主题句或警句格言作为开局形式，往往给读者留下深刻的印象。菲尔丁的《约瑟夫·安德鲁斯》和奥斯丁的《傲慢与偏见》无疑是这种开局的杰出范例。18世纪小说家哥尔斯密（Oliver Goldsmith，1728—1774）在其《威克菲尔德的牧师》（*The Vicar of Wakefield*，1766）中也采用了十分精辟的主题句开局：

我始终认为，一个已经结婚并供养一个大家庭的老实人要比一个继续保持单身和光谈论人口问题的人具有更大的贡献。

19世纪末，亨利·詹姆斯在《淑女画像》（1881）中依然采用了这种开局形式：

在某种情况下，生活中没有几个小时比花在人们熟知的午茶礼仪上的那一小时更令人愉快了。

引人注目的是，这种开局形式大都具有一定的讽刺意义。它似乎在向读者揭示小说主题的同时又告诫他不要轻信这种说法。应当指出，以主题句或警句格言作为小说的开局是小说现实主义特征的一种具体表现。采用对现实生活中某些现象进行高度概括的简洁明快的句子来揭示小说的主题不仅反映了作者对现实生活的密切关注，而且还充分展示了作品本身的时代性和现实性。然而，这种小说开局之所以具有讽刺色彩是因为小说反映了一个令人怀疑的时代。有趣的是，这种讽刺具有双重意义。我们不能责怪小说家有意在误导他们的读者，因为《约瑟夫·安德鲁斯》通过主人公的经历的确使读者深受启迪，而《傲慢与偏见》也的确以有钱的单身汉与漂亮的姑娘的结婚而告终。如果说这种开局还有另一层讽刺意义的话，那就是它最终向读者表明：看上去是不太高尚的信念竟然是一种真理，而令人怀疑的东西竟然不容置疑地存在于生活之中。

随着小说艺术的日趋成熟，其开局的形式也更加丰富多彩。越来越多的小说在开局上显示出一种突兀性和不确定性。小说家逐渐摒弃了以人物的出生以及时间和地点等作为要素的传统惯例，而是挥洒自如地操纵起小说的开局形式。引人注目的是，早在18世纪下半叶，实验主义小说家斯特恩就已经对笛福和菲尔丁等作家的开局方式感到厌倦。他在《感伤的旅行》（*A Sentimental Journey*，1768）中对此进行了大胆的尝试，并破天荒地采用了对话的形式开局：

"在法国他们更善于处理这种事情。"我说。

"你去过法国？"那位绅士问道，并以一种世界上最文明的胜利姿态迅速转过身来望着我。

显然，这一开局不但打破了传统的惯例，而且新鲜活泼，它首次向人们展示了小说开局形式潜在的灵活性和多样性。同样，艾略特在她最后一部小说《丹尼尔·德朗达》（*Daniel Deronda*，1876）中以一系列问句开局的方式也令人耳目一新：

> 她是漂亮还是不漂亮？她那生动的目光所产生的表情究竟包含了什么秘密……

读者起初也许会以为这些问题是叙述者提出的，但实际上它们反映了主人公在一个国际娱乐场内望着一位陌生的英国女士时的遐想。不过，艾略特只是在她最后一部小说中才开始与读者玩起这种无害的游戏。开局形式上的演变在亨利·詹姆斯的小说中也十分明显。他早期小说的开局大都比较符合传统的惯例，但他后期的小说在开局上明显地体现了突兀性和不确定性。例如：

> 除了下雨之外，范德班克总是步行回家……
>
> 《青春初期》（1899）
>
> 她，凯特·克罗伊，在等她的父亲进来……
>
> 《鸽翼》（1902）
>
> 每当这位王子来到伦敦时，他总是很喜欢这座城市……
>
> 《镀金碗》（1904）

引人注目的是，在现代小说中，开局的形式更加变化多端，精彩纷呈。倘若作者在小说一开头便将有关人物的详情和盘托出的话，成熟的读者也许会感到十分惊讶。伍尔夫在《达罗卫夫人》中为现代小说的开局提供了一个杰出的范例。她不向读者先介绍作品的时间、地点、场景和人物的有关情况，而是单刀直入地进入了人物的意识领域。显然，这种开局方式充分反映了现代主义作家全新的创作观念和审美意识。当代英国著名批评家兼小说家戴维·洛奇曾经明确提出："现代主义小说没有'真正的'开局，因为它使我们突然闯入经验的潮流之中，并使我们通过一个假设和联想的过程逐渐熟悉这种经验。"[1]

然而，现代作家对小说突兀和不确定的开局形式颇有争议。例如，康拉德和他的好友福特（Ford Madox Ford，1873—1939）对小说的开局形式持有不同的态度。前者喜欢采用"戏剧性开局"的形式（dramatic opening），而后者则认为小说的开局应该妥当和稳健。在福特看来，"戏剧性开局"会迫使作者以后返回去追溯自己的人物，从而会使读者感到厌烦。但他同时认为，"反映式开局"（reflective opening）因和盘托出也具有使读者即刻失去阅读兴趣的

1　David Lodge. *The Modes of Modern Writing*. London: Edward Arnold, 1977, p.45.

危险。因此，他主张小说家应该在两者之间取得某种平衡与妥协。

毫无疑问，英国小说开局形式的变化是其文本演变的一个重要标志。它不仅与小说文本其他形式的演化相辅而行，而且也从一个侧面客观地反映了小说艺术的发展过程。不仅如此，小说的开局形式还体现了各个时期作家的创作观念和审美意识，并对小说的结局形式的变化也产生了重要的影响。

在英国小说史上，斯特恩的《感伤的旅行》和贝克特的《马隆之死》（1951）两部小说出人意料地以无标点符号的形式结尾。在大多数读者看来，一个完整和令人信服的结局所需要的还不光是一个句号，它必须服从整部小说在情节上和艺术上的需要。从某种意义上来说，小说的连贯性、统一性和逻辑性也许使它对结局比对开局提出更高的艺术要求。难怪奥斯丁曾经在一天早晨醒来后将她最后一部小说《劝导》（*Persuasion*，1818）原来过于平淡的结局重新写过。同样，现代小说家约翰·福尔斯煞费苦心地为《法国中尉的女人》（1969）设计了三个迥然不同的结局。

现代英国作家王尔德（Oscar Wilde，1854—1900）曾经借他的人物之口说出了传统小说结局的基本模式："好人最终幸福，坏人最终倒霉，小说表达的就是这种意思。"[1]从菲尔丁到狄更斯期间出版的英国小说大都具有一个"幸福的结局"。主人公不是结婚便是团圆，或者期待着一个幸福美好的未来，如《约瑟夫·安德鲁斯》、《汤姆·琼斯》、《傲慢与偏见》、《雾都孤儿》、《名利场》和《简·爱》等等。然而，比菲尔丁更早的笛福和斯威夫特并没有为"幸福的结局"当过鸣锣开道的先锋。《鲁滨逊漂流记》的结局谈不上"幸福"，只能算死里逃生。主人公在荒岛上苦苦等了二十八年之后总算获救。他大难不死，因而在小说的续集中继续担任主人公。笛福的另一部个人传记小说《摩尔·弗兰德斯》以女主人公与她丈夫"在余生对自己罪恶人生的虔诚的忏悔"而告终。斯威夫特的《格列佛游记》的结局显得更加悲观与暗淡。原来比较纯朴的主人公在海外冒险归来之后表现出愤世嫉俗的态度。然而，从理查逊开始，小说"幸福的结局"已端倪可察。在他的三部书信体小说中，有两部以男女主人公幸福结合而告终，但他的《克拉丽莎》却以女主人公的死亡来结尾，从而为英国小说的悲剧性结局埋下了种子。

引人注目的是，自18世纪中叶起，许多小说的结局呈现出对主要人物的近

---

1 Oscar Wilde, quoted from *The Story of the Novel*, p.71.

况或命运作概括性描述的倾向。为了迎合读者的趣味，不少作家在小说结尾时对大多数乃至所有人物的命运进行一番扫描式的概括与小结。例如，菲尔丁在《汤姆·琼斯》的结尾对许多人物的情况进行了逐一介绍，每段一至两个人物。最后，他再次提到了男女主人公的近况："索菲娅已经为汤姆生了两个可爱的孩子，一男一女。"同样，在《阿米莉亚》（*Amelia*，1871）的结尾，菲尔丁为了让读者放心，明确告诉他们："阿米莉亚依然是当代英国最优秀的女人。"奥斯丁几乎在她所有小说的结尾都采用了这种概括性描述。但与菲尔丁不同的是，奥斯丁在小说的结尾始终采用过去时态进行描写。显然，狄更斯在他的早期创作生涯中对这种结局形式也十分推崇。例如，在《匹克威克外传》（1836）的结尾他告诉读者：

> 匹克威克先生目前身体不太好，但他依然保持了过去年轻时的那种精神状态，也许人们还会经常看到他欣赏达尔威奇美术馆中的那些画作……孩子们都非常崇拜他……

这种对人物的近况和命运的概括性描述在特罗洛普的小说中简直达到了无以复加的地步。他经常利用小说的最后一章并采用一般现在时对他的人物逐一进行总结。

自19世纪下半叶起，英国小说的结局形式发生了明显的变化。随着社会生活的日趋复杂，人类未来的前景显得更加暗淡。人们对自身命运的怀疑态度和悲观情绪与日俱增。于是，在小说界流行了近一个世纪的"幸福的结局"逐渐消失，而催人泪下的悲剧性结局开始走红。在狄更斯后期的小说中，悲剧性结局端倪渐显。艾略特的《弗洛斯河上的磨坊》（1860）以男女主人公同时被洪水淹死而告终，尽管"在死亡中他们没有分离"。19世纪末，悲剧性的结局形式在哈代的《远离尘嚣》（*Far From the Madding Crowd*，1874）、《德伯家的苔丝》（1891）和《无名的裘德》（1896）等小说中有了进一步的发展。他在这些小说的结尾中不但生动地描写了婚礼，而且还精心安排了葬礼的场面。"其结果是一种形式上的讽刺，也就是说，一种结构上的讽刺。"[1]婚礼与葬礼似乎在互相嘲弄对方，同时又彼此交融，从而使小说的结局产生一种特殊的艺术效果。

1　Alan Fridman. *The Turn of the Novel*. London: Oxford University Press, 1966, p.71.

随着现代主义小说的崛起,"开放性结局"应运而生,成为现代小说家竞相采用的一种基本模式。"现代主义小说的结局通常是'开放的'或难以捉摸的,往往使读者对人物的最终命运感到疑惑不解。"[1]在《鸽翼》的结尾,詹姆斯笔下的女主人公凯特对人生的复杂性似乎有了新的感悟。她以苦涩的口吻对自己的恋人说:"我们不可能再像过去那样了。"显然,她的话耐人寻味,发人深省。在福斯特的《印度之行》(1924)的结尾,一个英国人问一个印度人:"为何我们现在不能成为朋友?"地球答道:"不,还不行,"而苍天答道:"不,不在那里。"如果说,传统小说家大都煞费苦心地为他们的小说安排一个与故事情节相吻合的封闭性结局的话,那么,现代主义作家则千方百计地为小说设计一种开放性的结尾形式。康拉德认为,"尽管一部小说要有结尾,但这不是最终的结局"。[2]而劳伦斯则坚持认为小说"没有结束,没有结局,只有喧闹的广阔空间。如果它结束了,那它就失败了"。[3]应当指出,"开放性结局"不仅是现代西方社会与文化急剧演变的产物,而且也反映了作家对现代经验的新观念和新视角。如果说现代主义小说的结局是开放性的,那么它的开放不是无缘无故的,而是因为小说家认为生活中的经验本身是不确定和难以捉摸的。小说之所以有结尾是因为艺术和文本的需要,而不是作家对经验有了结论。正如劳伦斯·达雷尔在《亚历山大四重奏》第四卷的前言中指出:

> 在本卷结尾的布局中,我安排了几种在今后的作品中能继续运用这些人物和情景的方法。然而,这仅仅表明,即便这部作品无限地扩展开来,其结果依然严格地成为目前这个词汇统一体的一部分……但不管何种意图和目的,目前的四卷可以被视作一个和谐的整体。[4]

显然,达雷尔认为小说的结局不仅应具有延展性和开放性,而且是整部作品的"词汇统一体的一部分"。尽管小说文本要有结尾,但经验依然在"喧闹的广阔空间"中延续,它既没有结束,也没有结局。应当指出,现代小说中的

---

1 David Lodge, *The Modes of Modern Writing*, p.46.
2 Joseph Conrad, quoted from *The Turn of the Novel*, p.187.
3 D. H. Lawrence, quoted from *The Turn of the Novel*, pp.187—188.
4 Lawrence Durrell. "Preface" in *The Alexandria Quartet*. London: Faber, 1974.

"开放性结局"决非个别作品的特殊现象，而是代表了现代小说的一种基本模式。在这种"开放性结局"中，生活和经验无休止地延续和扩展，小说中的人物在各种事件的缠扰下被迫去解决那些根本无法解决的经验问题。现代小说内在的艺术力量不仅将读者带入一种表现复杂经验的叙述流之中，而且也引导他走向新的经验领域。正因为如此，乔伊斯的《尤利西斯》和《芬尼根的守灵夜》以及伍尔夫的《达罗卫夫人》、《到灯塔去》和《海浪》等小说虽然都有结尾，但这并不是因为经验有了圆满的结局，而是因为这些小说的艺术形式达到了自身的完整与和谐。

综上所述，英国小说的开局与结局随着小说艺术的发展经历了一个深刻的演变过程。这种变化既符合英国社会、历史与文化的发展规律，也是小说文本不断进化、优化和现代化的必然结果。不言而喻，开局与结局的变化和发展是小说文本的演变从其外部形式转向内部结构的重要标志。

第三节
情节与结构

情节与结构是小说的要素，同时也是小说文本的基础。它们在小说艺术中具有极其重要的地位。然而，不同时期的小说家对情节与结构的认识大相径庭，而且他们对此的处理方式也不尽相同。尽管如此，任何时期的小说家都对如何安排情节与结构表现出浓厚的兴趣。通常，情节与结构是两个彼此交融而又相辅相成的艺术成分，两者在发展和演变的过程中往往是相辅而行的。自英国小说问世以来，它的情节与结构发生了极大的变化。这种变化不但成为小说文本演变的重要标志，而且也有力地促进了小说艺术的发展。

古希腊哲学家亚里士多德在谈及戏剧创作时曾经说过，"人的所有幸福和悲哀都要通过行为的形式来表现"。[1] 显然，亚里士多德的观点对传统小说家的创作产生了潜移默化的影响。既然戏剧是通过"行为的形式"来表现人的情感和命运，那么小说也需要采用某种形式来反映人物的发展和事件的因果关系。那就是所谓的情节。现代小说家福斯特在他的《小说面面观》中对情节作了生动而简要的解释："我们将故事解释为对按时间顺序排列的事件的一种叙

1　Aristotle, quoted from *Aspects of the Novel*, E.M.Forster, London: Hodder & Stoughton, 1974, p.58.

述。情节也是对事件的叙述，但其侧重点在因果关系上。'国王死了，随后王后也死了'是个故事。'国王死了，随后王后因伤心也死了'是情节。"[1]显然，在福斯特看来，情节必须建立在严格及合乎逻辑的因果关系之上。不仅如此，"情节中的每个行动和词汇都在起作用……即便很复杂，它也应该是一个有机的整体"。[2]应该说，福斯特的论点当时在英国作家中具有一定的代表性，基本反映了一种较为传统的情节观。

就总体而言，英国小说的情节呈现了从简单到复杂和戏剧化继而又一度被淡化的发展过程。笛福的《鲁滨逊漂流记》是当时个人日记和海外游记艺术化的产物。尽管它叙述了一个精彩生动、引人入胜的冒险故事，但它的情节却十分简单。整部小说所涉及的人物寥寥无几，冲突的焦点主要集中在主人公与恶劣的生存环境之间的关系上。不仅如此，小说的故事情节呈直线形的发展态势，其中几乎没有曲折和插段。作者严格地按时间顺序来描述主人公的冒险经历，而在小说的后半部分，他干脆采用日记的形式来详细地记录主人公的日常活动。当然，"这并不是意味着笛福不关注其小说的美学兴趣。在生动反映现实的过程中，他那通常令人兴奋的故事情节旨在引起读者的兴趣"。[3]尽管如此，笛福的小说情节不仅简单，而且清晰可辨。相比之下，菲尔丁在三十年之后发表的《汤姆·琼斯》无论在人物关系还是在故事情节上都显得更加错综复杂。"《汤姆·琼斯》两百年之后依然排在为数不多的优秀小说之列。这部作品体现了一种新的成分，即菲尔丁的建筑艺术。在此之前还没有一部小说的情节体现如此完美的技巧，而只有当小说结束时人们才能真正领略这种技巧。"[4]菲尔丁从他早期的戏剧创作中得益匪浅，不仅获得了描写故事的能力，而且还掌握了谋篇布局和设计复杂情节的方法。他巧妙地利用"节外生枝"的手法，在故事情节中安排了许多精彩的插段，并制造了一系列引人入胜的悬念。显然，英国小说的情节在菲尔丁手中变得更加复杂，并呈现出戏剧化的倾向。

19世纪，英国小说的情节不但日趋复杂，而且进一步体现了戏剧化的特

---

[1] E.M.Forster, *Aspects of the Novel*, p.60.

[2] Ibid., p.61.

[3] Max Novak. *The Cambridge Companion to the Eighteenth Century Novel*, edited by John Richetti. Cambridge: Cambridge University Press, 1996, p.50.

[4] Walter Allen, *The English Novel*, p.57.

征。在英国，戏剧的问世比小说至少提前了三百年。人物、情节和场景是戏剧的三大要素，而冲突则是它的重要基础。此外，戏剧还通过对话、动作、布景、服装、灯光和音乐等形式来塑造人物，烘托主题和渲染气氛。显然，传统的戏剧艺术对英国的传统小说产生了潜移默化的影响，使小说家在艺术构思和情节安排上往往体现出戏剧化的特点。他们大都根据自己的文学素材和创作需要来选择悲剧和喜剧的模式，并更加注重表现人物间的激烈冲突。为了生动地展示生活中各种复杂的矛盾与冲突，狄更斯、萨克雷和哈代等现实主义作家通常在小说中安排曲折动人或扣人心弦的故事情节，以增强作品的趣味性和可读性。他们的小说情节大都像戏剧那样包括开局、发展、冲突、高潮和结局等组成部分。这些小说家往往热情颂扬现实生活中的真善美，而对人间的各种丑恶现象进行有力的鞭挞和嘲弄。然而，传统小说家在安排情节时显示出不同的艺术水准。例如，狄更斯通常对小说的故事情节巧妙设计，精心安排，有时他在谋篇布局上简直天衣无缝。而威尔斯由于强调小说的教育作用和新闻体特点，将小说视作传播知识，探讨人生和论述道德问题的讲台。因此，在他的小说中，情节往往松散冗长，且思想的阐述和情节的发展常常混为一体，故事线索有时模糊不清。引人注目的是，像戏剧一样，大部分传统小说不是以主人公的成功或胜利而结束，便是以主人公的失败或毁灭而告终。现代英国小说家福斯特曾一针见血地指出："几乎所有的小说在结局上都显得十分虚弱……假如不是死亡和结婚，我真不知道一般小说家又能如何来结尾。死亡和结婚几乎是他将人物与情节连在一起的唯一手段。"[1]显然，福斯特对传统小说这种刻板的结局模式颇有成见。他就此向同时代的作家提出了一系列令人深思的问题："为何小说也要像戏剧那样需要一个结局？难道它不能是开放性的？……现在的情节也许令人兴奋，而且看上去很美，然而，它借鉴戏剧和具有空间局限性的舞台，难道这不是盲目崇拜吗？"[2]

引人注目的是，当现代主义文学思潮在西方风起云涌之际，乔伊斯、伍尔夫和贝克特等现代派作家开始淡化小说的故事情节。他们不再将小说当作曲折离奇、充满悬念的趣味性读物。传统小说的那种精彩动人、引人入胜的故事情节在他们的作品中不复存在。乔伊斯认为，作家不该效仿传统小说的刻板程式

1　E.M.Forster, *Aspects of the Novel*, p.66.

2　Ibid., p.67.

而应遵循"完整、和谐与辐射"的美学原则来谋篇布局。在他看来，在一个严重异化的时代，如继续采用过去那种井然有序、合乎逻辑的情节来表现混乱无序的现实生活显然不合时宜，且无法唤起读者的真实感受。伍尔夫则对小说的情节更是不屑一顾。她直言不讳地指出：

> 如果作家是个自由人而不是个奴隶，如果他能按照个人意志创作而不是墨守成规，如果他能将自己的作品基于本人的感觉而不是听凭传统的摆布，那么，作品就不会有情节……[1]

读者不难发现，在现代主义小说中，那种被福斯特称为"侦探式的成分"（the detective element）已经荡然无存。如果我们想找情节的话，那么，《尤利西斯》中布鲁姆和斯蒂芬的"父子相会"实在微不足道，而达罗卫夫人一天的活动从早晨上街买花到晚上举办家庭晚会又是那样的平淡无奇。然而，即便是这样一些不足挂齿的情节也并非一目了然，而是在人物恍惚迷离的意识活动中逐渐浮现的。显然，故事情节在现代主义小说中已变得无关紧要，其作用已被降到最低限度。毋庸置疑，英国小说情节的变化也导致了其文本结构的变化。传统小说因注重描写受制于因果关系的故事而在结构上大都显得比较稳定、完整、严密与合理，但有的却显得过于刻板和拘谨。斯威夫特的《格列佛游记》是传统小说结构的杰出范例。他克服了早期罗曼司和现实主义小说在结构上松散和凌乱的弊端，将《格列佛游记》分为四个部分，从四个不同的侧面反映了主人公在海外四次不同的冒险经历。小说的四个部分工整方正，既分散独立，又相互映衬，充分体现了结构上的完整与统一。然而，传统小说的结构往往受到小说的故事情节、钟表时间、事件发生的地域空间以及各种因果关系的制约，因此其表层结构大都显得比较理性和严谨，而缺乏一种深层结构上的"内在美"。传统小说的结构不仅受到了西方哲学中唯理主义的影响，而且还反映了作家与读者之间一种约定俗成的默契。完全建立在故事情节上公式化和理性化的框架结构，严格按钟表时间顺序谋篇布局的方式以及作品从开局、发展、冲突、高潮到结局的直线形和梯子形发展模式，这些都构成了传统小说结构的基本特征。然而，这种结构形式在一定程度上禁锢了作家的创作灵感和艺

---

[1] Virginia Woolf. "Modern Fiction", *The Norton Anthology of English Literature*. New York: W. W. Norton, Fifth Edition, Vol. 2. 1986, p.199.

术想象力，同时也成为束缚小说艺术发展和限制作品表现力的桎梏。

20世纪初，英国小说的结构发生了深刻的演变。受到现代哲学、美学和心理学启迪的现代主义小说家大胆地摆脱了钟表时间和物理空间对小说的束缚，毫不留情地推翻了传统小说固有的结构模式，并成功地组建了新的小说秩序。尽管他们并未否定时间与空间以及逻辑与因果关系在小说中应有的地位与作用，但他们充分地施展自己的艺术才华，获得了真正的创作自由，从而走出了小说的必然王国，步入了艺术的自由王国。如果说，传统小说的结构具有理性化、公式化和戏剧化的特征，那么，现代主义小说的结构大都体现了其内在美、韵律美和深刻的象征意义。传统作家大都关注小说表层结构的规范性、合理性和逻辑性，而现代派作家则追求小说深层结构的和谐与统一以及对主题的渲染作用，并充分发挥其潜在的艺术功能和美学效果。福斯特曾在《小说面面观》中对现代主义小说的结构作了这样的解释：

> 现在我们必须考虑主要出自情节的那种东西……我们可以借鉴绘画将其称为形式。随后我们借鉴音乐将其称为节奏。

显然，福斯特所指的"形式"和"节奏"是小说的深层结构，它超越了时空的界限，摆脱了情节的桎梏，成为现代主义小说内部结构的一种无形的艺术力量。在福斯特看来，"形式是小说的一种美学现象"，[1] "节奏存在于某些小说中，并使它们产生一种美"。[2] 不言而喻，小说深层结构的不断演化是现代主义小说文本的一个基本特征。

现代英国评论家戴维·洛奇在他的《运用结构主义》（*Working with Structuralism*，1981）一书中将现代文学作品的结构分为"隐喻性"（metaphorical）和"换喻性"（metonymic）两大类。他明确指出："隐喻玩弄选择和替代的花招，而换喻则运用组合和情景的把戏。"[3] 洛奇将乔伊斯的《尤利西斯》与贝内特的《老妇谭》（*The Old Wives' Tale*，1908）的结构作了生动的比较：

> 《尤利西斯》的确有一个故事——一个关于普通都柏林人的故事，但这个故事与另一个故事彼此呼应和对应，即荷马的《奥德赛》中的

1　E.M.Forster, *Aspects of the Novel*, p.104.

2　Ibid., p.113.

3　David Lodge. *Working with Structuralism*. Boston: Routledge & Kegan Paul, 1981, p.11.

故事……因此乔伊斯的小说结构从本质上来说是隐喻性的,它建立在原本不同而且在时空上完全分离的事物的类似性之上。与其不同的是,现实主义和反现代主义小说,如阿诺德·贝内特的《老妇谭》,从本质上来说是换喻性的,它倾向于尽可能忠实地模仿时空中各种事物之间的实际关系。[1]

显然,在洛奇看来,现代主义小说与传统小说在结构上的根本区别在于其是否具有深刻的内涵和丰富的象征意义。就总体而言,现代主义小说的表层结构往往显得朦胧晦涩乃至杂乱无章,但它的深层结构却体现了乔伊斯所说的"完整、和谐与辐射"的艺术特征。例如,在《尤利西斯》支离破碎的表层结构之下不仅折射出丰富的心理画面,而且也蕴含着神话与现实,象征与写实以及英雄与反英雄的巧妙的结合和有机的统一。这种结构具有深刻的象征意义,同时也显示了无限的扩展性和巨大的凝聚力。同样,伍尔夫的意识流小说《海浪》既无坚实的框架,又无生动的情节,只有像汹涌的海浪一般此起彼伏的意识的波涛。这种小说结构同毕加索的立体画十分相似,充分体现了福斯特所说的那种"形式"和"节奏"。

引人注目的是,20世纪下半叶顽强崛起的后现代主义小说在结构上发生了重大的变化。后现代主义小说的文本主要建立在语言实验基础之上,展示了本体上独立的、基本封闭的小说世界。后现代主义小说家在玩弄文字游戏的同时,不但藐视逻辑原则和因果关系,而且还极力主张结构的全面解体(deconstruction)。洛奇在谈及后现代主义小说的结构时指出:

> 后现代主义延续了现代主义对传统现实主义的批判,但它试图超越、环绕或潜入现代主义,除了形式上的实验性与复杂性之外,它向读者展示的如果不是一种意义便是多种意义……许多后现代主义作品向读者暗示:经验只是一块地毯,我们从地毯上发现的无论何种形式完全是虚幻和安慰性的假设。对读者来说,后现代主义作品的难度与其说是它的混沌,倒不如说是它的不确定性,混沌也许可以理清,而不确定性则是本体的。[2]

---

1 David Lodge. *Working with Structuralism*. Boston: Routledge & Kegan Paul, 1981, p.11.
2 Ibid., p.12.

显然，后现代主义小说的结构体现了文本从反映论转向本体论的重大变化。后现代主义小说家有意将隐喻和换喻的手法推向极端，他们在尝试新的手法时仿佛在摧毁隐喻和换喻，在运用它们的同时仿佛又在嘲弄它们，并始终在设法摆脱它们的统治。然而，当读者在解释小说文本时，无论是像《尤利西斯》那样隐喻性的，还是像《老妇谭》那样换喻性的文本总是具有某种比喻效果。读者大都会情不自禁地说"世界像它所描述的那样"。"它"就是《尤利西斯》或《老妇谭》。但读者对小说的这种解释往往建立在一种假设之上，即文本与现实世界以及艺术和生活之间存在着某种距离。引人注目的是，后现代主义作家试图在小说中将明显的事实和纯属虚构的成分交织一体，他们在介入作品的同时又对作者的身份提出质疑，从而对读者的理解产生了某种冲击。这便是后现代主义小说的结构中经常出现的所谓"短路现象"。事实上，这种小说艺术在18世纪作家劳伦斯·斯特恩的《项狄传》中已经端倪可察。然而，它在后现代主义小说文本中得到了如此频繁的运用并发展到了如此极端的地步，从而形成了一种新的文学潮流和艺术倾向。

应当指出，英国小说情节与结构的变化不仅是其文本演变的重要标志，而且也与小说艺术的发展相辅而行。各个历史时期的小说文本都具有一定的时代烙印和艺术特点，它们都客观地反映了当时作家的审美意识和创作实践，同时也体现了各个时期小说艺术的基本走向。然而，值得一提的是，现代英国小说在情节与结构上的急剧变化同社会、文化及科学技术的飞速发展密切相关。不过，20世纪英国小说的情节与结构的演变似乎有些令人眼花缭乱，目不暇接。事实上，有些实验与变化呈现出极端化的倾向，并不代表小说文本的进化和优化。因此，我们不能草率地说后现代主义小说文本在艺术上比现代主义小说文本更加先进。正如洛奇所说："实验可能会变得司空见惯从而再激发我们的洞察力，于是更加简单和直截了当的创作形式也许会使我们感到非常新鲜和大胆。"[1] 显然，洛奇的这一观点已经在极端的后现代主义之后的英国小说相对稳定与平和的发展态势中得到了证实。

1　David Lodge. *Working with Structuralism*. Boston: Routledge & Kegan Paul, 1981, p.10.

第四节
叙述与描写

叙述与描写是小说家最基本的创作手段，同时也是小说文本的重要组成部分。在英国小说艺术史上，现实主义的叙述形式和描写方法不仅占有统治地位，而且取得了卓越的艺术成就。早在文艺复兴时期，英国小说中已经出现了反映现实生活的叙述和描写形式。这些形式经过无数作家的共同努力和反复实践不断成熟，日趋完善。四百多年来，英国小说的现实主义叙述与描写从原始、朴素状态逐渐发展到了高度成熟的阶段，并体现了极强的生命力和艺术感染力。传统的现实主义小说家以非凡的艺术才华和丰富的想象力叙述了一个个精彩动人的故事，描绘了一幅幅生动逼真的生活画面。然而，"今天，现实主义的演变记录了地震般的文化变迁……从历史的角度来看，如同从其他角度来看一样，现实主义方式是极其优越的，但有许多迹象表明，这种始于文艺复兴的方式将很快成为过去。"[1]自英国小说问世以来，其叙述形式和描写方式均发生了深刻的变化，无疑成为小说文本发展的重要标志。

应当指出，英国历代小说家都曾对小说的叙述形式进行了有益的尝试。早期的作家大都认为叙述者是小说故事情节的编造者和组织者，因此，选择一个充满智慧和具有丰富想象力的叙述者是小说故事精彩与否的关键所在。然而，现代主义和后现代主义作家大都将叙述形式视为小说实验与革新的突破口和兴奋点，并充分强调叙述形式对揭示小说主题的重要作用。尽管传统作家和现代派作家对叙述在小说中的作用看法不同，且对它的运用方式也大相径庭，但他们似乎都有意或无意地将叙述者视为自己的喉舌和代言人。不仅如此，所有小说家都面临着三种最基本的叙述形式：即第一人称叙述，第三人称全知叙述以及凭借视角转换的混合型叙述。每个作家可以根据自己的创作需要选择适当的叙述形式。长期以来，西方学者对小说的各种叙述形式以及叙述者的身份、作用和地位等问题众说纷纭，常常使广大读者感到困惑不解。一般说来，叙述不仅是小说艺术的核心问题，而且也是历代小说家们最关注的技术问题。几乎所有成功的小说都具有一个成功的叙述者，几乎所有的小说实验与革新都从叙述

---

[1] Elizabeth Deeds Ermarth. *Realism and Consensus in the English Novel*. Edinburgh: Edinburgh University Press, 1998, p.3.

形式开始。

文艺复兴时期的罗曼司和现实主义小说在叙述形式上体现了诗歌化的倾向。尽管当时的作家对散文小说的叙述手法进行了大胆的实践，但他们的小说无论在叙述形式还是在语言风格上都反映了古代长篇叙事诗留下的某些痕迹。例如，在乔治·加斯瓦纳篇幅仅为八十余页的《F·J·少爷历险记》（1573）中竟然出现近二十首长短不一的抒情诗。而锡德尼的《阿卡狄亚》（1590）和黎里的《尤弗伊斯》（1579）等作品则在语言风格上体现了诗歌的韵律与节奏，头韵、对语、比喻和拟人等修辞手段俯拾即是。此外，文艺复兴时期的罗曼司和现实主义小说在叙述形式上显得过于自由和随意。在一个小说规范与准则尚未建立的时代，作家往往凭借个人的审美意识和艺术特长随心所欲地展开叙述，他们大都显得自由自在，无拘无束。引人注目的是，当时的小说家大都采用第三人称叙述形式。显然，这在一定程度上受到了长篇史诗的叙述形式的影响。然而，值得一提的是，在当时采用第三人称叙述的某些作品中，作者本人的影子不时闪现在读者面前。这在黎里的小说中尤为明显。作者不时介入作品，并对人物和事件评头论足，或直接发表个人的道德见解。

在英国小说艺术史上，最早采用第一人称叙述形式的也许是托马斯·纳什尔。在他的现实主义小说《不幸的旅行者》（1594）中，纳什尔让主人公威尔顿本人来叙述自己的"旅行"经历，从而为小说的叙述艺术开辟了新的道路。17世纪杰出小说家班扬在《天路历程》（1678）中对第一人称叙述形式作了进一步的探索与实践。这部小说的整个故事情节建立在叙述者"我"的梦境之上，所有一切都通过"我"的视角得到展示。小说一开头叙述者便告诉读者"当我沉睡时，我做了一个梦"。随后，叙述者不时采用"现在我梦见"，"然后我梦见"或"正如我刚才所梦见的"等解释性词语作为叙述进程中的过渡手段。小说结尾时，"我醒了，并发现这是一场梦"。引人注目的是，班扬创造性地发挥了小说第一人称叙述者的艺术作用。他笔下的"我"既不是作者本人，也不是小说主人公，这与早先的《不幸的旅行者》或后来的《鲁滨逊漂流记》中的第一人称叙述者迥然不同。在《天路历程》中，"我"的视角是绝对的，"我"认为书中的人物及其行为不是对的便是错的。然而，这部小说中真正的声音是上帝的。"这位依赖过去时态的叙述者在文本中的地位并不稳定,而上帝的预言则占有主导地位。"[1]尽管如此,《天路历程》的第一人称叙述者不仅在当时别具一格,而且在今天依然耐人寻味。从某种意义上来说,它首次向读者展示了一个背景不清、身份不明和"谁也不是"(the narrator as nobody)的第一人称叙述者。今天,这种叙述者在现代英国小说中依然时而可见。

自18世纪上半叶起,英国小说的叙事艺术取得了长足的发展。作家对各种叙述形式进行了认真的探索,并对叙述者的作用和地位等问题达成了一定的共识。越来越多的现实主义小说家认为,叙述者(尤其是不担任主人公的第一人称和第三人称叙述者)是作家集体意识的结晶和现实主义共性原则的具体执行者。"叙述者掌握了文学的共性原则,向读者展示的只是多种观点的组合,他通过不同的关系来表现这种组合,却并不表明这些关系的汇聚点,因为这一汇聚点存在于读者的想象之中,事实上只能通过他的阅读才能产生。"[2]18世纪作家在运用叙述技巧方面显示了极大的灵活性。笛福和斯威夫特偏爱第一人称叙述形式。《鲁滨逊漂流记》、《摩尔·弗兰德斯》和《格列佛游记》等小说的问世创立了精神自传(spiritual autobiography)的传统。这些小说的叙述者不仅都担任了主人公的角色,而且还在某个特定的时间点上回顾昔日的人生经历。理查逊在他的书信体小说中对第一人称多视角叙述形式作了有益的探索与尝试。作者巧妙地通过各种人物以第一人称形式撰写的书信来叙述故事情节和揭示小说主题。这种以第二人称"你"或"你们"为对象的书信不仅改变了小说的叙述视角,而且也改变了读者的传统角色,使其成为一个正在暗中偷看他人私信的人。这种叙述形式为"即时写作"开了先河,同时也充分地展示了人物的心理现实。然而,斯特恩在《项狄传》(1759—1767)中采用的第一人称叙述形式无论在改革的力度上还是在实验的结果上均超过了同时代的其他小说。作者在叙述形式上不仅打破了时间顺序,而且还不时采用倒叙、插叙、跳跃式评论和离题的陈述。他甚至还在小说中大胆地采用章节错置、空页,以及令人莫名其妙的图案和星号等形式。这在当时是绝无仅有的,也是令人难以想象的。显然,英国小说的叙述形式在18世纪一批优秀作家共同努力下取得了一系列重大突破,并呈现出多元化的发展倾向。

1　Elizabeth Deeds Ermarth. *Realism and Consensus in the English Novel*. Edinburgh: Edinburgh University Press, 1998, p.61.

2　Wolfgang Iser. "Indeterminacy and Reader Response", in *Aspects of Narrative*, ed. by Hillis Miller. New York: Columbia University Press, 1971, p.24.

然而，理查逊和斯特恩在小说创作中的实验与革新精神在19世纪并未得到继承和发扬。他们在发展小说叙述形式方面取得的艺术成果也未引起19世纪小说家的足够重视。就总体而言，19世纪英国小说的文理叙事显得非常稳重、老到和严谨，并体现出唯理主义的倾向。从奥斯丁到哈代期间出版的小说在叙事艺术上虽然日趋成熟，不断完善，但在形式上突破有限，变化不大。按钟表时间为顺序的创作原则和传统的物理空间概念极大地束缚了作家的艺术想象力，限制了他们的创作自由。由于受到哲学上唯理主义的影响，狄更斯等现实主义作家往往采用循序渐进的直线形或梯子形结构来叙述人物和事件的发展过程。在几乎所有的传统小说中，叙述往往沿着时间的轨迹合理地、有序地展开，从开局到结局，从低潮走向高潮。偶尔，小说中也出现一些倒叙或插叙，但这并不改变小说的直线形叙述进程。尽管如此，人们依然能听到一些改革的呼声。在19世纪的小说家中，也许艾米莉·勃朗特的叙述手法最富有实验性和革新精神。她在其唯一的一部小说中创造性地运用了一种极其复杂的叙述机制，使一系列第一人称叙述彼此交织，通过多种视角来揭示小说的主题。不仅如此，《呼啸山庄》（1847）还打破了以钟表时间为顺序的叙述形式，使其开局和结局均处在同一个时间点上。正如福斯特所说："在小说里总有一个时钟。作者可以不爱他的时钟。艾米莉·勃朗特在《呼啸山庄》中试图将她的时钟藏起来。"[1] 显然，艾米莉·勃朗特的小说实验为19世纪波澜不惊的艺术氛围带来了某种生机与活力。

20世纪初，随着现代主义小说的异峰突起，现代派作家将叙述形式的革新视作小说改革的攻坚战。当他们将创作焦点从外部社会转向人的精神世界时，叙述形式的革新不仅迫在眉睫，而且成了完成这一转变的关键所在。劳伦斯、乔伊斯、伍尔夫和贝克特等作家对现代小说的叙述形式作了全方位的改革，其步子之大，力度之强，手法之新，在英国小说艺术史上是十分罕见的。

尽管现代主义作家在小说的叙述形式上并未达成共识，他们之间也不存在任何形式的合作与交流，但他们都试图为自己的小说寻找新的叙述形式。劳伦斯以其独特的审美观对如何叙述现代人的性心理、原始主义情结以及工业机器与自然本性之间的冲突作了认真的探索。他的叙述笔法时而清晰、鲜明、富于诗意，时而朦胧晦涩，富于象征意义。劳伦斯在《虹》和《恋爱中的女人》等

1　E.M.Forster, *Aspects of the Novel*, p.20.

小说中的叙述形式充分体现了现代主义的艺术特征。他打破了情节的连贯性和逻辑性，采用一系列表面上分散独立但却富于情感和象征意义的插段来进行叙述。此外，相似的比喻、象征和情感往往在小说的叙述进程中交相叠现，给人一种周而复始、循环不已的感觉。显然，劳伦斯的叙述形式对表现受到西方现代机械文明严重压抑的性的意识和两性关系具有极强的艺术效果。在乔伊斯和伍尔夫早期的小说中，那个无所不知的第三人称叙述者曾扮演过十分重要的角色。然而，在他们的意识流小说中，他们对叙述形式进行了大胆的实验，并创造性地运用了各种形式的内心独白、自由联想、蒙太奇和视角转换等手法，在文理叙事上取得了一系列重大突破。他们别具一格的叙述形式使英国小说终于能够表现人的全部意识范畴，包括距离语言领域最远的模糊印象和纯属精神领域中最浮浅、最朦胧的感性生活。显然，乔伊斯和伍尔夫的叙述形式不仅生动地揭示了一个纷繁复杂的精神世界，而且还向读者提供了一种观察生活的全新的透视方式。

　　第二次世界大战之后，英国文坛出现了现代主义小说步入低潮而现实主义小说全面回潮的现象。英国小说的叙述形式也随之发生了变化。20世纪四五十年代出版的小说虽然吸取了现代主义的某些艺术精华，但在叙述形式上与传统小说比较接近，再次呈现出理性化的倾向。然而，英国现代主义小说艺术的发展不仅没有中断，而且还拥有像贝克特那样的一批杰出的继承人。他们崇尚现代主义精神，执着追求小说的实验与革新。自60年代起，英国小说的叙述形式在时代的危机和自身的发展中继续演化，新质萌生。像乔伊斯等现代主义作家一样，贝克特拒绝采用传统的叙事艺术，他在强调情节的琐碎性和结构的无序性的同时，还充分展示了叙述形式的混沌性。贝克特的文理叙事在基调上比早期的现代主义小说更加悲观和忧郁，在形式上更加离奇和怪诞。他在小说中巧妙地剥离了逻辑意义和正常的时空关系之后，成功地发展了一种模仿荒诞经验的"反小说"叙事艺术。显然，这是一种他所谓的"能容纳混乱的艺术形式"。

　　引人注目的是，英国小说的叙述形式在20世纪末呈现出多元化的倾向。当代英国作家对小说的文理叙事大都采取调和与折中的态度。他们似乎既不愿一味效仿维多利亚时代传统作家的创作模式，也不愿步标新立异的现代主义及后现代主义小说家的后尘。换言之，艺术形式上的中庸之道在当代英国小说家中十分流行。越来越多的作家和批评家开始承认"叙述故事也许是值得的"。[1] 20世纪末出版的大多数英国小说在叙述形式上体现了兼容并蓄的现象。也许是20世纪的现代主义及后现代主义作家在革新道路上走得太远的缘故，也许是人们对过于频繁的艺术翻新感到厌倦的缘故，当代英国小说家对叙述形式的进一步改革大都显得十分谨慎。他们既没有因受到来自美国或法国的小说革新的压力而奋起直追的意思，也无意充当传统小说的勇敢卫士。事实上，在一个依然容忍实验和虚构的文学世界中，当代英国小说家们已经学会了与传统小说和睦共处。他们在关注叙述形式表现日常经验的有效性的同时，不遗余力地确保小说的艺术生命力。许多迹象表明，虽然当代英国小说的文理叙事总体上保持着现实主义的风格，但它在形式和技巧上不时表现出一种对新世纪的文学气候较强的适应性。

如果说英国小说叙述形式的变化客观地反映了其文本的演变过程，那么它在描写艺术上的变化同样有助于我们了解其文本的历史概貌。毋庸置疑，小说是以描写人物为主的文学样式，旨在叙述有关人的故事，而事物在小说中的地位与作用同人物相比往往是次要的。然而，叙述有关人的故事难免会涉及事物的描写。此外，读者也大都喜欢了解与人物有关的其他事物的情况。因此，小说向读者展示的不只是人性或人的本质，它同时还告诉读者，当一个人被遗弃在荒岛上时，他如何处理失事的船只，如何做饭和捕鱼等等。当然，它还免不了要告诉读者主人公的庄园或别墅的地理位置和外表形状，室内的装潢和摆设以及梁上的雕刻和墙上的名画等等。就此而言，描写不仅是对叙述的有效补充，而且也是小说艺术的重要组成部分。自英国小说问世以来，作家的描写在内容和形式上均发生了明显的变化，从而成为我们判断文本演变的重要依据。

英国小说中的描写大致经历了从关注物质到强调精神，从追求表现外部世界到注重反映内心世界的演变过程。传统的现实主义作家大都追求表现外部世界，刻意描绘人的物质生活环境。他们似乎具有这样一种共识：即物质条件和自然环境是现实生活的基础，往往对人的性格、言行和生活具有重要的影响。在他们看来，物质环境不仅是决定人物与事件发展的重要条件，而且也是整部小说的坚实基础。因此，大多数传统作家十分注重描绘人物的外貌特征、言行举止和衣着装饰以及他们活动的具体空间等等。然而，传统小说家对物质世界

---

1 Neil McEwan. *The Survival of the Novel*. London: Macmillan, 1981, p.3.

的关注焦点和描写方式也不尽相同。例如，笛福和菲尔丁较为注重对外部空间的描绘，即外界物体、自然条件和社会环境等等，而理查逊则更喜欢描绘内部空间，即室内的装潢、家具、摆设和布置等等。理查逊在《克拉丽莎》中描绘的位于伦敦霍尔邦恩地区用来关押女主人公的那间阴森可怕的房间也许是英国小说中得到详尽和生动描写的第一间房间。引人注目的是，笛福和菲尔丁所描写的物体与人物之间的关系不尽相同。例如，鲁滨逊从失事船的残骸中拿来的工具、火药和食品等除了供自己使用之外并无其他特殊意义。然而，理查逊对物质世界的描写往往带有某种情感色彩，他笔下的物体与人物之间大都具有一种内在的和精神意义上的联系。例如，用以关押克拉丽莎的那间阴森可怕的房间能使读者充分感到女主人公的孤独、痛苦和绝望心理。与奥斯丁同时代的小说家司各特对笛福和菲尔丁的描写手法均十分欣赏。事实上，他本人的描写方式与他们十分相似。司各特认为，笛福等人对外部空间的描绘具有"阳性"特征，因为，它模仿的是早期英雄史诗的描写手法。而理查逊对内部空间带有情感色彩的描写则体现了"阴性"特征，因为它会使读者多愁善感。就此而言，狄更斯的描写手法基本上继承了笛福和菲尔丁的传统，而詹姆斯的描写则往往带有理查逊的艺术痕迹。

　　随着小说艺术的不断发展，历代作家对相同事物的描写方式及其艺术效果不尽相同。这种变化在各个时期的小说文本中得到了充分的反映。众所周知，房子是小说中最常见和最重要的物体之一。以下三段分别是18世纪的笛福、19世纪的奥斯丁和20世纪的伍尔夫对房子的描写，可见一斑：

> 根据我目前的境况，我考虑了以下几点，我认为这对我非常合适。第一，有利健康，有净水，这我刚才已经提到了。第二，能挡住太阳的曝晒。第三，不会受贪婪的家伙的攻击，无论是人还是动物。第四，能望见大海……
>
> 在我搭帐篷之前，我在那块空地上画了半个圆圈……并在上面打了两排坚固的桩子……我并没有为这里的入口做一扇门，而是做了一把短梯子从上面进去。当我进去后，我就把梯子从身后搬掉，于是我安全地被围在里面，获得了防卫……
>
> 笛福：《鲁滨逊漂流记》（1719）

这里的每个位置都很好,她愉快地眺望全景,前面一条河,河的两岸长着一些树,还有蜿蜒的山谷,歪歪曲曲地延伸到她看不见为止。当他们穿过其他房间时,这些物体展示了不同的姿态,但从每个窗口都能看到美丽的东西。这些房间既宽敞又阔气,房内的家具与主人的财富十分相配。伊丽莎白很欣赏达西的情趣,她发现这里的家具漂亮但不俗气,不会使人产生华而不实的感觉,与罗辛斯的家具相比,它显得不那么耀眼,但却更加典雅。她心里想,"我也许可以成为这里的女主人!"

奥斯丁:《傲慢与偏见》(1813)

邦德街使她着迷,在这个季节的早晨,邦德街彩旗飘扬,商店林立,不炫耀,不刺眼;一卷粗花呢,她父亲五十年来一直在这家商店买衣服,一些珍珠,冰块上的大麻哈鱼。

"就这些,"她望着鱼摊自言自语地说。"就这些,"又说了一遍,随后在一家手套商店的橱窗前停留了片刻,战争之前你能买到几乎完美无瑕的手套,她大舅威廉过去经常说,一位女士的身份体现在她的鞋子和手套上。

伍尔夫:《达罗卫夫人》(1925)

上述三段引文反映了在三个世纪之初的三位小说家对房子的描写方式。尽管帐篷、别墅和商店是截然不同的物体,但它们都具有"房子"的特征,因而能较为客观地展示不同时代的作家在描写手法上的共性和差异。引人注目的是,笛福、奥斯丁和伍尔夫对他们描写的物体本身并不感兴趣,而只是想通过对物体的描写来衬托人物的形象。笛福关注的是鲁滨逊的生存,奥斯丁描写了伊丽莎白对别墅的看法,而伍尔夫则揭示了达罗卫夫人在街上行走时的感官印象。因此,这三位作家虽然都言之有"物",但都遵循了"以人为本"的描写原则。然而,上述三段引文同时也反映了英国小说的描写艺术在这两百多年中从关注物质到强调精神,从追求表现外部世界到注重反映心理现实的演变过程。笛福的描写完全建立在物质基础之上,体现了一种"务实"的创作风格。他详尽地描述了供主人公生存的极为具体的物质条件,丝毫不涉及主人公的情感世界。相比之下,奥斯丁的描写已经摆脱了笛福那种"务实"和关注物质本身的艺术风格。尽管她细致入微地描写了别墅前的景色，并对室内的家具着墨不浅，但她旨在借景画人，以此来反映伊丽莎白此时此刻对别墅的主人达西的好感。而最后一句："我也许可以成为这里的女主人！"则更是直言不讳地吐露了她的心声。然而，伍尔夫的描写明显地反映了现代主义小说家注重表现精神世界的创作倾向。作者生动地揭示了达罗卫夫人在商店前行走时飘忽不定的意识活动。伍尔夫虽然采用第三人称描写，但它非常贴近人物的心理现实。文中语言与笛福小说中的语言相比具有明显的情感色彩和丰富的心理内容。句子进展迅速，节奏明快，将女主人公的回忆、印象和感受交织一体，使她心游神移、浮想联翩的情景跃然纸上。总之，英国小说的描写艺术从笛福到伍尔夫两百年期间的变化是显而易见，而奥斯丁的描写手法则无可争议地成为两者之间艺术上的衔接与过渡。

如果说，传统小说家大都热衷于对外部世界进行细枝末节的描绘并以极其精确的方式记录物质生活的话，那么，现代主义作家则不遗余力地描绘人的精神世界，不厌其烦地揭示人的感性生活。伍尔夫对传统现实主义小说在描绘物质世界时的那种纤悉无遗的笔触感到厌倦。她公开将贝内特、威尔斯和高尔斯华绥等大文豪称为"物质主义者"，并向同时代的作家提出了"向内心看看"的革新主义口号。在现代主义者看来，生活远非"如此"，传统小说那种重物质、轻精神的商品拜物教倾向在一定程度上影响了描写的自然性与可信性。现代主义小说家致力于心理描写，通过表现人物内心的微观世界来反映外部的宏观世界。显然，这种描写方式不仅对西方现代社会的危机具有更彻底的暴露作用，而且也更富于艺术感染力。

应当指出，尽管传统的现实主义小说家追求表现外部物质世界，但他们有时也难免会描写人物的心理活动。然而，他们的心理描写与乔伊斯等意识流作家的表现手法具有明显的区别。以下两段心理描写分别摘自贝内特的《老妇谭》和乔伊斯的《尤利西斯》，可见一斑：

> 索菲娅十分恐惧地等待着。她光看到了悬挂在那个脸向下俯伏的受害者上方闪闪发光的金属三角架。她感到掉了魂似的，仿佛被人一下子从隐蔽之处揪出来，暴露在最危险的命运之前。她为何在这座奇怪、不可思议而且对她又是如此陌生和充满敌意的城市用痛苦的目光

观看这种残酷和下流的场面呢？她的感情完全受到了伤害。为什么？就在昨天她还是伯斯里的一个纯洁和胆怯的人，在艾克斯她还是一个将藏书信当作一种令人极其兴奋的举动的傻瓜。昨天或今天，其中有一天是不真实的。为何她被单独关在这个令人作呕和可憎得难以形容的旅馆而无人来安慰她并将她带走呢？

贝内特：《老妇谭》（1908）

轰隆隆火车在远处鸣汽笛这些机车力量真大像巨人水蒸气向四周乱喷就像那首古老情歌的结尾可怜的男人们不得不离开妻子和家庭在发烫的机车里通宵上班今天真闷热我很高兴我已将那些过期的《自由人》杂志和照片烧掉了一半将东西像那样到处乱放他变得越来越粗心了我将剩下的扔进了厕所我让他明天替我将有用的剪下来不要让它们在那里再躺上一年卖几个钱我要问他今年一月份的报纸哪里去了还有我捆好放在厅外的那些旧大衣使这里变得更热了这场雨太好了恰好当我美美地睡上一觉之后……

乔伊斯：《尤利西斯》（1922）

上述两段引文分别代表了传统现实主义作家的心理描写和现代派作家的意识流表现手法。贝内特描写了年轻、无辜的女主人公索菲娅独自在一家旅馆的房间里观望街上的残暴场面时的心理感受。而乔伊斯则揭示了女主人公莫莉午夜时分在床上似梦非梦、飘忽不定的模糊意识。尽管上述两段引文均描写了女主人公的感性生活，但它们对人物心理的潜入程度截然不同。贝内特的描写始终徘徊于人物心理的表层，无法潜入她的心灵深处。正如伍尔夫在批评贝内特的创作风格时指出：

我已经知道了贝内特先生的看法，他试图让我们替他去想象，他试图让我们稀里糊涂地相信，因为他造好了房子，所以必须有人住在里面。尽管他具有非凡的观察能力和伟大的同情心及人道主义，但贝内特先生从来没有看过布朗太太一眼。[1]

---

[1] Virginia Woolf, quoted from *Novelists on Novelists*, edited by David Dowling, London: Macmillan, 1983, p.21.

相比之下，乔伊斯的描写生动地揭示了深埋于人物内心隐微的意识活动，深刻地发掘人物头脑中潜意识和无意识的广阔领域，充分展示了一种原始、自然和混沌的心理现实。乔伊斯对人物精神世界的描写手法得到了伍尔夫的高度赞扬：

> 乔伊斯先生是精神主义者。他不惜任何代价来揭示内心火焰的闪光，这种火焰在头脑中稍纵即逝。为了将它记载下来，乔伊斯先生鼓起勇气，将一切在他看来是外来的因素统统抛弃。[1]

此外，上述两段引文在艺术风格上也存在着明显的区别。贝内特的描写体现了极强的条理性和逻辑性，并按照一定的秩序和步骤展开。这种描写虽然能使读者感到人物的复杂心理，但它因过于强调理性、艺术性和语言的连贯性而留有作者精心编排和艺术加工的痕迹。贝内特采用的是典型的传统小说语言，句子完美、语法清晰、丝丝入扣、渐次递进，因此它显得有些拘谨，不够自然。然而，乔伊斯采用了人类语言史上前所未有的意识流语体来描述人物的精神世界。女主人公的意识流交错重叠，跳跃频繁，犹如小河流水，奔腾不息，读者似乎很难从中找到一条完整与合理的思路。作者原原本本地展示人物的意识流程，行文不见标点，毫无停顿之处，显得凌乱不堪。但这种语体极其形象地表现了人物睡眼朦胧的模糊意识，显得十分自然与逼真。毫无疑问，乔伊斯与贝内特之间在心理描写方面的巨大差别不仅反映了现代主义和现实主义迥然不同的创作观念和艺术风格，而且也充分体现了英国小说文本的演变与发展。

综上所述，英国小说的文本随着社会与历史的发展经历了深刻的变化。就总体而言，这种变化不仅与人类的生产方式、社会生活和物质水平的提高密切相关，而且也与小说艺术的发展相辅而行。尽管各个历史时期的小说文本都具有其自身的合理性和存在价值，但它无可争议地体现了一个从初级到高级，从原始到成熟的进化过程。就此而言，英国的小说文本在未来还将持续不断地进化和优化。

---

1 Virginia Woolf. "Modern Fiction", *The Norton Anthology of English Literature*. New York: W. W. Norton, Fifth Edition, Vol. 2, p.197.

第九章
英国小说批评与小说艺术

众所周知，任何一种艺术的发展都会引起批评家的关注。艺术和批评在发展过程中往往是相辅相成的。当然，英国小说批评与小说艺术也不例外。现代英国著名小说家亨利·詹姆斯曾在他的一篇题为"文学批评"的文章中指出："如果要说文学批评在我们中间十分兴旺的话，它当然兴旺发达，因为它如河水四溢般地充塞了各种期刊。文学批评的数量大得惊人。"[1]詹姆斯在19世纪末已经对文学批评的繁荣昌盛感慨万分。如果他看到20世纪批评界流派纷呈、理论更迭和学术著作浩如烟海的景象，不知又会产生何种感想。在英国文学史上，小说虽姗姗来迟，但它不仅很快地夺回了失去的时间，而且就创作题材和艺术形式的丰富程度而言，它比诗歌和戏剧更胜一筹。同样，在文学批评的数量和发展速度上，小说也难免使诗歌和戏剧相形见绌。随着小说的社会影响不断扩大，有关小说的批评文论和研究成果层出不穷，对小说艺术的发展起到了推波助澜的作用。今天，小说批评已成为文学批评的主要内容。这不仅在英国如此，而且在其他国家也是如此。

然而，英国小说的批评史比诗歌和戏剧的批评史要短得多。这不仅因为小说本身姗姗来迟，而且还因为历史悠久的诗歌和戏剧在英国文坛长期占有主导地位。英国小说的雏形可追溯到16世纪末的伊丽莎白时代，但像样的小说批评直到18世纪上半叶才萌生。在此之前的重要批评家几乎都对小说闭口不言，他们在当时为数不多的几本评论期刊上讨论的几乎都是诗歌和戏剧。显然，18世纪以前的评论家们大都认为小说只是一部分喜欢舞文弄墨的文人撰写的低级和

---

1 Henry James. "Criticism", *Henry James: Selected Literary Criticism*, edited by Morris Shapire. London: Heinemann, 1963, p.133.

不登大雅之堂的散文故事而已。当英国小说在18世纪全面兴起之后，小说批评也随之变得活跃起来。然而，当时经验丰富的职业批评家并不多见，而对小说评论最多的莫过于小说家本人。他们仁者见仁，智者见智，言辞中充满了对他人作品的贬褒和毁誉，而对小说艺术的精辟论述则十分罕见。由于历史的局限性，早期的批评家虽发表了不少真知灼见，但他们所持的许多观点在今天看来已经不可靠、不正确或不足取了。然而，历代文人、学者和作家的批评对英国小说艺术的发展不仅产生了积极的促进作用，并且对今天的读者依然具有一定的参考价值。

第一节
英国小说批评的起源与形成

在英国文学批评史上，有关小说的批评在18世纪之前十分罕见。"17世纪为数不多的几本重要批评著作讨论的不是小说，而是史诗和悲剧。即便小说被提到的话，它通常被认为是一种无法与史诗相比的低级形式的诗歌……大多数批评家都拒绝承认小说是一种具有明显特征和意图的文学形式。"[1]然而，英国小说批评，如同英国小说艺术一样，在人们不知不觉的情况下悄然形成了。英国小说批评起源于17世纪下半叶，大致来源于三个渠道：即外国文学评论著作的英译本、英国作家为自己的小说写的前言，以及英国学者在讨论诗歌和戏剧时对小说发表的片言只语。

早在17世纪中叶，某些法国和意大利学者撰写的研究罗曼司的学术著作的英译本已在英国出版。这些学者在批评罗曼司脱离生活现实的同时，大都对散文叙事作品的现实描写以及它与历史之间的关系等问题展开了讨论。他们大都认为，罗曼司应忠于事实，"罗曼司作家只有当历史学家们各执己见时才可自由发挥"。[2]此外，当时法国某些罗曼司作家的创作见解也在英国时有所闻。他们中有人对一味遵循历史事实的创作观点提出了异议，并认为罗曼司不仅可以叙述虚构的故事，而且还能表现可能发生的事件。他们中甚至有人公开表

---

[1] Joseph Bunn Heidler. *The History of English Criticism of Prose Fiction: from 1700 to 1800.* Illinois: The University of Illinois Press, 1928, p.17.
[2] Ibid., p.18.

示："表现虚构内容的真正的艺术是尽可能地模仿真实，最好的创作方法应该是奇妙的，同时又是自然的。"[1]毫无疑问，17世纪的外国学者和作家对小说的各种评论与见解不仅在英国引起了一定的反响，而且对英国小说批评的形成具有积极的促进作用。

在英国，最早对小说发表评论的也许是17世纪女作家阿弗拉·班恩。她几乎在自己每一部小说的封面、前言或开头都要发表自己对小说的见解。班恩认为，小说不但应该叙述真实的故事，而且还应该体现一定的现实性。在《不幸的快乐女士：一段真实的历史》（The Unfortunate Happy Lady: A True History，1685）中，班恩一开始便告诉读者："我不得不向世人叙述这样一个故事……我拥有这个故事的全部真相。"[2]班恩在强调小说真实性的同时，对英国早期罗曼司所描写的那种难以置信的故事感到不以为然。她在《美丽的薄情女子》（The Fair Jilt，1688）中开门见山地告诉读者："我并不想用一个虚假的故事或任何像罗曼司中那样胡编乱造的事件来糊弄你们。这部小说的每一种情景的真实性丝毫不差。"[3]显然，班恩不愿将自己的小说与罗曼司相提并论，并认为真实性是小说的生命线。应该说，她的这一观点在后来（尤其是18世纪）的许多小说家中具有一定的代表性。

然而，像班恩这样对小说具有明确认识的英国作家在17世纪并不多见。当时的某些批评家甚至将小说与诗歌混为一体，或将散文小说视为一种新的诗歌。例如，威廉·坦普尔爵士（Sir William Temple，1628—1699）曾于1690年撰文指出："诗歌的最初变化是被翻译成散文，或被人用那些松散的绳子或普通的纱布来遮盖它美丽的面貌和严谨的形式。"[4]17世纪著名诗人和剧作家屈莱顿（John Dryden，1631—1700）不仅将法国罗曼司归在现代史诗之列，而且还对它颇有微词，称"其中的人物为了爱情不吃、不喝、也不睡"。[5]显然，17世纪的批评家大都只对诗歌和戏剧津津乐道，即便偶尔提及小说，也仅

---

[1] A. J. Tieje. *The Expressed Critical Theory of European Prose Fiction before 1740*. Illinois: University of Illinois, 1912, p. 87, p. 89.

[2] *The Works of Aphra Behn*, ed. by Montague Summers, London: William Heinemann, 1915, p.37.

[3] Ibid., p.74.

[4] William Temple, quoted from *Critical Essays of the Seventeenth Century*, ed. by J. E. Spingarn, Oxford, 1909, p. 90.

[5] John Dryden, *Essays of John Dryden*, ed. by W. P. Ker, Oxford, 1900, p.55.

仅"将它视为一种不太体面的诗歌形式"。[1]

在18世纪的最初二十年中,有关小说的批评依然十分罕见。在当时英国几位较有名望的批评家中,唯独约瑟夫·艾迪生(Joseph Addison,1672—1719)对小说表现出较为浓厚的兴趣。他在1709年3月18日的《闲话报》(*The Tatler*)上对小说的教育和启示作用大加赞赏,称其为"一种传授美德的令人愉快的形式",[2]但他对小说可能产生的美学效果却只字未提。艾迪生在一篇有关"历史传记"的文章中指出,尽管在现实生活中我们常常遇到事与愿违的现象,但在小说中,"我们总是很高兴地看到恶有恶报,善有善报"。[3]此外,艾迪生对当时在英国较为流行的游记予以充分的肯定:"没有其他书能比游记更使我感到愉快,尤其是那些描写遥远国土的作品,它们使作者有机会表现自己的才华而不会遭到任何被检查或驳斥的危险。"[4]从某种意义上来说,艾迪生不仅是英语散文的积极倡导者,而且也是最早对英国小说表示肯定的批评家之一。

从18世纪20年代起,笛福、斯威夫特、理查逊、菲尔丁和斯特恩等小说家在文坛相继涌现,小说批评的气候也随之形成。当小说在社会上日渐走红之际,小说家们纷纷在作品的"前言"中公开发表自己的创作观点和艺术主张。显然,这对英国小说批评及小说艺术的发展起到了推波助澜的作用。笛福在《鲁滨逊漂流记》的"前言"中强调了小说的三个主要特征:一、它应表现不寻常的经历;二、它应具有道德启示作用;三、它应忠于事实。笛福十分注重其作品对读者的吸引力。为了迎合读者对奇特事件和冒险经历的浓厚兴趣,他在《鲁滨逊漂流记》的"前言"中声称:"此人奇特的生活经历是绝无仅有的。"然而,笛福十分强调其作品的真实性,称它所描写的事情"完全是历史事实,其中没有任何虚构的内容"。显然,当时笛福将小说视为一种真实描写历史事件的工具,并对小说的"虚构性"显得极为谨慎。他在后来几部小说的"前言"中曾多次声称自己的作品"不是故事,而是历史"。同样,斯威夫特也一再声明《格列佛游记》描写的是事实而不是虚构的内容。他以极其幽默

---

1 Joseph Bunn Heidler. *The History of English Criticism of Prose Fiction: from 1700 to 1800*. Illinois: The University of Illinois Press, 1928, p.22.

2 Joseph Addison. *The Tatler*, ed. G. A. Aitken. London: Duckworth & Co., 1899, 111, p.175.

3 Ibid., p.17.

4 Ibid., IV, p.287.

的口吻对想象中的出版商理查德说:"整部作品中的真实性是显然易见的。的确,作者讲究真实性的态度是众所周知的,这已经成为他在雷德里夫的邻居们的一种共识。每当人们对某事表示坚信不移时,他们总会说'这像格列佛先生所说的那样真实'。"[1]读者不难发现,尽管笛福和斯威夫特在艺术风格上迥然不同,但他俩不仅都将小说作为描写奇特经历和异常事件的文学工具,而且都对读者极力强调其小说内容的真实性。然而,他们的小说到底是否完全真实,这又另当别论了。值得一提的是,笛福和斯威夫特仅仅对自己的作品作了一些介绍,而对小说的艺术特征、创作技巧和发展方向等重要问题则并未发表任何评论。同样,18世纪著名诗人和批评家蒲柏(Alexander Pope,1688—1744)虽然在有些文论中偶尔提及班扬和笛福等作家,但他从未对小说创作直接发表任何评论。即便在他写给斯威夫特的许多信中,他也仅仅谈了一些对讽刺的看法,而对小说艺术却闭口不言。显然,英国小说批评在18世纪上半叶尚处于其发展历史的初级阶段,小说家和评论家均对小说的艺术特征和创作技巧了解甚少。然而,不可否认的是,随着现实主义小说的崛起,英国小说批评的气候逐渐形成。尽管当时人们对小说艺术的认识极其有限,但谈论小说的人无疑越来越多。

自18世纪中叶起,英国小说批评呈现出较为活跃的气氛。与笛福和斯威夫特不同的是,理查逊和菲尔丁等作家不再一味强调小说内容的"真实性"。他们不仅认为"虚构"是合理的,而且还不时对小说技巧表现出一定的兴趣,并经常谈论如何使小说获得理想的艺术效果。此外,他们还十分强调生动刻画人物性格的重要性。这与18世纪初的小说批评相比无疑有了较大的发展。不仅如此,英国的文学批评家们也开始对小说表现出一定的敬意,首次将它视为像诗歌和戏剧那样既体面又具有美学价值的文学样式。批评家不仅开始关注小说的结构、情节、语言和气氛,而且还将它视为一个艺术体系。像以往评论史诗那样,批评家们开始全方位地关注小说的艺术特征。

应当指出,尽管18世纪下半叶的作家和批评家对小说艺术的理解不尽相同,但他们似乎都将它视为一种新的文学样式,并且都强调生动的艺术风格和逼真的人物形象的重要性。在1741年《帕梅拉》再版时,原先只关心其作品的

---

[1] Jonathan Swift. *The Works of Jonathan Swift*, ed. by Walter Scott. Edinburgh: Constable & Co., 1814, XII, pp.15—16.

道德启示作用的理查逊在"前言"中写道:"作品中的书信写得十分自然,没有那种罗曼司的风格,不切实际的出其不意之举和非理性的布局,但在必要时触及了人物的情感。"在理查逊看来,自然的艺术风格和逼真的人物形象不仅能打动读者,而且还能有效地传达作品的道德含义。他在给朋友的一封信中更明确地表达了这种观点:

> 我想,如果采用简单和自然的方式来创作故事,当然是恰如其分的简单,我便有可能发明一种新的文学形式,它有可能使年轻人去读那种与华而不实的罗曼司不同的作品……并有可能促进宗教和道德事业的发展。[1]

显然,理查逊不仅十分强调小说对读者的教育作用和道德启示,而且将自己的书信体小说视为"一种新的文学形式"。此外,理查逊在《克拉丽莎》的"附言"中对书信体小说直接发表了自己的创作见解:"一个故事……用一系列不同人物的书信组成,不采用其他评论及不符合创作意图与构思的片段,这显然是新颖独特的。这在当前是值得大力推荐的。"[2]不仅如此,理查逊还多次谈到所谓"即时创作"的问题,为自己的书信体小说找到了一定的理论依据。如果说,理查逊认为自己"有可能发明一种新的文学形式"的话,那么,菲尔丁则在《约瑟夫·安德鲁斯》的"前言"中公开声称自己为"散文式喜剧史诗"奠定了创作原则,从而向世人发出了一份有关其本人创作理论的宣言书。菲尔丁直言不讳地告诉读者:"我先就这种作品的形式发表几句评论。迄今为止,我不记得见过谁用我们的语言尝试过这种形式。"[3]菲尔丁较为明确地发表了本人对这种小说艺术的见解:"它的故事情节应更具有扩展性和包容性,含有更多的事件,并介绍更多的人物。"[4]此外,他还提出了"描述底层人物"和"以滑稽来取代崇高"等艺术主张,这对当时小说艺术的发展无疑具有重要的导向作用。值得一提的是,菲尔丁对理查逊的书信体小说颇有微词。他明确指出:"肯定没有人会坚持认为书信体风格通常是小说家最恰当的

---

1 Samuel Richardson, quoted from *The History of English Criticism of Prose Fiction: from 1700 to 1800*, pp.51—52.
2 Samuel Richardson. "Postscript", *Clarissa*. Oxford: Shakespeare Head, 1930, Vol. Viii, p.325.
3 Henry Fielding. "Preface", *Joseph Andrews*. Connecticut: Wesleyan University Press, 1967, p.3.
4 Ibid., p.4.

风格，或它被最优秀的作家所采用。"[1]在菲尔丁看来，《帕梅拉》不仅缺乏真实感，而且体现了作者过分的说教行为。显然，《约瑟夫·安德鲁斯》是对《帕梅拉》的讽刺性模仿。当然，菲尔丁对理查逊的批评也遭到了对方的有力反击。理查逊认为，菲尔丁"缺乏创造性"，"《汤姆·琼斯》是一部放荡的作品，它的风头已经不再。"[2]他甚至还以挖苦的口吻嘲笑菲尔丁："我真无法理解，一个有家庭和有点学问的人，而且还算是个作家，竟然在他的所有作品中显得如此俗不可耐。又有谁会关心他的人物呢？"[3]从某种意义上来说，理查逊和菲尔丁之间的争论不仅反映了他们各自不同的艺术主张，而且也成为英国小说批评史上作家互相之间唇枪舌剑的先例。

在对小说艺术的看法上，同时代的实验主义小说家斯特恩同理查逊和菲尔丁之间存在着明显的区别。斯特恩似乎并不理会其他作家和评论家对小说艺术的见解，而是在《项狄传》中借主人公之口不时发表自己独特的创作观点。在插在小说第三卷第二十章中的"前言"中，斯特恩声称自己不打算为他的小说辩护，而是让小说自己说话。他以诙谐的口吻对某些批评家作了一番嘲弄。在他看来，由于某些批评家缺乏应有的人文素质，因此，他们必然会对有素养的小说家进行指责。同样，斯特恩在第三卷第十二章中借项狄之口对墨守成规的批评家进行了讽刺：

> 这部新作为何使全世界如此吵闹？
> "嘀，阁下，它完全走样了，是一部极不规则的作品！四个角中没有一个角度是对的。阁下，我口袋里有尺子和圆规。"
> 多好的批评家！[4]

斯特恩在《项狄传》中时而发表本人的独特见解，时而嘲弄其他小说家的陈旧观念，时而又为自己的实验进行辩护。尽管斯特恩并未提出过系统的小说理论，但他显然认为，小说家必须具有个性和独创性，不应该让他人的观点来左右自己的想象力，而应追求小说艺术的改革与创新。

---

1 Henry Fielding. *Novelists on Novelists*, ed. by David Dowling. London: Macmillan, 1983, p.181.
2 Samuel Richardson, *Novelists on Novelists*, p.104.
3 Ibid., p.105.
4 *The Works of Laurence Sterne*, ed. by W. L. Cross, New York: J. F. Taylor and Co., 1904, VIII, p.41.

18世纪下半叶，英国的一些重要杂志纷纷刊登了有关小说的批评文章。批评家们在探讨小说的性质与特征的同时，更多地讨论了小说的人物和道德含义。"塞缪尔·约翰逊在英国文学批评家中具有举足轻重的地位。"[1]尽管约翰逊的文论大都讨论诗歌与戏剧，但他偶尔也对小说发表一些见解。他早期对描述传奇人物和冒险经历的罗曼司颇有微词，认为这种作品脱离现实，无法唤起读者的真实感受。在他看来，罗曼司中的"每一种行为与情感对人们来说显得如此遥远，读者几乎不可能将它们与自己联系起来"。[2]约翰逊在自己主编的英语词典中将小说解释为"一种通常描写爱情的小故事"。尽管他的解释并不确切，但它在一定程度上反映了英国小说在文艺复兴时期问世之后往往将爱情作为主题的创作倾向。在1750年3月31日的《漫谈》杂志上，约翰逊称赞小说家们正试图以写实的手法来描绘生活，同时他强调了小说对读者的道德感化作用。他认为，"小说应尽可能表现品德高尚的人物"。[3]显然，约翰逊所关注的与其说是小说的艺术手法，倒不如说是小说的创作题材和教育作用。

正当小说在英国社会开始流行之际，小说批评的阵地也逐渐形成。18世纪下半叶，有关小说的文章、书评和随笔纷纷出现。英国的《每月评论》（*The Monthly Review*, founded in 1749）、《绅士杂志》（*Gentleman's Magazine*, founded in 1731）和《伦敦杂志》（*London Magazine*, founded in 1732）等重要刊物经常发表有关小说的批评文章。一位作者曾在《绅士杂志》上对理查逊的小说艺术作了较为深刻的分析。他认为，《克拉丽莎》比《帕梅拉》写得更为出色，因为它不仅具有更多的人物和更精彩的描写，而且还使不同人物的书信体现出不同的语言风格。《伦敦杂志》于1749年2月刊登了一篇长达五页的关于《汤姆·琼斯》的评论文章。作者对这部小说的故事情节作了生动的介绍，同时根据菲尔丁的观点对"史诗型喜剧小说"的优点作了一番论述。以讨论文学作品为主的《每月评论》自1749年问世后几乎对每一部最新出版的重要小说都会加以介绍或评论。一位作者于1754年1月在该杂志上对理查逊的《格兰狄森》发表了较为中肯的见解。他在称赞这部小说所反映的情感和道德意义

1　Harry Blamires. *A History of Literary Criticism*. London: Macmillan, 1991, p.173.
2　Samuel Johnson, quoted from *The English Novel, 1700 to Fielding,* by Richard Kroll, London: Longman, 1998, p.72.
3　Samuel Johnson, quoted from *The History of English Criticism of Prose Fiction: from 1700 to 1800*, p.70.

的同时，对其冗长的篇幅、浮华的词藻、刻板的形式以及在描写上的自相矛盾等现象进行了严厉的批评。就总体而言，自18世纪下半叶起，英国评论家越来越重视对小说的评论。他们不仅将小说视为一种体面、独特而又有价值的文学体裁，而且对小说的艺术特征、故事情节、人物刻画和道德含义等表现了浓厚的兴趣。

18世纪末，有关罗曼司和小说的学术专著在英国陆续出版，从而为今后小说批评的发展奠定了重要的基础。在这些著作中，克莱拉·里夫（Clara Reeve，1729—1807）的《罗曼司的发展》（*Progress of Romance*，1785）和约翰·莫尔（John Moore，1729—1802）的《罗曼司的起源与发展》（*A View of the Commencement and Progress of Romance*，1797）在英国批评界具有一定的影响。在《罗曼司的发展》中，里夫追溯了英国散文叙事作品的起源和发展过程。像菲尔丁一样，她也将小说称作"散文史诗"（an Epic in Prose）。然而，与以往的批评家相比，她对小说的发展作了更为系统的阐述，并对小说与罗曼司之间的区别作了较为明确的解释：

> 小说是对现实生活、社会风尚和时代气息的反映，而罗曼司则以高雅和严肃的语言描述从未发生或不可能发生的事件。[1]

显然，里夫对小说和罗曼司的区分在当时属于一种较为先进和成熟的学术观点。此外，里夫对理查逊和菲尔丁的小说艺术也作了较为深刻的分析。她对理查逊小说的道德内涵以及对人物心理的描绘予以充分的肯定。同时，她对菲尔丁的幽默感和对现实生活的生动描绘也十分赞赏，但她对其小说在年轻人中可能产生的负面影响表示担忧。有趣的是，她称斯特恩的《项狄传》是"才智与幽默、理智与胡言以及混乱与放肆的大杂烩"。[2] 显然，里夫当时对斯特恩的实验小说缺乏足够的认识。

18世纪末的另一部重要批评著作《罗曼司的起源与发展》以十分有趣和令人信服的笔调描述了英国小说的起源与发展过程。该书的作者莫尔认为，意大利作家薄伽丘对英国散文叙事作品的发展具有重要的影响。在莫尔看来，薄伽丘的《十日谈》比在它之前的任何作品都更接近现代小说。像里夫一样，莫尔

1　Clara Reeve. *Progress of Romance*. London: G. G. J. and J. Robinson, 1785, p.111.

2　*The Works of John Moore*, ed. by Robert Anderson, Edinburgh: Stirling and Slade, 1820, V, p.58.

也对理查逊和菲尔丁的小说艺术作了较为深刻的分析。他认为理查逊对不同人物采用不同语言风格的手法值得称赞。他明确提出，理查逊的特殊才能"在于表现那些值得同情的人，也许他就借此来延长那些令人伤心的场面，直到读者的精神消耗殆尽和同情心完全占据统治地位为止"。[1]此外，莫尔对菲尔丁的幽默感以及他对生活的理解予以充分的肯定。他认为《汤姆·琼斯》的艺术手法的确不同凡响，菲尔丁在处理小说众多人物和复杂情节的过程中体现了高超的驾驭能力。莫尔对《汤姆·琼斯》的情节与结构的合理性和连贯性赞不绝口，"整个故事非常明确而又令人愉快地走向结局"。显然，18世纪末的评论家无论在对小说的认识程度还是在对小说的批评水准上均有了显著的提高。

应当指出，英国小说批评像小说艺术一样经历了一个从起源、形成、发展到成熟的漫长过程。1800年之前的小说批评也许只能算是英国小说批评史上的初级阶段。它既客观地反映了英国小说批评的起源与形成，也真实地记录一百多年中作家与批评家对外说艺术的认识过程。尽管这段时期的小说批评显得不够成熟，但它无疑为英国小说艺术的健康发展奠定了重要的基础。

第二节
19世纪小说批评对小说艺术的影响

如果说18世纪的小说批评在启蒙主义思想的影响下显得较为严肃和理性的话，那么，19世纪的浪漫主义思潮使小说批评不仅变得更加活泼，更富于情感和想象力，而且对小说艺术的发展产生了更加积极的影响。19世纪既是英国小说成熟和繁荣的时代，也是小说批评健康发展、日趋活跃的时代。由于英国小说家们"极大地丰富了小说的形式，因此这一文学样式正等待人们去发掘其各种艺术潜力"。[2]19世纪的小说真实地反映了英国的社会生活和时代气息，并生动地描述了乡绅和磨坊主，政客和市民，监狱和工场，学校和法院以及别墅和贫民窟等等。此外，维多利亚时代的感情与习俗，个人与社会以及理想主义与物质主义之间的冲突也在小说中得到了充分的展示。"当批评家们将注意力转向反映他们时代的小说时，不少新的原则或偏见，明鉴或愚蠢常常交织一

---

[1] *The Works of John Moore*, ed. by Robert Anderson, Edinburgh: Stirling and Slade, 1820, V, p.60.
[2] Harry Blamires, *A History of Literary Criticism*, p.260.

体，从而进一步增强了我们对这一时代的理解。"[1]

19世纪初，英国小说批评史翻开了新的一页。批评家们在对勃然兴起的浪漫主义诗歌评头论足的同时，对小说艺术也发表了不少中肯的见解。著名批评家威廉·赫兹里特（William Hazlitt，1778—1830）以其独特的审美意识对小说这一新兴文学体裁发表了个人的见解。在他看来，"《天路历程》和《鲁滨逊漂流记》等小说与诗歌最为接近。相反，理查逊则遭到了他的指责"。[2]他对理查逊笔下的女主人克拉丽莎的形象感到不满，认为"克拉丽莎，这位神圣的克拉丽莎，并不十分有趣。她只是在穿褶边裙、戴手套和拿着刺绣品时或在她的姑妈和舅舅的眼里才有趣。她只是在一切没趣的东西面前才有趣"。[3]不过，以评论诗歌见长的赫兹里特对理查逊小说的批评只是他本人的一孔之见，其观点并未得到批评家的普遍认同。

然而，在19世纪初，对小说艺术发表评论最多的莫过于著名小说家沃尔特·司各特。他不仅创作了一系列精彩生动的历史小说，而且在小说批评方面也显得十分活跃。司各特以小说家的目光来审视英国小说艺术，并经常在当时的《评论季刊》（Quarterly Review, founded in 1809）和《黑林》（Blackwood's, founded in 1817）等重要期刊上发表批评文章。司各特的《小说家评传》（The Lives of the Novelists, 1821）通常被认为是英国文学批评史上与约翰逊的《英国诗人评传》（Lives of the English Poets, 1781）同样重要的经典著作。司各特对理查逊、菲尔丁、斯摩莱特、斯特恩和奥斯丁等小说家进行了较为客观的评价。他认为，理查逊"也许是第一位极其大胆地摆脱罗曼司的俗套和触及人类心灵真实情感的小说家……理查逊完全有资格成为一种新的创作风格的发明者"。[4]但他同时对《格兰狄森》冗长的篇幅和乏味的说教毫不客气地进行了批评。司各特对菲尔丁的小说也予以充分的肯定。他明确提出："菲尔丁十分看重也许能被认为是他创立的那种艺术的尊严。他在将小说与史诗相比较方面向人们提出了挑战。"[5]就某些人对菲尔丁小说的粗俗现象的指责，司各特却不以为然。他认为读者"不会因为读了《汤姆·琼斯》就变

1　Harry Blamires, *A History of Literary Criticism*, p.260.

2　Ibid., p.240.

3　William Hazlitt, quoted from *A History of Literary Criticism*, p.240.

4　Walter Scott, *Novelists on Novelists*, p.185.

5　Ibid., p.106.

得放荡下流"。[1]在谈及斯特恩的实验小说《项狄传》时，司各特发表了十分中肯的见解："《项狄传》不是故事，而是许多情景、对话和描写的组合……它与一位充满幻想的收藏家建立的存放着许多奇特物品的哥特式房间十分相似。"[2]司各特认为，斯特恩的语言风格虽然有些"不切实际的华丽"，"但它同时显得极其有力和雄浑。在触及人类心灵的力量上从未有人超越他。"[3]要说有偏心的话，司各特对斯摩莱特的小说也许有些过誉之处。他不仅认为斯摩莱特在描写生活和塑造人物方面颇具匠心，而且还公开声称："我们不难认为斯摩莱特与其伟大的对手菲尔丁具有同等的地位。"[4]不言而喻，司各特是19世纪初英国最活跃的小说评论家之一。他的许多观点不仅反映了其本人作为一名小说家的真知灼见，而且对当时小说艺术的发展产生了重要的影响。

19世纪中叶，在卡莱尔（Thomas Carlyle，1795—1881）、罗斯金（John Ruskin，1819—1900）和阿诺德（Matthew Arnold，1822—1888）等著名批评家的影响下，英国小说批评取得了长足的发展。与此同时，小说批评的质量和水准也有了显著的提高。卡莱尔也许是19世纪中叶对司各特的历史小说最具有权威性的批评家。他认为："司各特的小说揭示了历史学家们未能揭示的一个事实：即在世界过去的历史上其实存在着无数活生生的人，而不是那些记在国家档案和备忘录中或具有争议的和抽象的人。"[5]卡莱尔曾于1838年在一本名为《伦敦和西敏寺评论》的杂志上发表了评论司各特的性格特征与小说创作的长篇文章，对他的艺术成就和不足之处作了较为详细的分析。他认为，司各特老于世故而又雄心勃勃，他的话无法振奋人心，而只能使那些俗气的人感到愉快。在他的小说中既没有什么了不起的观点、信念和原则，也没有什么真实的情感和疑虑。根据上述理由，卡莱尔拒绝用"伟大"两个字来形容司各特。然而，卡莱尔并不否认司各特在小说创作中所取得的艺术成就，称他的小说体现了一种健康的力量，他疾恶如仇、爱憎分明。在他看来，司各特洋洋洒洒的历史小说比历史学家们的著作不仅更加生动有趣，而且揭示了更加丰富的历史内容。显然，卡莱尔对司各特的评价较为客观，不仅对当时的小说创作具有一定

---

1 Walter Scott, quoted from *A History of Literary Criticism*, p.253.
2 Walter Scott, *Novelists on Novelists*, p.213.
3 Ibid., p.213.
4 Ibid., p.205.
5 Thomas Carlyle, quoted from *A History of Literary Criticism*, p.263.

的指导意义，而且对今天的读者依然具有一定的参考价值。

随着狄更斯和萨克雷等现实主义作家在英国社会的影响越来越大，批评家对他们的小说纷纷作出了反应。以酷爱"真理"和美学著称的罗斯金对19世纪中叶崛起的现实主义小说不仅感到疑虑，而且还对那些供人在火车上阅读的描写长着黑斑和脓疱的坏蛋的小说严加谴责。在他那些具有特殊情感的文论中不时流露出他对现实主义小说的担忧。他认为，虽然狄更斯对生活的描绘非常真实，但他的讽刺和幽默却十分粗俗。他担心狄更斯的夸张手法会使其丧失社会宣传家和改良家的作用。罗斯金还对乔治·艾略特的小说进行了严厉的批评。他认为，"《弗洛斯河上的磨坊》是现存的研究（黑斑和脓疱等）皮肤病的最佳范例。在这部小说中没有一个人物对世界上任何人（除了对他们本人之外）具有哪怕是最起码的意义"。[1]显然，罗斯金的观点在一定程度上反映了一个唯美主义者对现实主义小说艺术的偏见。然而，19世纪中叶的另一位具有权威的批评家阿诺德则对当时的现实主义小说表现出较为宽容的态度。他认为，批评家不应具有个人偏见，而应重视自己批评的质量和独创性。正当人们对狄更斯小说中的漫画式描写争论不休时，阿诺德却并不愿卷入其中，而是对文学批评的目的、意义和价值进行系统的阐述。从某种意义上来说，阿诺德的文学批评理论对维多利亚时代英国小说批评的深入发展具有积极的促进作用。

19世纪下半叶，随着现实主义小说的日益繁荣，英国批评家们也显得异常活跃。与此同时，种类繁多的文学期刊也竞相问世，从而使小说艺术得到更加广泛的讨论。一位名叫乔治·刘易斯（George Henry Lewes，1817—1879）的评论家曾在《评论季刊》和《爱丁堡评论》（*Edinburgh Review*，founded in 1802）等杂志上定期发表关于小说艺术的批评文章。刘易斯对狄更斯的漫画式讽刺颇有微词。他曾于1872年2月撰文指出：狄更斯笔下的形象仅仅是些面具，不是人物，而是性格的拟人化、讽刺性漫画和对人性的歪曲。刘易斯认为，狄更斯钻了普通读者缺乏思考能力的空子。在一个孩子看来，他自己的木马要比画中精确描绘的马更加可信。"可以说狄更斯的人物也是木头的，而且带有轮子。"[2]尽管刘易斯曾对萨克雷小说中"强烈的现实感"表示首肯，但他认为萨克雷将真诚与关爱描写为生活中的偶然现象而不是基本现象的创作行

1　John Ruskin, quoted from *A History of Literary Criticism*, p.267.

2　G. H. Lewes, quoted from *A History of Literary Criticism*, p.276.

为是反艺术和反人性的,并对此进行了严厉的指责。显然,刘易斯对维多利亚时代的现实主义大师非但没有表示任何敬意,而且还毫不客气地加以批评,从而使自己成为当时最刻薄的批评家之一。相比之下,同时代其他批评家的态度与口气显得较为温和。批评家哈丽特·马蒂诺(Harriet Martineau,1802—1876)对狄更斯在小说中所表现出的观察力、幽默感和同情心予以充分的肯定,但她对狄更斯小说人物的真实性及其世界观的可靠性表示怀疑。而另一位较有影响的评论家沃尔特·贝吉霍特(Walter Bagehot,1826—1877)则对狄更斯和萨克雷等作家的创作情感进行了深入的探讨。他认为狄更斯在描绘社会黑暗与邪恶时在情感上体现了极端主义的倾向,并将其实可以消除的邪恶描写成完全不可避免的现象。此外,贝吉霍特还批评萨克雷"过于关注社会不公现象",并认为这在一定程度上影响了其小说的艺术感染力。显然,维多利亚时代的批评家大都性情坦率,快言快语,从而营造了一种较为民主的批评氛围。

引人注目的是,维多利亚时代的许多小说家也对小说艺术发表了不少真知灼见。他们根据各自的审美意识和创作经验对18世纪以来的小说畅所欲言,评头论足,这不仅对英国小说艺术批评起到了推波助澜的作用,而且对小说艺术的发展产生了积极的影响。与乔治·艾略特有些交往的狄更斯对她的小说艺术予以较高的评价。他认为艾略特笔下的女性人物刻画得非常成功,"比男性人物更加生动,内心展示得更加充分"。[1]狄更斯对《亚当·比德》爱不释手,认为它所描写的农村生活真实可信,而且作者的艺术手法也相当精湛,因此"无论怎样称赞它都不会过分"。[2]像狄更斯一样,著名现实主义小说家萨克雷也大力提携同时代的女作家。他多次称赞夏洛蒂·勃朗特的艺术风格,尤其对《简·爱》更是赞不绝口:"这是一部杰作,男女主人公都很棒,风格大方,笔力强劲……有些关于爱情的片段催人泪下……《简·爱》既使我深受感动,又使我感到愉快。"[3]萨克雷深有感触地说:"读《简·爱》时的那种欣喜、美妙和愉快的感觉我记忆犹新。作者将这部小说赠送给我,当时我连作者的姓名和性别都不知道。这部小说有一种特殊的魅力,尽管我自己的工作已压得我

---

1 Charles Dickens, *Novelists on Novelists*, p.81.
2 Ibid., p.82.
3 William Thackeray, *Novelists on.Novelists*, p.27.

够呛，但这部小说使我爱不释手。"[1]显然，狄更斯和萨克雷两位文学大师均对同时代的女作家表现出十分友好的态度，并对她们的小说艺术作了较高的评价。这无疑是对在男权统治的社会中从事文学创作的女性作家的热情支持与鼓励，同时也对她们的艺术发展产生了一定的催化作用。

同样，19世纪的女作家在小说批评方面也不甘寂寞。她们勇敢地摒弃了英国社会男尊女卑的世俗观念，不仅以自己的艺术才华和执着努力跻身文坛，而且还对男作家的小说艺术直抒己见，从而进一步活跃了小说批评的气氛。简·奥斯丁对同时代的司各特卷帙浩繁的历史小说似乎不敢恭维。她认为司各特的小说内容乏味，人物呆板，并直言不讳地指出："沃尔特·司各特并没有写小说，尤其是好小说。"[2]然而，与奥斯丁相反，勃朗特却给予司各特很高的评价："司各特不仅体现出对人性的深刻理解，而且在描述他的认识方面展示了令人惊讶的技能，从而使别人能分享他的知识。"[3]勃朗特甚至认为："在小说方面，光读司各特的作品就够了，在他之后发表的所有小说都毫无价值。"[4]引人注目的是，勃朗特与奥斯丁对司各特的评价可谓大相径庭。这无疑表明，作家互相之间的评价与其说遵循了某种客观的批评标准，倒不如说反映了他们个人对小说艺术所持的审美观念。难怪勃朗特对奥斯丁的小说艺术也提出了尖锐的批评："她将那些有教养的英国人在生活中的表面现象描写得相当不错……但她对他们的情感一无所知……她所关注的不是人的心灵，而是人的眼睛、嘴、手和脚。"[5]19世纪的另一位杰出女作家乔治·艾略特也对同时代的男作家发表了不少评论。她认为，狄更斯是"一名伟大的小说家"，他将同时代英国人的外表特征和举止言行描绘得淋漓尽致。但艾略特同时指出："如果他能以同样的语言方式和真实性向我们展示其人物的心理特征，那么，他的小说将成为迄今为止对唤起社会同情的艺术所作出的最伟大的贡献。"[6]显然，19世纪的女作家以特殊的目光审视英国小说艺术，她们的不少观点在今天依然具有重要的参考价值。此外，安东尼·特罗洛普也是维多利亚时代对小

1　William Thackeray, *Novelists on Novelists*, p.29.

2　Jane Austen, *Novelists on. Novelists*, p.191.

3　Charlotte Brontë, *Novelists on Novelists*, p.192.

4　Ibid., 192.

5　Ibid., p.4.

6　George Eliot, *Novelists on Novelists*, p.65.

说艺术较为关注并在小说批评方面表现较为活跃的一位小说家。像狄更斯和萨克雷一样，特罗洛普对女作家也表现出较为友好与宽容的态度。他认为奥斯丁的《傲慢与偏见》是"英语中最佳的小说"，但他对《埃玛》却评价不高，认为它"非常乏味"，其中的对话"过于冗长"。特罗洛普对勃朗特的小说艺术予以充分的肯定，并十分坦率地表示："我倾向于将勃朗特小姐排在很高的地位。我知道没有什么比她在《简·爱》中对罗切斯特和女教师两个人物的描写更有趣的了。"[1]他对勃朗特的另外两部小说《雪莉》和《维莱特》也给予较高的评价。他认为，虽然这两部小说描写的情景不如《简·爱》那样有趣，但它们所表现的生活非常自然和逼真。然而，特罗洛普对狄更斯的人格和小说艺术却颇有微词。他认为狄更斯虽然才华出众，富于幽默感，但他傲慢自负，总认为自己在周围的人眼里是上帝。不仅如此，特罗洛普对狄更斯的语言风格也表示不满，认为它"佶屈聱牙，不合文法"。在评论萨克雷的小说时，特罗洛普似乎表现出他本人对小说的故事情节和道德含义的讲究。他认为，《艾斯蒙德》是萨克雷最优秀的作品，因为它叙述了一个令人伤心的故事。在他看来，萨克雷的其他小说仅仅描写了一些事件和人物的回忆，而未能对它们进行生动的叙述。不过，"它们的意图达到了，而且道德含义也得到充分的揭示"。[2]

19世纪末，现实主义小说家乔治·梅瑞狄斯（George Meredith，1828—1909）对喜剧小说的艺术风格发表了一系列十分中肯的见解，从而成为英国文学批评界一位十分引人注目的人物。他于1877年在伦敦发表了"关于喜剧观点和喜剧精神的运用"的演说之后名声大振。在梅瑞狄斯看来，真正的喜剧精神是充满才智的，而不是感伤的。他将菲尔丁、哥尔斯密和奥斯丁等作家都排在"令人愉快的喜剧作家"之列。他认为菲尔丁在小说的叙述和对话方面都是一位喜剧大师，但他觉得斯特恩的幽默和喜剧却体现了某种感伤情绪。此外，梅瑞狄斯称萨克雷是他所知道的最完美的散文作家，但他同时又批评萨克雷在创作中过于依赖人物的现象。在谈及特罗洛普的小说时，梅瑞狄斯明确表示："特罗洛普先生似乎缺乏那种使其成为一名伟大小说家的素质。他不太描述人的情感世界。"[3]显然，梅瑞狄斯在19世纪末以一位资深作家的身份对英国小

---

[1] Anthony Trollope, *Novelists on Novelists*, p.29.
[2] Ibid., p.227.
[3] George Meredith, *Novelists on Novelists*, p.236.

说艺术发表了不少中肯的见解，对当时的小说创作产生了较为积极的影响。

应当指出，英国19世纪的小说批评对小说艺术的影响体现了两个显著的特点。一是对小说艺术的评论较为分散，众说纷纭，各抒己见，而且尚未建立一种对小说艺术具有指导意义的系统的批评理论或标准。二是小说家互相之间评头论足的现象十分明显。正如一位英国学者所说："在18世纪，批评在一个受理智支配的公众领域中获得了合法的地位……而19世纪则目睹了这种公众领域的消失和批评家相应的孤立地位。"[1]然而，与18世纪相比，19世纪的英国小说批评不仅显得更加活跃，而且在批评的质量和水准上均有了显著的提高。不仅如此，19世纪的小说家主动参与小说批评无疑为后人树立了良好的榜样，使20世纪的小说家纷纷效法前贤，从而对小说艺术的发展产生了积极的促进作用。

第三节
现代英国小说批评理论与小说艺术

20世纪是英国小说艺术变化最大、样式最多和发展最快的时代，同时也是小说批评著作相压、学说纷呈和理论更迭的时代。随着现代主义及后现代主义等文学思潮的风起云涌，现代英国小说批评理论也呈现出多元发展的倾向。如果说19世纪的英国小说批评好像是偶发、分散和零星的游击战，那么，在20世纪，它已成为由集团军参战的大规模战役。"在1890年之后的这个世纪中，文学批评和理论发生了显著的变化。原先只有在几个大城市中的几十个绅士般的业余批评家和报刊记者所追求的事业变成了一种由全球范围内学术界和出版界的成千上万个集团组成的并与无数专业杂志和国际会议联网的行业。"[2]不仅如此，原先使维多利亚时代一般有教养的读者喜闻乐见的批评语言和方法也变成了专家学者的专业术语和理论工具。现代文学批评不仅对哲学、历史学和心理学等与之竞争的学科产生了重要的影响（并使它们险些被归入"虚构的文本"之列），而且异峰突起，并逐渐成为同自己长期以来一直谦卑地服务的创造性文学一样体面的学科。尽管当今西方批评界五花八门的专用名词和批评术

1　Gary Day, ed. *The British Critical Tradition*. London: Macmillan, 1993, p.1.
2　Chris Baldick. *Criticism and Literary Theory: 1890 to the Present*. London: Longman, 1996, p.1.

语常常使读者感到眼花缭乱，或那些有关"批评的批评"和"理论的理论"难免使读者不知所云，但现代英国小说批评理论的发展脉络还算比较清晰，并对小说艺术的发展产生了重要的影响。

20世纪初，正当现代主义思潮席卷欧美大陆之际，英国小说批评也取得了可喜的发展。著名小说家亨利·詹姆斯从19世纪末开始发表的一系列有关小说创作的文论在英国批评界产生了重要的影响。尽管19世纪的小说创作呈现出一片繁荣的景象，但英国小说批评在发展上却相对滞后，而且与有关悲剧和史诗的批评也不可相提并论。"正是这位移居英国的美国小说家亨利·詹姆斯发现了这种缺陷并试图进行弥补。"[1]自19世纪80年代起，詹姆斯相继发表了《小说的艺术》（*The Art of Fiction*, 1884）、《小说的未来》（*The Future of the Novel*, 1899）和《新小说》（*The New Novel*, 1914）等重要文论，对现代英国小说批评理论的发展起到了积极的推动作用。

詹姆斯在他的文论中首次对英国小说艺术进行了深入的探讨。在《小说的艺术》一文中，他明确指出："一部小说存在的唯一理由在于它的确试图表现生活。"[2]詹姆斯将小说家与画家作了精彩的比较：他们具有同样的灵感和同样的创作过程（尽管采用不同的创作工具），他们从事的是同样的事业。"如果图画是现实，那么小说是历史。这是我们对小说的唯一概况性描述（这对它是恰如其分的），而历史同样可以表现生活。"[3]詹姆斯严厉批评了安东尼·特罗洛普的小说，认为它们不仅缺乏表现生活的能力，而且在读者面前"装腔作势"。在詹姆斯看来，特罗洛普对小说这种神圣的艺术形式的背叛是"一种犯罪行为"。詹姆斯坚持认为，"根据最广泛的定义，一部小说是作家个人对生活的直接印象。这首先构成了它的价值，而价值的大小则取决于印象的强度"。[4]此外，詹姆斯认为，小说还必须生动有趣。"在我看来，取得这种结果的方式不计其数。"[5]他一再强调，小说家应高度关注小说的艺术形式，选择有效的方式来表现主题，并努力追求整部作品的内在和谐与统一。对此他明确指出：

1　Harry Blamires, *A History of Literary Criticism*, p.302.
2　Henry James. "The Art of Fiction", *Henry James' Selected Literary Criticism*, ed. by Morris Shapira. London: Heinemann, 1963, p.50.
3　Ibid., p.51.
4　Ibid., p.54.
5　Ibid., p:54.

> 一部小说是一种活的生命体，它像其他生命体一样，是一个不断运动的整体。当它存在时，我认为人们会发现，其中的每个部分与其他部分都是彼此相连，互相交融的。[1]

此外，詹姆斯对故事与小说之间的关系以及小说的道德作用等问题也作了深入的探讨。不言而喻，《小说的艺术》是英国小说家发表的第一篇全面系统地阐述小说创作的文章。它不仅在英国小说批评史上具有特殊的意义，而且对现代小说理论的发展也产生了重要的影响。

1899年，站在世纪尽头的詹姆斯对小说在新世纪的发展前景进行了展望。在《小说的未来》一文中，他对英国小说取得的艺术成就感到十分自豪，称英国小说的发展速度是惊人的，这种发展超越了早期所有人的预料。作者十分感慨地说："的确，小说很晚才获得了自我意识，但自那以后它尽力弥补了失去的机会。"[2]他认为，如果小说家时刻牢记读者对现实生活的兴趣，他就应该尽力去满足他们的需要。詹姆斯认为，小说的未来是美好的，新世纪供小说家选择的题材将会更加丰富。"小说充满了各种画面，它内容最丰富，且最富于弹性，它可以向任何方向发展，并完全能接纳任何东西。"[3]此刻，詹姆斯已经感受到了现代主义的气息，他大胆地向同时代的小说家提出内省的口号："小说所需的是题材和作家。至于题材，妙极了，它拥有人类的全部意识。"[4]显然，詹姆斯在世纪之交对未来小说的预言不但具有一定的前瞻性，而且对现代小说的实验与革新起到了推波助澜的作用。

在他的整个创作生涯中，詹姆斯以小说家的身份对英国小说艺术发表了一系列精辟的论断和中肯的见解。在1914年发表的《新小说》中，詹姆斯不仅对"年轻一代"的小说家纷纷跻身文坛感到欣慰，而且对层出不穷的"新小说"表示密切的关注。但他同时指出，英国批评界对这些"新小说"的反应相当迟钝，"我们注意到，从未有过如此大量的文学作品……能够生存和大批量地涌现而未引起批评界关注的现象"。[5]他呼吁英国的批评家应肩负起责任，对

---

1 Henry James. "The Art of Fiction", *Henry James' Selected Literary Criticism*, ed. by Morris Shapira. London: Heinemann, 1963, p.58.

2 Henry James, "The Future of the Novel", *Henry James' Selected Literary Criticism*, p.180.

3 Ibid., p.182.

4 Ibid., p.182.

5 Ibid., p.311.

20世纪的"新小说"作出积极的反应。当然,詹姆斯并不认为小说因缺乏理论上的讨论而成为一种低级的文学形式。恰恰相反,他认为这些"新小说"有许多不同凡响之处,确实应引起批评家的高度重视。作为一名小说家,詹姆斯在他许多小说的"前言"中对小说艺术进行了深刻的阐述。他认为,生活是无序的,并始终处于动态之中,各种经验和关系会永不休止地发展和延续。因此,小说家在创作中应注重各种材料的区分和选择,并努力塑造完整和丰满的生活形象。从某种意义上来说,詹姆斯为其小说撰写的一系列"前言"代表了他小说理论的核心。这些"前言"不仅让读者进一步了解小说家的构思过程,而且在小说理论上也有所突破。在《淑女画像》的"前言"中,詹姆斯生动地阐述了小说家从获得灵感到付诸实践的过程。他认为,作家不必采取全知叙述,而应选择小说中感受最深的某个人物充当叙述者,一切描述都从这个角色的意识中心出发,通过他的观察、认识与感受来反映生活,从而增强作品的真实感。在他看来,尽管一个无所不知、无时不在的全知叙述者具有通晓全局、洞察一切的优点,但这也容易使小说产生缺乏直接感和真实感等弊端。他坚持认为,真实感是一部小说能够出神入化、达到高超境界的重要前提。在《奉使记》的"前言"中,詹姆斯风趣地说:"书中有一个关于人物的故事,然后,由于事情之间存在密切联系,其中还有一个关于故事本身的故事。"其言外之意不难理解,这部小说不但具有自己的主题,而且还在一定程度上向读者展示了小说家的构思与创作过程。此外,詹姆斯对乔治·艾略特、威尔斯和贝内特等作家的小说也发表了自己的独特见解,并且在批评界引起了一定的反响,但同时也遭到了威尔斯等传统小说家的反击。詹姆斯不仅是现代英国文坛的一位重要小说家,而且也是现代小说批评史上一位举足轻重的人物。正如著名批评家利维斯(F.R. Leavis, 1895—1978)指出:近几年来,詹姆斯作为批评家已经步入了经典人物的行列。他的学术著作甚至已经成为那些准备参加有关文学理论考试的英语系学生的必读对象。

　　第一次世界大战之后,现代主义文学运动声势浩大,小说创作空前繁荣,英国小说批评也随之取得了迅速的发展。"两次大战期间,不仅小说艺术形式的实验在乔伊斯、伍尔夫、劳伦斯及其他作家的努力下取得了显著的成就,而且小说理论也得到了长足的发展。"[1]当时,许多重要小说家纷纷对小说创

1　Chris Baldick. *Criticism and Literary Theory: 1890 to the Present*. London: Longman, 1996, p.97.

作发表评论，向读者开怀畅谈他们的创作感受。福特·麦道克斯·福特便是一位十分活跃的小说家和批评家。他不仅是《英国文学评论》（*The English Review*, founded in 1908）杂志的创始人，而且还为劳伦斯等一批年轻作家发表新作提供了热情的帮助。福特在许多著名杂志上频频亮相，对现代英国小说发表了许多颇有独创见地的批评文章。他还撰写了《亨利·詹姆斯批评研究》（*Henry James: A Critical Study*, 1913）和《对约瑟夫·康拉德的个人回忆》（*Joseph Conrad: A Personal Rememberance*, 1924）等重要著作。福特的批评文章不仅生动活泼，笔力强劲，而且观点鲜明。他经常对威尔斯和贝内特等传统作家的小说提出尖锐的批评，认为它们形式刻板，缺乏活力。他在谈论贝内特的小说《摄政者》（*The Regent*, 1913）时指出："我不明白为何贝内特要写这样的作品，难道为了履行合同？为了完成他那二十五万英镑的基金？或者为了在他的书籍中再增加一本？"[1]福特认为，小说必须像生活那样对读者产生影响。因为生活并不以有序的形式展示在人们面前，所以小说应逐渐地、曲折地将读者引入它所描写的人物的秘密之中。"小说家的任务是让读者彻底忘掉作者的存在，甚至忘掉他是在阅读小说。"[2]显然，福特的意图是让读者自觉地沉浸在文本的复杂形象和关系之中。在他看来，现代小说不仅拥有巨大的艺术潜力，而且"绝对是反映当代思维的唯一工具"。[3]但他同时指出："作为小说家，你唯一不能做的是为任何事业当吹鼓手。"[4]不言而喻，福特的小说理论体现了他的独特见解，并且对20世纪初的小说创作具有一定的指导意义。

现代意识流文学大师乔伊斯虽然不像詹姆斯和福特等小说家那样写过大量的批评文章，但他对英国小说艺术也曾发表过一些中肯的见解。作为一名举世公认的小说家，乔伊斯无疑具有自己的美学原则和艺术标准。在《青年艺术家的肖像》中，他借主人公斯蒂芬之口明确地表达了自己的观点："像造物主一样，艺术家隐匿于他的作品之内、之后或之外，无影无踪，超然物外。"[5]显然，乔伊斯不仅反对作家介入小说，或使小说情绪化、个性化，而且也反对作家对人物评头论足或公开发表道德见解。他极力强调小说家在艺术上的独立性

1　Ford Madox, quoted from *A History of Literary Criticism*, p.315.

2　Ibid., p.315.

3　Ibid., p.316.

4　Ibid., p.316.

5　James Joyce. *The Portable James Joyce*. New York: The Viking Press, 1955, pp.481—482.

以及在创作过程中无动于衷、不偏不倚的超然态度。此外，乔伊斯还借主人公斯蒂芬之口表明了艺术美的三个条件：即"完整、和谐与辐射"。在他看来，这三个条件不仅是审美过程中的三个不同阶段，而且互相联系，密不可分。"完整、和谐与辐射"是小说从内部结构到外部形式达到完美的静态平衡的重要前提。小说家只有按照这种审美原则来构思作品才能获得艺术上的统一。与其他小说家不同的是，乔伊斯不仅从亚里士多德、阿奎那（Thomas Aquinas，1225—1274）和维科等人的经典学说中摄取了可资借鉴的理论，而且还将经典学说、现代思想和个人智慧巧妙地结合起来，从而构成了自己的小说理论和艺术体系。

英国著名意识流小说家伍尔夫对现代小说批评理论的发展同样作出了重要的贡献。她不仅是20世纪英国最杰出的女作家，而且也是最卓越的女评论家。伍尔夫一生共发表了三百多篇随笔、书评和论文，对现代小说的实验与革新问题作了较为全面的阐述。像詹姆斯一样，她也与威尔斯和贝内特等传统作家展开了激烈的论战，对他们保守、刻板和陈旧的创作方式提出了猛烈的挑战。她将这些大文豪称为"物质主义者"，认为他们的小说只反映外部世界和生活表象，而无法揭示现代人的精神世界和心理结构。伍尔夫于1925年发表了英国小说批评史上具有里程碑意义的《现代小说》（*Modern Fiction*）一文，公开向同时代的小说家提出"向内心看看"和"考察一下一个普通的日子里一个普通人的头脑"的艺术口号。在《贝内特先生和布朗太太》（*Mr. Bennett and Mrs. Brown*，1924）一文中，她对爱德华时代的"物质主义者"进行了严厉的指责，称他们：

> 制造了工具并订立了服务于他们使命的章法，他们的使命不是我们的使命。对我们来说，这些章法意味着毁灭，这些工具等于死亡。[1]

伍尔夫认为，现代小说家应遵循重精神、轻物质，重主观感受、轻客观事物以及重心理时间、轻钟表时间的创作原则。小说家不能向读者展示一本记录繁琐和细碎事物的流水账，而应以透视的方式来表现人物变化无常、飘忽不定的感性生活。伍尔夫对乔伊斯"偏重精神"的创作手法予以充分的肯定，认为

1　Virginia Woolf. *Collected Essays*. London: Hogarth Press, Vol. 1, 1966, p.325.

他的小说与传统小说截然不同。她对《尤利西斯》赞叹不已，声称"如果我们想要生活，生活在此无疑"。不言而喻，伍尔夫的小说理论不但使她本人的创作出现了重大的转折，而且对现代主义小说的蓬勃发展产生了积极的推动作用。

与伍尔夫同属"布鲁姆斯伯里文学团体"（The Bloomsbury Group）且被她视为同类的福斯特也是现代英国小说批评史上的一位重要人物。自20年代起，福斯特发表了大量的文论，对小说艺术进行了全面的论述。他于1927年发表的《小说面面观》是20世纪最重要的小说批评论著之一。书中收集了作者于1927年春天在剑桥大学三一学院所作的有关小说创作的系列讲稿。在这部"以非正式的甚至是谈话式的口吻写的"著作中，作者以小说家的身份开怀畅谈了本人创作实践的甘苦之言和关于小说艺术的真知灼见。《小说面面观》共分九章，分别讨论了小说的故事、人物、情节、幻觉、预言、形式和节奏等要素。在谈及人物时，福斯特首次提出人物有"扁形"和"圆形"之分的观点。他将作品中仅具有一种性格或气质且从头到尾没有变化的人物视为"扁形"人物，而那些感情丰富、性格复杂、具有立体感，并随着故事的发展而变化的人物则是"圆形"人物。福斯特认为，小说家只有学会塑造"圆形"人物，并使其与"扁形"人物巧妙地结合起来才能获得理想的艺术效果。"小说的特殊性在于作者既能描写他的人物，又能透视他的人物，或者让我们倾听人物的自言自语。作者应能让人物自我交流，并能从这一层面上潜得更深，从而窥视人物的潜意识领域。"[1]在谈到时间时，福斯特主张小说家应摆脱钟表时间的束缚，充分发挥自己的艺术想象力和对时间的驾驭能力。他明确提出："钟表时间是《老妇谭》真正的主人公……尽管这部小说写得很棒，很坦诚，读起来令人伤感，但它却不是一部伟大的杰作。"[2]福斯特在他的著作中对小说的形式进行了充分的阐述。在他看来，"形式是小说的一种美学现象"，[3]它比故事情节更加重要。此外，他还充分强调了小说形式的扩展性："扩展，而不是结束，这是小说家必须坚持的观点。不要终结，而要开放。"[4]显然，福斯特的小说

1　E. M. Forster. *Aspects of the Novel*. London: Hodder&Stoughton, 1972, p.58.

2　Ibid., p.26.

3　Ibid., p.104.

4　Ibid., p.116.

理论在当时具有一定的代表性。它不仅反映了现代主义小说家的基本创作立场，而且对现代英国小说艺术的发展具有重要的指导意义。

正当福斯特在剑桥大学对他的听众畅谈小说艺术时，劳伦斯也正在以强烈的措辞为对人们的生活方式具有重要影响的小说进行辩护。自20年代起，劳伦斯相继发表了《道德与小说》（*Morality and the Novel*，1925）、《小说》（*The Novel*，1925）和《小说为何重要》（*Why the Novel Matters*，1936）等批评文章，在英国小说界和批评界均产生了一定的反响。劳伦斯认为，艺术旨在揭示人与世界之间的关系，"小说是人类所发明的用于揭示各种微妙关系的最高形式"。[1]在他看来，小说之所以在道德上具有优越性是因为它承认任何东西在它自己的时空和条件下都是真实的，而超越了它的时空和条件则是虚假的。他认为，小说家之所以了不起是因为他能描述一切。此外，劳伦斯还将性和性关系视为小说的重要题材，并为自己小说中大量的性描写进行了辩护："性与美是同一的，就如同火焰与火一样。如果你恨性，你就是恨美。如果你爱活生生的美，那么你就会对性抱以尊重。"[2]劳伦斯认为，小说能够教导人们如何克服陈旧的善与恶的观念而去加倍地热爱生活。尽管劳伦斯的观点有时令人感到窘迫和尴尬，但他似乎比那些夸夸其谈的批评家在捍卫小说的尊严方面显得更加坚决。

如果说英国小说家在20世纪初对小说的批评表现得异常活跃的话，那么同时代的批评家也对小说艺术发表了许多独特见解。引人注目的是，一部分批评家对小说的语言产生了浓厚的兴趣，并认为它为小说研究提供了一条新的途径。1926年，一位名叫里克沃德（H.H. Rickword）的批评家连续发表了两篇文章，对建立在人物、情节、形式和叙述基础上的小说批评提出了质疑。作者认为，这种批评过于抽象，评论家应该关注小说中客观具体和实实在在的语言。著名批评家F·R·利维斯对此表示赞赏，在他主编的《关于批评标准》（*Towards Standards of Crititicism*，1933）一书中收录了里克沃德的文章，并声称它们为转向对小说语言的研究新方向提供了基础。利维斯明确指出：

> 像一首诗歌一样，一部小说也是由语言构成的，除此之外人们没

---

1 D. H. Lawrence, quoted from *A History of Literary Criticism*, p.320.
2 摘引自《劳伦斯随笔集》，黑马译，海天出版社，1993年，第34页。

有其他可针对的东西。我们可以说一位小说家"塑造了人物",但这种塑造的过程,是组合词汇的过程。我们可以讨论他的"洞察力",但我们对其作品能作出的唯一评判涉及词汇的特殊运用。就此而言,批评首先是(而且永远是)一个感受问题,即对书页上的词汇作出敏感的反应和确切的分析。[1]

显然,利维斯认为,批评家也能像讨论诗歌那样从语言节奏和语体风格方面来评论小说。在他看来,在诗歌、戏剧和小说(尤其是现代主义"诗化"小说)之间存在着许多共同之处。

20世纪30年代,当F·R·利维斯在对经典诗歌不断发表评论的同时,他的太太Q·D·利维斯从社会学的角度追溯了阅读小说的历史以及"广大读者"逐渐分化为"有文化素养"(highbrow)和"无文化素养"(lowbrow)两大类的演变过程。尽管她也认为批评家能像探讨诗歌那样来评论小说,但她似乎比她丈夫更清楚地意识到其中的难度。在Q·D·利维斯看来,优秀的现代小说在结构上大都具有诗化的特征,但一部小说成功与否不是取决于手法而是取决于小说家的思维质量。批评家可以从小说语言的习惯和节奏来判断小说家的思维质量。此外,Q·D·利维斯还将现代通俗小说和福斯特的《印度之行》中的片段作了分析与比较,并以此来揭示两者在艺术上的区别以及读者可能对它们作出的不同反应。

20世纪30年代,对英国小说批评理论作出特殊贡献的另一位评论家是埃德蒙·威尔逊(Edmund Wilson,1895—1972)。他的名著《阿克瑟的城堡》(*Axel's Castle*,1931)不仅对当时的小说批评具有重要的指导意义,而且对小说艺术的发展也产生了一定的影响。威尔逊将乔伊斯的《尤利西斯》视为现代小说的样板,这不仅使众多的现代主义作家免遭中伤,而且也为批评界如何评价现代主义小说奠定了基调。此外,威尔逊对狄更斯的小说作了深入的探讨,对进一步提高这位现实主义大师在20世纪的声誉具有重要的作用。威尔逊首次对狄更斯的《荒凉山庄》和《我们共同的朋友》等小说中的象征主义手法进行了详细的分析,并将他同卡夫卡等现代派作家进行了比较,从而使狄更斯成为象征主义运动中一位令人尊敬的艺术前辈。

1　F.R. Leavis, quoted from *Criticism and Literary Theory: 1890 to the Present*, p.103.

20世纪40年代，向来对诗歌批评情有独钟的F·R·利维斯毅然转向了小说批评。有的学者认为，他的论著《伟大的传统》（*The Great Tradition*，1948）在英国小说批评史上的地位可与塞缪尔·约翰逊的《英国诗人评传》和马修·阿诺德的《批评文论》（*Essays in Criticism*，1865）相提并论。继亨利·詹姆斯之后，利维斯再次引发了批评界对小说艺术的浓厚兴趣和高度关注。他首次提出了英国19世纪诗歌的艺术能量已经转入小说的观点，并对艾略特、詹姆斯、康拉德和劳伦斯等作家的小说予以高度的评价。利维斯认为，文学批评在一个充满危机的时代中对挽救人们的生活质量具有重要的作用。研究过去的文学作品有助于加强人们的传统意识和民族文化心理。在《伟大的传统》中，利维斯将詹姆斯称作一位"诗人小说家"（a poet-novelist），因为詹姆斯的小说艺术不仅发自于他本人的心灵深处，而且也使读者的心灵深受启迪。然而，利维斯认为，一个小说家是否伟大不在于他的艺术形式而在于他的道德影响。因此在他看来，康拉德比福楼拜更伟大。利维斯的另一部著作《共同的追求》（*The Common Pursuit*, 1952）在批评界也颇有影响。在书中他对17世纪以来的一些重要小说家及其作品进行了详细的介绍和精辟的分析。尽管利维斯在批评时的严厉态度和好斗情绪曾遭到许多人的谴责，但他无疑是现代英国文学批评史上一位颇有影响的人物。

20世纪五六十年代，英国小说批评摆脱了战争期间不景气的局面而出现了较快的发展。"在战后二十年中，无论在理论研究还是在对具体作家的研究上，人们对小说批评的兴趣显著提高。"[1]在此期间，批评家大都对长期以来困扰小说批评的一个根本问题展开讨论：即詹姆斯所强调的艺术形式和威尔斯所关注的生活经验之间的冲突。与此同时，一批具有很高学术价值和重要影响的批评著作竞相问世，其中包括多萝西·范格恩特（Dorothy Van Ghent，1907—1967）的《英国小说的形式与功能》（*The English Novel: Form and Function*，1953）、沃尔特·艾伦的《英国小说》（*The English Novel*，1954）、F.R.利维斯的《小说家D.H.劳伦斯》（*D.H.Lawrence: Novelist*，1955）、伊恩·瓦特（Ian Watt）的《小说的兴起》（*The Rise of the Novel*，1957）、韦恩·布斯（Wayne C.Booth，1921—2005）的《小说的修辞》（*The Rhetoric of Fiction*，1961）和哈维（W.J.Harvey）的《人物与小说》

1　Chris Baldick, *Criticism and Literary Theory: 1890 to the Present*, p.144.

(*Character and the Novel*, 1965）等重要著作。范格恩特认为，"我们不能将作家对生活及其价值和意义的看法同文学作品的美学结构分隔开来"。[1]在她看来，虽然小说包含了作家的道德观和人生观，但这些都隐埋在他的小说世界中。只有当小说获得艺术上的和谐与统一时，他的世界观对我们才具有意义。沃尔特·艾伦在他的著作中追溯了英国小说的发展和演变过程，对历代名家名作进行了透辟的分析。F·R·利维斯在《小说家D·H·劳伦斯》一书中不仅深入探讨了劳伦斯的《虹》等小说的诗化特征，而且还首次揭示了他的小说与中古时期流传下来的散文传统之间的联系。伊恩·瓦特的《小说的兴起》是50年代一部颇有影响的学术著作。作者以独特的视角考察了笛福、理查逊和菲尔丁的小说艺术和道德立场，充分肯定了他们对英国现实主义小说的兴起所作出的重大贡献。瓦特深刻分析了英国资本主义和个人主义的发展对现实主义小说的崛起所产生的催化作用。然而，瓦特因未提及斯威夫特及妇女作家对小说的兴起所作的贡献而遭到不少批评家的谴责。在《小说的修辞》中，韦恩·布斯成为当时一批反现代主义批评家的代言人。正如他的书名所显示，布斯对人们长期忽略的小说的修辞领域作了深入的探讨。他认为，作家无法退出小说，超然物外，小说中的事件也不可能客观地自我展示。一部小说不仅是一个颇有说服力的讲故事的过程，而且也是作家操纵读者的过程。在布斯看来，即便现代主义作家真的像他们所说的那样退出了小说，读者依然可以找到对小说负责的"潜在作者"。60年代中期出版的《人物与小说》也是一部具有反现代主义倾向的批评著作。作者哈维对那些认为小说内容比形式更重要的作家给予高度的评价。哈维明确指出，强调人物的重要性并不意味着抛弃形式，相反，这会使我们更加欣赏那些将生动的人物形象视为高于匀称的艺术形式的作家所创作的伟大小说。就总体而言，五六十年代的小说批评理论不仅取得了蓬勃发展，而且在一定程度上对20年代的现代主义文学观念进行了反拨，从而使现实主义小说艺术的地位得到了进一步的巩固。

从20世纪70年代起，英国小说批评理论呈现出新的发展趋势。不少批评家对小说的叙述理论产生了浓厚的兴趣，并将他们关注的焦点从分析主题的统一性转向了揭示小说的异质性（heterogeneity）和多元性（plurality）。英国小说的批评家们在俄国的形式主义和20世纪六七十年代盛行于欧洲各国的结构主义

---

1 Dorothy Van Ghent, quoted from *Criticism and Literary Theory: 1890 to the Present*, p.146.

的影响下，对小说艺术有了新的认识。此外，他们还从初来乍到的"叙述学"（narratology）中摄取了新的理论和方法。韦恩·布斯在其20世纪60年代初出版的《小说的修辞》中所提出的一系列观点很快被许多新的批评理论所取代。尽管20世纪七八十年代在小说批评方面的变化多少带有某些技术性的调整，但它们反映了批评领域中的一种深层次的文化转折，即从原来对小说的评价性讨论转向了对小说及读者共同使用的基本理解规则的科学性解释。从某种意义上来说，越来越多的批评家开始热衷于探讨小说家如何采用各种结构和组合词汇的方式来构筑自己的小说世界。于是，通过改变读者将小说视为对现实生活的模仿的传统观念，这些批评家使读者清楚地看到了小说家是如何巧妙地运用语言传统的。

　　20世纪七八十年代，英国批评界对小说语言和结构的研究方兴未艾。科林·麦克凯布（Colin MacCabe）的《詹姆斯·乔伊斯与词汇革命》（*James Joyce and the Revolution of the Word*，1978）在英语国家中引起了一定的反响。作者将乔伊斯的小说与艾略特的"经典现实主义文本"《米德尔马契》作了鲜明的对比，并且向读者显示，在相同的句型中两位作家的处理方式不尽相同。他认为艾略特在小说中压抑了语言的可写性，自觉地树立了一种所谓"超语言"（metalanguage）的权威性。在麦克凯布看来，这种"超语言"不仅蔑视人物的话语，并将读者置于一种舒适和优越的地位，而且还拒绝承认其自身作为书面语的地位。相比之下，乔伊斯的文本则不但承认其自身的语言结构，而且使各种不同的噪音自由而均衡地交织一体。然而，麦克凯布的观点在批评界引起了一场激烈的论战。当代著名批评家戴维·洛奇在他的《米德尔马契和对经典现实主义文本的看法》（*Middlemarch and the Idea of the Classic Realist Text*，1981）一文中对麦克凯布等结构主义者反现实主义的态度表示遗憾。他明确指出，19世纪现实主义小说的特征并不是作者采用使自己与人物分离的具有权威性的语言，而是通过采用一种"自由的间接语体"（style indirect libre）将各种噪音和复杂的讽刺交织一体。洛奇认为，在这种语体中，叙述者和人物是无法分离的。艾略特并不掩盖其叙述语的可写性，而是直接与读者交流，她并未将读者置于一个舒适和优越的地位，而是使他卷入了小说描绘的道德失败之中。

　　应当指出，20世纪的英国批评家不同程度地受到了国际上文学批评思潮的影响。自20世纪70年代起，这种影响不但越来越强烈，而且与英国小说批评理论融为一体。随着通信技术的飞速发展，包括小说批评在内的哲学和文化上的交流呈现出国际化的倾向。近几十年来，英国小说批评理论受到国际上五花八门的新"主义"（new "isms"）的影响，呈现出多元发展的态势。如果说，在现代主义文学运动高涨时期小说批评与小说艺术之间具有密切联系的话，那么，近几十年来，这种联系开始松懈。当代某些从事纯理论研究的经院派人士与其说重视对小说艺术的批评，倒不如说更关注批评理论本身的发展与突破。就总体而言，当代国际文学批评理论的多元化倾向对英国小说艺术的发展产生了积极的影响。

现代英国著名批评家刘易斯（C.S. Lewis，1898—1963）对促进"历史批评"理论（Historical Criticism）和"实验性批评"（Experimental Criticism）的发展作出了积极的贡献。刘易斯的"历史批评"理论不仅将读者带出了文学批评的领域，而且还以神秘的宗教学说和玄奥的哲学理论来揭示各个历史时期的民族文化心理与文学创作之间的关系。这位曾任剑桥大学中世纪和文艺复兴时期英国文学研究中心主任的批评界元老对历史和文化观念的巨大变化感慨万分，并风趣地将自己称为"西方老人"中为数不多的活标本。不过，在他的《批评的实验》（*An Experiment in Criticism*，1961）一书中，刘易斯对文学作品的"实验性批评"作了深入的探讨。他试图向读者揭示对同一部小说采用不同批评方法的可能性。他认为，我们可以"通过一种阅读方式将一本书定为好书，而通过另一种阅读方式将一本书定为坏书"。[1]在刘易斯看来，在对待文学作品上存在着两种截然不同的人；一种人出于某种目的"使用"文学，将词汇当作"指示者或标记"，而另一种人则"接受"文学，从中获得艺术享受和精神感悟。刘易斯强调指出，一部优秀的作品往往会使读者超越自我而步入一个新的精神境界。

正当刘易斯在剑桥大学向他的学生极力陈述自己的批评理论时，一场声势浩大的"新批评"运动（New Criticism）席卷了英伦三岛。尽管以独立的文本作为研究对象的"新批评"理论从20世纪40年代起已在美国十分流行，但它直到七八十年代才在英国拥有一些追随者。当时，受到美国著名学者约翰·克罗·兰塞姆（John Crowe Ransom，1888—1974）的"新批评"学说的影响，英国

---

[1] C.S.Lewis, quoted from *A History of Literary Critzczsm*, p.350.

不少批评家也忙于将关注的焦点转向了独立的文本，无所顾忌地将影响文本的社会、历史、文化及作家个人的生活经历等所谓的"外在因素"统统抛弃。"新批评主义者"认为，批评家不应考虑文学作品中的人文、社会、政治、宗教和文化内涵，而应将独立文本的结构形式和语言体系作为研究的依据，并且使文本与作者以及文本与读者之间的关系彻底隔断。在"新批评主义者"看来，作家的创作经历和情绪以及读者对作品的精神感受不属于文学批评的范畴，而词汇则是不可回避的事实。值得一提的是，持"新批评"态度的学者大都在批评短篇诗歌方面忙得不亦乐乎，而对纷繁复杂的长篇小说则往往视而不见或抱着敬而远之的态度。

20世纪初起源于俄国的"形式主义"批评理论（Formalism）与"新批评"之间具有某些共同之处。在"形式主义者"看来，文学批评的确切范围应是文本自身的"文学性"（literariness）。批评家不应关注作品的内容和它所反映的现实生活，而应致力于对它采用的文学形式和技巧的研究。"形式主义者"试图解释那些使文学语言有别于日常用语的艺术手法。他们认为，文学作品具有一种重新恢复人们被日常习惯钝化的感性认识。他们将斯特恩的《项狄传》作为颇有价值的文学标本，因为它彻底破除了小说家应该对自己的创作技巧隐而不宣的原则。如果说，读者通常要求小说能真实地反映社会生活的话，那么，"形式主义者"却对小说中那些坚决抵制这种要求的现象极为欣赏。显然，"形式主义"批评理论对现代英国小说批评的发展具有一定的推动作用，但它同时也使不少批评家因热衷于研究作品的形式与技巧而忽略了它的社会和道德意义。

自70年代以来，由"形式主义"批评理论派生而成的"结构主义"（structuralism）和与之对立的"后结构主义"（post-structuralism）或"解构主义"理论的创始人法国著名学者罗兰·巴特（Roland Barthes，1915—1980）认为，批评家的任务既不是根据"真实的"原则来发表"正确的评论"，也不是关注作家在文学作品中所展示的那个"世界"，而是运用某些"语言公式"来解析作品。在巴特看来，文学批评是一个用非原著语言来讨论原著语言的过程，所以不存在"真实性"的问题，而只存在"可靠性"的问题。批评家不应热衷于"发现"作品的内涵，而应试图将作者的语言像用木板拼成家具那样组合成有意味的形式。按照"结构主义"理论，一部文学作品可以有无数种解释，因为它包含的不是信息而是一个"符号系统"。在《作者的死亡》（The Death of the Author, 1968）一文中，巴特声称，写作是对每一种嗓音的摧毁，写作一开始作者便已死亡。当"自我"本身只是"一本现成的词典"时，所谓"自我表现"的观点便显得毫无意义。巴特将作者视为一个只是拥有一部词典的"书写者"（scriptor），他"与文本同时诞生"。巴特认为，作者和批评家统治的时间已经够长，现在是让读者发挥作用的时候了。正当"结构主义"试图以一种符号科学来包办一切时，"后结构主义"或"解构主义"抑制了它的野心。"后结构主义"揭示了用符号解释文本的不稳定性，因为不但一个"指示者"（signfier）能够产生一系列"被指者"（signifieds），而且其中任何一个"被指者"又会导致一系列新的"被指者"。于是，当我们试图用"被指者"和"被指者"的关系来解析文本时，就会使文本产生无穷的意义。尽管"结构主义"与"后结构主义"在观点上不尽相同，但两者都将"符号系统"作为研究文本的工具，并强调"语言公式"对解读文本的指导作用。

随着现代西方女权运动的迅速发展，不少女性批评家自然关注起小说如何表现妇女和女作家的社会地位等问题，从而导致了一种新的流派——女权主义批评（Feminist Criticism）。在英国，弗吉尼亚·伍尔夫也许是女权主义批评的创始人之一。早在20世纪20年代，她发表了著名文论《一间自己的房间》（A Room of One's Own, 1929）。伍尔夫认为，女性作家因缺乏"一间自己的房间"和必要的经济上的独立而难以从事文学创作。她遗憾地指出，在过去几个世纪中，被男性化的小说形式对于女性作家来说极不合适。然而，在男权统治的社会中，勃朗特和艾略特等女作家也不得不采用男性化的句法结构和语言风格。尽管奥斯丁的语言风格与约翰逊截然不同，但她那匀称和简洁的语体与18世纪作家理查德·夏立丹（Richard B. Sheridan, 1751—1816）的风格十分相似。近半个世纪以来，英国女权主义批评家纷纷撰文谴责男性作家的小说对女性的偏见和歧视以及长期以来对女性的心理和社会作用所造成的消极影响。根据女权主义批评家埃莱诺·肖沃特（Elaine Showalter, 1941— ）的观点，自19世纪中叶起，英国女性作家的创作大致可分为女子（feminine）、女权（feminist）和女性（female）三个不同阶段。勃朗特和艾略特是女子阶段（1840—1880）的代表，她们不仅采用了男性化的笔名，而且极力掩盖女作家的特点。在女权阶段(1880—1920)中,女作家不仅努力争取在社会与政治上的平等权利,而且还在作品中对歧视妇女的种种行为提出强烈抗议。然而,女权阶段的小说依然无法摆脱男性的审美目光。只有当弗吉尼亚·伍尔夫、多萝西·理查逊和凯瑟琳·曼斯菲尔德等一批现代杰出女作家跻身文坛后,才使人们看到了女性阶段的诞生。在这第三阶段中,女作家以一种女人特有的审美意识将传统女性作家的自我牺牲原则转变成一种自然的叙述形式。这种女性审美意识在战后女作家默道克和莱辛等人的小说中得到了进一步的发展。自70年代起,女权主义批评文论层出不穷,其中肖沃特的《她们自己的文学:英国妇女小说家》(*A Literature of Their Own: British Women Novelists*,1977)和由玛丽·雅各布斯(Mary Jacobus)主编的《妇女写作和描写妇女》(*Women Writing and Writing About Women*,1979)两部著作具有一定的影响。

引人注目的是,在现代英国小说批评史上,马克思主义批评理论(Marxist Criticism)也得到了一定的发展。英国的马克思主义批评起源于20世纪30年代,其主要代表人物是克里斯托弗·考德威尔(Christopher Caudwell,1907—1937)、拉夫·福克斯(Ralph Fox,1900—1937)和亚历克·韦斯特(Alick West)。考德威尔的《幻觉与现实》(*Illusion and Reality*,1937)、福克斯的《小说与人民》(*The Novel and the People*,1937)和韦斯特的《危机与批评》(*Crisis and Criticism*,1937)对马克思主义批评理论的发展产生了重要的影响。他们不仅呼吁作家消除悲观主义和颓废主义情绪,并积极加入社会主义阵营,而且还对小说的政治内涵、社会作用和阶级属性以及小说所反映的无产阶级形象及生活状况等问题作了深入的探讨。20世纪下半叶,英国的马克思主义批评理论在以雷蒙德·威廉斯(Raymond Williams,1921—1988)为代表的批评家的努力下继续向纵深发展。出身于工人阶级家庭的威廉斯对小说所表现的工人阶级状况尤为关注。在他的《文化与社会:1780年至1850年》(*Culture and Society: 1780—1850*,1958)和《漫长的革命》(*The Long Revolution*,1961)等著作中,威廉斯对英国资本主义社会的文化和现实主义小说的性质等问题从历史和理论的角度作了深刻的分析。威廉斯认为,艾略特的《米德尔马契》和劳伦斯的《虹》等小说在内容与形式上达到了高度的统一,因为它们以完美的艺术形式真实地反映了影响个人的社会生活。但他对伍尔夫的意识流小说《海浪》进行了严肃的批评,认为它使物体不复存在，只有噪音在空中回荡。威廉斯将小说分为"社会小说"和"个人小说"两种。前者反映人物在社会环境中的生活感受（如奥威尔的《1984年》），而后者往往揭示人物的发展过程（如乔伊斯的《青年艺术家的肖像》）。意识形态问题是马克思主义批评家关注的焦点。在他们看来，统治阶级之所以能长期保持统治地位是因为它将一种有利于统治的意识形态强加于普通老百姓。例如，人人"自由"的观点本身包括了剥削者和被剥削者，从而掩盖了两者之间的真正关系。此外，马克思主义批评家对反映西方人的异化感和精神危机的现代主义小说基本上持肯定的态度，但他们对现代派作家极力追求技巧翻新的艺术倾向提出了严厉的批评。显然，马克思主义批评理论不仅是现代英国批评理论不可忽略的组成部分，而且对现代英国小说批评理论与小说艺术的健康发展具有一定的促进作用。

20世纪七八十年代，英国小说批评理论发展迅速，学术著作层出不穷。批评家纷纷对英国小说艺术作出了强烈的反应。雷蒙德·威廉斯的《英国小说：从狄更斯到劳伦斯》（*The English Novel from Dickens to Lawrence*，1970）以马克思主义的观点审视了从维多利亚时代到现代主义时期英国小说的历史概貌。马尔科姆·布拉德伯里的《今日小说》（*The Novel Today*，1977）收录了默道克、福尔斯、莱辛、洛奇和B·S·约翰逊等当代著名小说家撰写的文论，在批评界产生了重要的影响。洛奇的《现代创作形式》（*The Modes of Modern Writing*，1977）系统地阐述了现代小说的隐喻、换喻和类型。他的另一部著作《运用结构主义》（*Working with Structuralism*，1981）对小说创作和各类小说文本进行了深入的探讨。80年代，英国批评家对现实主义、现代主义及后现代主义小说的研究不断深入。罗宾·吉尔默（Robin Gilmour）的《维多利亚时代的小说》（*The Novel in the Victorian Age*，1986）和由杰里米·霍桑（Jeremy Hawthorn）主编的《十九世纪英国小说》（*The Nineteenth-Century British Novel*，1986）均以现代学者全新的目光重新审视了英国的传统现实主义小说。与此同时，尼尔·麦克伊旺（Neil McEwan）的《小说的幸存》（*The Survival of the Novel*，1981）和兰德尔·斯蒂文森的《自三十年代以来的英国小说》（*The British Novel Since the Thirties*，1986）等著作对当代英国小说的艺术发展进行了系统的论述。此外，不少英国学者开始对叙述学的研究产生了浓厚的兴趣。吉里安·比尔（Gillain Beer）的《达尔文的情节》（*Darwin's*

Plots，1983）和彼得·布鲁克斯（Peter Brooks）的《阅读情节》（*Reading for the Plot*，1984）等著作对小说的叙述形式和情节结构作了深入的探讨。当然，也有不少批评家将视线转向了勃然兴起的后现代主义小说。例如，布赖恩·麦克黑尔（Brian McHale）的《后现代主义小说》（*The Postmodernist Fiction*，1987）和琳达·赫钦（Linda Hutcheon）的《后现代主义诗学》（*A Poetics of Postmodernism*，1988）等著作对后现代主义小说的艺术特征作了全面系统的阐述。应当指出，七八十年代既是英国小说艺术多元化的时期，也是英国小说批评最活跃的时期，各种新的理论竞相叠出，具有独创见地的著作和文论层出不穷，呈现出百花齐放、百家争鸣的局面。

20世纪末，英国小说批评步入了所谓的"后批评时代"（The Era of Postcriticism）。"新批评"、"形式主义"、"后结构主义"、"女权主义批评"和"马克思主义批评"等主要批评流派依然十分活跃，对小说批评和小说艺术的发展产生了不同程度的影响。随着英国大学规模的进一步扩大和高等院校鼓励教师从事学术研究的优惠政策的陆续出台，英国高校从事小说艺术研究的学术队伍不断优化，并已成为批评界的中坚力量。英国当代批评家克里斯·鲍尔迪克（Chris Baldick）在其《1890年至今的批评与文学理论》（*Criticism and Literary Theory: 1890 to the Present*，1996）一书中对所谓的"后批评时代"作了精辟的论述：

> 就当今流行的批评和文学理论的立场而言，这些潮流最显著的结果是建立了一种批评方式与理论流派的多元"市场"，它受到一种"开放"精神和主导批评的合理性、经典性乃至美学价值的多元化或异质化倾向的支撑。由于每一种批评方式都形成了一种不易受到竞争者挑战的自圆其说的能力，因此整个"市场"呈现出远离外界普通读者的倾向。[1]

显然，在"后批评时代"的多元"市场"中，批评家在学术研究方面获得了巨大的空间。尽管有的学者挖空心思地研究起有关英国小说中的黄瓜和南瓜等令人难以想象的课题，但绝大多数学者不遗余力地将小说批评推向新的领域，并纷纷发表了颇有建树的批评著作。艾伦·马西（Allan Massie）的《当

---

[1] Chris Baldick, *Criticism and Literary Theory: 1890 to the Present*, p.204.

今小说》（*The Novel Today*，1990）、兰德尔·斯蒂文森的《二十世纪英国小说读者指南》和斯蒂文·康纳（Steven Connor）的《历史进程中的英国小说》（*The English Novel in History*，1950—1995，1996）等著作都对20世纪的英国小说艺术作了系统的阐述。此外，由马克·柯里（Mark Currie）主编的《超小说》（*Metafiction*，1995）和由剑桥学者罗德·门汉姆（Rod Mengham）主编的《当代小说介绍》（*An Introduction to Contemporary Fiction*，1999）等著作对最新小说的艺术特征和发展趋势作了精彩的介绍。尽管"后批评时代"尚未出现某种新的主导小说批评舆论的流派或理论，但英国小说批评依然显得繁荣昌盛，精彩纷呈。

综观英国小说批评的发展历史，我们不难发现，它始终与小说艺术的发展相辅而行、相得益彰。每当小说艺术步入快速发展阶段，小说批评也变得异常活跃。英国小说艺术正是在批评舆论长期的审视和指导下才不断成熟，日趋完善，但它同时也有力地促进了小说批评的发展。不言而喻，英国小说艺术在当代作家的共同努力下和批评家的真诚关照下，必将在21世纪再创新的辉煌。

附录

英国小说大事年表

年份	重要事件	重要作品问世
1470年	马洛礼完成《亚瑟王之死》	
1485年		卡克斯顿印刷《亚瑟王之死》
1492年	哥伦布发现新大陆	
1516年		莫尔:《乌托邦》
1525年		廷代尔:《圣经》英译本
1558年	伊丽莎白女王即位	
1573年		加斯瓦纳:《F.J.少爷历险记》
1579年		黎里:《尤弗伊斯:对才智的剖析》
1580年		黎里:《尤弗伊斯和他的英国》
1588年	英国舰队击败西班牙无敌舰队	格林:《潘朵斯托》
1590年		锡德尼:《阿卡狄亚》
1597年		纳什尔:《不幸的旅行者》
1603年	伊丽莎白女王去世	迪罗尼:《纽伯雷的杰克》
1611年		《詹姆斯国王钦定圣经》
1616年	莎士比亚去世	
1620年	清教徒开始移居美洲大陆	
1642年	英国资产阶级革命爆发	
1649年	查理一世被处死	
1660年	王政复辟	

1678年		班扬：《天路历程》
1680年		班扬：《败德先生传》
1688年		班恩：《奥隆诺科》
1695年	建立出版自由	
1702年	第一份日报问世	
1709年	《闲话报》创刊	
1719年		笛福：《鲁滨逊漂流记》
1721年	英国实行内阁制政府	
1726年		斯威夫特：《格列佛游记》
1740年		理查逊：《帕梅拉》
1742年		菲尔丁：《约瑟夫·安德鲁斯》
1748年		理查逊：《克拉丽莎》
1749年		菲尔丁：《汤姆·琼斯》
1754年		理查逊：《格兰狄森》
1755年	约翰逊完成《英语词典》	
1756年	英法战争爆发	
1767年		斯特恩：《项狄传》
1776年	美国独立革命胜利	
1800年	浪漫主义文学思潮席卷欧洲大陆	
1802年	对澳大利亚殖民开始	《爱丁堡评论》创刊
1813年		奥斯丁：《傲慢与偏见》
1814年		司各特：《威弗利》
1815年	滑铁卢战役	
1821年		司各特：《小说家评传》
1837年	维多利亚女王即位	狄更斯：《匹克威克外传》
1838年	宪章运动高涨	狄更斯：《雾都孤儿》
1847年		勃朗特姐妹：《简·爱》、《呼啸山庄》
1848年		萨克雷：《名利场》
1850年		狄更斯：《大卫·科波菲尔》

1852年		狄更斯:《荒凉山庄》
1855年		萨克雷:《纽克姆一家》
1859年	达尔文发表《物种起源》	
1860年		艾略特:《弗洛斯河上的磨坊》
1861年		狄更斯:《远大前程》
1872年		艾略特:《米德尔马契》
1878年		哈代:《还乡》
1881年		詹姆斯:《淑女画像》
1884年		詹姆斯:《小说的艺术》
1890年		威·詹姆斯:《心理学原理》
1891年		哈代:《德伯家的苔丝》
1899年	布尔战争爆发	
1900年		弗洛伊德:《释梦》
1901年	维多利亚女王驾崩	康拉德:《吉姆爷》
1902年		康拉德:《黑暗的心》
1903年		詹姆斯:《奉使记》
		巴特勒:《众生之路》
1905年	爱因斯坦发表相对论	
1906年		高尔斯华绥:《有产业的人》
1907年	吉卜林获诺贝尔文学奖	柏格森:《创造性的进化》
1908年	毕加索开创立体画派	贝内特:《老妇谭》
	《英国文学评论》创刊	
1909年		威尔斯:《托诺——邦盖》
1910年	爱德华七世去世	福斯特:《霍华兹庄园》
		弗洛伊德:《精神分析法新论》
1912年	庞德发起意象主义运动	
1913年		劳伦斯:《儿子与情人》
1914年	第一次世界大战爆发	
1915年		劳伦斯:《虹》
		理查森:《人生历程》第一卷

附录

		毛姆：《人性的枷锁》
1916年		乔伊斯：《青年艺术家的肖像》
1917年	伍尔夫创办霍加斯出版社	
1918年	第一次世界大战结束	
	《尤利西斯》开始连载发表	
1920年	爱尔兰内战	劳伦斯：《恋爱中的女人》
1922年		乔伊斯：《尤利西斯》
1924年		福斯特：《通往印度之路》
1925年		伍尔夫：《达罗卫夫人》、
		《普通读者》
1927年		福斯特：《小说面面观》
		伍尔夫：《到灯塔去》
1928年	英国妇女获得选举权	劳伦斯：《查特莱夫人的情人》
1929年	西方经济危机	福特：《英国小说》
1931年		伍尔夫：《海浪》
		威尔逊：《阿克瑟的城堡》
1932年	高尔斯华绥获诺贝尔文学奖	赫胥黎：《奇妙的新世界》
		Q·D·利维斯：《小说与广大读者》
1936年	爱德华八世即位、弃位	
1938年		贝克特：《墨菲》
1939年	第二次世界大战爆发	乔伊斯：《芬尼根的守灵夜》
1940年		斯诺：《陌生人与兄弟》
		格林：《权力与荣耀》
1945年	第二次世界大战结束	奥威尔：《动物庄园》
1948年		F·R·利维斯：《伟大的传统》
1949年		奥威尔：《1984》
1951年		鲍威尔：《伴随时光之曲而舞》第一部
1953年		贝克特：《瓦特》
1954年		艾伦：《英国小说》

		戈尔丁：《蝇王》
1955年		贝克特：《三部曲》第一部
1957年		达雷尔：《亚历山大四重奏》第一部
		瓦特：《小说的兴起》
1961年	《查特莱夫人的情人》解禁	布斯：《小说的修辞》
1962年		莱辛：《金色的笔记本》
1963年		B·S·约翰逊：《旅行的人们》
1966年	英国发生经济危机	福尔斯：《魔术师》
1969年	英国设立"布克"文学奖	福尔斯：《法国中尉的女人》
	贝克特获诺贝尔文学奖	B·S·约翰逊：《不幸者》
1970年		威廉斯：《英国小说：从狄更斯到劳伦斯》
1973年	英国加入欧共体	
1974年	英国发生能源危机	
1977年		布雷德伯里：《今日小说》
		洛奇：《现代创作形式》
1978年	撒切尔夫人出任首相	
1981年		洛奇：《运用结构主义》
		麦克伊旺：《小说者》
1982年	英国与阿根廷交战	
1984年		布鲁克-罗斯：《网络四重奏》第一部
		沃：《超小说：具有自我意识的小说的理论与实践》
1985年		凯尔门：《寻找机遇者》
1986年		斯蒂文森：《自三十年代以来的英国小说》
1988年		拉什迪：《撒旦诗篇》
1989年		艾米斯：《伦敦场景》
		凯尔门：《不满情绪》

年份	事件	著作
1990年	梅杰出任首相	马西：《当今小说》
1992年		斯威夫特：《从此以后》
1993年		布雷德伯里：《现代英国小说》
1995年		拉什迪：《摩尔人的最后叹息》
		艾米斯：《信息》
1996年		斯威夫特：《杯酒留痕》
		康纳：《与历史同步的英国小说》
1997年	布莱尔入主唐宁街	
1998年	《尤利西斯》被美国"兰登书屋"评为20世纪最佳英国小说	
1999年	欧洲实行单一货币 《尤利西斯》被英国"水石书屋"评为20世纪最佳英国小说	曼厄姆：《当代小说介绍》
2000年		《剑桥英国文学指南》丛书

参考书目

Allan, Walter. *The English Novel, A Short Critical History*. London: Phoenix House, 1954.

Baldick Chris. *Criticism and Literary Theory; 1890 to the Present*. London: Longman, 1996.

Bergonizi, Bernard. *The Situation of the Novel*. London: Macmillan, 1970.

Blamires Harry. *A History of Literary Criticism*. London: Macmillan, 1991.

Booth, Wayne. *The Rhetoric of Fiction*. Chicago: University of Chicago Press, 1961.

Bradbury, Malcolm. *Possibilities: Essays on the State of the Novel*. London: Oxford University Press, 1973.

Bradbury, Malcolm. *The Modern English Novel*. London: Penguin Books, 1993.

Bradbury, Malcom, ed.. *The Novel Today*. Manchester: Manchester University Press, 1977.

Cahoone, Lawrence, ed.. *From Modernism to Postmodernism*. Massachusettes: Blackwell Publishers, 1996.

Connor, Steven. *The English Novel In History: 1950—1995*. London: Routledge, 1996.

Currie, Mark, ed.. *Metafiction*, London: Longman, 1995.

Davies Paul. *The Ideal Real: Beckett's Fiction and Imagination*. London: Associated University Press, 1994.

Day, Geoffrey. *From Fiction to the Novel*. London: Routledge&Kegan Paul, 1987.

Dowling, David. *Novelists on Novelists*. London: Macmillan, 1983.

Edgar, Pelhan. *The Art of the Novel*. New York: Rusell & Rusell, 1966.

Ermarth, Elizabeth Deeds. *Realism and Consensus in the English Novel*. Edinburgh: Edinburgh University Press, 1998.

Eysteinsson, Astradur. *The Concept of Modernism*. Ithaca and London: Cornell University Press, 1990.

Forster, Edward Morgan. *Aspects of the Novel*. London: Hodder & Stoughton, 1974.

Friedman, Alan. *The Turn of the Novel*. London: Oxford University Press, 1966.

Gille, Christopher. *Movements in English Literature: 1900—1940*. Cambridge: Cambridge University Press, 1978.

Gilmour, Robin. *The Novel in the Victorian Age, A Modern Introduction*. London: Edward Arnold, 1986.

Hawthorn, Jeremy. *The Nineteenth Century British Novel*. London: Edward Arnold, 1986.

Hayman, Ronald. *The Novel Today: 1967—1975*. Harlow: Longman, 1976.

Heidler, Joseph Bunn. *The History, from 1700 to 1800, of English Criticism of Prose Fiction*. Illinois: The University of Illinois Press, 1928.

Karl Frederick R.. *A Reader's Guide to the Contemporary English Novel*. London: Thames & Hudson, 1970.

Karl, Frederick R. & Magalaner, Marvin. *Great Twentieth-Century English Novels*. New York: Octagan Books, 1978.

Karl, Frederick R.. *A Reader's Guide to the Development of the English Novel in the Eighteenth Century*. London: Thames and Hudson, 1974.

Kermode, Frank. *The Art of Telling: Essays on Fiction*. Massachusetts: Harvard University Press, 1983.

Kermode, Frank. *The Sense of An Ending: Studies in the Theory of Fiction*. New York: Oxford University Press, 1967.

Kinney Arthur E., ed.. *The Cambridge Companion to English Literature, 1500—1600*. Cambridge: Cambridge University Press, 2000.

Kroeber, Karl. *Styles In Fictional Structure*. Princeton: Princeton University Press, 1971.

Kroll, Richard. *The English Novel, 1700 to Fielding*. London: Longman, 1998.

Leavis, F.R.. *The Great Tradition*. London: Chatto and Windus, 1948.

Lodge, David. *Working With Structuralism*. London: Routledge&Kegan Paul, 1981.

Lodge, David. *The Modes of Modern Writing*. London: Edward Arnold, 1977.

Lodge, David. *The Novelist at the Crossroads and Other Essays on Fiction and Criticism*. London: Routledge & Kegan Paul, 1984.

Martin, Harold C.. *Style In Prose Fiction*. New York: Columbia University Press, 1967.

Massie, Allan. *The Novel Today*. London: Longman, 1990.

Mayer, Robert. *History and the Early English Novel*. Cambridge: Cambridge University Press, 1998.

McEwan, Neil. *The Survival of the Novel*. London: Macmillan, 1981.

McKeon, Michael. *The Origins of the English Novel, 1600—1740*. Baltimore: The John Hopkins University Press, 1988.

Mengham, Rod, ed.. *An Introduction to Contemporary Fiction*. Cambridge: Polity Press, 1999.

Miller, Hillis, ed.. *Aspects of Narrative*. New York: Columbia University Press, 1971.

Morgan, Charlotte E.. *The Rise of the Novel of Manners*. New York: The Columbia University

Press, 1911.

Neill, S. Diana. *A Short History of English Novel*. London: Jarrolds Publishers, 1951.

Okonkwo, Chidi. *Decolonization Agonistics in Postcolonial Fiction*. London: Macmillan, 1999.

Reeve, Clara. *Progress of Romance*. London: G.G.J. and J. Robinson, 1785.

Richetti, John, ed.. *The Cambridge Companion to the Eighteenth Century Novel*. Cambridge: Cambridge University Press, 1996.

Salzman, Paul, ed.. *An Anthology of Elizabethan Prose Fiction*. London: Oxford University Press, 1987.

Singer, Godfrey Frank. *The Epistolary Novel*. Philadelphia: University of Pennsylvania Press, 1933.

Stevenson, Randall. *A Reader's Guide to the Twentieth-Century Novel in Britain*. New York: Harvester Wheatsheaf, 1993.

Stevenson, Randall. *Modernist Fiction*. New York: Harvester Wheatsheaf, 1992.

Stevenson, Randall. *The British Novel Since the Thirties*. London: B.T. Batsford Ltd., 1986.

Summer, Rosemary. *A Route to Modernism: Hardy, Lawrence, Woolf*. London: Macmillan, 2000.

Swatridge Colin. *British Fiction, A Student's A to Z*. London: Macmillan, 1985.

Swinden, Patrick. *The English Novel of History and Society, 1940—1980*. London: Macmillan, 1984.

Tiejie, A.J.. *The Expressed Critical Theory of European Prose Fiction before 1740*, Illinois: University of Illinois Press, 1912.

Tillotson, Kathleen. *Novels of the Eighteen-Forties*. London: Oxford University Press, 1962.

Trachtenbery, Stanley. *Critical Essays on American Postmodernism*. New York: G.K. Hall&Co. Macmillan, 1995.

Uphaus, Robert W. ed.. *The Idea of the Novel in the Eighteenth Century*. England: Colleagues Press, 1988.

Wain, John. *Six Modern British Novelists*. New York: Columbia University Press, 1974.

Wallance, Cavin and Stevenson, Randall. *The Scottish Novel Since the Seventies*. Edinburgh: Edinburgh University Press, 1994.

Watson, George. *The Story of the Novel*. London: Macmillan, 1979.

Watt, Ian. *The Rise of the Novel*. London: Chatto & Windus, 1967.

Waugh, Patricia. *Metafiiction: The Theory and Practice of Self conscious Fiction*. London: Methuen,1984.

王佐良、周珏良主编：《英国二十世纪文学史》，北京：外语教学与研究出版社，1994。

侯维瑞：《现代英国小说史》，上海：上海外语教育出版社，1985。

瞿世镜等：《当代英国小说》，北京：外语教学与研究出版社，1998。

袁可嘉等：《现代主义文学研究》，北京：中国社会科学出版社，1989。